# O TESTAMENTO

Eric Van Lustbader

# O TESTAMENTO

Durante séculos a Ordem escondeu um segredo
que poderia abalar o cristianismo

SEXTANTE
FICÇÃO

Título original: *The Testament*


**tradução**
Marcos Santarrita

**preparo de originais**
Mônica Maia e Virginie Leite

**revisão**
José Tedin Pinto, Luis Américo Costa, Sérgio Bellinello Soares e Tereza da Rocha

**diagramação**
Marcia Raed

**capa**
Raul Fernandes

**pré-impressão**
ô de casa

**impressão e acabamento**
Associação Religiosa Imprensa da Fé

CIP-BRASIL. CATALOGAÇÃO-NA-FONTE
SINDICATO NACIONAL DOS EDITORES DE LIVROS, RJ

---

L99t

Lustbader, Eric Van
O testamento / de Eric Van Lustbader [tradução de Marcos Santarrita]. – Rio de Janeiro: Sextante, 2008.

Tradução de: The testament
ISBN 978-85-99296-18-9

1. Romance americano. I. Santarrita, Marcos, 1941-. II. Título.

CDD: 813
07-3309 CDU: 821.111(73)-3

---


Rua Voluntários da Pátria, 45/1.407 – Botafogo
22270-000 – Rio de Janeiro – RJ
Tel.: (21) 2286-9944 – Fax: (21) 2286-9244
E-mail: atendimento@esextante.com.br
www.sextante.com.br

# Prólogo

**Agosto de 1442 –**
**Mosteiro de Sumela, Trebizonda**

*Num escaldante fim de tarde no auge do verão, três monges franciscanos Observantes Gnósticos procuravam comida enquanto faziam a patrulha diária da região. Sentiam-se agradecidos pela sombra matizada e a forte luz esmeralda à medida que atravessavam a densa floresta que cercava o mosteiro de Sumela, onde então se escondiam. O mosteiro era um lugar totalmente adequado ao seu retiro forçado e um tanto desesperado – fora fundado no reinado de Teodósio I pelos ortodoxos gregos, com quem a Ordem tinha uma ligação especial.*

*Embora os homens usassem os mantos de tecido simples e sem tingimento de sua ordem ascética, faziam a patrulha fortemente armados com espadas, adagas e bestas. Eram Guardiães, treinados em armamentos e combate corpo a corpo, bem como nas palavras de Cristo e São Francisco. Tinham como dever sagrado proteger os outros membros da Ordem, sobretudo os do círculo interno que a governava, a Haute Cour.*

*O sol brutal, em sua lenta jornada para o horizonte, a essa altura havia aquecido até o ar geralmente frio da montanha, de modo que os Guardiães tinham os mantos pontilhados de manchas de suor, que se espalhavam das axilas ao centro das costas largas e musculosas. Andavam do mesmo modo como diziam as preces três vezes por dia: o modo como se mantinham – o cansaço dos olhos e dos pés trilhando a ponta ocidental do enclave de terra sob sua jurisdição – só podia ser descrito como ritualístico.*

*Ao aproximar-se a sétima e última hora de seu turno, os músculos doíam e as vértebras estalavam de vez em quando, ao se curvarem para examinar uma pegada e assegurar-se de que fora feita por um animal, e não por outros homens. O treinamento, assim como a própria história da Ordem, exigia que fossem cautelosos, pois viviam sob a ameaça do papa e seu forte braço armado – os Cavaleiros de São Clemente do Sangue Sagrado. Desde a época do lançamento da primeira Cruzada, em 1095, os Cavaleiros haviam feito da ilha de Rodes a sua base. O perigo vinha do fato de a Ordem ter se escondido tão perto da Terra Santa, formigando de inimi-*

*gos, mas tiveram a sabedoria de esconder-se à vista de todos. No ano e meio em que a Ordem se achava em Sumela, nenhum Cavaleiro de São Clemente se aventurara até o mosteiro, que não era e jamais fora seu domínio. Pertencera ao Imperador Justiniano e depois aos Comneni, a dinastia imperial de Trebizonda, na margem sudoeste do mar Negro, com a Anatólia e a lucrativa rota de camelos até Isfahan e Tabriz logo atrás, uma viagem de navio de oito dias a partir de Bizâncio.*

*À beira de uma clareira, os três Guardiães pararam para beber água e comer um pouco de pão ázimo. Mesmo nesse momento de relativa calma, a férrea disciplina proibia qualquer conversa, e os olhos e as faces sulcadas de tensão jamais descansavam. Enquanto mastigavam e engoliam, vasculhavam com o olhar a vereda na qual o sol poente despejava uma luz avermelhada. Mãos na testa, apertavam os olhos contra a luz.*

*Pássaros chilreavam e davam mergulhos no ar, insetos zumbiam taciturnamente, borboletas e abelhas se entrecruzavam na vereda. Sob o forte brilho do sol, o ar parecia pesado, saturado de vapor e umidade. Os Guardiães desviaram a atenção por um instante quando ouviram um breve farfalhar a uns 50 metros de distância. Esperaram, imóveis e de olhos fixos, o coração martelando e o suor formando-se no oco das nucas, escorrendo pela espinha abaixo. Repetiu-se o farfalhar, dessa vez mais perto, e um deles agachou-se, pôs uma flecha no arco, puxou-a toda para trás, pronta, com a ponta de ferro forjado na mira.*

*Apareceu um vulto e o arqueiro sorriu aliviado. Era só um pequeno mamífero à cata de comida no mato baixo. Outro dos Guardiães riu baixinho e ergueu a mão para o arco esticado do companheiro, como que para baixá-lo.*

*Não teve chance. Um breve e perverso zumbido fez-se ouvir acima do ruído dos insetos quando a seta de uma besta faiscou no ar. O Guardião, atingido no peito, voou para as sombras, os braços abertos. O confrade arqueiro, ainda agachado, sacou o arco e tentou freneticamente mirar o inimigo escondido, mas, antes que pudesse soltar sua flecha, uma outra vinda da direção do sol penetrou-lhe o pescoço. Jogado de costas com o impacto da flechada, ele perdeu o controle da corda do arco e a seta disparou para cima numa curva radical.*

*Frei Martin, salpicado pelo sangue dos irmãos, correu para se proteger, sacou o montante e recompôs-se. Os irmãos jaziam mortos, assassinados em questão de segundos por um matador oculto. Mas, pelo jeito que caíram, ele sabia onde o arqueiro inimigo se escondera.*

*Tinha agora de tomar uma decisão crucial. Podia avançar em círculo, mantendo-se nas sombras enquanto contornava a clareira, enfrentar os Cavaleiros e vingar o assassinato dos irmãos ou retirar-se discretamente, correndo de volta ao mosteiro para avisar o* Magister Regens *e reunir reforços para caçar o inimigo. O modo como o arqueiro tão astutamente tirava vantagem do brilho ofuscante do sol desaconselhava qualquer enfrentamento imediato.*

*Contudo, se o arqueiro era de fato um Cavaleiro de São Clemente, certamente identificara as presas como membros da Ordem dos Observantes Gnósticos. Se escapasse e voltasse a Rodes com a notícia do paradeiro deles, isso faria com que enviassem um verdadeiro exército. Então os Observantes enfrentariam um ataque total, ao qual certamente não poderiam resistir. Não, não havia tempo de buscar reforços dentro do mosteiro, tinha de enfrentar o inimigo agora, identificá-lo e matá-lo, antes que informasse aos Cavaleiros o esconderijo da Ordem.*

*Frei Martin conhecia bem a floresta e sabia que logo atrás da vereda havia um abismo sobre a ravina – protegido dos dois lados por rochedos nus e pedras irregulares – que serpenteava de volta à cidade de Trebizonda, prenhe de tesouros, na costa sul do mar Negro. Dirigindo-se com cuidado pela esquerda, descreveu mais ou menos um semicírculo. Mantinha o tempo todo à vista a vereda, na qual ondas de vento causavam uma sucessão de ruídos. Em guarda com a espada, músculos retesados, continuou a se mover como um caranguejo para a esquerda, sempre com o sol ofuscante na periferia da visão.*

*Num galho acima e um pouco à frente, uma andorinha inclinava a cabeça, como se o observasse cautelosamente. De repente levantou vôo, e ele, com os pêlos da nuca eriçados, rodopiou para a esquerda. Ao fazer isso, passou a espada para a mão esquerda e girou-a num arco horizontal e feroz. O aço forjado bateu em carne e osso, e ele ouviu um grito, antes mesmo de identificar o inimigo como um Cavaleiro de São Clemente. O Cavaleiro cambaleou sob o impacto e começou a descer a espada sobre a cabeça de Frei Martin, num golpe para rachar o crânio. O franciscano, deslizando para a guarda do oponente, segurou seu braço com uma das mãos e enterrou a espada até o cabo. O Cavaleiro o encarou com olhos malévolos e sanguinolentos, arreganhou os lábios e soltou uma risada, antes que o chocalho da morte o alcançasse.*

*Frei Martin chutou o corpo para o lado. Superado o perigo imediato, dirigiu-se com mais confiança até à beira do precipício. Não afastava a possibilidade de haver outros Cavaleiros de tocaia na floresta. Não importava, ele é que iria tocaiar agora. Todos os seus sentidos se apuraram.*

*Logo chegou à área erodida pela última chuva. Uma grande árvore fora arrancada pela raiz e outras parcialmente, deixando enormes torrões de terra expostos como feridas. Isso lhe permitiu a visão até então impossível da profunda ravina, único caminho para Sumela.*

*O que viu congelou o seu sangue. Linhas de Cavaleiros de São Clemente marchavam em uníssono para o mosteiro, último bastião da Ordem. Ele cometera um erro fatal. O Cavaleiro que o atacara e aos seus irmãos não estava só, era um batedor avançado enviado para destruir as sentinelas da Ordem. Agora devia supor que haviam despachado outros assassinos para dar cabo dos demais Guardiães em patrulha. Não havia dúvida de que os Cavaleiros lançavam um ataque em grande escala.*

*Ao voltar-se, a caminho do mosteiro, uma flecha de besta rasgou-lhe a carne do braço. Ele cambaleou para o lado, a bota do pé esquerdo deslizando na terra nua, e caiu sobre a sebe.*

*Bateu num emaranhado de raízes de árvores que se projetavam do lado do deslizamento e quase perdeu o fôlego. Ainda assim teve presença de espírito para estender a mão e agarrar-se. Arquejando, girou em pleno ar, tonto e nauseado, um abismo de mil metros escancarado a seus pés. Muito abaixo, a linha de Cavaleiros continuava a marcha. O sangue escorria do ferimento, e a dor subia pelo braço acima até o ombro. Ele tentou se recompor e conseguiu apenas abrir mais o ferimento. Era só uma questão de tempo até o sangue, correndo mais livre agora, pingar lá embaixo, denunciando-o ao inimigo.*

*Começou a rezar, recompondo a essência do seu ser. Mas, embora sua alma falasse com Deus, em algum ponto ele não pôde deixar de notar que a grande árvore desenraizada acima rolava como que por conta própria, a princípio devagar, depois mais rápido, até cair, provocando gritos de consternação e dor, sobre o exército em marcha.*

*Perplexo, ele engoliu em seco com a garganta apertada, vendo o caos espalhar-se pelas fileiras dos Cavaleiros.*

*– Foi uma intervenção divina – sussurrou.*

*– De certa forma.*

*Ele ergueu o olhar, o suor e o aluvião vermelho de Sumela nos olhos, em busca da origem da voz. A princípio teve certeza de que o próprio São Francisco viera em sua ajuda. Depois o rosto impressionante se definiu.*

*– Frei Leoni – sussurrou Frei Martin. – Graças a Deus.*

*O nome de Frei Leoni era bem apropriado, pois ele tinha uma cara leonina, abaixo de uma massa de cabelos negros como o breu, de onde irrompia o surpreendente brilho dos olhos azuis como o sol entre nuvens de tempestade.*

*– Depressa, eles ainda estão desalinhados. Não há tempo a perder.*

*A mão poderosa de Frei Leoni, coberta de musgo e casca de árvore, o agarrou, arrastando-o.*

. . .

*O mosteiro de Sumela parecia esculpido na rocha em que se assentava, um áspero dente nas Karadaglar, as montanhas Negras, entre Trebizonda e a Armênia.*

*– A frota veneziana foi repelida pelo Sultão Murat II e sua marinha otomana – disse Frei Prospero, falando aos frades de rostos sombrios em torno da escura mesa de madeira sobre cavaletes, no refeitório do mosteiro. – Qualquer dia Trebizonda vai ser atacada. Por mais bem situada que esteja, dessa vez a Cidade Dourada cairá, e depois o lixo otomano estará arrombando a porta de Sumela.*

*– Temos um desastre mais imediato pela frente.*

*Os frades da Ordem dos Observantes Gnósticos viraram-se como um só para ver a figura de manto ensangüentado que enchia o vão da porta. Acima das cabeças tonsuradas, o teto abobadado arqueava-se como os fortes músculos do ombro de um gigante.*

*Frei Prospero,* Magister Regens *da Ordem, ergueu a mão, palma para cima, no tradicional gesto de boas-vindas, mas seus grandes olhos negros transmitiam uma mensagem diferente. Não gostava de ser interrompido, quanto mais contestado.*

*– Entre, Frei Leoni, e por favor nos explique o que quer dizer com isso. – O* Magister Regens *mostrou os dentes. – O que pode ser mais desastroso que o infiel turco tomar nossa ilha, o bastião de Cristo à beira do Levante?*

*Frei Leoni estendeu a mão para a escuridão do corredor puxando o ferido Frei Martin. Dois dos frades levantaram-se e correram para pegá-lo e levá-lo à enfermaria.*

*– O que foi? – perguntou Frei Prospero. – O que aconteceu?*

*– Estamos sendo atacados – disse Frei Leoni. – Os Cavaleiros de São Clemente nos descobriram. Desembarcaram em segredo cinco noites atrás em Sinop. A força principal acha-se a menos de uma hora daqui.*

*Diante dessa informação, um significativo olhar passou entre Frei Leoni e o* Magister Regens, *mas nenhum dos dois disse o que pensava.*

*Em vez disso, Frei Prospero deu um suspiro.*

*– De fato, nossos piores receios se concretizaram. A sede de poder temporal desse papa levou-o a criar os Cavaleiros de São Clemente, seu próprio exército particular, usado para esmagar os que vão contra a vontade da Santa Sé. Há três semanas, os Cavaleiros receberam por mensageiro um comunicado do papa encarregando-os de destruir nossa Ordem. – Era um homem enorme, de cara vermelha, redonda como um girassol, e astutos olhos negros de um inquisidor. Sua voz tinha um tom profundo e rico de barítono que alcançava com incomum facilidade o canto mais distante do refeitório. – Nossas doutrinas já nos puseram em choque com o papa. Mas agora o concílio do Vaticano julgou que pregamos uma blasfêmia herética e nos considerou perigosos para o governo do papa. Fomos marcados para*

*o extermínio, e quem melhor para executar essa tarefa que os chamados soldados de Cristo, os Cavaleiros de São Clemente do Sangue Sagrado?*

*Os padres entreolharam-se com medo e consternação claramente visíveis nos olhos.*

*Frei Sento franziu a testa.*

*– Por que não fomos informados antes desse desprezível édito?*

*– De que haveria adiantado – respondeu o* Magister Regens *–, a não ser para plantar as sementes do pânico?*

*Frei Sento levantou-se, inclinou-se para a frente, o corpo tenso, e cerrou os punhos sobre a mesa.*

*– Poderíamos liberar o Testamento para o mundo – disse – e revelar a falsidade desse papa enlouquecido pelo poder.*

*À menção do Testamento, cobriu-os um terrível manto de silêncio. As sombras que se aprofundavam arrastando-se pelas janelas do lado oeste suavizavam lentamente o fogo do pôr-do-sol.*

*Avaliando a situação por um instante, Frei Leoni deu um passo para dentro da sala e, antes que o veneno de Frei Sento tivesse chance de se espalhar, disse:*

*– Já não resolvemos essa questão? Quem, a não ser a Igreja, o clero e um punhado de estudiosos, sabe ao menos ler? O poder e a influência da Igreja são demasiado vastos para que se acredite prontamente em nossa descoberta, quanto mais para que seja aceita como Evangelho. Não; seríamos injuriados, expulsos, apedrejados até a morte pelos fiéis, e o próprio Testamento cairia nas mãos de nossos inimigos dentro da Igreja, que prefeririam destruí-lo a conhecer a verdade. Além disso, não é nosso dever nem desejo derrubar a mesma instituição pela qual empenhamos nossas mentes, corpos e almas.*

*Frei Sento, ainda de cenho franzido, cruzou os braços no peito. Sabia que Frei Leoni tinha razão, mas não conseguia enxergar além do medo que lhe brotava ao admiti-lo.*

O Magister Regens *levantou-se então.*

*– Bem dito, Frei Leoni, obrigado. O inimigo já está quase chegando. Devemos nos voltar para a questão prática de nossa defesa. A verdade é que estivemos nos exercitando para isso diariamente, desde nossa chegada a Sumela. O senhor acha que poderíamos estar mais preparados para o inevitável? – E dirigindo um olhar penetrante a Frei Sento: – Alguém aqui quer contrariar minha decisão?*

*Frei Sento baixou os olhos e, devagar, descruzou os braços. Com outro olhar disfarçado a Frei Prospero, Frei Leoni respeitosamente tomou seu lugar à mesa.*

*– Todos desconfiávamos de que o papa encontraria um meio de agir contra nós – disse Frei Kent. Era um frade queixudo, o mais alto de todos, de raciocínio rápi-*

*do e solidário com os outros. – Agora é chegada a hora de nossa maior provação, e é mais imperativo que nunca agirmos como uma mente só, um só coração forte.*

O Magister Regens *balançou a cabeça levemente, olhando a mesa em volta com a mais severa das expressões.*

*– Espero poder contar com cada um dos senhores no cumprimento dos seus deveres e na defesa dos princípios de nossa Ordem.*

*Seguiu-se uma explosão de vozes na sala, todas assentindo. Frei Sento juntou-se a Frei Kent e aos outros. Então o* Magister Regens *abriu bem os braços, enquanto os irmãos se levantavam como uma só pessoa, e falou-lhes formalmente:*

*– Temos coragem em nossos corações, a fé incendeia nossas almas. Nós, encarregados por São Francisco de ser sua voz eterna na Terra e levar sua vontade às gerações futuras, agora reunimos nossos braços fortes. Embora as nuvens da guerra se acumulem e o inimigo esteja atrás de nós, agora nos preparamos para a batalha. Equipem as ameias sul e leste, as escadas e os pátios que se tornaram nosso lar. Despejem sobre nossos inimigos a retribuição por sua injustificada agressão. É um dia vermelho, um dia ruim, um dia de mágoa e de dor! O sangue correrá, e vidas serão perdidas! Céu e inferno receberão seu quinhão de almas antes que o dia termine!*

*Após um estrondoso aplauso que abalou a imensa sala, o refeitório logo se esvaziou. Como dissera Frei Prospero, os frades haviam sido bem treinados e exaustivamente instruídos. Contudo, tão logo se viu sozinho com Frei Leoni, ele disse, com a voz cheia de uma angústia que não permitira que os outros ouvissem:*

*– Eles sabem.*

*– Receio que sim. – Frei Leoni assentiu com a cabeça. – De alguma forma, os Cavaleiros de São Clemente conseguiram se infiltrar na Ordem.*

O Magister Regens *parecia impressionado.*

*– Não apenas na Ordem. Na Haute Cour, o círculo interno, da qual o senhor e eu fazemos parte.*

*A enorme lareira assomava negra e desolada. O piso de pedra era duro e implacável sob os pés nas sandálias. Eles olharam a mesa do refeitório, agora quase deserta, como se ela fosse um confrade abatido por uma doença repentina que provavelmente jamais veriam novamente. Totalmente tomado pela súbita emoção, Frei Prospero foi obrigado a apoiar os punhos na mesa para firmar seu volume ao se levantar. Encaminhou-se para o lado de Frei Leoni, e juntos os dois deixaram a sala, fechando a enorme porta do refeitório atrás deles.*

• • •

*Nessa época, o mosteiro de Sumela dividia-se em três partes. A inferior fora construída em torno de um pátio central e tinha embaixo uma enorme cisterna na qual se esvaziava o aqueduto. A parte do meio, onde metade da Ordem habitava, abrigava a cozinha, a biblioteca, as capelas e os quartos de hóspedes. Por cima dessas camadas ficava a igreja da Rocha, com seu sagrado ícone da Virgem Maria.*

*Juntos, os dois membros da Haute Cour desceram o corredor, subiram uma íngreme escada com degraus de pedra e, passando por uma estreita porta com um grande ferrolho de ferro, alcançaram as ameias. Inspiraram os aromas penetrantes do ar das montanhas, já próximos os cheiros da noite e do aço e, portanto, da guerra. Logo chegaram à sua meta e, olhando por uma fenda na encosta da montanha envolta em densas sempre-vivas, distinguiram a profunda garganta no mais alto ponto da qual Sumela se erguia no seu íngreme e acidentado ninho de águia. No horizonte, mais distante do que podiam ver, achava-se o tesouro de Trebizonda – que tão irresistivelmente atraíra gregos, genoveses, florentinos e venezianos –, a ligação entre Oriente e Ocidente, onde as caravanas de camelos do interior armênio, da distante Tabriz, descarregavam seus produtos trazidos de barco dos armazéns da Europa. O desfiladeiro ainda estava vazio, mas era apenas uma questão de tempo antes que fosse tomado pelos Cavaleiros de São Clemente do Sangue Sagrado.*

*– Nem mesmo aqui estamos a salvo deles – disse Frei Leoni. – Para o senhor ver a ganância da humanidade, Frei Prospero. Guardamos muitos segredos, demasiado valiosos. O homem é venal, corruptível e portanto desprezível, pois cai muito cedo no pecado.*

*– Essa dificilmente é a doutrina de São Francisco.*

*– Nosso fundador viveu numa época diferente – disse Frei Leoni com amargura. – Ou então era cego.*

*– Eu não aceito blasfêmias! – cortou o* Magister Regens.

*– Se a verdade é blasfema, então que seja. – Frei Leoni enfrentou os olhos do outro. – O papa acredita que nós pregamos a blasfêmia; logo, o que é a verdade senão o que vemos com nossos olhos? A religião, como a filosofia, é uma coisa viva. Se não puder mudar com o tempo, calcifica-se e certamente torna-se irrelevante.*

*Frei Prospero desviou os olhos e mordeu o lábio, para não dizer alguma coisa da qual sem dúvida se arrependeria depois.*

*– Voltando ao assunto – disse Frei Leoni –, o senhor sabe tão bem quanto eu que não devemos deixar nosso segredo cair nas mãos de nossos inimigos. – Abriu a mão. – Eu fico com sua chave.*

*Um breve brilho de uma emoção obscura – medo ou talvez dúvida – deformou por um instante o rosto do* Magister Regens.

*– É isso que o senhor pensa de nossas chances?*

*Frei Leoni fitou intensamente Frei Prospero.*

*– Gostaria que eu despejasse as regras de nossa Ordem? Em tempos de crise, ordena-se um único Guardião, o Guardião-mor. – Um breve mas desagradável silêncio os envolveu. Levantou-se um vento frio, como se viesse das cinzas do sol crepuscular, e subiu o desfiladeiro como se temesse o que vinha atrás na escuridão crescente. Frei Leoni sabia que não respondera à pergunta do outro. – Eles estão em maior número que nós, e, como o papa tem acesso a tudo, podemos supor com segurança que eles estão mais bem equipados do que jamais poderíamos esperar estar. São simples exigências da guerra e podem ser superadas com a dose certa de astúcia e a estratégia correta. E é claro que temos esta fortaleza de pedra para nos servir de baluarte.*

*Interrompeu-se de repente, virou a cabeça e, como um animal astuto, pôs a ponta da língua para fora, absorvendo a notícia trazida pelo vento.*

*– Mas? – perguntou Frei Prospero, bem irritado.*

*Frei Leoni voltou-se para ele. Tinha a capacidade às vezes desconcertante de dirigir todo o seu olhar perscrutador a quem estava ao seu lado, e isso muitas vezes provara ser mais do que alguns podiam tolerar.*

*– Mas o inimigo é astuto, muito mais do que acreditamos. Frei Prospero, não há dúvida de que temos um traidor em nosso meio. A menos que sejamos capazes de descobrir sua identidade e o deter, esta noite Sumela pode tornar-se nossa cova, e não nosso refúgio.*

*Os olhos de Frei Prospero chispavam quando ele balançou a cabeça.*

*– O senhor sabe que eu nunca fui defensor do Guardião-mor.*

*– E, no entanto, agora o senhor vê a força disso – disse Frei Leoni. – Nós fomos traídos de dentro da Haute Cour. Sete frades, incluindo o senhor e eu, sabem da existência de um esconderijo com nossos segredos, mas apenas dois conhecem o lugar e têm a chave. De outro modo, os segredos sem dúvida já estariam nas mãos dos Cavaleiros de São Clemente. Vamos, o tempo torna-se pavorosamente curto.*

*Ainda assim, Frei Prospero hesitou, mas então, da ameia mais alta de Sumela, o grito do vigia drenou o sangue do coração de Frei Leoni.*

*– Estão vindo! Os Cavaleiros estão nos atacando!*

*De fato, ao se voltarem e olharem, viram os Cavaleiros de São Clemente, a bandeira simbólica com a cruz roxa de sete pontas a drapejar lado a lado com a do papa, investindo a cavalo, o brilho das armaduras ao crepúsculo, rumo aos portões do mosteiro.*

O Magister Regens *curvou-se, agarrando o parapeito com os dedos.*

*– Um ataque frontal – bufou. – Ficarão dias nisso, e nesse meio-tempo podemos avisar Lorenzo Fornarini, que tão bravamente nos ajudou em Trebizonda e agora vai...*

*Com rudeza e urgência, Frei Leoni deteve-o no meio da frase com a mão de ferro em seu braço. Contara os Cavaleiros e descobrira que não eram muitos. A única explicação...*

*– É tarde demais para o Sr. Fornarini, ou qualquer outro, aliás, vir em nosso socorro. – Puxou Frei Prospero para longe do parapeito quando as primeiras flechas passaram zunindo por eles. – A força principal contornou por trás. Por isso levaram dias para nos alcançar. – Desceram correndo a escada para o interior.*

*– Já estão dentro, de outro modo esse grupo não se haveria mostrado.*

*– Impossível! Eu me recuso a acreditar...*

*– Rápido! – Frei Leoni estalou os dedos. – A chave!*

*O* Magister Regens *enfiou a mão no manto, mas Frei Leoni o agarrou pelo pulso e arrancou a chave da corrente que a prendia a um crucifixo de madeira. Tinha-a na mão, uma chave diferente de todas as outras, com exceção da gêmea em seu poder. A estranha ponta apresentava rebarbas e sete cortes de diferentes profundidades em forma de estrela ao longo da haste.*

*O* Magister Regens *enterrou os dedos em garras no manto de Frei Leoni.*

*– Sua insolência um dia será a sua desgraça.*

*– Talvez – disse Frei Leoni. – Mas não hoje.*

*Sem afastar o olhar daqueles olhos de obsidiana, ele ergueu uma das mãos e, devagar, dedo por dedo, libertou-se das garras do outro.*

*– Hoje suas sentidas preces me acompanharão,* Magister Regens, *pois sou o Guardião-mor de nossos segredos agora. Se eu morrer, a Ordem morre comigo.*

*De repente ouviu-se um alarido vindo de baixo, o barulho de aço assobiando no ar misturava-se a gritos e terríveis gemidos.*

*– Agora o senhor tem a prova – disse Frei Leoni. – Fomos traídos de novo. Nossa cidadela foi invadida.*

*Os olhos de Frei Prospero tremeram com um tique minúsculo demonstrando medo. Com o rosto barbudo brilhando, ele retomou a urgente conversa. Em voz baixa, disse:*

*– E o que dizer do principal segredo, aquele que apequena todos os outros, aquele que mesmo os que o buscam, mesmo quem os enviou, desconhecem? Estará a salvo com o senhor?*

*– Por isso fui ordenado Guardião-mor. A confiança é sagrada; jamais se poderá quebrá-la. Eu os guardo a todos com minha vida, o segredo em especial.*

*Frei Prospero assentiu. Se não estava convencido, parecia pelo menos satisfeito. Tinha de ficar; não havia outra escolha.*

*– Então Deus esteja com você, meu filho. Em nome de Cristo, procure a segurança.*

*– E, se nós dois sobrevivermos, você sabe onde me encontrar.*

*– Dentro de um ano – disse Frei Prospero. – Sim.*

*– Então tornaremos a nos ver e retomaremos nosso debate.*

*– Se Deus quiser – concluiu Frei Prospero.*

*Segurando a bainha do manto numa das mãos, Frei Leoni desceu a escada em espiral da esquerda. Onde o sangue secara, o tecido ficara duro e desconfortável. Passando primeiro por uma fileira de janelas, ele viu a escura mancha da noite subindo pela abóbada cobalto do céu. Mais próxima, a crista inclinada do telhado da cozinha e, mais adiante, os terraços com colunas da ala real. Um funesto brilho de luz capturou a atenção de seus olhos. Alguém acendera um fogo perto dos muros.*

*Logo abaixo, deparou-se com os combates, já num ponto elevado. Vendo dois dos irmãos atacados por quatro Cavaleiros, sacou sua arma e jogou-se na luta repelindo um Cavaleiro que chegara perto de abrir ao meio o crânio de Frei Benedetto. Não era o que devia estar fazendo. Seu primeiro e único dever era salvar-se e, fazendo-o, manter em segurança o esconderijo do tesouro. O problema era que não se continha. Os irmãos se encontravam em sérios apuros; como ele poderia deixá-los?*

*Aparou fracamente um golpe, deixando o adversário com uma falsa sensação de superioridade, e depois, quando o imprudente Cavaleiro lhe deu uma estocada, desviou com habilidade o golpe e enterrou-lhe a ponta da espada na barriga. Outro Cavaleiro atacou-o pela direita, e ele decepou-lhe o pulso. Agora, porém, outros seis saltavam de baixo, e ele se viu obrigado a deixar a defesa a outros, recuando escada acima até o nível da janela em forma de trevo. Rebateu a estocada de um Cavaleiro que se separara do bando para derrubá-lo e desferiu um golpe meio desajeitado com a lâmina da espada. Obteve o efeito desejado, fazendo o Cavaleiro desequilibrar-se. E, quando o adversário ainda estava em desvantagem, Frei Leoni deu-lhe um forte chute no ombro. O Cavaleiro girou, a bota não alcançou a borda do degrau e ele tombou para trás sobre dois companheiros.*

*Frei Leoni aproveitou esse momento e, alcançando a balaustrada de pedra da janela, saltou para o telhado da cozinha. Dali via o pátio sob o enxame dos Cavaleiros de São Clemente. Viu o muro permanentemente enegrecido por ataques com fogo de sarracenos sitiantes. Traídos, pensou com amargura, dentro de nosso sagrado santuário.*

*Uma flecha passou a menos de um palmo de sua cabeça, e ele mergulhou para a esquerda, caindo em cheio sobre as telhas. Assim que se ergueu sobre um dos cotovelos, dispararam-lhe outra flecha, embora ele não visse o arqueiro. Não que isso tivesse importância; o inimigo estava fora de alcance.*

*Abaixando-se de novo, conseguiu arrastar-se sobre as telhas. A intenção era alcançar a cozinha embaixo e, dali, uma passagem sob o piso de pedra. Mas uma olhada no sangrento caos que tomara o pátio lhe disse que jamais chegaria aos andares de baixo, quanto mais à cozinha. Assim sendo, precisava seguir para a biblioteca. Mudou de direção, tornando a subir na cumeeira da cozinha. Isso tinha a desvantagem de torná-lo um excelente alvo nos dois ou três segundos que levaria para lançar o corpo pela cumeeira e descer pelo outro lado da ala oriental do ventre do mosteiro.*

*Não havia outro meio de chegar à biblioteca. Mas precisava aumentar suas chances, precisava desviar a atenção. Logo abaixo da cumeeira, esperou, preparando-se, respirando devagar. Vasculhou com a mão livre até encontrar uma telha solta. Arrancando-a, jogou-a na direção oposta àquela que pretendia seguir. Ouviu-a ressoar nos paralelepípedos do pátio abaixo, assim como os gritos de aviso dos Cavaleiros. Rolou imediatamente por sobre o topo para o outro lado do telhado. Nenhuma flecha o seguiu, e, sem parar para recuperar o fôlego, ele se encaminhou tão rápida e discretamente quanto pôde para o terraço da biblioteca. Na descida, esbarrou em um ninho de passarinho e, sabendo que talvez não tivesse outra chance de se alimentar, comeu os três ovos, pois assim que sentisse seu cheiro a mãe não mais os chocaria e os lançaria fora, do mesmo modo que sua Ordem estava sendo expulsa do seio da Igreja.*

*Atravessou depressa a sala cheia de prateleiras de obras preciosas. Mesmo agora sentia terror de que os Cavaleiros incendiassem o mosteiro e todo aquele conhecimento se perdesse para sempre.*

*Cautelosamente, Frei Leoni passou de sala em sala. Precisava chegar ao muro oriental. De vez em quando, como a maré precipitando-se sobre os seixos, ouvia os terríveis barulhos da guerra que o faziam ranger os dentes – o choque de aço com aço, os grunhidos animalescos dos guerreiros atacando uns aos outros, os xingamentos vulgares e os profundos gemidos dos feridos ou daqueles à beira da morte.*

*Na semi-escuridão, chegou por fim à sua meta, o muro oriental, inteiramente coberto por um complexo desenho grego. Buscou com as mãos calejadas o mecanismo que lhe mostraria a entrada para a escada oculta – uma telha, a quinta a partir da esquerda – e já ia apertá-la quando ouviu um barulho, baixo e agudo. Imobilizou-se e apurou os sentidos. A princípio nada, depois ouviu de novo o arranhar de aço na pedra. Alguém estava na sala com ele. Mas, em vez de atacar, vigiou e esperou.*

*Frei Leoni sufocou o impulso de abrir a porta e fugir. Não podia deixar o inimigo saber sua rota de fuga, pois nesse caso os Cavaleiros viriam atrás dele com tudo o que tivessem.*

*De maneira tão casual quanto possível, passou a mão pelo muro de pedra abaixo e afastou-se. E então fez a última coisa que o inimigo esperava: partiu dire-*

*to para cima dele – ou, mais precisamente, porque não o via, para o ponto de origem do barulho. Acertou, e já esboçava um sorrisinho de triunfo quando o breve clarão de aço cruzou sua visão. Nesse instante, viu que o Cavaleiro lhe apontava um arcabuz à queima-roupa. Saltou quando o outro apertou o gatilho da arma um tanto mais rápido do que pretendera. O alto estampido ferroou seus ouvidos como um enxame de abelhas e por um instante ele achou que tinha a cabeça cheia de grãos de chumbo.*

*Mas já caíra sobre o outro e o arcabuz voava rodopiando. Usou o punho e sacou a arma. Os dois cruzaram espadas.*

*Agora que estavam em pé de igualdade, sentia-se melhor, mas quase imediatamente o outro o empurrou para trás sob uma série de perversos golpes. Frei Leoni retaliou de um modo estranho – defendeu-se. Dessa forma, podia avaliar a capacidade do Cavaleiro sem denunciar o nível da sua. O inimigo era maior e mais forte que ele – e também habilidoso e confiante. Frei Leoni, sempre empurrado para trás sob a saraivada de golpes, deixou a confiança do Cavaleiro se inflar. Um penúltimo golpe com as duas mãos o pôs de joelhos. O outro, com um sorriso de triunfo, ergueu a espada acima de sua cabeça para o golpe mortal. Frei Leoni, sacando uma adaga, cortou-lhe com todo o comprimento da lâmina o tendão-de-aquiles. Imediatamente o Cavaleiro desabou, girando a espada feito um louco. Frei Leoni derrubou-a. Já estava em cima dele, seguro de que o ferira, e enterrou a adaga por uma fenda na armadura.*

*Arquejando, livrou-se do cadáver, cambaleou até a parede de ladrilhos marroquinos, apertou o mecanismo e, antes que surgisse mais alguém, desapareceu, fechando atrás de si a porta oculta.*

*Na mais absoluta escuridão, desceu uma íngreme escada em espiral. Ele e Frei Prospero haviam feito esse percurso inúmeras vezes, primeiro com tochas de junco, quando exploravam o local, e depois, no breu, para se prepararem exatamente para uma situação dessas.*

*Chegou ao pé da escada sem problemas e dali se dirigiu para a base do muro oriental. Da quina, mediu 15 passos e apalpou em busca do mecanismo de fechamento. Havia ali uma passagem secreta que levava a uma outra escada de ferro que descia serpenteando pelas densas paredes de Sumela – atravessando a própria pedra cortada – e saía a cerca de meia milha do terreno do mosteiro. Sem perda de tempo, atravessou correndo a passagem subterrânea, que cheirava a mofo e ao penetrante odor mineral da água que vazava da pedra. Fazia o mínimo de barulho que podia, mas nas circunstâncias era impossível ser absolutamente silencioso. Ainda assim, era impelido a apressar-se, e por fim chegou ao final do túnel. Como um cego, estendeu a mão e encontrou a escada de corda que levava para cima do velho poço, o que nunca fora de verdade, mas sim um portal de fuga se algum dia o mosteiro fosse invadido.*

*Subiu, e continuou subindo até sentir todas as miríades de cheiros da floresta. Sentiu um cheiro, porém, por cima dos outros, um cheiro acre muito conhecido.*

*Uma poderosa mão agarrou-lhe o ombro quando ele deixou o poço.*

*– Fique quieto e em absoluto silêncio – sussurrou-lhe no ouvido Frei Kent.*

*– Como o senhor...?*

*– Por aqui – disse com urgência Frei Kent, ignorando a pergunta. – O senhor foi traído. Nossos inimigos estão escondidos à sua espera.*

*E realmente ele viu os clarões ondulantes dos grupos de busca iluminados por tochas.*

*Frei Leoni seguiu seu guia, que o levou para longe das luzes, floresta adentro, até não se verem mais os clarões das tochas. Uma lua imensa e trêmula cruzava o céu. À sua luz monocromática, Frei Leoni viu o rosto do padre, tenso e terrivelmente repuxado. Mas havia um ar de euforia, pois tinham enganado os inimigos.*

*Frei Leoni voltou-se para ele e tomou seu antebraço num ardente agradecimento.*

*– Não se desespere – disse. – Encontramos a saída, a Ordem viverá mais um dia.*

*Por um instante, achou que o luar azul lhe pregava peças, pois pareceu-lhe que o ar de euforia no rosto de Frei Kent se tornara diabólico. Então o outro já enfiara a ponta da adaga em seu ombro. Quando ele se jogou para trás, Frei Kent foi para cima dele.*

*– O que... que está fazendo?*

*Frei Kent agarrou-o, sacudindo-o como se fosse uma folha. A expressão de obsessiva concentração no rosto era aterrorizante. Não se interessava pela confusão momentânea de Frei Leoni. Na verdade, nem se interessava mais por olhar a adaga. Tateava suas roupas, tentando freneticamente encontrar as chaves.*

*Nesse momento, Frei Leoni sacudiu a dor e o choque. Contra todas as possibilidades, Frei Kent era o traidor. Compreendeu também que ele traíra a todos, mesmo seus novos senhores, os Cavaleiros de São Clemente. Era óbvio, pela ganância nua em seu rosto, que estava decidido a saquear o tesouro e ficar com os segredos para si mesmo.*

*Frei Leoni retorceu-se, livrando-se das mãos ávidas, e, com um grito de angústia, arrancou a adaga de sua carne. Imediatamente o sangue começou a escorrer da ferida e ele se sentiu tonto. Num átimo, Frei Kent estava em cima dele, tomando-lhe a adaga. Frei Leoni ergueu as mãos um instante tarde demais. O punho fechado do outro bateu-lhe na ponta do queixo, derrubando-o.*

*Clarões de luz encheram-lhe o cérebro e uma escuridão crescente se fechou sobre ele, inteiramente distinta da noite enluarada. Ouvia os pássaros cantando e o pio de uma coruja distante, ou seriam talvez os gritos do inimigo massacrando seus irmãos? Com grande força de vontade, tentou recuperar a consciência, meteu os braços por dentro dos de Frei Kent e enterrou os duros nós dos dedos em seu pomo-de-adão. Um gaguejar de horríveis sons emanou da garganta de Frei Kent, que recuou, o imenso torso pairando sobre Frei Leoni.*

*Frei Leoni jogou-o para trás e agarrou seus joelhos, as mãos procurando a adaga. O luar mostrou-lhe, num vislumbre, tudo de que precisava, e ele agarrou o cabo e deu uma estocada em Frei Kent.*

*Mas o outro, ainda tossindo, agarrou seu ombro, como fizera quando ele saíra do poço. Dessa vez, porém, o polegar enterrou-se no ferimento aberto como uma espátula. Frei Leoni uivou de dor, e a mão paralisada soltou a adaga.*

*Um sorriso varreu o rosto de Frei Kent. Com um movimento quase lânguido, ele pegou a adaga e virou sua ponta para o adversário. Aumentou o aperto no ombro e voltou a lâmina apenas um pouco, para corrê-la pela garganta vulnerável, quando uma sombra surgiu da floresta e caiu sobre os dois.*

# PARTE UM

**Dias atuais**
**Nova York**
**Washington, D.C.**

# capítulo 1

**Num 4 de Julho** excepcionalmente quente e úmido, Dexter Shaw dobrou uma esquina e de repente se viu de volta aos dias tensos e noites angustiantes da juventude. Talvez fosse a visão da jovem de frente-única, ou do rapaz alienado pelas drogas sentado à sombra quente de um prédio de tijolos brancos, o cachorro sonolento ao lado e, entre os joelhos cobertos de cascas de feridas, um cartaz com a mensagem: "Por favor, me ajude. Perdi tudo."

Ou talvez fosse uma coisa inteiramente diferente. Enfrentando as multidões que apinhavam o parque da Union Square, sentia-se um nadador longe da praia lotada, guiado e controlado por ventos e correntes que só ele via. Sentiu ainda mais intensamente esse distanciamento quando seguiu abrindo caminho por aquele mar de gente. Os segredos fazem com que nos sintamos sós até no meio de uma aglomeração. É verdade. Quanto mais ocultos os segredos, mais profundo o isolamento. O murmúrio dos amantes, o bate-papo dos amigos, as conversas em código de empresários em telefones celulares, todos mundanos e no entanto parecendo-lhe exóticos, tão distantes se achavam de sua própria vida. Claro, essa fora sua realidade durante décadas, mas agora a ansiedade transformara as diferenças em lâminas cujos fios sentia como uma ameaça imediata em sua pele avermelhada.

Reparou em um homem alto, macilento, com a barba desleixada cobrindo quase todo o rosto, que avançava em sua direção.

– Eu sou o que vive; fui morto, mas eis-me aqui vivo para todo o sempre! Amém; e tenho as chaves da morte e do inferno! – gritou-lhe o homem, citando o Apocalipse. Os olhos encovados se fixaram nos de Shaw, como a exigir sua atenção. – Escreve, pois, as coisas que tens visto, e as que são, e as que depois destas hão de suceder!

Shaw afastou-se, mas a voz, estridente e dura como cimento, seguiu-o:

– Eis o mistério das sete estrelas, que viste na minha mão destra, e dos sete candeeiros de ouro: as estrelas são os anjos das sete igrejas, e os sete candeeiros que viste são as sete igrejas.

Era a voz da guerra, o arauto do Juízo Final. Shaw soubera disso desde que fora informado da enfermidade do papa, mesmo antes de começarem os assassinatos. Era preciso encontrar um meio de evitar a contagem regressiva para o Armagedon que já se iniciara.

O cheiro nauseante da morte enchia suas narinas, a visão de sangue escorrendo tomava seus olhos. Afastando essas imagens, abriu caminho por entre a multidão rumo ao Green Market, onde momentos depois avistou o homem do Leste Europeu. Era um Cavaleiro de Campo, um agente encarregado do trabalho sujo, isto é, matar inimigos de sua organização – e Shaw era um deles. No instante seguinte já se misturara à multidão.

Shaw tratou de sair do mercado e entrou numa das lojas de departamentos no lado sul da rua 14. Ali passou quase 20 minutos indo lentamente de uma seção a outra. O Cavaleiro de Campo alcançou-o no setor de utilidades domésticas, onde ele observava um mostruário de utensílios de cozinha. Seu perseguidor era paciente, e, se Shaw não tivesse os talentos apurados como o fio de uma navalha, talvez nem sequer o houvesse notado. A aparência do Cavaleiro mudara – livrara-se da jaqueta e usava uma camisa pólo de cor neutra. Parecia fascinado por um aparelho de jantar de refinada porcelana, e então mais uma vez desapareceu e logo reapareceu na seção de roupas esportivas masculinas, na periferia do campo de visão de Shaw. Não olhava para ele e nem sequer em sua direção. Era muito bom.

Shaw escolheu várias camisas e se dirigiu aos fundos da loja, onde ficavam os provadores. O Cavaleiro de Campo seguiu-o atentamente por causa da saída de emergência no fim do corredor.

Os primeiros três provadores estavam ocupados, o que convinha ao objetivo de Shaw. De olho na saída de emergência, ele continuou em frente. O Cavaleiro o seguia silenciosamente, diminuindo o espaço que os separava. Shaw sentiu sua aproximação e apertou o passo. O perseguidor, num esforço para não se distanciar, acabou alcançando-o rápido demais.

Shaw deu meia-volta e atirou as camisas na cara dele. Ao fazê-lo, cortou-lhe o rosto com um descascador de batatas da seção de utilidades domésticas que escondera na palma da mão. Agarrou-o de frente pela camisa, jogou-o no provador vazio à direita e fechou a porta com um chute. Nenhum Cavaleiro o seguiria ao lugar em que ia se encontrar com o filho, prometeu a si mesmo.

– De que adianta isso? – perguntou o Cavaleiro, limpando o rosto. – Acha que pode nos deter? – Riu. – É tarde demais. Nada nos deterá.

Shaw atingiu-o no lado, bem embaixo da caixa torácica. O Cavaleiro curvou-se, mas não caiu. Meteu o cotovelo dobrado no queixo de Shaw. Tinha mirado a garganta dele, mas Shaw conseguira se desviar do golpe. Ainda assim, a pancada fez a dor explodir na sua cabeça. Aproveitando a vantagem, o perseguidor deu-lhe um soco no rim. Shaw retribuiu com um murro no esterno.

Sob a luz ofuscante, os reflexos toldados, lutaram silenciosa e intensamente, golpeando-se e esquivando-se como praticantes de artes marciais, simulando ataques e aparando-os como esgrimistas, com golpes curtos, vigorosos e brutais, por causa da falta de espaço no minúsculo compartimento.

Até ficarem enlaçados como num abraço de amantes.

– Você está liquidado – disse o Cavaleiro. – É o fim.

Libertando uma das mãos, Shaw enterrou o polegar no ponto sob a orelha esquerda onde pulsava a carótida do adversário. O Cavaleiro, vendo seu fim, lutou como uma fera enlouquecida, mas, apesar disso, Shaw manteve o domínio, tenaz como um buldogue. Por fim, o outro perdeu a consciência e tombou no chão.

Shaw levou um momento para se acalmar, enquanto rearrumava as roupas. Pensou no que o Cavaleiro dissera: "*É tarde demais. Nada nos deterá.*" Será que era verdade?, perguntou-se. Os Cavaleiros poderiam estar mais à frente do que ele sabia? A possibilidade congelou-o. Era mais imperativo do que nunca falar seriamente com Bravo. Precisavam colocar de lado a hostilidade que se interpunha entre os dois.

Voltou depressa para o corredor. Rápido, lançou um olhar cauteloso em busca de outros possíveis Cavaleiros e saiu da loja pela entrada dos empregados, na rua 13.

Dali mergulhou no coração do Village, virando no sentido sul, para a University Place, depois oeste, para a rua 11. Novamente sozinho, poderia ter diminuído a velocidade, mas em vez disso continuou avançando acelerado com o mesmo passo assustado. A brisa que antes soprava no parque já se extinguira. Uma neblina de verão alvejara toda a cor do céu, e o ar, agora carregado, grudou-se nele numa indesejável intimidade.

Então, apesar de todas as suas precauções, sabiam onde ele estava. Talvez isso não fosse tão surpreendente, tendo em vista o meticuloso planejamento por trás dos ataques das duas últimas semanas, que culminaram na captura de Molko – que foi torturado e, quando isso se revelou infrutífero, assassinado em uma hora, talvez até menos, antes de Shaw organizar a missão de resgate.

Muito azar. Ele e Molko haviam discutido a questão mais de seis meses antes do primeiro assassinato. Molko aceitara o plano sem protesto. Mas, horas após o encontro, fora levado, torturado e assassinado. Tudo por causa da chave.

*As chaves do inferno e da morte.*

Encontrou o French Roast, o café que Bravo sugerira, e entrou. Seu filho ainda não chegara, então ele pediu a uma mulher no balcão uma mesa ao ar livre. Sentou-se à pequena mesa de metal ao sol, pediu um café com leite e pensou no Cavaleiro de Campo e nas profecias do Apocalipse. Sabia muito sobre profecias, muito mais que a maioria das pessoas. "*As coisas que tens visto, e as que são, e as que depois destas hão de suceder!*" Imaginou que as palavras lançadas pelo fanático religioso se referiam à guerra na qual se via metido.

O café com leite chegou e ele rasgou três saquinhos de açúcar. Tomando a enorme xícara nas mãos, bebeu um gole e logo pensou: *Maldito café francês. É forte o suficiente para arrancar a parede do meu estômago. Onde encontrar uma das boas e antigas Maxwell House quando a gente precisa? Típico de Bravo sugerir este lugar.* Mas também o filho passara os últimos três anos em Paris, para grande tristeza de Shaw. Talvez um pouco do virulento sentimento antifrancês de seus colegas o houvesse impregnado, mas não fora esse o motivo de seu desgosto.

Afastando o café, deu uma olhada no relógio de pulso. Onde estava Bravo, afinal? Vinte minutos atrasado. Bem, ia chegar de avião de Bruxelas. Graças a Deus aceitara participar da reunião de família. Jordan Muhlmann, o presidente da Lusignan et Cie., mandara-o a Bruxelas para uma importante conferência sobre gerenciamento de risco, mas tão logo ele chegara lá Shaw o convencera a vir.

– É melhor eu não contar a Jordan – dissera Bravo, da distante Bruxelas. – Ele não gosta de mudanças.

– Isso não me surpreende – murmurara Shaw.

– O quê? Pai, fale alto. Não consigo ouvir.

– Eu disse que você está fazendo a coisa certa, Bravo. Emma ficaria arrasada. Entre no próximo avião para o JFK e acabe logo com isso.

Verdade seja dita, Bravo devia querer vir, pois desde que informara ao pai haver aceitado o trabalho na empresa multinacional de consultoria financeira Lusignan et Cie. houvera uma sutil desavença entre os dois. Não se poderia chamar de guerra exatamente, mas causara um certo esfriamento entre eles, as conversas telefônicas reduziram-se, os encontros passaram a ser menos freqüentes. Não era o que Shaw desejava – longe disso. Mas a experiência lhe mostrara que o filho era tão cabeça-dura quanto ele próprio. Embora tivesse sido inflexível e dito claramente que queria que Bravo continuasse o trabalho de pesquisa sobre religiões medievais, em vez disso o filho aceitara a muitíssimo lucrativa oferta de Muhlmann. Pelo menos continuara o rigoroso programa de treinamento físico no qual o pai insistira.

No entanto, a partir do momento que Muhlmann conheceu Bravo, um cheiro de traição ficou no ar, mas só para Shaw. Embora nunca houvesse deixado de amar o filho, o culpara – e Bravo era esperto o bastante para perceber isso. Por outro lado, não sabia o verdadeiro motivo de Shaw tanto insistir para que ele continuasse os estudos. Como poderia?

Tenso, via a garçonete se movendo com um encantador balanço dos quadris pelas estreitas passagens entre as mesas redondas. A moça lhe perguntou se queria fazer o pedido e ele respondeu que ainda não.

Mais que qualquer outra coisa, queria resolver aquela desavença, mais dolorosa para ele do que deixara Bravo saber. Agora lhe parecia a hora certa para começar. A tradição de reunir a família todo 4 de Julho fora iniciada pela falecida mulher de Dexter, Stefana, e mantida pela filha, a irmã mais velha de Bravo, Emma, em sua casa, que antes fora dos pais. Mesmo assim, conhecendo o filho como conhecia, Dexter sabia que ele desconfiaria da urgência do *rapprochement*. Mas agora, de repente, ficara sem tempo. Circunstâncias alheias a ele haviam determinado que tivesse a sempre planejada conversa com Bravo, embora não nessa hora e certamente não dessa maneira apressada.

Não que não houvesse dado o melhor de si na preparação do filho para esse momento. Mas Jordan Muhlmann entrara em cena e alterara tudo. Agora era não apenas patrão de Bravo, mas seu melhor amigo. Não faz mal. Bravo ia chegar e em alguns instantes a vida dos dois mudaria para sempre. Se Shaw tinha quaisquer dúvidas sobre o filho, empurrara-as para os recônditos de sua mente excepcionalmente ordenada.

Tinha certeza de que Bravo estaria à altura da tarefa, por mais assustadora que fosse. Tinha que estar. Quando a garçonete saiu do seu campo de visão, ele notou um homem que atravessava a rua em sua direção. Ao vê-lo aproximar-se, sentiu os músculos tensos. O sujeito apressou o passo e ergueu um braço. E passou direto por ele, sorridente, rumo aos braços de uma mulher, que o abraçou com inabalável paixão. Como Steffi o abraçara noutros tempos.

*Não entre nessa*, ralhou consigo mesmo. Mas lá estava ela, em sua mente, no leito do hospital, pouco mais que um esqueleto, enfraquecendo sob seus olhos impotentes e furiosos. Que era a vida quando se esperava a morte? Poderia algum dia ser mais que isso?

– *Eu sou o que vive; fui morto, mas eis que aqui estou vivo para todo o sempre! Amém...*

As palavras voltaram-lhe com a força de um bumerangue. Se ao menos Steffi não tivesse morrido, se ao menos... Mas isso não tinha de ser. Enquanto a mulher jazia agonizante, o coração dele se partira.

– *As chaves da morte e do inferno...*

Então viu Bravo, que vinha em sua direção, e sentiu o coração saltar. Tinha certeza de que o que fizera, o que ia fazer era o certo – a *única* resposta à única pergunta que lhe importava.

– *Escreve, pois, as coisas que tens visto, e as que são, e as que depois destas hão de suceder!*

Já fizera isso da forma que ele e Bravo eram especialistas.

. . .

Assim que viu o pai sentado à luz do sol no French Roast, Braverman Shaw foi tomado de emoções contraditórias. O menininho que havia nele queria atravessar correndo o quarteirão de braços abertos; o adolescente queria agradecer-lhe por insistir no caminho que escolhera para ele, pois Bravo não esquecera nada de seus estudos de religião medieval, e pouco perdera da excitação que sentira desde o primeiro dia em que o pai abrira o grosso livro ilustrado que guardava na mesa-de-cabeceira, apresentando-lhe os mistérios que o consumiriam nos anos futuros. Mas o adulto, que se julgava manipulado, absorvera as mesmas características que mais odiava no pai, de modo que os dois se reuniam não como pai e filho, mas como uma força imbatível e um objeto inabalável. Este termo – *inabalável* – era em tudo apropriado, pensou Bravo, para o homem cuja vida e cujas motivações ele julgava cada vez mais enigmáticas e opacas.

– Pai.

Dexter Shaw se levantou.

– Que bom ver você de novo, Bravo.

Trocaram apertos de mão, formais e um tanto sem graça, e sentaram-se.

Braverman Shaw, 30 anos, era uma cabeça mais alto que o pai, magro, com os ombros largos e as pernas longas e vigorosas de nadador. À sua maneira, era tão bonito quanto ele, os cabelos escuros e ondulados, os olhos de um azul brilhante. Tinha o olhar singular de quem busca o conhecimento, não o de um consultor de gerenciamento de risco. Emma apelidara-o de Bravo quando ela tinha seis anos e ele quatro. O nome pegou.

Bravo, vendo a xícara de café com leite quase intocada, perguntou:

– Sabor demais para você, pai?

Falou num tom brincalhão, não sabia se para quebrar o silêncio ou como uma forma de autodefesa.

De qualquer modo, isso irritou Shaw, tocando em pontos sensíveis nos quais ele preferia não mexer, sobretudo agora.

– Por que precisa fazer isso?

Bravo chamou um garçom.

– Fazer o quê?

– Me provocar.

Bravo pediu um expresso duplo. Depois que o garçom se foi, disse:

– Eu tinha a impressão de que provocávamos um ao outro. – Sustentou o olhar do pai. – Você não gosta disso?

– Na verdade, não.

O expresso chegou. Fazia seis meses desde a última vez que os dois haviam se visto. Um ar de perda e certo pesar pairava entre eles, intensificado pelo diálogo difícil. Era o tipo de atrito comum entre duas pessoas muito parecidas. Sem a mediação da mãe, que morrera havia 10 anos, muitas vezes voavam faíscas entre pai e filho. Isso ocorria mesmo antes de Jordan Muhlmann aparecer. Sua simples presença parecia ter agravado o problema, talvez pelo fato de ser francês e Bravo conhecer bem a antipatia de Dexter pelos franceses. *Somos dois cabeças-duras*, pensou Bravo. *Para não dizer teimosos, enérgicos e determinados.*

Dexter se mexeu na cadeira.

– Quero conversar com você sobre seu futuro.

*Não*, pensou Bravo, *eu simplesmente não posso fazer isso de novo.*

– Pai, você vive querendo conversar comigo sobre meu futuro. Já estou velho demais para ouvir sermões.

– Em primeiro lugar, nunca somos velhos demais para aprender algo novo. Segundo, não se trata de sermão. Quero lhe fazer uma oferta.

– Agora você está recrutando para o Departamento de Estado?

– Isso não tem nada a ver com o Departamento. – Dexter Shaw curvou-se para a frente, a voz baixa, urgente. – Você se lembra de seu antigo treinamento?

Mais uma vez, por autodefesa, Bravo olhou o relógio de pulso.

– Estamos atrasados, pai. Emma deve estar se perguntando o que aconteceu com a gente. Além disso, vim correndo do aeroporto e ainda não tive tempo de comprar um presente para ela.

Dexter recostou-se e lançou-lhe um olhar furioso.

– Sabe o que eu acho? Acho que Muhlmann o mandou para Bruxelas de propósito.

Bravo ergueu a cabeça, como um cachorro em estado de alerta.

– Ora, não comece...

– Ele sabe da sua reunião anual de família.

Bravo riu.

– Não está insinuando que ele organizou uma conferência internacional só para...

– Não seja ridículo. Mas ele podia ter enviado outra pessoa.

– Jordan confia em mim, pai.

A acusação velada fez cair sobre os dois um silêncio pesado. Buzinas soaram quando um carro deu uma guinada no tráfego, e as portas traseiras de um furgão de entrega se abriram com um som metálico.

Dexter Shaw deu um suspiro.

– Bravo, podemos fazer uma trégua? Precisamos conversar com urgência. No espaço de uma semana o mundo mudou.

– Depois do jantar.

– Eu lhe disse que era urgente.

– Eu ouvi, pai.

– Não quero que Emma...

– Ouça. Claro que não. A gente sai para dar uma caminhada, só nós dois, e você pode vender seu peixe.

Dexter abanou a cabeça.

– Bravo, não se trata disso. Você precisa entender.

– Já é tarde e está ficando cada vez mais tarde. – Bravo levantou-se e pôs o dinheiro na mesa. – Vá para a casa de Emma enquanto eu procuro um presente.

– Gostaria de ir com você.

– Para ela ficar zangada com os dois? – Bravo fez que não com a cabeça. – Vai na frente, pai.

Quando ele se virou, Dexter Shaw tomou o seu braço. Havia tanta coisa a dizer, tanta coisa a ser comunicada, e agora, na última hora, com sinos soando na cabeça, ele percebia que devia se sentir mais próximo do filho do que nunca. Em vez disso, instalara-se entre os dois uma espécie de abismo frio, e ele reconhecia que a culpa era toda sua. Tentara proteger o filho da terrível responsabilidade que estava por vir, pelo máximo de tempo que pudera, mas, no fim, acabara fazendo com que ele sentisse que não merecia sua confiança, como se estivesse sendo manipulado por algum motivo desconhecido. Via agora que, entre segredos, mentiras e verdades, às vezes não havia muita escolha.

Em todo caso, escolhera, mas só nesse momento percebia a profundidade do seu fracasso. Steffi o advertira de que ia acabar acontecendo isso; ela, que conhecia os dois – ele e o filho – melhor que ninguém. Implorara-lhe que não envolvesse Bravo em sua vida obscura – fizera um escândalo, chorara, o agredira –, e no entanto ele se aferrara às suas convicções. *Minha querida Steffi, onde quer que esteja, por favor, não me odeie.* Mas claro que o odiara, assim como ele sabia que o amara de todo o coração. Não podia deixar de temê-lo – aquele outro Dexter Shaw rígido, cheio de regras, intratável, que desaparecia durante dias ou semanas num mundo do qual ela tinha apenas uma vaga idéia. Por fim, desgastada e derrotada, dissera-lhe: *"Você é como uma pedra, todos vocês são – sem sangue, sem sentimento, sem esperança sequer de mudança ou movimento. Essa é a vida a que está condenando Bravo."*

Seus olhos encheram-se de lágrimas, a súbita investida de emoções desconhecidas deixando-o sem palavras. Surgia agora uma oportunidade de mudar tudo, mas era tarde demais. Os dados tinham sido lançados, qualquer chance que tivera já lhe fora roubada. Essa era a essência do que via nesse momento de ofuscante revelação, o âmago da questão que Steffi jamais entendera e ele jamais explicara. Em seu mundo, as escolhas não passavam de uma perigosa ilusão, oferecida por um diabo ardiloso.

– Que merda, filho.

Por um momento, Bravo ficou abalado, o pai nunca dizia palavrões. O que quer que tivesse em mente, era importante, até aí ele sabia. Mas agora, real e verdadeiramente, não tinham tempo. Devagar e com cuidado, desembaraçou-se. A voz soou afetuosa e conciliatória.

– Logo me juntarei a você, e então teremos nossa conversa. Eu prometo.

Dexter Shaw hesitou, assentiu com a cabeça resignadamente, virou-se e dirigiu-se para o meio-fio. Bravo o viu atravessar a avenida, depois deu meia-volta e seguiu na direção sul. Mas aonde iria? De repente percebeu que não tinha a mínima idéia do que comprar para Emma. O pai era o único que sempre sabia o que os filhos gostariam de ganhar. Por mais relutante que estivesse a sentir mais uma vez a pressão do julgamento do pai, engoliu o orgulho e, desviando-se do tráfego, atravessou correndo a Sexta Avenida fora do sinal. Quando Bravo chegou ao lado oeste, Dexter já subia correndo a escada da casa com fachada de tijolos de arenito castanho-avermelhados. Bravo o chamou quando ele cruzava a porta externa.

Correu o mais rápido possível, esperando conseguir chamar a atenção do pai antes que Emma abrisse a porta interna pelo interfone. Subia os degraus da frente quando uma explosão lançou as janelas pelos ares. A pesada porta da entrada, arrancada das dobradiças, atingiu-o, jogando-o para cima e atirando-o na rua.

Imediatamente, como grasnidos de corvos, ouviu-se o áspero ruído de freios e vozes assustadas elevaram-se em ansiosos berros, mas Bravo, inconsciente, já se achava alheio ao crescente caos.

. . .

– Não – disse-lhe o pai mais uma vez.

Bravo ergueu a cabeça com os inquisitivos olhos azuis e os cabelos desgrenhados. Tinha nove anos

– Onde foi que eu errei?

– Não se trata de erro. – Dexter Shaw ajoelhou-se. – Ouça o que digo, Bravo.

O que eu quero é que você use a mente *e* a alma. As atividades intelectuais só vão levá-lo até certo ponto na vida, porque *todas* as grandes lições envolvem perda. – Baixou os olhos para o quebra-cabeça que pusera diante do filho. – Um "erro" é algo mecânico, uma maneira errada de agir, manobrar, pensar. É uma coisa superficial. Mas *sob* a superfície, onde a perda se manifesta, é daí que você deve começar.

Embora Bravo não compreendesse todas as palavras que o pai usava, conseguia entender o significado ou a intenção. *Manifesta*, pensou, dando tratos à imaginação, com a palavra na mente. Era estranha e bela, como uma pedra preciosa que vira certa vez na vitrine de uma loja, cintilando, facetada, profundamente colorida e, de algum modo, misteriosa. Sentia a intenção do pai, uma coisa viva, palpável e íntima como uma batida do coração. Sabia o que o pai queria para ele e, muito naturalmente, também o queria.

*Quero me manifestar um dia*, pensou, mergulhando de corpo e alma na solução do quebra-cabeça que seu pai criara para ele.

Uma dor aguda dilacerava-o, ameaçando arrastá-lo para muito longe, e ele lutava contra ela, lutava com o máximo de força possível. Mais que tudo, queria ficar ao lado do pai, concluir o quebra-cabeça, porque os quebra-cabeças ligavam pai e filho de uma forma muito íntima e misteriosa. Mas outro espasmo de dor turvou-lhe a visão e o rosto do pai tremulou à sua frente, desaparecendo em uma névoa de vozes que de repente se reuniram à sua volta como um bando assassino de corvos com os ombros curvados...

– Finalmente. Ele está voltando a si.

– Já estava na hora.

Bravo ouvia essas vozes como através de uma parede de algodão. Sentiu um aroma peculiar de água-de-colônia masculina enjoativamente doce. Começou a vomitar, sentiu mãos fortes a agarrá-lo, quis repeli-las, mas lhe faltou força. Tinha dificuldade de concatenar as idéias, como se não mais quisesse pensar.

Ao abrir os olhos se deparou com dois vultos nebulosos. À medida que sua visão ia clareando, lentamente os vultos foram assumindo a forma de dois homens de pé acima dele. O mais velho era franzino. Tinha a pele muito escura e feições indianas; usava jaleco branco – um médico. O outro, talvez uns 10 anos mais moço, tinha o rosto tão amarrotado quanto o terno. Bravo notou o punho da manga do paletó desfiado. O cheiro forte de água-de-colônia desprendia-se dele em ondas.

– Como está se sentindo? – perguntou o médico num tom levemente monocórdio. Inclinara a cabeça, como um daqueles corvos que Bravo imaginara. Os olhos cor de café torrado examinavam os gráficos eletrônicos que tremeluziam acima de sua cabeça. – Sr. Shaw, por favor, diga alguma coisa, se estiver me ouvindo.

A invocação de seu sobrenome foi um jato de água fria.

– Onde estou? – A voz de Bravo soou pastosa e peculiar aos seus ouvidos.

– No Hospital St. Vincent – disse o médico. – Você sofreu algumas contusões profundas, hematomas, queimaduras aqui e ali e, claro, uma concussão. Mas não tem nada quebrado nem rompido.

– Há quanto tempo estou aqui?

O médico olhou o relógio de pulso.

– Faz dois dias que o internaram.

– Dois dias! – Bravo quis tocar a orelha, mas a mão magra e escura do médico o impediu. – Tudo soa abafado... e tem uma campainha tocando...

– Sua proximidade da explosão causou uma perda auditiva temporária – disse o médico. – Uma reação perfeitamente normal, eu lhe garanto. Fico aliviado que tenha recuperado a consciência. Confesso que deixou todos nós um pouco aflitos.

– Aquela porta pesada o salvou, Sr. Shaw, esta é a verdade – disse o mais jovem, com forte sotaque de Nova York.

E de repente se lembrou de tudo – a desabalada corrida no quarteirão, a subida nos gastos degraus de pedra calcária, um barulho ensurdecedor e depois... nada. Tudo pareceu desmoronar de uma vez. Ele se sentia oco por dentro, como se, enquanto se achava inconsciente, uma garra lhe houvesse atravessado a pele e os tecidos para escavar-lhe as entranhas.

O médico franziu a testa.

– Sr. Shaw, o senhor me ouviu? Eu disse que dentro de alguns dias sua audição ficará perfeita.

– Ouvi. – Na verdade, recebera essa notícia com uma serenidade que beirava o estoicismo. – Meu pai?

– Ele não conseguiu. Sinto muito – disse o homem de terno.

Bravo fechou os olhos. O quarto começou a girar e ele parecia ter dificuldade para respirar.

– Eu falei. É cedo demais – disse o médico de algum lugar acima da cabeça de Bravo.

Então lhe veio uma sensação quente, de calma, tomando o organismo.

– Relaxe, Sr. Shaw – disse o médico. – Só estou lhe dando um pouco de Valium.

Mesmo assim, ele lutou contra isso – o Valium e as lágrimas que queimavam suas pálpebras, lágrimas que transbordaram para as faces, humilhando-o na frente de estranhos.

– Não quero ficar calmo. – Tinha de saber... – Minha irmã. Emma está viva?

– Está no quarto logo adiante no corredor. – O homem de terno pegara um bloco e lápis.

– Não se preocupe com ela. Não se preocupe com nada – acrescentou o médico tranqüilizando-o.

– Preciso de algum tempo com ele – disse bruscamente o outro homem. Seguiu-se uma discussão, encenada à margem da consciência inquieta de Bravo, que o sujeito de terno acabou vencendo.

Quando Bravo abriu os olhos em seguida, estava sendo observado por olhos castanho-claros, levemente vermelhos nas extremidades. A caspa espalhava-se pelos ombros do paletó como cinzas de um incêndio. Ou de uma explosão.

– Sou o detetive Splayne, Sr. Shaw. – Ele mostrou um crachá de identidade: Departamento de Polícia de Nova York.

Atrás da porta iniciara-se uma conversa, uma voz senil e queixosa. O rangido de rodas de borracha levou-a embora. Bravo suportou o silêncio mortal pelo tempo que pôde.

– Tem certeza? Não houve algum engano?

O detetive mostrou duas fotos, entregou-as a Bravo.

– Receio que ele tenha sofrido o maior impacto da explosão – respondeu em voz baixa.

Bravo olhou para o pai, ou melhor, para o que restara dele estendido numa laje. A segunda foto, indizivelmente brutal e por isso repulsiva, era um close do rosto do velho. As imagens pareciam irreais, uma espécie de macabra brincadeira do Dia das Bruxas. Bravo, meio tonto de dor e desespero, sentiu vertigem e, mais uma vez, lágrimas indesejáveis escorreram por seu rosto.

– Lamento, mas tenho de perguntar. Este é seu pai? Dexter Shaw?

Levou um longo tempo para responder e, quando o fez, a garganta parecia em carne viva, como se houvesse berrado durante horas.

– Sim.

Splayne assentiu com a cabeça, guardou as fotos no bolso, afastou-se e ficou junto à janela, calado como uma sentinela.

Bravo enxugou os olhos com o dorso da mão.

– Como... como está Emma? – Constatou que sentia medo de perguntar.

– O médico diz que está fora de perigo.

As palavras de Splayne o acalmaram por um instante, antes da força da morte do pai precipitar-se de volta sobre ele, apagando tudo. Vagamente, percebeu o ruído de uma cadeira que era arrastada e, quando abriu os olhos novamente, viu Splayne sentado ao lado da cama, observando-o, paciente como um gato.

O detetive disse:

– Sei que isso é difícil para o senhor, Sr. Shaw, mas o senhor é uma testemunha ocular.

– E minha irmã?

– Eu já disse.

– "Fora de perigo." Que quer dizer isso?

Splayne deu um suspiro, correndo a enorme mão pela fronte esgotada.

– Por favor, me diga o que lembra.

Sentado imóvel, os ombros curvados, dirigia toda a sua atenção para o homem deitado no leito de hospital.

– Quando me contar sobre o estado de Emma.

– Deus do céu, o senhor dá um trabalho e tanto. – Splayne respirou fundo. – Tudo bem, ela está cega.

Bravo sentiu o coração saltar.

– *Cega?*

– Eles estiveram aqui e fizeram tudo o que podiam. O médico disse que ou ela recupera a visão em uma ou duas semanas ou a cegueira será permanente.

– Oh, meu Deus.

– Está vendo? Era isso que eu queria evitar. – Splayne se curvou para a frente. – Não vai desmaiar e me deixar na mão, vai?

Com dedos que pareciam pinças de aço, voltou o rosto de Bravo em sua direção, encarando-o intensamente. Era ligeiramente vesgo do olho esquerdo, como se alguma coisa muito terrível houvesse acontecido naquele lado do rosto. Bravo absorveu a intensidade do outro e o deixou resgatá-lo da beira do pânico e do desespero. O pai morto, Emma cega, tudo no espaço de uma única respiração. Era demais, ele não podia acreditar nisso. Devia haver outra realidade lá fora – uma realidade em que o pai sobrevivera e Emma não perdera a visão. Se ao menos pudesse encontrá-la...

– Sr. Shaw, eu preciso que me diga o que aconteceu. É importante, sabe?

– Sim – disse Bravo num rouco sussurro. – Eu sei.

Contou o melhor que pôde o que lembrava da breve sucessão de fatos pouco antes da explosão.

Quando terminou, o detetive olhou para ele.

– Para ser franco, eu não esperava muito mais que isso.

– Então por que era importante falar comigo?

– Escute, tenho de fechar esse caso, do contrário o pessoal da burocracia vai me caçar como uma cadela no cio.

Bravo sentiu uma renovada onda de raiva.

– Sabe o que causou a explosão?

– Vazamento de gás no porão. Era uma casa velha de tijolos de arenito castanho-avermelhados, talvez o sistema de aquecimento necessitasse de reparos. O Corpo de Bombeiros de Nova York vai vistoriar o lugar agora. – A caneta do detetive Splayne pairava suspensa sobre o bloco de anotações. – Outra coisa: quem é Jordan... – ele deu uma rápida olhada em suas notas – Muhlmann? Ele tem ligado duas vezes por dia para saber do seu estado.

– É meu patrão e meu amigo.

– Foi o que ele me disse. Mais alguma coisa?

Bravo fez que não com a cabeça.

– Então meu trabalho aqui está terminado. – Com determinação, Splayne fechou o bloquinho. – Espero que fique bom, Sr. Shaw.

– É só isso? É aí que termina a investigação?

Splayne deu de ombros.

– Para lhe dizer a verdade, Sr. Shaw, é aí que termina a maioria das investigações. Esta é uma grande cidade, milhões de pessoas andam nas sombras, fugindo da luz, rastejando nos esgotos como vermes. É com os vermes que tenho de gastar meu tempo dia a dia. Isto aqui é limpo e claro, em comparação com a merda que pego quase todos os dias. Juro, é o bastante para esvaziar a gente por dentro, transformar um otimista convicto num cínico. – Levantou-se. – Como eu disse, sinto muito por sua perda, mas já está na hora de voltar para onde realmente necessitam de mim.

Bravo, ainda combatendo os efeitos do Valium, contorcia-se na cama. Queria fazer mais uma pergunta. Qual era?

– Espere um minuto, você falou com minha irmã?

Mas Splayne já se fora.

. . .

Bravo ficou ali deitado de costas por um momento, a cabeça zonza. Assim que fechou os olhos, o pai reapareceu. "*Todas as grandes lições da vida envolvem perda*", dissera Dexter Shaw, e pusera a mão na testa úmida do filho. "*Não esqueça o que lhe ensinei agora.*"

Com um grunhido, Bravo puxou a agulha de Valium do braço e arrancou todos os dispositivos de monitoração. Sentou-se e girou as pernas para fora da cama alta. O piso pareceu frio como gelo aos seus pés nus, e quando pôs todo o seu peso neles foi obrigado a agarrar-se aos lençóis da cama para não cair. O coração bombeava forte no peito, e parecia que os ossos e músculos das pernas haviam se dissolvido nas terríveis 48 horas em que estivera inconsciente.

Teve de se arrastar pelo quarto até a porta e quando a abriu se viu diante de uma enfermeira resmungona de olhar furioso.

– O que foi que o senhor fez, Sr. Shaw? – Tinha nariz largo, mandíbula firme e pele café-com-leite. – Volte para a cama neste minuto.

Ela estendera os braços para fazê-lo dar meia-volta, mas ele a deteve:

– Quero ver minha irmã.

– Receio que isso seja impossí...

– Já.

Bravo sustentou seu olhar por tanto tempo que a enfermeira entendeu que ele não voltaria para a cama.

– Olhe só para o senhor, fraco como um recém-nascido, não consegue nem andar.

Apesar disso, os olhos dele não se desgrudaram dos dela. Por fim, capitulando, ela foi buscar uma cadeira de rodas e colocou-a atrás dele. Ele se sentou e ela o empurrou.

Diante do quarto de Emma, ele ergueu a mão.

– Não quero entrar assim. Me deixe ir andando.

A enfermeira deu um suspiro.

– No estado em que se encontra, ela não vai saber a diferença, Sr. Shaw.

– Talvez não, mas eu vou.

Apoiando as mãos nos braços da cadeira, ele ergueu-se. A enfermeira ficou ali parada a observá-lo, de braços cruzados sobre o peito, quando ele se segurou no batente da porta e entrou devagar no quarto.

Reclinada na cama, Emma estava com uma aparência terrível. Não apenas os olhos, mas a metade superior do rosto estava coberta com uma pesada atadura. Ele se sentou na beira da cama, suando assustadoramente dentro do avental. O coração martelava tão forte que ameaçava sair da caixa torácica.

– Bravo.

A voz de Emma, rica e musical, fez aquela única palavra parecer uma melodia.

– Estou aqui, Emma.

– Graças a Deus você está vivo. – Ela tateou com a mão à procura da dele, encontrou e apertou-a. – Está muito machucado?

– Não é nada comparado... – Mal teve tempo de sufocar o resto da frase.

– Comparado a mim, você quer dizer.

– Emma.

– Não faça isso, não tenha pena de mim.

– Não é pena.

– Não é? – ela perguntou, asperamente.

– Emma, você tem todo o direito...

– Não seja tão bonzinho! – Ela se virou de costas. – Com quem devo ficar furiosa, Bravo? Quem fez isso comigo? – Abanou a cabeça. – É repugnante. Já estou farta de terror, raiva e autopiedade.

Com um enorme esforço, Emma sorriu, e com a luz do sol banhando o quarto ele a viu como ela fora, o porte ereto, a boca escancarada, os cabelos cor de mel voando com o vento criado pelos ventiladores do palco, os imensos olhos esmeralda, as maçãs do rosto altas e a boca generosa muito parecida com a da mãe, uma das mãos erguida quando cantava a ária, gloriosa e plena como ele sempre imaginava que Puccini a ouvira ao compô-la.

– Esperei dois longos e terríveis dias para sentir você, ouvir sua voz. – Ela tomou-lhe mais uma vez a mão. – Isso me deixa feliz, Bravo, e penetra a minha noite infindável. Mesmo nos meus piores momentos, consegui me elevar acima disso tudo o tempo suficiente para rezar pela sua recuperação, e Deus ouviu minhas preces e o manteve a salvo. – Alargou o sorriso. – Agora quero que você faça o mesmo... eleve-se acima de sua raiva e autopiedade. Quero que tenha fé, Bravo; se não por si mesmo, por mim.

Fé? Fé em quê?, ele se perguntou. O pai quisera desesperadamente lhe contar alguma coisa, e como ele endurecera o coração, como não pudera perdoá-lo por suas manipulações, jamais saberia o que era tão importante. Cerrou os dentes. Não era o perdão um dos principais componentes da fé?

– Emma, papai está morto e você... – engasgou-se, e a bile amarga encheu-lhe a garganta.

Ela pôs as mãos macias em cada lado do rosto dele, como fazia quando Bravo era menino, toda vez que ficava agitado e frustrado. Ela encostou a testa na dele.

– Quero que pare e ouça – ela respirou num murmúrio musical –, porque tenho certeza de que Deus tem um plano para nós. Se você ficar com tanta raiva e autopiedade assim, jamais conseguirá ouvi-lo.

A garganta do irmão se fechou mais uma vez com todas as emoções que lhe ferviam por dentro.

– Emma, que aconteceu naquele dia?

– Não sei. Francamente, não consigo lembrar. – Deu de ombros. – Talvez seja uma bênção.

– Quisera eu poder me lembrar de alguma coisa... *qualquer coisa*... que aconteceu.

– Um vazamento de gás, foi o que disse o detetive. Um acidente. Deixe isso de lado, Bravo.

Mas ele não podia, nem podia lhe dizer por quê.

– Agora eu preciso que me ajude a ir até ao banheiro – disse ela, invadindo os pensamentos dele.

Quando Bravo se levantou, sentiu as pernas mais fortes. Chegaram ao banheiro sem problemas. Ela lhe pareceu forte, apesar do que sofrera. Seria a sua fé o que ele sentia, profunda e ondulando como um córrego no primeiro degelo de primavera?

– Entre comigo – disse ela, arrastando-o para dentro antes que ele tivesse chance de protestar.

Ela trancou a porta atrás deles e abriu a mão, revelando um maço de cigarros e um pequeno isqueiro.

– Eu subornei Martha.

Martha era sua secretária particular.

Sentou-se no vaso e acendeu o cigarro, tragando a fumaça para o fundo dos pulmões e prendendo-a ali. Ao exalá-la, disse, rindo:

– Agora você conhece meu segredo, Bravo. A fumaça dá à minha voz aquela profundidade com que os críticos tanto deliram. – Abanou a cabeça. – Deus age por misteriosos caminhos.

– O que Deus tem a ver com isso?

Ela se levantou de chofre.

– Oh, Bravo, posso ouvir sua raiva, não consegue mantê-la longe de você. Eu me pergunto se sabe como é horrível, como distorce o belo tenor de sua voz.

– É você quem tem a voz bela, Emma.

Ela acariciou-lhe o rosto com as pontas dos dedos.

– Nós dois temos mamãe em nós, só que talvez... eu tenha um pouco mais.

– Sei que você achava que papai gostava mais de mim – ele deixou escapar, porque era o que pensava agora.

– Não, Bravo. Ele também me amava, mas você e ele tinham uma... não sei... uma ligação especial. Doía-me ver vocês dois em conflito. – Ela ergueu o rosto para o dele. – Você já chorou, Bravo? Sei que sim. – Percorreu com as pontas dos dedos a atadura sobre seus olhos. – Eu invejo você por isso.

– Oh, Emma.

– Nas primeiras horas depois que fui atingida e perdi os sentidos, mergulhei num poço escuro. Mas a fé é uma árvore da qual brotam novos galhos mesmo diante da tempestade. E, quando chega a hora, esses novos galhos geram frutos. É a fé que me sustenta, a fé empresta sentido ao caos, a fé mantém o mundo coeso diante da crise. – Ela deu outra tragada, menor, no cigarro. – Gostaria de fazer você entender. Quando a gente tem fé, o desespero não é uma opção.

Sofro com a perda de papai. Por dentro me sinto esmagada, pois uma parte de mim foi arrancada e jamais a terei de volta. Isso, pelo menos, eu sei que você entende. Mas também sei que a morte dele, a perda da minha visão, seja temporária ou permanente, aconteceram por uma razão. *Há* um plano para nós, Bravo. Minha fé me mostra isso, mesmo sem o uso dos olhos.

– Foi um plano de Deus fazer papai explodir pelos ares e mamãe adoecer?

– Sim – ela respondeu firme e deliberadamente. – Quer você aceite ou não.

– Não entendo como pode ter tanta certeza. Essa é uma parte de você que nunca compreendi, Emma. E se sua fé for uma ilusão, e se não houver plano algum? Isso significaria que *não havia* nenhum propósito.

– Nenhum que possamos ver por enquanto.

– Fé. A fé cega é tão falsa quanto tudo o que nos enfurece. – Bravo pensou no que o detetive Splayne dissera e cerrou os punhos. – Como a gente pode viver num mundo desses e não ser cínico?

– Sei que seu cinismo é uma fachada, porque cinismo é apenas outra palavra para frustração – disse Emma baixinho. – Passamos tanto tempo tentando manter o controle sobre tudo o que governa nossas vidas, mas é inútil e terrivelmente frustrante, porque, de fato, o que podemos controlar? Quase nada. E, no entanto, continuamos buscando o impossível, mesmo sabendo que é uma busca vazia. O que pode encher o vazio, sabe me dizer? Não. Mas, escute, escute, quando me liberto de tudo, quando canto, eu *sei*. – O cigarro se consumira em suas mãos. Emma deve ter sentido o calor nos dedos, porque o jogou dentro do vaso. Com um breve silvo raivoso, a ponta acesa se extinguiu. – Bravo, a explosão pode ter tirado minha visão, mas milagrosamente me deixou com meu bem mais precioso, minha voz, intacto.

Ele a abraçou com força então, sentindo sua firmeza, como sempre sentira, desde que conseguia se lembrar.

– Quem dera eu tivesse a sua fé.

– A fé é uma lição que se aprende, exatamente como tudo o mais na vida – ela sussurrou no seu ouvido. – Rezo para que um dia você encontre a sua.

E no outro ouvido o pai morto sussurrou: "*Sob a superfície, onde a perda se manifesta, é daí que você deve começar.*"

## capítulo 2

**– Bravo, é um alívio** tão grande você ter me ligado – disse Jordan Muhlmann quando finalmente recebeu seu telefonema. – Não tenho notícias suas há dois dias. Já estava enlouquecendo de tanta preocupação.

– Lamento, o choque deixou as coisas meio confusas – disse Bravo no celular.

– Sim, claro. Só quero saber se você está bem.

– Estou, sim.

Seguia pela rua em direção ao banco. Recuperara-se o bastante para receber alta do hospital e estava pronto para deixar Nova York; só tinha de pensar numa coisa – além, evidentemente, de Emma.

– Você não pode estar bem, Bravo – disse Jordan. – É totalmente compreensível que não esteja.

– Tem razão, claro.

– Não é apenas o que eu quero dizer, *mon ami*. É o que eu sinto. Você é da família, Bravo, sabe disso.

Claro que Jordan entenderia. Embora ele fosse seis anos mais moço que Bravo, os dois se deram bem quase de imediato. Durante uma longa noite de bebedeira em Roma, quando trocaram livremente confidências, ele contara a Bravo que perdera o pai em tenra idade e que ainda sofria por isso. Sabia o que eram família e perda. De repente Bravo sentiu falta de Jordan, de sua vida em Paris. Passaram um longo tempo juntos, ficaram muito íntimos no espaço de pouco mais de quatro anos, eram como uma família.

– Quanto a isso, não tenho a menor dúvida.

Encostado em seu carro, um policial tomava café num copo de papel. Do outro lado da rua uma menininha saltitava com um cachorro, a mãe ao lado. Logo atrás da menina e do cachorro, um homem e uma mulher vinham andando de mãos dadas. Eram jovens, os dois louros e de olhos azuis. Ele vestia calça e camisa pretas; ela, uma saia curta e top.

– Escute – continuou Bravo –, estarei de volta dentro de dois dias. Quero voltar a trabalhar.

– *Non*, você tem assuntos mais importantes para resolver.

Rompeu-se uma represa e os olhos de Bravo se encheram de lágrimas.

– Meu pai morto, minha irmã cega, é um pesadelo, Jordan.

– Eu sei, *mon ami*. Eu sinto muito por você, e Camille também. – Camille Muhlmann, mãe de Jordan, era sua conselheira e parte integrante da Lusignan et Cie. – Ela pede que lhe diga que está profundamente triste.

– Como sempre, é excepcionalmente bondosa. Agradeça-lhe por mim – disse Bravo.

– Leve o tempo que for preciso. Faça tudo o que tiver de fazer. Você tem todo o meu apoio; se precisar de algo, basta pedir.

A mulher riu de alguma coisa que o amante disse e olhou para Bravo. Tinha o rosto de uma gata faminta.

– Obrigado, Jordan. Agradeço... por tudo.

– Ah, não. Eu só gostaria de poder fazer mais.

O casal parara para conversar com o policial, mas a mulher continuava de olhos fixos em Bravo. Lançou-lhe um secreto sorriso felino pelas costas do amante.

– Sabe que me deu um susto dos diabos? Podia ter sido morto, e então, que seria de mim?

Os amantes haviam partido, mas o sorriso da mulher ficou em sua mente.

– Agora me escute, *mon ami*, leve o tempo que for preciso para resolver os assuntos de seu pai. Nós nos viramos sem você. E, Bravo, lembre-se, não deixe de me ligar se eu puder fazer alguma coisa. Aqui em Paris, tão distante, eu me sinto impotente. Será melhor para nós dois se eu puder ajudar de algum modo.

Chegara diante do banco.

– *Merci*, Jordan. Só conversar com você... essa ligação. Sabe, já me sinto muitíssimo melhor.

– Então fico feliz. *Bon, a bientôt, mon ami.*

Guardando o celular, Bravo cruzou a porta de vidro do banco. Ao atravessar o piso de mármore, lembrou que o pai o levara ali quando ele tinha oito anos, recordou com vividez surpreendente a confiança que sentira, a mão agarrada à do pai. Dexter abriu a conta para ele. Quando completou 18 anos, adquiriu um cofre a pedido do pai. Embora morasse agora em outro continente, jamais se desfez deles. A importância de ambos era imensurável. Onde quer que Bravo estivesse no mundo, uma parte dele sempre continuaria ali em Nova York.

Nos fundos do banco, pediu para falar com o gerente. Momentos depois, uma mulher de meia-idade, com um comportado terninho de executiva, acompanhava-o ao subsolo até a imensa caixa-forte onde as gavetas com os cofres se enfileiravam em cintilantes bancadas de aço reforçado. A caixa-forte tinha a aparência e o ar opressivos de um mausoléu.

Lá dentro, ele se sentou num cubículo fechado com cortina, enquanto a mulher foi buscar a gaveta. Sabia que era um felizardo por ter um amigo como Jordan. Haviam se conhecido em Roma cinco anos antes, quando Muhlmann fora para a universidade onde Bravo trabalhava. Na verdade, Bravo ocupava um cargo singular no departamento de religiões medievais. Sua função não era ensinar, mas pesquisar os antiqüíssimos mistérios que persistiam em seu campo. Embora tivesse apenas vinte e poucos anos, já ganhara certa reputação não apenas como acadêmico, mas também como criptoanalista. O que aconteceu foi que esse mesmo campo de conhecimento fascinava Jordan, e ele ficou ávido por observar de perto a facilidade de Bravo em decodificar textos medievais e resolver quebra-cabeças aparentemente insolúveis.

Jordan permaneceu em Roma um mês e meio. Durante esse tempo, ele e Bravo estabeleceram uma íntima amizade, baseada em interesses e pontos de vista comuns. Estudaram juntos, praticaram atletismo e boxe juntos e até se enfrentaram em partidas de esgrima – admiravelmente, seus talentos se igualavam tanto na espada quanto no sabre. Saíam para jantar e embriagavam-se de boa comida, excelente vinho e conversas fascinantes. Por fim, Jordan lhe fez uma oferta para ingressar na Lusignan et Cie. Bravo a princípio recusou, mas Jordan insistiu e, após alguns vaivéns, acabou por convencê-lo a ir trabalhar para ele.

A gerente retornou com uma caixa cinza de metal, comprida e chata. Colocou-a numa mesa diante dele e saiu. Ele pegou a chave e abriu-a. Dentro, descobriu pilhas de dinheiro, muito bem embrulhadas e amarradas, a verba secreta para uma emergência. Mais uma coisa que Dexter Shaw lhe ensinara. Havia duas camadas, cada maço duplo atado. Ele desamarrou o do canto inferior à esquerda e retirou do meio dele a chave que o pai lhe dera seis meses antes.

O encontro fora breve, mas sem precedentes, levando-se em conta que Dexter voara para Paris, coisa que Bravo não se lembrava de tê-lo visto fazer antes. Não haviam nem se sentado; em vez disso, por sugestão de Dexter, cruzaram o Sena pela Ponte d'Iena e seguiram a passos ligeiros pelo feiíssimo Quai de Grenelle. A manhã era atipicamente quente para o mês de fevereiro, em geral frio de rachar e proibitivo, e viam-se pessoas passeando satisfeitas com seus casacos de inverno abertos ou jogados nos braços. Assim que eles passaram pelo Hotel Nikko, os turistas desapareceram e o número de nativos diminuiu, o que era aparentemente a finalidade da caminhada. Fora então que Dexter lhe entregara a chave, um objeto antiquado, de forma e desenho estranhos.

– Se alguma coisa me acontecer – dissera –, você vai precisar disto.

– Se acontecer o quê? Pai, do que é que você está falando?

Outro obscuro e insondável segredo, outro estilhaço de bala alojado em seu peito, tão perto do coração que ele o sentiu tremer.

O céu tinha cor de turfa. O tempo excessivamente quente fazia a neblina elevar-se acima do rio, borrando os contornos dos prédios na margem direita. Halos pulsavam ao redor das luzes em movimento. Uma buzina soou como um lamento quando uma barcaça passou deslizando devagar por eles. Adiante, na parte mais baixa do cais, um cachorro corria solto, a língua de fora de alegria. As folhas dos castanheiros farfalhavam, como que ansiosas.

– Apenas escute, Bravo. Ponha a chave num lugar seguro, prometa-me isso, está bem? E, se acontecer alguma coisa, pegue a sobressalente que eu lhe dei e vá para o meu apartamento. – Dexter Shaw sorrira, segurando o ombro do filho. – Não fique tão perturbado. É provável que isso jamais seja necessário.

Mas agora era. O detetive Splayne acreditava que a explosão fora causada por um vazamento de gás, e a conclusão fora confirmada pelo Corpo de Bombeiros de Nova York. Ali sentado, olhando a chave com rebarbas na ponta e sete incisões no comprimento, cada uma delas em forma de estrela, Bravo não pôde deixar de pensar no que se instalara em sua mente desde o início – e se Splayne e o CBNY estivessem errados? Seis meses antes, Dexter Shaw viajara direto para Paris, um lugar que menosprezava, para falar ao filho do pressentimento de sua morte iminente. Estudioso dos verdadeiros mistérios das religiões medievais, Bravo não acreditava em ocultismo. O pai não era vidente – soubera de alguma coisa ou no mínimo tivera uma forte suspeita de que sua morte se aproximava.

Desvencilhando-se daquela teia de pensamentos ameaçadores, Bravo pôs a chave no bolso, junto com dois maços de notas. Depois fechou e trancou a caixa e, saindo do cubículo, devolveu-a à gerente, que esperava pacientemente.

Considerou, não pela primeira vez, a possibilidade de que o emprego de Dexter Shaw no Departamento de Estado fosse apenas fachada, e ele fosse, na verdade, um espião.

. . .

– Acho que ele é delicioso – disse a jovem com cara de gata faminta.

Rossi pegou um cigarro e acendeu-o.

– Donatella, você me surpreende. Precisa ser mais exigente.

– Não seja ciumento, querido. – Ela correu os longos dedos pelo bíceps dele. – Não tenho a menor intenção de deixá-lo por Braverman Shaw.

– Mas passar uma noite com ele não estaria fora de cogitação, hum?

Quando chegou à camisa de seda preta, ela usou as unhas para que ele sentisse a carícia no peito através do fino tecido.

– Que nostálgico! – murmurou. – Lembra-se do nosso primeiro encontro?

– Como poderia esquecer?

Rossi deu uma olhada para a entrada do banco atrás dela.

Estavam sentados em um café situado quase defronte ao banco no qual Bravo desaparecera uns 10 minutos antes. Haviam escolhido uma mesa um pouco recuada da janela para vigiar a rua sem serem vistos. Rossi e Donatella falavam um inglês perfeito, sem sotaque, mas quando ninguém ouvia tinham o hábito de comunicar-se na precisa e quase formal versão da língua usada por todos os romanos.

De repente ele agarrou o pulso de porcelana dela.

– Você está me machucando! – disse ela ofegante, mas Rossi não relaxou o aperto de ferro.

Devagar, manuseou o pulso até a mão dela revelar o que segurava: o pingente pendurado na corrente de ouro no pescoço dele.

– Eu já disse, não disse? O que foi que eu disse?

Donatella fez beicinho, as pontas dos dedos acariciando a cruz roxa de sete pontas.

– Mas é tão linda.

Rossi sabia que ela queria dizer poderosa. Sempre dizia lindo quando queria dizer poderoso.

– Mais um motivo para mantê-la escondida. – Sem despregar os olhos do rosto de Donatella, desenlaçou seus dedos da cruz, fazendo-a desaparecer sob a abertura da camisa. – Quais seriam as conseqüências, na sua opinião, se nosso Sr. Shaw captasse um vislumbre dela?

Donatella virou-se para o outro lado, os olhos de gata varrendo a rua escaldante.

– Ele iria saber – respondeu com toda a firmeza. – Saber de tudo.

• • •

Do lado de fora, Bravo foi saudado por uma desagradável lufada de ar quente. Após a gélida e metálica semi-escuridão da caixa-forte, a luz era ofuscante, mas ele já se perguntava se não vira o homem do outro lado da rua antes. Ele lhe parecia familiar, mas Bravo não conseguia realmente reconhecê-lo.

Bravo continuou em frente, e o homem pôs-se em movimento. Ao virar a esquina, viu-o refletido na vitrine espelhada de uma loja, contra um fundo de cerâmica marroquina e coloridos pratos turcos. Foi o andar que o denunciou, trouxe de volta a Bravo o sorriso felino da mulher enquanto o amante falava com o policial encostado no carro. O contato visual fora intencional, ela tentava impedi-lo de fixar a figura do amante, que agora voltava a vigiá-lo.

Ou estaria imaginando tudo? Não era paranóico nem espião. Talvez seu pai também não fosse. Mas não acreditava nisso; realmente, não. Os indícios aumentavam, e agora, de posse da estranha chave, ele se tornara parte do jogo. Se ao menos tivesse uma pista de qual jogo...

. . .

Emma ocupava uma suíte num pequeno e exclusivo hotel não longe do hospital St. Vincent enquanto a casa era restaurada. As ataduras agora eram menores, e Bravo viu que os cabelos dela recomeçavam a crescer. Martha, que abrira a porta para ele, estava ocupada com a preparação do almoço na quitinete.

Ele passara 15 minutos afastando-se a pé do hotel e depois refizera o caminho inverso, escondendo-se numa loja de conveniência e saindo mais uma vez de repente, até convencer-se de que nem o homem nem sua companheira o seguiam. Só então entrara no hotel.

Entrou e deu um beijo no rosto da irmã.

– Como é que você está?

– Melhor. – Ela sorriu. – E você?

– Pronto para o que der e vier.

Mantendo o sorriso no rosto, ela disse:

– Sabe, tenho a sensação de que você anda querendo me dizer alguma coisa há dias. Agora que está prestes a partir, acho realmente que devia me dizer.

Ele olhou em volta, mas Martha, cantando de boca fechada para si mesma, parecia alheia.

– É sobre papai. Eu...

Ela inclinou a cabeça.

– Bravo, sou eu. – Bateu de leve no sofá e suspirou quando o sentiu sentar-se a seu lado. Percebendo o calor dele junto a si, disse em voz baixa: – Está tudo bem. Seja o que for, com certeza contar vai ajudar. Tenha fé.

Bravo apertou os polegares nas pálpebras, como se pudesse aliviar a pressão que se avolumava dentro da cabeça.

– Naquele dia, papai queria me dizer alguma coisa. Era importante, pelo menos para ele. E eu o repeli, dizendo que conversaríamos depois do jantar.

Como um velocista sempre em seu encalço, aquele terrível dia alcançou-o mais uma vez, emudecendo-o.

– Talvez o que ele tivesse a lhe dizer fosse importante, talvez não – disse Emma. – Mas não é esse o problema. Você precisa seguir em frente, e não vai conseguir fazer isso a não ser que possa perdoar a si mesmo. – Passou o braço em volta dos ombros dele. – Acha que pode fazer isso?

Bravo continuou calado, sabendo que ela nem queria nem pedia uma resposta. Simplesmente ficou ali a escutá-la, entregando-se completamente ao que ela dizia. A verdade era que, apesar das brigas normais de irmãos que haviam tido quando pequenos, sempre a admirara não apenas pelo talento, mas por sua inteligência inata.

– Antes de direcionar suas aptidões para gerenciamento de risco, você era um intelectual. O fato é que continua sendo, como eu continuo sendo cantora lírica. Somos quem somos, Bravo, quer escolhamos ou não acreditar nisso, porque vem impresso em nós no nascimento. Por Deus? Sim, por Deus, por meio da genética. Gerenciamento de risco é o que você faz, mas não é a mesma coisa, é? Papai entendia isso, mesmo quando você perdeu de vista esse fato.

Bem, era alguma coisa, ele pensou quando saiu do hotel. Mais que alguma coisa. No momento, era só o que tinha.

# capítulo 3

**Bravo viajou para Washington** de ponte aérea, inspecionando os rostos e o comportamento dos outros passageiros tanto no terminal quanto no próprio avião. Levou consigo as duas chaves – a de sete estrelas, como passara a chamá-la, e a mais prosaica Medeco, do apartamento do pai – e nada mais, com exceção do dinheiro que tirara do cofre. Não sabia por que trouxera o dinheiro – um palpite, ou um pressentimento semelhante, talvez, ao que levara o pai até o Quai de Grenelle seis meses antes. Outra coisa: também tinha em mente uma série crescente de fatos em busca de um padrão.

A densa umidade do Sul que envolvia Chesapeake tentou sufocá-lo assim que deixou o terminal. A meio caminho da fila de táxis, parou, como se estivesse subitamente inseguro. O céu era de um branco uniforme, que se tingia de um claríssimo azul à medida que se afastava do sol escaldante. Pequenos redemoinhos agitavam punhados de fuligem e papéis de balas em trêmulas espirais. Sem aviso, ele se virou e refez propositalmente os passos. Voltou ao terminal e passou pelos enormes painéis de vidro espelhado, observando a multidão que entrava e saía. Não saberia dizer o que procurava naquele momento, mas, como um animal com o focinho ao vento, reagira a um formigamento entre as omoplatas. Pediu um café enquanto examinava veladamente os rostos dos transeuntes. Parte dele se sentia ridícula, mas outra, crescente, não lhe permitia relaxar.

Por fim, satisfazendo algum instinto profundo, jogou o copo de papel no lixo e tornou a sair para pegar um táxi.

. . .

Dexter Shaw morara num modesto apartamento de um quarto em Foggy Bottom, um curioso trecho de Washington entre a Casa Branca e Georgetown. Um século atrás, a área de baixio era úmida e pantanosa, por causa da proximidade do Potomac. O nevoeiro que se desprendia do rio muitas vezes misturava-se a uma espessa e gordurosa névoa que emanava da Companhia de Gás e Luz de Washington, das fornalhas de cal Godey e da Companhia de Pavimentação Cranford. Agora aquela era uma área residencial para vários legisladores e um bom lugar para estabelecer ligações, o que não deixava de ser, afinal, a moeda que azeitava as engrenagens do curiosamente antiquado mecanismo da capital.

O complexo de apartamentos ficava num imenso prédio de tijolos vermelhos aparentes que ocupava quase toda a quadra na rua H. Era uma construção moderna, completamente anônima, sem ornamentos nem ângulos interessantes, a forma de acordo com a função, característica de uma desafortunada escola de arquitetura pós-moderna.

Após se identificar para o porteiro uniformizado, Bravo tomou o elevador até o 12º andar e atravessou o corredor de carpete azul. Enfiou a chave Medeco na porta do apartamento do pai. Não funcionou. Tentou mais uma vez, movendo-a para a frente e para trás, como se talvez só precisasse de um pequeno encorajamento para cumprir sua função.

Ia tentar uma terceira e infrutífera vez quando ouviu uma voz atrás de si e, virando-se, encontrou um homenzinho que vinha em sua direção.

– Sou Manny, o zelador. Johnny, o porteiro, me interfonou para me avisar. – Estendeu a mão. – O senhor é filho do Sr. Shaw, não é?

– Isso mesmo – disse Bravo.

– Ficamos todos arrasados quando soubemos da prematura morte do Sr. Shaw. Todo mundo no prédio gostava dele. Era tranqüilo, o senhor sabe, reservado… mas sempre simpático.

Meu pai, o político, sempre apurando a imagem, pensou Bravo, enquanto agradecia ao homem.

– Achei que ele tinha me dado a chave do apartamento, mas não funciona.

– Não se preocupe.

O supervisor pegou um molho de chaves e, procurando entre elas, introduziu uma na fechadura e abriu a porta. Recuou para que Bravo entrasse.

– Eu tenho de ficar aqui enquanto o senhor dá uma olhada – disse. – Regras do condomínio. O senhor entende.

Bravo disse que sim. Mas, quando entrou no apartamento, percebeu que não entendia absolutamente nada. Estava vazio. Percorrendo-o, olhando todos os aposentos e armários, não encontrou uma única peça de mobiliário, nem um artigo de vestuário, nada que indicasse que o apartamento fora sequer ocupado.

Estupefato, Bravo virou-se para o zelador:

– Eu não entendo. Onde estão todos os pertences do meu pai?

O zelador franziu os lábios. Cheirava a tabaco e suor.

– Achei que o senhor tinha sido avisado. Eles retiraram as coisas do apartamento dias atrás.

– Eles? – Bravo balançou a cabeça. – Eles quem?

O zelador encolheu os ombros.

– O Departamento de Estado, homens do governo. Me mostraram identidade e tudo. O senhor procurava alguma coisa especial que estava aí?

Bravo abanou a cabeça, sem condições de falar. Toda a vida de seu pai, para onde fora?

O zelador lançou-lhe um olhar de pena quase furtivo e disse que, afinal, achava que nesse caso específico seria certo deixá-lo sozinho no apartamento. Bravo agradeceu-lhe e o homem se foi.

Ele fechou os olhos e respirou profundamente, como que tentando encontrar um traço remanescente do pai. Abriu-os de repente e foi mais uma vez de aposento em aposento, inspecionando gavetas, guarda-roupas, armários na cozinha e banheiro. Não apenas o conteúdo fora retirado como o apartamento todo esvaziado e limpo de cima a baixo. *Sanificado*. Uma vez ouvira o pai usar o termo, quando tiveram de abandonar a embaixada em Nairóbi vários anos antes.

Pegou o celular e ligou para o escritório do pai no Departamento de Estado. Após vários minutos, conseguiu falar com Ted Coffey, um analista sênior que o velho lhe apresentara diversas vezes.

– Meu Deus, Braverman, sinto muito. Como tem se saído?

– Melhor do que esperava, imagino – ele respondeu.

– E Emma?

– Também.

– Todos nós sentimos falta dele, mas ninguém mais do que eu. Ele era uma lenda aqui. Vinte e tantos anos, mal consigo acreditar. Francamente, não sei como vou dar conta sem a habilidade dele. Aquele incrível cérebro analítico simplesmente não pode ser substituído, e todo mundo aqui sabe disso.

– Obrigado, Ted. Isso significa muito para mim. – Bravo foi até o centro do quarto e girou num círculo completo. – Escute, Ted, o que vocês fizeram com os pertences do meu pai?

Seguiu-se uma pausa momentânea.

– Não estou entendendo.

– Bem, estou aqui no apartamento dele em Foggy Bottom e não há um único móvel, nem um artigo de vestuário, nada. Tudo foi retirado.

– Não fomos nós, Braverman.

– O zelador disse que vieram alguns homens do governo. Ele viu a identidade deles.

– Não me interessa o que o zelador disse – retrucou Ted Coffey. – Ninguém autorizou a retirada das coisas do apartamento de Dex, estou falando a verdade. Isso é rigorosamente contra a política do departamento.

Bravo ficou ali por um momento, no apartamento vazio e silencioso. Em vão tentava imaginar o pai naquele lugar. Agradecendo a Coffey pelo seu tempo e sinceras condolências, encerrou a ligação.

Olhou para a chave Medeco, usando sua extraordinária memória para mais uma vez recriar a conversa no nublado *quai* parisiense. O que exatamente seu pai dissera? Ah, sim. "*Se acontecer alguma coisa, pegue a chave sobressalente que lhe dei e vá ao meu apartamento.*" Nunca dissera que aquela era a chave *do* apartamento. Bravo girou-a na mão, a luz refletindo-se nas facetas cunhadas à máquina. O que ele quisera dizer?

Se queria que fosse ao apartamento caso alguma coisa lhe acontecesse, então por que não havia nada ali? Mais uma vez, sentiu o característico formigamento entre as omoplatas. Era algum tipo de aviso? Lembrou-se do casal na frente do banco, seguindo-o. O que eles queriam?

Com esses pensamentos girando na cabeça, examinava a chave, e então julgou ver uma coisa brilhante que não notara antes. Levando-a até a janela, viu gravada uma seqüência de 18 letras minúsculas. Não pareciam ter nenhum sentido – certamente não formavam nenhuma palavra conhecida. Perguntou-se o que significavam.

De repente foi tomado por uma emoção conhecida. Pensava nos grandes jogos que disputavam – as mensagens cifradas que o pai lhe deixava, que enlouqueciam a mãe de raiva, porque apenas ele e o pai sabiam lê-las.

Era um código básico de substituição de números que precisava ser descoberto, porque algumas das letras diziam quais deviam ser usadas em seu lugar. Pegando um bloco e uma caneta, Bravo anotou a seqüência de letras e então se sentou recostado no aquecedor, para pôr mãos à obra. O que teria confundido um criptógrafo descortinou-se para ele como um gabarito. Em cinco minutos, já decifrara o código, e o que surgiu foram as palavras: RAMPA DE DESEMBARQUE.

Sabia, claro, o que era uma rampa de desembarque, mas não tinha a menor idéia do que o pai queria dizer nem por que se dera ao trabalho de codificar a mensagem. A luz do sol, filtrada pelas vidraças sujas, projetava repetidos desenhos no piso de parquê e nas paredes nuas, enfatizando tristemente o vazio do espaço, do qual fora eliminado todo e qualquer vestígio da presença de Dexter Shaw.

Enquanto dava uma última circulada pelo apartamento, ele vasculhava a memória à procura de uma aplicação para as palavras "rampa de desembarque", mas não conseguia se lembrar do pai usando-as algum dia. Deixar o apartamento foi mais difícil do que imaginara. Recordou com dolorosa nitidez a doença da mãe e sentia-se agora como toda vez que a deixara morrendo no hospital: arrasado pelo fato de que fora mantida presa pela enfermidade, pela traição do corpo, quando ele tinha um bom condicionamento físico e era livre para caminhar no ar frio e iluminado de néon do entardecer.

No elevador, parou e virou-se de volta para a porta do apartamento. Se ao menos pudesse entrar e extrair qualquer coisa que restara do pai.

Ao atravessar o vestíbulo, pediu ao porteiro o endereço de um cybercafé e acabou sabendo que o mais próximo ficava no lado oeste da rua 17, mais ou menos na metade do caminho entre Dupont Circle e Scott Circle. Chamou um táxi e esperou no saguão frio até o carro parar no meio-fio.

. . .

Dez minutos depois sentava-se num terminal de computador, um café gelado e um sanduíche de rosbife ao lado do cotovelo direito. Fez uma busca sobre "rampa de desembarque", mas surgiram tantos resultados que soube que teria de refinar a busca.

Enquanto comia metade do sanduíche, analisou as possibilidades. O princípio do pai, de "escondido à vista de todos", não funcionava com essa questão em particular porque Dexter Shaw se dera ao trabalho de codificar a palavra. Por que faria isso? Bravo franziu o cenho, concentrando-se. Já não sentia mais o gosto do sanduíche nem ouvia o murmúrio das vozes das pessoas em volta; entrara naquele extraordinário mundo privado que o pai observara nele desde criança. Tinha todo o seu ser voltado para desvendar o quebra-cabeça à mão. E no silêncio de sua própria concentração veio-lhe uma coisa. Se o pai escondera a palavra, então rampa de desembarque era alguma coisa conhecida – à vista de todos. Ergueu a cabeça. Sabia que estava certo, o pai simplesmente aplicara sua máxima de "escondido à vista de todos" de uma forma diferente.

Largando de lado o que restara do sanduíche, Bravo se voltou para o computador, os dedos voando pelo teclado. Num dos muitos sites de Washington digitou as palavras "rampa de desembarque". Surpreendeu-se com os resultados. Rampa de desembarque era o nome de uma marina a uma curta distância a pé do Monumento a Washington e do Capitólio.

. . .

No escritório da marina, um homem grisalho da velha-guarda com um cigarro entre os lábios sem cor lhe disse que não havia nenhum barco registrado no nome de Dexter Shaw nem, aliás, ninguém chamado Shaw.

Agradecendo, Bravo foi caminhando até a água e seguiu rumo ao cais em forma de U. O dia estava encoberto, um nevoeiro reduzia a luz, nivelando tudo às sombrias cores de roupas desbotadas. Ele inalou o penetrante e quase podre cheiro mineral da água ao passar por um barco após o outro. Ainda não sabia o que procurava, mas devia haver alguma coisa ali – a mensagem do pai dizia que sim. Então, no terceiro cais adiante, viu um Cobalt 343 azul-escuro e branco de 37 pés. E *Steffi* impresso em dourado numa placa na popa. Steffi, o apelido carinhoso pelo qual o pai chamava a esposa. Parou inteiramente imóvel, com aspecto tenso e alerta. Podia ser coincidência, mas achava que não. Não acreditava em coincidências.

Olhou para a misteriosa chave Medeco. Quanto mais pensava, mais provável lhe parecia que o pai não registraria um barco em seu próprio nome, sobretudo em vista do que acontecera com o conteúdo do apartamento após a sua morte. Desconfiou que o barco significasse alguma coisa, alguma coisa vitalmente importante, do contrário Dexter não o teria batizado de *Steffi* e depois escondido para que só o filho o encontrasse.

De repente a marina pareceu descolorir-se, a linha do horizonte da capital recuando para uma outra realidade. Ali, sozinho no cais, ele sentia o último vestígio do pai que andara procurando em vão no apartamento. Uma ligação fora estabelecida pelo barco, uma espécie de cordão umbilical que o arrastava cada vez mais para perto.

Foi com essa sensibilidade profundamente alterada que Bravo entrou a bordo. Procurava pistas agora, a parte do pai que permanecera após a morte: um intricado conjunto de pistas e códigos que o guiassem – e *apenas* ele – ao que o pai queria que soubesse. Parou, examinando essa idéia por um momento. E se houvesse outros atrás do que Dexter queria que ele encontrasse, outros de quem desconfiava, que até mesmo temia? Pensou no casal de louros, os sapatos impróprios do homem, o sorriso felino da mulher, que agora lhe parecia sinistro, um sinal não de flerte, mas de um segredo que ela sabia e o amante não.

Mais uma vez, sentiu aquele estranho formigamento entre as omoplatas e com uma misteriosa sensação de mau presságio olhou em volta, subitamente temeroso de que a desatenção levasse a um desastre repentino. E se estivessem ali, e se ele estivesse sendo vigiado como em Nova York? Mas não, não viu ninguém suspeito na vizinhança. A marina estava tranqüila, quase deserta. Qualquer um que tentasse espioná-lo teria se revelado num instante. Mas, quando olhou mais à frente, viu arranha-céus cujas atordoantes bancadas de janelas davam para ele. Atrás de qualquer uma delas poderia haver alguém em pé com binóculos de alta potência ou até um telescópio registrando cada movimento seu.

Com uma sensação aguda e desconfortável da própria impotência, virou-se e, com resignação e determinação ao mesmo tempo, concentrou-se no que tinha de fazer agora. Iniciou a busca na moderna cabine, em forma de meia-lua, com assentos, compartimento de armazenagem e reservatório em tom bege, mas nada encontrou. Retornando para o lado do convés, localizou a porta de um compartimento logo à esquerda do leme, abaixo da série de mostradores. No centro havia uma fechadura Medeco. Com o coração disparado, encaixou a chave na fechadura e girou-a. A porta abriu-se com um estalo.

Dentro, descobriu uma caderneta de endereços com as páginas cheias de orelhas, um par de abotoaduras de ouro em forma de cubos, um alfinete de lapela esmaltado com a bandeira americana, óculos, dois maços de cigarros e um isqueiro Zippo cinza-chumbo. Só isso. Pegando essa variedade de artigos do dia-a-dia, retornou à cabine, onde cortou as laterais dos dois maços de cigarros e despejou seu conteúdo. Para sua decepção, encontrou apenas cigarros. Também os partiu, apalpando com cuidado e em vão todo o tabaco.

Segurou as abotoaduras na palma da mão, como se pudesse sentir nelas a presença do pai. Levantou a tampa do Zippo, acendeu a chama e quase imediatamente a apagou. Ficou com a visão turva quando olhou através dos óculos. Não eram de lentes comuns, do tipo que se compra em qualquer farmácia ou loja de conveniência, mas de lentes de grau feitas por receita médica.

Segurou-os com o braço estendido, surpreso, porque até então, pelo que sabia, Dexter Shaw sempre tivera uma visão perfeita, jamais precisara de óculos.

Mas talvez estivesse enganado, talvez essa fosse uma das outras coisas que o pai guardara em segredo. Só havia um meio de descobrir. Folheou a caderneta de endereços, achou o número do oftalmologista e telefonou. Ele estava ocupado com um paciente, mas, quando Bravo disse à recepcionista quem era, ela pegou a ficha de Dexter Shaw.

– Óculos? – perguntou quando retornou à linha. – Por que o Dr. Miller iria receitar óculos para o Sr. Shaw? Sua visão era excepcional. Ele não precisava de óculos nem para leitura.

E, no entanto, ali estava ele segurando óculos de grau. Outra pista? Que outras hipóteses havia? Decidiu que teria de seguir essa pista até revelar-se incorreta.

Examinou os óculos mais atentamente. Por dentro da haste viam-se os nomes do fabricante e do modelo. Na esquerda, o nome e o endereço de um oculista. Telefonou para um serviço de táxi, juntou cuidadosamente tudo o que encontrara e deixou o barco.

A passos vigorosos, voltou pelo cais e saiu da marina, mantendo o olhar alerta para qualquer um que parecesse estar vadiando ou trabalhando quando na verdade não estava. Dois adolescentes passaram de bicicleta a toda por ele, e um homem de meia-idade, a barriga grande demais, carregando uma embalagem de seis cervejas, o ultrapassou a passos largos. Bravo virou-se e o viu desviar-se para o cais e subir a bordo de um barco chamado *TimeGoesBy*. Depois retomou a caminhada, apressando-se pela rua até onde o táxi vermelho e branco o esperava, o motor ligado. Entrou e deu ao motorista um endereço em Georgetown.

. . .

Doze minutos depois, saltava em frente ao Hotel Four Seasons, um elegante prédio baixo de tijolos, na avenida Pensilvânia, 2.800. Sem olhar em volta, entrou apressadamente no saguão, virou à direita e parou, o ombro encostado numa coluna, olhando a avenida por uma das enormes vidraças. A atmosfera era impessoal, silenciosa, serena, um perfeito abrigo para contemplar o mundo e mais uma vez se perguntar se estava sendo cuidadoso ou paranóico. Por algum tempo, viu pararem táxis e sedãs, deixando mulheres elegantes com saltos agulha e penteados caros, carregadas de sacolas de compras. Dois homens de negócios pararam para fumar e conversar, depois se afastaram. Bravo não viu ninguém suspeito, embora tivesse de se perguntar se sabia o que procurava.

Saindo pela entrada lateral, percorreu uma dezena de quadras e virou por fim na rua P, por onde, uma quadra adiante, chegou à Trefoil Opticians. Viu o nome do dono – Terrence Markand – impresso em discretas letras douradas na vitrine. Era uma loja limpa, bem iluminada, num antigo prédio federalista de arenito pardo. Enquanto o homem atrás do balcão ajustava um par de óculos escuros numa mulher, Bravo observava os mostruários de aros elegantes e high-tech, cujos preços eram de matar. Atrás dele, a mulher saiu da loja. O homem do balcão era alto e magro, com faces encovadas e tez cor de abacate. Com um sorriso forçado, voltou sua atenção para Bravo.

– Em que posso ajudá-lo, senhor?

– É o Sr. Markand?

– Sou, sim. – O sorriso alargou-se um pouco.

– Meu nome é Braverman Shaw – disse ele, estendendo os óculos. – Encontrei estes óculos entre os pertences de meu falecido pai. Têm seu nome, portanto imagino que os fez para ele.

– Você é filho de Dexter Shaw? – perguntou Markand, com uma estranha fragilidade. – Li sobre a morte dele. Sinto muito pela sua perda.

Pareceu prestes a dizer mais alguma coisa, mas pensou melhor e mordeu o lábio.

Bravo assentiu, agradecendo.

– Gostaria de saber se pode me dizer qualquer coisa sobre os óculos.

– O que gostaria de saber?

– A receita, por exemplo.

Markand não se deu ao trabalho de examinar as lentes.

– Não posso, porque não fui eu que fiz as lentes. O Sr. Shaw tratou diretamente com a pessoa que a preparou.

Bravo pegou os óculos de volta.

– Eu gostaria de falar com ele.

– Ela – corrigiu ele. – Lamento, mas não trabalha mais aqui.

– Entendo. E por quê? Alguma briga?

– De modo algum. – Markand examinou-o por um momento, os lábios franzidos. – Ela simplesmente foi embora, sem nenhum aviso, veja o senhor. Os jovens não têm mais bons modos, não acha? – Balançou a cabeça, pesaroso. – Lamentável, porque também era a melhor técnica que já tive, e estou no ramo há quase 30 anos. Veja estes óculos, por exemplo: as lentes são polidas com o uso de uma técnica que eu nem sabia que existia.

– Quando ela partiu? – perguntou Bravo.

– Dez dias atrás, precisamente. Saiu daqui e nem sequer se deu ao trabalho de vir buscar o pagamento.

*Dez dias atrás*, pensou Bravo. *Um dia depois que meu pai morreu.*

Markand franziu o cenho.

– Mas me deixou um envelope, disse que era para você. – Continuou com as mãos meio delicadas no tampo de vidro do balcão. – Sem querer ofendê-lo, se importaria de me mostrar um documento com foto? Só para eu ter absoluta certeza, o senhor entende.

Bravo pegou a carteira de motorista. O oculista balançou a cabeça, enfiou a mão embaixo do balcão, destrancou uma gaveta e extraiu um pesado envelope de couro, arcaicamente fechado com lacre vermelho.

Abrindo-o, Bravo pegou uma tira de papel em que fora escrito um endereço com letra feminina. Ergueu os olhos e viu o cadavérico oculista olhando-o com um sorriso tenso.

– Boas notícias, espero?

– Isso ainda vou descobrir – respondeu Bravo, dobrando e guardando o papel.

O oculista balançou a cabeça.

– Então só me resta, Sr. Shaw, desejar-lhe um bom dia.

• • •

Assim que Bravo saiu da loja, Markand virou-se e, com uma sensação de vazio na boca do estômago, voltou ao seu escritório. Ficava do outro lado do laboratório de polimento e cheirava a areia e plástico aquecidos, e agora a mais alguma coisa. Refestelada na poltrona giratória atrás da escrivaninha dele, Donatella tinha um meio sorriso misterioso nos lábios grossos, o que incutiu pavor no coração de Markand, fazendo-o bater aceleradamente.

– Você se saiu bem – disse ela. – Ele veio mesmo, como você disse que viria.

– Minha neta – disse o optometrista. – Eu a quero de volta.

– No devido tempo. – Donatella sentou-se ereta.

– Se fizerem mal a ela...

– O quê? – A mulher tinha olhos pétreos quando empurrou a cadeira para trás e contornou a escrivaninha. – Que fará, Markand?

Soltou uma risada cruel ao dar um tapinha no rosto dele.

O oculista não pôde evitar e involuntariamente tentou recuar. Num movimento assustadoramente rápido, ela agarrou-lhe a nuca.

– Eu lhe diria para não se preocupar, mas na verdade você tem muito com o que se preocupar, Markand. Ainda não terminamos com você.

Ele fechou os olhos e choramingou como uma criança.

Donatella, o rosto bem próximo ao dele, sacudiu-o como se ele fosse uma boneca de pano, até os olhos dele saltarem abertos, arregalados e fixos. Ela via as escleróticas inteiras, e isso a satisfazia enormemente.

– Você entende que a vida de Angela está em suas mãos, não é?

Ele estremeceu, quase subjugado pela náusea. Havia alguma coisa indizivelmente ofensiva – má, até – em ouvir o nome da única neta falado por aquela criatura. Pois era assim que Markand passara a pensar nela: consideravelmente menos que humana – uma fera monstruosa que, com o colega, invadira sua vida, raptara e agora mantinha a garota como refém. Sua vida profissional nada significava agora; apenas Angela importava. Ele suportaria qualquer humilhação ou privação, venderia a alma de todo mundo a sua volta a fim de garantir a segurança da neta.

– Que quer que eu faça agora? – perguntou, rouco.

Donatella pôs um telefone celular dobrável em sua mão trêmula e disse:

– Ligue para ele.

Markand abriu o telefone e discou um número local.

– Acabou de sair – disse, quando ouviu a voz de Rossi. – Claro que sei aonde ele vai, eu já lhe disse. Sim, tenho certeza.

Sentiu os olhos da criatura nele como a respiração de uma besta de presas afiadas e mandíbulas abertas, e seus intestinos se soltaram.

. . .

Mergulhado em contemplação, Bravo voltou a pé para o Four Seasons, onde tomou um táxi. Disse ao motorista que o levasse a Falls Church, Virgínia, no outro lado do Potomac. O endereço na tira de papel era uma velha casa de pedra com um íngreme telhado de placas de ardósia cinza, numa rua tranqüila, ladeada de árvores. Uma faixa de trepadeiras rosa decorava a cerca de estacas brancas que isolava o jardim da frente, sombreado por uma pereira de Bradford de um lado e do outro por um bordo japonês de folhas cortadas. Uma espessa sebe de alfeneiros, de 1,20m, fora plantada encostada na fundação. Entre nítidas fileiras de azaléias podadas, um atalho de lajes debruado de musgo levava a uma porta laqueada de vermelho sangue.

A porta abriu-se antes mesmo que ele tivesse chance de tocar a campainha, revelando uma jovem. Linda, cabelos cor de canela puxados para trás num rabo-de-cavalo desde a testa larga e grandes olhos cinza levemente repuxados para cima nos cantos externos.

– Sim? – disse ela com voz tensa.

– Sou Bravo Shaw.

– Por que demorou tanto? – perguntou ela, abrindo espaço para ele entrar.

A esperada corrente de ar frio não veio. De fato, apesar dos muros de pedra, o interior da casa era bastante aconchegante, aparentemente sem qualquer circulação de ar. Ele viu um piso de madeira polida, sem tapete algum, um sofá castanho-amarelado de um tecido cheio de pequenas protuberâncias e duas poltronas combinando, uma mesa de centro com pernas curvas de bronze e uma enorme lareira de pedra que se esperaria encontrar num alojamento de caça. Encostada numa parede, uma antiga cristaleira de nogueira exibindo pratos e travessas atrás de losangos de cristal; na outra, um imenso quadro a óleo – um retrato em melancólicos tons escuros de uma mulher sentada, jovem e atraente, as mãos frouxamente apoiadas no colo, a cabeça jogada para trás quase desafiadora, olhos claros encarando o espectador com uma estranha intensidade; via-se nela a intenção de movimento, como uma flecha num arco bem retesado, prestes a lançar-se para o outro lado da sala.

– Você é...?

– Jenny Logan. Fui eu quem fez os óculos. Segundo as especificações de seu pai.

A camiseta cinza brilhante e a calça jeans colada nos quadris revelavam, além da boa forma, as pernas bem torneadas. Tinha ombros quadrados, os braços bronzeados e músculos firmes, o pescoço longo e elegante. Dava a impressão de examinar tudo e todos que encontrava acidentalmente.

– Por quê? – perguntou Bravo. – E por que meu pai queria que eu a conhecesse?

Ela ia responder, quando virou a cabeça. Todo o seu corpo ficou tenso. Bravo, concentrando-se, também ouviu algo, e já se dirigia para a porta da frente. Mas ela o deteve, apontando dois homens que saíam de um sedã escuro e corriam em sua direção. Nesse momento, um forte estrondo reverberou por toda a casa, e a porta dos fundos cedeu a um aríete portátil.

# capítulo 4

**Jenny agarrou a mão de** Bravo e puxou-o pela sala de estar, aparentemente em direção aos fundos da casa. Mas no corredor levantou uma passadeira estampada, revelando um alçapão. Ao escutar os gritos e a respiração ofegante de homens determinados, ela suspendeu a porta.

As vozes chegaram até eles, ásperas e insistentes; ordens secas foram dadas e depois ouviu-se o tropel de infantaria pesada. A casa fora totalmente cercada. Por quem? Bravo não tinha a menor idéia, e agora definitivamente não era uma boa hora para perguntar a Jenny.

Desceu, saltando os primeiros três degraus de uma escada de ferro vertical e machucando o ombro direito. Com um grunhido baixo, reequilibrou-se enquanto a seguia. Erguendo os olhos, viu-a parar e puxar a passadeira de volta sobre o alçapão, baixá-lo em silêncio e enfiar um grosso ferrolho de aço, trancando-os.

. . .

Rossi, com a pistola Glock pronta para disparar, seguiu os dois homens até a casa de Jenny Logan. Sem demora, fez-lhes um sinal e eles baixaram o aríete, sacaram as armas e precipitaram-se pelo corredor. De sua parte, Rossi subiu correndo a escada, três degraus de cada vez. Percorreu metodicamente todo o segundo andar, inspecionando os dois quartos e os armários. Era um mestre da precisão, não alguém que atirava para todos os lados, pulverizando a vizinhança na vã esperança de atingir o alvo.

Detestava essa missão e principalmente estar nos Estados Unidos. Ansiava por voltar para Roma, com suas ruas encharcadas de sol, a excitada tagarelice dos amigos e vizinhos, a poeira de séculos passados sob a ponta dos dedos. Ali na América tudo era brilhante e cintilante, estilo fast-food engolido em quantidades imensuráveis, medonho na agressiva modernidade. Enquanto revistava quarto após quarto, refletia amargamente que para os Estados Unidos nada bastava nunca, não importava quanto tinham ou teriam algum dia. Ele via com a sensibilidade do Velho Mundo um tipo de histeria que vivia sob a pele de todo americano, que não tolerava nenhum recurso, nenhuma negociação, nenhum... como era mesmo que os americanos gostavam de dizer? *É do meu jeito ou de jeito nenhum.* Ah, estar de volta na Via dell'Orso, com seu cheiro de tijolo e pão recém-assado, olhando maliciosamente as moças de quadris largos, seios empinados e olhos faiscantes!

Quando chegou aos banheiros, os dois homens do aríete juntaram-se a ele, abanando cabeça em sinal negativo. Rossi arrancou as cortinas do chuveiro, pisoteou a cerâmica do chão, bateu nas paredes em busca de alçapões ocultos para esconderijos. Não tinha ilusão de que se tratava de uma casa normal. A ocupante não era uma mulher normal; teria passado meses se preparando para uma invasão assim.

– Bem, eles estão aqui em algum lugar, no sótão ou no porão – disse ao conduzi-los para fora do segundo banheiro. – Vocês dois procurem o sótão e entrem. Eu levo os outros para o porão.

. . .

Por alguns momentos ficaram em total escuridão. Bravo ouvia-a respirando, sentia seu próprio cheiro e o dela misturando-se quando ela saiu da escada. Estavam muito perto. De repente ouviram ruídos mais altos, amortecidos pelas ripas de madeira do assoalho – a casa fora totalmente ocupada. Quantos homens?, perguntou-se Bravo. Dois na frente, o mesmo número nos fundos? Mais?

Queria desesperadamente falar com ela, mas agora Jenny lhe tomava mais uma vez a mão e o conduzia pelo porão com cheiro de pedra, tinta velha e madeira. Ela não tinha a menor dificuldade para se mover na escuridão, o que o levou a acreditar que estava bem treinada para enfrentar essa situação. Por quê? Vinha esperando esse ataque? Começava a tornar-se claro para Bravo que seu pai estivera envolvido em alguma coisa secreta, que ocultara até da família. Por que escondera o que quer que fosse deles? Por que os enganara durante tantos anos? Que espécie de pessoa podia fazer isso?

Os pensamentos cravaram-se em sua mente como espinhos que não conseguia alcançar. Haviam parado em frente ao que parecia uma sólida parede de pedra. Sim, tocou-a e confirmou a suposição. De repente, ouviu um estrondo e estremeceu, suando muito, as lembranças da explosão que o atingira vívidas na memória; agora o impacto daquele momento de parar o coração o trouxe imediata e assustadoramente para o presente. A porta do porão fora arrombada a tiros, e em seguida veio o rápido e sinistro raspar de solas de sapato em concreto.

Então ele sentiu a mão dela no ombro, pressionando firmemente, e acocorou-se a seu lado. Ouviu-a avançar e seguiu-a para o que a princípio pareceu um vão na parede. Mas, uma vez dentro, sentiu uma corrente de calor úmido e, erguendo os olhos, viu a névoa de um céu descorado numa moldura preta, uma abstrata imagem do mundo externo. Ali era a chaminé ou, como não se via cano algum, um espaço oculto atrás da chaminé. Na semi-escuridão, viu Jenny empurrar para baixo uma parte quadrada da parede de pedra – uma porta de correr, ele via agora, que se encaixava exata e seguramente no espaço pelo qual haviam entrado na chaminé. Quando a porta se encaixou no lugar, a parede pareceu inteiriça.

Jenny virou-se no espaço apertado e, segurando uma lata de tinta que devia ter pegado no porão, começou a escalar uma série de degraus de metal cravados a intervalos regulares na alvenaria. Sem vacilar, ele a seguiu.

. . .

Com um grunhido baixo, Rossi arrebentou a fechadura da porta do porão. Ao precipitar-se escada abaixo, seguido por seus dois homens, sentiu o conhecido redemoinho de veneno na boca do estômago. A sensação do sangue correndo por seu corpo, o calor que produzia ao jorrar até as palmas, dedos e pés, o gosto de cobre, como se ele tivesse partido uma barra de metal com os dentes, faziam-no sentir-se poderoso, gigantesco, imortal.

As narinas pulsavam como as de um lobo à caça. Eles estavam ali embaixo, os odores eram uma trilha vaporosa que se desfazia no céu. Rossi ergueu o braço esquerdo e os dois homens acenderam holofotes carregados por baterias. De repente, tudo se destacou em relevo gritante. Não havia nenhum lugar para se esconder, nichos, gretas ou sombras, exceto as deles mesmos, seguindo-os obedientemente.

Rossi apontou primeiro para as paredes. Os homens bateram no concreto com as coronhas dos fuzis semi-automáticos, afastaram papelões e caixas para inspecionar atrás. Ele sabia que devia haver uma saída. A mulher não teria levado Shaw para baixo se não houvesse. Só precisava encontrá-la.

Enquanto os homens apunhalavam sistematicamente as paredes e o piso, ele verificava tudo o mais. Não havia muita coisa que pudesse lhes ser útil: nenhum sistema central de ventilação, apenas um boiler longe da parede e o sólido retângulo de tijolo da chaminé. Foi até a chaminé e contornou-a, depois parou e examinou-a, perguntando-se por que descia direto até o porão. Não havia abertura alguma visível, nenhum motivo para estar ali.

Pôs a mão espalmada no tijolo, fechou os olhos. Um dos homens falou-lhe alguma coisa.

– Cale a boca! – disse ele, irritado.

Silêncio mortal. E então...

Sentiu – ou julgou sentir – uma leve vibração transmitida através dos tijolos por dentro da chaminé.

E se houvesse uma abertura ali que levasse para cima?

Rossi chamou em voz baixa e seus homens começaram a se mexer.

. . .

Sentiram a ocupação do porão através do som e da vibração. Bravo tentava não pensar na perseguição enquanto seguia Jenny, subindo até passarem em segurança pelo andar térreo. Não viu qualquer abertura para a lareira e percebeu que o poço pelo qual ascendiam fora construído atrás da verdadeira chaminé de tijolo aparente.

Pouco acima, Jenny mantinha um passo constante. Ele calculou que se achavam agora acima do segundo andar, no sótão, na linha do telhado. Aos poucos, o ar dentro da chaminé foi ficando mais quente e úmido, a faixa de céu expandindo-se até escurecer por um momento, quando o corpo de Jenny tapou a luz do sol. Ela saiu e ele a viu olhando-o lá de cima.

– Venha – ela fez com a boca, sem som e com urgência. – Venha!

Ele saiu para o brilho incandescente do sol. Apertou os olhos quando se juntou a Jenny, deitada de bruços, pernas e braços abertos nas telhas de ardósia do telhado íngreme. Ao rastejar para a frente, a fim de emparelhar-se com ela, Bravo viu a rua diante da casa. Um Lincoln Aviator preto estava estacionado enviesado, bloqueando a rua, as portas do lado do meio-fio abertas. Um homem fumava sentado no banco do motorista; uma das mãos apoiada sobre o volante segurando uma arma. Outro homem se recostava no pára-lama dianteiro do Aviator, olhando fixamente para a porta da frente. Se estava armado, disfarçava muito bem.

Bravo sentiu Jenny tocar-lhe o braço. O perfume dela o alcançou, lavanda e limão. Os cabelos refletiam como cobre sob a nublada luz do sol. Apontava para si mesma, fazendo um gesto. Ele ia perguntar-lhe o que pretendia, quando ela começou a escorregar para longe. Ele se moveu para segui-la, mas ela fez uma carranca, mantendo-o no lugar.

– Fique aqui – disse, sem som. – Espere por mim.

Ele assentiu com a cabeça e viu-a deslocar-se para a lateral do telhado. Ali, abriu a tampa da lata de tinta e botou-a na beirada das telhas. Depois, virando-se brevemente de lado, pegou um isqueiro e acendeu-o. Num movimento treinado, ateou fogo ao conteúdo da lata de tinta e atirou-a por cima da lateral. Enquanto Jenny deslizava para junto dele, ouviu-se um estrondo, e, instantes depois, começou a gritaria. Ergueu-se uma coluna de fumaça oleosa, seguida pela primeira lambida de chama avermelhada.

A essa altura, Jenny já estava a seu lado, e os dois deslocaram-se para a beira do telhado. Lá embaixo, o Aviator estava abandonado, pois o motorista e seu companheiro haviam corrido em direção ao tumulto no lado da casa. Jenny desceu pela beirada e pousou numa espessa cerca viva. Bravo fez o mesmo. Galhos partiram-se sob seu peso e sua camisa rasgou-se em vários lugares. Intensas alfinetadas de dor o atingiram nos ombros e nas costas.

Então ela o arrancou do meio dos galhos e os dois correram pela calçada até o Aviator. Depois de empurrá-lo para dentro do carro, ela tomou o volante. As chaves estavam na ignição, sem dúvida para facilitar uma rápida partida se fosse necessário.

O motor ganhou vida com um grunhido e ela engrenou a caminhonete. Quando arrancaram em disparada, Bravo viu pelo espelho retrovisor vultos correndo na direção deles. Apertou os olhos e virou para trás. Será que aquele era o mesmo homem que vira diante do banco em Nova York, seguindo-o? Um outro sujeito apontou uma arma para o Aviator e Bravo deu um grito para alertar Jenny, mas, pouco antes de dobrarem a esquina, julgou ver o homem que lhe parecia familiar empurrar o braço do pistoleiro para baixo em direção ao asfalto.

Depois de fazer outra curva, Jenny perguntou:

– Por que você se virou? – Percorriam a rua Little Falls em alta velocidade.

– Achei que tinha reconhecido alguém.

– E reconheceu ou não? – ela perguntou bruscamente.

Em meio ao barulho de buzinas revoltadas e de pneus cantando, virou à esquerda na Rodovia 7.

– Ei, calma!

– Foi você que falou que eles iam atirar – disse Jenny, sem tirar os olhos da pista. – Acha que não vão tentar nos seguir?

Manobrou o Aviator cortando um furgão de entrega e acelerou. Pelo ângulo do sol, Bravo viu que rumavam para sudeste.

– Você não respondeu à minha pergunta – ela continuou. – Reconheceu um dos invasores da casa?

– Reconheci – disse Bravo após um momento.

A agressividade do tom dela o irritou, mas percebeu que a urgência na voz de Jenny tinha o efeito de fazê-lo se concentrar. O que o aborreceu ainda mais.

– Eu o vi antes em Nova York.

– Tem certeza?

Bravo assentiu enfaticamente.

– Sim. Estava me seguindo.

– Acompanhado de uma mulher?

– Como?

– Jovem e atraente, sedutora de uma maneira agressiva.

Bravo virou a cabeça tão bruscamente que uma vértebra estalou.

– Como você sabe?

– Palpite de especialista. – Ela lançou-lhe um sorriso tenso ao dar uma brusca guinada para a direita com o sinal já passando para vermelho e pegou a Lee Highway. As buzinas soaram mais uma vez e alguém gritou um palavrão. – O cara se chama Rossi. Ivo Rossi. Em geral, trabalha em parceria com uma mulher chamada Donatella Orsoni.

– Pareciam amantes quando os vi juntos.

– Magnetismo animal – disse ela secamente. – Mas eu não gostaria de fazer amor com nenhum dos dois.

Ela entrou à direita na rua Jackson e percorreu várias ruazinhas residenciais até uma área gramada.

– Então quem são esses dois? – ele perguntou.

– Membros de uma antiga ordem secreta conhecida como os Cavaleiros de São Clemente. – Disse isso tão desinteressadamente que ele quase perdeu a frase arrastada. – Você os estudou, imagino.

Na verdade, estudara. Lera tudo o que se podia ler sobre eles.

– Os Cavaleiros foram fundamentais para levar a palavra sagrada do papa à Terra Santa antes, durante e depois das Cruzadas.

Jenny balançou a cabeça, franzindo a testa.

– Cumprindo as ordens de Roma, eram o punho fracamente disfarçado contra os infiéis islâmicos e as seitas religiosas que o papa ou seu submisso conselho julgavam heréticas para a doutrina vigente. Rossi e Donatella são Cavaleiros de Campo, assim chamados em memória dos frades guerreiros de sua Ordem enviados à Terra Santa para combater os otomanos durante as Cruzadas. São expressamente treinados para matar.

Era impossível ouvir falar nos Cavaleiros sem também pensar na Ordem.

– Como sabe tanto sobre eles?

Ela olhou-o por um momento.

– Sou inimiga mortal deles. Sou membro da Ordem dos Observantes Gnósticos.

– A história registra que os Cavaleiros de São Clemente varreram o que restou da Ordem no final do século XVIII.

– Há a história – disse ela – e também a história secreta do mundo.

– Que significa isso?

– É verdade que os Cavaleiros tentaram nos aniquilar, mas não conseguiram. Toda vez que atacavam, mergulhávamos ainda mais na clandestinidade.

– A Ordem ainda existe? Os Cavaleiros de São Clemente ainda existem?

– Você mesmo viu dois deles. Que mais se encaixa no padrão dos últimos dias? Que mais se encaixa no padrão de toda a sua vida, aliás?

– Mais uma vez, eu...

– Sua formação em religiões medievais, seu treinamento físico, as ausências inexplicáveis de seu pai.

Bravo sentiu um frio na barriga. Para seu grande horror, incidentes, pensamentos, suspeitas e idéias há muito defendidas e aparentemente díspares começavam a encaixar-se.

Olhando-o, ela viu tudo isso em seu rosto.

– Você agora sabe, não, Bravo? Talvez, em algum lugar profundamente oculto no seu íntimo, sempre tenha sabido. Seu pai era um Observante Gnóstico.

Ele sentiu como se lhe houvessem posto as têmporas num torno. Tinha dificuldade para respirar. Olhou além do pára-brisa, esperando algum consolo na natureza, mas, agora que chegavam mais perto, via em meio às árvores monumentos esculpidos em pedra branca e granito sarapintado: National Memorial Park. Ela o estava levando a um cemitério.

Sobrepunha-se a essa cena o espectro do rosto do pai, depois a conhecida voz: "*Por mais que você tente, nunca conseguirá escapar do passado.*"

. . .

Ivo Rossi, Cavaleiro de Campo, montado numa poderosa motocicleta BMW K 1200 S preta e amarela, emparelhou-se com o furgão de entrega que Jenny ultrapassara na Rodovia 7. Atrás do volante, Donatella manejava o veículo de três toneladas como se fosse um sedã Honda Accord. Falavam de seus telefones celulares usando frases enxutas, quase em código – como pessoas íntimas.

– Segundo o rastreador eletrônico no Aviator, eles estão em Timber Lane, rumando para oeste – disse Rossi.

– O cemitério.

Donatella sempre estava um passo à frente de todo mundo. Era isso que a tornava tão valiosa para Rossi e tão assustadora para todos. Haviam se conhecido quando ainda eram pré-adolescentes, encontrando-se na arrepiante sujeira das vielas secundárias de Roma e aproveitando a paisagem sexual ao mesmo tempo nova e perigosa. Oportunistas até a medula, sobreviviam explorando a desgraça dos outros, que na maioria das vezes eles mesmos fabricavam.

O primeiro encontro dos dois ficou tatuado para sempre na memória dele. Ágil e incrivelmente magra, ela vinha correndo pela rua estreita onde ele vagava à procura de uma loja para arrombar em busca de dinheiro ou comida. Suas costas estavam iluminadas pelos faróis de um Fiat caindo aos pedaços que vinha corcoveando atrás dela. Os olhos arregalados e fixos e a boca aberta para aspirar o ar denunciavam seu cansaço. Não era preciso ver o desespero em seu rosto para saber que a perseguição chegara ao fim. Ele ergueu o pé-de-cabra e, quando o Fiat se aproximou, bateu no pára-brisa do lado do motorista. O Fiat deu um pinote e desviou-se como uma fera ferida. Derrapou ao longo de um antigo muro de tijolos, lançando faíscas para todos os lados. Antes mesmo de parar, o motorista já saltara. Vestia um longo casaco de couro preto e tinha uma arma na mão. Rossi, numa corrida mortal, ergueu mais uma vez o pé-de-cabra e quebrou o pulso do sujeito. A arma saiu voando e o homem virou-se e desferiu-lhe um soco na barriga. Rossi curvou-se em dois, ofegante e impotente, e o sujeito arrancou-lhe o pé-de-cabra dos dedos já sem força e, recuando, apontou-o para o topo da sua cabeça. Mas Donatella conseguira pegar a arma e, caminhando decidida até o homem, esvaziou o pente de balas nele.

Desde então, não se desgrudavam. Recrutados pelos Cavaleiros de São Clemente, foram treinados juntos como Cavaleiros de Campo, cujo objetivo sanguinário entendiam com naturalidade. Muitas vezes iniciavam e concluíam as frases um do outro, tinham os mesmos pensamentos, pelos mesmos motivos. Começaram a atuar juntos, tocaiando vítimas, infiltrando-se em organizações e instituições como ditavam as ordens. Sempre haviam feito o que lhes pediam de boa vontade, felizes, com um devoto – quase santo – senso de propósito, pois, sendo órfãos, fizeram dos Cavaleiros de São Clemente seus pais.

– Não é lógico, claro – disse Rossi quando aceleraram para oeste.

A rodovia, cheia de carros, caminhões, caminhonetes esportivas 4x4, oferecia possibilidades ilimitadas. Com uma conhecida onda de empolgação, ele tinha consciência do que sua vida na Voire Dei lhe dera. Legitimara seus instintos naturais; em vez de correrem da lei, ele e Donatella estavam além dela, imunes. Só outro membro da Voire Dei podia entender o que ele era e enfrentá-lo, mas, com a morte de Dexter Shaw, não restara ninguém para temer, certamente não essa Guardiã e seu infeliz pupilo.

– Mas o que poderíamos esperar dela – perguntou –, levando-se em consideração o que tem em mente dia e noite?

– Uma fraqueza que se revelará a derrocada deles.

Donatella engrenou com facilidade uma marcha mais alta e acelerou. Em missão, o mundo abria-se para ela como uma flor, e ela se sentia feliz. Nos intervalos, privava-se de sexo, sofria de insônia e roía as unhas até o sabugo sangrar. Nesses períodos, não tinha nenhuma emoção além da dor, nem imaginava outra. Agora, contudo, o propósito zumbia-lhe no íntimo como uma colméia, e ela sentia que nenhuma dor, nenhuma dissuasão, era capaz de detê-la ou mesmo pará-la.

• • •

O cemitério espraiava-se em toda a volta, uma imensa, silenciosa e pacífica cidade dos mortos – luxuriante e verde, cheirando a grama recém-cortada e salgueirinha. Sentia-se uma espécie de trégua na sombra profunda dos velhos carvalhos, pilriteiros e ciprestes. Pássaros esvoaçavam entre os galhos pesados e ouvia-se o zumbido de insetos em toda parte. Logo atrás deles ficavam os portões do cemitério Maimônides, e à esquerda, para o sul, o maior e mais imponente National Memorial Cemetery.

Jenny seguiu com passo rápido por uma aléia pavimentada entre duas fileiras de atarracados mausoléus de pedra – uma necrópole luzindo fracamente à luz salpicada do sol.

Como se afinal tomasse uma decisão, ela parou de repente e virou-se, olhando-o nos olhos.

– Escute, Bravo, preciso lhe dizer uma coisa. Seu pai foi morto por uma carga explosiva.

Ele sentiu alguma coisa contrair-se dolorosamente na barriga.

– Mas a polícia disse que foi um vazamento de gás. – De repente sentia-se tonto. – Eles me garantiram que foi um acidente.

– Era o que deveria parecer para todo mundo. – Jenny fitou-o por um momento, impassível. – Mas a morte dele não foi acidente. Dexter Shaw foi assassinado.

– Como sabe disso?

Sua voz saíra áspera, quase hostil. Não queria acreditar nela. Claro que não queria acreditar nela.

– Dexter Shaw era membro da Haute Cour, o círculo interno, os líderes da Ordem. Nos últimos 15 dias, cinco membros da Haute Cour foram assassinados. Um morreu sufocado com uma espinha de peixe, outro foi vítima de um atropelamento, o terceiro caiu, ou melhor, foi empurrado da varanda de seu apartamento no 20º andar e o quarto "se afogou" enquanto velejava. Seu pai foi o quinto.

Bravo acompanhava o relato com uma sensação de horror crescente e, de repente, uma lembrança invadiu-o. "*Quero lhe fazer uma oferta*", dissera Dexter Shaw com seu jeito enigmático. "*Você se lembra de seu antigo treinamento?*" Esse trecho da última conversa que tivera com o pai grudara-se em sua mente como uma mariposa pregada com um alfinete na mesa de um colecionador. Jenny estava certa. Claro. Percebeu, com um sobressalto, no momento em que ela o dissera. Era como se os múltiplos choques da morte do pai, a mutilação da irmã, sua própria concussão houvessem trazido à tona um instinto latente – uma sensação de perigo, conspiração, segredos, um mundo oculto que herdara do pai.

Recomeçaram a andar, exortados por Jenny, como se ela soubesse que, naquele momento, ele precisava se movimentar.

– Respire, Bravo – disse-lhe em voz baixa e amável, observando-o. – Vai se sentir melhor quanto mais fundo respirar.

Ele fez o que ela disse e, ao seguir seu conselho, teve uma aguda sensação de que estava nas mãos dela. Não era de todo desagradável, pois começara a perceber que, desde que acordara no hospital, seu mundo tinha mudado para sempre. Em algum momento, durante aquele estado de total inconsciência, entrara num território desconhecido. De repente sozinho, lutava para entender uma nova ordem mundial da qual não tinha o menor conhecimento.

– Eu preciso de algumas respostas – disse. – Segundo meus estudos, sei que os Observantes Gnósticos eram uma divisão supostamente herética dos Observantes Franciscanos que rompera ao mesmo tempo com os tradicionalistas e a corrente dominante. Ainda é uma ordem religiosa? E você? Eu tinha a impressão de que a Ordem era estritamente masculina.

– Antes, era – disse Jenny. – E, acredite em mim, há alguns nela que gostariam que continuasse sendo, que me toleram apenas com má vontade. Vamos falar sobre isso depois, mas, por enquanto, para responder à sua primeira pergunta, a Ordem agora é apóstata, saímos da esfera estritamente religiosa.

– Por quê?

– Antes, a religião era a lei, o supremo poder no mundo, mas, aos poucos, esse poder foi se dissolvendo, outorgado a reis, comandantes militares, parlamentos e presidentes. À medida que o poder da religião diminuía, a Ordem transferiu-se para os centros de poder do mundo secular. Nós nos tornamos empresários e políticos. E sempre ficamos de olho nos Cavaleiros, cuja missão era manter o poder concentrado no menor número de mãos possível: o Kaiser, Hitler, Mussolini, você sabe.

– Quer dizer que os Cavaleiros de São Clemente estavam por trás dos...

– Sem dúvida desempenharam seu papel, lubrificaram as engrenagens, e nós, a Ordem, fizemos a nossa parte para detê-los, para assegurar a democratização do poder. Essa é a essência do mundo clandestino, que ainda chamamos pelo antigo nome, Voire Dei, a Verdade de Deus, na qual atuamos, Bravo.

– Mas, se a natureza da Ordem não é mais religiosa, o que ela se tornou?

– Durante toda a década de 1940 mantivemos Hitler hipnotizado por uma tempestade de mapas astrológicos, com base nos quais ele tomou toda decisão errada que poderia tomar, ampliando em excesso seu teatro de operações na Rússia e na Europa Ocidental. Impedimos que os nazistas soubessem do Projeto Manhattan, apesar do trabalho de Werner Heisenberg como diretor do Instituto de Física Kaiser Wilhelm em Berlim. Em 1945, membros da Ordem falaram com Harry Truman para fazer com que ele detivesse o bombardeio atômico em Hiroxima e Nagasaki. Desde então, temos nos esforçado para limitar a proliferação de armas nucleares. Em 1962, um dos nossos encontrou-se com Nikita Kruchev numa *dacha* nos arredores de Moscou e convenceu-o a recuar de sua posição em Cuba.

Enquanto Jenny falava, Bravo mantinha os olhos fixos nela.

– Por meios econômicos, passamos uma década assegurando a queda do comunismo e o desmantelamento da URSS. Hoje, trabalhamos continuamente na África para conter a propagação de doenças, no Leste Europeu para manter os governos estáveis, na Europa Ocidental e na Ásia para educar os islâmicos e tentar protegê-los das desesperadas ações de terrorismo. O extremismo domina quando desaparece toda a esperança, quando se arranca tudo de um ser humano, menos o ódio. Fazemos tudo isso por trás dos bastidores, do contrário viveríamos continuamente sob ataque dos Cavaleiros. Às vezes não somos bem-sucedidos ou somos apenas parcialmente bem-sucedidos... a corrida desenfreada dos acontecimentos mundiais às vezes nos subjuga. Mas, com a missão original que São Francisco nos deu de percorrer o mundo para fazer o bem e não guardar nada para nós mesmos, temos subsistido. Até agora, quando o mundo todo está ameaçado e pode cair a qualquer momento sob o poder dos Cavaleiros de São Clemente.

Virou-se e, juntos, avançaram pela aléia, uma estreita passagem entre os túmulos de granito e paredes de mausoléus de mármore polido. Jenny prosseguiu:

– Os segredos que guardamos são nossa força, nosso tesouro – continuou ela. – A princípio, eram as tramas de reis, ricos mercadores e cardeais para assassinar rivais ou obter o monopólio dos mercados de artigos holandeses que nós mesmos criamos no século XVII. Mais tarde, complôs de governos para apoiar esse ditador, assassinar aquele, entrar em guerra e, depois, conceder os valiosos contratos para a reconstrução de infra-estrutura a empresas que contribuíam para a sua eleição; políticas secretas que entregavam recursos para ajudar países pobres nas mãos de líderes políticos que não precisavam de dinheiro. Desfalque, coerção, traição, devo continuar? Os acordos por baixo do pano entre empresários para varrer seus concorrentes do mapa, o desfalque de fundos, as brechas dos cartéis fiduciários, a corrupção dos que estão no topo da pirâmide do poder. Todas as injustiças cometidas pelo homem contra seu semelhante. Utilizado com bom senso, o conhecimento de todos esses segredos serve para nos abrir portas normalmente fechadas a quem não faz parte do esquema. E nos permite influenciar líderes, políticos e empresários a tomar decisões benéficas ao mundo e à perspectiva de paz.

– E os Cavaleiros querem guerra?

– Os Cavaleiros querem nossos segredos, nosso poder. Mas tenho certeza de que não os usariam com tanta sensatez. Visam consolidar seu poder, libertar-se do duradouro jugo do Vaticano. Querem influenciar governos e empresas para seus próprios fins.

Parecia-lhe estranho agora, mas ele sempre desconfiara que houvesse mais coisas na história do que se lia em livros ou teses de doutorado. E por que não? Seu pai treinara-o para entender intuitivamente a natureza dos segredos, não apenas aceitar sua existência, mas aprender a descobri-los e desvendá-los.

– A história secreta do mundo – disse, repetindo a frase que ela usara.

Jenny assentiu com a cabeça.

– Até agora conseguimos frustrar todos os esforços deles. Assim, você pode avaliar os riscos. O que acontecer na próxima semana será crucial não apenas para a sobrevivência da Ordem, mas para o próprio mundo.

– Mas por que agora? – perguntou Bravo. – Os Cavaleiros vêm tentando roubar o tesouro há séculos.

– O papa está muito doente.

– Não saiu nenhuma notícia...

– Claro que não, ainda não, de qualquer modo. O Vaticano cuidou para que não saísse. Mas a doença dele lançou o Vaticano no caos, sobretudo o círculo de cardeais que apóiam os Cavaleiros. Os Cavaleiros usaram o pânico para mobilizar o poder total dos cardeais a seu favor de uma vez por todas, a tal ponto que mesmo os conspiradores tiveram medo de prosseguir enquanto o papa não estivesse incapacitado. Os Cavaleiros vieram ao nosso encalço como nunca antes. É a última batalha da Ordem, Bravo. Aqui sobrevivemos ou morremos.

– E quantos vocês são ?

– Quinhentos, mais ou menos.

– Não são muitos.

– Estamos espalhados por todo o globo, em cada país importante e num punhado de outros menores, mas membros como eu há menos de 50. Sou uma Guardiã. Você encontrou alguma coisa sobre nós em seus estudos?

Bravo fez que não com a cabeça.

– Não me surpreende. Os Guardiães não foram documentados de propósito, um segredo guardado a sete chaves. Era, e ainda é, nossa função manter os outros membros, sobretudo os da Haute Cour, a salvo de riscos.

Ele ficou furioso.

– E no entanto você e seus colegas Guardiães deixaram cinco da Haute Cour morrer. Onde estavam quando meu pai foi morto?

– Lembra que eu lhe disse que um dos membros da Haute Cour se afogou enquanto velejava? Foi meu pai. Por isso, quando Dexter foi morto, eu estava no meio da baía de Chesapeake, com uma roupa de mergulho, procurando o corpo do meu próprio pai.

Suas palavras abrandaram momentaneamente a raiva que ele sentia.

– Você o encontrou?

– Não. As marés eram fortes e uma tempestade de dois dias ao largo da costa tinha escurecido a água. Era impossível ver qualquer coisa claramente, quanto mais encontrar um corpo.

– Sinto muito – disse Bravo.

– Eu também.

A raiva dele lutou para reafirmar-se.

– Se não era você, quem então estava encarregado de proteger meu pai?

O tom cortante da voz dele magoou-a.

– Está a fim de vingança, Bravo? – perguntou ela bruscamente. – Então, sugiro que a guarde para aqueles que assassinaram seu pai.

Abalado por suas próprias tragédias, ele se fechou, não dando qualquer abertura para ela.

– Você não respondeu à minha pergunta.

Haviam chegado ao fim da necrópole, embora houvesse outros mausoléus espalhados a pouca distância. Eles se encararam e trocaram olhares ferozes.

– Seu pai deixou o Guardião para trás pouco antes de se encontrar com você. Também tirou de combate um Cavaleiro de Campo que o seguia. Era um especialista em desaparecer sem deixar pistas, quer estivesse no meio da multidão ou não, e, levando em consideração o que aconteceu, está claro que queria ficar a sós com você... completamente a sós.

Bravo levou alguns momentos para digerir isso, enquanto continuavam a percorrer o caminho que ela escolhera, depois soltou devagar a respiração.

– Você parece ter todas as respostas e é esperta e engenhosa. Foi por isso que meu pai me levou a você?

– Quem dera que eu tivesse todas as respostas. – Ela inclinou a cabeça. – Por que seu pai abandonou o Guardião? Por que desejava ficar sozinho com você?

*"Quero lhe fazer uma oferta. Você se lembra de seu antigo treinamento?"*

– Eu não sei – ele respondeu, mas sentiu um aperto no estômago e teve de reprimir o desejo de bater em alguma coisa com o punho fechado. Sabia muito bem o que o pai quisera lhe propor. A única questão era se ia aceitar. – Não – disse, após pensar um pouco. – Ele perguntou se eu me recordava de meu antigo treinamento. Claro que sabia que eu me lembrava, estava simplesmente me preparando. Tenho certeza de que ia pedir que eu entrasse para a Ordem.

Por um momento ela se calou, inspecionando a vizinhança próxima como fizera em intervalos aleatórios desde que roubaram o carro. A julgar pelas datas nos túmulos – todas do século XVIII –, haviam entrado na parte mais antiga do cemitério.

– Isso não me surpreende.

– Não?

– Seu pai era uma pessoa diferente, especial. Muito mais que um simples membro da Haute Cour – disse ela, devagar e deliberadamente. – Mas, para fazê-lo entender isso, tenho de começar desde o início. Como sabe, outrora os Observantes Gnósticos foram franciscanos.

Bravo assentiu com a cabeça.

– A Ordem original foi fundada no século XIII por seguidores de Francisco de Assis – disse Jenny –, e quase imediatamente após a sua morte alguns frades acharam que deviam continuar vivendo em pobreza apostólica. Isso enfureceu o papa, porque a Igreja era proprietária das riquezas acumuladas por suas ordens. Mas só em 1517, quase 300 anos depois da morte de São Francisco, a Ordem dividiu-se formalmente em duas facções: os Conventuais, que defendiam a residência fixa nos conventos, e os Observantes, que acreditavam que São Francisco queria que permanecessem itinerantes, andarilhos que exploravam territórios distantes para levar a palavra de Cristo aos que mais necessitavam do Evangelho.

Depois de uma pausa, Jenny prosseguiu:

– Alguns Observantes se submeteram e até se tornaram enviados do papa ao Levante, a fim de reunir tropas e dinheiro para uma cruzada contra o cada vez mais agressivo Império Otomano. Na época, a poderosa marinha otomana vinha tomando as ilhas do leste do Mediterrâneo e já começara a ameaçar até a República de Veneza.

Mas os Observantes Gnósticos resistiram aos éditos papais para que renunciassem à pobreza apostólica. Recusaram-se e, por fim, não tiveram outra opção senão fugir, entrar na clandestinidade. Furioso, o papa enviou uma de suas ordens militares, os Cavaleiros de São Clemente, sediada em Rodes, para dominá-los de uma vez por todas. Para os poucos acadêmicos entre nós que se lembram de alguma coisa sobre os Observantes Gnósticos, esse é o conhecimento histórico que chegou ao grande público. É correto em geral, mas falso nos detalhes. Muito antes de o cisma oficial ser registrado na história, travou-se uma batalha interna que levou a uma cisão na Ordem. Mas isso não foi surpresa. Desde o início, os dominicanos e os beneditinos, as ordens mais antigas e estabelecidas, aliaram-se contra nós.

– Por quê?

– Pelo mesmo motivo por que eu fui atraída para a Ordem – disse ela.

As árvores deixavam apenas alguns raios de sol através do rico verde das folhas, e os dois seguiam a trilha de luz, lado a lado, como amantes que vão a um local de encontro.

Jenny continuou:

– Levamos vantagem por nos formarmos mais tarde que as outras ordens. Nós nos beneficiamos do pensamento de Guilherme de Ockham.

– A Navalha de Ockham – acrescentou Bravo.

– Uma teoria que seguiu um caminho aristotélico diferente da doutrina baseada na fé de São Tomás de Aquino. Aquino fora além de Aristóteles ao dizer que, quando entendemos as leis da natureza, começamos a perceber o desígnio de Deus. A Navalha de Ockham afirmava que Aquino estava totalmente errado: insistindo em que a razão era o caminho para desvendar as intenções de Deus, desmitificara Deus. Então se formou uma cisão que iria existir para todo o sempre. A Ordem seguiu Ockham, acreditando na separação básica entre fé e razão, doutrina religiosa e investigação científica. Como pode um astrônomo deduzir os desígnios de Deus a partir das órbitas dos planetas? Como é possível ao homem, usando conceitos criados pela mente do homem, conhecer a vontade de Deus?

Quando o caminho ia chegando ao fim, descia suavemente em direção a um campo inferior, margeando um lago de aparência plácida adormecido sob a forte luz do sol. Um alto muro de pedra, o limite mais afastado do cemitério, abria-se no campo visual. Os túmulos eram finos e pedregosos, alguns tão obscurecidos por líquen e musgo que era quase impossível decifrar as inscrições. Logo adiante, onde o caminho terminava não muito longe do muro de pedra, erguia-se um último mausoléu, bem simples. Uma rachadura corria pela lateral esquerda, como se em algum momento no distante passado um vândalo lhe houvesse desferido um violento golpe. A pedra antiga era áspera como a palma da mão de um carpinteiro. O braço da raiz de um tenaz salgueiro-chorão abrira caminho à força na fundação, como se a própria natureza fizesse uma tentativa de reivindicar o que o homem buscara preservar.

Uma pequena porta de bronze apresentou-se, encimada por um frontão triangular de pedra, largo e baixo, escurecido pelos elementos e a chuva ácida, no centro do qual, mergulhado em sombra, via-se gravado um nome: MARCUS.

Ali parados, olhando o nome acima deles, Jenny disse:

– O que talvez você não saiba é que a cisão fora prevista, alguns disseram profetizada, pelo abade do século XII Joachim de Fiore. Ele escrevera muitos tratados apocalípticos interessantes que apregoavam uma era próxima do Espírito Santo em que a Igreja seria reformada por duas ordens religiosas, uma delas vivendo em pobreza apostólica. Entre 1247 e 1257, Giovanni Burelli de Parma era o sacerdote geral dos intranqüilos franciscanos. Ele foi sumariamente deposto por ser íntimo dos Espirituais, uma seita de franciscanos que se tornaria o berço dos fundadores da Ordem. Os Espirituais eram seguidores de Joachim de Fiore, cujos textos refletiam precisamente a principal doutrina deles e sua divergência do resto dos franciscanos. Em 1257, o papa ordenou que Giovanni de Parma renunciasse, exilando-o em Greccio.

Bravo assentiu com a cabeça.

– Eu conheço esses fatos. Ele foi enviado para La Cerceri, o convento franciscano no monte Subasio, perto de Assis. Ficou encarcerado ali pelo resto da vida.

– Ou assim disseram ao papa. – Ela pegou uma chave e enfiou-a na fechadura da porta de bronze. – Aí termina seu conhecimento, aqui começa a história secreta.

Abriu a porta e entraram. Foram saudados pelo cheiro de mofo e do ar que parecia tão velho quanto o próprio mausoléu. A princípio, ele achou que o interior era revestido de placas de mármore, mas ao examinar mais de perto descobriu que as paredes na verdade eram de gesso, pintadas numa falsa textura marmórea tão bonita quanto engenhosa. As portas de bronze da cripta encaixavam-se na parede. Eram longas e estreitas, para acomodar os caixões dentro dos quais descansavam os restos dos mortos. A intervalos, logo acima do nível dos olhos, viam-se antiquados candelabros de ferro forjado ao longo das paredes, alguns com lamparinas, outros obviamente receptáculos para flores, pois pendiam de dois deles os restos murchos de papoulas e íris, como esqueletos numa casa mal-assombrada.

– De fato, Giovanni jamais foi prisioneiro – continuou Jenny, depois de acender as lamparinas. – Na verdade, muitos dos frades encarregados de La Cerceri eram Espirituais. Não apenas solidários com ele, mas fundamentais para instalá-lo como o *Magister Regens* da Ordem, que mesmo então vinha arregimentando seguidores secretos.

Bravo fez um gesto.

– Mas este é um cemitério judeu, o sobrenome neste mausoléu é Marcus.

Jenny deu um meio sorriso.

– Giovanni de Parma tinha uma irmã, Marcella. Ela se apaixonou por um pintor chamado Paolo di Cione, mas ele só lhe contou que era judeu italiano, de sobrenome Marcus, depois que se casaram. – Jenny encostou a palma da mão numa parede. – Bravo, não foi apenas nossa insistência na pobreza apostólica que enfureceu tanto o papa, fazendo-o enviar seu exército particular para nos caçar. A Ordem tem um segredo... tão importante, tão potencialmente perigoso, que só os membros da Haute Cour sabiam de sua existência. – Bravo ouvia atentamente as explicações de Jenny. – Pense na lógica disso. A Ordem fizera um voto de pobreza e, portanto, ao contrário das outras, não podia ter nada. Como, então, iríamos sobreviver? Foi Marcella, irmã de Giovanni de Parma, que apresentou a solução. Antes de depor Giovanni, o papa deixou que ele indicasse seu sucessor. O escolhido foi Bonaventura Fidanza. Era crença generalizada que Giovanni escolhera esse mestre da Universidade de Paris por serem amigos, mas na verdade foi porque Marcella soube que Bonaventura tinha violado seu voto de castidade e gerado um filho em sua prima. Ela confiou o segredo ao irmão, e a partir daí o conhecimento de certos segredos se tornou a moeda com a qual a Ordem continuou seu trabalho. Por fim, como eu lhe disse, o tesouro se tornou uma ladainha do mal no mundo. O importante a ter em mente agora é que, com o poder desses segredos, conseguimos muitas vezes influenciar reis, homens de negócios e generais... Eventualmente, quando agíamos com muita esperteza e tínhamos muita sorte, nossa intervenção alterava o curso da história. Protegemos os que tinham conhecimento, cientistas e escritores, pensadores independentes à frente de seu tempo, que de outro modo teriam sido perseguidos, queimados na fogueira, açoitados ou enforcados publicamente. Escondemos agitadores, delatores para que pudessem continuar denunciando as atividades de políticos corruptos e revelando verdades duras. Claro, nem sempre tivemos êxito, mas demos o nosso melhor pelo bem maior da humanidade. Mesmo assim, nosso trabalho nos tornou amaldiçoados pelo Vaticano, que é um depósito de segredos, mentiras e repressão.

Metade do rosto de Jenny estava na sombra. Nos olhos cinza muito grandes flutuavam partículas da mesma cor das sardas que polvilhavam seu nariz.

– E depois chegou ao nosso poder um artefato tão valioso que a Haute Cour foi obrigada a mudar a localização do tesouro, para protegê-lo com medidas múltiplas. Por tradição, dois homens tinham a chave do tesouro e o conhecimento de onde estava enterrado: o *Magister Regens* e um membro da Haute Cour a quem chamavam de o Guardião-mor.

Vários fios de cabelo brilhantes como cobre vivo se soltaram do rabo-de-cavalo, caindo no rosto de Jenny, que os empurrou para trás da orelha.

– O Guardião-mor é especial, Bravo, como nunca antes. Não existe um *Magister Regens* há décadas. A Haute Cour governa a Ordem agora. O Guardião-mor é o portador oficial da chave, mas havia um outro membro da Haute Cour usado como reserva de segurança, caso alguma coisa acontecesse ao Guardião-mor.

– Você disse *havia.*

– O reserva era um homem chamado Jon Molko. Foi o primeiro levado e torturado pelos Cavaleiros. Eles o mataram quando descobriram que não falaria. Poucos momentos antes de seu pai encontrá-lo.

– O que aconteceu com a chave de Molko?

– Não sabemos.

Bravo enfiou a mão no bolso e apalpou a estranha chave que o pai lhe dera seis meses atrás em Paris. A chave do pai. Mas, e a de Molko? Será que estava com os Cavaleiros de São Clemente?

– ...nosso tesouro, nossos segredos – disse Jenny –, tudo o que nos mantém fortes, tudo o que nos manterá fortes está nas mãos do Guardião-mor. Essa assombrosa responsabilidade, esse fardo terrível, passava de um Guardião-mor para outro por meio de um processo de seleção meticuloso. – Ela moveu a cabeça para a frente e para trás num sinal de cautela, e as luzes avermelhadas se refletiram em sua pele com um brilho que parecia de séculos. Seus lábios carmim estavam entreabertos, e sua voz saiu ofegante: – Bravo, seu pai era o atual Guardião-mor de todos os segredos da Ordem.

. . .

Era curioso, mas a única hora em que Donatella se sentia em paz era quando estava num cemitério. Por isso conhecia bem os de toda cidade onde já tinha estado. Washington não era exceção e, embora a área tivesse diversos cemitérios, numa ou noutra ocasião ela os explorara todos, à luz do sol e ao luar, sob chuva, neve e nevoeiro. E na verdade não havia nenhum que ela conhecesse melhor do que o Maimônides. Já há algum tempo ela acreditava que um importante segredo guardado pelos Observantes Gnósticos se achava no mausoléu Marcus – a tumba do santificado Frei Leoni, um exemplo para todos da Ordem –, mas nem mesmo os últimos dois membros da Haute Cour que ela e Rossi haviam despachado foram capazes de fornecer uma confirmação. Uma pena, porque atacar aquela tumba seria um golpe psicológico do qual, tinha certeza, a Ordem não se recuperaria.

Agora, ao perceber aonde a Guardiã levava Braverman Shaw, sentiu um leve tremor ondular pela espinha abaixo. Ela e Rossi avançavam por entre os mausoléus, num caminho mais ou menos paralelo ao que sua presa havia percorrido. Precisavam ter extremo cuidado, pois a Guardiã estava excepcionalmente alerta e, embora Rossi talvez a subestimasse inconscientemente, Donatella não ia fazer isso.

Rossi não tinha a menor tolerância por qualquer coisa que visse como fraqueza. Sua fé em Donatella era absoluta – uma curiosa anomalia em seus sentimentos em relação às mulheres –, e ela não tinha intenção de lhe dar o mínimo motivo para duvidar dessa fé.

Quando viu a Guardiã levar Braverman Shaw para o mausoléu de Marcus, Donatella mal se conteve. Percebendo a extrema excitação da parceira, Rossi aproximou-se e, enroscando os dedos em volta de seu antebraço, disse baixinho em italiano:

– Não vai perder o controle, vai? – Fitou-a longamente. Em seu olhar, viu todos os terríveis incidentes do passado compartilhado, toda a dor e todo o desespero, todo o sangue tomado e derramado. Para ele, os olhos de raposa de Donatella eram como um espelho no qual via o melhor de si mesmo e ao mesmo tempo reconhecia o pior. – Temos nossas ordens, não podemos nos desviar delas, o.k.?

Ela assentiu com a cabeça, mas tinha a boca seca e a pulsação pesava no lado do pescoço. As pontas dos dedos de Rossi em sua carótida captaram a palpitação como se fosse um movimento sísmico.

– É assim que você fica quando vamos fazer sexo – disse baixinho. – Seus olhos mudam de cor, os poros exalam um odor íntimo, e eu sei que está pronta. – Curvou-se para ela, as narinas dilatando-se quando inalava. – Está vendo? Mas mesmo assim preciso me perguntar que mudanças complexas ocorrem dentro de você.

Muda, ela enfiou a mão no bolso e tirou uma pequena granada preta e fosca, que segurou como um mágico entre o polegar e o indicador. Rossi sorriu, soltando-a.

Pronta para o ataque, foi atrás do desejo de seu coração.

. . .

– *A fé é uma árvore da qual brotam novos galhos mesmo diante da tempestade* – dissera Emma. – *Há um plano para nós.*

Será que ela tinha razão, perguntava-se Bravo, ou isso não passava de uma miragem?

Não. Depois de um longo tempo, afinal começava a entender o pai – por que o dirigira para os estudos de religiões medievais, por que ficara decepcionado quando ele abandonara esses estudos, sua antipatia por Jordan Muhlmann, a quem culpava por ter desencaminhado o filho. No caso de Jordan, era um engano monumental, e Bravo desejava que o pai estivesse ali ao seu lado para poder lhe explicar a natureza de sua profunda e eterna amizade com Jordan.

– Você disse que havia um segredo maior que todo o resto – ele falou. – Qual é?

– Não sei – respondeu Jenny, com sua voz clara e sincera.

Ele não acreditou, mas talvez houvesse um bom motivo para a mentira. Era muito provável que a cautela entre eles fluísse em mão dupla.

– Você ainda não me disse por que me trouxe aqui. – O tom cuidadoso e neutro era uma tentativa de fazê-la se abrir. – Podia ter me contado a história da Ordem em qualquer lugar.

– É verdade. – Ela passou as pontas dos dedos pelos veios do falso mármore das paredes com a delicadeza investigativa de um arrombador de cofres. Mas manteve o resto do corpo absolutamente imóvel. – Mas há a questão da iniciação.

– Iniciação?

– Parabéns. Você acaba de se tornar o ser humano mais importante da Terra.

Bravo ficou olhando para ela, incapaz de falar ou mesmo de pensar com clareza por um momento.

Jenny virou-se para ele, os olhos claros ligeiramente virados para cima tremeluzindo na semi-escuridão da antiga construção. Ele reconheceu naquele olhar, na postura, uma certa cumplicidade. Sepultados juntos naquele local quente e íntimo, pareciam mover-se em harmonia, retornando de modo ritual não apenas à história relatada da Ordem, mas à conspiração de toda a vida de Dexter Shaw. E de repente as lágrimas inundaram os olhos dele, porque, num sentido gloriosamente real, para ele, o pai ressuscitava ali à sua frente.

Ela inclinou a cabeça e os fios de cabelo mais uma vez se soltaram, ígneos à luz da luminária, e ondularam de novo contra a sombra das suculentas maçãs do rosto. Tomou a mão dele para lhe transmitir, imaginou Bravo, sua absoluta imobilidade. Mas, em vez disso, ele sentiu uma vibração tão intensa que acelerou seu coração. Ele percebeu a intenção de Jenny como se – a exemplo da jovem do retrato em sua casa – ela fosse uma flecha num arco bastante retesado prestes a disparar.

– Há muito a fazer e duvido que tenhamos muito tempo.

Como se fosse para enfatizar as palavras dela, ouviu-se um ruído oco, horrível e nada musical, quando um pequeno artefato preto e fosco bateu no chão de pedra e começou a rolar até onde eles estavam. Então a porta do mausoléu se fechou com um estrondo.

Bravo correu até a porta, mas a encontrou trancada. Estavam encurralados. Um silvo baixo o fez virar-se, e ele viu o gás lacrimogêneo sair espumando da granada, uma onda venenosa que se erguia na direção deles.

# capítulo 5

**Donatella e Rossi, os** rostos animalescos com máscaras pretas e prateadas, irromperam pela porta de bronze do mausoléu. Haviam esperado exatamente três minutos até colocarem as máscaras de gás. Depois tinham puxado a pesada porta até abri-la. Armas prontas para disparar, entraram rápido e ocuparam suas posições: Rossi bem perto da entrada, Donatella no canto direito.

A atmosfera era de um prédio após um incêndio. Após dispersar-se, o gás se transformara numa névoa fina como fumaça industrial, obscurecendo o teto. Apesar disso, não havia a menor dúvida de que eles eram as únicas pessoas vivas no mausoléu. Entreolharam-se. Mesmo através das lentes protetoras, um podia ler nos olhos do outro raiva e consternação.

– Eles estão aqui – disse Rossi, a voz ligeiramente abafada.

Donatella caminhou ao longo da parede direita, observando o gesso com a falsa textura de mármore.

– A Ordem gosta de rotas de fuga secretas. – Ela voltou a cabeça. – Você sabe o que fazer agora.

Rossi, junto à entrada, parou no restinho da luz crepuscular avermelhada.

– Agora que chegou a hora, vejo que não quero deixá-la.

Ela ergueu a arma na linha de visão dele e, deliberadamente, bateu a coronha na parede do fundo.

– Está perdendo tempo.

Ele grunhiu e desapareceu pela porta aberta.

– Agora – disse Donatella em voz baixa, retornando ao problema imediato –, onde estão vocês, minhas baratinhas?

. . .

Quando a bomba de gás bateu no chão, Jenny e Bravo prenderam a respiração. Seus olhos, no entanto, haviam começado a arder e lacrimejar, e o delicado tecido das narinas a inchar dolorosamente. Jenny virou-se para as duas portas da cripta, aproximou-se da que ficava mais embaixo e, com os braços bem abertos, apertou um par de tachas escondidas, quase invisíveis no intricado desenho de veios falsos.

A porta de bronze se abriu, revelando não o lado de mogno de um caixão, mas uma faixa de misteriosa escuridão. O corpo de Bravo gritava por oxigênio e ele sentia uma dor no fundo dos pulmões. Achou que não poderiam prender a respiração por muito mais tempo. Jenny parecia haver chegado à mesma conclusão, porque fez um gesto em direção à abertura. Ele entrou com cuidado para não bater a cabeça. Estendia a mão para cima, para apalpar a superfície do teto baixo e combater a claustrofobia, quando sentiu Jenny ao seu lado e avançou bem devagar para os fundos da cripta. Num breve feixe de luz, viu-a mexer em alguma coisa com os dedos, depois a pesada porta girou e se fechou, acompanhada de um ruído estranho, como ar escapando de um pneu furado. Com um surto renovado de claustrofobia, Bravo percebeu a ativação de um lacre que vedava o ar, a melhor proteção para os restos mortais dos entes queridos sepultados. Então, quando o pânico já se instalava, ele viu as feições de Jenny iluminadas pela caneta-lanterna que ela acendera. Um sorriso astuto cruzou seu rosto oval. E aí ele compreendeu – o lacre os salvaria do gás lacrimogêneo. Embora o ar no interior do mausoléu estivesse saturado, o gás não podia atingi-los ali.

Sobressaltaram-se ao ouvir um disparo violento do outro lado da porta da sepultura. Bravo sentiu o suor brotar da pele, mas tinha a boca anormalmente seca. Lembrou o relato que o pai fizera sobre os momentos de terror que vivera pouco antes da desesperada retirada da embaixada de Nairóbi. "*Eu suava da cabeça aos pés, mas curiosamente tinha a boca seca. O medo faz isso com a gente, Bravo. E fiquei aliviado com a minha reação, o que talvez você ache ainda mais curioso, mas a verdade é que os que não têm medo acabam mortos.*"

. . .

Muito próxima, Donatella examinou as duas portas das criptas, batendo aqui e ali, de leve, num padrão rítmico; o tempo todo inclinava a cabeça, a orelha perto o bastante para avaliar os sons que retornavam de sua sondagem delicada.

De repente, arregalou os olhos e puxou do bolso uma tira de um material que parecia massa plástica. Sem pressa, prendeu o material flexível nas dobradiças da porta inferior. Acendeu um isqueiro e manteve a chama encostada na ponta do material até que, com um clarão brilhante, começou a arder com um calor devastador. Ela sorriu e, com horrenda satisfação, disse:

– Sim, realmente, agora peguei vocês.

. . .

Outro ruído, pavoroso como o chocalhar de uma serpente venenosa, chegou até onde estavam. Logo depois sentiram uma onda de calor passar pela porta de metal.

Bravo ouviu a voz de Jenny, baixa, mas cheia de urgência:

– Estão derretendo as dobradiças da porta. Rápido! Vá!

No breve clarão da caneta-lanterna, ele a viu apontar para a direita e, contorcendo-se todo, começou a se mover, mas para onde?

Como se adivinhasse a pergunta, ela usou o estreito feixe de luz da caneta-lanterna em vez de palavras. Virando a cabeça, ele viu uma passagem que se projetava em forte declive, talvez abaixo da fundação do mausoléu. Arrastando-se para chegar até lá, maravilhou-se com a engenhosidade, pois essa rota de fuga devia ter sido planejada na época da construção do mausoléu.

Bravo rastejou na escuridão, encurralado de todos os lados, com o inimigo invisível, mas muito audível, uivando nos seus calcanhares. O cheiro mineral de calcário molhado mesclava-se com os odores de decomposição que lembravam imagens de terra recém-revolta, bolor de folhas, vermes enroscados e cinzas. Com Jenny grudada em suas costas, teve a sensação de que o espaço adiante se estreitava ainda mais, não maior que seu próprio corpo, e descobriu um medo dentro de si, irracional e por isso mesmo esmagador, de ficar entalado no túnel, sem poder se mover para a frente nem para trás.

– Que houve? – sussurrou-lhe Jenny no ouvido. – Por que parou?

Bravo não disse nada. Ao mesmo tempo, sentia-se incapaz de se mover.

O calor parecia segui-los em intensidade crescente. E, com isso, julgou discernir a primeira fresta de luz quando as dobradiças na porta da cripta cederam.

Jenny sentiu que ele estava paralisado.

– Deite-se de costas – disse ela, deslizando sobre ele. – Agora encoste as omoplatas no chão.

Encarava-o de cima, os seios achatados no seu peito, a respiração rápida no rosto. O calor dela começou a passar para ele. Não restara nenhum espaço para se mover. Um terror primitivo e irresistível o arrepiou todo, e ele lutou para afastá-lo.

– Bravo!

Agora podia ver a luz, uma fatia como a lâmina de uma faca. Logo depois, assustadora, uma voz feminina – sem dúvida, de Donatella – cantarolou num tom alto e vibrante.

– Saiam, saiam de onde estiverem...

Jenny segurou sua mandíbula e olhou-o de forma penetrante, incitando-o a obedecê-la. Como num sonho, ele fez o que ela pediu, respirando profundamente, e, após um momento de lenta e torturante manobra, sentiu-a deslizar, primeiro os quadris, depois o ventre e os ombros, para o outro lado.

Ela tomou as mãos dele e apertou-as por um breve instante.

– Fica mais largo daqui em diante.

Só então ele entendeu. Ela passara à sua frente, ficando em posição para conduzi-los, assim esperava, para fora.

O túnel de fato alargou-se, mas não muito. Ao mesmo tempo ficou mais íngreme, de modo que desceram meio deslizando, meio tombando, arranharam os cotovelos e esfolaram os quadris. Bravo reconheceu uma certa ferocidade naquela fuga. Como um animal acuado, sentiu a pressão da perseguição, além das terríveis conseqüências se fossem de fato capturados.

Por fim, o túnel tornou-se plano. Ali, o espaço era suficiente para se arrastarem de gatinhas, embora de vez em quando o teto áspero lhe arranhasse as costas, desgastando mais as roupas com o atrito. Ele sentiu um desejo cada vez maior de olhar para trás, de avaliar o progresso da perseguição, mas isso implicaria parar, uma opção perigosa. Em todo caso, o espaço simplesmente não permitia virar a cabeça para trás.

Chegaram ao fim do túnel, tendo diante de si um muro de cimento que vazava água. Bem na frente do muro via-se uma escada de ferro que subia verticalmente e desaparecia no que, à limitada luz da caneta-lanterna, parecia uma infinidade nublada.

Sem vacilar, Jenny agarrou os aros e içou-se para cima. Bravo subiu atrás. Logo depois de erguer-se do piso do túnel, viu um penetrante clarão de luz vindo por detrás.

Escalando rápido e com segurança, Jenny logo alcançou os limites superiores da rota de fuga, uma seção circular de pedras – um poço, concluiu Bravo. Segundos depois, já haviam saído da boca do poço para uma pequena clareira cercada por uma densa vegetação rasteira e, logo adiante, um par de volumosos salgueiros-chorões que proporcionavam uma cobertura natural e uma espécie de caramanchão de folhagens que, subindo e descendo numa profusão de cascatas, bloqueava o sol e o céu.

O terreno era desigual. À esquerda caía em declive abrupto e, à direita, subia para um platô, acima do qual se distinguia, por entre as árvores, a mais antiga das lápides.

Jenny deu-lhe um ligeiro e tenso sorriso de encorajamento e começou a subir a encosta em direção aos sepulcros. Nesse momento ouviu-se um leve farfalhar à esquerda e Rossi surgiu por trás do tronco de um dos salgueiros. Segurava uma arma com o braço distendido, com a mão esquerda em concha sob a coronha para mantê-la firme.

Bravo gritou, a voz estridente em advertência. Jenny estava virando quando

Rossi disparou. Ela virou para Bravo, encarando-o com olhos arregalados e sem expressão. Então seus joelhos se vergaram e ela tombou na grama.

Sem pestanejar, Rossi virou-se para Bravo, que deu meia-volta e decolou num ziguezague imperfeito encosta abaixo, em direção à proteção do outro salgueiro. Alguma coisa passou voando rente à sua orelha, e ele se jogou para o lado, tropeçou numa raiz e escorregou ladeira abaixo.

Um estrondo furioso soou atrás, como de uma fera desembestada. Era Rossi que vinha a toda a velocidade, a cabeça e o tronco curvados para trás, a fim de manter-se em pé. Mas naquele passo não havia chance de disparar um segundo tiro.

Bravo, a atenção dividida entre a dianteira e a retaguarda, perdeu o equilíbrio quando a sola do sapato deslizou numa pedra coberta de limo. Instintivamente, estendeu o braço e um choque de dor disparou pela mão acima quando ele desabou pesadamente. Achava-se à margem do lago a essa altura, o chão e a íngreme inclinação encharcados de água estagnada, mas a queda diminuíra consideravelmente sua velocidade, de forma que Rossi o alcançou com vertiginosa rapidez.

Em parte por instinto, em parte por autodefesa, Bravo ergueu a perna. Rossi, tentando conter a força que o impelia de cabeça ao chão, não conseguiu evitar tropeçar nela. No mesmo instante, Bravo partiu para cima do adversário. Colhido no ímpeto do outro, rolou repetidas vezes enquanto lutava para manter o domínio sobre o pulso armado de Rossi. Giraram cada vez mais rápido, presos num aperto mortal. Ervas açoitavam seus corpos e lama voava enquanto chutavam e agarravam um ao outro, dentes expostos, corações martelando no peito. Eram como duas feras lutando pelo território, por uma fêmea, por uma área de procriação. Punhos esmurravam músculos e ossos – buscavam ficar numa posição vantajosa que lhes permitisse desferir um golpe mortal. O intelecto desaparecera na sombria ressaca de instinto primitivo. Preocupados com a sobrevivência, mergulharam no lago e logo desapareceram na água, que se tornou um inimigo para ambos, tentando diminuir a velocidade deles, emaranhá-los, arrastá-los para baixo em seu asfixiante abraço.

Emergiram ofegantes na superfície, travados um no outro, com respingos voando. Deslizavam e escorregavam no fundo pegajoso. Enquanto se embolavam, Rossi bateu a testa no nariz de Bravo, que se sentiu atingido por um raio. Deve ter apagado por um instante, porque, quando menos esperava, estava mais uma vez submerso. Arquejava, engolia água, sufocava.

Sentia um aperto na garganta: as mãos de Rossi comprimiam-lhe a traquéia. Rossi empurrava-o para baixo, os joelhos apontados como armas, todo o seu peso concentrado no peito do outro. Bravo lutava, não via nada na água turva. Tentava em desespero arrancar as mãos de Rossi de sua garganta, mas os dedos dele pareciam de ferro, e naquela posição faltava-lhe apoio.

Começou a ver manchas diante dos olhos, primeiro brancas, depois pretas; a consciência ia e vinha, e sentia uma crescente lassidão nas extremidades. E desse lugar indolor brotou uma idéia enroscada como uma serpente: por que não deixar tudo aquilo ir embora? Por que não fechar os olhos e simplesmente apagar-se?

Com os braços escancarados, Bravo sabia que estava morrendo. E, apesar disso, como se agisse por vontade própria, as mãos moviam-se como caranguejos, os dedos semicurvados tateando o lodo em que Rossi o enterrava. Levou um momento para reconhecer a sensação transmitida pelas pontas dos dedos da mão esquerda ao cérebro meio entorpecido. Então enroscou os dedos, pegou um objeto duro, ergueu o braço e bateu com o objeto com toda a força no osso logo acima do olho esquerdo de Rossi.

Desesperado de dor, Rossi soltou sua garganta, e Bravo, reunindo toda a força que lhe restava, levantou-se do leito do lago, chegou à tona e aspirou um enorme volume de ar enquanto girava mais uma vez. Foi então que viu que segurava a arma do próprio Rossi, abandonada no calor do combate mano a mano, e acertou-a no ponto vulnerável junto à orelha do inimigo.

Rossi caiu debatendo-se, mas, agarrando com uma das mãos a frente da camisa encharcada de Bravo, derrubou-o e puxou-o de volta para debaixo d'água. Golpeava às cegas, o punho fechado socando o rosto e o lado do pescoço de Bravo, que cambaleou e sentiu uma onda de vertigem ameaçar subjugá-lo. Rossi virava-se, tentando inverter as posições para ficar novamente por cima. Se conseguisse, Bravo sabia que estava liquidado. Tão cego quanto Rossi, Bravo estendeu o braço, arranhou com as unhas o crânio do outro em busca de um ponto de apoio e segurou-o pelos cabelos enquanto o golpeava repetidas vezes com a coronha da arma. Por fim, não restou movimento algum.

Mais que tudo agora, Bravo precisava de ar. Ergueu-se, mas, mesmo na morte, Rossi manteve a mão agarrada à sua camisa. Tentou desprender os dedos dele, mas não conseguiu. Começou a rasgar freneticamente a camisa, pois o oxigênio nos pulmões estava acabando, o leito aluvial do lago sugava-o para baixo – e ele viu que não ia conseguir.

Então, no último momento possível, sentiu mãos que mergulhavam na escuridão, o seguravam e o içavam com uma força inabalável. Bolhas fluindo dos dentes cerrados, ele segurou os antebraços sem pêlos, femininos, capazes e fortes, e soube que Donatella o encontrara e que, agora que matara seu amante, nada poderia salvá-lo.

# capítulo 6

**Bravo teve a presença** de espírito de usar a única arma à disposição. Mas, exaurido como estava, a arma de Rossi parecia tão pesada e difícil de manejar quanto uma geladeira, e, mesmo quando a ergueu, um golpe na parte interna do pulso fez falhar sua pontaria vacilante. Não foi um golpe forte, e ele ainda tentava entender o que estava acontecendo quando ouviu uma voz.

– Bravo... Onde está Rossi?

Uma voz feminina, Donatella. Claro que queria saber onde estava o amante. Se lhe dissesse... Pôs-se a lutar e foi contido. Uma voz conhecida – ouvira Donatella falar antes? Não se lembrava, mas achou que sim, porque ela agora o sacudia. Quis ver seu rosto, olhar nos olhos da mulher que ia matá-lo, mas água, lama e detritos do lago escorriam pela sua face. Mesmo assim, lutou, embora preso, porque era a única coisa que podia pensar em fazer.

– Rossi, Bravo... Bravo!

Uma mão limpou seu rosto, clareando sua visão, e aquela voz... claro que era conhecida. Viu-se fitando um rosto tão conhecido quanto a voz.

– Jenny – disse.

Montada nele, ela enroscava os dedos em cada um de seus pulsos, prendendo-o no chão.

– Eu vi Rossi atirar em você. Você caiu e...

Ela curvou-se para a frente, os olhos brilhantes e febris.

– Bravo, onde está Rossi?

– Morto. Rossi está morto. Mas você...

– Isso mesmo, estou machucada, mas viva.

Ele fitou-a, olhos arregalados, quando ela abriu parte da blusa para mostrar-lhe o hematoma inchado, já se arroxeando, em volta da clavícula.

– Eu... Eu não entendo. A bala devia tê-la despedaçado.

Ela tirou a arma de Rossi da mão dele, despejou a munição do tambor e estendeu-a para ele ver.

– Não fosse uma bala de borracha.

Bravo sentou-se, tossindo, enquanto ela saía de cima dele e o ajudava a se levantar. Tomando uma das balas da palma de sua mão, rolou-a entre os dedos, como se a sensação tátil fosse ajudá-lo a entender.

– Mas por que Rossi usaria balas de borracha?

– Eu não sei – respondeu Jenny –, mas não vamos debater a questão aqui. Estamos expostos demais, e Donatella não deve estar longe.

Donatella! Ele olhou em volta. Salpicos de luz atravessavam as folhas do salgueiro-chorão. Olhou a encosta atrás, do lado do mausoléu, oculta pelas árvores e o mato baixo. A qualquer momento Donatella podia aparecer. Era um milagre ainda não ter surgido. Ele assentiu com a cabeça, depois deixou-a conduzi-lo, contornando a margem norte do lago, por entre as árvores, até um muro de pedras baixo, por cima do qual passaram. Ele sentia que a cabeça ia explodir a qualquer momento, e cada golpe desferido por Rossi o atravessava como choques elétricos a cada passo que dava.

Assim que transpuseram o muro, viram-se diante de uma estreita fileira de bordos, depois da qual havia uma estrada. Ouviram o zumbido do tráfego de mão dupla, lembrando-os do mundo normal que existia ao redor deles. Por um momento, Bravo se recostou nas pedras ásperas do muro. Sentiu a idade delas se infiltrar nele e prestou atenção, como se tivessem uma história para lhe contar.

– Bravo, temos de continuar andando – disse Jenny com certa urgência.

Ele sabia disso, claro, mas continuou onde estava. Era imperativo recuperar o equilíbrio interno, porém sentia-se tomado pelo desespero. Acabara de matar um homem. Se aquele homem tentava ou não matá-lo, decerto não interessava. Ocorreu-lhe que transpusera um profundo limite moral e agora se questionava se o pai também tivera de matar um Cavaleiro de São Clemente para se defender ou proteger o tesouro da Ordem. Nesse instante, uma idéia que antes soaria absurda não lhe parecia sequer chocante. Na verdade, parecia provável e de algum modo era como um farol iluminando o negro desespero. Em sua mente, essa conexão com o mundo secreto que o pai habitara era como uma bóia salva-vidas, e assim que a agarrou sentiu-se erguer. Um momento depois já seguia Jenny pelo gramado e sebes, pela fina fileira dos bordos de casca escamosa até a beira da estrada.

. . .

Afinal, Donatella saiu da boca do poço. Por causa do mecanismo que vedava hermeticamente o interior da cripta, levara muito mais tempo para cruzar a porta de bronze do que calculara. Minutos preciosos em que suas presas conseguiram ganhar terreno. Consolou-se com a idéia de que cada passo que os fugitivos davam aproximava-os de Rossi, mas, verdade seja dita, não queria que ele os pegasse primeiro. Queria esse prazer todo para si mesma. Soube disso quando paquerou Braverman Shaw na rua. Atrair a atenção para si tinha sido burrice, percebeu isso no instante em que sorriu para ele, mas não conseguira se conter. Vira alguma coisa nele, uma força animal profundamente reprimida, que reconhecera de imediato e à qual reagira. Sentira alguma coisa muito íntima – primal – naquele momento, dois animais farejando um ao outro na floresta, e que ela agora levava consigo como uma fotografia num medalhão.

Assim como levava a essência de Ivo consigo aonde fosse. O isolamento dela era o que o tornava tão vital para sua existência. Nada mais importava, exceto Ivo – e, claro, suas presas. Ela e Ivo haviam se sacrificado um pelo outro, cuidado um do outro, matado juntos, e quando ficavam juntos era como a incandescência do sol.

O caminho à frente descia em direção a um véu de salgueiros-chorões, além do qual ficava o lago. Havia três pares de pegadas – presas perseguidas pelo caçador. Ela seguiu os rastros ladeira abaixo até ver algo que a fez parar. Agachando-se, correu a mão pela superfície barrenta onde, tinha certeza, ocorrera uma luta. Logo ergueu os olhos e, estreitando-os, examinou tudo à volta. Com o corpo tenso e o revólver engatilhado, Donatella se levantou, seguindo a trilha ondulante até a margem do lago.

Ali parou, a água lambendo suas botas, enquanto vistoriava a plácida paisagem. Dois patos selvagens que vinham do sudoeste pousaram fazendo algum barulho e começaram a nadar em direção a um grupo de patos. Um breve grasnido chegou da outra margem e depois tudo ficou em silêncio. O final da luz do entardecer se refletia na água, dando-lhe um matiz avermelhado.

Nesse momento sua atenção foi atraída por um movimento bem onde a água se achava mais avermelhada, uma agitação como de peixes se aproximando da superfície e se preparando para um banquete com aranhas-d'água e mosquitos. Um momento depois, uma forma curvada cor de trigo e de aparência lustrosa rompeu a superfície. Então rolou, deixando entrever um nariz romano, depois lábios e bochechas.

Donatella ficou absolutamente imóvel, mas lhe pareceu que o estrondo de seu coração ia parti-la em pedaços. Não, disse a si mesma, não podia ser. Mas então viu os olhos vazios e correu, fora de si, para dentro d'água. O lodo do fundo puxou-a para baixo, diminuindo a velocidade e fazendo suas vigorosas coxas trabalharem com mais esforço. Por fim, chegou até ele e embalou sua cabeça espancada nas mãos. Quando beijou os lábios frios e borrachudos de Rossi, uma estocada varou seu coração. Abriu a boca e lançou a cabeça para trás. O ar encheu seus pulmões e o nome dele foi arrancado lá de dentro:

– Ivo!

Abriu-se em seu íntimo um vazio que só poderia ser preenchido por uma sangrenta vingança.

. . .

A caminho do prédio da manutenção do cemitério, Bravo e Jenny ouviram o uivo animal e sentiram o sangue gelar. Entreolharam-se, mas não conseguiram pronunciar o nome de Donatella.

Apressando-se, chegaram sem incidentes ao prédio baixo. Bravo ficou escondido enquanto Jenny foi fazer o reconhecimento. Ele se encostou num imenso castanheiro e, apesar do calor, começou a tremer. Agora que o choque se dissipava, a dor o percorria como uma maré, latejando mais forte a cada batida do coração. Era difícil tirar da cabeça a expressão irada de Rossi. Jamais encontrara alguém com a mesma determinação e desejo de matar outro ser humano. Uma arrepiante lembrança que levaria consigo para o túmulo.

Ao ouvir o rugido de um possante motor, ergueu imediatamente a cabeça. Avistou um carro funerário avançando devagar na sua direção e se encolheu atrás do tronco. Então a janela do lado do motorista foi baixada – era Jenny atrás do volante. O carro diminuiu a velocidade e Bravo saltou de trás do castanheiro, abriu a pesada porta e se sentou ao lado dela no banco do carona. Assim que bateu a porta, ela arrancou numa chuva de cascalho.

Jenny manobrou o veículo para fora do terreno do cemitério. Ele não lhe perguntou como conseguira roubar o carro funerário; não queria saber e, estranhamente, não estava nem aí. Mais uma vez ela arranjara um meio de fuga para eles – era só o que importava.

– Você disse que Rossi estava morto – disse Jenny. – O que aconteceu depois que ele atirou em mim?

– Eu corri – respondeu ele. – Corri e, como um idiota, caí. Ele veio atrás de mim e eu lhe dei uma rasteira. Fomos para o lago. Ele ia me matar, vi isso nos seus olhos, senti em cada golpe.

Jenny exalou ar dos lábios franzidos.

– Rossi era um assassino treinado. E no entanto você sobreviveu...

– Talvez eu tenha tido sorte, não sei. Matei-o, isso é o que importa.

– Você fez o que tinha de ser feito. Seu pai o treinou bem.

Ele se sentiu nauseado pelo olhar de admiração que ela lhe deu, então virou a cabeça para o outro lado e ficou olhando para fora pela janela fumê. O que estava fazendo ali? Fora perseguido, espancado – matara um homem. Para quê?

Essa era a batalha do seu pai, mas seria a dele? Pensou em sair dali agora, comprar umas roupas novas, voar de volta a Paris e retomar seu trabalho como se nada houvesse acontecido. Tudo parecia sombrio, por trás de um véu, parte de outro mundo através do qual ele disparava como um meteoro. Ficou imaginando se o pai também tinha sentido essa divisão. Foi quando entendeu que algo estava acontecendo com ele. Por mais estranho que parecesse, não era mais a pessoa que se encontrara com o pai no Village para um café.

*– Eu lhe disse que era urgente.*

*– Eu ouvi, pai.*

Mas não ouvira de fato. E agora, mesmo da sepultura, o pai mais uma vez falava com ele.

– A primeira vez é sempre a mais difícil – disse Jenny, interpretando erroneamente seu profundo silêncio.

Ele se enrijeceu.

– Não pretendo que aconteça de novo.

– Um sentimento admirável, mas Rossi lhe deu alguma opção?

– Foram circunstâncias extraordinárias. Não prevejo...

– Ninguém com a mente no lugar prevê tirar uma vida. – Ela se concentrava na estrada à frente. – Mas pense no seguinte: no mundo em que você vivia não haveria motivo para essa conversa. Mas você não está mais no mundo que todos os demais habitam, Bravo. Está na Voire Dei, para o bem ou para o mal, e, acredite em mim, quanto mais cedo aceitar isso, maior será sua chance de sobrevivência.

Ele encarava sem expressão a faixa de paisagem que passava zumbindo. Não queria pensar no assunto agora – simplesmente não podia processá-lo ainda, apesar da advertência dela. Em vez disso, como era seu hábito quando ficava chateado, concentrou-se numa tarefa específica – isto é, entender por que a arma de Rossi fora carregada com balas de borracha. E quase imediatamente uma lembrança veio à sua mente: Rossi baixando o braço do pistoleiro quando os dois fugiram correndo da casa de Jenny. Não havia permitido que atirassem neles e tampouco quisera matar Jenny. No entanto, não havia dúvida sobre a intenção estampada no rosto dele quando os dois se engalfinharam no lago. Será que Bravo o fizera chegar ao seu limite?

Lambeu os lábios e disse a Jenny:

– Não acho que Rossi e Donatella tinham ordem de nos matar.

Esse comentário chamou a atenção dela.

– Por que você está dizendo isso?

– As balas de borracha, por exemplo – respondeu.

Depois lhe contou a cena que vira quando fugiram da casa dela.

– Claro! – disse Jenny. – Eles acham que você sabe tudo o que seu pai sabia. Querem capturá-lo e arrancar informações.

– Mas eu não tenho informação nenhuma.

– Você sabe disso e eu também, mas é evidente que eles não.

– Então temos de encontrar um modo de lhes contar.

Jenny riu asperamente e abanou a cabeça.

– Você ouviu Donatella. Acha mesmo que ela vai acreditar em você?

– Mas é a verdade!

Jenny virou-se para ele, o olhar duro.

– Na Voire Dei não existe verdade, Bravo. Existe apenas a visão que temos dela. Donatella e os que a controlam acreditam naquilo que querem, no que melhor se adapta à sua percepção da realidade.

Havia outra saída para ele?, perguntou-se, ou estava fadado a continuar com esse pesadelo?

*Você não está mais no mundo que todos os demais habitam.*

Com as palavras de Jenny ecoando na cabeça, ele baixou a janela e fitou a paisagem. Com o ruído da estrada ao fundo, perguntou:

– Como, diabos, é possível suportar um fardo tão terrível?

Ela sabia exatamente o que ele queria dizer.

– Alguns gostam desse estilo de vida. A Voire Dei é o único lugar em que se sentem seguros. Outros se divertem. Na verdade, não conhecem outra maneira de viver. Para eles, a sociedade comum é sem graça, confusa, sem nenhum interesse. Eles se sentem privilegiados por fazer parte da Voire Dei.

– O que você acha?

Haviam deixado os limites da Falls Church bem para trás. Jenny fez uma curva à direita e percorreu talvez menos de um quilômetro até uma área de casas cada vez maiores e mais luxuosas. O carro funerário seguia por uma estrada longa e serpenteante, que subia até a crista de uma colina. Um quilômetro adiante, ela dobrou à direita e entrou numa série de ruas sinuosas de grandes casas coloniais com telhados de ardósia, jardins ingleses formais e gramados impecavelmente cuidados. Parou na entrada de carros de uma casa creme de dois andares, com colunas na fachada e um imponente alpendre. Transpondo-o, se depararam, na lateral da casa, com uma garagem para três carros, no outro lado da qual se via um pequeno abrigo de jardineiro sem janela. Ela parou no pátio de manobras pavimentado de concreto, bem em frente às portas da garagem, e saltou. Ao lado da porta, à extrema esquerda, havia uma pequena caixa de plástico. Abrindo o painel protetor, ela teclou um número e uma das portas da garagem se abriu. Ela tornou a se sentar atrás do volante, manobrou o carro funerário garagem adentro e fechou a porta. Estacionado ao lado deles, um Mercedes conversível.

– A casa do meu pai – disse ela, conduzindo-o para dentro.

– Não é este o primeiro lugar onde Donatella vai nos procurar?

– O bairro é patrulhado por vigilantes de uma empresa de segurança particular. Todos os homens são ex-policiais e conhecem cada rosto do bairro.

Bravo surpreendeu-se.

– Não pode acreditar de verdade que isso vai deter Donatella.

Ela percebeu a rispidez na voz dele.

– Acho que você não está em condições de tomar essa decisão.

– Depois de tudo por que acabamos de passar, eu, se fosse você, não correria mais riscos. Eu lhe digo: vamos sair daqui.

Ela enfiou uma chave na fechadura e abriu a porta.

– Como Guardiã, é meu dever proteger a Ordem e os membros da Haute Cour. – Entrando na sala escura, virou-se para ele. – Prometi ao seu pai que o protegeria, mas, se você renunciar à Ordem e ao papel para o qual ele o treinou, minha obrigação terminou.

Uma faixa de luz cortante atravessou o rosto dela, tornando suas feições predatórias como as de um falcão. Mantinha os olhos firmes, a expressão determinada. Se era um blefe, Bravo não tinha conseguido detectar. Ele fez menção de se virar; era importante ver até onde ela iria.

– Esqueceu os óculos de seu pai? Se partir agora, como vai descobrir o que ele lhe deixou?

Ele deu meia-volta.

– Cadê a Ordem agora que precisamos dela, onde estão seus recursos? A Ordem deve ter algumas casas seguras que possamos usar para nos esconder.

– Acho que você devia se concentrar na questão imediata – ela respondeu friamente. – Deixe o resto comigo.

– Se eu deixasse Rossi com você – ele retrucou, agressivo –, estaria morto.

– Então, com certeza, não precisa de mim.

Ela se virou, mas não antes de ele perceber a mágoa em seus olhos. Esperou até ela desaparecer na escuridão.

– Por que não me diz o que quero saber? – ele gritou.

– Por que será?

Bravo podia dar meia-volta agora e ir embora, mas isso apagaria a morte de Rossi? O que está feito, está feito, disse a si mesmo. É só voltar para Paris e retomar a minha antiga vida. Seria tão fácil.

Mas não era fácil. Era como se seus pés estivessem presos; não conseguia se virar, muito menos andar. Pensou no pai, em como fez mau juízo de tudo a respeito dele. Permitira que suas próprias emoções egoístas o cegassem para a verdade. Seu pai se envolvera numa coisa tão importante que Bravo se sentira preso a ela. Mas também sabia que o maior erro que poderia cometer agora era travar a luta do pai por sentimento de culpa. O mais provável era que terminasse morto. Não, tinha de fazer isso porque queria.

Sem sequer perceber conscientemente o que fazia, cruzou a soleira e entrou na casa. Ali passou por um pequeno vestíbulo para roupas e sapatos molhados, cujas paredes exibiam ripas com cabides de madeira, dos quais pendiam vários bonés e chapéus, blusões e suéteres de golfe, antes de chegar a uma grande cozinha em estilo campestre, com a bancada central de madeira amarelada e granito claro. Viam-se metros de armários e uma janela antiquada que se projetava para fora da construção, com um banco estofado embaixo. Ficaram ali, nas sombras, ouvindo os pequenos estalos e zumbidos dentro dos canos e da tubulação da casa.

Atrás da janela de múltiplas vidraças descera o crepúsculo, sombras cobalto agarrando-se aos degraus de laje, enredando-se nos arbustos do jardim. Luzes acenderam-se, verde-amareladas, circundadas por um halo de nevoeiro poroso que se elevava do chão como um espectro. Não muito longe um cachorro latiu, faróis lampejaram quando um carro dobrou uma esquina. Cigarras cantaram estridentes.

Ele a viu observar o ambiente ao redor com olhar profissional. Após algum tempo, percebeu que analisava o padrão do tráfego, a mente funcionando de maneira muito semelhante à de uma jogadora de pôquer ou bridge, ciente não apenas das cartas na mesa, mas também ponderando as probabilidades, o que poderia estar guardado junto ao peito.

– Está com fome? – perguntou ela pouco depois.

– Sim, mas eu gostaria, primeiro, de um banho.

Respondera irritado, mas, assim que as palavras deixaram sua boca, ele soube que isso era prova de sua capitulação.

Em silêncio, ela o levou até uma porta além da qual uma escada de madeira levava ao porão. Fechou-a atrás deles e acendeu uma luz. Logo abaixo, Bravo conseguiu delinear uma área atapetada na cor verde-bandeira, o braço arredondado de um sofá de couro, um pedaço de parede verde-clara. Ao chegar ao pé da escada, viu que o lugar era limpo e organizado – a mobília que vira, alguns outros móveis junto a uma parede, uma geladeira e um freezer lado a lado, um fogão de quatro bocas, uma grande pia numa bancada de pedra-sabão com uma fileira de gavetas embaixo –, mas também espartano e deliberadamente impessoal, como a sala de espera de um hospital. Sem janelas, apenas grades metálicas de ventilação. A luz, indireta e friamente fluorescente, drenava todas as cores quentes.

Jenny acompanhou-o até um banheiro revestido de paredes de metal. Dentro, ele despiu-se das roupas imundas e esfrangalhadas. Ao estender a mão para abrir o chuveiro, o reflexo no espelho atraiu o seu olhar. Parou a meio caminho, intimidado. Tinha o rosto cortado, contundido e artificialmente avermelhado, o corpo inchado, escoriado e descorado em inúmeros lugares. Mal se reconhecia, mas não por causa dos maus-tratos a que o corpo fora submetido. Era a expressão nos olhos, aquela expressão vazia que reconhecia bem demais – via-a nos olhos do pai quando ele saía de casa numa de suas misteriosas viagens ao estrangeiro. Na infância, a expressão parecera misteriosa, mas agora ele entendia o que significava: o pai não estava mais em sintonia com o mundo comum – retornara à Voire Dei.

Estremecendo de dor, Bravo entrou embaixo do chuveiro, mas a água quente pareceu indescritivelmente gostosa ao jorrar sobre seu corpo nu. Quando saiu, encontrou roupas limpas dobradas à perfeição no assento da privada à sua espera. Parte do guarda-roupa do finado pai dela, deduziu. Abrindo o gabinete de remédios, encontrou pomada antibiótica e ataduras, mas não conseguiu aplicá-las nos cortes e escoriações nas costas. Vestiu uma cueca e uma calça cáqui e abriu a porta do banheiro.

Jenny obviamente tomara banho em outra parte da casa, pois, como ele, usava roupas limpas – calça jeans preta e camiseta preta sem manga, botas de couro de solas finas flexíveis como sapatilhas de bailarina. Esfregara bem o rosto e penteara os cabelos lisos para trás, soltos, caindo na cavidade entre as omoplatas. Ainda molhados, os fios cor de bronze cintilavam. A sólida linha da mandíbula lhe dava um aspecto diligente, quase estudado, que emprestava profundidade e dimensão à sua beleza. Era aquela confluência extremamente rara que o atraía. A verdade era que, se houvesse visto Jenny do outro lado da sala numa festa lotada, teria achado impossível partir sem falar com ela. Teve de lembrar a si mesmo que, na verdade, mal a conhecia e não tinha a menor idéia de até onde podia confiar nela. Só sabia que seu pai confiara – e o guiara deliberadamente até ela. Mas isso não bastava.

Ela tinha feito sanduíches e colocado uma garrafa de água gelada e dois copos de acrílico vermelho numa antiquada mesa de bridge dobrável, para junto da qual puxara duas cadeiras de metal também dobráveis.

Uma parte dele não queria sequer falar com ela. Era tão voluntariosa e cabeça-dura! Então, pasmo, percebeu que era essa palavra que seu pai muitas vezes usara para descrevê-lo. Esperou um momento, sem saber como proceder. Na luz desfavorável, a pele bronzeada de Jenny se tornara pálida, e os olhos cinza pareciam poças de sombra escura. A boca larga não lhe fazia promessa alguma. Por quanto tempo ficaria com raiva dela pela situação em que se encontrava? Sentiu-se de repente esgotado, como se sua raiva fosse uma vela que, havendo ardido até o fim, agora se consumia por dentro.

Virando-se para revelar as costas dilaceradas, disse:

– Preciso de sua ajuda.

Ela hesitou apenas um momento. Sem nada dizer, tomou-lhe a pomada das mãos. Ele se sentou ao contrário na privada, curvou-se ligeiramente para a frente e ela aplicou a pomada antibiótica. Estava intensamente concentrado nas pontas dos dedos que se moviam entre seus ombros expostos.

– Relaxe – disse ela bruscamente. – Vai doer menos.

Por fim, ele disse:

– Não me disse como *você* se sente por fazer parte da Voire Dei.

Ouviu-a soltar um longo suspiro e perguntou-se se parte dela também desejava ficar calada.

– Eu nem sequer chego a pensar nisso – respondeu ela –, pelo menos não da forma como você encara a situação. É meu lar, assim como era o do meu pai... e do seu.

– Se significa mais mortes, não sei se é um mundo com o qual possa me comprometer.

– É uma pergunta de um bilhão de dólares, não é? – A dureza retornara à voz dela, embora os dedos não interrompessem o movimento. – Preciso lhe dizer que alguns na Ordem não acreditam que vá se empenhar, não acreditam em você, nem que tenha isso dentro de si.

– Verdade?

– Não se mexa – disse ela, severa. Começara a aplicar as bandagens. – Eles não gostam de mim e não confiam em você.

– Você também não confia em mim.

– Digamos que não confiamos um no outro.

Ele pensou na verdade dessas palavras, assim como na promessa que ofereciam. Então sua mente deu um salto brusco.

– É por isso que a Ordem não vai nos ajudar?

– Ele era o Guardião-mor. Parte de sua responsabilidade era identificar e treinar seu sucessor.

Não chegava a ser uma resposta à pergunta dele, mas, pelo menos por enquanto, era tudo o que ia obter dela.

Por algum tempo, pensou no que ela acabara de dizer. Ele tinha quatro anos quando o pai o iniciara em seu curso de treinamento físico, seis quando começara a ler para ele os tratados de religião medieval.

– Ele me escolheu.

– Tem razão. – Jenny largou a pomada e as ataduras e lavou as mãos. – Pode terminar de se vestir agora.

Saiu do banheiro antes que ele pudesse dizer mais alguma coisa.

Sentaram-se para comer os sanduíches, e um incômodo silêncio se instalou em volta. Por fim, Bravo limpou as mãos num guardanapo de papel e pôs sobre a mesa os óculos que encontrara a bordo do *Steffi*.

Ali entre os dois, os óculos eram um símbolo tanto do que os unia como do que os jogava um contra o outro.

– Me diga.

– Não podemos continuar, a não ser que você se comprometa. – Ela balançou a cabeça. – De nada adianta me culpar ou aos outros Guardiães por erros que cometemos. Agora, neste momento, o que importa é se seguimos em frente ou paramos por aqui. Se abandonarmos, tudo estará perdido. Para você, eu talvez pareça terrivelmente melodramática, mas a verdade é que estou sendo tão franca quanto possível. A continuação da Ordem, a salvaguarda dos segredos que nos foram confiados durante séculos, está sobre seus ombros. Só você pode encontrar o tesouro, seu pai certificou-se disso. – Ela inspirou fundo. – Tudo se resume a saber se ele tinha razão sobre você ou se cometeu um erro fatal.

Nesse momento, Bravo ouviu mais uma vez a voz do pai como se ele estivesse sentado a seu lado. "*Um 'erro' é uma coisa mecânica, uma maneira errada de agir, manobrar, pensar. É algo superficial. Mas sob a superfície, onde a perda se manifesta, é daí que você deve começar.*"

Baixou os olhos para os óculos, tentando arrumar a confusão de sentimentos que rodopiavam em seu íntimo. De longe, viu Jenny estender a mão e pegar os óculos.

– Jenny, eu quero saber uma coisa – disse ele devagar. – Por que decidiu juntar-se à Ordem? Foi por causa de seu pai?

– Meu pai? – Um murmúrio baixo e sofrido escapou-lhe dos lábios. – Meu pai fez tudo o que pôde para me impedir, porque eu era sua filhinha delicada. Chegou a escolher alguém para se casar comigo, um rapaz simpático, e sem graça, de uma ilustre família do Beltway. Parece decididamente medieval, não? Mas aí está. – Ela afastou uma mecha de cabelos do rosto. – Quando viu que não podia me dissuadir, dificultou bastante as coisas: meu treinamento teria quebrado muitos homens. Fraturei duas vezes o cúbito e a tíbia direita, e sofri muitas outras contusões... Era uma tortura.

– Por que você insistiu? Por despeito?

Ela riu.

– Podia ter sido, mas não, foi outra coisa.

– O quê?

– Minha fé no que representa a Ordem: um grupo de homens sãos trabalhando num mundo insano pela melhoria da humanidade. – Os olhos dela lampejaram. – Imagino que isso pareça tedioso para você.

– Não, mas parece idealista.

– Talvez seja. – Ela balançou a cabeça. – Não sei quanto a você, Bravo, mas eu preciso acreditar em alguma coisa. Preciso acreditar que o que faço tem uma chance de tornar o mundo melhor.

Então tudo se resumia à fé.

Erguendo os olhos, ele viu os olhos pálidos dela observando-o com firmeza e curiosidade. Desprendia-se de sua voz um fervor – um leve tremor – que ele reconheceu como vindo diretamente do coração. Ela acreditava em cada palavra que lhe dizia; agora cabia a ele acreditar que o que ela estava falando era a verdade. Fazia sentido para ele. Mais que qualquer coisa, sabia que o pai quisera tornar o mundo melhor, apesar de todas as dificuldades – ou talvez, conhecendo Dexter, por causa das dificuldades. Sabia disso porque o pai tinha incutido essa idéia na sua cabeça.

Agora parecia estar diante de um espelho que refletia uma luz diferente e lhe mostrava como o mundo realmente funcionava. Tudo o que passara, tudo o que vivera antes, fora um prelúdio que o levara a esse momento.

Ela largou os óculos delicadamente na mesa.

– Você disse alguma coisa sobre uma iniciação. Acho que é melhor continuar com isso, não?

. . .

– Imagino que você já tenha ouvido falar na aplicação de ventosas.

– Claro – disse Bravo. – Os médicos medievais acreditavam que as enfermidades, por eles chamadas de "humores", residiam bem no fundo do corpo e precisavam ser trazidas à tona para ser expelidas.

Jenny assentiu com a cabeça. Sentavam-se nas cadeiras dobráveis, que haviam levado para perto do fogão, junto com a mesa de bridge. Parecia que ela ligara o fogão algum tempo antes, talvez enquanto ele estava no chuveiro, pois tinha uma panela em cima, cheia de água fervendo.

– Ponha o braço direito na mesa – disse ela – de modo que a parte interna do antebraço fique exposta.

Depois que ele fez o que ela lhe pedira, Jenny pegou uma longa pinça de metal. Imergindo-a na água fervente, retirou três peças de vidro que pareciam nada mais que diminutas taças para ovo quente. Em seguida colocou-as uma a uma numa toalha de papel.

– Uma autoclave não seria melhor? – perguntou ele.

Jenny lhe deu um sorriso seco.

– Às vezes os métodos antigos são os melhores.

Trouxe as três tacinhas para a mesa e sentou-se ao lado dele.

– Pronto?

Bravo fez que sim.

Ela apoiou a boca de uma das taças na parte interna do braço, riscou um longo fósforo de madeira e levou a chama à base da taça. Aos poucos, o ar dentro da taça foi se aquecendo e começou a sugar, e a pele no interior do círculo de vidro foi ficando vermelha.

– Não são "humores" que queremos absorver de você na iniciação, mas o compromisso. Assim que fizer parte de nós, não haverá mudança de idéia nem desistência. Você é parte da Ordem por toda a vida.

Quando a ventosa começava a queimá-lo, Jenny apagou o fósforo. Bravo viu Jenny se levantar e, após abrir uma gaveta embaixo da pia, retornar com um pequeno frasco de estanho. Depois de destampá-lo, ela o emborcou. Três sementes caíram na palma da sua mão.

– Estas são as sementes de três árvores: cipreste, cedro e pinheiro, todas sempre verdes e, à sua maneira, símbolos da vida eterna. – Enfiou-as uma por uma na boca de Bravo. – Quando Adão jazia agonizante, seu filho Set lhe pôs sob a língua sementes de cipreste, cedro e pinheiro que lhe haviam sido presenteadas por um anjo. Mastigue e engula – instruiu.

Enquanto ele fazia isso, ela prosseguiu:

– Costuma-se dizer, e os membros da Ordem viram a prova, que a cruz na qual Cristo morreu era feita da madeira dessas três árvores. Este, o primeiro dos três ritos, é um símbolo de sua morte, de sua ruptura com a sociedade, o mundo que você conhecia. Jura que ao entrar na Voire Dei nunca tentará partir?

– Juro – disse Bravo, sentindo uma onda de vertigem precipitar-se por dentro.

Com um surdo movimento de saca-rolha, Jenny arrancou-lhe a ventosa do braço dolorido e, quase no mesmo gesto, pôs a segunda num ponto a uns 6cm do primeiro. Acendeu a base, como fizera com a anterior.

Quando a pele ficou mais uma vez irritada e vermelha, ela disse:

– No Livro do Apocalipse está escrito: "Satanás será solto da sua prisão e sairá a enganar os povos que estão nos quatro cantos da Terra, Gog e Magog, cujo número é como a areia do mar, a fim de ajuntá-los para a batalha." O mapa medieval encontrado na Catedral de Hereford mostra o mundo como um círculo perfeito com Jerusalém no centro, como um umbigo. Junto a uma borda, traz pintada uma lenda que nos diz que Alexandre o Grande, em sua conquista do mundo, enfrentou Gog e Magog. Derrotou-os, mas não conseguiu exterminá-los. Em vez disso, isolou-os trancafiados nas montanhas do Cáspio, desafiando o que os profetas escreveram no Apocalipse.

Mantinha a chama na base da taça de vidro, embora a carne de Bravo estivesse empolada e enrugada. A duração dessa ventosa foi três vezes maior que a da primeira vez.

– Isto, a segunda parte do rito, simboliza a ressurreição, pois nosso mais sagrado voto é ficarmos entre as hordas de Satanás e a humanidade, quando chegar o dia do Apocalipse. Jura?

– Juro.

A tonteira retornou, mais insistente dessa vez. Ele começava a se sentir como os Sanguinati, monges de catedral do século XII submetidos a *tempora minutionis*, sangrias periódicas.

Mais uma vez, Jenny trocou as taças, retirando a segunda e substituindo-a pela terceira, a uns 6cm de onde pusera a anterior. Abriu outra gaveta embaixo da pia e calçou um par de luvas de látex. Dessa vez retornou com um almofariz com o socador de pedra e três minúsculos recipientes de vidro, cujo conteúdo – branco, amarelo e cinza-metálico – depositou no fundo do almofariz, onde começou a moê-los juntos.

– Sal, enxofre e mercúrio – disse –, os três elementos básicos da alquimia e, portanto, de transformação numa nova vida.

Misturados os elementos, transferiu-os com todo o cuidado para um estranho medalhão com a metade do comprimento de seu dedo indicador, modelado na forma de uma espada de cavaleiro.

Olhou nos olhos de Bravo e disse:

– Está pronto para sacrificar seu trabalho, seus amigos e sua família pelo bem maior dos integrantes da raça humana?

– Estou.

Ela bateu no ombro esquerdo dele com a espada alquímica.

– Jura proteger os segredos da Ordem com sua vida, se necessário?

– Juro.

Ela bateu-lhe no ombro direito.

– Jura opor-se aos nossos inimigos *à outrance?*

*À outrance.* Fazia algum tempo desde a última vez que Bravo ouvira essa expressão que, em termos medievais, significava um combate em torneio até a morte de um dos dois cavaleiros montados e armados com lança. Agora, proferidas naquele angustiante aposento semelhante a uma tumba, com todas as implicações que as acompanhavam, incluindo a perspectiva de sua própria morte, as palavras eram tão cheias de vida e sentido quanto haviam sido séculos atrás.

– Eu juro.

Ela bateu-lhe no cocuruto e retirou a última ventosa, que ficara ali três vezes mais tempo que a segunda.

– Acabou. Coração, corpo e espírito, você é parte de nós agora.

# capítulo 7

**Donatella não sabia** quanto tempo ficara ajoelhada na água. A cabeça de Ivo esfriara e pesava nas suas mãos, como se transformada em chumbo. Em algum momento instalou-se uma profunda sensação de irrealidade, a ponto de lhe parecer que embalava uma efígie em vez de um ser humano. Fracamente, tinha consciência da luz que se apagava, do mundo que girava em torno dela, mas era como se, ao ver a cabeça dele romper a superfície do lago, os olhos sem vida olhando-a fixa e cegamente, toda a Voire Dei houvesse parado e agora pairasse suspensa entre eles. Quis vomitar mas não conseguiu, quis morrer mas não morreu. Seu corpo, traindo-a, continuava a puxar uma respiração irregular, soluços arrancados do fundo do ventre, queimando a garganta como ácido. Começou a ter calafrios, o tremor muito além do controle. E, embora seu rosto estivesse em chamas, o resto era tão frio e pesado quanto Ivo.

Aos poucos, conscientizou-se de que mãos com dedos longos lhe prendiam os ombros, amenizando seus tremores. Havia alguém em pé atrás dela. Sentia o calor penetrando em seu corpo e lentamente deixou-se relaxar encostada em seus joelhos e canelas.

– Eu não acreditei que este dia chegaria. Não acreditei que seria assim. – A grave voz masculina reverberava nela como um trovão distante. – Lembro o dia em que vocês dois nos procuraram. De faces encovadas, emaciados, fedendo e cobertos de sujeira, e, mesmo assim, nos seus olhos vi alguma coisa. – Enterrou os dedos na carne dos ombros dela, transmitindo-lhe força e calor. – Iam expulsá-los, vocês nunca souberam disso. Eu os impedi. Não gostaram, disseram que vocês eram minha responsabilidade. Eu devia treiná-los e testá-los após 30 dias. Se não estivessem à altura, seriam jogados de volta na rua e eu enfrentaria um terrível castigo. Sorri para eles e aceitei. Como sabe, adoro desafios.

Donatella, escutando com cada fibra de seu ser, foi lançada de volta aos primeiros dias com os Cavaleiros de São Clemente.

– Eu trabalhei duro com vocês, sem piedade, e nunca, nem sequer uma vez, você ou Ivo reclamaram. Ao contrário, trabalhavam sempre mais duramente, dormiam em pé, comiam rápido em punhados vorazes e retornavam ao treinamento tão animados quanto filhotes de cachorro.

– Você nos deu um motivo pelo qual viver – disse Donatella, a voz pastosa. – Foi o único presente que alguém já nos deu.

Ele soltou uma das mãos dos ombros dela, emaranhando os longos dedos em seus cabelos até ela gemer.

– Um dia Ivo me procurou. Disse que estava farto de treino, cheio... como foi mesmo que se expressou? Oh, sim... cheio de se apresentar como um animal de circo. "Sou como uma flecha", disse, "cuja ponta foi afiada como um fio de navalha, mas nunca encaixada num arco." E, sabe, Donatella, ele tinha razão. Essa foi a gênese de sua primeira missão. Lembra?

– Sim – ela sussurrou.

Ele acariciou-a.

– E como se esqueceria? Você quase foi morta e eu... quase liquidado por um inimigo de dentro dos Cavaleiros. Ivo nos salvou, não foi? Sim. – Passou os dedos de leve, amorosamente, nos cabelos dela. – Eu nunca esqueci o serviço que me prestou naquele dia e agora chegou a hora de pagar.

Delicada, mas vigorosamente, levantou-a e virou-a para encará-lo.

– Deixe Ivo comigo, Donatella. Vou enterrá-lo com a honra que merece. Não, não. – Sacudiu-a um pouco, quando ela lutou com ele. – Escute o que tenho a dizer: você tem que pensar na sua caça, tem o assassinato de Ivo para vingar.

Ela examinou os olhos que conhecia tão bem.

– Mas as ordens que recebemos eram de capturar Braverman Shaw, não matá-lo. Você foi bastante claro a respeito da questão.

– Isso foi antes de Shaw assassinar Ivo. – Ele curvou os finos lábios num sorriso frio. – Vá agora. Você está livre para combater nosso inimigo *à outrance.*

. . .

– *Esperei muito tempo por isso* – disse Dexter Shaw. – *Jamais, nem por um momento, duvidei que chegaria.*

Para Bravo, o pai aparentava estar bem mais velho, com a barba branca mais comprida e as rugas no rosto gravadas mais fundo, mas ele, por sua vez, era uma criança de oito ou nove anos. Pai e filho se sentavam na varanda de uma casa com telhado de ardósia – um lugar, parecia-lhe, que só existira em seus sonhos. Era fim de outono, pois a luz, vívida e clara, filtrava-se por um emaranhado de galhos nus nas árvores perfeitamente simétricas. O curioso é que não sentia frio. O ar estava tão parado que era como se estivesse dentro de casa. Além das árvores, uma névoa obscurecia tudo, de forma que era impossível dizer se havia casas ou campos, riachos ou montanhas, ou até mesmo nuvens no céu.

– Eu matei um homem, pai. Não tive outra opção.

– *Então por que se culpar?* – perguntou Dexter.

– Uma vida ainda é uma vida.

– *Você acredita nisso ou acredita que* deveria *pensar assim?*

– Tem importância?

– *Muita. Não lhe ensinei a não enganar a si mesmo? Você está numa guerra, Bravo. A Voire Dei gira em torno disso... desde o princípio. E na guerra há vítimas e vencedores, não há espaço para dúvida. Acredite em mim quando lhe digo que a semântica gera dúvida. Para vencer, você deve se despojar de toda a dúvida.*

Bravo olhava sem expressão a figura ao seu lado. *Meu pai está morto,* disse a si mesmo. *Que faço aqui neste estranho lugar, tendo uma conversa com ele?* Ia fazer essa pergunta quando Dexter Shaw falou.

– *Você é um dos nossos agora, Bravo, como se destinava a ser desde o momento de sua concepção. Sua mãe sabia, claro, e isso a apavorava. Para ser franco, introduziu uma barreira entre nós que eu nunca consegui transpor. Ela jamais quis que você fizesse parte da Ordem. "A crença é só sua, Dex", dizia, "só sua idiota e obstinada crença. Se me ama, prometerá manter nosso bebê seguro." Não importava o que eu dissesse, não conseguia fazê-la entender que não se tratava do que ela queria, nem mesmo do que eu queria. Ela nunca me perdoou por isso, nem no fim.*

– Você só estava fazendo o que tinha de fazer, pai. Ela deveria saber disso. E, à sua maneira, você fazia tudo o que podia para me manter seguro. Eu preciso de cada parte do treinamento que me impôs. Queria ter entendido isso mais cedo.

Dexter Shaw deu um suspiro.

– *Eu também, Bravo, mas não havia meio algum de lhe dizer isso antes. Não quero dizer que não cometi erros em minha vida... Tenho arrependimentos, muitos, mas tenho fé. Em você eu sei que encontrarei minha redenção...*

Cabisbaixo, curvado, Bravo estremeceu com o último eco da voz do pai. Ainda bem que estava sentado, porque do contrário poderia ter desabado no chão.

– A fraqueza e a vertigem vão passar logo – disse Jenny, referindo-se à ventosa.

Enquanto ela guardava sua parafernália, ele perguntou:

– Vai me contar agora por que meu pai mandou você fazer os óculos?

Já se sentia melhor, a cabeça visivelmente clara, como se houvesse adormecido profundamente durante meia hora.

Ela retornou à cadeira ao seu lado.

– Os óculos são importantes por uma coisa apenas: o que está gravado na lente direita. – Levantou-os da mesa como se fossem as jóias da Coroa. – Também são o motivo por que tivemos de correr o risco de vir aqui.

Sem outra palavra, levantou-se, e ele a seguiu ao outro lado do porão, até uma porta de madeira compensada que não notara antes. Ela abriu-a, e ele se viu num pequeno e apertado laboratório cheio de equipamentos amontoados que mal distinguia.

– É aqui que você dá polimento às lentes?

Jenny assentiu com a cabeça, sentando-se num banco sem encosto.

– Nenhuma ótica teria o equipamento necessário – respondeu, virando uma luminária de haste recurvada e a acendendo. Uma luz brilhante inundou a mesa de trabalho. Ela pôs a mão numa máquina de metal achatada que parecia uma fatiadora de frios de uma delicatessen. – Esta é uma polidora muito especial; eu mesma a projetei.

– O que eu não entendo – disse Bravo – é que, se você poliu as lentes, por que não pode simplesmente me dizer o que há nelas?

Jenny lhe deu um sorriso malicioso.

– Eu posso ter polido as lentes, mas não as gravei. Foi seu pai.

– Ele esteve aqui? *Ele* mesmo fez isso?

– Após uma pequena prática, sim. Era um aprendiz admiravelmente rápido.

– É, esse era um dos seus extraordinários talentos.

Bravo pensou na varanda atrás da casa com telhado de ardósia como uma encantada Terra do Nunca.

– Depois que ele gravou as lentes, eu as isolei com uma camada especialmente projetada.

– Para que a gravação só aparecesse em certas condições.

– Isso mesmo.

Jenny apagou a luminária curva, voltou-a para uma parede vazia, depois apertou outro interruptor. Um misterioso foco oval esverdeado projetou-se na parede.

– Aqui vai – disse ela, pegando os óculos e pondo a lente direita entre a luz e a parede.

Nada.

Ela moveu os óculos ligeiramente, para que a lente direita ficasse no brilho esverdeado. Logo surgiu um conjunto de números dentro do foco oval.

– Magia! – exclamou Jenny com uma risadinha.

Virou-se para olhar Bravo, que examinava os números.

– Você sabe o que representam? – perguntou.

Ele se concentrava franzindo o cenho.

– Para ser franco, os grupos parecem vagamente conhecidos, embora eu não saiba dizer por quê.

– Uma fórmula matemática, talvez.

– Sim, isso faria sentido.

Ele pegou um bloco e uma caneta na mesa de trabalho de Jenny, anotou a série de números e espaços exatamente como fora projetada.

– O fato, porém, é que as fórmulas matemáticas são difíceis de decifrar. Neste momento, acho que você vai concordar que não temos tempo para trabalhar nelas. Como não há outro motivo para permanecer aqui, acho que devemos partir o mais rápido possível.

– Concordo – ela disse.

Desligando a luminária, deu os óculos a Bravo e levantou-se.

Tornaram a subir para a casa escura. A luz da rua sinuosa e das casas vizinhas entrava por uma das janelas formando um halo brilhante.

Com o cuidado de se manter bem atrás, Jenny examinou a rua. Ficou tão imóvel que ele mal via seus seios subirem e descerem com a respiração.

– Que estamos esperando? – ele perguntou, mas ela logo fez sinal com a mão em advertência para silenciá-lo.

Após um momento, recuou para as sombras da sala, puxando-o consigo.

– Não podemos sair – sussurrou –, pelo menos não agora.

– Donatella?

– O furgão de entrega do outro lado da rua.

– O que é que tem?

– Se estivesse aqui em atividade legal, os faróis estariam acesos, não?

Ele desviou o olhar para o furgão escuro do lado de fora. Havia alguém – Donatella – ali, clandestinamente, vigiando-os? O pensamento disparou-lhe um frio desagradável espinha abaixo.

– Não é uma conclusão precipitada?

– Eu vi esse mesmo furgão quando íamos para o cemitério.

Bravo soltou um longo suspiro.

– O que faremos? – perguntou. – Não podemos ficar aqui.

– Não, não podemos. E, como você observou, quanto mais rápido sairmos, melhor. A única chance é mudar de aparência. – Deu-lhe as costas, como ele fizera com ela antes, e disse: – Eu preciso de sua ajuda.

Pediu que ele fizesse uma trança em seus cabelos e a prendesse no alto da cabeça. Quando ele segurou os fios que caíam em cascata nas costas dela, cheios, pesados e lustrosos, teve uma sensação nova, clara e direta. O que ela lhe pedia para fazer era simples, mas profundamente íntimo e erótico. Tanto que, ao terminar, relutou em soltar os cabelos.

Voltaram à porta da garagem. Ficou pensando se aquele pedido era uma tentativa de reconciliação ou uma armadilha para prendê-lo a ela. No hall de entrada, Jenny pegou um dos bonés de beisebol e enfiou-o firme na cabeça, depois vestiu um blusão impermeável do pai e deu a Bravo um cardigã argila.

. . .

Atravessaram a garagem, passaram correndo pelo velho Mercedes e cruzaram uma porta do lado oposto, entrando no depósito do jardineiro. Jenny foi até uma parede contra a qual se apoiava uma cadeira de rodas. Desdobrou-a e fez um gesto.

– Queira se sentar.

Bravo olhou-a por um momento, depois riu baixinho. Balançando a cabeça admirado, acomodou-se no assento de couro da cadeira.

– Curve os ombros; tente erguê-los ao lado das orelhas. – Ela calçou um par de luvas sem dedos para dirigir. – Assim mesmo. Pense como um velho.

Bravo começou a tremer as mãos apoiadas nos braços da cadeira.

– Belo toque – disse Jenny, envolvendo-o num xale. Depois abriu uma porta lateral e atravessou-a empurrando. – Lá vamos nós.

. . .

Sentada atrás do volante do furgão de entrega, Donatella não esperava que uma luz se acendesse dentro da casa; procurava movimento. Com os binóculos ATN PVS7-XR5 de visão noturna presos à cabeça, parecia estranha, como uma gigantesca preguiça. Embora a função infravermelha não penetrasse em paredes ou vidro, proporcionava uma visão exata. Exceto por uma única visão espectral quando montava o equipamento – que poderia ter sido um gato ou um guaxinim –, não viu qualquer movimento humano na casa. Isso não significava que Braverman Shaw e sua Guardiã não estivessem lá – muito pelo contrário. Afinal, quantos lugares tinham para ir?

Por que aquela Guardiã fora designada para Shaw permanecia um mistério incômodo para Donatella. Não gostava de mistérios, sobretudo quando se tratava de Dexter Shaw, lendário pelos segredos com os quais se cercava. Tentaram assassiná-lo três vezes desde que ela se juntara aos Cavaleiros de São Clemente, todas sem sucesso. O ataque bem-sucedido vinha sendo planejado havia meses, talvez até anos, muito antes da crise que lhes sobreviera e da antecipação do cronograma. A pressa obrigara a empregar outras pessoas além de Ivo e ela, e isso inevitavelmente levara a alguns erros. Tinha quase certeza absoluta de que a Guardiã de Braverman Shaw sabia que a morte recente dos cinco membros da

Haute Cour faziam parte de um plano de ataque dos Cavaleiros para finalmente se apossar do tesouro que a Ordem herege vinha acumulando por séculos.

Ela virou a cabeça, para que outra parte da propriedade ficasse visível. Apesar de ser inimiga da Guardiã de Braverman Shaw, Donatella sentia uma certa afinidade secreta com ela, que nada tinha a ver com filosofia e sim com gênero. Assim como os Guardiães da Ordem do sexo masculino, Ivo detestava o status de Jenny, ocultando esse ódio por trás de um cruel e injusto escárnio. Como resultado, muitas vezes menosprezara os talentos dela, e Donatella não descartava a idéia de que exatamente por isso Dexter Shaw a designara para guardar o filho.

O infravermelho captou um movimento à direita, e ela girou a cabeça como um cachorro prestes a atacar. Achou a configuração estranha e trocou para uma visão noturna convencional. Um velho numa cadeira de rodas era empurrado por um rapaz magro – possivelmente o filho – de boné de beisebol e blusão impermeável. Mas talvez não. Abrindo o celular, ela apertou o primeiro número de discagem rápida. Quando a voz respondeu, pediu uma lista de todos os residentes na rua. A pesquisa era tudo, e os recursos dos Cavaleiros de São Clemente eram imensos.

– Procuro um inválido, 70 anos ou mais.

Um minuto e meio depois, teve a resposta e, confirmadas as suspeitas, acionou a ignição do furgão e sacou a arma.

• • •

– Está vendo aquele sedã preto Lexus na quadra seguinte? – perguntou Jenny, empurrando Bravo pela calçada. – É do meu pai, que o mantinha ali para emergências. É o nosso bilhete para sair daqui.

A chuva desabava em lençóis, tornando as paredes das casas escuras e ameaçadoras. Um motor de carro engasgou ao ganhar vida, e Bravo se sobressaltou. Achavam-se a uns 100 metros do Lexus quando ele ouviu a profunda e fleumática tosse do motor de um furgão e viu movimento pelo canto do olho.

Jenny também devia ter ouvido, porque deu um enorme empurrão na cadeira de rodas, fazendo-a rolar até o Lexus, e saiu correndo. Ela destrancou as portas eletronicamente e Bravo conseguiu abrir a do seu lado antes mesmo de a cadeira de rodas bater na lateral do carro.

O furgão rugia para eles quando Jenny se lançou com um salto para dentro do carro. Bravo conseguiu entrar no exato momento em que ela enfiava a chave e dava a partida no Lexus. Engrenando-o, pisou no acelerador. Cantando pneus, o carro disparou pela rua, o furgão zumbindo ameaçadoramente atrás.

Soou um único disparo e logo depois eles já contornavam em disparada a primeira curva, o vento assobiando, a chuva espessa como geada contra o pára-brisa, ganhando velocidade a cada segundo.

. . .

Curvando-se sobre o volante, Jenny governou o Lexus na sinuosa curva da rua. Adiante estendia-se a primeira das estradas em ziguezague que acompanhavam os íngremes contornos da colina. Passaram voando por casas grandes, fileiras de gramados e jardins laterais ornamentados com flores. Aqui e ali despontava o luxuriante espaço aberto densamente arborizado de um terreno baldio, breves vislumbres da beleza primitiva da área antes de os construtores chegarem com suas escavadeiras.

Um ruído ascendente a fez gritar.

– Dê uma olhada atrás!

Mas Bravo já se virara o máximo possível.

– O furgão! – gritou de volta. – Acho que pretende nos imprensar!

Jenny tinha coisas mais imediatas com que se preocupar. Ao longo daquele trecho no meio da colina a estrada era muito íngreme, e, com a pista escorregadia e a terrível visibilidade, ela precisava de toda a concentração para evitar que o Lexus se chocasse no meio-fio e capotasse. Várias vezes chegaram perigosamente perto disso, e o coração de Bravo parecia querer sair pela boca com medo que batessem. Então, com uma ágil manobra, ela endireitou o curso e retornaram mais uma vez para o meio da estrada deserta.

O assustador rugido do furgão ecoava nas fachadas das casas. Bravo viu que seu perseguidor se aproximava. Chegou tão perto que uma lâmpada de rua iluminou momentaneamente o rosto do motorista. Donatella! Ela não voltou a disparar. Naquele bairro residencial de classe alta, não cometeria o mesmo erro duas vezes. Ao contrário, concentrava-se em devorar o espaço que os separava, até o motor tornar-se um bramido, e Bravo teve a sensação de que havia um cão de caça em seu encalço.

Não se enganara muito. Um momento depois sentiu uma batida violenta, de fazer ranger os dentes, quando a ponta do pára-choque dianteiro do furgão os abalroou. O Lexus saiu derrapando em direção à curva, e ele viu Jenny virar o volante com força para a esquerda. Em um momento de paralisar o coração, o carro patinou, preso em seu rumo mortal. Então pareceu hesitar, como se não soubesse o que lhe exigiam. Pouco antes de atingirem o meio-fio de frente, os pneus aderiram à pista, o Lexus guinou bruscamente para a esquerda e o acidente foi evitado. Mas então o gutural bramido do furgão pareceu redobrar quando Donatella se preparou para o ataque final.

Mais à frente, um sedã BMW, com um adolescente atrás do volante, vinha na direção deles apenas com os faróis baixos ligados. Um rap pesado fluía das janelas abertas. O rapaz, bêbado de cerveja e música, corria rápido demais, mesmo que a estrada estivesse seca e o carro fosse menos possante. O BMW desviou-se ligeiramente da pista, como se o motorista inexperiente tentasse lidar com o efeito das folhas molhadas e os trechos escorregadios no asfalto. Repuxava os lábios para trás num sorriso tenso, mas, com os olhos arregalados e fixos, parecia claro que ainda não os vira.

Jenny inspecionou um lado e o outro da estrada e, aproveitando-se do quase pânico do jovem, manobrou o Lexus direto para ele. Num instante, o garoto os viu e mudou o curso do BMW. Ele pisou fundo nos freios, lançando o carro numa derrapagem ingovernável. Numa fração de segundo, passou como um clarão pelo Lexus e bateu no alto pára-lama do furgão que se aproximava.

Mas, em vez de frear, Donatella pisou no acelerador até o fundo. Como um elefante afasta uma mosca, o furgão varreu o BMW amassado do caminho.

– Ela continua nos seguindo! – gritou Bravo, e em resposta ouviu Jenny praguejar. O rugido era imenso, enchendo a noite com seu ruído ameaçador. – Está bem atrás de nós!

No último instante possível, Jenny meteu o carro numa entrada de garagem defronte a uma faixa de grama recém-cortada e invadiu o terreno baldio vizinho, que, a julgar pelo pesado equipamento que ali se encontrava, ia ser desmatado. O Lexus disparou para a frente, mas o furgão saltou a curva e entrou também. Ficaram se batendo por uns 150 metros.

– Oh, meu Deus – disse Jenny no ouvido dele.

Achavam-se na beira de um precipício, oculto até então pelas árvores. Não havia tempo para manobrar nem para pensar. Num instante despencaram, caindo a pique. Bateram na terra exposta com uma rapidez de fazer trepidar os ossos. O Lexus saltou uma vez, ricocheteou e capotou, caindo sobre um dos lados, de forma que Bravo e Jenny foram atirados um contra o outro.

– Jenny – chamou ele –, está tudo bem com você?

Ela assentiu com a cabeça.

– E com você?

– Só um pouco abalado.

Ele estendeu a mão e tentou abrir uma janela, mas o sistema eletrônico fora atingido. Erguendo a perna, bateu com a sola do sapato no vidro uma vez. O vidro rachou, mas não se partiu. Ele deu outro chute e surgiu um buraco. Com o calcanhar esmagou os estilhaços que haviam restado e conseguiu sair, depois se virou e ajudou Jenny.

Por um momento ficaram estendidos no chão. Foi mais fácil recuperar a respiração que a compostura. Acima, os feixes de luz gêmeos dos faróis do furgão riscaram a noite, tentando localizá-los. Então, quando Bravo grunhiu e rolou erguendo-se num cotovelo, viu outro feixe luminoso faiscar em frente e embaixo, sondando a emaranhada escuridão em que jaziam. Donatella acendera um holofote portátil.

Jenny estendeu o braço, puxando-o em silêncio para que a seguisse, e os dois rastejaram até a faixa mais densa do matagal. A chuva continuava irredutível, uma proteção natural contra a detecção.

– Está mesmo tudo bem com você? – sussurrou ela.

Ele fez que sim com a cabeça.

– E com você?

– Nada que uma boa noite de sono não cure. – Tinha o rosto bem ao lado dele. Deu-lhe um daqueles meios-sorrisos. – Vamos.

Deslocaram-se cautelosamente pelo mato até chegar à estrada. Mantendo-se junto à margem com vegetação mais exuberante, afastaram-se do local do acidente. Não haviam percorrido mais de 100 metros quando um Lincoln último tipo contornou a toda uma curva em direção a eles. Jenny agarrou Bravo e arrastou-o de volta para a folhagem.

Ouviram o ronronar do motor quando o carro diminuiu a velocidade e parou. Então, rastejando, embrenharam-se mais para dentro na vegetação rasteira. Acocoraram-se, ouvindo a própria respiração.

Jenny sussurrou:

– Não se preocupe. Ela não vai nos encontrar.

Nesse momento, ouviram um barulho assustadoramente próximo e, ao se virarem, viram a silhueta de um vulto acima deles.

Um reflexo metálico trouxe-lhes a imagem de uma arma, e uma voz masculina com sotaque inglês disse num tom de satisfação pessoal:

– Eu não contaria com isso.

# capítulo 8

**– Eu sabia. Sabia** que você ia enfrentar problemas que não poderia resolver.

– Kavanaugh! – exclamou Jenny. – Que diabo está fazendo aqui?

– O que é que você acha? – respondeu o vulto. – Estava de olho para salvar sua pele – disse para ela.

Bravo desviou o olhar do homem para Jenny.

– Você o conhece? – perguntou.

– Braverman Shaw – ela disse –, apresento-lhe Ronnie Kavanaugh.

– Pobre coitado. – Kavanaugh não estendeu a mão. – Mas está tudo bem, agora que o tio Ronnie veio em seu socorro.

– Kavanaugh é um Guardião, como eu.

– Oh, não como você, princesa – disse Kavanaugh, impassível. – Eu sei onde me meto.

– É esse o filho-da-mãe que não teve competência para proteger meu pai?

– Sei que não está se referindo a mim. – Kavanaugh encarou-o com ar superior e disse num tom de escárnio: – Certamente você não pode ser tão ignorante.

– Ele nunca foi designado para seu pai – afirmou Jenny. – Dexter Shaw nunca toleraria a atitude dele.

Bravo ergueu os olhos para o alto do precipício. Tudo escuro e imóvel. Onde se metera Donatella? Levantou-se e estendeu a mão para ajudar Jenny. Ela ignorou-o e se pôs de pé a seu lado.

Kavanaugh gesticulou como um lorde se dirigindo aos convidados recém-chegados ao seu solar.

– Queiram me acompanhar.

Sob sua orientação, avançaram pelo espesso e sombrio matagal. Enquanto se desvencilhavam do mato e chapinhavam pela lama, Jenny contou-lhe sobre Rossi e Donatella.

– Tive um vislumbre dela – disse Kavanaugh. – Mas onde está Rossi?

– Bravo o matou – disse Jenny.

Kavanaugh ergueu as sobrancelhas pretas.

– Agora?

– Afogou-o no lago do cemitério.

– Uma nova forma de assassinato, com certeza. Bem, menos um filho-da-puta para nos infernizar, mas agora a vadia dele está aí fora em busca de sangue, não?

Era um belo homem e, apesar da crueldade do sorriso, ao mesmo tempo rude e refinado, Bravo imaginava-o num smoking feito sob medida na Saville Row, um uísque de puro malte na mão, encantando as senhoras num elegante *club* londrino.

– Só há uma estrada por esse caminho. – Kavanaugh apontou em direção ao enevoado globo de um poste de luz. – Estacionei nas sombras logo ali à direita. – A uns 100 metros do carro, parou e entregou as chaves a Jenny. – Vai fazer o seguinte, princesa: você e Shaw vão entrar no carro e seguir pela área de luz.

– Você enlouqueceu? – disse Jenny. – É exatamente onde ela vai procurar.

Kavanaugh deu um largo sorriso.

– Não é mesmo? Ela está tão enfurecida que irá atrás de vocês sem pensar duas vezes.

– Pode apostar que sim – disse Bravo, tão insatisfeito com o plano de Kavanaugh quanto Jenny.

– E, quando fizer isso – continuou Kavanaugh, devagar, como se recitasse o alfabeto para uma criança meio lerda –, eu vou estar à espera para abatê-la a tiro.

Jenny abanou a cabeça.

– Você está usando Bravo como isca. É perigoso demais.

– Qualquer forma de emoção forte, especialmente a raiva, leva a pessoa a cometer atos estúpidos. Estou usando a raiva de Donatella contra ela – disse Kavanaugh. – Vocês têm uma idéia melhor? – No silêncio que se seguiu, ele sacou a arma. – Eu achei que não. Vamos usar essa.

. . .

O carro – um grande Lincoln – achava-se exatamente no lugar que Kavanaugh descrevera. Jenny contornou-o, correndo de leve as pontas dos dedos pelo metal pintado.

– Tudo bem – assentiu com a cabeça. – Entre.

– Você cedeu fácil demais – disse Bravo, prendendo o cinto de segurança em volta de si no banco do carona.

– O que você poderia saber a respeito disso? – perguntou ela, mordaz.

– Então acha mesmo que vai funcionar?

Ela inseriu a chave na ignição.

– É um bom plano, mas eu negarei que disse isso se você contar a Kavanaugh. Eu não suportaria a expressão presunçosa na cara dele.

Bravo encarou-a por um momento, ponderando alguma coisa.

– Você tem uma queda por ele, não tem?

Ela bufou.

– Como?! Está brincando?

– Você está ruborizada... princesa.

Ela se virou para ele.

– Não seja chato.

Virando a chave na ignição, engrenou o Lincoln e conduziu-o para a estrada, que ia mais ou menos na direção norte-sul. À direita estendia-se a face rochosa do precipício; à esquerda, moitas, clareiras no mato e espessas fileiras de árvores. Seguiram para o norte, e o halo de iluminação aumentou quando se aproximou de um poste de luz.

– Está vendo alguma coisa? – perguntou Bravo.

– Mais que você – respondeu ela, irritada.

A chuva diminuíra, mas uma névoa perolada descera, embaçando tudo à distância e enfraquecendo as luzes das casas até se tornarem um brilho suave e indistinto. Seguiam pela área iluminada que se estendia no nevoeiro como uma lagoa prateada. A pista estava totalmente invisível.

Iam passando por um poste de luz quando, de repente, viram um grande e pesado veículo sair muito rápido do nevoeiro e vir ao seu encontro.

– É um furgão! – gritou Bravo. – O de Donatella!

– Kavanaugh, seu canalha, cadê você? – disse Jenny, virando o volante com força para a direita e tirando ao mesmo tempo o pé do acelerador.

O furgão vinha na mesma trajetória. Bravo, arriscando uma olhada para trás, viu o vulto alto e de ombros largos aparecer sob a luz. Kavanaugh plantara os pés bem afastados, estendera os braços rígidos e começara a disparar contra o lado do motorista do furgão. Calmamente, com aquela serena confiança, disparou três, quatro, cinco tiros. Todos atingiram o pára-brisa a uma distância de menos de 15 centímetros um do outro.

Foi nesse momento, quando Bravo se maravilhava com a pontaria certeira do sujeito, que ouviu Jenny dizer:

– Meu Deus, não tem ninguém atrás do volante!

– Ela está morta – disse Bravo. – Veja onde ele atirou. Ela já está morta.

Jenny desviou-se mais uma vez, e o furgão passou por eles, batendo num poste de luz. Com uma chuva de faíscas, o poste caiu, e com ele a caixa de distribuição da rede elétrica. A caixa atingiu a pista, espatifando-se, e o cabo foi arrancado dos conectores disparando centelhas misteriosas no nevoeiro baixo.

Kavanaugh virava-se para ver o desfecho de sua perfeita perícia manual quando uma bala lhe atingiu o tórax. Ele rodopiou, a boca aberta em choque, e uma segunda bala dilacerou um lado do rosto.

– Alguém está atirando do bosque do outro lado da estrada – disse Bravo. – Eu vi os clarões.

– Ah, aquela vagabunda, ela fez o furgão andar sozinho – disse Jenny. – Ela prendeu o pedal do acelerador e saiu do carro. Por isso não mudou de direção quando eu me desviei.

Enfiando o pé no freio, saiu do acostamento para a densa escuridão. Antes que Bravo tivesse chance de dizer uma palavra, ela já saltara do Lincoln como um raio e desaparecera no escuro nevoeiro.

. . .

Curvada sobre um joelho no meio do bosque, Donatella viu, com inexprimível felicidade, a segunda bala que disparara atingir a cabeça do inimigo. O jorro resultante varou o nevoeiro, colorindo-o, e ela soltou um fraco suspiro. Mas o trabalho estava longe de terminar, e ela pendurou a tiracolo o fuzil Dragunov 7.62 SVD.

Havia uma certa justiça poética no modo como a situação mudara, pensou ao afundar-se mais no bosque. E, sim, uma forma de beleza que talvez apenas ela e Ivo entendessem. Deslocou-se rápida e silenciosamente para a direita. Ivo advertira-a de que a Ordem não deixaria a proteção de Braverman Shaw entregue à única Guardiã dele. Essa afirmação ela atribuíra ao seu inveterado chauvinismo, mas ele acertara. A Ordem designara outro Guardião como segurança. Não que isso lhe importasse agora. Sabia como lidar com Guardiães, homens ou mulheres.

Atravessando a escuridão escorregadia, sorria sinistramente consigo mesma. Tinha a vingança na palma da mão. Deixara o furgão várias centenas de metros ao norte dali, na estrada mais embaixo, para a qual dirigira em marcha lenta e com todos os faróis apagados. Levara seis minutos para prender o acelerador com um arame – mais tempo do que gostaria, mas a luz era muito ruim e ela não podia se permitir acender o holofote nem por um instante. Era essencial que a presa não tivesse nenhum aviso antecipado de seu paradeiro.

Chegou sem incidentes ao PT Cruiser batido e malconservado. Encontrou-o exatamente onde haviam lhe dito que estaria. Subindo, pôs o fuzil no chão do veículo e a arma de mão no banco a seu lado. Depois dirigiu devagar e sem acender os faróis em direção ao retorno mais próximo.

Achava-se ao sul da presa. Sua intenção era seguir para o norte, chegar a eles por detrás enquanto a procuravam adiante ou, se tivessem sido bons observadores, na área em volta do bosque. Mas, quando se aproximava do retorno, sentiu um peso na lateral externa do outro lado do carro e, sem um instante de hesitação, ergueu a arma e disparou três vezes pela janela do carona. No mesmo instante, o vidro da janela despedaçou-se e uma coisa a agarrou pelo pescoço.

. . .

Uma combinação de sorte e instinto fizera Jenny dirigir-se exatamente para o sul quando deixara o Lincoln. Sabia que seria um erro procurar Donatella no bosque. Ela disparara dali, segundo Bravo, o que significava que devia ter saído dali assim que matara Kavanaugh. Tornara-se agora um alvo em movimento, e era imperativo que Jenny a encontrasse imediatamente, pois o atirador fica mais vulnerável nos primeiros minutos após um disparo. Sabia que para fazer isso tinha de se colocar na mente de Donatella. O que ela faria agora? Para onde iria? Sua missão estava incompleta; viria atrás de Jenny e Bravo, mas teria de substituir a velocidade pelo elemento surpresa. Para Jenny, isso significava que não se aproximaria deles a pé.

Procurava um veículo quando ouviu o ruído de um motor vindo em sua direção. Assim que viu o PT Cruiser surgir no seu campo visual, saltou para o estribo. Pela janela, viu Donatella pegar a arma e abaixou-se. Os tiros passaram acima de sua cabeça e ela se levantou, batendo o cotovelo no que restou da janela. Então, agarrando a maçaneta da porta e usando-a como apoio, lançou-se, pés para a frente, pela abertura, chutando o rosto de Donatella.

Num ato reflexo, Donatella arqueou o torso e virou o braço direito, o dedo indicador pronto para puxar o gatilho da arma. Mas, preparada para isso, Jenny pegou seu pulso e o torceu. Donatella grunhiu, e a arma caiu dos seus dedos sem força no banco. Jenny cruzou os tornozelos em volta do pescoço dela e apertou as pernas como um torno. Donatella gritou, tentou pegar a arma, mas Jenny aumentou a pressão em seu pescoço e ela, arquejando, desistiu.

Jenny continuava com a cabeça e os ombros fora do carro e, quando Donatella pisou no acelerador, o PT Cruiser saltou para a frente, rodou no cascalho do retorno e ganhou a estrada. Jenny foi atirada contra a moldura da janela, mas manteve o aperto sufocante na inimiga.

No seu lado da estrada havia uma estreita margem, e depois a face vertical do rochedo, que era o precipício do qual ela e Bravo haviam caído. Donatella virou o volante para a direita e o carro atravessou o acostamento rumo à rocha. Centelhas voaram do pára-choque do PT Cruiser quando a peça de metal roçou um afloramento de pedra, de forma que Jenny foi obrigada a agarrar o alto da janela aberta a fim de se jogar totalmente para dentro do carro. Ao fazer isso, afrouxou o aperto dos tornozelos e, com uma violenta torção, Donatella se libertou, curvando-se para a frente e esticando os dedos para pegar a arma.

Jenny deu um chute, e o salto do sapato atingiu a caixa torácica da outra com tanta força ela que soltou o volante. O carro chocou-se contra a face rochosa a toda a velocidade, ricocheteou, precipitou-se violentamente para a frente, depois atingiu uma pedra e rodopiou em dois círculos completos, antes de a ponta traseira bater na parede rochosa pela última vez. Com um áspero rangido de engrenagens e um estridente chiado de metal rasgado, seguiu sobre duas rodas. Derrapando de volta à estrada, percorreu mais 150 metros de lado até colidir com o poste tombado anteriormente e depois com a alta grade quadrada do furgão de Donatella.

As duas passageiras, abaladas e contundidas pelo breve mas violento vôo do PT Cruiser, lutaram vacilantes e tontas pelo domínio, mas durante os últimos metros traumatizantes Jenny bateu a cabeça no painel. Mesmo antes de o carro parar, Donatella já a agarrara pela blusa e batera sua cabeça na porta. Golpeou-a uma, duas, três vezes com o punho fechado.

Uma explosão de estrelas turvou a visão de Jenny e uma dor dilacerante encheu sua cabeça. Tentou revidar, mas parecia não ter força. Sentiu uma energia descomunal emanar de Donatella e apavorou-se. Tateando desesperadamente, abaixou a maçaneta da porta no momento exato em que a outra recolhia o braço para lhe dar outro murro. A porta se abriu e ela caiu para fora do PT Cruiser, de costas.

Por um momento, ficou ali estatelada na estrada, zonza e desesperada. Então sentiu a chuva no rosto e, como se extraísse força dos pingos, conseguiu se levantar, cambaleando. Com as pernas parecendo de borracha, os joelhos fracos e atordoada, levou a mão à nuca e viu que ela estava coberta de sangue.

No carro, Donatella pegara a arma.

. . .

Bravo esperou o PT Cruiser parar. No brilho fraco projetado pelas lâmpadas da rua ao norte e ao sul da posição deles, percebeu que Jenny estava em apuros. Mas, ao ver que Donatella se concentrava apenas nela, soube como poderia ajudar. Atravessou correndo a névoa em direção ao carro, atento ao cabo de força tombado. Perdeu várias vezes a visão de seu alvo e, por um momento, teve certeza de que correra em círculo sem fazer qualquer avanço. Parou e tentou reordenarse, mas era como estar à deriva numa jangada no meio do oceano. Todos os pontos de referência eram obscuros, e a luz que batia nele parecia perfeitamente nivelada, sem fonte, de forma que não tinha uma idéia clara de onde ficava o norte ou o sul. Então, uma pequena lacuna abriu-se e ele captou um breve reflexo de metal e partiu naquela direção tão rápido quanto o levavam suas pernas.

Quando chegou ao PT Cruiser, as duas mulheres já não estavam mais ali. Donatella tinha levado a arma manual, mas Bravo viu o fuzil de mira telescópica caído no piso do carro e, estendendo a mão, pegou-o.

. . .

Jenny, numa posição que logo se tornaria insustentável, entreviu Bravo em meio à névoa cinzenta e soube o que tinha de fazer para ter alguma chance. Correu, caiu, levantou-se com as pernas inseguras e tornou a correr.

Donatella, no seu encalço, viu a lógica da fuga. Se Jenny conseguisse se distanciar o bastante, poderia desaparecer na cerração. A idéia de deixar a adversária escapar era intolerável, e Donatella precipitou-se atrás dela. Vislumbrou algo na direção em que Jenny havia seguido e se dirigiu para lá.

Em meio ao espesso nevoeiro, viu um movimento e depois um vulto flexível e magro, que se tornou visível por um instante. Ela apontou e disparou enquanto continuava a avançar inexoravelmente. A névoa rodopiou, como que agitada por uma gigantesca mão, e mais uma vez Jenny tornou-se visível. Donatella apontou a arma para a inimiga e ia apertar o gatilho quando ouviu uma voz:

– Largue a arma!

Virou o pescoço e entreviu Braverman Shaw atrás da porta aberta do carro, apontando-lhe o Dragunov. Riu ao ver a maneira amadorística como ele segurava a arma. Não ia conseguir atingi-la, mesmo sem a cerração. Ela podia matá-lo com um disparo na cabeça. Isso, mais que qualquer outra coisa, era o que queria fazer, e, ficando totalmente de frente para ele, levantou o cano da arma para disparar. Sentia Ivo perto e sussurrou-lhe, para ele saber que sua vingança estava próxima.

– Você me ouviu! Largue já a arma ou...

Ela apertou o gatilho.

. . .

Momentos antes, Jenny chegara ao seu destino, mas não a tempo. Donatella já disparara uma vez e por um triz não a acertara. Agora que o nevoeiro se dissipara um pouco, uma podia ver claramente a outra. Jenny queria apenas um instante a mais, mas isso não lhe seria concedido. Prendeu a respiração, como se isso a preparasse melhor para a violenta investida da morte.

Então Bravo gritou e Donatella se virou para ele. Nesse momento, Jenny se agachou e ergueu o cabo de energia arrebentado. Ouviu-se um zumbido como um raio distante ou um enxame de abelhas, e uma luz bastante irreal brilhou na escuridão. Ao se levantar, Jenny quase caiu de tão tonta que estava. Sua cabeça doía de uma forma terrível, e o coração martelava dolorosamente contra a caixa torácica. Cambaleando, lançou a ponta do cabo para a frente, tocando a adversária uma fração de segundo antes de ela puxar o gatilho. O corpo de Donatella se sacudiu e se convulsionou enquanto ela jogava um pé para cima. O cheiro de carne e cabelos queimados espalhou-se, provocando ânsias de vômito em Jenny.

Bravo viu a bala se extraviar, mas não sabia por que, pois havia perdido Donatella de vista quando a névoa se movera mais uma vez, obscurecendo a cena. Sem pensar duas vezes, saiu de trás da porta aberta do motorista e correu, saltando para transpor o poste e passando pelo furgão avariado.

Encontrou Jenny, sangrando e respirando com dificuldade, em pé sobre o cadáver de Donatella. Ia lhe perguntar sobre o mau cheiro, quando viu o cabo de força ainda em sua mão esquerda.

– Jenny, largue isso – disse delicadamente. – Largue e se afaste.

Por um longo momento, ela não se mexeu, depois ergueu devagar o olhar para ele.

– Jenny... – Ele largou o fuzil e foi até ela. Com todo o cuidado, pegou o cabo com uma das mãos e desenroscou os dedos dela com a outra. – Já acabou – disse, puxando-a para trás e afastando-a consigo para dentro da densa névoa.

# capítulo 9

**Mas não acabara.**

– Eu tenho que voltar – disse Jenny.

– Voltar? Voltar para onde?

– Para ver Kavanaugh.

– Jenny, temos que sair daqui. Não há tempo.

– Sempre há tempo – disse ela – para se despedir.

Virou-se, e Bravo seguiu-a pelo bosque.

Lutava para entender o que ela sentia ao ver o estrago que as balas haviam feito na cabeça e tronco de Ronnie Kavanaugh. Ele não parecia tão durão agora.

Após um tempo, mexeu-se.

– Jenny, por favor, venha agora. A polícia pode aparecer a qualquer momento, ou, se não a polícia, os motoristas, que podem se tornar possíveis testemunhas do nosso envolvimento em duas mortes violentas.

Ela se deixou ficar mais um instante, movendo os lábios em silêncio. Então, assentiu com a cabeça.

– Vamos sair daqui.

Voltaram correndo para o Lincoln de Kavanaugh. Por instinto, Bravo disse que ia dirigir, e ela não se opôs. Fazendo uma meia-volta irregular, rumou para o sul, com o cuidado de respeitar os limites das placas de velocidade. A estrada de duas pistas logo se tornou uma rodovia de quatro pistas. O Lincoln era confortável e, o mais importante, veloz. Kavanaugh tivera a precaução de equipá-lo com rádio por satélite, sensores traseiros e um GPS.

Depois de rodar uns 10 quilômetros, ele viu a placa iluminada de um posto de gasolina. Usaram os banheiros sujos para se limpar o melhor possível e retornaram ao Lincoln. Jenny conseguira retirar todo o sangue das roupas e dos cabelos molhados. Bravo fez um sinal para que se virasse de costas e ela levantou os cabelos, movendo-os delicadamente na direção das lâmpadas fluorescentes. Ele viu que o ferimento fora apenas de raspão e parara de sangrar.

– Tudo bem? – disse.

Ela lhe lançou faíscas com os olhos e falou num tom agressivo:

– De uma vez por todas, vamos deixar bem claro: sou eu que estou protegendo você.

Uma brisa suave expôs a curva de seu pescoço, a luminosa pele cor de caramelo e, por baixo, os ossos delicadamente torneados. Num impulso, ele abraçou-a e apertou-a por um longo momento. Assim que a soltou, ela subiu de volta no carro sem dizer uma palavra nem olhar nos olhos dele.

Nas imediações de Washington, ele parou num restaurante 24 horas de beira de estrada, o único lugar para se comer àquela hora da noite. Escolheu uma mesa reservada nos fundos, de onde tinha uma boa visão da rodovia pela porta e pela janela de vidro espelhado. O instinto se apoderara dele sem que tivesse plena consciência disso. Jenny ficou olhando por uma janela riscada de luz e de reflexos espectrais de rostos. Ele esperou, depois pediu, para os dois, café, ovos mexidos, bacon e torradas. E batata frita para ele.

Quando a comida chegou, os olhos dela voltaram a entrar em foco.

– Eu não gosto de bacon – disse.

Bravo estendeu o braço e pôs o bacon do prato dela no seu.

– Gosta de ovos, espero?

Ela olhou-o fixamente.

– Quer alguma outra coisa para acompanhar?

– Eu gosto de batata.

Sem uma palavra, ele pegou uma colher e transferiu suas fritas para o prato dela. Sorriu-lhe quando começou a comer.

Um casal de velhos pagou a conta e saiu, um homem de meia-idade com uma gigantesca barriga entrou, encaminhou-se para o balcão, sentou-se, as nádegas transbordando do banco, e pediu filé com fritas. Uma jovem muito maquiada e de farta cabeleira ficou do lado de fora fumando. Com um bumbum empinado, a saia de couro mal lhe cobria as coxas. Um carro parou e Bravo ficou tenso. A mulher jogou fora a guimba do cigarro e, batendo os saltos agulha, dirigiu-se para o carro. A porta se abriu e, com um treinado movimento flexível, ela entrou. O carro arrancou e Bravo expirou baixinho, voltando à comida. Dentro do restaurante havia talvez outra meia dúzia de pessoas. Ninguém parecia prestar a menor atenção em ninguém.

– Jenny, fale comigo – disse Bravo, após algum tempo.

Ela continuou a comer com uma estranha precisão mecânica, como se soubesse que precisava abastecer o organismo, mas sem sentir o gosto de nada. Não olhava para ele nem para a comida. Ela estava concentrada em alguma coisa – ou alguém – que ele não saberia dizer.

Ele acabara de engolir o resto dos ovos mexidos, passara o guardanapo na boca, quando, de repente, ela falou:

– É só que nós não o enterramos.

– Acha realmente que isso seria sensato?

– Agora você é o perito? – Como se acabasse de notar a comida, largou o garfo com um ruído e afastou o prato num gesto de nojo. – Está com gosto de gordura rançosa.

– Jenny, podemos chegar a um acordo?

Ela encarou-o, muda.

– Lamento que ele esteja morto – disse Bravo. – Não posso imaginar o que significava para você, mas...

– Quer saber de uma coisa? Você é um idiota – retrucou ela com veemência. – Acha que já entendeu tudo, mas não. Não sabe nada mesmo.

Um silêncio familiar instalou-se entre eles. Por fim, ele estendeu a mão, a palma virada para cima.

– Por que não fazemos um pacto e colocamos de lado nossa raiva e dor particulares, quaisquer que sejam as causas?

Por um longo momento Jenny não disse nada. Pela maneira como examinava o rosto dele, Bravo achou que ela tentava descobrir se sua oferta era sincera.

Ela se empertigou na cadeira e assumiu uma expressão desafiadora.

– Pode desistir de trepar comigo.

Ele riu, meio surpreso e, muito possivelmente, decepcionado.

– Estou falando sério.

– Tudo bem – disse ele, ficando sério.

Por fim, ela estendeu a mão até apoiá-la de leve na dele. Encarou-o com os olhos brilhantes ampliados pelas lágrimas.

– Um pacto seria bom.

. . .

De volta ao Lincoln, ele pegou o papel no qual copiara a seqüência de números e espaços que o pai gravara na lente dos óculos.

– Tenho pensado nisso – disse – e acho que sei o que pode ser.

– Teve tempo para resolver a fórmula matemática? – perguntou ela.

– É a configuração errada de uma fórmula. – Ele segurou o papel no alto para os dois poderem ver seu reflexo no espelho retrovisor. – É um truque que meu pai me ensinou quando eu era criança. Inverta a *seqüência inteira*, mesmo que cada letra ou, neste caso, número não fique invertido. Assim, para qualquer um que não entenda a mensagem cifrada, vai parecer errada mesmo vista num espelho. Remexendo no porta-luvas, pegou um bloco e uma caneta e, enquanto Jenny segurava o papel no alto, copiou a seqüência na ordem invertida. O que se via eram três conjuntos de seis números, seguidos por outro de quatro.

Jenny desviou os olhos da seqüência para o rosto dele, tentando ler sua expressão.

– E aí?

Curvando-se para a frente, ele retirou o GPS da base e apertou os números.

Jenny ficou estupefata.

– É uma localização?

– Os três conjuntos de seis números são longitude e latitude, até o minuto.

– Mas e o de quatro dígitos?

– Não sei.

Mostrou-lhe a tela luminosa do GPS.

– Saint-Malo – disse ela. – França, certo?

Ele assentiu com a cabeça.

– Na região da Bretanha, para ser exato.

– É para onde vamos agora?

– Certo. – Bravo pegou seu celular. – Mas não sozinhos.

. . .

Já no meio da manhã em Paris, Jordan Muhlmann sentava-se em seu escritório na Lusignan et Cie. Era um homem alto e magro, cabelos escuros, fundos olhos negros e queixo comprido. Tinha o rosto vigoroso, mas um pouco assustado. Falava com uma mulher de 40 e tantos anos, a beleza intocada pelo tempo, com um sofisticado conjunto preto da grife Lagerfeld, sob o qual pusera uma blusa de seda cor de manteiga. Um único fio de pérolas idênticas brilhava no pescoço e um aro de ouro com a efígie de uma mulher gravada circundava-lhe um dedo. Sentada, com os pulsos cruzados sobre um dos joelhos, transmitia uma serenidade zen.

No exterior via-se a estéril obra de pedra branca do Grande Arco de La Défense, que não era sequer um arco, mas um cubo oco. Adequado, de certo modo, pensou Jordan, para um monumento parisiense contemporâneo ao mundo dos negócios. Bem mais distante ficava o sólido e magnificamente esculpido Arco do Triunfo, monumento às glórias militares do período napoleônico.

O dia claro e iluminado tinha apenas um sinal de nuvens baixas no horizonte. As novas calçadas pululavam de executivos. Embora fossem de todas as partes do mundo, era impossível distingui-los uns dos outros. Falavam uma língua comum, rezavam a um deus comum, faziam pedidos a uma estrela comum, e aquilo era o comércio. Depois da implementação do euro, das transferências eletrônicas anônimas e aquisições empresariais que envolviam dois, três ou quatro países, restaria alguma variação da beleza que ali florescera durante séculos?

Como tudo o mais naquela região parisiense presunçosamente pós-moderna, a fachada do prédio da Lusignan et Cie. combinava com o bairro: muito contemporânea, lisa, árida, inteiramente sem personalidade. O complexo de escritórios, porém, era cheio de adornos e encantos do Velho Mundo, sobretudo a sala de Jordan, decorada no majestoso estilo art nouveau. Quase não havia ângulos retos, tudo era curvo e esculpido em alto-relevo, com uma forma orgânica. Nas prateleiras viam-se artefatos de uma era mais antiga – escultura francesa e alemã da década de 1920, cerâmica do século XIX, fragmentos de antigos pergaminhos religiosos, a bainha de uma espada que diziam ser das Cruzadas –, vestígios de civilizações há muito passadas. Essa fascinação por história, cultura e religião era uma das coisas que haviam aproximado Jordan e Bravo.

O telefone tocou, e a secretária de Muhlmann disse:

– É o Sr. Shaw. Diz que é urgente.

Jordan apertou o botão do viva-voz.

– Bravo, tenho tentado encontrar você, como sempre. – A ansiedade em sua voz era palpável. – Está tudo bem?

– Agora, sim – disse Bravo.

– Ah, *bon*, que alívio!

– Mas vou a Paris imediatamente. Chegarei amanhã de manhã cedo com minha amiga Jenny Logan e precisarei de transporte.

– Claro. E terá. *Alors*, precisa me falar mais dessa Jenny Logan. Que boa notícia. No meio de seu pesar, encontrou uma companheira. Qual é a palavra americana? Uma namorada?

Bravo riu.

– Namorada? Não exatamente. – Pigarreou. – Escute, Jordan, acho que preciso lhe dizer que as coisas aqui tomaram um rumo bem sério.

– *Mon ami*, que quer dizer?

– Não pelo telefone – disse Bravo. – Mas quem você mandar precisa ser de absoluta confiança, está me entendendo?

Nesse momento, a mulher levantou-se e foi até a mesa de Jordan, os movimentos impecáveis. Desprendia-se do rosto magnífico, feroz, o pleno conhecimento de quem era e de que poderes dispunha. A julgar pela aparência, não parecia prudente enganá-la nem se opor a ela.

– Bravo, *un moment, s'il te plaît.*

Jordan apertou o botão de espera e ergueu os olhos em expectativa.

A mulher separou os lábios e disse, a voz bem baixa:

– Deixe-me fazer isso, meu amor.

Jordan abanou a cabeça.

– É perigoso demais. Depois do que aconteceu com Dexter...

– Não se aflija, serei cuidadosa – sussurrou ela.

Depois sorriu.

– Jordan, está me entendendo? – repetiu Bravo.

Jordan tornou a pressionar o botão e disse ao telefone:

– *Mon ami*, percebo a urgência em sua voz e estou muito preocupado.

– Então você *de fato* entende.

– Mas claro – ele disse. – Irei eu mesmo.

– Mas a reunião trimestral do conselho de diretores não é esta semana?

– Amanhã, na verdade. Para não falar nos holandeses, que chegaram para finalizar o contrato em que você e eu temos trabalhado há quase um ano.

– E os Wassersturms?

– Esse acordo morreu, Bravo, pode ter certeza.

– Eles se mostraram admiravelmente insistentes.

– Eu cuido dos Wassersturms, *mon ami.*

– Então está fora de questão, Jordan. Como acabou de confirmar, você tem uma empresa para dirigir.

– Mas você é meu amigo, *mais* que amigo.

– Sei disso e sou grato – disse Bravo. – Mas mande outra pessoa. Por favor.

Jordan pensou na resposta a esse pedido por um momento, depois assentiu com a cabeça para a mulher.

– *Bon*, não se preocupe – falou ao telefone. – Mandarei alguém que você conhece, de sua confiança.

– Obrigado, Jordan – retrucou Bravo, aliviado. – Não me esquecerei disso.

. . .

Estava escuro no avião. Tarde da noite, a 33 mil pés sobre o negro e agitado Atlântico, a maioria dos passageiros da classe executiva dormia ou tinha os olhos fixos nas luminosas telinhas dos aparelhos portáteis de DVD fornecidos pela linha aérea. Mas, mesmo exaustos como estavam, nem Bravo nem Jenny conseguiam se render ao sono.

Em vez disso, iluminados teatralmente pelas luzes acima das poltronas, conversavam em tom baixo. Uma necessidade inconsciente fazia os dois desejarem se conhecer melhor. Haviam sobrevivido a batalhas armadas, salvado um ao outro da morte quase certa. Soldados combatendo lado a lado na estranha e invisível guerra que definia a Voire Dei, estabeleceram um elo mais íntimo que o sexo, e no entanto continuavam ironicamente estranhos um ao outro.

– Os únicos que tinham fé em mim eram meu pai e o seu... e, claro, Paolo Zorzi, meu instrutor – dizia Jenny. – Os outros se opunham à minha admissão na Ordem, quanto mais a que me tornasse Guardiã. – A morenice de sua pele retornara, e no raio vertical da iluminação era possível entrever os hematomas e pequenos cortes que sofrera recentemente. – Mas seu pai era muito poderoso; vários na Haute Cour temiam se opor a ele diretamente.

Uma aeromoça se aproximou com água, café, chá e suco, mas eles recusaram. Várias luzes individuais foram apagadas e ficou ainda mais escuro dentro do avião. Pelos cálculos de Bravo, estavam mais perto de Paris que de Washington.

– Sua iniciação foi como a minha? – perguntou ele.

Um sorriso irônico escapou dos generosos lábios dela.

– Sou mulher. Não teve nada a ver com a sua.

– Mas você não me disse que meu pai e o seu e esse Paolo Zorzi acreditavam em você?

Jenny assentiu com a cabeça.

– Sim, mas algumas tradições, até eles consideravam impossível ignorar. Deram-me uma veste preta simples para usar, depois me levaram a uma pequena câmara escura sem janela. Com exceção das quatro velas compridas em pesados castiçais de metal, o aposento era escuro, mais como uma cela de prisão ou uma câmara de execução. Fazia muito frio. O piso era de blocos de pedra antigos. Fui instruída a me deitar no chão de bruços e a beijar a pedra. Cobriram-me com uma mortalha preta. Era diáfana o suficiente para eu ver as velas que colocaram perto da cabeça e dos pés. Enquanto jurava me entregar de coração, mente e espírito à Ordem, seu pai e Paolo Zorzi recitaram uma antiga prece numa língua que eu não reconheci.

– Lembra-se de alguma das palavras?

Jenny fechou os olhos e franziu a testa. Falou três palavras, muito mal, como constatou Bravo, que, contudo, reconheceu a língua.

– É seldjuque – disse ele, acrescentando: – Os seldjuques eram a tribo dominante na Turquia no século XIII, e duas vezes invadiram a importante cidade mercantil de Trebizonda, que os gregos haviam fundado na costa sul do mar Negro para abastecer a Europa de sedas, especiarias e, talvez o mais importante, alume, a substância usada para fixar tinturas em tecidos.

Jenny pediu-lhe para repetir as palavras até conseguir dizê-las corretamente.

– Obrigada – disse.

– Disponha. Agora me fale do resto de sua iniciação.

Jenny soltou a respiração.

– Zorzi enterrou os nós dos dedos na base das minhas costas até a dor ser tão forte que arquejei e as lágrimas inundaram meus olhos. "Assim como suas irmãs", seu pai entoou em latim, "é admitida em sofrimento e em dor na Ordem."

– Desconfio que isso parece parte do voto medieval para receber o hábito – disse Bravo.

– Acertou em cheio. – Jenny balançou a cabeça. – A iniciação foi inspirada diretamente naquela pela qual passavam as mulheres venezianas no século XVII, quando se tornavam freiras. Eram, na verdade, obrigadas a testemunhar seu próprio funeral.

– Então parece que durante toda a sua história a Ordem aceitou mulheres – disse Bravo.

– Pareceria agora, embora você e eu saibamos que a história registra de outra forma.

Ele pensou na injustiça disso por algum tempo. Por fim, curvou-se mais para perto dela e disse:

– Uma coisa me incomoda. – Gostava do perfume dela. Deixava-o agradavelmente inebriado e sentindo muito prazer em se entregar a essa voluptuosa sensação. – Você não tentou nenhuma vez entrar em contato com alguém na Ordem e, quando lhe perguntei sobre seus recursos, foi evasiva. Por quê?

Ela ficou calada por algum tempo, mas com os olhos agitados, como se tentasse resolver um problema particularmente difícil. Por fim, virou-se para ele e disse bem baixo:

– Seu pai e o meu também, creio, desconfiavam da existência de um traidor na Haute Cour, alguém que está no lado de dentro há algum tempo, alguém de confiança, um infiltrado, se preferir.

– Obviamente, você também acredita nisso.

– Eu acreditava que nossa gente era de absoluta confiança, intocável. Mas essa me parece a explicação lógica para os Cavaleiros de repente terem sido tão bem-sucedidos em assassinar cinco membros da Haute Cour, inclusive seu pai.

– Então, o resultado é que ficamos isolados.

– Em resumo, sim. – Seus olhos se fecharam.

– Há mais alguma coisa, não é?

– Sim. Dexter tinha toda a certeza de que existia um traidor e mudou o esconderijo dos segredos sem dizer aos outros membros da Haute Cour.

– Isso seria bem típico do meu pai. – Bravo recostou a cabeça na poltrona e por um momento seus olhos perderam o foco. – Sinto falta dele. – Abanou a cabeça. – Mas é estranho, refletindo melhor: tínhamos o que se poderia chamar... uma relação difícil.

– Por quê?

– Ele exigia demais de mim e eu não entendia suas motivações.

Bravo hesitou tempo demais. Será que ele estava omitindo algo? Jenny dificilmente se surpreenderia. Havia tanta coisa de sua própria história pessoal que ela não lhe contaria.

– Sei um pouco de seu pai – disse Bravo –, mas, e quanto à sua mãe? Não vi qualquer sinal dela na casa.

Jenny desviou o olhar por um momento, como costumava fazer quando uma pergunta era particularmente espinhosa. Inspirou fundo e soltou o ar devagar e deliberadamente.

– Minha mãe partiu algum tempo atrás. Ela mora em Taos agora. É ceramista, tem um professor navajo que acho que também é seu amante, embora ela não tenha me dito isso. Não que fosse dizer, não seria mesmo do seu feitio. – Fez uma pausa e depois, refletindo melhor, acrescentou: – Ela está aprendendo a língua, segundo me disse.

– Quer falar a língua do amante.

– Que romântico você está se revelando – disse Jenny, com um sorriso sem vida. – Infelizmente, não. É mais provável que isso se deva apenas ao fato de a língua ser excepcionalmente difícil de aprender. Minha mãe tende a se definir por desafios.

– Seu pai ficou muito mal com o abandono dela?

– Sim, mas, se quer saber a verdade, não tenho muita certeza do motivo. Será que ele a amava ou simplesmente dependia dela? Você conhece os homens. Podem realizar qualquer coisa no trabalho, mas são impotentes como cordeiros em casa. Meu pai não preparava sequer uma xícara de chá para si mesmo, e, quanto a usar a máquina de lavar louça... bem, uma semana depois de ela ir embora, eu tive de limpar uma tonelada de espuma quando ele usou o detergente líquido de roupa em vez de o de louça. – Ela se ajeitou na poltrona, acomodando-se com mais conforto. Tirou os sapatos e instalou-se com os joelhos dobrados e os pés embaixo. – Claro, logo depois ele encontrou outra pessoa, como estava fadado a fazer. Não sabia viver só, e eu não podia continuar tomando conta dele, até ele reconhecia isso.

– Eles gostavam um do outro... seus pais? – perguntou ele.

– Quem sabe? Meu pai vivia em seu próprio mundo, e minha mãe... Vou lhe contar uma história sobre minha mãe. Quando eu tinha 16 anos, me apaixonei por um rapaz. Morávamos em San Diego então. Ele era calouro na faculdade, dois anos mais velho que eu, carinhoso, gentil e hispânico. Minha mãe descobriu a relação e cortou-a logo.

– Como ela fez isso?

– Embarcou-me num navio para o outro lado do país e me matriculou num internato em New Hampshire, onde fiquei durante dois anos. Aprendi a esquiar e a detestar garotos. Quando voltei para casa, era tarde demais, ele se fora.

– Não lhe escreveu ou...?

Ela lhe deu um sorriso amargurado.

– Você não conhece minha mãe.

Com uma campainha baixa, o sinal do cinto de segurança acendeu-se e a mesma aeromoça aproximou-se e pediu a Jenny que o afivelasse.

– Você confia nesse cara para quem ligou? – perguntou Jenny, quando mais uma vez ficaram a sós.

– Jordan? Com a minha vida. Ele e eu somos íntimos como irmãos... até mais: não temos toda essa bagagem de rivalidade que há entre irmãos.

Jenny balançou a cabeça.

– Sei o que quer dizer. Minha irmã gêmea Rebecca e eu vivíamos nos engalfinhando. Não somos univitelinas, mas somos muito parecidas. Não sei lhe dizer quantas vezes roubamos os namorados uma da outra, mas, quando tínhamos problemas com nossos pais, sobretudo com minha mãe, que sempre tentava jogar uma contra a outra, nossa lealdade nunca era posta em questão. – Suspirou. – Sinto falta dela. Senti falta quando era interna em New Hampshire. Separar-nos foi outra forma de crueldade de minha mãe. Odiava que nos uníssemos contra ela. – Suspirou mais uma vez. – Becca mora em Seattle com o marido e dois filhos. Não nos vemos tanto quanto gostaríamos. – Virou-se para ele. – Como está Emma? Ela foi ferida na explosão que matou seu pai, não foi?

– Emma está cega – respondeu Bravo, sem rodeios. – Parece bem, mas quem sabe realmente?

. . .

– Mortos? Os dois? – grunhiu Jordan. – Surpreso não é a palavra certa. Disso eu já desconfiava. – Com o telefone junto à orelha, fitava uma pequena pintura medieval de Nossa Senhora com o Menino Jesus. Fora feita com um fervor tão óbvio que, em sua opinião, lhe transmitia uma força sobrenatural. – O que não compreendo é por que você esperou tanto tempo para me informar.

Um discreto bip eletrônico acompanhava a luz que começara a piscar no console de Jordan. Ele se virou imediatamente e viu que a chamada entrava na linha codificada. Só uma pessoa era autorizada a chamá-lo naquela linha, e no momento era a última com quem queria falar. Mas sabia que não tinha opção.

– Limpeza total? – perguntou, intensamente cônscio de que tinha de interromper logo a conversa. – Sim, sim, claro. Como sempre, é de comum acordo que se deve evitar o envolvimento da polícia a todo custo. Mas quero que saia logo de Washington. Volte para cá, sim? – Fitava a luz piscando. Não podia deixar a pessoa que o chamava esperando, pensou. – Desconfio que haja mais trabalho para você. Tenho de atender outra chamada, entre em contato comigo quando chegar.

Desligou sem mais uma palavra e transferiu-se para o fone da linha codificada.

– Cardeal Canesi, perdoe-me. – Felix Canesi era o braço direito do papa. – Um telefonema de negócios de Pequim. Conhece os chineses, as formalidades deles são infindáveis.

– Sou um homem do mundo, Jordan, entendo as complexidades da diplomacia – disse o Cardeal Canesi em seu tom altíssimo e profundo. – Detesto ser deixado esperando, mas não falemos mais nisso.

Jordan absorveu essa sarcástica repreensão com o estoicismo de sempre.

– Não tenho notícias suas há três dias. Como anda o estado de Sua Santidade?

– Vamos agora ao objetivo desta entrevista. – Por haver passado tantas décadas enclausurado nos muros do Vaticano ou por ter mesmo um veio pomposo, a fala do Cardeal Canesi era artificialmente formal, como se encarnasse um grão-mestre de uma ordem religiosa do século XIX. – Como você foi informado, Sua Santidade tem guardado o leito nos últimos 10 dias, mas isso está prestes a mudar.

– Oro para que seja uma boa notícia.

– Dificilmente – disse o cardeal em tom fúnebre. – A saúde dele tem se deteriorado de forma assustadora. Sinceramente, e devo enfatizar que essa informação deve ficar somente entre nós, o pontífice está morrendo. Nenhuma prece nem conhecimento médico parece ser da mínima valia. – Com a sagaz habilidade teatral de um ator veterano, fez uma pausa, para dar importância extra às palavras seguintes. – Sem o...

– Por favor – disse Jordan, irritado.

– Sim, sim, é verdade – disse o Cardeal Canesi com uma insinuação de indignação. Não gostava de ser lembrado dos cuidados com segurança. – Na verdade, sem o que você nos prometeu, não há esperança alguma para ele. Simplesmente *precisamos* disso no decorrer da semana.

– Não se preocupe, Felix – respondeu Jordan sereno. – Vocês o terão; o papa não morrerá.

– Você deu sua palavra, Jordan. Trata-se de uma questão da mais alta importância. Ao longo dos séculos, o Vaticano ansiou por que esse preciosíssimo artefato retornasse ao seio da Igreja, de onde saiu. Ao longo dos séculos, vários papas transformaram essa busca em missão de vida, visando retomá-lo das mãos dos Gnósticos que o roubaram sem proveito. E assim o fato virou lenda. Devo adverti-lo de que alguns no Conselho Pontifício duvidam que a substância exista.

– Existe, Excelência, isso o senhor não deve temer.

– Não sou eu quem vai temer se você falhar conosco – disse Canesi ameaçadoramente. – Estamos numa perigosa encruzilhada, nada poderia ser mais claro. Por isso exercemos todo o nosso poder e influência para ajudá-lo em sua sagrada missão. Mas preste atenção: nós nos arriscamos por você. Sua Eminência nunca declarou seus desejos com relação ao sucessor. O Colégio de Cardeais é contencioso, cheio de indivíduos cobiçosos e ambiciosos demais, cada um com sua própria idéia sobre o lado para o qual deve conduzir a Igreja. Mais uma vez lhe digo na mais absoluta confiança: ou Sua Santidade se recupera ou a hierarquia da Igreja será mergulhada numa anarquia da qual nem eu sei se emergirá inalterada.

Jordan sabia o que isso significava: a probabilidade de não haver mais Canesi, nem conspiração, nem apoio para ele.

– Não falhe, Jordan. Lembre-se: uma semana, nem um instante a mais.

Quando repôs o fone no lugar, a mente de Jordan trabalhava furiosamente, analisando cada palavra, cada entonação de Canesi. Conhecia o cardeal melhor do que ele desconfiava. Sua Eminência era o chefe de uma conspiração clandestina de altas autoridades do Vaticano que serviam ao papa e dependiam de seus bons ofícios para aprovar seus programas de ação. Nisso, pelo menos, Canesi mentira. Tinha tanto a temer com o falecimento do papa quanto ele, talvez mais. Os conspiradores precisavam desse papa para continuar a apoiá-los, porque ao longo das décadas haviam conquistado um véu de poder secreto do qual o pontífice nada sabia, incluindo o apoio a Jordan, cujo plano, após anos de elaboração, fora desencadeado pelo pânico de Canesi.

Jordan esfregou o queixo, o semblante grave. Pegou o celular, digitou um número, falou em voz baixa.

– Sua Eminência ligou. Receio que nosso tempo tenha se reduzido muito mais do que tínhamos previsto. Uma semana, nem um instante a mais, ele me disse. Por sorte, Bravo tem a chave, exatamente como planejamos. Mas agora seremos obrigados a correr mais riscos.

– O risco é parte do jogo, meu amor – disse a voz na outra ponta da linha.

– Risco é o que Ivo e Donatella correram – disse ele, sinistro –, e veja onde terminaram.

– Mas eu tenho um plano. Capturar Braverman Shaw e seu anjo Guardião, separá-los, deixá-los desesperados.

Jordan empertigou-se na cadeira, a garganta apertada.

– E depois?

– Ela não tem importância alguma – disse a voz –, mas ele, quando nos levar ao segredo, morrerá.

Jordan voltou-se para a janela, pensativo.

– Como planejamos desde o início – disse.

# PARTE DOIS

Dias atuais
Paris
Saint-Malo
Veneza
Roma

# capítulo 10

**Camille Muhlmann, linda** e ameaçadora como sempre, esperava por Bravo e Jenny no Aeroporto Charles de Gaulle quando eles saíram da área de segurança. Usava um de seus conjuntos da grife Lagerfeld, mas, em razão do calor de verão, era de um tecido leve, como a blusa, através da qual se entrevia a atraente renda do sutiã. Acenou quando viu Bravo, abraçou-o e deu-lhe calorosos beijos nas duas faces.

– *Mon Dieu, quel choc!* – disse em voz baixa quando se agarrou a ele. – Coitado do meu Bravo, ter o pai levado assim tão prematuramente...

Ele a beijou com ternura e se afastou devagar demais pelo cálculo de Jenny. Mas, antes que pudesse se desvencilhar inteiramente, ela segurou seu queixo com as mãos.

– O que aconteceu com você? Com que terrível problema se deparou?

A preocupação na voz era palpável, irritando Jenny.

– Aqui, não; agora, não – disse Bravo com uma rudeza que pareceu incomodar Camille.

Em vez disso, fez as apresentações.

– Jenny Logan, esta é Camille Muhlmann, mãe de Jordan.

– Então você é a nova namorada de Bravo – disse Camille.

Bravo franziu o cenho.

– Camille, eu disse a Jordan...

Camille ergueu a mão enquanto examinava o rosto de Jenny.

– Você é tão linda. Precisamos encontrar os meios de curar seus ferimentos o mais rápido possível, *n'est-ce pas?* – Apertou a mão de Jenny com uma intimidade que ela julgou surpreendente. Depois se virou para Bravo. – Eu a aprovo inteiramente, meu querido.

Riu, enlaçando o braço no dele.

– Espero que não me julgue muito atirada, Jenny, mas, quando se trata de Bravo, sou mais protetora do que o normal. Não posso evitar, sabe, ele é o melhor amigo do meu filho e caro ao meu coração. É da família, você entende.

– Claro que entendo, madame Muhlmann.

– Nesse tipo de viagem, devemos dispensar as formalidades, Jenny. *Alors*, me chame de Camille.

Jenny sorriu por entre os dentes. Parecia-lhe que Camille deliberadamente se emparelhara com Bravo e a cada passo que davam roçava o quadril nele. O que mais a aborrecia, porém, era como ele parecia gostar de ser o centro das atenções dela.

– Bagagem, *non?* – Camille correu o dedo indicador pelo queixo de Bravo. – Ah, vocês partiram de Washington com tanta pressa que me surpreende que tenham passaportes.

– Nenhum de nós jamais anda sem eles – disse Jenny.

Camille deu meia-volta, sorridente.

– Sim, e o que você faz, Jenny?

– Sou consultora de empresas em países em desenvolvimento – respondeu Jenny sem hesitar. – Ajudo-as a se adequarem aos padrões estipulados pelo Banco Mundial e pela Organização Mundial de Comércio para o comércio internacional.

– E, no entanto, está aqui com meu Bravo.

– A amizade é tão importante para mim quanto para a senhora, madame Muhlmann.

Mais uma vez, ela tomou a mão de Jenny naquele gesto curiosamente íntimo.

– Camille, por favor.

A essa altura haviam chegado ao estacionamento. O céu parisiense enchia-se de nuvens cinza-ardósia, e a manhã já ficara quente e pegajosa. Um ronco baixo de trovão varou o ruído de tráfego.

– Agora, Bravo – disse Camille –, precisa me contar o que não pôde dizer a Jordan ao telefone. O que aconteceu com vocês nos Estados Unidos que causou tanta violência aos dois?

Parou ao lado de seu carro, um sedã Citröen C5 cinza.

– Não alugou um carro para nós? – perguntou Bravo.

– Eu mesma vou dirigir para vocês. – Quando ele começou a protestar, ela ergueu a mão. – São ordens de Jordan, meu amor. Você precisa entender a lógica disso. Aonde quer que tenham de ir, eu posso levá-los lá mais rápido e com mais segurança. Um carro alugado é identificável pelas placas, *n'est-ce pas?*, e atrairá atenção para vocês. Não é seguro, concordam?

Bravo olhou para Jenny e, ignorando o breve balanço negativo da cabeça dela, disse com um sorriso:

– Jenny e eu agradecemos, Camille. Você é gentilíssima.

– *Bon*, resolvido. – Abriu a porta do carro. – Vocês devem estar mortos de fome, e depois precisamos comprar algumas roupas, os dois parecem decididamente desarrumados. – Fez um gesto para que ele entrasse. – Enquanto eu dirijo, conte-me tudo.

Bravo abriu a porta de trás.

– Não, meu amor, quero você ao meu lado. – Virou-se. – A menos que isso não seja aceitável para você, Jenny.

– Claro.

Jenny pôs um sorriso no rosto, embora temesse que fosse tão frágil que se desfizesse a qualquer momento. Detestou a maneira como Camille a encurralara, como se fosse falha sua recusar.

Camille deslizou a mão sobre a de Bravo e encarou-o com seus olhos bem separados. Sentavam-se muito juntos. Teriam os quadris colados? Jenny sentia a ardente energia sexual de Camille Muhlmann. Olhar a mulher mais velha com ciúme lhe dava a impressão de que o almíscar que ela usava envolvia Bravo como os tentáculos de uma medusa.

Quando se instalou no banco de trás do Citröen, lançou um olhar feroz a Bravo, mas, tomado de súbita melancolia, ele não percebeu. Olhava em volta e compreendia que o pai jamais tornaria a visitá-lo ali, que as luzes envoltas em halos ao longo do Sena jamais se derramariam sobre Dexter Shaw nos passeios dos dois pelas margens, em meio aos tensos bate-papos agora tão desejados.

. . .

Quando Camille saiu do aeroporto, Bravo lhe forneceu uma versão breve e bastante resumida do que havia acontecido depois que lhe deram alta do hospital. Ela não fez nenhum comentário enquanto ele descrevia a fuga dos dois da casa de Jenny e a perseguição que se seguiu, permitindo-lhe ocupar o centro do palco sem interrupção.

Ele não identificou Ivo Rossi nem Donatella pelo nome. Quanto a Jenny, disse que era sua amiga de infância de Nova York.

– Minha irmã a tinha convidado para o jantar de 4 de Julho – concluiu. – Jenny se atrasou e chegou depois da explosão. Quando acordei no hospital, o rosto dela foi o primeiro que vi.

– Que sorte a sua – disse Camille, quando os olhos das duas se encontraram no espelho retrovisor.

– Que posso dizer? – falou Jenny com o sorriso forçado que se fixara em seu rosto desde que conhecera Camille Muhlmann. – Eu nasci sob um signo de sorte.

Camille virou o Citröen na A 11, dirigindo-se para Rouen, ao norte.

– Mas, meu amor, quem eram essas pessoas que o seguiam e por quê? – Acelerou para pegar a última pista da esquerda. – Preciso lhe dizer que Jordan tem uma teoria: está convencido de que os Wassersturms estão por trás disso.

– Os Wassersturms? – perguntou Jenny.

– Um contrato comercial em que andei trabalhando durante seis meses. – Bravo virou meio de lado para ela. – Queríamos comprar uma empresa em Budapeste. O problema é que já havia um contrato na mesa com uma empresa de Colônia de propriedade dos irmãos Wassersturms. Fiz uma pesquisa e descobri que, por meio de um labirinto de empresas de fachada, os Wassersturms vinham abastecendo a máfia russa com armas ilegais. Fui ao conselho de diretoria da empresa de Budapeste com as provas e, uma semana depois, fechamos o contrato.

– Vingança. – Com uma irada e estridente buzinada do Citröen, Camille ultrapassou um veículo que rodava devagar demais para ela. Quando retornou à pista da esquerda, acelerou ainda mais. – Os Wassersturms ficaram enfurecidos quando o contrato deles foi cancelado. Jordan receia que resolveram se vingar de você. O que o deixou tão contrariado é que passou três dias em Munique trabalhando em outro contrato com eles simplesmente para acalmá-los.

Bravo franziu a testa.

– Ele não devia ter feito isso; não há nenhum motivo para confiar neles.

Camille riu.

– Você conhece Jordan – disse, despreocupada. – Se conseguir impor suas condições, fará acordo até com o diabo.

– Bem, está errado nessa teoria em particular. Os irmãos podem gritar, mas duvido seriamente que sejam capazes de autorizar um ato violento.

– Deduzo então que você tem sua própria teoria – disse Camille.

– Desconfio que esses ataques têm alguma coisa a ver com a morte de meu pai – disse Bravo depois de certa hesitação.

Camille arriscou um olhar na direção dele.

– *Je ne comprends pas*. O que essas pessoas querem com você?

– Não tenho a menor idéia – disse Bravo, deliberadamente. – Por insistência do meu pai, nós nos encontramos pouco antes de ir para a casa da minha irmã. O fato é que ele queria me contar alguma coisa que considerava importante, mas minha raiva atrapalhou e eu o repeli.

– Oh, Bravo. – Camille ligou a seta, cruzando as outras pistas da A 11. – E seu pai foi tirado de você nessa situação. *Quel dommage!*

Os grandes e modernos prédios de escritórios dos subúrbios ao norte de Paris haviam cedido espaço de má vontade a campos verdes entremeados de aglomerações de conjuntos habitacionais não menos feios, lamentavelmente, que seus irmãos industriais.

Ela saiu e fez a volta para Magny-en-Vexin. Com o céu rebaixado e o ar pesado como água do mar, passaram por entre duas magníficas alamedas de bétulas de folhas escuras, chegando afinal à cidade propriamente dita. No centro velho, saíram do carro em meio ao estrondo de trovões e um brilhante clarão de raio em algum lugar na turbulenta obscuridade do céu do norte.

O Bistro du Nord ficava na rue de la Halle, um pequeno e aconchegante restaurante três degraus abaixo do nível da rua. Era comprido e estreito, com vigas de escura e simples paredes caiadas de branco típicas de uma *mas*, uma casa de fazenda francesa, de onde pendiam rústicas pinturas campestres emolduradas, coloridas e agradavelmente primitivas.

Uma jovem indicou-lhes uma mesa no fundo, perto da boca enegrecida de uma volumosa lareira apagada. Bravo não pôde deixar de se lembrar da lareira na casa de Jenny por trás da qual ficava a passagem vertical que os salvara do ataque inicial de Ivo Rossi.

Quando Camille foi ao toalete, Jenny curvou-se sobre a mesa e perguntou numa voz sussurrada:

– O que acha que está fazendo?

– Do que está falando? – disse Bravo.

– Não devíamos levá-la, nem qualquer outra pessoa, conosco a Saint-Malo.

– Você a ouviu, Jenny. Ela levantou uma questão importante. Alugar um carro poderia chamar atenção para nós.

– Há um milhão de carros de aluguel nas estradas da França a qualquer hora – disse Jenny, acalorada. – Além disso, duvido muito que seu pai aprovasse o envolvimento dessa mulher em sua caça à verdade.

– Por que diz isso?

– Eu simplesmente quero dizer que…

– Sabia que seu rosto está vermelho?

– Eu simplesmente quero dizer… – insistiu ela – que, conhecendo seu pai, acho que ele se sentiria muito mais inseguro em tê-la conosco do que se alugássemos um carro, só isso.

– Tem certeza de que é só isso?

Ela levantou o cardápio, segurou-o por um instante na frente do rosto e resmungou:

– Idiota.

Bravo abaixou a borda superior do cardápio e tirou o rosto dela do esconderijo. Sorriu vitorioso, mas ela não se deixou seduzir.

– Por que está tão determinado a rir de mim?

– Eu gosto de você – respondeu ele.

Ela bufou e ia dar uma resposta desagradável quando Camille retornou.

– Estou interrompendo alguma coisa, uma briga amorosa, talvez?

– De jeito nenhum – disse Jenny, os olhos fixos no cardápio.

Camille deu um suspiro.

– Os amantes podem brigar, desde que a briga não dure muito. *Alors*, acho que devem se beijar e fazer as pazes.

– Eu não *acho* – deixou escapar Jenny, no mesmo instante em que Bravo dizia:

– Nós não somos amantes.

– Não, claro que não. – O tom da voz e a expressão revelavam que Camille não acreditava nele. Tomou as mãos dos dois. – Meus queridos, a vida é curta demais para ficarmos zangados. Agora prestem atenção: não ficarei satisfeita até os dois se beijarem e eu saber que está tudo bem entre vocês. – Apertou as mãos deles. – Vamos logo, já houve tristeza demais em suas vidas ultimamente.

Jenny ficou com os olhos anuviados, ainda mais porque não sabia o que Bravo sentia. Os dois, porém, compreenderam que não tinham como contornar aquele momento profundamente vexatório. Sob os olhos de Camille, que deixava entrever um meio sorriso de Mona Lisa, os dois se levantaram e aproximaram-se hesitantes. Bravo afastou uma cadeira, mas, mesmo assim, ficaram a um palmo de distância um do outro.

De repente, ele tomou-a nos braços e encostou sua boca na dela. Para seu grande espanto, Jenny sentiu seus lábios se abrirem sob os de Bravo, a língua dele entrar na sua boca e se enroscar com a sua por um instante. A respiração dela esvaiu-se e o coração pareceu parar. Então se separaram, permanecendo próximos, porém sem se tocar, até que a batida do coração de Jenny foi aos poucos retornando ao normal.

– Pronto, não é melhor assim? – perguntou Camille, com um sorriso enigmático.

Quando eles se sentaram, Camille acenou discretamente para um garçom, e fizeram os pedidos.

Bravo mais uma vez retomou a conversa, dizendo a Camille aonde precisavam ir, mas não por quê. Jenny considerou a omissão da informação uma pequena vitória. Em vez disso, discutiram o melhor itinerário a tomar para Saint-Malo e onde ele queria que Camille os deixasse assim que chegassem. Ela queria esperá-los, mas Bravo recusou, explicando-lhe que não tinha como saber quanto tempo iam precisar ficar na cidade e aonde eventualmente iriam depois. Em seguida, a comida chegou.

– Você está sendo terrivelmente misterioso – disse Camille, entre delicadas mordidas nos mariscos.

Jenny, que tinha aversão a qualquer espécie de frutos do mar, lutava para manter o olhar baixo enquanto cortava seu filé com fritas.

– Não que eu me importe – continuou Camille –, mas receio que estejam correndo mais perigo do que gostariam de admitir. É por isso que não querem que eu fique em Saint-Malo com vocês, não é?

– Francamente, sim. – Bravo largou o garfo. – Você já fez mais do que eu esperava. Não quero que se arrisque mais.

– Mas, meu amor, a decisão é minha...

– Não, Camille, não é, não. Neste caso, receio que precise insistir. Vai nos levar a Saint-Malo, o que é mais do que devia estar fazendo. Mas termina aí. Entendido?

Camille encarou-o com um ar neutro por um instante. Depois suspirou e virou-se para Jenny.

– Sobremesa, minha querida? A *tarte Tatin* daqui é imperdível.

...

Após o almoço, Camille levou-os à farmácia de que lhes falara, onde comprou vários cremes e pomadas para contusões, cortes e escoriações; depois foram todos comprar roupas, vestindo as novas peças e jogando as camisas e as calças rasgadas na lata de lixo.

De volta ao carro, dirigiu em alta velocidade ao contornar Rouen. Viraram na E 1 e rumaram para oeste, onde a rodovia se tornava a EB 1. Seguindo paralelamente ao litoral, passaram bem ao sul de Honfleur, onde os impressionistas reinaram no início do século XIX, e pelos elegantes balneários de Deauville e Trouville. Uns 30 quilômetros depois de Caen, o céu, que tinha ficado negro pouco antes do almoço, agora baixara o bastante para tocar as copas dos espinhosos pilriteiros. Os prédios nos dois lados da rodovia ficaram escuros e ameaçadores. Ao longe, o horizonte desaparecera num barrento nevoeiro de chuva, e então o aguaceiro os atingiu, tamborilando na capota do Citröen, varrido para os dois lados do pára-brisa pelos limpadores deslizantes. Os faróis altos do carro varavam a escuridão como lampiões numa noite negra como breu.

Uma hora depois, a chuva já se reduzira a um forte chuvisco, mas o mundo lá fora parecia consistir em cores borradas por um pincel impressionista. Aproximavam-se de Avranches quando Jenny começou a se queixar de fortes cólicas estomacais. Olhando para trás, Bravo notou que seu rosto estava lívido, salpicado de gotas de suor. Alguns instantes depois, localizou um daqueles típicos restaurantes de estrada europeus, cujo cenário era uma ponte sobre a rodovia. Na mesma área de abrigo havia banheiros e, alguns quilômetros adiante, um posto de gasolina.

Camille parou e Bravo ajudou Jenny a saltar. Camille pegou uma capa de chuva e, entregando-a a Jenny, insistiu em acompanhá-la. Jenny não teve força para discutir e, juntas, as duas correram para o prédio baixo horizontal. Bravo contornou o Citröen até o lado do motorista para manter um olho no tráfego. A chuva leve era fria e ele apreciou a sensação dos pingos no rosto quando pegou o telefone celular e teclou um número além-mar.

Já era noite em Nova York, a chama de luzes artificiais obscurecia as estrelas, a grande energia da cidade fluía inquebrantável pelas ruas, e os arranha-céus tocavam as nuvens.

Emma atendeu à primeira chamada, como se esperasse o telefonema.

– Bravo, onde você está?

– Na França. A caminho da Bretanha.

– Que faz aí?

– Vim me incumbir de uma tarefa para papai. Ele me falou dela pouco antes de... pouco antes do fim. – Fez-se um desconfortável silêncio por um momento. – Como está você, Emma?

– Bem. Voltei a cantar, meu professor de canto acabou de sair.

– Que maravilha... e seus olhos? Alguma mudança?

– Ainda não. Esqueça, é com você que ando preocupada.

– Comigo?

– Ouço na sua voz – disse ela.

– Ouve o quê?

– Problema. Seja o que for que papai queria que você fizesse, é problema, não é?

– Por que diz...?

– Porque não sou idiota, Bravo, e me ressinto de você me tratar como se eu fosse. O presidente da firma de engenharia que contratei leu o relatório para mim. A tubulação de gás não estava defeituosa; foi adulterada.

Ele olhou em volta para ver se as mulheres haviam retornado do banheiro, mas não as viu.

– Você parece ter recebido a notícia sem problemas.

– Papai mexia com um negócio perigoso, Bravo. Acha que não adivinhei? Bem, mesmo que não tivesse adivinhado, ele confiava em mim.

– Como?

– Na verdade, de vez em quando eu o ajudava. Ele sabia, e eu também, que o risco era alto em suas atividades junto aos Observantes Gnósticos.

Houve uma breve pausa durante a qual Bravo a ouviu tomar um gole... de chá, talvez. Tentava com esforço ajustar-se àquela nova realidade.

– Agora que se lançou nessa missão – continuou Emma –, quero que saiba que posso lhe ser útil.

– Emma…

– Imagino que ache que é diferente agora que sou cega, mas se engana. Sou bastante capaz de cuidar de mim mesma… e posso cuidar de você. Sempre cuidei.

– Acho que não estou entendendo.

– Quem você acha que o vigiava e passava informações ao papai quando você e ele não se falavam? O distanciamento certamente não foi idéia dele.

– Quer dizer que me espionava?

– Deixe disso, Bravo. Eu fiz o que era melhor para todos nós, inclusive você. Você ainda acha que papai tinha planos para prejudicá-lo? Ele se preocupava, e, francamente, não o culpo. Você agia como um adolescente, como se ele fosse o inimigo, quando tudo o que tentava fazer era…

Bravo afastou o telefone do ouvido e cortou a conexão. Sentou-se pesadamente no banco do motorista, a mente meio entorpecida, o tráfego na A 11 parecendo um distante zumbido. Um carro parou e um casal de turistas com adolescentes brincalhões saiu aos tropeções, correu sob a chuva fina e entrou no prédio baixo. Um grande furgão afastou-se com estrondo do posto de gasolina, voltando à rodovia escorregadia. Ele registrava essas pequenas chegadas e saídas sem comentários mentais, como se estivesse num cinema, assistindo a um filme.

O celular zumbiu.

– Não ouse me tratar do jeito que tratava papai. – A voz de Emma soou áspera em seu ouvido. – E nunca mais bata o telefone na minha cara.

– Está bem, está bem, desculpe. – Bravo se sentiu sem graça. – Mas você me pegou de surpresa. Quer dizer, aqui estava eu imaginando como você se locomovia de um quarto para outro, e você me diz que pode me ajudar como ajudava o papai.

– Acho que despejei muita informação sobre você de uma só vez, mas na verdade, Bravo, às vezes você é muito pouco observador. Se me conhecesse melhor, teria percebido que durante toda a minha vida tentei ficar à sua altura e atender às expectativas do papai. Se fui capaz de lidar com isso, posso enfrentar os desafios atuais.

Bravo pensou no lamentável tratamento dispensado a Jenny pela Ordem. Mas, quando refletiu melhor, isso não pareceu muito diferente do modo como as mulheres eram tratadas na vida empresarial nem em qualquer outro lugar, aliás.

– Escute, Emma... Sabe, quando você me contou, pensei: todo mundo sabia das atividades do papai, menos eu.

– Havia um bom motivo, Bravo. Você já deve ter descoberto a esta altura. Papai estava preparando você para substituí-lo. Por isso era tão duro com você. Queria que você estivesse pronto quando chegasse a hora, mas até esse dia não desejava envolvê-lo nos negócios dos Observantes Gnósticos. Era vital os inimigos dele acreditarem que você não tinha nada a ver com a Ordem, que sua vida tinha tomado uma direção completamente diferente. Se os Cavaleiros tivessem suspeitado por um só momento do que ele tinha em mente, você estaria correndo um terrível perigo.

– Tem uma mulher comigo... Jenny.

– Certo, a Guardiã. Papai a tinha em alta conta.

– Eu sei. Ele me levou a ela. Papai disse a Jenny que há um traidor dentro da Haute Cour. Tem alguma idéia de quem possa ser?

– Não. Acho que nos últimos dias ele se concentrava em dois suspeitos, mas não teve chance de me dizer quem eram.

– Certo. – Bravo virou-se, viu Jenny e Camille saindo do prédio. – Talvez você possa fazer uma sondagem.

– Claro, não tem problema. – A tensão escoara-se de sua voz. – Eu adoraria voltar a trabalhar.

– Como vai fazer isso?

Ela riu.

– Oh, Bravo, antes de surgir o e-mail, havia o telefone. Tenho facilidade com vozes; se ouvir uma fita, posso ser quem eu quiser. Não se preocupe, fazia isso o tempo todo para o papai. Funcionava muito bem, as pessoas hoje andam paranóicas com e-mails e arquivos eletrônicos.

Jenny usava a capa de chuva e Camille segurava-a com um braço em volta dos ombros.

– Escute, Emma, sobre o que aconteceu antes...

– Esqueça. Agora que nos entendemos...

Ele não ouviu o fim do comentário dela, porque naquele momento viu um sedã Mercedes preto de quatro portas e placas alemãs dirigindo-se para as duas mulheres. Quando se aproximou delas, Jenny empurrou Camille, tirando-a da frente do carro. O Mercedes se desviou para passar entre elas e o prédio. No último instante reduziu a velocidade. Uma janela escura foi baixada, a porta de trás à direita se abriu e ele viu o escuro reflexo de metal quando surgiu a mão empunhando uma arma.

Antes que Bravo pudesse dar um passo, Jenny firmou o pé esquerdo e, com o direito, fechou a porta com um chute. Depois se lançou para a frente com o tronco, deu um golpe cortante com a mão, arrancou a arma e disparou três balas no interior do Mercedes.

O carro tremeu com os fortes disparos, como se tivesse sido ele o alvejado, e avançou ziguezagueando. Jenny foi derrubada no chão. Bravo viu que a bainha da capa de chuva dela ficara presa na porta fechada.

Emma gritava pelo celular quando ele se jogou no banco, girou a ignição e engrenou o Citröen. Gritou para Camille, que corria atrás do Mercedes que arrastava Jenny pela área de abrigo. O carro rumava diretamente para as bombas de gasolina; parecia que ninguém o dirigia.

Quando Bravo pisou momentaneamente nos freios do Citröen, Camille, ao lado do carro, abriu a porta de trás. Quando ela saltou para o banco traseiro, ele arrancou com o carro, que derrapou assustadoramente no asfalto molhado.

– Jamais conseguiremos – disse Camille, ofegante. – Ela vai voar pelos ares numa bola de fogo com os assassinos.

Bravo viu que Jenny estava enredada na capa de chuva e, embora lutasse para se libertar, não conseguia. Então o Mercedes passou por cima de alguma coisa e o solavanco a fez dar uma volta completa, batendo com a cabeça no asfalto. Ela revirou os olhos e seu corpo ficou mole, retorcendo-se grotescamente.

– A porta é a única saída – disse Bravo.

– Você é louco! Se chegar perto demais, correrá o risco de atropelá-la.

– Ela morrerá se eu não tentar – respondeu ele, implacável. – Baixe sua janela e prepare-se.

Desviando-se por um triz de outro carro à direita, Bravo ocupou posição bem no flanco direito do Mercedes. Agora vinha o mais difícil. Concentrado apenas em Jenny, enfiou o pé no acelerador, partindo para cima do outro carro. Felizmente, tinha a física a seu favor; a força da passagem do Mercedes puxava o corpo de Jenny para o chassi, dando-lhe ligeiramente mais espaço para manobrar. Por outro lado, foi obrigado a impelir o Citröen a um velocidade temerária; as bombas de gasolina estavam a apenas algumas centenas de metros dali. Forçou-se a não pensar na surra que Jenny levava. Em vez disso, concentrou-se no contorno de seu corpo como se fosse parte de um quebra-cabeça que precisava resolver. E no entanto hesitou em levar o Citröen mais para perto dela. "*Você correrá o risco de atropelá-la*", dissera Camille, e tinha razão. Mas ele tinha muito pouco tempo, precisava agir *já*. Desperadamente, manobrou o Citröen para que ficasse paralelo e depois acompanhasse a velocidade e a trajetória do Mercedes, que continuava rumando direto para as bombas, sem que ele pudesse fazer qualquer coisa para detê-lo. Arriscou uma olhada e entreviu o motorista tombado no volante.

– Vamos! – berrou para Camille. – Não posso chegar mais perto!

Jenny poderia ficar sob as rodas numa fração de segundo.

Ajoelhada no banco, Camille agora esticava o tronco para fora da janela. Balançando os quadris embaixo da moldura da janela, estendeu o braço e agarrou a maçaneta da porta do Mercedes. Jenny estava diretamente abaixo, tão enrolada na capa de chuva que Camille não conseguia ver seu rosto. Puxou a maçaneta uma vez, soltou um palavrão e puxou de novo.

– Já! – gritou Bravo.

Camille sacudiu a maçaneta de cromo e a porta destrancou-se até certo ponto, mas a mesma lei da física que mantinha o corpo de Jenny junto ao Mercedes dificultava a abertura da porta.

– Camille! Pelo amor de Deus!

Com um tremendo esforço, ela abriu a porta com uma torção. Bruscamente solto, o corpo de Jenny rolou pelo asfalto riscado de chuva. Sua pele estava branca como papel, e Bravo não soube se ela respirava ou não.

Ele pisou nos freios e o Citröen parou chiando. Camille escancarou a porta e recolheu Jenny. Bravo acelerou antes mesmo que ela fechasse a porta.

De repente viram-se diante das bombas de gasolina. Ele jogou o volante para a esquerda e os pneus do Citröen guincharam em protesto, enquanto a traseira rabeava. Pessoas gritavam e corriam para todos os lados. Bravo derrapou, depois acelerou com tudo. O carro avançou aos saltos como um cavalo de corrida ao tiro de partida. Logo atrás, a grade do Mercedes bateu na bomba mais próxima, arrancando-a desde o alicerce. A gasolina esguichou forte para cima e, com um grande estrondo e uma violenta rajada de calor, o carro e o posto voaram pelos ares numa assustadora bola de fogo cheia de estilhaços de metal retorcido e uma gordurosa fumaça preta.

Um forte impacto sacudiu o Citröen tão violentamente que ameaçou fazê-lo capotar. Então um pedaço de metal, preto e retorcido, atingiu o sedã quando ia retomar a A 11, e Bravo foi obrigado a guiar num ziguezague de embranquecer os nós dos dedos, desviando-se por um triz de dois carros ao entrar no fluxo de tráfego, até ter o seu mais uma vez sob controle.

– Como está ela? – perguntou ele, ansioso, enquanto avançava pelo labirinto do tráfego.

– Inconsciente, com certeza. – Camille usava as mãos para sentir o pulso.

– Está viva. O batimento cardíaco é forte.

– Graças a Deus – expirou Bravo aliviado. – A polícia ainda não chegara, pelo que via, mas não demoraria. No espelho retrovisor, a bola de fogo começava afinal a diminuir, mas agora se viam as chamas lambendo o céu carregado de chuva. – Passe meu celular. Está aí bem ao seu lado – disse meio sem ar enquanto dirigia. – Preciso concluir uma ligação.

– Meu amor, como você está? – perguntou Camille.

Quando ele pegou o telefone, sua mão tremia visivelmente.

# capítulo 11

**Vários quilômetros adiante,** Camille o fez parar e trocaram de posição. Bravo contornou com passos duros a traseira do Citröen. Curvou-se, arrancou um pedaço da lataria do Mercedes grudada no carro e, com um grito abafado, atirou-a longe. Sentou-se no banco de trás, acomodando a forma mole de Jenny ao seu lado, a cabeça apoiada no seu colo. Gentilmente, retirou mechas de cabelo de sua face. Ao fazer isso, acariciou com as pontas dos dedos a pele macia atrás da orelha.

No espelho retrovisor, Camille notou que ele deixava a mão demorar-se em Jenny, com o olhar parecendo muito distante. Por fim, ela disse em voz baixa:

– Meu amor, por favor, feche a porta. Precisamos seguir em frente.

Meio aturdido, ele obedeceu. Voltou a olhar para Jenny, os pensamentos tão vagos e nebulosos quanto a névoa que se arrastava atrás da chuva.

– Bravo – disse Camille naquela voz baixa que nunca deixava de impor atenção –, o Mercedes tinha placa alemã.

– Eu vi – disse ele automaticamente.

– Agora precisamos pensar na possibilidade de termos nos enganado e Jordan estar com a razão.

Em busca de um hotel, dirigiu muito rápido pela estrada elevada que se estendia como um braço suplicante até o monte St. Michel. Era ali que, ao longo dos séculos, peregrinos de todos os lugares iam fazer seus cultos no mosteiro do arcanjo São Miguel, cuja estátua se erguia do próprio pináculo da abadia medieval de pedra no topo da ilhota rochosa, 150 metros acima do canal da Mancha.

Bravo sentia-se como os antigos fiéis quando chegavam ali – exausto, o coração apertado, necessitado de um milagre. Puxou Jenny mais para junto de si quando Camille saltou e entrou num hotel. Precisavam de um milagre, pensou, para conseguir quartos ali no auge do verão.

Viu-a retornar, caminhando decidida em sua direção, um pequeno sorriso no rosto.

– Venha, meu amor – disse ela quando abriu a porta do lado dele. – Nossos quartos estão disponíveis.

. . .

O quarto era limpo e bem arrumado. Moderno e impessoal, mas, graças à posição no terceiro andar, a janela panorâmica dava para o canal e a vista magnífica do Maravilhoso, como às vezes os franceses chamavam o monte St. Michel, agora nada mais que uma sombra espectral no denso e rodopiante nevoeiro. Ao lado da janela havia um sofá e uma poltrona forrados com um tecido de lã escuro, com uma mesa baixa de madeira entre os dois. No meio da parede do fundo ficava a porta para o banheiro e, à direita, a cama, ladeada por duas mesinhas-de-cabeceira e abajures. Piso de madeira, paredes cor de areia. A luz fluía fraca e diluída, inteiramente sem definição, de forma que nenhuma sombra se projetava em qualquer parte do quarto.

Bravo sentou-se na cama, com Jenny nos braços, enquanto Camille usava água quente e uma toalha para lavar a nuca e as mãos, onde ela sofrera escoriações. Esperavam que a capa de chuva que a atrapalhara também a houvesse protegido de danos mais sérios quando fora arrastada pelo Mercedes, porque mesmo agora temiam submetê-la ao manuseio exigido para retirá-la.

Camille aplicou um dos anti-sépticos que comprara. Bravo deitou Jenny delicadamente na cama e envolveu-a com uma manta leve.

– Camille, temos de achar um médico. Com certeza, quanto mais tempo ela ficar inconsciente, maior o perigo.

Camille sentou-se ao lado dele na cama e, curvando-se, levantou com cuidado as pálpebras de Jenny.

– As pupilas não estão dilatadas, ela parece apenas adormecida, nada mais.

– Mas...

– Afaste-se agora, meu amor. – Camille se levantou e tomou-lhe o braço. – No momento acho que ela precisa de descanso, como todos nós.

– Não quero deixá-la.

– E não vai. – Desesperado demais, Bravo não notou a pequena pausa. – Precisa de um tempo para cuidar de você. Vá se lavar. Não fique tão preocupado, eu tomo conta dela.

Bravo assentiu com a cabeça. Assim que ele entrou no banheiro, Camille revistou cuidadosa e metodicamente o quarto. Sabia o que procurava, e quando encontrou as coisas de Jenny vasculhou-as minuciosamente. À primeira vista, não havia nada fora do normal. Era de esperar; Jenny Logan era uma Guardiã. Mas por isso Camille sabia que ela não podia andar totalmente desarmada. Devia ter uma arma – daquelas que passam pela segurança dos aeroportos. E assim chegou afinal a um pó compacto, ligeiramente acima do tamanho normal e muito mais pesado do que seria um cosmético como aquele. Abrindo-o, encontrou, no lugar de pó e esponja, um pequeno canivete. Tampouco se enganou com o tamanho e as escamas de madrepérola. Ativando o mecanismo de abertura, foi recompensada com o aparecimento-relâmpago de uma lâmina de aço inoxidável. Com a máquina fotográfica digital do celular, fez fotos da faca aberta e fechada, teclou um número de Paris e enviou-as. Limpando a arma com cuidado, devolveu-a ao pó compacto momentos antes de Bravo reaparecer.

– Como ela está?

Seus cabelos ainda pingavam.

– Nenhuma mudança. – Ela indicou com a mão o sofá perto da janela. – Por que não nos sentamos ali, onde podemos ficar de olho nela?

Do lado de fora, o nevoeiro instalara-se como uma manta branca. Dava para enxergar a imagem secular de São Miguel matando o dragão enroscado a seus pés, mas da enorme ilha e fortaleza abaixo nada se via, fazendo parecer que o arcanjo feroz e vingador atravessava o ar em vaporosas asas.

Camille deixou Bravo sentado em silêncio por algum tempo e depois começou a falar:

– Cansados como estamos, precisamos tomar algumas decisões. Foi dessa forma de ataque que você escapou nos Estados Unidos?

– Mais ou menos, sim.

Bravo sentara-se curvado para a frente e dobrara os cotovelos sobre os joelhos suspensos. Tinha os olhos ocos, o rosto vazio.

– Então Jordan tinha razão. Os alemães… – começou ela.

– Os Wassersturms nada têm a ver com isso! – explodiu ele.

Levantando-se, Camille retornou ao lado da cama e ficou olhando o rosto pálido de Jenny. As sardas quase haviam desaparecido; via-se apenas uma fraca teia de veias azuis na têmpora.

Camille passou algum tempo com ela, mas não muito. Levantou-se e logo se pôs a seu lado.

– Bravo, estou terrivelmente confusa – disse em voz baixa. – Já não é hora de me dizer o que está acontecendo? – Como ele não respondeu, ela o virou para olhá-la. – Por que não confia em mim?

– Quero que você parta já.

– Como?

Ele tomou-a pelo cotovelo e levou-a até a porta.

– Entre no carro e volte para Paris.

– E deixar você assim? Não pode estar falando sério!

– Mas estou, Camille.

Ela tentou se soltar, mas ele segurou-a com mais força. Ela lutou apenas um momento, depois estacou. Entreolharam-se numa estranha competição de vontades, que imitava a intensa luta entre um adolescente teimoso e a mãe.

– Isso não é um jogo, Camille. Essas pessoas querem sangue.

– Que pessoas? Você sabe quem está por trás disso? Bravo, assim você me assusta.

– Então consegui. Camille, já a pus em perigo demais, na verdade. Nunca me perdoaria se alguma coisa lhe acontecesse.

– E sua amiga, Jenny Logan? Arriscaria perdê-la?

Nesse momento ouviram um ruído, como o choramingo de um gato com fome. Os dois viraram-se, e ele a soltou e correu para a cama. Jenny abrira os olhos e examinava sem expressão o quarto em volta.

– Bravo?

– Estou aqui. – Ele tomou-lhe a mão e sentou-se a seu lado. – E Camille também.

Quando Camille entrou em sua linha de visão, Jenny disse numa voz entrecortada.

– Onde estou?

– Num hotel – disse Camille com um sorriso. – Em perfeita segurança.

Jenny fixou o olhar em Bravo.

– O Mercedes?

– Destruído, perda total – respondeu ele. – Bateu numa bomba de gasolina e voou em chamas.

– Meu Deus...

Ela virou a cabeça de lado e uma única lágrima rolou até a colcha.

– Obrigada por salvar minha vida – disse Camille, ajoelhando-se ao lado dela. – Sua coragem é extraordinária.

Jenny olhou-a, mas não disse nada.

Camille encostou-se na mesinha-de-cabeceira.

– Você precisa descansar e recuperar as forças. Nós a trouxemos para o monte St. Michel. É um lugar sagrado, Jenny. Um lugar para curar o corpo e o espírito. Assim tem sido desde que se construiu a primeira abadia no século XI. Mas o próprio local é sagrado. O mosteiro foi fundado em 708 por St. Aubert, Bispo de Avranches, que foi visitado em sonhos pelo próprio arcanjo Miguel. Desde então o monte St. Michel é um ímã para as pessoas necessitadas de todo o mundo. Descanse agora, você precisa de tempo para se recuperar. Liguem se quiserem que eu traga alguma coisa.

Ela se levantou e, sorridente, disse a Bravo que ia se deitar por algum tempo.

Bravo esperou-a fechar a porta e perguntou:

– Como se sente?

– Como se tivesse sido atropelada por um trem de carga.

– E quase foi mesmo – disse Bravo –, ou coisa muito parecida. – Respirou fundo. – Jenny, você viu quem estava dentro do Mercedes?

– Só tive um breve vislumbre e mais nada... Continuo tendo lampejos de imagens. Eram dois vultos.

– Homem ou mulher?

– O da arma... era homem, tenho certeza. Tinha um rosto comprido, estreito, cabelos e olhos escuros, na faixa dos 30 anos. – Ela fechou os olhos por um momento. – Não pára de rodar.

– Aqui – disse Bravo –, veja se consegue se sentar.

Ajudou-a a apoiar as costas em dois travesseiros. Depois lhe deu um pouco de água. Jenny fitou o fundo do copo como se fosse uma poção mágica que pudesse fazê-la se lembrar da investida do Mercedes.

. . .

– *O motorista também era homem.*

De pé em seu quarto, fumando um cigarro, Camille teve de admirar a engenhosidade dos microcircuitos no dispositivo de escuta que plantara sob o tampo da mesinha-de-cabeceira quando se ajoelhara. Sua conversa com Jenny fora uma distração, enquanto ela enterrava o minúsculo dispositivo no compensado sem pintura.

– *Sim, era* – disse Bravo. – *Eu o vi desabar sobre o volante depois que você o matou com um tiro. Acho que podemos supor que sua lembrança do outro homem é precisa.* Um barulhinho interrompeu o fluxo, depois a voz de Bravo retornou. – *O Mercedes tinha uma placa alemã. Camille acha que Jordan talvez tenha razão e os Wassersturms estejam mesmo atrás de mim.*

– *Claro que você não acha isso.*

– *Não* – disse Bravo –, *mas imagino que seria melhor ter certeza.*

– *Os Wassersturms são um beco sem saída potencialmente perigoso* – disse Jenny numa voz mais firme. – *Não podemos deixar que nada interfira na localização do esconderijo dos segredos.*

– Valha-me Deus, não, não podemos – disse Camille no silêncio que se seguiu.

Quando teve certeza de que a conversa terminara, pegou o celular e teclou um número.

– Bravo não sabe onde está o tesouro – disse quando o filho atendeu. – Por outro lado, não quer me dizer nada sobre o diabólico labirinto que Dexter montou.

– Você esperava mesmo que ele dissesse?

– Sempre há uma chance.

Jordan riu, um ruído penetrante, desagradável.

– Não ficaria decepcionada se ele acabasse por se revelar tão tolo assim?

– É filho do pai, afinal, não é?

Fez-se um pequeno silêncio.

– Ele não vai engolir a história dos Wassersturms, nem Jenny. Eu avisei – disse ela, mudando bruscamente de assunto. – Isso foi idéia de Osman Spagna, não foi?

– E se fosse? – retrucou Jordan, meio defensivo.

– Eu não gosto daquele homem, Jordan. Já disse isso antes. Livre-se dele.

– Eu também não achei que Bravo ia engolir a história dos Wassersturms, mas não era esse o objetivo – disse ele, evitando uma resposta que não queria dar. – Precisávamos construir sua credibilidade com eles.

– Sim, o velho truque da confiança. A moça não gostou de mim de saída, agora se estabeleceu um elo de confiança entre nós. – Fez uma pausa momentânea. – Sobre o Mercedes, não houve sobreviventes.

– Só os mais capazes sobrevivem – disse Jordan. – Se fossem bons mesmo, Jenny não teria conseguido matá-los.

– Como sabe que foi Jenny?

Jordan riu mais uma vez.

– Preciso guardar alguns segredos, mãe, mesmo de você, do contrário vou ser apenas um menino bom demais.

– Assegure-se de que não haja outros – disse Camille, severa, quando interrompeu a ligação.

. . .

Silêncio.

Jenny, olhos semicerrados, sussurrou:

– Por que está me olhando assim?

Sem responder, Bravo desapareceu no banheiro. Um momento depois, Jenny ouvia a água correndo. O ruído acalmou-a e ela desviou o olhar para a janela panorâmica, além da qual se via apenas a forma maior – a do próprio monte St. Michel, embora indistinta, não mais que uma sombra dominando os leitos de sal da invisível costa marítima. A longa tarde avançara, mas, no branco vazio da névoa, nenhum ruído, nenhum movimento, nem sequer uma sugestão revelava que o sol continuava a percorrer o céu. Era como se o próprio tempo tivesse parado.

Acomodando-se, Jenny sentiu dores insistentes, como se fossem ferroadas por todo o corpo. Emitia ruídos incoerentes do fundo da garganta, como muitas vezes fazem as pessoas dominadas pelos sonhos.

Após um tempo indeterminado, abriu os olhos e viu Bravo em pé ao seu lado. A água parecia uma catarata, borbulhando e precipitando-se ansiosa para se deslocar de um lado para o outro. Teve a estranha impressão de que a maré subira o bastante para se infiltrar na fundação, rodopiando para cima e inundando o quarto, e agora lambia-lhe as coxas. Apalpou a colcha, para se certificar de que não estava flutuando.

Sem uma palavra, Bravo tirou-a da cama e levou-a para o banheiro. Assim que entrou, não parou, aproximando-se da borda da banheira. O vapor subia, deliciosamente quente. Ele a deitou na água e, erguendo o chuveiro manual, correu o jato pelo corpo dela. Depois começou a despi-la devagar. A princípio, ela sentiu como se as ferroadas tivessem se intensificado e voltou a se lamuriar, mas, quando ficou mais lúcida, entendeu que seu próprio sangue, secando, fizera as roupas se grudarem nela, e era isso que causava dor quando se mexia na cama.

Aos poucos, camada por camada, ele descolou-as. O sangue dissolvia-se e não era uma sensação desagradável. Ela pensou numa laranja cuja casca amarga precisa ser retirada para se chegar à doce polpa embaixo. Ergueu o olhar para o rosto de Bravo e viu-se refletida nos olhos dele. Estava seminua, e não se sentia de modo algum irritada ou envergonhada.

Por outro lado, não conseguia deixar de perguntar:

– Por que está fazendo isso?

Continuando o trabalho com as mãos, ele olhou-a pelo que pareceu um tempo muito longo.

– Porque – respondeu, afinal – eu quase a perdi. – Com os dedos, acariciou sua pele nua. – Porque você significa alguma coisa para mim.

– O quê?

A água quente caía em cascata sobre ela, sobre os dois, quando ele se ajoelhou encarando-a.

– O que significo para você?

Via o que ele queria dizer em seus olhos e sentia a mesma coisa enquanto a embalava no calor que se intensificava entre eles. Envolveu-o com os braços e, como se não pudesse evitar, puxou-o para si. Sentiu o corpo dele contra o seu e foi erguida não apenas fisicamente, mas em espírito. Lembrou o que Camille dissera sobre o poder curativo do monte St. Michel.

Percebia a constante e forte batida de seu coração. Fora tomada de uma selvageria estranhamente familiar, aquele profundo e dilacerante desejo que se apoderara dela antes de a mãe mandá-la embora para o internato.

Abriram-se as comportas por tanto tempo represadas. Ela inclinou a cabeça para a frente, abriu os lábios e entregou-se a tudo o que queria, a tudo o que viria.

. . .

Quando saíram da banheira, o nevoeiro já se dissipara inteiramente. Era aquela hora do dia, bela e misteriosa, em que o céu ficava infinito, iluminado por uma fonte invisível, quando a escuridão da noite já começava a se concentrar, espalhando as sombras azuis do anoitecer pelas ruas e calçadas, muros baixos e alicerces, comprimindo-as, firmando-as na terra.

Sentaram-se lado a lado, contemplando pela janela o Maravilhoso, com sua aldeia murada em dois níveis, enroscada como o dragão derrotado a seus pés. O enorme mosteiro, construído inteiramente em granito, tinha fundações que se estendiam por quase 50 metros acima do nível do mar.

– Como você na certa deve saber, a abadia é beneditina – disse Bravo –, mas nos séculos XIV e XV foi fortificada à maneira de uma instalação militar. Na verdade, a posição do monte St. Michel no canal fez dele um importante posto avançado quando a França entrou em guerra com a Inglaterra. Logo se tornou ao mesmo tempo estratégico e inexpugnável. Suas defesas jamais foram rompidas.

Na parede logo acima da janela haviam sido esculpidos uma concha, uma trompa e um cajado.

Jenny correu as pontas dos dedos pelo baixo-relevo.

– Esses símbolos significam alguma coisa?

– São a insígnia do monte St. Michel – disse Bravo –, conhecida de todo peregrino que vinha para a ilhota a partir do século XIII. Isso foi antes da construção da estrada elevada, sabe, quando a maré alta isolava completamente a ilhota do continente. Muitas pessoas se afogavam nas marés incertas. É difícil saber o que era mais traiçoeiro, as marés ou o leito do mar. Usava-se o cajado para sondar areia movediça na jornada para a abadia, a trompa para soar o alarme se o peregrino se perdia na névoa em declínio ou na água em ascensão e a concha presa no chapéu do peregrino, quando ele partia do monte St. Michel, era um símbolo que proclamava sua segura e bem-sucedida viagem.

– Eu gostaria de ter uma concha.

Jenny encostou a cabeça no sofá.

– Está com sono? – perguntou-lhe Bravo.

– Não – respondeu ela, com um pequeno sorriso nos lábios. – Estou com fome.

– Quer que eu traga alguma coisa para você?

Mas ela já fechara os olhos. Logo depois sua respiração se tornou uniforme, e Bravo, levantando-se, pegou a manta e a cobriu.

# capítulo 12

**Saint-Malo ocupava** a ponta ocidental de um pequeno cabo que aflorava no canal da Mancha, mais ou menos na forma de uma cabeça de cachorro, da qual era o focinho. Chegaram pouco depois de 12h30. O núcleo interno da cidade era antigo e muito bonito, fortificado por uma grossa muralha de pedra. Em torno da muralha haviam-se erguido círculos concêntricos de moradias do século XX, baratas e feias, onde a maioria dos residentes morava e trabalhava. Ônibus de excursão, porém, paravam no imenso estacionamento de pedras diante dos portões da Cidade Velha e despejavam suas cargas de turistas excitados, armados com câmeras de vídeo, querendo registrar as principais atrações, comer crepes e continuar até a parada seguinte da agitada excursão. Eram alemães, suíços, austríacos, espanhóis, italianos, britânicos e, claro, japoneses. Tão hostis quanto facções em guerra, formavam clãs em apertados ajuntamentos, como se temessem entrar em contato com os outros grupos. Moviam-se em enxames sob flâmulas militares brandidas com indignação pelos guias.

Camille parou ao lado de uma fileira de ônibus. Olhou severamente para Bravo e disse:

– Tem certeza de que é isso que quer fazer?

Ele assentiu com a cabeça.

– Absoluta.

– *Bon.*

– Você vai fazer o que eu pedi e retornar a Paris – disse ele, meio ansioso.

– Eu lhe disse no café da manhã que ia.

Beijou Bravo e Jenny nas duas faces, e aconselhou-os a entrar na cidade no meio da aglomeração formada pelos grupos de turistas.

Assim fizeram. Ao cruzarem os antigos portões da Cidade Velha, Bravo olhou para trás, mas não viu o Citröen.

Em meio a todo o equipamento de vídeo e máquinas fotográficas digitais, o aparelho do sistema global de posicionamento que tirara do carro de Kavanaugh era imperceptível. Ele teclou as coordenadas que o pai fornecera.

Ficaram dentro do miolo do grupo turístico durante cinco ou seis minutos, mas, quando o grupo começou a se afastar para o primeiro local de visita, viraram à esquerda.

– Por aqui – disse ele, enveredando pelas ruas estreitas ladeadas por lojas.

Seguiu pelo labirinto da Cidade Velha rumando em geral na direção da muralha do mar a noroeste.

Saint-Malo, mais ou menos a meio caminho ao longo da Côte d'Émeraude, a Costa Esmeralda, foi construída no litoral rochoso e muitas vezes bravio da Bretanha, na costa norte da França. No passado, abrigara mercadores e piratas. Naquela época, vários países europeus estavam em guerra e os altos-mares eram território aberto. Os reis da França, da Espanha, da Holanda e da Inglaterra faziam o que podiam para encorajar proprietários privados a armarem seus navios para atacar embarcações inimigas. Os piratas franceses eram conhecidos como corsários, pois tinham o salvo-conduto do rei, a *lettre de course* (carta de corso), autorização formal para efetuarem esses saques sob estritas regulamentações. Dividia-se o butim em partes iguais entre o rei, o dono do navio e a tripulação.

A cidade foi fundada pelo Padre MacLaw, um bispo galês que fugiu do País de Gales para a Bretanha em 538, sendo *Malô* a pronúncia francesa de seu nome. Apesar da localização privilegiada, a cidade só alcançou verdadeira proeminência quando foi adotada pelos corsários, que, cada vez mais ricos e poderosos, a fortificaram contra os inimigos no mar e em terra. Em 1590, os corsários de Saint-Malo já haviam se tornado tão influentes que ousaram declarar a cidade uma república independente.

Durante os séculos XVI, XVII e XVIII, Saint-Malo adquiriu considerável riqueza não apenas com o comércio marítimo entre as Américas e a Europa, mas com os chamados "terra-novenses", cujas frotas pescavam bacalhau nas águas frias ao largo da costa leste do Canadá. Por mais bem-sucedidos que fossem esses intrépidos pescadores, o grosso das riquezas e a fama da cidade resultaram dos constantes ataques de seus temidos corsários.

Se a pessoa sabia o que procurar, a rica e célebre história de Saint-Malo era visível em toda parte nas casas de pedra, muralhas fortificadas e galhardetes de cores vivas dos corsários. Seguindo a passos largos pelas ruas de pedras, Jenny e Bravo chegaram ao formidável quebra-mar e agora subiam os degraus escavados na face interna. Ganhando o topo, contemplaram do alto o golfo de Saint-Malo, além do qual se situavam os fundos cinza-azulados de Jersey e das ilhas do canal, erguendo-se como baleias abrindo brechas no mar. O dia era claro e a pouca brisa que os alcançava, suave e macia como um travesseiro de penas. O sol de verão resplandecia sob um céu claro. Por causa da chuva da véspera, a névoa provocada pelo calor ainda não se firmara. Todos os objetos se destacavam, afiados como lâminas, e a vista parecia infinita, com a espessa faixa de sol ofuscante tão sólida quanto uma rua de pedra clara em um bosque de cobalto.

– Ali – disse Bravo, apontando.

– Aquele é o lugar? Mas por milhas e milhas há apenas água – disse Jenny. – Será que seu pai se confundiu ao gravar as coordenadas?

Bravo abanou a cabeça.

– Ele sabia exatamente o que fazia.

– Então como você explica isso? – Ela abriu os braços, abrangendo a infinita paisagem aquática. – E os últimos quatro números, um, cinco, três, zero, que significam?

Ele olhou o relógio de pulso.

– Não sei quanto a você, mas eu estou com fome. Vamos descer e almoçar naquele barzinho bonito por que passamos.

Jenny olhou-o intensamente.

– Você sabe o que significa a seqüência dos últimos números, não sabe? – Protegeu os olhos do sol com a mão. A cor retornara-lhe ao rosto, o borrifo de sardas no nariz mais uma vez claramente visível. – Me diga.

– Não quero estragar a surpresa – disse ele com uma risada.

Sentaram-se no minúsculo pátio de pedra do café, sob um guarda-sol vistosamente listrado, a menos de três metros do quebra-mar. Sentiam o cheiro penetrante da maresia e o nítido odor de minério dos antigos blocos de pedra. Jenny comeu com pouco apetite. Não tomou vinho, preferiu café gelado.

Queria conversar sobre Camille Muhlmann, mas não disse nada, temendo a reação dele. Um temor, de outro tipo muito conhecido, rastejava por sua barriga como uma serpente. O sublime momento de intimidade deles devia ter mudado tudo, mas, quando acordara esta manhã, instalara-se nela a muralha que ela mesma erguera. Pior, não confiava nos próprios sentimentos. Afinal, repreendeu-se, não se achava mais que semiconsciente, talvez a coisa toda não houvesse passado de um sonho febril.

Vendo seu calafrio, Bravo disse, sem pestanejar:

– Você está bem?

– Ótima. – O sol bateu no rosto de Bravo fazendo o azul dos seus olhos parecer ainda mais singular. – Não precisa ficar me perguntando isso o tempo todo.

– Mas você parecia...

Com o rosto ruborizado por uma raiva repentina, ela disparou um olhar venenoso na direção dele.

– Pelo amor de Deus, me deixa em paz! Paolo Zorzi me treinou, e bem, para esta vida. Já não deixamos isso bem claro?

O restante da refeição transcorreu sem que dissessem uma palavra. O alegre burburinho de vozes e gargalhadas, o tintim de cálices de vinho, os olhares apaixonados trocados entre os casais nas mesas vizinhas, tudo servia para deprimi-la a tal ponto que, antes da sobremesa e de mais uma taça de café gelado, ela foi obrigada a se trancar num dos minúsculos compartimentos no banheiro para chorar sem ser vista. Dexter Shaw a encarregara de proteger seu filho. Já era bastante ruim que Bravo a tivesse visto num estado debilitado; tinha certeza de que perderia todo o respeito por ela se soubesse que descera tão baixo.

. . .

Depois do almoço, subiram mais uma vez o quebra-mar e ficaram no mesmo lugar de antes. De novo, Bravo apontou.

– Está vendo?

Fixando o olhar, viram uma forma espectral elevando-se lentamente do mar.

Jenny, dando uma olhada no relógio de pulso, disse:

– Um, cinco, três, zero. Quinze e trinta. Lógico, três e trinta da tarde. Como não pensei nisso antes!

Bravo assentiu com a cabeça.

– Meu pai se referia aos horários da maré. Veja ali, a vazante está trazendo a piscina dele para nós.

A forma espectral começava a se definir, enquanto a água recuava. Logo ficou claro que olhavam para paredes de concreto.

– Uma piscina? – exclamou Jenny.

– Sim, e muito inteligente, também. Veja, tem três lados para conter a água do mar e permitir o acesso a quem vem da praia, de forma que as pessoas tenham um lugar para nadar a tarde toda, enquanto a maré estiver baixa.

Avançaram um pouco ao longo do quebra-mar até chegar a um lance de degraus do outro lado.

– Venha – chamou ele.

Descendo os degraus, chegaram à praia. Logo foram atingidos por uma forte onda de calor e o cheiro de maresia, acompanhado de odores de poluição marítima, óleo de bronzear e corpos prazerosamente suados. Pouco adiante, na areia, um quiosque vendia ostras cruas, *frites* e bebidas geladas. A praia estava apinhada de gente – mulheres de biquínis mínimos ou com os seios expostos, homens conversando, braços cruzados. Três crianças chutavam uma bola com listras multicoloridas na rebentação, onde os banhistas entravam e saíam.

Bravo e Jenny tiraram os sapatos. Ele dobrou a bainha da calça e ela enrolou a saia deixando as pernas à mostra. Depois atravessaram a areia, patinhando rumo à piscina, que continuava a tomar forma nas agitadas águas do golfo.

Usando o GPS, Bravo guiou-os mais fundo pela água, que lhes batia nas coxas. Quando chegaram à parede esquerda da piscina, ele se deslocou para o ponto mais extremo. Correu os dedos por dentro da parede até onde conseguiu estendê-los.

– Alguma coisa? – perguntou Jenny.

Ele abanou a cabeça.

. . .

Não longe de onde se achavam, Camille debruçava-se sobre o quebra-mar. Usava um lenço de cabeça que lhe cobria todo o cabelo e comprara um chapéu masculino cuja aba estreita mantinha bem abaixada sobre o rosto. Apoiava os cotovelos no parapeito do quebra-mar e com as mãos segurava um poderoso binóculo, pelo qual espreitava os dois. Observava-os com extrema concentração quando Bravo entregou o GPS, o passaporte e o telefone celular a Jenny e mergulhou.

. . .

Três minutos depois ele reapareceu, com água escorrendo dos cabelos e a camisa grudada no corpo.

– Há uma pequena porta quadrada rente à parede – disse, retirando a água dos olhos. – O problema é que a porta não tem maçaneta.

– Tem fechadura?

– Este é o outro problema – disse Bravo. – É inteiramente fora do comum.

– Tenho algum conhecimento de fechaduras – disse Jenny. – Como ela é?

– É um minúsculo quadrado. Conhece algum tipo de chave que abra uma fechadura quadrada?

Jenny fez que não com a cabeça, franzindo o cenho.

– Mas seu pai não teria feito você vir aqui se não lhe desse a chave para abrir a porta.

– Eu só tenho a chave que ele me confiou – disse Bravo. – Garanto a você que não vai abrir aquela estranha fechadura.

– Que mais você encontrou no compartimento do barco? – perguntou ela.

Ele enfiou a mão no bolso e retirou o isqueiro Zippo, as abotoaduras e o alfinete de lapela esmaltado. Examinou-os por um momento, tentando pensar como o pai. O Zippo era grande demais e o alfinete tinha outro formato, mas as abotoaduras eram em forma de cubos – mais ou menos do tamanho certo. Ele pegou uma delas e olhou o desenho da ranhura em volta da lateral.

– Sabe que tem razão? – disse, excitado, mostrando a Jenny as ranhuras. – Isto não é simplesmente uma abotoadura, é uma chave! A chave da porta sob a água!

Tornou a mergulhar, mas logo, cedo demais, retornou à tona.

– Deslizou para dentro da fechadura, mas não girou – falou.

– O desenho da ranhura está errado – disse Jenny. – Tente a outra.

. . .

Quando Bravo submergiu outra vez, Camille voltou a atenção para Jenny. Conhecia Bravo muito bem. Afinal, levara anos para absorver todos os meandros de sua psique, mas era fundamental agora conseguir fazer o mesmo com Jenny, e o espaço de tempo de que dispunha era terrivelmente curto. Nem o informante dentro da Ordem soubera quem designara o Guardião para Bravo, muito menos qual Guardião seria. Para ser sincera, ela se surpreendera com a escolha de Jenny.

De qualquer modo, se quisesse pôr seu plano em prática, isto é, capturar Bravo e Jenny, separá-los e deixá-los desesperados, precisava conseguir entrar na cabeça dos dois. O que a interessava agora era que, embora eles tivessem passado a noite juntos, Jenny continuava mantendo uma certa distância. De fato, a julgar por sua linguagem e expressão corporal, Camille tinha certeza de que ela estava furiosa, mas se com Bravo ou consigo mesma ainda não sabia dizer. Podia ser frígida ou mesmo gay – uma questão importante, porque segundo sua experiência a sexualidade constituía uma grande determinante do comportamento humano. Camille achava-se no compartimento ao lado do banheiro quando Jenny se trancara ali e desatara a soluçar. Teve certeza de que aquele fora um momento-chave para sentir-se sob a pele da Guardiã e ficara frustrada por não ter sabido a causa que fizera Jenny desmoronar.

Vendo-a agora com o sol nos olhos, os cabelos cintilando, o tronco bem torneado surgindo do clarão branco da água, não pôde deixar de admirar os poderes de recuperação da mulher, mas concentrava-se de fato na fase seguinte de seu plano para eliminar as camadas que todos os seres humanos constroem para se proteger e desnudar os pontos vulneráveis que ela poderia explorar.

. . .

Era tão azul debaixo d'água quanto dentro da Grotta Azzurra. As claras pernas dos que patinhavam, as barrigas peludas dos nadadores, as coxas de Jenny – tudo parecia distorcido, exceto a porta na parede de concreto. Esfregando-a com a palma da mão, revelou-se um brilho, e Bravo viu que era algum tipo de metal, aço inoxidável talvez, para prevenir os efeitos do sal.

Como em câmara lenta, enfiou a abotoadura na fechadura e virou-a 45 graus de uma só vez, até conseguir encaixá-la toda. Girou-a para um lado e puxou-a. Nada aconteceu. Girou-a para o outro, puxou mais uma vez, e a porta se abriu. Enfiou a outra mão no interior, apalpou alguma coisa e logo a retirou. Era um pequeno pacote envolto em plástico. Ele conferiu para ver se não havia mais nada dentro da caixa, depois tornou a trancá-la, retirou a chave e, com um forte chute na parede, rompeu superfície acima.

. . .

Assim que chegou à tona, abriu o punho apenas o suficiente para Jenny ver o que segurava, e depois voltaram juntos para a parte mais rasa. Afastaram-se um pouco dos banhistas e encontraram um lugar mais vazio. Quando ele ia mais uma vez abrir a mão, ela pôs a sua sobre a dele e deslocou-se de modo a ficar de costas para a praia.

– Todo o cuidado é pouco – disse. – Fomos espionados mais de uma vez e, embora eu tenha liquidado os Cavaleiros no Mercedes, não podemos ter certeza se não havia uma equipe de apoio a postos. Na verdade, sabendo como os Cavaleiros trabalham, eu ficaria surpresa se não houvesse. Em vista do que está em jogo, aposto que estão mobilizando todos os seus recursos para nos manter ao alcance.

Bravo lançou um olhar furtivo em volta.

– Então, por que nos expormos tanto assim ao ar livre?

– De nada adianta dar mostras de nossa vigilância. Vamos deixá-los pensar que esquecemos totalmente deles.

Bravo franziu o cenho, depois concordou com a cabeça. Como sempre, o que ela dizia revelava bom senso. Na sombra projetada por suas cabeças curvadas bem juntas abriu cuidadosamente o invólucro impermeável e desdobrou uma folha de papel. Dentro, uma moeda de ouro com uma figura masculina em pose beatífica, uma das mãos erguida em bênção. Na folha de papel, um texto escrito na perfeita caligrafia inclinada para trás de seu pai: "*Uma cena de luz e glória, um domínio / Que mais longa duração teve entre os homens.*"

Jenny olhou-o com um ar indagador.

– Que quer dizer isso? Outro código?

– De certa maneira – respondeu Bravo, pensativo. – A citação é de Samuel Rogers. Era uma das preferidas de meu pai, mas só minha mãe e eu sabíamos disso, duvido até que Emma soubesse. Ele recitava as duas frases como se fossem uma prece. Rogers escrevia sobre Veneza.

– Obviamente, é a nossa próxima parada – disse Jenny. – E quanto à moeda?

Bravo a segurava entre as pontas dos dedos, apalpando as arestas profundas. Virou-a devagar, examinando os dois lados.

– Primeiro, não é uma reprodução. É muito velha, antiga de fato. Acho que me dirá aonde em Veneza meu pai está nos enviando.

– Quer dizer que não sabe?

– Ainda não. – Ele sorriu diante do ar preocupado dela. – Não fique tão sombria, vou encontrar a resposta. Quando se trata dos códigos do meu pai, eu sempre encontro.

Seu coração batia rápido. Tinha nas mãos a confirmação. Achava-se numa jornada longa, que o manteria ligado ao pai mesmo depois da morte, pois haviam feito esse jogo muitas vezes durante a sua infância – um jogo de mensagens cifradas, cada uma exponencialmente mais difícil de desvendar que a anterior. Pelo menos assim lhe parecera quando crescia. Agora sabia que as lições de decifração de códigos que o pai lhe ensinara levavam àquele momento. Será que Dexter Shaw tinha previsto sua morte? Certamente, não; sem dúvida vinha cuidando para que, quando chegasse a hora, tivesse um sucessor.

Bravo fechou a mão em volta da moeda, aquecida pelo sol e pelo seu próprio sangue. A moeda, o papel com a citação, até o isqueiro Zippo haviam adquirido mais importância. Não eram apenas os últimos vestígios da vida de seu pai. Transportavam o calor da vida, a alegria que ele sentira cada vez que o pai o desafiara a desenvolver habilidades. Essas pistas o deixavam mais próximo dele do que chegara desde a infância – uma época em que o mundo fazia sentido, em que ele e o pai estavam unidos por uma série de códigos cada vez mais complexos e instigantes, como se fossem as duas únicas pessoas no universo.

Bravo e Jenny voltaram devagar ao lugar onde haviam deixado os sapatos e sentaram-se por algum tempo, olhando as pessoas na piscina. De um rádio de plástico portátil junto a uma banhista de seios desnudos vinha uma melancólica melodia popular cantada por Mylene Farmer. Um grupo de crianças brincava na areia, escavando e erguendo um muro que era derrubado de vez em quando pela água. Duas alemãs, de pele clara e peito encovado, caminhavam pela orla, falando de um par de sapatos que haviam visto em uma vitrine. O aroma de crepes e vinho misturava-se ao cheiro penetrante de maresia. O calor do sol assava-os por dentro e secava as roupas, a água evaporando-se e deixando um sal arenoso na pele.

Por fim, enfiaram os pés nos sapatos e deixaram a praia e sua piscina tão singular. Ao subirem o quebra-mar, Bravo pegou o telefone celular e ligou para uma empresa aérea, fazendo uma reserva no último vôo para Veneza.

– Acho que não devia ter mandado Camille embora. Precisamos de transporte de volta a Paris – disse quando encerrou a ligação. – Iremos à parte nova da cidade e pediremos a alguém as coordenadas para uma locadora de carros.

A Cidade Velha pululava de turistas, o que retardava o ritmo da caminhada deles pelas ruas apinhadas; mas, por fim, avistaram o portão principal.

– Precisamos ficar atentos – disse Jenny.

Bravo concordou com a cabeça e começou a se dirigir para o portão, mas deu meia-volta quando ela o agarrou pelo braço.

– Eu vou na frente – disse ela, e quase no mesmo instante ergueu a mão para impedir o protesto que ele ensaiava. – Não importa o argumento que use, o resultado será o mesmo. – Tinha o olhar tão firme quanto sério. – Você acha que não estou à altura, mas eu lhe garanto que estou.

– Você fez um trabalho e tanto ao me proteger e salvar Camille na rodovia – disse Bravo, num tom grave. – Imagino que ainda não lhe disse isso.

– Não – confirmou ela –, não disse.

Decidida, Jenny o soltou e o ultrapassou a passos largos. Ele a seguiu enquanto ela abria caminho, serpenteando entre a multidão de excursionistas que fluíam pelo portão e saíam na rua de pedras além da qual se estendia o estacionamento cheio de ônibus.

Precisaram parar, à espera de uma abertura no lento rastejar de carros retidos na rua. O ar sufocava com o acúmulo de sol, pedra escaldante e emissões de canos de descarga. Viam-se pessoas em todo canto, turistas em grupos de dois, quatro ou mais, ciclistas a serviço ou apenas se exercitando, crianças rindo, chorando ou gritando, pais exasperados rebocando-as pelas mãozinhas. Aromas adocicados de sorvete, pirulitos e água-de-colônia barata. Jenny virou-se e viu um grupo de umas 15 crianças entre oito e nove anos vindo na direção deles. Estavam acompanhadas por três adultos, um na frente, outro atrás e o terceiro ao lado.

Abriu-se uma lacuna no fluxo de tráfego e ela já se virava, quando viu um movimento pelo canto do olho. O terceiro adulto lançara-se num galope, deixando o grupo de crianças para trás. Os outros dois supervisores adultos não lhe deram a mínima atenção, o que indicou a Jenny que não o conheciam; ele vinha usando as crianças como camuflagem.

Agarrando Bravo, ela mergulhou rápido na abertura do tráfego, mas ainda não tinham atravessado sequer a metade da rua apinhada quando notou o ciclista investindo contra eles. Era um ataque em duas frentes.

Não havia mais tempo para especulação. O ciclista tinha um pedaço de madeira envernizada de aspecto ameaçador na mão e erguia-o preparando-se para desferir um golpe. Ela precisava agir *já*.

Empurrando Bravo para o lado, ela esperou o golpe e, movendo o braço em paralelo ao pedaço de pau, agarrou-o e, ao mesmo tempo, enfiou o cotovelo do outro braço na garganta do ciclista. Chutou a roda dianteira e a bicicleta caiu, levando o homem junto.

– Corra! – gritou para Bravo. – Corra!

Juntos, os dois se precipitaram pela rua na mesma direção do fluxo de tráfego. Buzinas ressoavam e vozes berravam indignadas enquanto eles ziguezagueavam entre os carros. Arriscando um olhar para trás, Jenny viu que o primeiro homem agarrava a bicicleta caída. Montou-a e partiu atrás deles. Numa das mãos, brandia uma grande arma.

Embora corressem o mais rápido que podiam, tinham de ficar atentos aos carros que davam guinadas, paravam e retomavam a marcha roçando neles, o que tornava a corrida lenta e perigosa. O ciclista aproximava-se rapidamente. Jenny olhou em volta à procura de rotas alternativas de fuga, mas a multidão se comprimia, avançando de todos os lados. Eles seriam patos de tiro ao alvo para o ciclista, a não ser que... Ela puxou Bravo para a parte mais compacta da multidão, usando as pessoas em volta como escudo.

Nesse momento apareceu outro perigo, muito maior. Uma caminhonete BMW X5 prateada surgiu no estacionamento, avançando a toda para eles do outro lado.

– O cerco é total – disse Bravo sem rancor.

Não havia tempo para manobras evasivas, com o BMW se aproximando deles. Num momento, pensou Jenny, a caçada chegará ao fim e não há nada que eu possa fazer.

# capítulo 13

**Tensa e determinada a** fazer o que podia para proteger Bravo do ataque dos Cavaleiros, Jenny viu o motorista espichar a cabeça pela janela lateral.

– Entrem! – berrou ele.

Enquanto ela ainda se perguntava o que Anthony Rule fazia, Bravo gritou:

– Tio Tony?

Rule arriscou um olhar rápido para o ciclista e viu de repente a arma erguida.

– Entrem os dois! Rápido!

Jenny abriu a porta do BMW, pondo o corpo como um escudo entre Bravo e o pistoleiro. Soou um disparo, que quebrou o vidro e varou a janela. Ela empurrou a cabeça de Bravo para baixo e atirou-o no banco de trás. Assim que entrou de um salto ao lado dele, Rule arrancou. Deu uma violenta buzinada para deter dois atônitos motoristas que se aproximavam, provocando uma pequena mossa no pára-choque, pois o veículo de trás não conseguiu parar a tempo. Deu uma volta completa no volante, saltou a divisória baixa de concreto entre a rua e o estacionamento e, com mais espaço para manobrar, acelerou na imensa faixa de pedras depois da fila de ônibus. A essa altura já haviam deixado o pistoleiro bem para trás, um fato observado por tio Tony quando conferiu o espelho retrovisor.

– Eu teria atropelado o patife se estivesse sozinho – disse. Depois riu baixinho. – Mas, se estivesse sozinho, ele não estaria aqui, estaria?

– Por falar nisso – perguntou Jenny, mordaz –, o que *você* faz aqui?

– Espere um minuto – disse Bravo. – Vocês se conhecem?

– Seja bem-vinda – disse tio Tony a Jenny, como se Bravo não tivesse feito a pergunta.

Depois, quando a viu franzir a testa, piscou o olho para Bravo no espelho.

– Onde eu estava com a cabeça? Ela é a Deusa de Gelo, afinal.

– *A Deusa de Gelo*. É como os outros Guardiães me chamam – resmungou sombriamente Jenny.

– Você lhes dá motivos de sobra – disse Rule.

– Ah, sim – retrucou ela, engolindo a isca –, a culpa é sempre minha, não é?

– E eis uma notícia-relâmpago para você, menina: não apenas os Guardiães.

– Por que eu iria ligar?

Rule encolheu os ombros, como quem diz "se ela não quer aceitar meu conselho, não estou nem aí".

Bravo observava esse diálogo com uma sensação de espanto crescente. O pai não fora o único a levar uma vida dupla. Tio Tony também estava envolvido nessa teia de segredos.

– Chocado, Bravo? – perguntou tio Tony, como se pudesse ler seus pensamentos.
– Me dê um minuto.

Rule conduziu-os para fora da área do estacionamento e entrou na parte nova da cidade, virando aqui e ali como se estivesse num videogame, assegurando-se de que seus inimigos não os seguiam. Claro, fazia perfeito sentido o tio Tony ser Observante Gnóstico. Bravo sempre o chamara de tio Tony não porque ele fosse parente, mas porque era muito íntimo de seu pai.

– Você ainda não nos disse o que faz aqui – insistiu Jenny, obstinada.– Não pode ser coincidência.

– Não existe coincidência na Voire Dei, existe, menina? – Rule abanou a cabeça. – Não, eu seguia a trilha da segunda chave.

– A segunda chave? – perguntou Bravo.

Tio Tony assentiu com a cabeça.

– Há duas chaves para o tesouro. Seu pai tinha uma; Molko, a outra. Molko foi capturado pelos Cavaleiros, torturado e morto. Devemos imaginar que eles têm a segunda chave.

– Então isso se transformou numa corrida – disse Bravo.

– Num certo sentido, sim – disse tio Tony. – Só que os Cavaleiros ainda não sabem a localização do tesouro. Apenas seu pai sabia.

– Por isso é que fui perseguido de Nova York até Washington – disse Bravo. Pensou em Rossi não deixando que fossem baleados quando fugiram da casa de Jenny, na bala de borracha que atirara em Jenny no cemitério. Agora tinha a confirmação de sua teoria de que os Cavaleiros não haviam sido enviados para matá-lo; precisavam descobrir a localização do tesouro. – Mas Jenny e eu tomamos cuidado com isso antes de virmos para cá.

– O que vocês precisam entender – disse tio Tony – é que os Cavaleiros são como uma hidra, cortam-se duas cabeças e mais quatro tomam o lugar delas.

– Eles não podem ter grampeado Bravo – disse Jenny. – Ele não trouxe nada de Washington, nem sequer roupas.

Bravo curvou-se para a frente, os antebraços sobre o encosto do motorista.

– A não ser as poucas coisas que meu pai me deixou, e ninguém além de mim tinha qualquer conhecimento de onde estavam ou do seu significado.

Jenny fez que sim com a cabeça.

– Têm de estar usando outro método para segui-lo, nesse caso.

– O que é que eu faço então? – perguntou Bravo.

– Mantenha-se dentro do plano. Confie em seu pai. É só o que pode fazer – aconselhou tio Tony. – Enquanto isso, Jenny cuida da sua retaguarda. – Acelerou para ultrapassar dois carros colados atrás de um furgão avançando com dificuldade. – Sinto muito pelo seu pai. Ele era único... um grande homem e o melhor amigo que já tive.

– Obrigado – disse Bravo. – Isso significa muito para mim.

– Sei que você era o amigo mais antigo de Dexter Shaw dentro da Ordem – disse Jenny. – É por isso que está aqui?

– Você achou que era para inspecioná-la? – perguntou Rule com um grunhido. Era um homem alto, esguio, com a pele áspera e avermelhada de um pescador. Os cabelos começavam a ficar grisalhos nas têmporas e estavam escovados para a frente no estilo de um senador romano. – Bem, eu não a culpo. Kavanaugh encasquetou a idéia de sair correndo atrás de você. – Uma cicatriz lívida, ligeiramente alteada e parecendo uma corda, corria sob o lado esquerdo de sua mandíbula como um ponto de exclamação. – Eu diria "coitado do Kavanaugh", se o safado merecesse isso.

Jenny encarou-o por um momento, depois virou a cabeça para o outro lado e olhou pela janela.

Rule comprimiu os lábios.

– Kavanaugh cometeu um engano, deixemos a coisa por aí – disse Bravo. – Estava cada vez mais incomodado com a ocasional troca de farpas verbais entre os dois e pretendia encerrar aquilo. – Neste momento, o que mais precisamos é de uma carona até Paris. Temos um vôo que sai do aeroporto Charles de Gaulle às nove da noite para Veneza.

Anthony Rule assentiu com a cabeça.

– Terei muito prazer em ser útil a vocês. – Embora tivesse 50 e tantos anos, o tempo fora generoso com ele. Não perdera nada da bela aparência que atraíra naturalmente as mulheres durante toda a vida. – Bravo, para ser franco, a morte de Dex foi um choque para mim, mas dificilmente uma surpresa. Acho que a esta altura você deve saber ao que me refiro. Ele sabia que estava marcado para morrer, que seu assassinato era possível, talvez até inevitável. Essa é a natureza brutal de nossa guerra contra as forças do mal e a corrupção. Gostaria que pudesse ser de outra forma, mas, até os Cavaleiros serem aniquilados, não pode. É muito simples.

– Parece que uma inimizade que sobreviveu por séculos seria tudo, menos simples – disse Bravo.

– Em vez de perder tempo com questionamentos filosóficos – tio Tony balançou a cabeça –, devia usar sua mente brilhante para descobrir como os Cavaleiros têm conseguido manter observadores atrás de você.

– Meu pai e o de Jenny acreditavam que havia um traidor dentro da Haute Cour – disse Bravo. – Você também?

Rule disparou um rápido olhar para Jenny pelo espelho retrovisor.

– Vejo que tem cumprido sua missão também em outros aspectos, menina.

Bravo notou que Jenny retornara de sua contemplação silenciosa da estrada. Afinal, tio Tony tinha sua atenção total.

– Tem alguma idéia de quem é o traidor? – perguntou ela.

– Essa era a obsessão de Dex – respondeu sombriamente Rule. – A minha atenção está em outra parte, não tenho opinião sobre esse assunto.

Seguiam pela rodovia em direção ao Aeroporto Charles de Gaulle, então Tony diminuiu consideravelmente a velocidade e, numa manobra de despiste, juntou-se ao tráfego de uma via secundária. Fez uma de suas inspeções periódicas dos carros pelo espelho lateral. E duas curvas rápidas.

– Tudo bem, ninguém na nossa cola.

Seguiam agora por um estirão longo e relativamente reto de estrada, perfeito para ficar de olho em possíveis perseguidores.

– Eles querem nossos segredos, Bravo – continuou Rule. – Mas querem sobretudo um segredo... o que seu pai guardou com a própria vida.

– Mas eu nem sei que segredo é esse.

– Claro que não. Jenny não sabe qual é, nem a maioria dos membros da Ordem. Mas eu sei.

A entrada para a rodovia surgiu logo à esquerda. Rule já estava na pista esquerda, mas havia um carro enguiçado bloqueando a entrada, e ele teve que passar direto.

Jenny se virou para olhar pela janela traseira.

– O que está acontecendo? – perguntou Bravo.

– Temos um problema – disse Rule, inclinando-se um pouco para a frente, tenso.

– Localizei outro carro na nossa cola. – Jenny aproximou-se de Bravo no banco de trás a fim de melhorar sua visão. – Mercedes branco sedã, três carros atrás.

Rule assentiu com a cabeça.

– Esse mesmo, mas minha preocupação é que talvez não seja o único.

– Por quê? – perguntou Bravo.

– O carro quebrado que bloqueava a entrada da rodovia – respondeu Jenny.

– Ele nos nos forçou a ficar nesta estrada – disse tio Tony.

Girou o volante com força e o X5 derrapou ligeiramente. Pisou no acelerador até o fundo e foram atirados para trás no banco.

– Agora veremos o que este carro consegue fazer – disse Rule. – Tenho aqui um motor de 12 cilindros que devia nos deixar fazer tudo, menos decolar.

Pouco depois, Bravo viu um Audi vermelho passar para a esquerda e acelerar, tentando igualar a velocidade deles.

– É um encaixotamento, com certeza – gritou Jenny.

Rule fez mais uma vez que sim com a cabeça.

– Eles nos têm na dianteira e na traseira. É melhor apertarem os cintos, crianças.

Costurou em ziguezague, tirando um fino dos outros carros ao mudar de pista. Seguia deliberadamente mais rápido que o fluxo de tráfego, e agora era fácil ver os dois veículos dos Cavaleiros: o Audi na frente, o Mercedes atrás.

De repente, o Audi diminuiu a velocidade. Rule pisou no freio, derrapando ligeiramente, e reduziu, para contrabalançar. Um momento depois foram atingidos pelo Mercedes, e ele voou para cima do Audi, que, muito menor e mais leve do que o BMW e o Mercedes, deslizou pela pista se mantendo à frente deles.

– Isso não é nada bom – disse Rule. – Eles querem que a gente fique nesta estrada por algum motivo.

Quando acabou de falar, viu o caminhão-reboque parado mais à frente, com as portas traseiras escancaradas e uma rampa de aço estendida para baixo.

– Por isso é que nos encaixotaram – disse Rule. – Querem nos obrigar a entrar no reboque.

À esquerda surgia a rampa de saída da rodovia para a via secundária. Rule esperou até o último instante possível e guinou para ela. Um Renault arrastava-se pela pista quando o motorista viu o BMW X5 vindo pela contramão, em rota de colisão. Buzinou furiosamente enquanto saía da frente. Rule acelerou pela rampa acima e pegou a rodovia.

Haviam despistado o Audi e o Mercedes, mas o BMW seguia pela contramão. Buzinas soavam e freios guinchavam, enquanto motoristas incrédulos lutavam para se desviar sem bater em outros carros ou nas muretas. Por sorte havia um acostamento que Rule usou para dar um estridente cavalo-de-pau, arrancando por uma pequena brecha no fluxo de tráfego antes que Jenny e Bravo tivessem chance de recuperar o fôlego.

Achavam-se a essa altura a noroeste de Chartres. Nas proximidades da cidade de Dreux, Rule cruzou toda a rodovia para pegar a rampa de saída. Enquanto diminuía a velocidade do X5, pegou um telefone celular e deu um telefonema breve, a voz tão baixa que nem Bravo nem Jenny ouviram o que ele disse.

Em seis minutos chegavam a Dreux. Era uma pequena cidade industrial cheia de gigantescas fundições, refinarias, fábricas de televisões, aquecedores e produtos químicos. Não surpreendia que fosse um lugar feio e vagamente deprimente, apesar das árvores e canteiros de flores. A severa e ameaçadora igreja gótica de St. Pierre era um dos poucos prédios medievais remanescentes, para lembrar àqueles que tinham senso de história que Dreux outrora pertencera aos condes de Vexin e aos duques da Normandia.

– Todos os condes de Vexin eram membros da Ordem em sua época – disse Rule. – Portanto, Dreux ainda nos pertence. Essa é a minha gente, posso responder por cada um deles.

Foram recebidos diante de St. Pierre por um rapaz magro de jeans e camiseta, cujos olhos se escondiam inteiramente atrás de um par de óculos de lentes espelhadas. Ignorando por completo Bravo e Jenny, ele trocou chaves com Rule. Foi direto para o BMW e partiu.

O interior de St. Pierre era frio e escuro. No ar fracamente impregnado de incenso, vozes elevavam-se num hipnótico canto litúrgico. Rule levou-os a uma capela lateral bastante sombria dominada pela emaciada figura de Cristo, corpo curvado para trás, olhos erguidos para o céu.

Ficaram bem juntos os três, prestando atenção a passos apressados ou movimentos dissimulados nas sombras. Bravo sentiu a Voire Dei fechar-se em volta deles, como se houvessem afundado no golfo de Saint-Malo. De vez em quando, via pequenos grupos de turistas, ou um padre andando a passos largos para realizar alguma tarefa desconhecida. Ficou impressionado ao perceber como se sentia afastado deles. Era como se existissem numa antiga e desbotada gravura que lhe mostravam. E pensou que Jenny tinha razão, nunca mais poderia voltar à sua própria realidade.

Por fim, Rule retirou os óculos escuros e disse em voz bem baixa a Bravo:

– Você precisa me escutar com atenção, porque desconfio que talvez não haja outra oportunidade de lhe contar o que seu pai me encarregou de dizer. O segredo que a Ordem tem defendido há séculos, o segredo que Roma tem desejado acima de todos os outros, é o seguinte: nós temos um fragmento do Testamento.

– Testamento? – disse Bravo. – Que testamento?

Os olhos de Rule faiscaram com um tipo de fervor que Bravo jamais vira antes.

– O Testamento de Jesus Cristo.

Bravo sentiu o coração bater mais forte.

– Fala sério?

– Nunca falei tão sério – respondeu tio Tony.

Um padre passou por eles, viu-os e acenou a cabeça com um sorriso. Os três se calaram até ele sumir.

Quando Rule tornou a falar, a voz saiu ao mesmo tempo mais baixa e mais urgente:

– Me diga, Bravo, em seus estudos você por acaso se deparou com o Evangelho Secreto de Marcos?

– Claro – Bravo assentiu com a cabeça. – Em 1958, um estudioso moderno o descobriu na biblioteca do mosteiro de Mar Saba, próximo a Jerusalém. Encontrou um texto escrito à mão na guarda de uma edição de 1646 da *Epistolae genuinae S. Ignatii Martyris*, de Isaac Voss.

Tio Tony deu um belo sorriso.

– Nota 10, como sempre.

– "E chegaram a Betânia" – recitou Bravo do Evangelho Secreto. – "E uma certa mulher, cujo irmão morrera, estava lá. E, aproximando-se, ela prostrou-se diante de Jesus e lhe disse: 'Filho de Davi, tende piedade de mim.' Mas os discípulos a censuraram. E Jesus, enfurecendo-se, saiu com ela para o jardim onde ficava o túmulo e imediatamente, indo até onde jazia o jovem, estendeu a mão para a frente e ergueu-o..."

Tio Tony riu.

– Claro, sua memória é fotográfica.

– Basicamente, o Evangelho Secreto foi motivo de escárnio dos estudiosos da Bíblia porque retrata Jesus como milagreiro, o que vai de encontro à doutrina formal da Igreja. Descreve em detalhe como ele ressuscitou não apenas Lázaro, o que é narrado no 11º capítulo de Clemente, mas esse menino e outros também.

– Correto – disse tio Tony. – E julgaram esse Evangelho tão perigoso que ele foi secretamente proibido pela Igreja no século IV, e depois destruído. Ou assim pensavam.

– Esse é um dos segredos no tesouro que meu pai guardava?

– Isso mesmo – disse tio Tony.

– Está dizendo que acha que é verdade?

– Eu sei que é – disse tio Tony –, porque o fragmento do Testamento de Jesus Cristo o confirma. Por isso é vital que esse e os outros documentos tão bem guardados durante séculos não caiam nas mãos dos Cavaleiros, pois sem dúvida eles vão destruí-los sem deixar vestígios de sua existência.

– Se o que está dizendo é verdade – disse Bravo –, por que guardam esse segredo? Não é apenas um artefato religioso, é um achado arqueológico, uma parte da história. Por que não o revelar ao mundo?

– Levar o Testamento a público violaria nossos dogmas básicos, e isso nós não faremos.

– Eu não entendo.

– Não é apenas o Testamento que possuímos – disse tio Tony. – Também temos a Quinta-essência.

– Como? – Bravo teve um sobressalto, como se tivesse sido picado por uma agulha.

Tio Tony fez que sim com a cabeça.

– Você me ouviu.

– O lendário quinto elemento – disse Bravo, pasmo. – Os filósofos medievais estavam convencidos de que as regiões celestiais eram compostas de terra, ar, fogo, água e a Quinta-essência, a essência da própria vida. Eu sempre imaginei que a Quinta-essência era um mito, como a alquimia e a transformação da água em vinho.

– É bastante real, eu lhe garanto – disse tio Tony.

– Mas *é* exatamente o quê? A gente pode ver, sentir, provar, ou está além da capacidade humana de observar e quantificar?

– Em seu Testamento, Jesus a descreve como um "óleo", mas esse termo pode ou não ter semelhança com o que consideramos óleo. – Tio Tony curvou-se e baixou a voz. – O que torna o fragmento do Testamento tão explosivo, tão potencialmente perigoso para a Igreja, é que nele Jesus escreve que foi por meio da Quinta-essência que ressuscitou Lázaro e os outros.

– Mas isso vai contra a doutrina da Igreja. As escrituras dizem que Jesus ressuscitou Lázaro com seu poder divino.

– Na verdade, essa tem sido a interpretação aceita desde tempos imemoriais – disse tio Tony. – Mas o Testamento de Jesus Cristo afirma claramente que é a Quinta-essência que traz Lázaro de volta à vida. Cristo não faz menção alguma a um poder divino.

Bravo ficou estupefato.

– Espere um minuto...

– Sim, sim, você vê as implicações desconcertantes. Se foi a Quinta-essência que ressuscitou Lázaro, e não o poder divino de Jesus, os relatos de que ele é um curandeiro, as histórias que a Igreja tem sistematicamente reprimido, são verdadeiros. E talvez também seja verdade que quando ele morreu seus discípulos o ressuscitaram usando a Quinta-essência.

A mente de Bravo rodopiava. Por fim, ele entendeu.

– Toda a estrutura da fé católica desmoronaria, porque isso poria em questão se Jesus era de fato o filho de Deus.

– Por isso, ao longo dos séculos, reis foram assassinados, regimes derrubados, inúmeras vidas perdidas, sangue derramado. – Tio Tony tenta identificar as sombras que se moviam pela igreja. – Seu pai me disse que leu o Testamento e comprovou sua autenticidade. Não há a menor dúvida de que é um fragmento do Testamento de Jesus Cristo.

Bravo ficou absolutamente imóvel. Para alguém com sua formação, a idéia de encontrar um fragmento do Testamento de Cristo, por menor que fosse, equivalia a desenterrar o Cálice Sagrado. E ainda por cima ter a Quinta-essência também! A simples possibilidade de tio Tony estar certo deixava-o sem ar.

– Se a Ordem teve acesso à Quinta-essência durante todo esse tempo, se de fato ela existe – disse ele –, por que vocês não a usaram para curar os doentes e enfermos?

– Esse ponto foi assunto de debates acalorados no século XIII entre Frei Leoni, o Guardião-mor, e Frei Próspero, o *Magister Regens* da Ordem. – Tio Tony continuava desviando o olhar para vigiar o interior da igreja. – Duas razões para manter a Quinta-essência secreta prevaleceram sobre todas as outras: primeiro, o homem não foi criado para ser imortal nem para ter seu tempo de vida artificialmente prolongado. Segundo, saber da existência da Quinta-essência suscitaria o pior das pessoas. O que você imagina que aconteceria? Um estouro da boiada em busca dessa substância milagrosa. Mas os ricos e os poderosos tratariam de roubá-la com o intuito de manter o segredo para seu próprio benefício, para prolongar suas vidas. Aplicando a Quinta-essência a intervalos, viveriam praticamente para sempre.

A mente de Bravo disparava à velocidade do raio. Por isso é que os Cavaleiros entraram naquela repentina agitação para encontrar o tesouro – o Vaticano pressionava-os para encontrar a Quinta-essência. O papa estava gravemente doente. Será que estava morrendo? Se assim fosse, a Quinta-essência era sua única esperança. Quanto mais próximo chegasse da morte, maior a pressão que o Vaticano faria sobre os Cavaleiros, mais poder exerceria. Tinha de se lembrar disso. Mesmo nos dias atuais, o poder do Vaticano era uma rede abrangente em todo o globo, onde quer que a palavra de Cristo tivesse chegado.

– E assim o poder, já tão concentrado, se tornaria mais concentrado ainda – continuou Rule. – E, depois, governos, indivíduos de má índole, terroristas, todos desejariam usar a Quinta-essência para seus próprios fins, em vez de buscar a melhoria da humanidade. Um desastre irrefreável. – Ele abanou a cabeça, pesaroso. – Não, a Quinta-essência é poderosa demais para a humanidade, apenas parece uma dádiva, mas essa é a natureza de todas as influências corruptoras.

– Se você pensa assim, por que não a destrói?

– Isso não cabe a mim, cabe? Mas qualquer arqueólogo lhe dirá... tenho certeza de que você sabe disso e está me testando... que seria criminoso destruir de propósito um artefato tão milagroso como esse da época de Cristo. O próprio Jesus guardava a Quinta-essência em seu...

O movimento que Rule vinha tentando detectar deve ter ocorrido, porque ele disse:

– Venham, rápido, rápido!

E com os braços conduziu-os para as sombras mais profundas da capela. Tateando o gesso da parede do fundo, encontrou um pequeno puxador de vidro e, com um puxão, abriu uma pequena porta. Empurrou-os pelo vão escuro e disse:

– Esta passagem levará vocês a um acesso lateral. Darão várias voltas, mas a porta para o exterior fica no final do túnel, não ao longo de nenhuma das paredes.

– Quem você viu? – perguntou Jenny.

– Não tem importância – disse Bravo. – Venha, tio Tony.

– Eu não vou com vocês.

Rule pôs o molho de chaves que o rapaz lhe dera na mão de Jenny.

– Ah, não, não vai fazer isso – disse Jenny. – Não vou deixar você…

– Faça seu trabalho – cortou Rule –, que é proteger Bravo com sua vida. Deixe essas pessoas comigo. Além disso, vocês têm um avião para pegar e, se eu não proporcionar uma distração, vocês nunca vão conseguir chegar a tempo.

– Não vou deixá-lo – disse Bravo. – Você me ensinou a nunca correr de uma briga, e tenho uma certeza dos diabos que não vou começar a fazer isso agora.

Rule pôs as mãos nos ombros de Bravo.

– Agradeço a consideração, Bravo, mas não há lugar para sentimentos na Voire Dei.

– Eu não acredito nisso.

– Vai aprender muito em breve que tenho razão. – Apertou-lhe os ombros com mais força. – De qualquer modo, todos temos nossos papéis a desempenhar nesta guerra, e o seu é salvaguardar o Testamento e a Quinta-essência. Você é o Guardião-mor e deve lembrar-se disso a todo custo.

Rule olhou fixamente para Bravo. Tinha um jeito de fazê-lo se sentir como se os dois fossem as únicas pessoas no mundo.

– Desde o assassinato de Dex e as mortes dos outros membros da Haute Cour, ficamos praticamente sem líder e terrivelmente vulneráveis. Se você não encontrar o tesouro ou, pior, se os Cavaleiros o arrancarem de você, estaremos liquidados. Eles terão a posse de todo o conhecimento secreto que adquirimos. Com a promessa da imortalidade que a Quinta-essência oferece, poderiam causar estragos sem precedentes. Teriam os meios necessários para levar pessoas-chave em governos, em grandes corporações ou mesmo organizações terroristas a fazer o que eles mandassem. Poderiam se tornar uma força irrefreável, subvertendo a política mundial em todos os níveis.

Jenny fechou a mão sobre as chaves.

Rule meneou a cabeça para ela, agradecido.

– O carro é um Audi Cabriolet preto, muito esportivo, boa proteção – ele lhes disse onde estava estacionado. – Agora, vão!

Quase os empurrou escuridão adentro. Depois fechou a porta e, virando-se, preparou-se para enfrentar os Cavaleiros que tinham entrado na igreja.

. . .

– O homem com o brinco dourado em forma de lágrima na orelha esquerda.

– Já vi – disse Bravo.

Ele e Jenny estavam parados no escuro, perto da porta lateral da igreja. A luz do sol de fim de tarde projetava longas sombras. Do outro lado da rua, encostado no pára-lama dianteiro do Mercedes branco, viram o Cavaleiro do brinco dourado. Ele tentava parecer desinteressado, mas seus olhos eram duros e penetrantes enquanto examinava cada indivíduo que entrava no seu campo de visão.

– Vá para o carro como se não houvesse problema algum. – Jenny era toda trabalho agora. – O importante é caminhar num passo normal, não muito rápido, não muito lento, e não olhe para ele.

– Ele me verá e virá atrás de mim.

– Estou contando com isso – disse ela. E depois, quando Bravo já ia se afastando, acrescentou: – Desde que não desconfie que você já o descobriu, ficaremos bem, entende?

Ele confirmou com a cabeça e saiu da proteção da entrada recuada, andando a passos largos para o clarão branco e as sombras azul-escuras que lhe lambiam os tornozelos. O coração martelava forte e um zumbido nos ouvidos o fazia andar com as pernas rígidas e meio rápido demais. Deu-se conta disso e, com um leve esforço, diminuiu a velocidade dos passos.

Havia movimento em toda a volta, e ele achou que o mais difícil era não olhar na direção do Cavaleiro. Pensou no mistério essencial dos atores de cinema ou TV que o haviam fascinado quando era criança: como haviam se exercitado para ignorar completamente as câmeras. Agora se achava na mesma situação, obrigado a ignorar o homem com o brinco dourado.

*"Desde que não desconfie que você já o descobriu, ficaremos bem, entende?"*

Ele desceu o meio-fio. Verificando os veículos que vinham, atravessou sem pressa a rua. Via o Audi Cabriolet preto, a capota de lona levantada. Pelo que podia determinar até agora, não havia ninguém perto do carro. *Mas como ter certeza?* Continuou em frente, mantendo o passo constante, embora seus nervos gritassem.

Um movimento adejou no canto do seu olho. Vinha da esquerda, da direção em que ele e Jenny haviam visto o homem de brinco encostado no Mercedes branco.

*Está vindo!*

Manteve o foco no Audi. Disse a si mesmo que confiava em Jenny, em sua tarimba e em seu plano. De qualquer modo, era tarde demais para dúvidas. Ele se comprometera e não tinha mais como recuar.

Três passos, quatro e, então, uma mão agarrou sua camisa, dedos longos e finos enroscando-se, unhas enterrando-se em sua carne. Virou-se, percebeu um clarão metálico – o brinco dourado – e, abaixo, o brilho da arma empunhada sob a luz do sol.

Bravo mal teve tempo de absorver o olhar de triunfo no estreito rosto do Cavaleiro, antes que os olhos pretos dele se revirassem. Jenny, que se aproximara por trás sem fazer ruído, colheu o adversário nos braços assim que ele desabou, e, juntos, ela e Bravo o arrastaram até o meio-fio.

Em resposta ao olhar inquisidor de um casal que passava por ali, Jenny disse:

– Nosso amigo tomou vinho demais no almoço.

O casal tratou de apertar o passo, sem a mínima disposição de ter as férias interrompidas.

Deixando o Cavaleiro inconsciente apoiado numa cerca de ferro, Jenny e Bravo entraram no Audi e partiram.

. . .

Chegaram ao Charles de Gaulle sem mais incidentes, porém com pouco tempo de sobra, o que era muito bom, pois não podiam nem pensar no que aconteceria se tivessem que fugir dos Cavaleiros dentro do aeroporto. De qualquer modo, Jenny, em sombria vigilância desde o momento em que saíram de St. Pierre, convencera-se de que vinham sendo seguidos desde Dreux.

Durante todo o percurso até o aeroporto, Anthony Rule estivera na cabeça dos dois, embora talvez por motivos diferentes. Rule tinha sido um segundo pai para Bravo e, em algumas ocasiões, seu melhor amigo também, quando Dexter Shaw não pôde assistir à peça teatral da escola ou à competição esportiva do filho. Tio Tony, solteiro e sem filhos, se divertira a valer em sua relação com Bravo, ensinando dicas ou truques para que o menino se destacasse em qualquer atividade física que praticasse. Por isso não era difícil entender por que Bravo o adorava. Mas o que parecia tão óbvio agora jamais lhe ocorrera na época, isto é, que não era coincidência alguma tio Tony ter todas as habilidades que ele tentava dominar e sentir tamanho prazer com suas conquistas.

– Deve ter sido interessante ter Anthony em sua vida – disse Jenny quando atravessavam o estacionamento, tentando decifrar a confusa sinalização. Os franceses pareciam ter um fetiche por tornar seus aeroportos tão difíceis de percorrer quanto possível. – Como foi?

– Maravilhoso. – Bravo apontou o que parecia uma vaga na outra extremidade da fileira. – Ele era como meu pai, mas sem toda aquela bagagem entre pai e filho.

– Bem, essa é uma resposta que eu não tinha previsto.

– Qual o problema entre você e o tio Tony? – Alguém parara o carro sobre a linha divisória e o espaço era pequeno demais até para um Cabriolet. – Você se relaciona assim com seus superiores?

Jenny encolheu os ombros.

– Mais ou menos, mas posso lhe dizer que nenhum deles é igual a Anthony Rule.

– Não me diga que sente alguma coisa por ele.

Ela estremeceu.

– De jeito algum.

Surgiu uma vaga na fila seguinte e eles pararam. Ela ficou sentada por um momento, imóvel, fitando o nada à sua frente.

Bravo vira aquele olhar antes e sabia que a mente de Jenny estava longe. Àquela altura, entendia que ela tinha dificuldade de revelar qualquer coisa de si mesma, e quando o fazia, como ocorrera no monte St. Michel, logo se retirava para o anonimato da armadura que ela própria fabricara.

– Tudo bem, se não quiser...

– Cale-se – ela o interrompeu bruscamente, como se quisesse ter certeza de que não deixaria de dizer o que se passava em sua mente. – Eu respeito Anthony tremendamente, ele e seu pai sempre foram muito corretos. Por isso é doloroso quando ele me ridiculariza.

– Ele a ridiculariza porque gosta de você – disse Bravo.

– É mesmo?

Ele fez que sim com a cabeça.

– Também fazia isso comigo.

Ela se virou para olhá-lo, certificando-se de que estava sendo sincero. Ele começava a perceber o terrível preço que ela pagara para manter sua posição dentro da Ordem. Criara uma teoria de que, na presença de um homem, estava fadada a ser alvo de infinitas piadas.

No impulso, ele disse:

– Dorothy Parker certa vez disse que o ridículo talvez fosse um escudo, mas não uma arma.

Ela olhou-o fixamente pelo que pareceu um longo tempo.

– Bem – disse em voz baixa –, imagino que é correto dizer que Dorothy Parker nunca fez parte da Voire Dei.

Saltou do Audi a pretexto de esticar as pernas, mas na realidade temia que a expressão em seu rosto revelasse seus verdadeiros sentimentos. Ficara surpresa ao ver que ele entendera o ponto crucial de sua provação e terrivelmente comovida pela tentativa de aliviar sua angústia colocando-a nas palavras da famosa autora temida por homens e mulheres pela sarcástica genialidade. Nesse momento, porém, sentindo-se vulnerável, não podia deixar nenhuma brecha em sua costumeira fachada de aço.

Dentro do terminal, pegaram as passagens. Quando passavam pela segurança, o telefone celular de Bravo tocou. No outro lado do local de revista, descobriu que Jordan ligara. O tom na mensagem de voz era tenso, de modo algum o Jordan otimista a que ele se habituara.

O amigo atendeu ao primeiro toque quando Bravo ligou de volta.

– *Ça va, mon ami?*

– Legal, Jordan.

– E sua amiga Jenny?

– Bem aqui do meu lado – disse Bravo carrancudo. Dirigiam-se para o portão e ele estava à procura de uma livraria. – Você é que parece mal.

– Ah, bem, os holandeses têm me dado trabalho. Sem você, estou perdido. Você é que sabe lidar com eles... intimida os caras, você entende.

– O segredo é simples, Jordan. A próxima vez que se encontrar com eles, precisa estar mentalmente preparado para se retirar do acordo. Se estiver, eles vão sentir e recuar. Não querem que esse contrato vá por água abaixo, confie em mim.

– Confio, *mon ami.* Farei como você sugere. – Jordan inspirou. – Mas, quanto a esse outro assunto, não me sinto animado pelo que Camille me diz. Acho que devia pensar em abandonar essa busca em que parece estar metido.

– Não posso, Jordan, lamento. Trata-se de uma coisa que eu mesmo tenho de fazer.

– Camille me avisou que você ia dizer isso. Então deve me permitir providenciar um nível mais alto de segurança para você. Onde está agora?

– No Charles de Gaulle. Vamos embarcar num vôo da Air France que chega a Veneza às 10h45 da noite.

Localizou a livraria e, com Jenny ao lado, dirigiu-se para lá.

– *Bon.* Vou fazer uma reserva de hotel para vocês e mandar buscá-los no Aeroporto Marco Polo. Um homem chamado Berio. Ele vai estar armado e ficará com vocês enquanto permanecerem na cidade.

– Jordan...

– Isso é inegociável, *mon ami.* Não vou correr o risco de perdê-lo... meus negócios iriam por água abaixo dentro de um ano. – Riu, mas logo se conteve. – Cuide-se, e de Jenny também. Estão vulneráveis até entrarem no avião.

– Não se preocupe, Jordan, vou tomar cuidado. – Hesitou um momento. – E, Jordan....

– *Oui?*

– Obrigado.

Fez várias compras na livraria, e depois os dois seguiram direto para o portão. Quando chegaram, já começara o embarque. Foi com uma palpável sensação de alívio que entregaram seus tíquetes e passaram para o túnel de acesso ao jato.

. . .

O vôo estava lotado. A pretexto de usar o banheiro, Jenny fez o caminho de volta pelo corredor central, inspecionando cada passageiro e gravando sua fisionomia na memória. Quando voltou à poltrona, fechou o cinto de segurança.

– Acho que estamos bem – disse.

– Imagino se podemos dizer o mesmo do tio Tony.

– Eu não me preocuparia com Anthony, ele é extremamente capaz.

– Meu pai também era – disse Bravo, ressentido.

Isso a silenciou, o que pareceu ser seu intuito. Após alguns minutos no ar, Bravo não perdeu tempo e pôs-se a reexaminar os objetos que descobrira no compartimento do barco do pai. Segurando o isqueiro Zippo cinza-escuro na palma da mão, virou-o devagar repetidas vezes.

– Quando um isqueiro Zippo não é um isqueiro Zippo? – perguntou Jenny, tentando restabelecer contato.

Como em resposta à pergunta, feita meio a sério, ele retirou o invólucro cinza-escuro. Do lado de dentro, enfiado na câmara embaixo do pavio, havia um instantâneo de um menininho. Embora desbotado e granulado, o rosto da criança era bem nítido.

– Você era um menino bem bonitinho – disse Jenny, curvando-se.

Sem uma palavra, ele deslizou o estojo de volta sobre a foto e guardou o Zippo no bolso.

– Por que acha que seu pai esconderia uma fotografia sua?

– Não tenho a mínima idéia. – Logo percebeu que cometera um erro e, numa tentativa de suavizar o interesse dela, que se intensificava, acrescentou:

– Foi uma completa surpresa para mim. Tio Tony não disse que não havia lugar para sentimentos na Voire Dei?

– Pelo que sei, Anthony não é nada sentimental.

– Ele amava meu pai, e me ama – disse Bravo. – De qualquer modo, tenho a impressão de que sua falta de sentimentalismo profissional é um macete.

Jenny apoiou a cabeça no encosto da poltrona.

– Tudo depende do ponto de vista.

Fechou os olhos.

– Acha que ele tinha razão? – perguntou de repente Bravo.

– Sobre o quê?

– O Testamento... e a Quinta-essência.

Ela abriu os olhos.

– Não acredita nele? – Como Bravo não respondeu, ela continuou: – Seu pai confirmou sua autenticidade.

– Sozinho.

Ela o encarou e depois abanou a cabeça.

– Eu não o entendo.

– Meu pai me preparou para ser um estudioso de assuntos medievais. O que significa que adquiri uma saudável dose de ceticismo quando se trata de supostas descobertas referentes a Jesus Cristo, à Virgem Maria ou...

Ela se debruçou, baixando a voz.

– Mas isso é diferente, não entende? Os artefatos entraram em nossa posse séculos atrás...

– Como a Ordem os obteve, onde foram descobertos, quem os passou a quem, são perguntas que precisam ser respondidas.

– Tenha a santa paciência, Bravo, os artefatos não estão sendo vendidos na internet por algum arqueólogo desprezível para causar furor. O Vaticano está desesperado para pôr as mãos neles, qualquer papa ao longo de décadas e décadas teria dado de bom grado o braço direito por eles.

– Não vi nada disso com meus próprios olhos – retrucou ele, esquivando-se.

– Só isso o convencerá?

– Francamente, sim.

Ela o encarou, olhos arregalados.

– Onde está sua fé, Bravo?

– A fé é a ruína do saber – respondeu ele secamente.

– Eu não entendo. Como Dexter pôde criar você sem fé?

Não criou, claro, pensou Bravo, mas essa fé fora testada, e quebrada, e ele não conseguira catar os pedaços desde então.

– Meu Deus – disse ela baixinho –, você é difícil.

Esperou até ter certeza de que ele não tinha a menor intenção de responder, virou-se para o outro lado e tornou a fechar os olhos.

Bravo deslizou a mão pelo Zippo dentro do bolso. Um por um, examinou novamente os outros objetos, dessa vez com mais cuidado – os dois maços de cigarros que abrira, o alfinete de lapela esmaltado com a bandeira americana, as abotoaduras. De vez em quando balançava afirmativamente a cabeça e movia os lábios, como se falasse consigo mesmo num complexo conjunto de fórmulas. Com o passar do tempo, o zumbido do avião se reduziu ao ruído neutro que embalava o sono dos outros passageiros. A luz de sua poltrona, porém, continuava acesa. Por fim, com uma espécie de reverência, afastou os pertences do pai. Eram muito mais que bens, claro, cada um tinha um propósito, e ele agora sabia ou, no mínimo, imaginava quais eram.

Mantivera a surrada caderneta no colo e começou a folheá-la cuidadosamente. No fim, encontrou uma parte com o curioso cabeçalho: "Orelha de Murray". Curioso para quem por acaso encontrasse a caderneta, mas não para ele. As palavras fizeram-no sorrir. Murray era uma personagem que o pai criara quando ele era menino. Uma fonte aparentemente infindável de histórias que fascinavam o filho, mas sua mais maravilhosa característica, de longe, era a capacidade de tirar moedas de ouro da orelha, um número de mágica que nunca deixava de deliciá-lo quando Dexter, fantasiado de Murray, se sentava na beira de sua cama à noite.

Abaixo do título "Orelha de Murray" vinha uma lista de quatro palavras sem sentido – *AETNAMIN, HANSNA, OVANSIERS, IRTECTA* –, cada uma seguida de oito números. Ele logo as reconheceu como anagramas e, sem titubear, pôs-se a trabalhar na decifração, empregando a metodologia que o pai lhe ensinara.

Quando decodificadas, cada uma significava uma palavra numa língua antiga diferente – latim: *MANENTIA*; sumério: *ASHNAN*; grego trebizondino: *VESSARION*; e turco: *TICARET*. Ele se recostou por um momento, estudando as palavras. O significado não era imediatamente visível, nem para ele.

Então tornou a olhar o título – "Orelha de Murray". Moedas de ouro – dinheiro –, claro! Agora reconhecia Ticaret, a última das quatro palavras, parte do Banco Ticaret da Turquia. Eram nomes de bancos nas diferentes cidades.

Pôs-se a trabalhar nas séries de oito números. Mais uma vez usando a metodologia do pai, escreveu-as em letras de imprensa de trás para a frente, ignorando os números 0 e 6, que o pai usava como espaços em branco para confundir ainda mais qualquer suposto criptógrafo. Os resultados encontrados foram sua própria data de nascimento, as do pai, da mãe e do avô. Concluiu que deviam ser as contas individuais nos respectivos bancos.

Não sabia se ficava tranqüilo ou apreensivo, porque ou o pai pensara em cada contingência ou, o que era mais ameaçador, previra que a jornada do filho ia ser ao mesmo tempo árdua e perigosa.

Absorto em pensamentos, afastou os objetos e voltou-se para o guia verde Michelin de Veneza que comprara na livraria do aeroporto. Fora lá duas vezes antes, uma com colegas de faculdade e outra quando já trabalhava na Lusignan et Cie. Enquanto lia, decorava páginas aqui e ali, familiarizando-se mais uma vez com a cidade cuja história e herança faziam parte tanto do Oriente quanto do Ocidente.

A seu lado, Jenny fingia dormir. Paolo Zorzi, seu mentor, ensinara-lhe desde o primeiro dia de tutela a observar o quadro geral. "*Há uma tendência, sobretudo em situações de alta tensão, a estreitar o foco*", ele dizia. "*Claro, é bastante natural, você está tentando encontrar o mínimo detalhe fora de lugar. Mas não deve nunca perder de vista o quadro geral, porque é nele que sua noção de certo ou errado vem para o primeiro plano. Se o quadro maior parece errado, pode ter certeza de que encontrará um detalhe fora de lugar.*"

Todos os seus sentidos entraram em intenso alerta. Alguma coisa no quadro geral parecia errada. O problema era que não tinha a menor idéia do que poderia ser. E, também, toda a operação fora planejada por Dexter Shaw, e, quando se tratava dele, ela sabia que não podia confiar plenamente em seu próprio senso de certo e errado. Ele tinha esse efeito sobre ela – sempre tivera.

Realmente, era uma grande idiota. Quando ele a procurara a fim de designá-la para Bravo, ela não emitira um ruído de protesto. Em que diabos estivera pensando? Trabalhar com Bravo, sentir coisas por ele, vinha se revelando a missão mais difícil que já recebera. Sem dúvida a mais espinhosa, cheia de mentiras, trapaças e armadilhas perigosas, que com certeza aflorariam durante quase toda conversa que envolvesse Dex. Será que ele imaginara que isso ia acontecer? Ela não conseguia tirar da cabeça essa idéia profundamente perturbadora, porque Dex tinha o curioso talento de prever o futuro. Ela vira provas irrefutáveis disso mais de uma vez, mas quando lhe perguntara a respeito ele se limitara a encolher os ombros. Uma coisa pai e filho tinham em comum: guardavam segredos.

Em silêncio, amaldiçoou-o por envolvê-la nisso e depois, cheia de remorso, sentiu-se imediatamente envergonhada. Acomodando-se no fundo da poltrona, tentou se forçar a dormir. Todo o corpo lhe doía, em todo lugar possível e em vários outros que ela jamais imaginara. A cabeça latejava em solidariedade e ela esfregou as têmporas, antes de perceber que supostamente estava dormindo.

Ouvia ao lado pequenos ruídos e se perguntava o que Bravo estaria fazendo. Era um enigma, impossível de interpretar. Toda vez que achava ter algum controle sobre quem ele era, surgia alguma coisa para comprovar que se enganara. Aquela foto dele criança, por exemplo. Era de imaginar que teria muito prazer em saber que o pai a levava consigo a todo lugar que ia. Em vez disso, ela sentira seu afastamento instantâneo. Mas na verdade sabia que a culpa não era só dele. Os próprios segredos que Jenny guardava se agigantavam, transformando-se num abismo que ela parecia cada vez menos capaz de transpor para chegar a ele.

Com um esforço, desviou os pensamentos de Bravo e mais uma vez deu aquele passo mental para trás e esforçou-se para ganhar a perspectiva do quadro geral. Sim, era verdade, não gostava do que via, mas nem para salvar sua própria vida poderia dizer por quê.

. . .

– Pensei melhor sobre quem designei para a missão de Veneza – disse Jordan à mãe. Deslizavam pela cintilante noite parisiense numa das limusines da frota da Lusignan et Cie. Sob a luz fraca, sentados lado a lado, podiam ser confundidos como irmão e irmã. – Talvez devesse usar Brunner no lugar dele – continuou.

– De Lucerna? – perguntou Camille, a voz estranhamente rouca. – Tenho certeza de que isso foi idéia de Spagna. Como eu disse antes, querido, esse homem tem demasiada influência sobre suas decisões. Além disso, Cornadoro já está a caminho de Veneza para ser o protetor deles.

Lá fora, o Sena reluzia sob a fria luz azulada de uma meia-lua entrevista no meio das vigilantes fileiras de castanheiros-da-índia, sob os galhos frondosos onde Bravo e Dexter Shaw haviam conversado em segredo quase pela última vez.

– Ainda posso chamá-lo.

– A decisão já foi tomada.

– Não está zangada, está, mãe?

– Claro que não.

Camille levou um momento para olhar pela janela os amantes que passeavam pelas margens calçadas de pedra e as ornadas pontes do rio. Ah, ser jovem, inocente e apaixonado, pensou. Então, na mesma rapidez com que a invocara, expulsou a idéia da mente, e sentiu-se mais uma vez em pleno controle. Aqueles dias haviam passado, parte de outra vida, quando ela era uma pessoa diferente. Ou jamais teria sido diferente? Ultimamente achava difícil saber. Não sabia sequer se queria aquela vida de volta, porque, no fim, não passara de uma cruel miragem escorrendo como areia pelos dedos.

– Mas me surpreende – continuou ela. – Você conhece tanto a reputação de Cornadoro quanto eu. É o melhor que temos.

– Como Spagna observou, ele tem personalidade excepcionalmente forte e às vezes é tão cabeça-dura quanto voluntarioso – atalhou Jordan.

– Também é extremamente inteligente, totalmente desumano e inteiramente leal. – Camille curvou-se para a frente e murmurou um endereço ao motorista, que logo se afastou do Sena, dirigindo-se ao 7ème Arrondissement, da privilegiada Rive Gauche. – Agora que Ivo e Donatella se foram, parece-me que ele é a escolha perfeita.

– Não tem sutileza suficiente para separá-los – insistiu Jordan.

– Às vezes as mulheres não reagem à sutileza. Claro que você sabe da reputação dele com as mulheres – disse Camille. – Na minha opinião abalizada, nessa área Jenny Logan é muito vulnerável. Saint-Malo me deu uma medida dela. Spagna algum dia se encontrou com ela?

– Boa pergunta.

– Isso é tudo, menos uma operação comum, meu amor. Um erro agora poderia acabar sendo irreparável.

Ela olhou para fora quando viraram na rue de La Comète em busca das luzes da loja.

– *Bien*. Então é Cornadoro – assentiu Jordan, balançando a cabeça. – Com uma condição.

A limusine parara diante de uma loja, cuja plaqueta pintada à mão dizia Thoumieux Couteaux. Eles saltaram, Camille na frente. A loja era pequena e apertada no interior, as paredes cobertas com fotografias de facas, o minúsculo mostruário de vidro fechado no fundo expondo três fileiras bem arrumadas de elegantes facas, todas feitas à mão.

– *Bon soir*, madame Muhlmann.

O homenzinho apressou-se a sair de trás do mostruário. Careca, dedos longos e elegantes como suas facas, de cirurgião.

– Está pronta? – perguntou Camille.

– *Bien sûr*, madame. – O homenzinho sorriu, tímido. – Exatamente de acordo com as especificações de madame.

Estendeu uma pequena faca na palma da mão aberta.

Camille pegou-a. Era uma faquinha com lâmina de aço inoxidável dobrável e escamas de pérola incrustadas. Ela tocou o mecanismo escondido e a lâmina se projetou. O homem deslizou pelo balcão cópias das duas fotografias que ela fizera e enviara via telefone celular. Ao consultá-las, Camille sentiu-se satisfeita por ele ter feito uma réplica exata da faca que ela encontrara oculta no pó compacto de Jenny.

Agradeceu ao fabricante de facas e pagou. Ao sair, voltou-se para Jordan.

– Qual é a condição para usar Damon Cornadoro?

– Mandei que ele usasse o nome Michael Berio. Jenny Logan certamente reconheceria seu verdadeiro nome. – Ele deu o sorriso secreto que reservava apenas para ela. Era uma expressão de intimidade e de cumplicidade. – Tem razão, esperamos pacientemente, planejamos durante tanto tempo; neste estágio não podemos nos permitir nenhum erro. Você o controlará no campo, mantenha-o com rédea curta. Apenas seja cuidadosa.

– Você sabe que serei – disse Camille, entrando na limusine com ele.

O longo carro preto afastou-se do meio-fio e virou numa esquina. Num instante, já desaparecera no fluxo do tráfego da noite.

## capítulo 14

**Bravo e Jenny chegaram** a Veneza mais ou menos na hora. Como Jordan prometera, foram recebidos no Aeroporto Marco Polo por um homem que se apresentou como Michael Berio. Era alto e estava em grande forma física, ombros largos, possantes pernas de corredor e nem um grama de gordura visível. Os cabelos, compridos segundo a atual moda veneziana, eram cheios e prematuramente brancos, cacheados na nuca. Rosto largo, malares e queixo salientes, olhos da cor da água dos canais à noite. Vestia roupas folgadas e parecia movimentar-se deslizando, à maneira de um perito em artes marciais. Demorou os olhos em Jenny – não apenas no rosto, mas também no corpo.

Levou-os para a noite úmida do lado de fora.

– Tenho um *motoscafo* particular à nossa espera – disse numa voz suave, que desmentia a presença física.

E lá estava o veículo, balançando suavemente no ancoradouro, a superfície de mogno reluzente, as partes metálicas brilhando ao luar a várias centenas de metros das portas do terminal.

Quando Jenny ia saltar na lancha, Berio pegou-a pela cintura e girou-a para o deque. Segurou-a por mais um instante, os olhos cravados nos dela, depois foi soltar os cabos, enquanto Bravo embarcava. O barulho gutural dos motores ecoou na fachada de pedra do cais, e eles saíram para a água negra.

Em todas as horas do dia, Veneza parecia suspensa entre mar e céu, mas era à noite que se tornava assim como uma cidade de contos de fadas, o desenho semelhante a uma gigantesca concha marinha. Cruzando a água plana da laguna veneziana em alta velocidade, eles a viam duplicar-se, o reflexo perfeito espalhado na superfície líquida como uma miragem. A lua, que parecia pintada por Tiepolo no pigmento do céu à meia-noite, explodia na superfície da água em dezenas de milhares de minúsculas cimitarras, como se a cidade lembrasse aos novos hóspedes suas raízes orientais, o fabuloso comércio com Constantinopla que nos séculos passados fizera a fortuna dos mercadores e doges da Sereníssima República.

Aqui e ali luziam estrelas, a claridade fundindo-se com a da lua e congelando cada detalhe dos campanários góticos, da basílica bizantina, das bibliotecas renascentistas, dos exuberantes palácios góticos.

Parada ao lado de Bravo, Jenny o sentia relaxar. Era como se a camada externa que usara durante a fuga tivesse sido descascada pelo vento suave da laguna.

– Eu me sinto como se estivesse em casa – disse ele, a voz tingida pela mesma luz estelar que fazia a cidade, o céu e o mar brilharem como uma coisa só. Inspirou fundo e soltou. – Está sentindo esse cheiro, Jenny? Todos os séculos, ano a ano, jazem sob a água, à espera da ressurreição. – Voltou-se para ela e viu seu ar intrigado. – Não compreende? Durante séculos, Veneza foi a casa da Ordem. Não seria lógico que o esconderijo dos segredos ficasse aqui?

Haviam reduzido bastante a velocidade quando entraram em águas mais rasas. A marca registrada de Veneza, os mourões listrados, marcavam o canal. À frente, a primeira curva larga do Grande Canal, que atravessava a cidade, parecia o dedo convidativo do dissoluto Casanova, outrora um dos mais notórios moradores de La Serenissima.

À esquerda erguia-se a magnífica basílica de Santa Maria della Salute. Bravo sempre achara adequado que essa fosse a primeira grande estrutura que se via ao entrar no Grande Canal. Veneza tinha uma beleza inesquecível, tingida de melancolia. A impressionante La Salute, por exemplo, fora encomendada em 1622, nos dias finais da Peste Negra, em agradecimento à Virgem, por dar fim à praga que devastara os habitantes da cidade.

Na verdade, porém, era da natureza da cidade ser a origem mesma de sua particular melancolia. Erguida sobre o *caranto* – a base de barro e areia – da laguna, a inefável beleza dos canais criava uma sensação de transitoriedade, como se a qualquer momento fosse desabar e afundar na paciente água à espera. Isso se aplicava em especial ao tempo da *acqua alta*, quando as águas invadiam a cidade, inundando as *piazettas* e os primeiros andares dos *palazzi*.

À esquerda, branco como um véu de renda, o Palácio do Doge surgia da escuridão, como trazido à vida pelo luar. Mais que qualquer outro prédio, esse magnífico feito da arquitetura gótica incorporava as estonteantes inversões de perspectiva de mar e céu. O andar térreo parecia mais leve que o ar, com a execução frívola dos delicadíssimos arcos, arcadas e galerias sustentando a firme estrutura de fortaleza, completa com suas torres de quina e capitéis militares.

Toda vez que entrava em Veneza, passando entre La Salute e o Palácio do Doge, Bravo tinha a fantástica sensação de atravessar um espelho para um outro mundo onde a magia sempre existira e continuava existindo.

O *motoscafo*, com uma aerodinâmica meio sinistra, deslizou pela Praça de São Marcos, passando pela escultura do leão alado da República – um dos 14 representados de várias formas na praça. Quatro dessas criaturas apareceram ao profeta Ezequiel e foram adotadas depois como o símbolo do evangelista São Marcos, sob cuja proteção se colocara Veneza.

Um pouco mais adiante, o barco parou num pequeno cais, onde uma frota de carregadores com a libré ouro e azul do Hotel d'Oro esperava para descarregar a bagagem. Pareceram meio confusos quando não viram nenhuma, e bem decepcionados enquanto Berio não lhes pôs nas mãos alguns euros. Mais uma vez, o observador curioso veria que estava na encruzilhada de Ocidente e Oriente. Embora Veneza fosse uma dessas cidades onde tudo se conseguia pela quantia certa, também era verdade que nada se obtinha sem que os euros molhassem a mão certa.

Após ser amplamente recompensada pela perda de tempo, a falange de carregadores acompanhou os três visitantes ao hotel. O saguão em dois planos (para que os hóspedes não fossem incomodados pela *acqua alta*) era iluminado pelo fulgor de extravagantes candelabros de peixes dourados, abajures de tritões turquesa e luminárias de parede de conchas prateadas – tudo concebido e confeccionado pelos mestres sopradores de vidro da ilha de Murano, que ficava a pouca distância na laguna. Em duas enormes lareiras encimadas por consoles de mármore viam-se relógios de porcelana queimada e ouropel em estilo Luís XIV. Os sofás e cadeiras se igualavam a eles em ornamentação e estilo, tudo em filigrana de ouro, pernas de madeira de cabriolé entalhadas e macias almofadas de seda.

Jordan reservara-lhes um só quarto, mas, como já haviam lidado com essa situação antes, eles não fizeram qualquer comentário. Talvez ele só tivesse conseguido um porque o hotel estava lotado. Berio deixou-os por fim, depois de se registrarem, prometendo pegá-los na manhã seguinte e levá-los aonde quisessem. Quando Bravo tentou lhe dizer que não precisavam dele, ele insistiu:

– Ordens do Sr. Muhlmann – disse, abrindo o paletó o suficiente para que vissem o cabo da pistola no coldre de ombro.

Deu um imenso sorriso, voltou as costas largas para eles e saiu com seu andar gingado por onde haviam entrado.

– O que acha dele? – perguntou Bravo, enquanto o elevador subia. – É perigoso ou apenas pensa que é?

As portas abriram-se e eles saíram.

– Não conseguiu tirar os olhos de cima de você – disse Bravo.

– Você está imaginando coisas.

– Não, foi a maneira como a olhou, como a tocou.

Ele enfiou a chave antiquada na fechadura.

– Como foi que ele me olhou, me tocou? – ela perguntou.

– Como se fosse de fato devorá-la.

Os olhos dela lampejaram.

– Não está com ciúmes, está?

Ele virou a chave, empurrou a porta e eles entraram. O quarto era grande e parecia o interior de uma ostra – não apenas os exuberantes móveis, mas também as paredes eram cobertas de um tecido de seda *moiré*. À esquerda, subindo dois degraus, ficava o banheiro, com peixes nadando nos azulejos. Ele se dirigiu a uma das janelas de formato bizantino, que dava para o canal e os *palazzi* do outro lado. Um fino crescente lançava sua luz sobre a cúpula da basílica de La Salute. O canal parecia feito de um luar de jóias e sombras, imitando o estampado da seda.

Jenny desabou sobre a luxuriante cama alta.

– Acho que você *está* com ciúmes.

Ele se voltou para ela.

– De Vin Diesel?

Ela deu uma risada e olhou-o matreiramente quando ele se dirigiu ao banheiro.

– Não sei quanto a você – disse ele –, mas eu me sinto como se precisasse de uma escavadeira para remover todas as camadas de suor e sujeira do corpo.

A luz acendeu-se, um fulgor amarelo-manteiga, e a água começou a correr. A porta tinha um espelho de corpo inteiro, e movendo-se um pouco na cama ela conseguia ver o reflexo dele ao se despir. Não queria olhar, sabia o que ia sentir à visão daquele corpo nu, mas não podia evitar. A imagem dele e o barulho da água corrente trouxeram-lhe de volta, com uma força paralisante, o encontro erótico dos dois na banheira diante do monte St. Michel.

Bebia-o com os olhos, a linha e a forma, o jogo de luz e sombra na musculatura. Ele tinha alguma coisa na carne – os contornos, a textura, a cor, até mesmo a constelação de sinais de nascença no grande músculo externo da coxa – que a atraía como um ímã. Sentia calor e frio, a sensação percorrendo-a com a espantosa energia de um raio e deixando-a fraca. Uma gota de suor rolou devagar pelo vale de sombra dos seios. De repente sentia a sujeira no corpo – o entranhado cheiro de suor da viagem e da ansiedade – como uma chuva de sal. Moveu as coxas na cama e apertou as palmas juntas entre elas.

– Bravo – disse, mas ele não a ouvia, saíra de sua visão para o jato d'água.

Melhor assim, ela pensou, não estava no completo domínio de suas faculdades. Não podia ser considerada responsável.

De repente, não podia mais ficar na cama. Com os pés descalços, atravessou o quarto até uma escrivaninha de madeira nobre com incrustações. Em cima havia uma garrafa de vinho numa bandeja de prata, junto com duas taças e um envelope. Ela abriu o envelope e leu as frases datilografadas.

Ouvindo-o chapinhar na banheira, disse:

– Um presente de seu amigo Jordan, quanta consideração...

Mas faltava o saca-rolhas. Não tinha importância. Ela pegou o estojinho redondo de pó compacto que mandara fazer especialmente para seu uso, com revestimento de chumbo para evitar raios X. Abriu-o e tirou um pequeno canivete com escamas de madrepérola. Ao toque do polegar, a lâmina saltou. Com uma hábil torção do pulso, abriu a garrafa e serviu vinho para os dois. Quando ergueu os olhos, viu-o parado na entrada, dentro de um turbilhão de vapor.

– Muito elegante.

Ela sorriu e guardou o canivete e o pó compacto. Ele a olhava com uma estranha intensidade.

– O que foi? – Ela ergueu as mãos. – O que é?

– Estou me perguntando – ele disse – se você virá aqui.

Havia apenas uma toalha envolvendo-o, a umidade sugerindo os contornos por baixo.

– Você imagina que eu manterei distância.

– Eu teria outro motivo para pensar diferente?

A expressão dela era muito séria quando levou as taças até onde ele esperava e entregou-lhe uma.

– Não tive tempo de me lavar.

– Tanto melhor – ele disse.

A toalha caiu aos pés dela.

. . .

Quando Damon Cornadoro voltou ao cais do Hotel d'Oro, caracterizado por alegres mourões de listras douradas e azuis, o local estava deserto. Mas o *motoscafo* não estava vazio. Dentro dele estava Camille, sentada, fumando, as pernas longas e bem-feitas cruzadas nos joelhos. Reclinava-se, um braço dobrado para trás, no assento de couro do banco que percorria o tabique dos dois lados da cabine.

– Seus pupilos estão sãos e salvos na cama? – ela perguntou, quando Damon desceu ao seu encontro.

– Até onde eu sei. – Ele foi até o bar e serviu-se um drinque, sem perguntar se ela também queria. – Você não me disse que a mulher era tão atraente.

Camille tragou o cigarro longamente, os olhos brilhando.

– Já está excitado?

Ele engoliu metade da bebida.

– Aquela ali daria tesão até num cadáver.

Camille se levantou então, encaminhou-se para ele e pôs a mão curvada entre as suas pernas.

– Vamos ver, huummm. – Ergueu as sobrancelhas em fingida surpresa. – Acho que tem razão.

Ele largou a taça e, quando o vidro se despedaçou no convés, esmagou Camille nos braços, fazendo-a soltar um gemido. Então passou uma das mãos por baixo dos joelhos dela e colocou-a de volta na ponta da cabine voltada para a proa. Era o lugar favorito deles, os assentos curvando-se sobre si mesmos em forma de um erótico V.

Camille, sentada no banco de couro, arreganhou-se até ter uma perna em cada assento. Depois levantou a saia, mas tão devagar que o movimento deixou-o paralisado. Quando seu corpo apareceu à luz do suave balanço das lamparinas de latão, Damon sentiu a respiração presa na garganta e um instante depois estava de joelhos à sua frente.

Deixou-a pegar um punhado de seus cabelos encaracolados e virar sua cabeça para trás, expondo a garganta.

– Como seria fácil – disse ela.

Ele não perguntou o que ela queria dizer; já sabia.

Ela tirou do corpete um pequeno canivete, que se abriu com um toque da mão, revelando uma fina lâmina de aço inoxidável de aparência perversa. Manejava-a como uma especialista.

Curvando-se para a frente, ela apoiou a lâmina nos ombros dele.

– Você acha que é a visão do sangue ou o gosto de cobre que faz as pessoas desmaiarem?

– Eu não saberia dizer – falou Cornadoro. – Fui educado com sangue. Ele é leite materno para mim.

Ela sorriu e, com um movimento treinado, fechou o canivete, segurando-o contra a carne nua do amante enquanto as mãos dele avançavam para agarrá-la. Camille deu um gritinho. Claro que nunca usaria a lâmina nele, não para valer. Mas uma incisão aqui e ali para levar sangue à superfície da pele – apenas pelo cheiro e pela sensação – fazia parte da fantasia erótica do casal.

O barco balançava de um lado para o outro, se sacudido por uma embarcação de passagem ou pelos ritmados movimentos dele, era impossível dizer. A luxúria cresceu como sempre. Ele ofegava ao penetrá-la.

– Amanhã de manhã, quando for ao hotel – disse ela –, não entre nem deixe que eles o vejam.

Ele parou, desconcertado.

– Mas o *signore* Muhlmann disse...

– Este não é o lugar para me lembrar o que o *signore* Muhlmann disse.

– Ele foi muito específico.

– Eu também. – Ela torceu o pulso e passou os dedos em espiral em volta dele. – O que vai fazer agora? Está diante de um dilema. Só pode seguir uma ordem, só pode ter um amo. – Puxou-o para a frente e o deteve. – A quem vai dar sua lealdade?

Minúsculos espasmos começaram nos quadris dele, que lutava para se controlar.

– Diga-me, já – arquejou Damon, cerrando os olhos e mordendo o lábio inferior até romper a pele. – Quem vai ganhar essa guerra?

– Você está vendo uma guerra, Damon? – Camille sorriu. – Ah, é o romano em você. Os romanos têm a guerra no sangue, têm, sim, isso vem desde o tempo dos Césares, quando vocês dominavam o mundo. – Agarrando-o com mais força ainda, inclinou a cabeça, encarando-o com muita curiosidade. – Você deve se perguntar como eu posso ganhar essa guerra. Sou apenas uma *mulher* – ela pronunciou a última palavra como se desse um tapa na cara dele.

Damon olhou-a, o suor escorrendo dos olhos, queimando-os.

– Você sabe o que você é – disse numa voz áspera de desejo –, e eu sei o que você é.

– Então? – A voz dela era séria, quase grave. – Já fez sua escolha, não fez?

– À vitória – disse ele.

– Até o amargo fim.

Ele inclinou a testa no perfumado vale entre os seios dela. De repente, ela o soltou e, com um grande arrepio, ele perdeu o controle, enterrando-se fundo nela. Quando explodiu, ela carinhosamente acariciou-lhe a nuca, como se ele fosse uma criança.

. . .

A garrafa vazia de vinho voltara à bandeja de prata, junto com as taças igualmente vazias. As luzes do quarto estavam apagadas, mas as cortinas não tinham sido puxadas e pontos brilhantes percorriam as paredes e o teto. Ouviam claramente o ruído da água, como se estivessem no mar. Então o barulho rouco do motor de um barco surgiu de repente, assim como vozes italianas no desembarque de suprimentos para o restaurante do hotel. Algum tempo depois voltaram a ouvir o som da água batendo..

Bravo e Jenny estavam na cama, lado a lado, nus, mas sem se tocar. Exalavam vapores de vinho e lembranças.

De repente, ela deu uma risadinha.

– O que foi?

– Gostei de você ter ciúmes.

– Eu não tive – disse ele simplesmente.

– Não, claro que não. – Jenny não conseguiu evitar, e outro ruído escapou dos seus lábios.

Seguiu-se um breve silêncio, os barulhos noturnos de Veneza mais uma vez se insinuando, alguma coisa fazendo os dois se sentirem a salvo e protegidos, como se estivessem muito longe do resto do mundo.

– Por que você gostou? – perguntou ele então.

– Adivinhe.

– Eu me sinto como se tivesse 15 anos – disse ele.

Ela moveu a mão, enroscando os dedos em torno do pulso dele.

– Estou com medo – disse ela na escuridão.

– De quê? – quis saber Bravo. As mudanças de humor dela eram velozes.

– Do que sinto quando estou com você – ela mordeu o lábio; era impensável dizer-lhe a origem desse medo.

– Está bem – disse ele. – Eu compreendo.

O problema era que compreendia apenas o que ela dera um jeito para que ele compreendesse. Não que o fato de haver sido expulsa pela mãe – e o motivo – fosse mentira. Simplesmente, ao contar a história, ela deliberadamente o desorientara – o medo provinha de outro lado bastante diferente.

Bravo sentiu-se reconfortado, tomando o silêncio dela como consentimento, e isso o levou a baixar a guarda.

– Aquela foto que você viu – disse ele.

– Aquela que seu pai trazia com ele. Fiquei me perguntando por quê...

– Não sou eu.

Ele estendeu a mão, pegou o isqueiro Zippo em cima da mesa e o abriu. Ergueu a foto, mal dava para discernir o rosto da criança no fulgor da noite, como se a imagem não estivesse de fato ali ou se houvesse ficado sem definição. Mas talvez fosse por ser um instantâneo preto-e-branco colorido à mão.

– É meu irmão, Junior.

– Eu não sabia.

– Não poderia – disse ele. – Junior morreu.

– Bravo, eu sinto tanto.

– Foi há muito tempo, quando eu tinha 15 anos, na verdade. – Ele fechou a tampa do Zippo e o repôs na mesa-de-cabeceira. – Num inverno, nós saímos para patinar no gelo. Junior tinha apenas 12 anos. Um grupo de meninos e meninas mais velhos entrou patinando, e eu avistei uma garota que vira umas duas vezes antes. Gostava dela, mas jamais tivera a coragem de me aproximar. Você sabe como é.

– É – disse ela. – Eu sei.

– Eu a vi me olhar e logo me pus a fazer uns dois eixos duplos. Claro, estava me exibindo, mas achei que talvez jamais tivesse outra chance, pois patinar era uma coisa que eu realmente sabia fazer. Enquanto eu me exibia para ela, Junior deve ter ficado de saco cheio. De qualquer modo, se afastou patinando. Foi mais longe do que devia e caiu no trecho de gelo fino. – Houve um estrondo sinistro, perverso e abafado, como um tiro de rifle ou de gelo despedaçado, que varou o ar claro e também os tímpanos de Bravo, um barulho terrível que ele jamais esqueceria nem mencionaria. Naquele momento, havia compreendido que a vida era frágil como uma casca de ovo. – Ele não voltou à superfície. Eu tirei os patins e mergulhei. Francamente, não sei o que aconteceu em seguida. A água era tão fria que entrei em choque. Mas os meninos se aproximaram e me puxaram. Eu me debati contra eles até ficar todo roxo, mas dois me seguraram por um braço enquanto um terceiro se sentou em meu peito e ficou repetindo "Não seja idiota, garoto" como se fosse uma canção de ninar.

Jenny se mexeu ao seu lado, como se a tragédia tivesse feito seu coração bater tão rápido que não podia ficar parada.

– Eu revivo esse momento sem parar – disse ele –, e não posso deixar de pensar que, se não tivessem me puxado, eu poderia tê-lo salvado.

– Você sabe que não é verdade. – Ela se ergueu sobre um cotovelo, os olhos reluzentes. – Você mesmo disse que entrou em choque. E seu irmão estava com os patins, o peso deles deve tê-lo puxado para baixo. Não havia chance.

– Não havia chance, certo...

A voz dele morreu no marulho da água contra a margem do hotel.

– Oh, Bravo – murmurou ela –, foi assim que você perdeu a fé, não foi?

– Era meu irmão caçula. Eu devia cuidar dele.

Ela balançou a cabeça.

– Você tinha apenas 15 anos.

– Idade suficiente.

– Idade suficiente para quê?

– Parece tão estúpido e egoísta agora. Eu jamais conquistaria uma garota três anos mais velha que eu.

– Como podia saber disso então? Seus hormônios estavam em ebulição.

Ele a encarou.

– Você acredita nisso? Mesmo?

– Acredito. – Ela pôs a mão no peito dele e logo depois a retirou, de repente sem fôlego com a ferocidade do coração disparado. – Mesmo.

Aos poucos, a noite os envolveu e, embora os pontos brilhantes continuassem sua misteriosa viagem pelas paredes e o teto, eles dormiram enlaçados.

# capítulo 15

**A pálida luz matinal** despertou-os, ou talvez fossem os sons musicais das vozes altas dos barqueiros, que soavam como sinos de igreja na água. Olhando pela janela, Bravo viu que o canal fervilhava de atividade – barcos, balsas e outros tipos de embarcações, o tráfego diário da cidade medieval. Céu e laguna fundiam-se como se fossem um só, água por toda parte, movendo-se interminavelmente.

Jenny já estava a seu lado, os dois parados por um momento olhando a vaporosa manhã, em meio à qual as ricas cores dos *palazzi* – ocre, marrom, siena queimado e rosa – pulsavam como um sol que descesse à Terra.

De banho tomado e vestidos, eles desceram. Sentiram-se agradecidos ao ver que Berio ainda não aparecera, deixaram rapidamente o hotel e saíram para a pitoresca *piazetta* ladeada de lojas ainda fechadas. Bravo levou-a a um pequeno café numa minúscula rua lateral. O interior era escuro e triste, e ele escolheu uma mesa perto de uma das janelas com caixilho de madeira que davam para o canal.

Enquanto esperavam pelo café da manhã, ele abriu o jornal que havia comprado e deu uma olhada.

De repente, ergueu o olhar.

– É oficial. O papa está com pneumonia.

– Se revelaram, a doença se tornou quase terminal – disse Jenny. – O grupo de conspiradores do Vaticano vai pôr mais pressão nos Cavaleiros.

– Para não falar dos recursos e influência globais. – Ele dobrou o jornal e olhou-a. – Nosso tempo está se esgotando, Jenny.

Ela fez que sim com a cabeça, o ar sombrio.

– Temos de levá-lo ao esconderijo antes que os Cavaleiros o encontrem.

Deixando o jornal de lado, Bravo lhe entregou o guia Michelin de Veneza e pediu que procurasse uma certa página. A cidade dividia-se em sete *sestieri* ou distritos, cada um com sua característica própria. Ela abriu o guia em I Mendicoli, uma parte externa do distrito Dorsoduro, bairro de classe operária pouco freqüentado por turistas. I Mendicoli significa "os mendigos", e o bairro tem esse nome porque os habitantes originais – pescadores e artesãos – eram muito pobres.

Enquanto ela lia, ele pegou a moeda que encontrara no cofre embaixo d'água em Saint-Malo. Olhou os dois lados, equilibrou-a na borda e correu o polegar pela beira serrilhada, sorrindo. Mais uma vez pensou no sistema de criptografia que o pai lhe ensinara e ficou imensamente agradecido tanto pela lição quanto por sua própria capacidade de aprender.

Jenny lançou-lhe um olhar inquisidor.

– O que eu devo procurar?

– Vire a página – instruiu ele.

Ela logo deu com uma foto da igreja de l'Angelo Nicolò. Pouco abaixo, um detalhe da pintura *San Nicolò dei Mendicoli*, de Giambattista Tiepolo.

– É a peça central da igreja – disse ele. – Agora veja a frente da moeda.

Ela olhou. Era uma cópia da peça central, o rosto de São Nicolau.

Bravo virou a moeda e mostrou-lhe as letras no verso:

QX IEAMHAG RIGPV CM VOBPXVG.

Seu sorriso ardiloso tornou-se forçado.

– A princípio, achei que esta moeda era antiga, mas então vi isto.

Chegou o desjejum e eles comeram com grande voracidade, limpando tão rapidamente os pratos quanto podiam.

Bravo copiou as letras sem sentido num pedaço de papel. Abaixo, escreveu uma equação simples: 50 – 42 = 8.

– Há 50 ranhuras na borda desta moeda – disse. – O alfabeto latino original tem, você sabe, 21 letras. Dobre isso e tem 42. – Indicou a primeira letra da frase. – Meu pai começou usando o código criado por César, que move cada letra da frase original três casas, para codificá-la, de modo que alfa se torna delta, e assim por diante.

– É um código muito fácil de ser violado – ela disse.

Ele assentiu.

– É aí que entra a equação. Só a primeira letra é substituída assim. Daí para a frente a chave é móvel. A segunda letra é substituída pela oitava, a terceira pela nona e assim por diante, até a 21ª. E então voltamos à oitava e começamos tudo de novo.

– Então, o que foi que seu pai escreveu?

Bravo acabou a decodificação e mostrou-lhe o resultado.

– No armário bolsa de mendigo. – Ela balançou a cabeça. – Você sabe o que significa?

– Acho que temos de ir a I Mendicoli para descobrir.

Bravo pagou a conta e eles foram embora.

Com o nascer do sol, a madrugada dissolvera-se numa manhã quente e úmida. As crianças já estavam na escola, e os estudantes de arte a caminho da faculdade sediada em espantosos prédios medievais, pranchas de desenho enfiadas debaixo do braço, tagarelando nos celulares.

– Nossa, que cheiro horrível! – disse Jenny ao atravessarem o canal.

Bravo riu.

– Ah, sim, o cheiro de Veneza é um gosto que se adquire.

– Não conte comigo.

– Com o tempo, eu garanto que você muda de idéia – disse ele.

Várias vezes Jenny reduziu o passo, olhando em volta como se não soubesse para onde deveria ir, embora Bravo estivesse na liderança.

– O que é que há? Não confia em mim? – perguntou ele. – Você parece perdida.

– Tenho a sensação de que estamos sendo seguidos. Normalmente, eu verificaria os reflexos numa vitrine ou no espelho lateral de um carro, mas aqui é impossível. A esta hora são poucas as lojas, e, claro, não há carros. Tentei usar os canais, mas, como a água se move, não dá para confiar no que se vê.

Seguiram em frente, ansiosos. Enquanto caminhavam, sentiam o cheiro de fermentação – borra de vinho –, a aragem do perfume de uma mulher invisível, a distinta fragrância da pálida pedra da Ístria, que se erguia como nas tênues asas de São Miguel contra a água de um verde profundo da qual emanava o sempre presente ranço da decomposição. Mesmo no mais luminoso dos dias havia em Veneza uma intensa sensação de mistério. Sempre se estava dobrando uma esquina, ouvindo passos que se aproximavam ou recuavam, vindos de becos estreitos ou antigos *campi* nos quais se viam os velhos conversando em tom abafado ou um vulto que deixava furtivamente a praça.

A primeira parada foi em San Polo, onde a Ponte de Rialto cruzava o Grande Canal como fazia desde 1172, quando a primeira ponte de barcos foi construída. Até o século XIX Rialto era a única ligação entre os dois lados da cidade. Quando atravessaram, lojas se abriam dos dois lados da ponte, com portas se escancarando e cartazes para turistas sendo postos nas vitrines e ao lado das portas.

O Banco Veneziano ficava logo depois da Erberia, uma feira ao ar livre que remontava ao tempo de Casanova. Ali vendiam-se ervas e todo tipo de produtos trazidos a cada manhã das pequenas ilhas que pontilhavam a laguna. Os aromas fortes de ervas verdes misturavam-se com os estonteantes odores de laranja vermelha, *castradure* – pequenas alcachofras – e *spareselle* – aspargos finos como lápis –, além dos ramos perfumados das flores frescas. Enquanto abriam caminho por entre a multidão alegre e tagarela, Jenny, visivelmente pouco à vontade, mantinha-se alerta para espiões, o que se tornava mais difícil no meio da densa agitação dos vendedores atacadistas, que embalavam seus produtos para dar espaço aos varejistas que chegavam. O banco era um prédio de arcadas no estilo veneziano-bizantino – a fachada, uma massa de janelas em arco e colunas – reconstruído após o grande incêndio de 1514, que o devastara ao varrer a cidade. Como muitos prédios em Veneza, a arquitetura era cheia de filigranas ornamentais, estátuas de pedra intrincadamente esculpidas e alicerces em gótico estilizado. Dentro, paredes de mármore erguiam-se até o domo no qual se incrustara um maravilhoso mosaico de navios venezianos com velas.

Atrás da bancada alta encontraram um cavalheiro magro de meia-idade. Bravo falou com ele por um instante e recebeu um formulário em que devia escrever apenas o número da conta que decodificara da caderneta do pai, não sendo preciso sequer dar o seu nome.

O funcionário pegou o formulário e desapareceu por não mais de três minutos. Quando voltou, abriu uma parte da bancada. Deixou Bravo passar, mas não Jenny. Foi polido e se desculpou muito, mas com bastante firmeza.

– Espero que compreenda, *signorina* – disse. – É política do banco só permitir a entrada do titular da conta. Uma questão passível de advertência, a senhora entende.

– Entendo perfeitamente, *signore* – disse ela. E olhou para Bravo: – Estarei lá fora, procurando por nosso amigo. Referia-se a Michael Berio, que ela suspeitava que os estivesse seguindo.

Bravo balançou a cabeça.

– Não vou demorar muito.

O funcionário conduziu-o pelo piso de mármore, os dois subiram uma escada e entraram numa silenciosa ante-sala. Adiante via-se a enorme porta para a área dos cofres. Claro, nos bancos venezianos os cofres ficavam no andar de cima, não embaixo, como proteção contra as periódicas inundações.

O funcionário deixou-o numa pequena câmara – uma das seis do lado esquerdo da ante-sala – e um instante depois retornou com uma longa caixa de metal cinza, que pôs na mesa diante de Bravo.

– Estarei lá fora, *signore* – disse. – Só precisa me chamar quando acabar.

Saiu sem olhar para trás.

Bravo sentou-se olhando fixo para a caixa por um momento. Na cabeça, via o pai sentado onde ele estava agora, a caixa aberta à frente, enchendo-a à sua maneira precisa. Estendeu as mãos e passou os braços em torno da caixa, como se sentisse os últimos vestígios do pai. Depois, com um gesto abrupto, abriu a tampa.

• • •

Parada à sombra da arcada do banco, Jenny olhava o clarão do sol. Encostava-se indiferente num dos arcos e fingia tomar, entediada, um pequeno copo de suco de laranja que comprara numa barraquinha defronte. Saboreava o gosto agridoce e nada mais. Examinando as pessoas ao redor, sentia o peso da depressão, além de uma vaga dor de cabeça, como se tivesse o fantasma de Dex sentado na sua cabeça.

Quanto mais fundo ia na missão, pior se sentia. Perguntou-se mais uma vez por que a aceitara, mas a resposta era tão óbvia que a deixava vazia. Dex lhe pedira, e ela jamais lhe recusara nada. Ele não tinha provado que sabia o que era melhor para ela? Isso incluía, Jenny deduzira, a missão de proteger o filho dele, mas as suposições nunca levavam em conta os desafios que a realidade nos lançava. E Braverman Shaw se revelara um desafio e tanto. *Não posso deixar que continue desse jeito. Quando vou lhe dizer a verdade?*, Jenny se perguntou. *Você tem de deixar as coisas como estão*, ela mesma respondeu. *Assim que lhe contar, vai haver uma tremenda confusão e você o terá perdido.*

– Viu Berio?

Ela se voltou, assustada.

– Hum, não, mas isso não quer dizer que ele não esteja em algum lugar por aí, nos espionando. – Começaram a andar em direção a Dorsoduro, deixando os grupinhos de pessoas para trás. Seus passos ecoavam nas paredes e estreitas ruas de paralelepípedos, as cores tornadas ilusórias pelos reflexos dos canais.

– Quanto tinha na conta?

– Cem mil dólares – disse Bravo.

Ela deu um assobio baixo.

– Uau!

– E isto. – Após conferir o ambiente em volta, ele puxou uma Sig-Sauer P-220. – Está carregada com munição 38S.

Ela arregalou os olhos.

– Diabos, essa semi-automática ganha uma guerra.

– Acho que era o que meu pai pensava – disse ele, guardando a arma no bolso.

– Sabe usar? Talvez devesse me dar a arma.

– Eu derrubo uma maçã em sua cabeça a 100 passos. – Ele riu. – Não se preocupe, meu pai cuidou para que eu treinasse bastante com armas de mão.

. . .

Para uma cidade que se orgulhava de suas maravilhas arquitetônicas, a igreja de l'Angelo Nicolò era demasiado simples. Fundada no século VI por um grupo de expatriados genoveses, refletia essa época de pobreza. Além de uma restauração muito necessária no século XIV, incluindo as janelas trigêmeas que se tornaram sua marca registrada e a instalação de um belo pórtico no século XV, continuava basicamente a mesma da época da fundação.

– Escondida neste *sestiere* atrasado, ficava tão longe da vida religiosa principal de Veneza que os ricos paroquianos e patronos lhe negaram sistematicamente suas doações – disse Bravo. – Em vez disso, l'Angelo Nicolò se tornou o santuário dos *pinzocchere*, fanáticos religiosos que buscavam fazer penitência dentro de suas paredes.

– E como sobreviveu?

– Boa pergunta. Uma resposta é Santa Maria Maggiore, o convento construído logo atrás. Ao que parece, foi o dinheiro das freiras que pagou as reformas.

– Deve ter custado uma fortuna – disse Jenny. – Eu adoraria perguntar às freiras como conseguiram esse espantoso feito.

O interior era frio, cinzento e bonito, e o quadro de San Nicolò pintado por Tiepolo inspirava temor. Ficaram embaixo da abside central encimada por uma cornija bizantina do século VII. Àquela hora eram praticamente as únicas pessoas na igreja, mas de vez em quando ouviam pequenos ecos, como o movimento da água do canal, vozes abafadas, uma porta se abrindo ou fechando, solas de sapato percorrendo as lajes de pedra.

Bravo viu um pequeno vulto atravessar a abside, um padre, a quem deteve.

– Desculpe, padre, esta moeda tem algum significado para o senhor?

O padre era um velho de rosto muito enrugado, a pele polida pelo tempo até a textura de couro fino. Os compridos cabelos e barba precisavam de um barbeiro – na verdade, ele parecia mais um dos mendigos que davam nome à área que um membro da Igreja. Apesar da idade avançada, tinha os grandes olhos azuis – vibrantes como os de Bravo – tão límpidos e intensos que pareciam penetrar até o seu âmago. Após um longo e contemplativo olhar, sorriu e pegou a moeda. Os dedos negavam sua idade, pois eram longos como os de qualquer homem com um terço de seus anos – de fato, a não ser pela pele do rosto, não exibia nenhum dos sinais denunciadores da devastação do tempo.

O padre desconhecido apenas deu uma olhada na moeda, e seus dedos, ágeis como os de um mágico, viraram-na. Assentiu consigo mesmo e ergueu os olhos com o brilho de um conhecimento secreto e um toque de humor e satisfação.

– Espere aqui, por favor, *signore* – disse, balançando a cabeça.

Afastou-se com a moeda e logo desapareceu por trás de uma coluna. Silêncio, a poeira descendo do alto. A luz brincava no piso, colorida pelo mármore, lembrando os buquês de flores da Erberia. Três freiras, as mãos perdidas dentro dos hábitos negros, passaram devagar em procissão, andando em perfeito compasso, como se numa cadência determinada por Deus.

– Acha que foi sensato? – perguntou Jenny. – Dar a moeda a ele?

– Para ser franco, eu não sei – disse Bravo. – Mas já está feito.

Dois padres, um mais alto e magro, o outro mais baixo e gordo, vinham atravessando o transepto na direção deles, cabisbaixos, envoltos em sombras, numa profunda discussão.

– Vou procurá-lo – disse Jenny.

Ela fez um movimento súbito e assustou os padres, que pararam, sussurrando um para o outro. Bravo a deteve, e os padres retomaram seu passeio, mas agora numa direção diferente, afastando-se deles.

– Escute, Bravo...

Ele fez um gesto curto, silenciando-a.

– Quando se trata de me proteger, você dá as ordens. Fora isso, este jogo é meu, está entendendo?

Ela resistiu, o rosto vermelho de raiva. Ele via que Jenny se sentia desconfortável cedendo-lhe o controle e compreendeu que ela ainda questionava seus instintos, suas motivações e, pior ainda, sua força mental. Mesmo sendo íntimos na cama, havia um abismo de desconfiança entre os dois, o que o fazia se perguntar se a relação física dos dois era mais que uma ilusão passageira. Estava tão feliz quando chegara a Veneza na noite anterior, certo de que se aproximava de algo pelo qual ansiara a vida toda, uma coisa tão importante e vital que podia absolvê-lo da culpa pela morte de Junior. E agora era tomado pela súbita sensação de que estava fora do corpo, como se tivesse entrado num sonho sem saber exatamente quando ou como. Nada mais parecia certo, sentia-se como se houvesse gelo fino debaixo dos pés e ele estivesse na iminência de perder o equilíbrio e cair na água gelada.

Para sua grande consternação, descobriu que ele e Jenny se entreolhavam.

– Você não falaria assim com tio Tony – ela disse.

– Falaria, sim, quer você acredite ou não. Duas pessoas podem tomar uma decisão, mas só se uma delas estiver morta.

A paráfrase da famosa declaração de Benjamin Franklin quebrou a tensão, como ele queria, e ela relaxou visivelmente.

– Só se lembre de quem está tomando conta de você – sussurrou ela.

Outro padre aparecera nas sombras embaixo das janelas gêmeas e chamou-os.

– Eu sou o Padre Mosto.

Tinha a moeda de ouro na mão. Era de estatura mediana, cabelos emplastrados e negros que cobriam seu crânio como uma touca. A pele cor de chocolate com creme indicava possíveis antepassados da Campânia, no sul da Itália, nas proximidades do monte Vesúvio. Talvez tivesse um pouco de sangue norte-africano e turco. Embora não fosse alto, dava essa impressão, porque tinha largos ombros curvados e peito possante. Seu rosto era gordo e meditativo, e ele olhava o mundo com desconfiança inata por trás da floresta da barba.

– Você é Braverman. – Segurava a moeda entre o polegar e o indicador. – Filho de Dexter.

– Isso mesmo. – Bravo aceitou a moeda de volta.

– Eu o reconheci por uma foto que seu pai me deu. – Padre Mosto balançou a cabeça. – Venha comigo, vamos conversar.

Quando Jenny se mexeu para acompanhá-los, o padre ergueu a mão.

– Isto é entre mim e o Guardião-mor. Pode ficar diante da porta de meu presbitério, se quiser.

Os olhos dela lampejaram.

– O próprio Dexter Shaw me indicou para proteger Bravo; eu o acompanho aonde ele for.

Uma tempestade de emoção apareceu no rosto do Padre Mosto.

– Simplesmente não é possível – ele disse. – A senhora deve seguir suas ordens. Nenhum outro Guardião precisaria ser lembrado de suas obrigações.

– Ela tem razão, Padre Mosto – disse Bravo. – O que eu ouço ela ouve.

– Não, não é permitido. – O padre cruzou os braços no peito. – Jamais.

– É desejo de meu pai e escolha minha. – Bravo deu de ombros. – Mas, se o senhor insiste, eu vou embora...

– Não, não deve. – Um pequeno músculo começara a saltar no rosto do padre. – O senhor entende por que não deve.

– Entendo – disse Bravo. – Mas vou mesmo, esteja certo.

Padre Mosto encarou-o com certo grau de hostilidade.

Bravo virou-se e começou a se afastar ao lado de Jenny.

– Braverman Shaw – chamou o padre. – Talvez o senhor não conheça as tradições da Ordem. As mulheres não têm lugar na...

Viu os dois se distanciarem e quando tornou a falar havia um tom de queixa em sua voz.

– Não faça isso, eu lhe peço. É contra nossas antigas tradições.

Bravo voltou-se.

– Então talvez seja hora de reconsiderar o que é tradição e o que é rotina, o que é útil e o que jamais deveria ter sido.

O padre tinha o rosto escuro como fuligem e balançava um pouco sobre os pés, minúsculos como os de uma menina.

– Isso é monstruoso. Eu não vou tolerar. O senhor está extorquindo...

– Eu não estou extorquindo nada – disse Bravo, calmo. – Só estou sugerindo outra forma de ver uma situação, como meu pai teria feito se estivesse aqui em meu lugar.

Padre Mosto coçou a barba com os dedos curvos, os olhos enormes em Jenny.

– Onde está sua famosa caridade cristã, Padre Mosto? – perguntou ela.

Bravo sobressaltou-se, certo de que ela desfizera o delicado equilíbrio que criara com tanto cuidado. Mas então olhou para a cara do padre e notou um sutil abrandamento. Como qualquer outro, o sacerdote não era imune à lisonja. Jenny escolhera o momento psicológico certo para falar. Padre Mosto viu que ela não era tão dócil ou tola como pensara. Bravo entendeu, então, como Jenny era esperta. Vinha acompanhando cada nuance da conversa e vira exatamente quando o padre estava a ponto de aquiescer. Só precisava se posicionar, provando o ponto de Bravo.

Uma expressão, talvez de resignação, surgiu no rosto do Padre Mosto.

– Venham comigo os dois – disse mal-humorado, e conduziu-os por uma porta fortemente pintada no fundo da igreja, na verdade parte da pintura de um painel, tão pequena que Bravo teve de baixar a cabeça.

Viram-se num corredor descendente, que devia correr ao lado de um canal, porque, quanto mais desciam, mais úmido ficava. Aqui e ali a água vazava dos imensos blocos de pedra. Surgiu uma porta à esquerda, pouco antes de o corredor chegar ao ponto mais baixo. Havia um dreno de metal na pedra do qual exalava de vez em quando um forte cheiro de esgoto.

Padre Mosto destrancou o presbitério e, abrindo a grossa porta de madeira revestida de ferro, fez menção de que ia cruzar a soleira. Jenny, porém, olhava o corredor que continuava para baixo.

– O que há depois dali? – perguntou.

Quando ficou claro que o padre não ia tomar conhecimento da pergunta, Bravo repetiu-a.

– Santa Maria Maggiore – respondeu o padre a Bravo, com lábios franzidos.

– O convento – acrescentou Jenny.

– Ninguém pode entrar lá – disse Padre Mosto.

Quando Jenny entrou, ele já se postara atrás da mesa, um tanto enfeitada demais para um padre. Um enorme armário de carvalho tomava toda uma parede, as portas entalhadas e fechadas com corrente e cadeado. As únicas outras peças eram duas desconfortáveis cadeiras de uma madeira quase negra. Acima da cabeça do padre pendia uma talha de Jesus crucificado. Por causa da ausência de janelas, a sala, que cheirava a resina e incenso, era claustrofóbica.

– Receio ter más notícias a dar – disse ele. – A saúde do papa declinou perigosamente.

– Então eu tenho menos tempo do que pensava – disse Bravo.

– De fato. Com todo o apoio da conspiração do Vaticano por trás, os Cavaleiros estão em vantagem agora, disso não há dúvida. – O padre correu os dedos pela barba de novo. – O senhor entende por que fiquei tão desesperado quando decidiu ir embora. O senhor é a única esperança da Ordem. O que nos salvará é a proteção de nossos segredos. São nosso poder, nosso futuro, são a própria Ordem. Sem eles, deixaremos de existir, nossos contatos desaparecerão, e os Cavaleiros de São Clemente ficarão à solta. – Fez uma careta. – O senhor vê a ironia. Barganhamos segredos para fazer nosso trabalho, mas também para nos defender. Enquanto não encontrar o esconderijo, estamos impotentes para usar nossos contatos para que nos ajudem a rechaçar os Cavaleiros.

– O senhor precisa me explicar uma coisa – disse Bravo. – Jenny me garantiu que a Ordem agora é secular... apóstata... e já há algum tempo. Contudo, aqui estamos nós falando com um padre, não com um homem de negócios ou uma autoridade do governo como meu pai.

Padre Mosto assentiu com a cabeça.

– Isso se deve inteiramente a seu pai. Enquanto outros da Haute Cour deixaram o lado religioso da Ordem, ele não. Foi ele quem manteve viva e próspera nossa rede construída ao longo de séculos.

– O senhor quer dizer que ele guardava segredos até da Haute Cour.

– Seu pai estava certo quando defendeu a reinstituição do *Magister Regens*. Ele acreditava, com um senso de urgência, que a missão da Ordem deveria ser mais ampla e voltada para um nível superior.

– O que ele queria que a Ordem fizesse?

– Infelizmente não faço idéia. Ele não me contou, e meus contatos com o resto da Haute Cour são, como o senhor imagina, inexistentes.

Bravo concordou.

– Eu gostaria que meu pai estivesse aqui. Agora a Ordem é atacada tanto por dentro quanto por fora.

– É, o traidor. Os membros da Ordem percebem os erros que seus líderes cometeram.

– Tarde demais para meu pai.

– Ah, meu filho, todos temos uma dívida enorme com Dexter. Ele decididamente previu o futuro. – Padre Mosto pôs a mão no ombro de Bravo. – A Ordem pode estar passando por um momento conturbado, Braverman, mas, se o senhor cumprir a missão de seu pai, se sobrevivermos a esta terrível crise, tenho certeza de que finalmente se efetuará uma verdadeira mudança. – Fez um gesto. – Mas estou esquecendo a educação. Por favor, sentem-se.

As cadeiras eram tão desconfortáveis quanto pareciam. Bravo e Jenny acomodaram-se o melhor possível. Em meio à raiva, ao avaliar as novas informações dadas pelo padre, Bravo não perdeu de vista a sua missão. Fez uma anotação mental para ligar para Emma na primeira oportunidade. Talvez ela tivesse uma pista do traidor, mas assim que pensou nisso viu que perdia tempo. Sem dúvida a irmã teria ligado se houvesse feito algum progresso.

O padre abriu os braços.

– Creio que lhe disseram que a Ordem veio para cá porque Veneza e Roma não morriam de amores uma pela outra, e até onde consta, é verdade. – Curvou-se para a frente, os dedos esticados. – No entanto houve outro motivo, mais forte. Para entendê-lo, devemos remontar a 1095, quando se fez a convocação da primeira Cruzada.Veneza é lembrada apenas como uma cidade-estado de políticos soberbos, o que é verdade, de novo até onde consta. "Protegei da tempestade, ó Senhor, todos os vossos fiéis marinheiros, a salvo de súbitos naufrágios e insuspeitados truques e astutos inimigos." – Balançou o indicador para a frente e para trás.

– Inimigos astutos, entende? Mas estou me adiantando.

Bravo e Jenny absorviam cada palavra de Padre Mosto.

– A prece que acabo de recitar está registrada nas mais antigas histórias de La Serenissima, feita no dia da Ascensão, quando os doges de Veneza se casavam com o mar. Porque os venezianos eram, primeiro e acima de tudo, um povo marítimo – frisou. – Quando Roma convocou espadas capazes para irem à Terra Santa, pensávamos que aqueles que respondessem teriam orientação religiosa e visariam ganhar o caminho para a vida eterna. Mas não, havia apenas um punhado de soldados do Senhor; a vasta maioria dos que pegaram em armas para lutar por Roma era de oportunistas, que viam no futuro massacre a chance de conseguir feudos, propriedades e até impérios no Levante, como se chamava o Oriente Médio. – Ergueu a mão. – Eu sei que vocês dois conhecem essa era, mas peço que me ouçam por um instante.

Levantou-se e contornou a mesa, postando-se diante deles. Via-se que se sentia muito à vontade discursando. Tanto seus modos e quanto sua oratória eram visivelmente antiquados, de séculos atrás.

– Inicialmente os doges de Veneza ficaram tão tentados quanto os rivais em Gênova, Pisa e, por último, Florença a adquirir bases na Terra Santa. Quer dizer, até serem advertidos por membros da Ordem, que perceberam que era melhor deixar os outros lutarem e morrerem por terras estrangeiras. O sábio conselho era o seguinte: enquanto seus rivais lutam por terra, vocês usam sua marinha para controlar o mar. O mar?, perguntaram os doges. Por que iríamos querer conquistar um lugar tão vasto e inóspito? Porque, respondemos, quando dominarem o mar, controlarão o comércio não apenas no Adriático, mas no mar Médio, que hoje chamamos de Mediterrâneo. Com sua invencível marinha, imporão taxas a todos os navios que venham de qualquer país para a Itália, regularão o comércio de modo a beneficiar Veneza e assim conquistarão condições mais favoráveis para seus mercadores, que prosperarão seja qual for o resultado das guerras. Claro que a Ordem tinha seus próprios motivos para querer que Veneza controlasse o comércio no Mediterrâneo. Desejávamos ganhar livre acesso ao Levante, porque já tínhamos em nosso poder segredos que sugeriam outros, muito maiores, enterrados ou escondidos em áreas do *Oltremare*.

– Sim, sim – disse Bravo –, o além-mar: Chipre, Síria e Palestina.

– Ah, não apenas esses, mas também ao longo da margem sul do mar Negro, em Trebizonda. – Pigarreou, um sinal certo de que não gostava de ser interrompido. – Fomos tão convincentes que durante 400 anos Veneza perseguiu a meta da superioridade marítima. Não podia usar bloqueios, porque os navios naquela época não eram construídos nem abastecidos de provisões para ficar no mar por longos períodos, e por isso os venezianos se concentraram no que sabiam: comboiar seus navios mercantes de porto em porto e atacar portos inimigos e rotas de comércio no estilo ataque-e-fuga. Com a sugestão de que usassem os mastros dos navios de guerra como torres de sítio, a Ordem ajudou os cavaleiros das Cruzadas a tomar Constantinopla; com o conhecimento esotérico das terras depois do *Oltremare*, a Ordem auxiliou os irmãos venezianos Nicolò e Matteo Polo, pai e tio de Marco Polo. Após saber, por nossa rede de contatos em altos postos, que os genoveses tinham se aliado aos gregos, que antes haviam subjugado o Levante, para retomar Constantinopla, eles retiraram os Polos, e tantos outros venezianos quanto puderam, da cidade. Os que não conseguiram encontrar ou não deram atenção a seu aviso foram depois capturados e tratados como piratas – acabaram sendo cegados ou tiveram o nariz cortado.

Bravo e Jenny continuavam hipnotizados com a narrativa do padre.

– Um traidor ajudou os gregos no bem-sucedido ataque a Constantinopla, e menos de um século depois outro traidor, da corte de Davi Comneno, imperador de Trebizonda, fez a cidade cair nas mãos dos otomanos. Também estávamos lá, no dia em que Trebizonda caiu, e tiramos de lá segredos incomparáveis.

– Isso tudo é fascinante – disse Bravo –, mas eu vim aqui por um motivo. Onde está...

Padre Mosto, após saltar a quina da mesa, agora erguia as mãos.

– Escute-me, Braverman Shaw, toda vez que apareceu um traidor, isso resultou num terrível rio de mortes, e a Ordem foi severamente prejudicada em sua missão. E os Cavaleiros de São Clemente sempre estavam por trás desses planos, seduzindo um dos nossos para seu lado. Estamos num período desses agora, e desta vez o que está em jogo é a nossa própria existência. Como o senhor mesmo disse, seu pai acreditava que havia um traidor em nosso meio. O que talvez não saiba é que a tarefa de Dexter Shaw era desmascarar esse traidor e capturá-lo para que, no interrogatório que se seguiria, conseguíssemos chegar ao cabeça dessa conspiração de uma vez por todas.

– Interrogatório – disse Bravo. – Quer dizer tortura, não é?

– A informação tem de ser extraída por todos os meios.

Bravo sacudiu a cabeça.

– Meu pai jamais consentiria em torturar outro ser humano.

– O plano foi idéia dele próprio – disse Padre Mosto. – Nasceu do desespero, mas todos nós na Haute Cour, incluindo, ironicamente, o traidor, concordamos. Aqui, hoje, neste mesmo instante, há apenas sobrevivência ou morte. – Fez um gesto amplo. – Por isso devo insistir em que o que for dito em seguida fique entre mim e o senhor apenas.

Jenny saltou.

– Eu não sou traidora.

– Braverman, sem dúvida, acredita que não – disse Padre Mosto –, mas hoje, neste momento, eu não posso me dar a esse luxo. Desconfio de todo mundo que não seja o filho de Dexter Shaw.

– Como *eu* poderia ser a traidora? – perguntou Jenny, esquentada. – Todos nós sabemos que ele é um membro da Haute Cour.

– Em conluio, talvez, com um daqueles que guardam a Haute Cour.

Bravo olhou-o.

– O senhor não acredita mesmo nisso, acredita?

– Metade da Haute Cour foi assassinada num período de menos de duas semanas. Onde estava a louvada proteção deles? – Padre Mosto balançou a cabeça. – Já passou da hora de fazer suposições simples ou correr riscos. Seu pai entenderia, Braverman, e o senhor também deve entender.

Bravo levantou-se, pensando um instante. Depois voltou-se para Jenny e disse:

– Por favor, espere por mim lá fora.

– Bravo, você não pode fazer isso...

– Preciso que você garanta que não seremos perturbados.

O rosto dela endureceu-se e ela concordou com um gesto breve. Deixou o presbitério sem olhar para o padre.

Quando ficaram a sós, Padre Mosto disse:

– O senhor confia nela?

– Sim – respondeu Bravo na hora.

– Absolutamente?

– Foi escolha de meu pai. Era desejo expresso dele...

– Ah, sim, seu pai. – Padre Mosto trançou os dedos. – Permita-me dizer uma coisa sobre seu pai. Ele era presciente de uma forma que nenhum de nós entendia. Não diria que previa o futuro exatamente, mas parecia saber como tudo ia acabar.

– Eu ouvi dizer.

– Se, como o senhor diz, ele o levou a Jenny, pode ter certeza de que havia um motivo.

Bravo deu de ombros.

– Ela é a melhor Guardiã.

– Não é, não; mas, deixando isso de lado por um instante, mesmo que fosse, ele o levou a ela por outro motivo, uma coisa que viu ou sentiu, uma coisa que tem a ver com o futuro que sabia que não ia viver para conhecer.

Bravo encarou-o de olhos arregalados.

– Não pode estar falando a sério.

– Estou falando inteiramente a sério, Braverman.

– Eu não o tomaria por um místico.

– Acredito no bem e no mal, na imortalidade da alma, na estrita ordem hierárquica de Deus. Os místicos acreditam no bem e no mal, na imortalidade da alma, num poder superior e na estrita ordem hierárquica de tudo; portanto, no sentido mais fundamental, não creio que estejamos tão distantes.

– A Igreja o encararia como herege.

– E me queimaria na fogueira? Há 300 anos, eu diria que tentaria – disse Padre Mosto sem alterar a voz. – Mas pense: o padre e o místico sabem que há muito mais coisas neste mundo além do homem e das criações do homem. Eu respeito isso, e o senhor também devia respeitar. – Franziu os lábios. – Onde está sua fé, Braverman?

O eco da pergunta de Jenny foi como um tiro na testa de Bravo, e, envergonhado por sua incapacidade de responder a uma questão tão vital, ele ficou calado.

Após uma pausa meditativa, Padre Mosto continuou:

– De qualquer modo, é fundamental que se lembre do que acabei de dizer sobre a presciência de seu pai ao cruzar o labirinto que ele criou para o senhor. Um labirinto para pegar os impudentes e os mentirosos. Eu conhecia seu pai muito bem. Acredito de coração que ele construiu um labirinto que pudesse resistir a investidas de todo tipo. Parece improvável, até impossível, mas, por mais perto que tenha estado de Dexter Shaw, o senhor não pode tê-lo conhecido como eu. A mente dele... bem, não funcionava como a sua ou a minha, eu lhe garanto.

– Eu sei, nós criamos um jogo de cifras...

– Não estou falando de cifras nem de jogos, Braverman – cortou severamente Padre Mosto.

Alguma coisa no seu tom de voz foi um aviso para Bravo, e ele se curvou um pouco para a frente, concentrando todo o seu ser no que era dito. O padre percebeu isso e, na medida do possível, pareceu satisfeito.

– Como eu disse, seu pai previa o que ia acontecer. Ele soube do traidor dentro da Ordem antes de qualquer um de nós. Na verdade, a princípio, alguns membros não acreditaram nele.

– Mas não o senhor.

– Não. Ele falou de suas suspeitas primeiro a mim.

– Disse de quem desconfiava?

– Não, mas estou convencido de que sabia.

– Então por que não agiu?

– Acho que tinha medo – disse o padre.

– Medo? Meu pai não tinha medo de nada. – No silêncio que se seguiu, Bravo disse: – Do que ele tinha medo?

– Da identidade do traidor. Isso abalou sua confiança até nele próprio. Era alguém que ele conhecia bem e em quem confiava inteiramente.

Padre Mosto tirou um pedaço de papel do hábito. Bravo pegou-o.

– O que é isto?

– A lista de suspeitos – disse o padre.

Bravo abriu-a, olhou os nomes.

– O nome de Paolo Zorzi está aqui. – E então ficou com a respiração presa na garganta. – E Jenny também. – Franziu a testa. – O senhor disse que o traidor era alguém que ele conhecia bem e em quem confiava plenamente.

O padre assentiu.

– Dexter e Jenny tinham... uma espécie de relacionamento.

– Claro, trabalhavam juntos.

O padre balançou a cabeça.

– O relacionamento deles ia além do profissional – disse. – Era profissional e íntimo.

• • •

Havia alguma coisa de emocionante, pensou Camille Muhlmann, em vestir roupa de homem – e de padre, ainda por cima. Tinha os seios amarrados e acolchoamento na cintura para fazê-la parecer mais robusta por baixo do hábito. Assim que se metera no hábito, Giancarlo, um dos homens de Cornadoro, assumira aquela neutra expressão eclesiástica tão conhecida dela. Mas também Cornadoro afirmava que ele queria ser ator.

– Ele é fanático por cinema – queixara-se quando ela anunciou a intenção de usar Giancarlo em vez de ele próprio. – Sempre que uma equipe americana de cinema aparece em Veneza, ele a segue por toda parte feito um cachorro pedindo restos.

– Pode-se confiar nele? – ela perguntou.

– Claro que sim, ou eu já teria lhe dado um chute na bunda há meses.

Não fora difícil ignorar as lamúrias de Cornadoro. Giancarlo era dispensável, e ele não. Era simples assim, uma equação matemática a que ela chegara com um mínimo de esforço.

A emoção de ser homem crescera quando ela e Giancarlo haviam descido o transepto da igreja de l'Angelo Nicolò observando Bravo e Jenny parados perto das janelas trigêmeas. Amarrada e acolchoada, sentira-se um cavaleiro de armadura, impaciente pelo começo da batalha, e uma feroz alegria atravessara-a como um raio.

Ela e Giancarlo haviam esperado nas sombras da estátua branca de mármore de Jesus e viram Padre Mosto levar o casal rumo ao presbitério. Eles os seguiram a uma distância discreta e em um caminho mais ou menos paralelo.

Agora eles estavam quase na entrada da porta, no mural, quando outro padre se materializou praticamente do nada. O sacerdote era muito velho, tinha cabelos brancos compridos e uma barba desgrenhada precisando urgentemente de uma boa aparada. Quando se aproximara deles, seus olhos negros pareceram penetrá-la, tanto que, atipicamente, ela sentira um certo pânico, convencida de que ele descobrira que era uma mulher. Mas então ele continuou seu percurso como se jamais os tivesse visto, e por fim se viram livres para abrir a porta e seguir Padre Mosto até a sua toca.

No malcheiroso corredor de pedra, ela avistou Jenny diante da porta fechada do presbitério. Sussurrou secas instruções e, assentindo, Giancarlo foi na frente.

Ela o viu aproximar-se de Jenny e passar por ela. Então Camille tirou os sapatos e, quando Giancarlo se achava cinco ou seis passos depois da Guardiã, ele virou e perguntou: "O que está fazendo aqui?" Era imperativo, dissera-lhe Camille, que a pusesse logo na defensiva, para que não tivesse escolha senão responder, conversar com ele, distraindo sua atenção.

Quando Jenny se voltou para responder, Camille voou pelo corredor, os pés descalços sem fazer barulho algum. Ao chegar perto, calculou o ângulo do golpe e a força a empregar. Concentrava-se no osso occipital na base do crânio, e foi onde bateu, plantando os pés e contorcendo-se na cintura, o poder por trás da pancada vindo da retesada coxa esquerda, subindo pela pélvis e pelo torso e infundindo no braço direito a medida certa do impacto para derrubá-la inconsciente.

Estava preparada e pegou Jenny nos braços. Também sabia que Giancarlo vinha ajudá-la, mas balançou a cabeça e ele parou à espera, paciente como um cachorro.

Por um momento, teve Jenny para si mesma, encostada em seus seios amarrados, a cabeça frouxa no ombro, a garganta exposta. Foi um momento de terrível intimidade. Ela pôs delicadamente a mão no pescoço da moça. Apalpando a carótida pulsante, estendeu o indicador como se fosse a lâmina de uma faca. Seria tão fácil matá-la ali mesmo, pensou. Mas seria um erro. A Ordem mandaria outro Guardião – que ela não conhecia – e o meticuloso processo que pusera em movimento teria de recomeçar. Não podiam se dar a esse luxo. Jordan sofria uma enorme pressão do Cardeal Canesi para apresentar a Quinta-essência e o Testamento. Se fracassassem, todo o imenso poder deles ficaria em perigo, talvez irremediavelmente. Não, sua maneira era a correta, tinha certeza.

Moveu a mão de novo, percorrendo Jenny como se fossem amantes num abraço amoroso. Pegou o celular dela e jogou-o para Giancarlo. Felizmente, encontrou a arma. Por um momento, a luz lampejou vermelha e verde nas escamas de madrepérola do canivete. Camille sorriu. Dera-se ao trabalho de duplicá-lo porque não havia como saber se Jenny estaria com ele, ou se poderia encontrá-lo quando precisasse. Agora a duplicata não era mais necessária, pensou, guardando o canivete sob o hábito. Mas seria uma bela lembrança para a secreta coleção que vinha fazendo havia anos – pequenos objetos, talvez até mesmo insignificantes, a não ser pelo fato de cada um ter uma sinistra intimidade, roubados como haviam sido de Jordan, Bravo, Anthony e Dexter.

Camille balançou a cabeça para Giancarlo e, juntos, carregaram Jenny para um quartinho mais adiante no corredor, onde a depositaram. De volta ao corredor, ela recuperou os sapatos e tornou a calçá-los. Dispensando Giancarlo com outra série de instruções, fundiu-se nas sombras.

Quando Giancarlo voltava correndo à igreja, ouviu atrás o suave estalido do canivete abrindo-se.

. . .

Dentro do presbitério, Bravo sentou-se de repente, a borda dura da cadeira fazendo a parte de trás das coxas doer. *Como ela pôde?*, pensou. *Como pôde?* Ao erguer a cabeça, Padre Mosto o observava com olhos penetrantes.

– Não tenho idéia se Jenny é ou não a traidora, Braverman, mas sei que seu pai estava envolvido demais para fazer um julgamento objetivo. Creio que foi por isso que o mandou até ela, para que você desse o passo que ele não pôde dar e descobrisse a verdade sobre ela.

– Mas isso não faz sentido. – Bravo balançou a cabeça. – Quase todos se ressentem dela e a odeiam. Não seria a primeira a ficar sob suspeita?

– Na verdade, seria a última pessoa de quem desconfiariam. Pense: ela é alvo de insultos e deboche, está sempre em evidência, jamais nas sombras.

– A não ser quando está em campo.

O padre não disse nada, não havia necessidade.

– Meu pai falou sobre isso com Paolo Zorzi? Afinal, foi Zorzi quem a treinou.

– Lembre-se de que ele também está na lista – disse Padre Mosto.

Bravo fitou a porta fechada.

– O senhor acha que ela é a traidora?

– Eu... – começou o padre, mas na mesma hora desistiu. – Eu tenho medo dela, porque conseguiu chegar a Dexter de uma forma que ninguém podia... nem mesmo, creio, sua mãe.

Alguma coisa gritou na cabeça de Bravo.

– Eu não acredito. Meu pai estava tendo um caso com Jenny?

– Eu conhecia seu pai há mais tempo que qualquer um. Isso é um fato. – Os olhos do padre transbordavam de empatia. – Deve buscar perdão em seu coração, meu filho. Seu pai era um homem extraordinário, realizou coisas incríveis.

– Mas nunca nos contou.

– E por que contaria? Dexter vivia duas vidas, Bravo, você sabe disso melhor que qualquer um agora.

– Mas Jenny tem metade da idade dele. – Bravo ergueu a cabeça. – Por acaso o senhor... um padre... está endossando o que ele fez?

– Espera que eu o condene? – O padre sentou-se diante dele, tão perto que os joelhos quase se tocavam. – Eu era amigo de Dexter primeiro e acima de tudo. Aconselhei-o o melhor que pude, mas... Não preciso lhe dizer que seu pai era um homem de segredos, compartimentava as duas vidas, uma não invadia a outra. Por motivos que nem chego a imaginar, vivia no fundo de si mesmo. – Levantou-se e pôs a mão no ombro do rapaz. – De uma coisa eu tenho certeza: ele amava sua mãe, profunda e completamente. Nada do que fez muda isso.

Bravo assentiu em silêncio, perdido em seus próprios pensamentos.

– Quando somos crianças, vemos os pais com olhos de criança. Se eles brigam, achamos que devem se odiar. Mas quando nos tornamos adultos descobrimos que as pessoas, incluindo nossos pais, são complexas. É possível brigar e ainda assim amar. O que se deve ter em mente é que seu pai jamais deixou sua mãe, jamais deixou você e sua irmã. Quando sua mãe caiu doente, ele ficou ao lado dela o tempo todo. E quando ela morreu... Deus do céu, como ele chorou. Uma parte dele morreu, isso eu lhe garanto. – Padre Mosto deu um suspiro. – É uma descoberta dura, Braverman, mas é melhor saber a verdade, não é? Todas as suas decisões devem brotar da verdade.

Bravo ergueu o olhar.

– Mas Jenny e eu...

Não pôde concluir o pensamento. Será que ela tinha seduzido seu pai como o seduzira no quarto de hotel em Veneza? Claro, antes acontecera aquela transa frenética no monte Saint-Michel, mas mesmo então a iniciativa não fora dela? Sim, sentira ternura por Jenny, mas ela praticamente se jogara para cima dele – tinha sentido a excitação, vira o desejo nos olhos dela...

O padre tinha nos olhos o cansaço do mundo e uma certa tristeza.

– Eu lhe peço que não confie nela como seu pai. Fique em guarda.

*Tarde demais*, pensou Bravo com amargura. *Tarde demais*.

Padre Mosto ficou calado, dando-lhe tempo para clarear a mente.

Finalmente, Bravo levantou-se.

– É hora de discutirmos o motivo de meu pai ter me mandado aqui.

O padre concordou, um ar de preocupação no rosto.

– Claro.

– O armário de esmolas.

– Ah, eu desconfiava que era um objeto aqui em meu presbitério. Dexter passava muitas horas aqui, estudando e pesquisando.

Pegando uma chave, o padre destrancou o enorme armário de madeira e puxou a corrente.

Nesse momento, uma campainha tocou em sua mesa. Por um instante, ele a ignorou, guardando o cadeado e a corrente. Depois, como continuava a tocar, ele disse:

– Deve me desculpar um momento. Precisam de mim na igreja.

. . .

Quando Padre Mosto dobrou o corredor, viu que várias das lâmpadas estavam apagadas e fez uma anotação mental para acendê-las na volta. Apressou-se, a mente em Braverman e Dexter Shaw. O ataque foi tão silencioso, tão rápido, que ele não percebeu nada, até o canivete cortar sua garganta. Então sentiu uma grande pulsação e contorceu-se violentamente quando seu sangue jorrou. Começou a gritar, mas quase no mesmo instante a escuridão já lambia sua consciência e veio uma curiosa lassidão, de modo que queria dormir enquanto tentava lutar. Lutar contra o quê? A vida esvaía-se dele a cada batida do coração.

O último pensamento – não houve último pensamento. Estava morto antes de cair ensangüentado no chão de pedra.

. . .

Sem esperar a volta do Padre Mosto, Bravo abriu as portas do armário. O interior cheirava a velhice e cedro; as paredes do armário eram revestidas da madeira aromática. Havia três prateleiras bem separadas. Ele abriu a caixa de esmolas, folheou o livro de contabilidade e a miscelânea de outros papéis e arquivos, sem encontrar o que procurava. Ficou parado ali por um instante, intrigado, respirando o cheiro forte de cedro. Tinha certeza de que não lera errado a cifra do pai. Onde estava a bolsa do mendigo?

Então lhe ocorreu uma coisa. Embora parecessem antigos, os painéis de cedro tão cheirosos eram relativamente novos – o aroma da madeira desfazia-se em questão de anos, e aquele armário parecia ter mais de dois séculos. Curioso, ele deu uma série de fortes batidas nos painéis.

O ouvido, afinado para sons minúsculos, escutou o que ele esperava – um barulho oco. Enfiou as unhas na fenda entre os painéis e puxou. Arrancando um deles, descobriu um pequeno nicho do qual tirou um curioso objeto. Era frio ao toque e brilhava à luz da lâmpada. Investigando mais, notou que era feito de aço – possivelmente, aço de espada –, na bela forma de uma pequena bolsa de mendigo. A tampa abaulada não tinha tranca. Em vez disso, ele notou um minúsculo recorte quadrado. Já vira aquela forma de fechadura.

Pegando as abotoaduras, enfiou a que não abrira a fechadura em Saint-Malo. Claro, entrou. Quando ia abrir a bolsa do mendigo, ouviu um barulho, o forte baque de um caixilho de janela sendo aberto, seguido pelo que pareceu um gemido arrancado de uma garganta estrangulada.

Com dois rápidos passos, alcançou a porta e escancarou-a.

– Jenny? Padre Mosto?

O corredor vazio estendia-se para os dois lados. Um grande silêncio. Bravo ouvia o coração batendo, o sangue correndo nos ouvidos. Um lento gotejar em algum lugar próximo. Onde diabos estava Jenny?

Guardando rápido a bolsa do mendigo, ele desceu às pressas o corredor. A princípio, viu uma grande forma caída no chão de pedra.

O coração falhou uma batida.

– Jenny?

Correu e derrapou. As lajes estavam encharcadas com a umidade do canal e mais alguma coisa, uma coisa grudenta e meio viscosa. Sangue. Um corpo com hábito de padre esparramava-se de forma grotesca a seus pés. O rosto do Padre Mosto, pálido e quase esverdeado, mirava-o de baixo, os olhos fixos e vidrados. Tinha a garganta cortada, e o sangue, que a princípio jorrara, ainda escorria. Junto, na crescente poça de sangue, a arma do assassino – um canivete.

Ajoelhando-se, Bravo examinou-o sem tocá-lo. Era um fino canivete com cabo de madrepérola – o que Jenny usara para abrir a garrafa de vinho.

Jenny matara o Padre Mosto? Ele não acreditava. Mas, se era inocente, onde estava?

Ouvindo um arranhar baixinho, ele se levantou e correu atrás do que pareciam pisadas furtivas no chão. As lâmpadas naquela parte do corredor estavam apagadas, e, quanto mais se afastava do cadáver, mais mergulhava na escuridão, até mal poder distinguir um palmo à frente.

Ainda assim, continuou – que mais poderia fazer? De repente, percebeu alguma coisa atrás e virou-se a tempo de ter a cabeça jogada para trás por uma pancada na testa. Cambaleando, bateu na parede viscosa e foi atingido de novo.

Deixou o outro golpe pegá-lo, mas desta vez agarrou o pulso do braço esticado e ficou espantado ao ver como era frágil, como a pele era lisa. Estava sendo atacado por uma mulher.

– Jenny – arquejou –, por que está fazendo isso?

Outro golpe o balançou, mas ele se recusou a soltar o pulso e curvou-o bem para trás, ouvindo o rápido chiado de dor escapar dos lábios da adversária. Roçando nela ao se desviar de mais um golpe, sentiu o inchaço dos seios e virou-a para deslizar o braço em torno da garganta dela. Mas, nesse exato momento, ela assentou a base da palma em seu nariz. A cabeça de Bravo foi jogada para trás e a visão se turvou quando as lágrimas jorraram dos olhos, cegando-o momentaneamente. Sua adversária usou a vantagem para livrar-se dele. Bravo viu de relance um corpo feminino correndo, depois só pôde discernir a silhueta contra a luz do dia quando ela abriu a porta e desapareceu.

Ele sacudiu a cabeça, tentando clareá-la. Cambaleou para a frente e estendeu a mão para a porta. Viu-se numa rua estreita que corria ao lado da água do canal. Uma massa de reflexos, movendo-se e ondulando, ergueu-se para ele como de uma pintura que ainda era retocada pelo pincel do artista.

À frente viu a ponte de pedra. O sol bateu-lhe no rosto como uma bofetada e, semicerrando os olhos, vislumbrou um vulto de mulher que atravessava a ponte correndo. Enxugando as últimas lágrimas dos olhos, abriu caminho com os ombros por entre a massa de turistas suados, mas alcançou o alto da ponte sem ter podido identificar Jenny. Ficou ali parado um instante, a cabeça zonza não apenas pela claridade e pelo úmido calor, mas pelos golpes que sofrera no corredor diante da reitoria.

Que outra mulher teria a força física e a habilidade para lutar corpo a corpo daquele jeito? E então, como se um retrato entrasse em foco, lembrou-se do que Jenny dissera quando ele lhe mostrara a Sig-Sauer. "*Talvez você deva me dar a arma.*" Claro que, se fosse a traidora, ia querer a arma.

Estava tão perdido nessa dolorosa linha de conjetura que não notou os dois homens atrás. Antes que entendesse o que se passava, eles já o haviam empurrado por cima da borda da ponte. Caiu no convés de um *motoscafo*. Imediatamente enfiaram-lhe um saco na cabeça e o barco partiu. Derrubaram-no, e alguém lhe dizia alguma coisa urgente muito de perto, mas ele ignorou e lutou, e logo teve os braços presos por um lado. Usando a testa como arma, bateu, colidindo com um dos captores. Lançou-se para a frente como um touro e tentou aproveitar essa vantagem, mas um golpe preciso por trás da orelha esquerda o deixou inconsciente.

## capítulo 16

**Jenny acordou na escuridão.** Soltou um gemido. Ao tocar a nuca sentiu uma onda de tontura e náusea que a fez gritar. Ela segurou a cabeça durante algum tempo. O que acontecera? Estava falando com aquele padre e então...

Confusa, encostou-se na parede fria e úmida. Estendeu a mão e encontrou pedra. Aos poucos, foi deslizando pela parede até encontrar a porta. Tentou girar a maçaneta, mas estava trancada. Recuou dois passos, inspirou fundo e expirou devagar. Repetiu três vezes o processo, cada inspiração e expiração mais funda que a outra. Depois, recompondo-se, abriu a porta com um pontapé. Cambaleou para trás e quase caiu. O esforço causou-lhe outro ataque de vertigem e náusea. Dessa vez, virou a cabeça para um lado e vomitou tudo o que tinha no estômago.

No corredor foi recebida por mais escuridão. Então se lembrou da lanterna de bolso. Pegando-a, ligou-a e correu a luz pela parede. Levou um instante para ver o corpo. A princípio julgou que fosse Bravo, e o coração deu um doloroso salto, a dor na nuca redobrou. Ao se aproximar, viu as pregas do hábito e reconheceu o Padre Mosto.

Com cuidado, encaminhou-se para o corpo retorcido e ensangüentado. Um súbito reflexo chamou sua atenção, metal na luz. Mais de perto, viu-se olhando uma poça de sangue enegrecido brilhando como óleo à luz da lanterna. Ali, luzindo perversamente, estava o canivete que parecia – não, não podia ser! Conferindo o bolso, descobriu que o seu desaparecera. Olhou mais de perto o canivete no chão. Pegou-o, precisando da visceral confirmação.

*Oh, meu Deus*, pensou, *é o meu!*

Alguém a atacara, roubara o canivete e o usara para cortar a garganta do Padre Mosto. Mas como sabiam que ela tinha um canivete? Não tinha tempo nem meios de responder a essas perguntas agora.

– Bravo! – gritou. – Bravo!

Correndo de volta ao presbitério, deu com a porta lateral aberta o suficiente para lançar um triângulo de luz no corredor. Parecia lógico que quem o levara usara aquela porta para fugir. Ainda assim, só para ter certeza, ela vasculhou o presbitério. Lá estava o armário, as portas escancaradas, um painel interno retirado, mas nada de Bravo. Amaldiçoando-se, ela ganhou às pressas o corredor e saiu para o sol ardente.

Quase imediatamente, notou o tumulto na ponte de pedra que cruzava o canal. As pessoas apressaram-se a falar-lhe do homem que fora empurrado por cima da amurada da ponte para o *motoscafo* à espera.

Um velho na impecável moda veneziana estava indignado:

– Os terroristas o levaram!

– Como sabe que eram terroristas? – ela perguntou.

– Eles o seqüestraram, não foi? Quem mais poderia ser? E em plena luz do dia, imagine só! – No auge da raiva, fez um gesto obsceno. – Desde quando Veneza virou Estados Unidos?

. . .

Observando Jenny de uma entrada escura, Camille ainda vibrava com os efeitos posteriores da adrenalina que se precipitara em seu organismo. Queria desesperadamente um cigarro, mas a nicotina a acalmaria e ela ainda não queria isso. Nada como o extremo esforço físico para nos lembrar de que estamos vivos, pensou. Fazer-nos sentir vigorosos, provar que ainda somos jovens.

Acompanhando o progresso das perguntas de Jenny, enxugou distraidamente o canto da boca com um pedaço de pano dobrado, já manchado com seu próprio sangue. O corpo doía nos lugares onde Bravo a atingira, mas era uma dor deliciosa, beirando o erotismo, e a respiração saía quente da garganta. Estar em contato físico primeiro com Jenny e depois Bravo, sentir o peso quente de Jenny nos braços, sabê-la absolutamente impotente, e depois passar para Bravo, sabendo que os dois haviam sido amantes, sentir na musculatura deles o outro, como uma sombra ou uma dobra num travesseiro com todos os seus cheiros íntimos, tudo isso a estimulava como nada mais poderia fazer.

Bravo, claro, não fora tão maleável quanto Jenny. Combatera-a, possibilitando-lhe avaliar em primeira mão o trabalho que o pai fizera com ele, uma proximidade que ela achava prazerosa. Com os anos, ela sondara e cutucara Bravo, sobretudo por meio de Jordan, de formas que ele jamais soubera. Era bom tomar-lhe a medida física – mais que bom, era correto, como se um feiticeiro pudesse transformar uma imagem numa foto e trazê-la à vida. Ele parecia uma bela cadeira que ela outrora cobiçara, com uma perna arrancada, trôpega, pronta para uma queda.

No Padre Mosto nem sequer pensava. Ele não tinha importância, a não ser como um objeto com o qual ela separava os amantes, isolando Bravo, e revelando o ponto vulnerável pelo qual finalmente o destruiria.

. . .

Encostada no parapeito de pedra da ponte, Jenny foi assaltada pela dúvida. Achava-se no meio de um pesadelo, grande parte dele de sua própria criação. Andara tão enredada em seu sentimento crescente por Bravo e na culpa por não lhe falar a verdade sobre si mesma que deixara seus instintos amortecerem. Esquecera quem era e assim ficara vulnerável a um astuto ataque dos Cavaleiros em hábitos sacerdotais, pois essa era a única explicação para o que acontecera. Agora Bravo estava nas mãos do inimigo – o pior acontecera, e a culpa era dela.

Ainda por cima, estava intensamente consciente de que a vigiavam, não sabia quem. Embora apenas uma hora atrás houvesse suposto que era Michael Berio, agora recusava-se a admitir qualquer desconfiança desse tipo. O pior que podia fazer era continuar seguindo as velhas suposições. Estava num jogo inteiramente novo e, se não se adaptasse – e rápido –, a Ordem perderia tudo.

Por mais que odiasse fazer isso, tinha de chamar Paolo Zorzi e admitir o fracasso. Precisava de ajuda. Procurando o celular, preparou-se para a torrente de injúrias que ele lhe lançaria. Então sentiu o sangue gelar: o celular se fora também.

Ela fechou os olhos, tentando afastar por meio da força de vontade a dor na cabeça e na nuca. Respirando devagar e fundo, deixou que o oxigênio extra que inspirava fizesse seu efeito. Primeiro as coisas prioritárias. Precisava iludir a vigilância. Sabia que em Veneza podia andar a tarde toda sem sentir que despistara os seguidores. Não havia veículos para levá-la embora, e os barcos eram abertos demais para serem de alguma utilidade.

Então lembrou uma coisa que lera quando olhava o guia Michelin. Erguendo-se, olhou para os dois lados, como se não soubesse para onde ir – o que não estava tão distante da verdade. Passando para o outro lado da ponte, atravessou o pequeno campo e entrou numa rua lateral e numa lojinha de máscaras. Enquanto o proprietário desligava o telefone e embrulhava uma máscara para um freguês, ela deu uma olhada na loja, examinando as fileiras de máscaras de couro penduradas nas paredes. Assim como seus artesãos haviam feito com vidro soprado, papel marmorizado e sedas Fortuny, Veneza tornara a fabricação de máscaras uma grande arte. Máscaras de caras de personagens, muitas delas da Commedia dell'Arte, eram usadas durante o *Carnevale*, que tradicionalmente começava um dia depois do Natal e ia até o dia seguinte à Quarta-feira de Cinzas, quando se suspendiam todas as leis e todos – bem-nascidos e malnascidos – se misturavam. O *Carnevale* nascera do desejo do doge de poder andar pelas ruas da cidade e visitar aqueles com quem desejava se deitar em total anonimato.

Uma horda de olhos tristes, narizes grotescos, bocas risonhas olhava-a de cima, e tal era a habilidade dos artesãos que cada máscara parecia viva, com emoção: ardor, alegria ou ameaça. Havia também longas capas de tecido suntuoso. Chamavam-se *tabarro*, explicou o lojista. Quando alguém as vestia, com a *bauta* – máscara em forma de bico usada com chapéu preto de três pontas – podia passar pela própria esposa ou irmã sem ser reconhecido.

Quando o proprietário indagou em que podia ajudá-la, ela perguntou sobre a localização do rio Trovaso, por acaso mais perto do que pensara. Saiu da loja relutante, como se deixasse uma festa cheia de fascinantes novos conhecidos.

Não foi difícil encontrar o rio Trovaso, e ela o seguiu até o cruzamento com o rio Ognissanti. Dobrando a esquina, deu com o Squero, um dos poucos estaleiros restantes que construíam e consertavam as gôndolas da cidade. Consistia de três casas de madeira – curiosas para Veneza – e uma pequena doca na frente da própria oficina.

Entrou logo. Uma boa quantia lhe proporcionou um traje de operário. O mestre de estaleiro que dirigia o trabalho no Squero não lhe fez uma única pergunta – a resposta de que necessitava estava nos euros que ela lhe pôs na mão estendida. O traje incluía um boné, sob o qual ela escondeu os cabelos. Baixar a aba na testa ajudou, mas, para ter certeza, ela pegou um pedaço de carvão, esfregou nas faces e rolou-o nas palmas das mãos para escurecê-las também.

Com mais uma pequena soma, fez o mestre levá-la por uma passagem interior ao prédio vizinho, onde viviam os operários. Ele atravessou com ela o andar térreo e saiu por uma entrada lateral, caminhando a seu lado várias quadras, como se ela fosse um de seus homens. Entraram num café, e ali o mestre a deixou um instante depois.

No novo disfarce, Jenny deixou o café e andou sem destino, ao que parecia, por algum tempo. Na verdade, procurava perseguidores, voltando devagar e meticulosamente, dobrando e redobrando ruas agora tão conhecidas quanto sua cidade natal, até convencer-se de que se livrara.

Então voltou à área da igreja de l'Angelo Nicolò em I Mendicoli. Ficou parada um instante, avaliando os arredores. A rua fora tomada pela polícia e turistas embasbacados. Era óbvio que haviam descoberto o corpo do Padre Mosto.

Ela imaginava se os Cavaleiros ainda vigiavam a área. Tinha conseguido despistá-los, disso tinha certeza, mas ainda manteriam gente ali? Achava que não. Após perder Bravo, por que ela retornaria ali? Não, tinha de imaginar que estavam percorrendo uma parte circular da cidade num raio crescente, à medida que o tempo passava e não a encontravam. Na verdade, estariam se afastando cada vez mais daquele lugar.

Ela passou pela entrada da igreja, apinhada de policiais e pessoal da perícia e, em vez de entrar, dobrou a esquina e seguiu por uma rua próxima. Na porta de Santa Maria Maggiore parou e, usando o sino de bronze na parede de estuque ao lado da porta de madeira pintada de azul, anunciou-se.

Se a primeira prioridade fora se livrar da vigilância, a segunda era encontrar ajuda. Não podia pensar em lugar melhor que o convento de Santa Maria Maggiore.

A porta abriu-se de repente e ela se viu diante de um rosto pálido e oval, tomado de medo e desconfiança.

– O que é, *signore?*

A freira era jovem, e o assassinato na vizinhança tornou a pergunta atipicamente abrupta e meio hostil.

– Preciso ver a abadessa – disse Jenny.

– Minhas desculpas, *signore*, mas hoje é impossível. – A freira não pôde deixar de olhar para a rua na direção da igreja. – A abadessa está muito ocupada.

– A senhora expulsaria de sua porta um suplicante?

– Tenho ordens – disse com teimosia a jovem. – A abadessa não recebe ninguém.

– Ela tem que me receber.

– Por quê?

O som de uma voz mais grave e profunda assustou a jovem freira, que, voltando-se, viu outra freira parada junto a seu ombro.

– Está bem, Soror Andriana. Vá cuidar da horta.

– Sim, madre.

Soror Andriana fez uma pequena genuflexão e, olhando aterrorizada para trás, afastou-se depressa.

– Entre, por favor – disse a irmã mais velha. – Desculpe a Soror Andriana, ela é jovem, como o senhor vê, e é uma freira *conversa*, das classes mais baixas. – Tinha a voz grave de fato, de tom quase masculino. Alta e magra, com os quadris estreitos de um rapaz, parecia deslizar pelas lajes de pedra por algum misterioso meio de locomoção.

– Eu sou Soror Maffia di Albori, uma das *madri di consiglio*, o conselho governante de Santa Maria Maggiore.

Assim que Jenny atravessou a soleira, Soror Maffia di Albori bateu a porta e fechou um enorme ferrolho antigo. Sem uma palavra, levou-a até uma fonte de pedra, abaixo da qual havia uma bacia com água fria.

– Lave o rosto, por favor – disse.

Obediente, Jenny se curvou, com a água nas mãos em concha, e jogou-a nas faces, tirando o carvão. Quando se voltou, a freira entregou-lhe um pedaço de tecido cru, que ela usou para se enxugar.

– Tire o boné, por favor – disse.

Quando Jenny o fez, a freira emitiu um som profundo da garganta.

– Agora pode apresentar-se corretamente.

– Eu me chamo Jenny Logan.

– E do que ou de quem está fugindo, Jenny Logan?

Soror Maffia di Albori não era uma mulher bonita. Não precisava disso, pois tinha um rosto poderoso e um forte nariz romano, malares salientes e o queixo projetado como uma lâmina de espada.

– Dos Cavaleiros de São Clemente – disse Jenny. – Dois ou mais dos agentes deles infiltraram-se na igreja e assassinaram o Padre Mosto.

– É mesmo?

Soror Maffia di Albori examinava-a com os olhos fundos e curiosos de um intelectual.

– A senhora teria um palpite sobre o método do assassinato do Padre Mosto?

– Não preciso adivinhar, eu o vi – disse Jenny. – Tinha a garganta cortada.

– A arma do crime? – perguntou tranqüilamente a freira.

– Uma faca, um canivete com cabo de madrepérola, para ser exata.

Soror Maffia di Albori deu um rápido e decidido passo em sua direção.

– Não minta para mim, menina.

– Eu sei, porque o canivete é meu. Foi-me roubado.

Explicou resumidamente o que lhe acontecera.

A *madre di consiglio* escutou a história sem qualquer comentário ou expressão.

– E por que veio a Santa Maria Maggiore, Jenny Logan?

– Preciso de ajuda – disse Jenny.

– E o que a leva a acreditar que a encontrará aqui?

– Mandaram-me pedir para ver o Anacoreta.

Um silêncio mortal caiu então entre elas.

– Quem mandou?

– O Bombeiro.

O rosto de Soror Maffia di Albori pareceu ficar branco como giz. Ela levou um momento para se recuperar.

– A senhora é *aquela* Jenny Logan?

– Sou.

A freira disse:

– Espere aqui. Não se mexa nem converse com ninguém além de mim, mesmo que lhe falem, entendeu?

– Sim, madre – disse Jenny, tão mansa quanto Soror Andriana.

– A senhora não é nem *conversa* nem *monaca da coro*. Não é obrigada a me chamar de madre.

– Apesar disso, vou chamar, madre.

A *madre di consiglio* balançou a cabeça.

– Como queira.

Deu as costas, mas não antes de Jenny ver um minúsculo brilho de prazer em seus olhos.

Sozinha na ante-sala escura e úmida, Jenny ficou inteiramente imóvel, à espera, como lhe fora ordenado. Não havia janelas, e os poucos móveis – duas cadeiras e um sofá – pareciam tão proibitivos e desconfortáveis como se os houvessem feito para a sala de visita de uma prisão. O piso era um mosaico da Crucificação, já escurecido pelo tempo e talvez pelas águas da laguna. Mesmo assim, via-se que só as cores mais baças haviam sido usadas, porque no convento os tons vivos eram tidos como inadequados e deviam ser evitados. Em três lados, arcos levavam a um interior ainda mais escuro.

Um canto distante começou, quando a sexta, a prece do meio-dia, flutuou pelo convento. Como sempre, Jenny tinha a mente tomada por Dex. Fora ele quem lhe falara de Santa Maria Maggiore, que a mandara falar com o Anacoreta. Dex era o Bombeiro – as freiras de Santa Maria Maggiore se referiam a ele assim, conforme lhe dissera. Quando ela perguntara por que, ele lhe dera um daqueles sorrisos sonsos, enviesados, que tanto a encantavam.

*"Na Idade Média, os bombeiros eram os fabricantes de telhados, que eram feitos de chumbo. As freiras de Santa Maria Maggiore me chamam de Bombeiro porque acreditam que eu mantenho o teto sobre suas cabeças."*

*"E você faz isso?"*, perguntara ela.

De novo o sorriso sonso e enviesado marcara o rosto dele.

*"De certa forma, eu acho, com dinheiro... e a minha crença nelas."*

Ela quisera saber mais, claro, mas não perguntara e ele não dissera mais nada. Agora, contra todas as possibilidades, ali estava em Santa Maria Maggiore, pedindo para ver o Anacoreta, sem nem mesmo saber quem ou o que era. Mas, disse a si mesma, sempre fora assim entre ela e Dexter – ele dizia as coisas e ela aceitava em confiança. Era nele que confiava, desde quando... Mas não queria pensar nisso, e com uma violenta manobra mental voltou os pensamentos para outra direção.

Abriu os olhos. Abaixo, os doloridos olhos de Cristo suplicavam-lhe. O que Ele pedia? Fé, claro. Para o católico com fé, a vida era simples. A frase "Tenha fé, é a vontade de Deus" se aplicava a qualquer situação, por mais desastrosa que fosse. A vida, porém, era tudo, menos simples, e parecia-lhe que as frases que escapavam da boca dos padres eram como bolhas de sabão, desfazendo-se no ar quase no momento em que eram ditas.

A sexta já quase acabara quando Soror Maffia di Albori voltou. Tinhas as faces afogueadas, como se tivesse pressa em voltar.

– Venha comigo, Jenny – disse. – Por favor, lembre-se que não há conversa enquanto não chegarmos ao nosso destino.

Jenny seguiu obedientemente atrás da *madre di consiglio*. Passando por baixo do arco central, entrou por uma porta e saiu no pórtico de pedra sustentado por delicadas colunas de arenito claro com capitéis em trevo. O pórtico dava para um jardim quadrado, dividido em canteiros iguais, cada um com plantas diferentes. Num, ervas verdes; no outro, uma pequena figueira, pés de lima e pêra. Num terceiro, uma horta com cenouras, beterrabas, berinjelas brilhantes e chicória, enquanto o quarto continha uma série de minúsculas e complexas plantas que não identificou.

Era nesse que a Soror Andriana trabalhava, de joelhos, revirando o solo com uma pequena pá, a fim de tirar as ervas daninhas e aparar as plantas cuidadosamente. Não ergueu o olhar quando elas passaram, mas Jenny viu seus ombros curvados ficarem tensos e sentiu uma ponta de simpatia pela garota.

As trilhas entre esses canteiros formavam uma cruz por cujo centro elas passaram a caminho dos aposentos privados de Santa Maria Maggiore. Jenny era bastante familiarizada com conventos para saber que lhe concediam uma grande honra, pois em geral não se permitia a nenhum estranho entrar nas câmaras internas.

– É melhor eu prepará-la para sua entrevista – disse Soror Maffia di Albori com sua voz sóbria, vagamente masculina. – Talvez a senhora saiba que a maioria das freiras venezianas vem da alta sociedade. A sociedade aqui dentro... *a nossa*... é formada segundo linhas estritamente hierárquicas. Há as *monache da coro*, as freiras do coro, as de berço nobre, e depois as *converse*, das classes inferiores. Assim era no século XVI e continua até hoje.

A essa altura, haviam atravessado o jardim e passado por outra grande arcada, portal das áreas realmente enclausuradas do convento. Essa parte do prédio era recuada da rua, mais próxima da igreja do que Jenny teria imaginado. Mas também a arquitetura veneziana tinha um jeito de imitar as ruas da cidade, muitas vezes curvas, voltando-se sobre si mesmas. Era inevitável que alguém se perdesse em Veneza, isso fazia parte das agradáveis distinções da cidade.

A sexta já acabara e havia muito silêncio dentro do prédio, apenas com uma mínima sugestão de ecos de vez em quando, como o macio lamber da laguna nas pilastras antigas.

De uma pequena sala em forma oval passaram para um estreito corredor, completamente sem enfeites ou cores. Tinha um teto em arco e lâmpadas elétricas em nichos nas paredes onde antes deviam tremular tochas.

A certa altura, passaram pelo que parecia um cabide de casacos – uma comprida barra de madeira com uma série de ganchos de ferro fundido. De cada gancho pendia uma longa tira de couro, com um dos lados coberto de crina de cavalo.

Incapaz de controlar a curiosidade, Jenny estendeu o braço para tocar numa, mas Soror Maffia di Albori afastou sua mão.

– Pertencem às freiras, e são particulares. – Os olhos negros fitaram Jenny por um instante. – A senhora não sabe, não é? – Pegou uma das tiras e segurou-a pela ponta. – É o que chamamos disciplina. Na verdade, é um açoite. A disciplina é usada periodicamente. Toda noite, durante a Quaresma, e três vezes por semana, durante o Advento. Em outras épocas do ano, duas vezes por mês. – Com uma hábil torção do pulso, o açoite arqueou-se sobre sua cabeça e com um forte estalo atingiu-a na espinha. – A senhora parece horrorizada, mas o processo é imperativo para aliviar as tensões internas do corpo. Como o jejum, prepara melhor o espírito para a devoção. – Com uma espécie de reverência, repôs a disciplina no gancho. – Antes de prosseguirmos, é importante que a senhora entenda uma coisa. Em muitos aspectos, Veneza ainda é uma cidade medieval. Tem pouco interesse pelo mundo moderno. Aqui o tempo parou, e somos gratas por essa dádiva. Se não pode entender isso, Veneza na certa vai derrotá-la.

Com essas últimas palavras, voltou-se nos calcanhares e continuou a descer o corredor.

Jenny deu uma última olhada para a disciplina, balançando maldosamente no gancho, e seguiu a *madre di consiglio* até o fim do corredor, onde ele se encontrava com outro que corria perpendicular, como a letra T.

Quando dobraram à esquerda, Soror Maffia di Albori disse:

– Eu sou de uma casa nobre de Le Vergini. Segui minhas duas tias e três irmãs aqui e recebi o hábito na presença delas. – Voltou-se. – Quando eu nasci, meus pais fizeram a mesma pergunta que todos os pais de meninas se fazem: *Maritar ò monachar?* Casar ou virar freira? – Tinha a voz impassível, objetiva. – Eu não parecia uma bruxa nem tinha qualquer deformidade de nascença, doença ou acidente. Mas a senhora vê meu rosto: que homem ia me querer? Além disso, nesse aspecto, eu tinha pouco interesse por eles. Não havia escolha senão receber o hábito pelo qual, com um modesto dote, me casava com Jesus Cristo. Não me importei, mas não é incomum as famílias com muitas filhas obrigarem algumas a entrar em conventos como forma de salvá-las de ter de pagar dotes muito maiores a potenciais maridos.

A sombra de um sorriso tingiu a boca de Soror Maffia di Albori como um batom.

– Parece que estou criando o hábito de chocá-la.

– Não é isso, mas devo dizer que sinto uma certa afinidade.

– Com uma freira? Mas a senhora é uma Guardiã.

– Eu vivo na Voire Dei; acho que o Bombeiro lhe falou de...

– Ah, sim.

A freira franziu os lábios, inteiramente drenados de sangue agora, de modo que ficaram muito brancos.

– O mundo externo é tão estranho para mim quanto para a senhora e suas irmãs freiras.

– É isso o que pensa, Jenny?

A *madre di consiglio* fez um curioso gesto que poderia significar qualquer coisa.

– Bem, então foi bom que tenha vindo nos visitar. E que eu a esteja levando ao Anacoreta.

– Quem é o Anacoreta? – perguntou Jenny.

Soror Maffia di Albori levou o dedo aos lábios finos e exangues.

– Não cabe a mim explicar. – Voltou-se e continuou andando. – Vai ver por si mesma em breve.

Para Jenny, isso pareceu um pronunciamento desnecessariamente melodramático. Sentia ainda mais agudamente a ausência de Bravo, pois ele sem dúvida saberia quem era o Anacoreta. Enquanto seguiam pelo corredor, tomou consciência de uma crescente escuridão, como se a luz do sol jamais houvesse penetrado ali. Em geral não sofria de claustrofobia, mas tinha a clara impressão de que as paredes ali eram mais grossas e, além disso, se estreitavam mais, como se tentassem fechar para sempre aquela parte do prédio. Naquele estranho silêncio, até o ruído de seus passos soava curiosamente abafado, como se alguma coisa invisível estivesse tentando estrangular o corredor.

Finalmente aproximaram-se dos confins do corredor, um beco sem saída, como se os construtores, exauridos depois de terem chegado tão longe, houvessem desistido. Mais curiosamente ainda, não havia portas, apenas três janelas com barras – uma na parede esquerda, uma na direita e outra logo em frente.

Havia pouca luz, e Soror Maffia di Albori pegou uma tocha num nicho e acendeu-a. A iluminação lançada pela chama bruxuleante revelou um corredor feito de tijolos, em vez de blocos de pedra como nas outras áreas.

Soror Maffia di Albori ergueu a tocha ao se aproximarem da grade de ferro da janela à frente.

– Venha, Jenny – convidou. – Deve ficar perto de mim. Mais perto. Agora olhe para dentro e apresente-se ao Anacoreta.

Jenny obedeceu e aproximou-se até o nariz quase tocar as barras da grade de ferro. Alguma qualidade peculiar da chama permitiu-lhe ver o crucifixo na parede do outro lado da cela. Havia um catre e uma antiquada pia, nada mais. A não ser sombras.

De repente, uma das sombras se mexeu e Jenny recuou assustada. Mas sentiu a mão surpreendentemente forte de Soror Maffia di Albori entre as omoplatas, empurrando-a. E então a sombra aproximou-se da luz da tocha, fazendo-a arquejar sem querer.

. . .

– Eu posso imaginar a enorme pressão que o senhor está sofrendo – disse Jordan Muhlmann ao Cardeal Canesi, os dois parados do lado de fora da suíte de hospital especialmente equipada, na ala privativa e guardada dentro da Cidade do Vaticano. – Cuidar das necessidades do pontífice, manter a imprensa à distância, eliminar os rumores insufladores de que Sua Santidade está à beira da morte, dar entrevistas coletivas, criar "novos" discursos colando pedaços das observações inéditas do papa, além de manter calmos nossos amigos no conselho interno.

Cardeal Canesi exibiu os dentes.

– Tudo está correndo tranqüilamente, e assim continuará, queira Deus, se você fizer sua parte.

– Como posso deixar de fazer? – disse Jordan, sorrindo – O relacionamento especial entre a Santa Sé e nossa organização existe há séculos.

– É. Foi o Vaticano que criou os Cavaleiros de São Clemente, foi o Vaticano que avalizou suas missões. Vocês nos servem.

Nada havia de ameaça no tom do cardeal, mas também não precisava. Ele detinha na palma da mão o peso da história e da santa tradição. Queria ter certeza de que Jordan sabia em cuja mão comia.

– Como vai o Santo Padre? – perguntou Jordan.

– O pontífice está no oxigênio. O coração está cada vez mais fraco, os pulmões se enchem devagar com seu próprio fluido. Estou pressentindo a morte dele, Jordan.

Os olhos de Jordan se incendiaram.

– A morte não o levará, isso eu juro, Eminência! Estamos fazendo progresso, a Quinta-essência estará em suas mãos dentro de poucos dias.

– Estou satisfeito com sua fé e empenho, Jordan. Não poderia esperar um aliado melhor – disse.

Canesi era um homem simples. Tinha as pernas tortas, a cabeça grande demais em cima dos ombros, parecendo não ter pescoço.

– Foi muito gentil de sua parte vir pessoalmente prestar sua solidariedade ao papa. Sua presença vai levantar o ânimo dele.

– Pelo papa, eu percorreria duas vezes a circunferência do mundo – respondeu Jordan, com uma reverência que intimamente o repugnava.

– Antes de entrar, você deve vestir o jaleco e cobrir os pés e as mãos.

Canesi guiou-o pelo corredor até um vestiário pequeno. Uma fila de jalecos pendia de cabides. O cardeal pegou dois, entregou um a Jordan e enfiou o outro.

Do lado de fora da pequena janela, enormes multidões de fiéis iam e vinham cruzando os arcos de mármore, os tolos cartazes erguidos para as câmeras jornalísticas, os olhos elevados e os lábios movendo-se em prece. Ali estava o poder da fé, pensou Jordan, a manifestação da força de Canesi. Mas era um poder de outra era, antiga. Rachado, gasto, esvaziado. Restava apenas a fachada. A menina aleijada guiada pela mãe, o homem emaciado na cadeira de rodas empurrada pelo filho, todos tinham vindo ali para ser curados, salvos, mas Jordan sabia a verdade: estavam condenados, como Canesi.

Ele deu as costas para a janela e para a câmara de horrores, o coração frio como uma pedra. Tinha seus próprios problemas, que nada tinham a ver com Deus, ou mesmo com a fé.

Canesi disse numa voz trêmula e baixa:

– Quantos morreram? – E quase imediatamente: – Não, não, pelo amor de Deus, não me diga, não quero saber.

Jordan sentiu o desprezo explodir como uma granada dentro de si, e de repente viu o cardeal como de fato era: um velho às voltas com problemas vexatórios de como manter seu poder à medida que seu mundo mudava.

– Basta dizer, então, que a Haute Cour já foi quase inteiramente comprometida – disse.

– Quase! – exclamou o Cardeal Canesi.

– Estamos indo com toda a velocidade necessária. – Jordan rangeu os dentes diante de tanta hipocrisia. – O senhor entende, claro, que há a questão do enigma criado por Dexter.

– Ah, agora chegamos ao ponto crucial do problema!

Jordan compreendeu quanto desprezava aquele homem. Ele representava Roma – uma cidade demasiado caótica, demasiado amontoada, demasiado suja para seus gostos refinados; e Jordan desprezava acima de tudo a atmosfera de estufa da Cidade do Vaticano. Toda a força e o poder da Igreja Católica se concentravam ali como a luz do sol através de uma lente, mas também se concentrava sua fraqueza essencial. Como uma cidade-estado, mantivera-se voluntariamente à distância do resto do mundo. Por isso, existia na verdade em si própria, sem contato com os distantes componentes, dolorosamente lenta na reação a qualquer tipo de mudança.

– Dexter Shaw foi um espinho em nosso flanco durante anos – disse o Cardeal Canesi. – Ao consolidar sua posição dentro da Ordem, ao reunir poder para si, criou cada vez mais problemas para nós.

– E para nós também. Queria ser *Magister Regens* – disse Jordan. – E esse foi um dos motivos de o eliminarmos.

– Eu não quero saber dessas coisas! – O cardeal ficou com o rosto branco como cal. – Não fui claro nessa questão?

– Foi, Eminência, mas, como nós dois sabemos, vivemos tempos extraordinários. Por isso espero que perdoe minhas pequenas transgressões.

Canesi fez um gesto, como para absolvê-lo do ônus das pequenas transgressões, mas ainda assim os olhos penetrantes de Jordan viram seu corpo traí-lo. O cardeal se mexeu nervosamente, como um pássaro que ergue as penas assustado.

– Sabe como eu confio em você, Jordan.

– Sei. Vossa Eminência sabe como eu dependo de seus contatos neste momento de crise extrema. O senhor não me negará sua ajuda, não é?

– Claro que não – disse o Cardeal Canesi, acalorado. – O papa tem três dias, talvez quatro, segundo os médicos. Eles trabalham duro para estabilizá-lo, mas, mesmo assim, sem a Quinta-essência, ele não vai se recuperar.

Quando se tratava do Cardeal Felix Canesi, Jordan não tinha ilusões. Se por algum motivo nada saísse como ele desejava, o cardeal ia precisar de um bode expiatório, e Jordan sabia muito bem quem seria.

Após suportar mais do que podia de Canesi, ele tornou a sair para o corredor e entrou na suíte papal. Como todos os quartos de hospital, tinha o cheiro doce da doença e acre do desinfetante. Ele ficou durante 10 minutos, tudo que o pontífice tinha forças para conceder. O papa tinha o rosto cinzento e terrivelmente repuxado, mas ainda bastante vida nos olhos azul-claros. Ascendera ao ápice da Igreja Católica mais de 20 anos atrás, e era claro que não estava pronto para abrir mão de seu poder.

. . .

– Eu sou Arcangela, a Abadessa de Santa Maria Maggiore.

A Anacoreta dirigiu para Jenny o penetrante olhar cinza que se projetava das órbitas.

– Então a senhora é a mulher do Bombeiro. Bonita, mas tão triste.

Parecia ter os olhos fixos de uma coruja, de modo que era obrigada a virar a cabeça para olhar em volta. Velha e muito magra, sua pele era translúcida como papel de arroz, e o azul das veias nas têmporas e do dorso das mãos surpreendentemente vívido. Tinha o rosto na forma de uma gota de lágrima invertida, com uma ampla testa e nariz adunco. Um lado da boca caía um pouco, e Jenny imaginou se sofrera algum pequeno derrame, até Arcangela adiantar-se sobre a perna aleijada.

– Um ferimento antigo – disse Arcangela. – Eu tinha nove anos quando fui surpreendida pela *acqua alta*. Escorreguei e fui esmagada entre um mourão e o casco de um barco. Meus pais disseram que fui descuidada e, pior, idiota, por ter ficado parada na beira da *fondamenta* durante a enchente, mas eu adorava ver a água subindo, porque nesses momentos fica com a cor de vinho... ou sangue. – Tinha a boca larga e lábios expressivos, que se mexiam aparentemente por conta própria. – A senhora pediu para me ver?

– Foi – disse Jenny. – Posso entrar para termos uma conversa em particular?

– Não – disse Arcangela –, sobretudo porque não há entrada ou saída de minha cela.

– Como? – perguntou Jenny, perplexa. – Certamente não é prisioneira?

A abadessa sorriu, um sorriso lento e sonso, que aliviou a tensão de Jenny.

– Sou, como os anacoretas dos tempos medievais. Estou emparedada por vontade própria, porque a profundidade de minha fé em Jesus me levou a rejeitar o mundo, e vivo aqui em isolamento. No que se refere ao mundo fora deste convento, já estou morta. Padre Mosto me deu os últimos sacramentos pouco antes de me emparedarem. Isso foi há 30 anos. – Virou-se e apontou. – Olhe ali, as outras duas janelas de minha cela. Aquela, à esquerda, dá para o altar da igreja de l'Angelo Nicolò, e esta à direita é onde me dão comida e onde ponho o urinol quando está cheio.

Jenny ficou um tanto horrorizada com essa descrição.

– Quer dizer que não vê o céu há 30 anos?

– Por que eu faria uma coisa dessas, a senhora deve estar se perguntando. Parece o inferno, está pensando... – Arcangela tinha os olhos claros iluminados por um fogo interno. – Não é mesmo?

– É – sussurrou Jenny.

– Bem, não é só a fé, eu lhe digo – disse Arcangela. – Uma fé assim não se distingue da loucura.

Chegou mais perto, e Jenny sentiu seu cheiro – rançoso, azedo e animal. Imaginou que era como os seres humanos deviam cheirar no tempo de Casanova.

– A senhora não se esquiva de mim... bem, já é alguma coisa – disse Arcangela. – Estou aqui há 30 anos como penitência para pagar pelas transgressões que minhas pupilas cometem todos os dias de suas vidas.

– Mas suas protegidas são freiras – disse Jenny. – Que tipo de transgressão poderiam cometer?

Apontando para ela, Arcangela falou à irmã.

– Olhe para ela, Soror Maffia di Albori. Vestida como Santa Maria Maggiore!

Jenny piscou os olhos.

– Como?

Arcangela dobrou o indicador nodoso.

– Santa Maria, do século VIII, da província da Bítia, na Ásia Menor. – Balançou a cabeça. – Como a senhora, Santa Maria se vestia de homem... no caso dela, um hábito de monge... e viveu entre homens a vida toda. Trouxemos suas relíquias para cá em 1230, quando fundamos este convento em seu nome, para podermos andar entre os homens, falar com os homens e fazer o trabalho de nossa Ordem progredir.

– Ordem?

A abadessa ergueu as sobrancelhas de repente como uma liberação de energia ou o início de uma idéia.

– Ah, Soror Maffia di Albori, agora ela começa a fazer as ligações, a juntar a colcha de retalhos de pistas que lhe temos pacientemente fornecido.

Jenny cerrou os dedos nas barras de ferro da cela da abadessa.

– Vocês são membros dos Observantes Gnósticos?

– Como a senhora – disse a seu lado Soror Maffia di Albori.

– Mas me disseram que...

– A Ordem não admitia mulheres – Arcangela terminou por ela. – E agora a senhora sabe a verdade. Desde o dia da fundação de Santa Maria Maggiore, nossas protegidas vestem hábitos de monge e saem deste santuário para o mundo lá fora. Assim fizemos negócios com nobres, trocas com mercadores, recolhemos informações para o doge e para nós mesmas. Fomos nós que promovemos Veneza no mundo, foi com nossos contatos no Levante que La Serenissima se tornou rica e poderosa.

– E vocês com ela.

O rosto de Arcangela ficou nublado.

– Ah, agora está falando como seus colegas homens na Ordem.

– Oh, não, apenas lembrando o comentário de Bravo de que o convento forneceu fundos para a restauração da igreja no século XIV.

– Mas nossa generosidade em todos esses séculos tem sido convenientemente obscurecida pela inveja de alguns membros da Haute Cour... incluindo o Padre Mosto... que querem nos desativar, privar-nos de nosso poder. Tudo porque me atrevi a pedir representação no círculo interno.

– Mas vocês *devem* fazer parte da Haute Cour – disse Jenny.

– A senhora acredita nisso, assim como o Bombeiro também acreditava. Foi ele quem se levantou em nossa defesa, quem calou os outros no grito, quem veio em nosso socorro e nos ajudou sem mais ninguém saber.

Era mesmo típico de Dex, pensou Jenny, as lágrimas aflorando nos olhos.

– Nada temos de nosso, senão, por que precisaríamos da ajuda do Bombeiro? – disse Arcangela. – Jamais vacilamos nos princípios de pobreza estabelecidos por São Francisco para os Observantes. Claro, encontramos riqueza de muitas formas, de vez em quando, mas sempre a usamos para ajudar os outros, para a promoção da Ordem. Nossa lealdade é inquestionável. – Tornou a erguer o indicador. – E o trabalho pelo qual nos difamam é muitíssimo perigoso. Quando, em 1301, a primeira de nossas protegidas foi assassinada em Trebizonda, numa missão de grande importância, Santa Maria Maggiore passou por uma mudança drástica de atitude. No dia em que trouxeram nossa irmã em Jesus Cristo de Trebizonda para cá, a abadessa de então, Soror Paula Grimani, jurou tornar-se anacoreta como penitência. Em três dias, o bispo de Torcello veio ministrar os últimos sacramentos, e a primeira de nossas abadessas foi emparedada. A penitência se tornou permanente.

Jenny balançou a cabeça.

– Mas condenar-se a um inferno em vida...

– A senhora não compreende o objetivo da penitência? – perguntou a Anacoreta. – Talvez eu devesse desistir de fumar ou comer passas. Acha tais privações adequadas para a perda de uma vida?

– Claro que não, mas a senhora poderia ter parado. Poderia ter ordenado a suas protegidas que retornassem e jamais tornassem a sair.

– É, eu podia ter feito isso – disse Arcangela. – Mas, nesse caso, não teria condições de ser abadessa. Agindo assim, os nossos tesouros teriam se esgotado séculos atrás e isso seria o fim da Ordem.

– Então vocês fizeram a maior parte do trabalho e os monges ficaram com o crédito.

– Não foi tão simples assim, os monges sempre estiveram muito ativos. Mas não pensam como nós, pensam? – perguntou Arcangela. – E não têm acesso aos nossos recursos. A senhora entende, durante séculos as prostitutas de Veneza vinham rezar aqui, fazer penitência e obter o perdão da Virgem por seus pecados. – Balançou a cabeça. – A senhora sabe, muitas delas estão mais próximas de Cristo que os chamados cidadãos de bem da cidade. – Arcangela aproximou-se um pouco mais da luz, que apenas acentuou os sulcos profundos em seu rosto. – Eram elas que tinham acesso, entende, a todos, do doge para baixo, e nós que tínhamos acesso a elas. À noite, elas se deitam com políticos, mercadores, príncipes, até mesmo com os santos padres, e as confidências que esses homens lhes sussurravam depois que elas faziam seu trabalho vinham direto para nós. Eram as máscaras, a senhora entende. Era fácil numa cidade de máscaras, onde se escondem as identidades, qualquer um, casado ou clérigo, e até mesmos os doges, cruzar Veneza sem ser reconhecido, visitar quem quisesse sem medo de ser descoberto. Por isso sempre se diz que o que as prostitutas de Veneza não sabem não vale a pena saber.

– Os monges devem ter odiado o fato de vocês terem fontes de que eles não dispunham.

– Claro que sim, e infernizaram nossas vidas por causa disso. Conheciam a natureza de nossas transgressões. Sabiam que não podíamos nos queixar; não podíamos chamar esse tipo de atenção para nós. Somos mulheres e não podemos dar comunhão, ouvir confissão ou fazer sermões, por isso até mesmo nós – que nos aventurávamos fora do claustro para promover nossa Ordem – somos de certa forma todas prisioneiras.

– Nada mudou – disse Soror Maffia di Albori. – É como eu lhe falei.

– Eu me lembro – retrucou Jenny. – Não vou ser derrotada por Veneza.

– Bom, bom. – Arcangela aproximou-se até os dedos em garra quase tocarem os de Jenny. Tinha a pele lisa como seda. – Então, agora vou responder à sua pergunta.

Jenny franziu a testa.

– Mas eu ainda não a formulei.

– Não é preciso – disse a abadessa. – Um emissário do homem que a senhora deseja ver acaba de chegar. A Soror Maffia di Albori a levará a ele.

– Homem? Quem...?

– Ora, Zorzi, claro. Paolo Zorzi – disse simplesmente Arcangela. – Não estou acostumada com toda essa conversa e a cabeça me dói.

• • •

Jordan deixou a Cidade do Vaticano rumo à vastidão e ao tumulto de Roma. Fora bom haver alugado um carro com ar-condicionado, a cidade fervia de calor. Na Piazza Venezia, dobrou e passou devagar pelo Fórum Romano, tão abarrotado de turistas que era impossível ver a parte de baixo das ruínas. Subiu para o Campidoglio e entrou e saiu do *centro storico* – o coração de Roma –, chegando à Bocca della Verità e depois ao Aventino, um bairro calmo e arborizado de grandes mansões antigas, pontilhado de embaixadas e um punhado de prédios de apartamentos da classe alta.

Via tudo através de janelas fumê, distante do superaquecido caos da tarde romana.

Pegou o celular e ligou para Camille. Quando ela atendeu, pediu-lhe que o atualizasse a respeito da situação em Veneza.

– Não se preocupe. Tudo segue segundo o plano, meu amor – ela disse.

– Ótimo, porque Canesi está aquecendo os músculos de novo. – Deu uma risadinha que parecia um latido. – Infelizmente para ele, os músculos começaram a murchar.

– Que pena.

– Como está se comportando o *signore* Cornadoro?

– Perfeitamente, meu amor. E agora devo perguntar o mesmo sobre o *signore* Spagna.

– Osman não é preocupação sua, mãe. Deve se concentrar em Bravo.

– Quando foi que você teve de se preocupar com minha concentração?

Jordan sentiu os batimentos cardíacos se acelerarem, reação ao desagrado da mãe, que parecia uma chicotada. Sua raiva consigo mesmo aumentou.

– Resultados, Camille, são o que importa agora. Resultados. Todas as outras questões perdem importância. Seu mundo é Bravo e apenas Bravo. Tudo agora repousa em seus ombros.

Encerrou o telefonema com um misto de ansiedade e euforia, antes que ela pudesse continuar. Parando diante de um belo prédio de embaixada ladeado por finos ciprestes e buganvílias coral, desligou o celular de propósito. Ao sair do carro, foi atingido por uma onda de calor que quase o fez cambalear. Quando subiu os degraus de pedra, a porta da frente se abriu e Osman Spagna o cumprimentou curvando-se levemente e o introduziu no interior frio com ar condicionado.

– É um prazer tornar a vê-lo, Grão-Mestre.

Jordan assentiu e seguiu-o pela ala dos escritórios da embaixada cipriota. Na verdade, não havia embaixada cipriota em Roma. Esses assuntos eram tratados para Chipre pela embaixada da Nova Zelândia. Aquele prédio, na verdade, abrigava o quartel-general dos Cavaleiros de São Clemente do Sangue Sagrado.

Spagna usou uma chave especial para destrancar a porta embutida no painel de madeira e, momentos depois, os dois se sentavam a uma mesa envernizada de madeira de magnólia, numa sala de teto alto, com portas duplas numa das pontas e na outra janelas que davam para um gramado com árvores bem cuidadas.

A magnífica vista, porém, ficava oculta, pois as pesadas cortinas de veludo haviam sido puxadas sobre as enormes vidraças. As paredes não tinham qualquer decoração; nada na sala indicava o seu uso.

– Os documentos estão completos, Grão-Mestre – disse Spagna, empurrando uma pasta para ele examinar. – Tudo o que o senhor especificou.

Jordan leu avidamente o contrato que selava a venda do prédio em que se achavam, aquele que abrigou os Cavaleiros por décadas.

– Tem certeza de que ninguém sabe disso?

– Absoluta – disse Spagna. Era um homem baixo e atarracado, de pele morena, nariz comprido e olhos astutos. Com uma mente calculista, era a parelha natural de Jordan, o engenheiro essencial ao construtor de um império.

– Como pode ver na página cinco, parágrafo sete, a linguagem é bastante específica. O comprador não pode revelar a transação durante três meses após tomar posse. Como vai ser a residência dele, isso não foi problema.

Jordan deu um suspiro e ergueu os olhos.

– Finalmente vamos sair daqui, finalmente estaremos livres de Roma, do Vaticano e do Cardeal Canesi.

Spagna concordou.

– É de fato o último passo para nossa liberdade – disse. – O senhor e eu passamos a última década usando os recursos e contatos da Lusignan et Cie. para substituir em segredo o poder e o capital fornecidos pelo cardeal e sua corja de conspiradores do Vaticano.

Por isso Jordan fora a Roma, não para bajular o Cardeal Canesi nem prestar homenagens ao papa, mas para concluir seu plano.

– Está feito, então; meu sonho se tornou realidade. A partir de agora, os Cavaleiros não estão mais ligados a Canesi nem aos caprichos do papa. Estamos livres para forjar nosso destino.

Levantou-se, e Spagna com ele. Juntos, abriram as portas duplas para uma sala de conferências. Ao cruzarem o umbral, os 35 indivíduos – homens de negócios, políticos, economistas, administradores financeiros, negociantes de câmbio e bens, membros de assessorias de alto nível de 20 países diferentes – se levantaram, como um só, de suas cadeiras em torno da mesa de pau-rosa, sob uma bandeira com a cruz púrpura de sete pontas bordada, emblema dos Cavaleiros de São Clemente.

– Senhores – disse Jordan –, trago-lhes a grande notícia que todos esperam.

Contornou a mesa até ficar bem embaixo da bandeira. Deu um puxão em um dos cantos e a bandeira caiu a seus pés. Por trás surgiu uma nova, que mostrava o escudo *Gyronny:* linhas irradiavam-se de um ponto central para fora, dividindo o campo em seis partes triangulares. No centro, o Guardião Gryllus, fera mítica, um monstruoso gafanhoto com a cabeça de um leão rugindo. Era o emblema dos Muhlmanns.

Rosto rubro com a vitória, Jordan voltou-se para a assembléia.

– Os Cavaleiros de São Clemente, como os conhecemos, estão mortos – disse. – Viva os Cavaleiros de nossa própria criação.

Destino glorioso, pensou em meio ao crescente clamor, possibilitado pela morte de Dexter Shaw e pelo lento desmoronamento de Braverman Shaw. Pois quando Bravo finalmente encontrasse o cofre dos Observantes Gnósticos, Jordan se apoderaria de tudo, incluindo o Testamento de Jesus Cristo e a Quintaessência, que jamais tivera a intenção de entregar a Canesi. Não; seriam dele, e faria o que quisesse. Nem Canesi sabia que ele planejava ungir-se com a Quintaessência e chegar tão perto da imortalidade quanto o próprio Matusalém.

Mas não pensava na divindade nesse momento – isso ficaria para o futuro. Por ora, satisfazia-se em imaginar o final do jogo, quando teria Bravo de joelhos e lhe diria a verdade. Queria ver o choque e a traição na cara dele pouco antes de tirar-lhe a vida.

# capítulo 17

**Bravo estava na** Washington Square, em Greenwich Village. Sentava-se defronte do pai. Entre os dois, uma mesa quadrada de pedra e concreto, com um tabuleiro de xadrez. Ele escolhera a defesa Giucco Piano/Dois Cavalos como abertura porque lhe dava duas opções em vez de uma. Mas, após a sexta jogada, via que não adiantava – aos poucos mas com segurança, como sempre, o pai levava a melhor.

Réstias de luz do sol filtravam-se pelas folhas dos plátanos e os sons das crianças patinando ou jogando *frisbee* flutuavam como balões no ar suave da primavera. Pombos – os ratos voadores de Nova York – saltitavam pelas lajes hexagonais em gulosa busca de migalhas perdidas.

Quando Bravo mexia o cavalo para *C3*, Dexter disse:

– Que acha que aconteceria se preferisse não comprometer seu peão *E?*

Ele pensou nisso um instante. Sabia agora que o cavalo em *C3* era um erro – o pai praticamente dissera isso à sua maneira. Imaginou a seqüência da jogada caso seguisse essa estratégia e percebeu o erro; portanto, voltou a mente para as alternativas e acabou por empurrar o bispo para *D2*.

Dexter reclinou-se, satisfeito. Era uma metodologia-padrão de ensinar ao filho. Jamais lhe dizia o que fazer, mas antes o cutucava para repensar a estratégia, descobrir a falha por si e então, armado com esse conhecimento, sair com uma solução melhor.

Após o jogo, guardaram as peças segundo o hábito: os reis e as rainhas primeiro, os peões por último. Dexter disse:

– Você se lembra de como gostava de participar de corridas com seus amigos?

– Você me treinou para ser um bom corredor, pai. Para vencer todo mundo.

– Foi você, Bravo. Você nasceu com o desejo de vencer.

– Mas perdi daquela vez.

Dexter concordou.

– Para Donovan Bateman, lembro vividamente.

– Ele me empurrou e eu caí.

– Voltou para casa com o joelho todo ensangüentado. E quando tirou a roupa, e sua mãe viu um lado do seu corpo todo roxo, ela quase desmaiou.

– Mas você mesmo fez os curativos, pai, me deixou novo. Disse que se orgulhava de mim.

– E me orgulhava mesmo. – Dexter fechou a tampa da caixa de xadrez preto-e-branca. – Você não chorou, nem mesmo se encolheu enquanto eu tirava o cascalho de seu joelho, embora devesse doer pra burro.

– Eu sabia que enquanto você estivesse ali tudo ia dar certo.

Dexter pôs a caixa embaixo do braço e eles se levantaram.

– Eu gostaria que voltasse para casa e ficasse algum tempo.

– Você está bem, pai?

Haviam cremado Steffi menos de uma semana antes, Dexter em pé, calado, cabisbaixo, Bravo de um lado, Emma do outro, quando o caixão entrou na enorme fornalha. Dexter desejara – talvez precisasse – ver o processo do princípio ao fim, e eles fariam o que ele quisesse. Disseram-lhes que o fogo ficaria ligado por duas horas, de modo que foram a uma lanchonete antiquada. Tinha um sifão de refrigerante com bancos cromados de um lado e reservados forrados de vinil do outro. A velha garçonete vestia-se de negro, como se estivesse de luto, e os minúsculos azulejos preto-e-brancos do piso eram hexagonais como a máquina do crematório que esmagava os ossos. Eles viam seus rostos pálidos e chocados na faixa espelhada que corria acima do sifão. Era estranho dizer, mas durante aquelas duas horas a família ficara mais próxima do que nunca. Comeram sanduíches de peru, que vinham com salada e um copinho de molho de *cranberry*, tomaram sorvete de chocolate com soda e lembraram Steffi. Havia alguma coisa libertadora na redução do corpo humano à sua forma carbônica básica. Pelo menos foi isso o que Dexter disse aos filhos então e depois, quando espalharam o quilo de cinzas no terreno do pequeno jardim no fundo da casa de tijolos de arenito, onde meses depois brotariam alegres íris, dálias e rosas.

– Não seria por muito tempo. – O pai olhou-o e, pela primeira vez, revelou toda a dor que o sofrimento e a morte de Steffi haviam lhe causado. – É só que, quando passo pelo seu quarto à noite, Bravo, quero ver sua cabeça no travesseiro, só isso. Só por algum tempo, está bem?

– Claro.

Dexter parou ao lado de um plátano e correu a mão pela casca ensolarada, eriçada como o pêlo do vira-lata do vizinho.

– Às vezes, Bravo, tarde da noite, quando atravesso a casa, eu a vejo, ou a ouço entrando pela porta, sua voz me chamando, tão cálida e carinhosa, você sabe, como esta luz do sol...

• • •

No crepúsculo entre a inconsciência e a consciência, Bravo relutava em deixar o pai ir embora. Com o rosto de Dexter ameaçando dissolver-se na névoa, pensou na Quinta-essência e o coração deu um salto ao descobri-la, aplicá-la ao corpo do pai e vê-lo de novo ressuscitado. Mas quase imediatamente percebeu que isso não aconteceria. Ressurreição não era o que o pai desejaria. Como podia saber de forma tão irrestrita? Porque *sabia* que o pai deveria ter tido esses mesmíssimos pensamentos após a morte de Steffi. Tivera acesso ao esconderijo dos segredos e portanto à Quinta-essência. Por que não usá-la para trazer sua querida Steffi de volta à vida? Porque combinara com tio Tony que a Quinta-essência não era para os seres humanos. Ia contra as leis naturais da vida; seu uso poderia desfazer o cuidadoso equilíbrio da natureza, resultando em conseqüências imprevisíveis e talvez desastrosas. Por isso a Ordem a guardara com tanto zelo e por tantos séculos; era o motivo pelo qual ele não devia falhar na tarefa que o pai lhe dera. Agora sabia disso de uma forma visceral, que não entendera antes. Porque, embora soubesse que era errado, sentia a poderosa atração, a possibilidade, por mais improvável que fosse, de ter o pai ressuscitado, devolvido à vida. Podiam concluir todas as conversas hesitantes que, adultos, haviam deixado em suspenso, podiam baixar a guarda, apresentar um ao outro explicações para suas idéias e atos. Podiam, por fim, começar a entender inteiramente um ao outro e, na presença um do outro, alcançar o sereno estado do perdão.

Finalmente entrando em plena consciência, ele rolou para o lado e gemeu. Sentiu a ausência de alguma coisa básica e levou um momento para perceber que era o balanço da água, não estava mais no *motoscafo*. Abrindo os olhos, descobriu que haviam removido o capuz. Achava-se num quartinho apertado, com um catre simples onde estava deitado e uma arca de madeira sem adornos em cima da qual havia um balde e uma bacia de porcelana. Na parede acima do catre, um crucifixo de madeira. Uma cela monástica.

A luz entrava por uma janela. Embora pequena, estava aberta e não tinha barras – curioso para uma cela de prisão, pois tinha de presumir que fora capturado pelos Cavaleiros de São Clemente. A missão de Jenny fora matar Padre Mosto e depois levá-lo ao ápice da ponte onde os Cavaleiros o esperavam. Ficou deitado mais um momento, meditando sobre a traição dela. Enganara-o, como fizera com seu pai. Jurou que isso jamais voltaria a acontecer. Se saísse dali.

Levantou-se todo dolorido e aproximou-se da janelinha. Viu do lado de fora um belo claustro e, além de um muro de pedra, filas de árvores muito bem cultivadas. Como se houvessem estado à espera de seu aparecimento na janela, surgiram dois vultos. Usavam hábitos monásticos e pareciam capuchinhos, mas tinham fundas rugas nas faces decididamente sinistras.

– Creio que está se perguntando se são guardas.

Ele virou e se viu diante de um homem robusto, de papada azulada e olhos curiosos. Era quase calvo, com um tufo de cabelos finos e grisalhos que corria em torno do crânio muito bronzeado. Também usava hábito monástico.

– E são – continuou o homem –, mas não da maneira como você pensa. Estão aqui para protegê-lo.

Bravo deu uma risada rouca.

– Você se refere aos homens que me jogaram da ponte e me espancaram até me deixar sem sentidos ou está falando de mais alguém?

– Meu pessoal apenas se defendeu com excesso de zelo. Disseram que você é excepcionalmente forte. Um touro, segundo eles.

– Não acredito em você – disse Bravo. – O que quer que os Cavaleiros de São Clemente desejem de mim, não vou dar, não importa o que me façam.

O homem mostrava dentes muito brancos quando sorria.

– Bem, fico muito feliz em saber disso, Braverman Shaw. Falou como um verdadeiro Guardião-mor.

– Você sabe quem eu sou, obviamente. Mas eu não faço idéia de quem é você.

– Eu me chamo Paolo Zorzi. – O homem arqueou as sobrancelhas. – Ah, vejo que ouviu falar de mim.

– Você não é Zorzi nem ninguém relacionado com os Observantes Gnósticos.

– Sou, sim.

– Tente me convencer.

– Entendo o seu ceticismo e mais uma vez o aplaudo. – Zorzi tirou alguma coisa de trás da faixa da cintura. – Passo número um.

Estendeu a Sig-Sauer que ele tirara do cofre do pai. Bravo olhou-a, depois olhou para o rosto de Zorzi.

– Ou não está carregada ou tiraram o pino de percussão.

O homem que se dizia Paolo Zorzi deu de ombros.

– Meu amigo, só há um modo de descobrir.

Com cuidado, Bravo pegou-a da palma estendida. Verificou a câmara de disparo, o pente e o pino de disparo. Até onde via, a arma estava exatamente como quando ele a pegara.

O homem inclinou a cabeça.

– Realmente, como você a conseguiu é um mistério para mim, mas devo dizer que me agrada que esteja armado. Passo número dois – disse ele, gesticulando –, quer dar uma volta?

Como Bravo não se mexia, ele se encaminhou para a porta e abriu-a. O prisioneiro viu que o corredor de pedra estava inteiramente vazio, sem guardas.

– Por favor, eu responderei a todas as suas perguntas. Sou Paolo Zorzi. Sinceramente e de verdade.

Desceram o corredor e passaram por uma porta de madeira em arco, varada de ferrolhos de bronze maciço. Do lado de fora, ficaram na sombra. Apesar da proximidade da laguna, estava quente e muito sufocante. Continuaram andando e Bravo ainda não vira guardas. Começou a relaxar um pouco. Seria isso que aquele homem queria?, perguntou-se. Num instante, levantou-se uma pequena brisa, enrugando a água e refrescando-o.

– Tudo bem, *signore* Zorzi, onde estou?

– Na ilha de San Francesco del Deserto. Na laguna, não longe de Burano. Mais especificamente, num mosteiro, um lugar santo. No século XII, São Francisco voltava da Terra Santa, onde pregara o Evangelho. O navio dele foi colhido por uma terrível tormenta e estava a ponto de se desmantelar quando, de repente, a tempestade amainou e no halo que a seguir varou o céu apareceu uma revoada de pássaros brancos. Começaram a cantar docemente, trazendo São Francisco para esta ilha. – Vendo Bravo fazer uma careta de dor ao se sentar, disse: – Precisa ver os ferimentos em dois dos meus Guardiães.

De repente, Bravo lembrou-se da voz insistente no *motoscafo*. Não escutara, não quisera escutar. Agora sabia que devia ter escutado.

– Por que você me trouxe aqui? – perguntou.

– Porque, quando você saiu correndo da igreja, estava em perigo iminente. Os Cavaleiros já cercavam a área.

Atrás deles, o mosteiro curvava-se, bem fechado, guardado como uma fortaleza. Uma das pontas desmoronara. A passagem deles perturbou a terra fofa, e do mato veio o cheiro adocicado de decomposição.

– Parece que estou diante de outro perigo, mais próximo. Falo agora de minha Guardiã.

– Quem? – Zorzi endureceu o olhar. – Jen?

Bravo fez que sim com a cabeça.

– Bobagem. Eu a treinei, mas acho que você já deve saber disso, não é? – Seu rosto ficou sombrio, tomado de raiva sanguinária. – Então pretende fazer pouco de mim? Ela é minha aluna mais brilhante, um prodígio, pode-se dizer.

– Não se ofenda, mas alguma coisa aconteceu com ela. Matou o Padre Mosto e me atacou. Isso foi minutos depois de o padre me advertir de que meu pai suspeitava dela como traidora.

Não contou a Zorzi que a lista do Padre Mosto também continha o seu nome.

– Mas o que o senhor diz é monstruoso. Logo ela...

– Logo ela, sim. Sob suspeita e agredida pela Ordem, tinha bastante motivação para nos trair.

Zorzi balançou a cabeça.

– Mas não a mim, ela jamais me trairia. Deve haver outra explicação.

– Fale, por favor.

Zorzi não respondeu; deu as costas e cerrou os punhos. Bravo via um barco, mas na névoa do calor parecia uma miragem ou um antigo trirreme romano. A laguna parecia plana como um deserto, por que não produziria miragens? Ele pensou em Jenny – a expressão nos olhos dela, o cheiro da pele, a sensação dos cabelos. Só agora se tornava visível até onde confiara nela, e essa confiança o levara a baixar a guarda. Será que seu pai fizera o mesmo? Padre Mosto tinha certeza disso. "*Eu tenho medo dela*", dissera, "*porque conseguiu chegar a Dexter de uma forma que ninguém podia.*" Jenny matara o padre, era a traidora, como Dexter temia. Olhando a laguna, Bravo viu o céu refletido – ou era no céu que via refletida a laguna? Estonteado, não sabia mais dizer, tudo o que supunha se invertera.

– Depois do que fiz por ela... – estalou a voz de Zorzi. – Vou interrogá-la. E, se for culpada, eu mesmo a matarei.

– Eu vou estar bem ao seu lado – disse Bravo.

Zorzi voltou-se para ele, o rosto agora parecendo muito mais normal.

– Não vai fazer nada disso. Você é o Guardião-mor, sabe qual é sua missão. Nada deve impedir e menos ainda reduzir sua marcha. Deve encontrar o cofre dos segredos e mantê-lo a salvo dos Cavaleiros.

– Mas eu não sei onde está.

– Não? – Zorzi pegou a bolsa de mendigo em aço que Bravo descobrira dentro do armário. – Passo número três. – Entregou-a.

– Você a tirou de mim?

– Só por segurança, eu lhe garanto.

Zorzi ainda estendia o braço e o rapaz viu uma águia em pleno vôo tatuada nele. Notando a direção do seu olhar, Zorzi deu uma risadinha.

– Eu uso a águia com orgulho, Bravo. Apenas seis ou sete famílias em toda Veneza podiam exibir a águia ou um lírio em seu brasão. A minha remonta ao século VII, mais atrás ainda segundo alguns, até a fundação de Roma.

– Zorzi, sim – disse Bravo, pensativo. – Sua família é uma das *Case Vecchie*, casas antigas. As 24 famílias fundadoras da República.

Zorzi ergueu as sobrancelhas.

– Agora fiquei realmente impressionado. Poucas pessoas sabem disso, outras não acreditam. Desnecessário dizer que nosso direito é válido e precisa ser honrado. – Andaram mais um pouco pela margem. A luz do sol batia na água da laguna, tornando-a cor de metal derretido. Aves mergulhavam e gritavam entre os leitos de junco. Mais adiante, uma série de *barene* – salinas depositadas com o tempo pelas correntes – servia de terreno de alimentação igualmente para toutinegras e falcões.

– Vou deixá-lo ler a borra de chá deixada pelo seu pai – disse Zorzi, e encaminhou-se para dois de seus homens parados uns 500 metros abaixo na margem da ilhota.

Bravo, agradecido por ficar sozinho, olhou a fechadura quadrada. Era do mesmo tamanho e profundidade da que encontrara no cofre embaixo d'água em Saint-Malo. Inseriu a segunda abotoadura, virou-a para um lado e depois para o outro. A bolsa de esmolas de aço se abriu.

Dentro, ele descobriu uma tira de papel enrolada com outro criptograma escrito à mão. Examinou-a com cuidado. Era, muito naturalmente, diferente e de natureza mais complexa que o código com a substituição modificada idealizado por César. Bravo viu que precisava de um livro de códigos, logo era razoável que o pai lhe houvesse fornecido um.

Pegou a pequena caderneta, um tanto esbagaçada. Era o único lugar possível onde o pai anotaria o protocolo do código. Subindo no quebra-mar, sentou-se na pedra branca e olhou a laguna mergulhada em névoa. Água e céu eram indistinguíveis, tudo apenas reflexo, e mais uma vez foi tomado por aquela sensação de inversão, como se a própria Veneza fosse uma lente através da qual era forçado a olhar agora.

Com uma paciência quase obsessiva, percorreu a caderneta à procura da página, linha e número de letras, fontes habituais da chave para esse tipo de cifra. Claro, podia começar relacionando a freqüência das letras no texto codificado – por exemplo, em inglês, *e* era a letra mais usada e depois a letra *t*. Cada letra do alfabeto tinha uma porcentagem de freqüência. Também as vogais tendiam a associar-se umas às outras – como *ou* e *ie*, ao passo que as consoantes raras vezes o faziam.

A decodificação da freqüência das letras remontava ao século IX. O cientista árabe Abu Yusuf al-Kindi ofereceu a primeira descrição conhecida. Contudo, o método de decifração de códigos de Kindi era mais útil em mensagens extensas – quanto mais longo o texto codificado, melhor funcionava o método da freqüência de letras –, e aquele era curto. Segundo, e mais importante nesse caso, a freqüência das letras dependia da língua que se usava. Por exemplo, as duas letras mais usadas em árabe eram o *a* e o *l*. Bravo sabia, no entanto, que havia nada menos que cinco diferentes línguas no texto. Isso era típico de seu pai, que gostava mais ainda de tomar uma cifra clássica e virá-la ao contrário para confundir até mesmo um especialista em decifração de códigos.

Com sua memória, Bravo podia, claro, ter usado esses métodos para, com muito esforço, tentar quebrar a cifra do pai, mas não tinha muito tempo nem certeza de que conseguiria. Portanto, precisava da chave.

Mais uma vez repassou a caderneta, agora de trás para a frente. Numa página perto do meio deu com a anotação: "Deve haver um motivo para todo esse movimento." Em princípio, isso não queria dizer nada, como se o pai estivesse elaborando uma nova cifra. Quando se tratava de mensagens cifradas, ele adorava inversões. Bravo talvez não notasse essa, se não tivesse folheado a caderneta de trás para a frente. Pegando a caneta, pôs as duas frases juntas, uma embaixo da outra, algumas letras alinhadas: *t* e *e*, o que era interessante, caso estivesse pensando na decodificação da freqüência das letras, mas ele sabia que se tratava apenas do tipo de falsa pista que o pai adorava inserir em suas chaves de cifras. Era, porém, uma pista o fato de a chave ser uma variante do 3DES, o triplo Padrão de Codificação de Dados, criado em meados da década de 1970. *E* era a quinta letra do alfabeto, *t* a vigésima. Subtraindo-se 5 de 20, ficava 15. Subtraindo-se 2, referente às duas letras, *e* e *t*, ficava 13. *M* era a décima terceira letra do alfabeto. Ele voltou a atenção para *m*, a sexta letra na primeira frase e quarta na segunda. Acrescentou as duas e subtraiu o número de letras casadas que vinham antes dos *m*. O resultado era oito. Já tinha a sua chave.

Curvado, moveu a cifra. Quando acabou, eis o que o pai lhe deixara: "Lembre-se de onde estava no dia em que nasceu e o nome de seu terceiro bichinho de estimação."

Ele nascera em Chicago, mas por mais que tentasse não imaginava como poderia ligar isso a qualquer coisa em Veneza. Finalmente, passou para o trecho seguinte. O terceiro animal de estimação era um cachorro – uma vira-lata bagunceira que ele chamara de Bark. Assim, tinha uma peça do quebra-cabeça que o pai queria que resolvesse.

*Lembre-se de onde estava...* Ele nascera no Hospital Santa Maria de Nazaré.

Mas como isso poderia ajudá-lo? Devia haver mais de mil estátuas de Maria na cidade e, de qualquer modo, que possível ligação teria Maria de Nazaré com o nome Bark?

Ergueu o olhar. A tarde se fora. Uma brisa fria, assinalando o início do pôr-do-sol, desmanchou seus cabelos. A camisa grudava-se nas costas. Com um suspiro, ele fechou a caderneta e pôs o papel dobrado de volta na caixa de esmolas. Depois desceu da muralha marítima em busca de Paolo Zorzi.

• • •

Houve um momento em que Anthony Rule se sentiu perdido no mar. Como era típico no verão, levantara-se uma neblina vespertina causada pelo calor e pela umidade que cobriam Veneza como um sudário. Ele estava perdido naquela brancura, apenas com o disco pulsante do sol visível aquecendo a atmosfera. Por um instante, pousou a mão no cabo do leme do *topo* – leve barco a vela usado pelos pescadores – sem tentar guiá-lo para qualquer lado. Sentia uma espécie de euforia selvagem em estar perdido, absolutamente invisível do resto do mundo, como se agora pudesse ser quem quisesse. A sensação de liberdade era enorme.

Passara ao sul de Burano, com suas lojas de rendeiras tão coloridas que pareciam o cenário de uma alegre opereta. Era um hábil marinheiro: adorava todos os tipos de barco e sentia-se tão em casa sobre a água quanto em terra firme. Fazer o dono confiar-lhe seu *topo* fora apenas uma questão de 200 euros, além da taxa normal por hora. Pagara adiantado a tarifa, que sabia ser inflacionada. Melhor o dono julgá-lo estúpido e esquecê-lo do que ser esperto e grudar-se na memória do homem.

Era boa a sensação no *topo* – sólido e respondendo bem. Fora feito em Chioggia, onde haviam criado o modelo, e ele se sentia à vontade ali dentro, quase como se o barco fosse uma parte de seu corpo.

Em Dreux, tratara com os Cavaleiros de São Clemente à maneira habitual, mas, desde o resgate em Saint-Malo, não parava de pensar em Bravo. Após conversar com ele por cinco minutos, maldissera-se por esquecer como o "sobrinho" era inteligente e habilidoso. Fora quando decidira alterar a missão. Sua posição de elite lhe permitia essa flexibilidade, e por isso seguira Bravo e Jenny até Veneza. Com toda a naturalidade, sua preocupação chegara às alturas quando vira a ação preventiva de Paolo Zorzi na ponte perto do canal da igreja de l'Angelo Nicolò. Sabia muito bem o que Dexter sentia em relação a Zorzi, e, agora que este tinha Bravo, a situação, já frágil, se achava à beira do desastre.

Rule viu de repente, como fantasmas no nevoeiro, as silhuetas das árvores: as terras do parque de San Francesco del Deserto. Logo abriu as duas velas e deixou o *topo* deslizar na corrente. Sem dúvida, a ordem franciscana que habitava a maior parte da ilhota não tinha idéia da presença de Zorzi – ou talvez ele tivesse pago às pessoas certas. Rule convivera o suficiente com ele para saber como era hábil em burlar as leis e os costumes.

A única coisa que não sabia – a informação crucial que o preocupava – era quantos Guardiães Zorzi tinha consigo na ilhota. Haveria de ser um número suficiente para mantê-lo seguro, sem que chamassem a atenção dos franciscanos que lá viviam.

A ilhota, curiosamente, tinha a forma mais ou menos quadrada, e Rule se dirigiu para o lado mais densamente arborizado, o mais distante do mosteiro. Via aqui e ali, por entre a neblina, o muro que corria em torno da beira da laguna, pouco além da estreita faixa de seixos.

Voltou a pensar em Bravo. Quantas vezes, nos anos anteriores, falara com Dexter sobre ele? Perdera a conta muito tempo atrás, mas era um dos que haviam encorajado Dexter a treinar o filho, sob os protestos de Stefana. A questão era delicada. Uma vez o casal quase se separara por isso, e Dexter ficara com Rule por quase três semanas. Bravo tinha sete anos, e ele o visitara várias vezes, lhe dera presentes, o levara ao zoológico e uma vez à Radio City para ver o espetáculo da Páscoa. Perpetuara o mito de que Dexter vivia em eternas viagens de negócios, e Bravo jamais o questionara. Pela primeira vez, Rule entendera o verdadeiro caráter de sua relação com a criança, e foi tomado de profunda emoção.

Em casa, não dissera nada a Dexter, satisfeito em deixá-lo chegar às suas próprias conclusões. Quando se tratava da família, Dexter era a última pessoa a precisar de conselhos, por isso Rule lhe oferecera uma coisa mais importante: companheirismo e conforto. O resto, sentia, viria por si mesmo. E viera: Dexter voltara para Stefana e o treinamento de Bravo continuara com redobrada intensidade.

Julgando-se bastante próximo, Rule preparou-se, descendo para o meio do barco, onde não havia convés. O porão fedia a peixe. O *topo* se aproximava da praia de seixos. Certamente iria atrair dois dos Guardiães – talvez três. Não importava. Viera buscar Bravo, e ia levá-lo de qualquer jeito.

. . .

Bravo encontrou Paolo Zorzi, 100 metros adiante, debruçado na muralha marítima, fumando tranqüilamente, como se não tivesse a menor preocupação no mundo. Mas se aprumou com rapidez suficiente quando ele o saudou em voz baixa.

Zorzi jogou fora a ponta do cigarro, uma faísca viva desaparecendo na neblina.

– Decifrou o código?

– Infelizmente, não – disse Bravo. Ainda se lembrava que o outro constava da lista de possíveis suspeitos do pai. – Preciso de um pouco mais de tempo.

Zorzi abriu as mãos, sorrindo.

– Não se preocupe. Tempo é coisa que temos em abundância por aqui.

Sob um céu nublado, azul-prateado, retornaram ao mosteiro. No caminho, Bravo contou três Guardiães, que o olharam com um misto de tédio e ansiedade.

– Você deve estar com fome – disse Zorzi afavelmente. – Vamos nos sentar à mesa e depois, se quiser, posso ajudá-lo com a criptografia. Sou um veterano nesse tipo de coisa e posso lhe emprestar vários textos seminais.

– Eu teria interesse em ver esses livros – disse Bravo, num tom neutro. Não pretendia deixá-lo sequer se aproximar da cifra de seu pai. – E, agora que pensei nisso, estou faminto.

Passaram por outros dois Guardiães, que flanqueavam a porta, e entraram. O cheiro de pedra e cera de vela dominava o interior meio escuro. Imagens de Jesus pendiam das paredes.

Entraram numa grande sala de paredes grossas e sem adornos. Não havia janelas. O espaço era frio e intimidador, dando a impressão de que fora em alguma época um bastião ou forte.

Uma pesada mesa de cavaletes fora posta – embora não obviamente para o jantar, que seria muito mais tarde. Ainda assim, chamas de altas velas brancas tremulavam em castiçais de prata, e havia vários pratos: um simples risoto de frutos do mar e *sarde in saor*, cuja receita antiga incluía sardinha fresca marinada em cebola encharcada em vinagre. Um típico prato de marinheiro, usado para prevenir o escorbuto nas longas viagens.

Quando se sentaram, Zorzi serviu vinho de uma garrafa.

– De que forma era a cifra: um código de transposição ou uma das astutas variantes de substituição do seu pai? – perguntou.

Bravo sorriu.

– A *sarde in saor* está excelente.

– Experimente o risoto – disse Zorzi, de novo todo afabilidade. – Vai achar tão bom ou melhor.

Na verdade estava, e Bravo confirmou.

Zorzi pareceu satisfeito, embora um tanto preocupado, na opinião de Bravo. Isso não o surpreendia, pois suas suspeitas cresciam exponencialmente. Decidira partir sem Zorzi ou qualquer um de seus capangas. Embora ainda precisasse encontrar a solução para a mais recente cifra do pai, sabia que tinha de deixar a ilha e Zorzi o mais rápido possível.

. . .

Quando o *topo* emergiu do nevoeiro, o Guardião que patrulhava aquela parte da praia imediatamente chamou dois de seus companheiros, como ditava o protocolo de Zorzi, que lhes ordenara não perturbar o hóspede por motivo algum; só ele próprio deveria ter acesso a ele. Uma ordem estranha, mas a seguiam mesmo assim sem questionar, pois ele os treinara dessa forma.

Quando os outros chegaram, a proa do barco já raspava os seixos. O *topo* parecia trazer um passageiro. Eles o saudaram no dialeto veneziano, depois no italiano de Roma e por fim em francês, sem receber resposta. Ao se aproximarem com cuidado, viram a figura curvada, um velho agarrado à cana do leme, aparentemente tentando não cair para a frente.

Ainda assim ficaram em guarda, e mais ainda ao abordarem o *topo*, porque de repente o velho se levantou, embora ainda horrivelmente encurvado. Falou-lhes então, a voz tão tênue e trêmula que se aproximaram para ouvir o que ele dizia:

– Eu não lhes dei permissão para abordar meu barco.

Tinha o rosto oculto por uma *bauta* branca e usava o tradicional *tabarro*, embora em parte alguma fosse *Carnevale*. A demência do homem fez os Guardiães darem sorrisinhos irônicos.

– O senhor está na ilha de San Francesco del Deserto – disse o Guardião que primeiro avistara o *topo*. – Está invadindo nossa propriedade.

– Mas como pode ser isso? – A voz do velho assumira um tom desagradável e belicoso. – Vocês não me parecem monges franciscanos.

O Guardião perdeu a paciência. Tinha coisas melhores a fazer do que discutir com um veneziano velho e demente que julgava estar em fevereiro.

– Vai ter de partir, velho.

– Quem você pensa que é para falar comigo desse jeito? – perguntou o velho, erguendo ameaçadoramente a bengala.

O Guardião riu e agarrou a bengala.

– Já chega de tolice...

Num rápido movimento de surpresa, Anthony Rule recuou o braço, liberando a fina lâmina da bengala, e, antes que o Guardião dissesse mais uma palavra, enterrou um palmo de aço afiado como navalha em seu coração.

Enquanto retirava a lâmina e o Guardião se debatia e espumava, os outros dois entraram em ação. Caíram sobre Rule pela direita e pela esquerda ao mesmo tempo. Ele fintou para a direita, moveu-se para a esquerda e espetou o segundo Guardião. Mas agora o terceiro golpeava a mão que segurava a arma com tanta força que ela ficou dormente, e a lâmina caiu no convés.

O Guardião sacou um revólver e apontou-o para Rule.

– Tire a máscara – ordenou.

Rule obedeceu.

O Guardião arregalou os olhos.

– *Signore* Rule! Que está...?

– Eu posso explicar tudo.

O Guardião balançou a cabeça.

– Vai explicar ao *signore* Zorzi e a mais ninguém.

– É exatamente o que não farei. Eu...

– Parado! – O Guardião indicou a *bauta*. – Jogue no chão. Já!

Rule atirou-a rápido e com força, atingindo o Guardião e abrindo a ponta do seu nariz com a quina dura. Quando o homem recuou, ele avançou. Com uma das mãos arrancou a arma e com a outra atingiu-o no plexo solar. O Guardião se dobrou e ele bateu com o punho fechado no lado do pescoço. O homem caiu e caído ficou.

Rápido e com economia de movimentos, Rule despiu-lhe as roupas e, tirando a volumosa capa que usava, vestiu-as sobre as suas.

. . .

– Você não quer me mostrar a mensagem cifrada. – Zorzi deu de ombros e serviu *espresso* de uma pequena cafeteira de metal acima da chama.

– Muito justo, o senhor é o Guardião-mor, a decisão é sua.

Deu um largo sorriso e empurrou uma das minúsculas xícaras para Bravo.

– Seu pai era tão boca fechada quanto você. Na verdade, estou impressionado com a semelhança entre os dois. Nós éramos íntimos; quando ele estava no exterior, eu lhe fornecia o que precisasse: homens, materiais, você entende.

Bravo entendia mais do que ele sabia. Era hora de passar à ofensiva, pensou.

– Ele confiava em você.

– É claro. Plenamente. Confiávamos um no outro.

Bravo sabia que ele estava mentindo. Pela primeira vez, desde que encontrara o canivete ensangüentado de Jenny ao lado do cadáver do Padre Mosto, sentia-se de novo em terreno sólido. Sabia onde os dois estavam. O *Carnevale* acabara, as máscaras haviam caído, o bem e o mal devolvidos a seus respectivos cantos na Voire Dei. Satisfeito, ele disse:

– Teve alguma notícia de Jenny?

Zorzi tomou o café direto, de um gole, como se fosse *macchiato*.

– Descobrimos onde ela está.

De repente, Bravo não mais se interessava por Jenny nem por seu destino. Ela fizera a cama, agora que se deitasse. Enganara-o da mesma forma, imaginava, como fizera com seu pai. A identidade da traidora abalara profundamente Dexter. Padre Mosto dissera: "*Era alguém que ele conhecia bem e em quem confiava.*" Bravo sentiu-se de repente nauseado, e tudo o que queria era livrar-se da rica comida que Zorzi lhe oferecera. Eram os dois traidores – Jenny e Zorzi – colaborando juntos para solapar a Ordem e derrubá-la.

– Eu preciso lhe perguntar uma coisa – disse Zorzi, franzindo a testa. – Você teve algum contato com Anthony Rule?

– Por que pergunta?

– Ah, então você o *viu* recentemente.

– Na verdade, não vejo tio Tony há mais de um ano.

Movido pelo ódio, Bravo descobriu que não era difícil mentir para aquele homem.

Zorzi deu de ombros, e então ele entendeu. O gesto de indiferença mascarava o que era importante para Zorzi.

– Não estou me intrometendo, você entende. – Zorzi lambeu os lábios. – Só pergunto porque não confio nesse homem. Na verdade, acredito que é o traidor em nosso meio.

– O que o leva a dizer isso?

– Ouço aspereza no seu tom. Compreendo, claro: é o seu "tio Tony". Talvez tenha sido um erro abordar essa questão, mas fiz isso para o seu próprio bem e acredito que você seja suficientemente maduro para separar os sentimentos pessoais da verdade objetiva.

– A cifra – disse Bravo. – Eu gostaria de trabalhar nela agora. – Estava ficando difícil manter o controle sobre a raiva. Achava Zorzi tedioso e sinistro. – Gostaria de ver aqueles livros.

– Claro. – Zorzi não conseguiu disfarçar a excitação da voz. – Espere um instante.

Era essa a hora de fugir?, perguntou-se Bravo. Virou-se na cadeira e viu um Guardião postado diante da porta aberta, olhando-o como se ele fosse um peixe servido num banquete. Seus dedos tocaram o cabo da Sig-Sauer. Claro, podia sacar a arma, mas aí tudo mudaria. Na mesma hora teria de enfrentar todos os Guardiães. Pior ainda, entraria em conflito direto com Paolo Zorzi, no terreno dele, com sua gente em volta. Tais possibilidades não lhe agradavam. Não, a Sig-Sauer era seu último recurso.

– Qual é seu nome? – perguntou.

– Anzolo – respondeu laconicamente o Guardião, os olhos duros como pedra.

– Sabe aonde o *signore* Zorzi foi? – Levantou-se. – Eu gostaria de fazer uma pergunta a ele.

– O senhor tem de esperar aqui até o *signore* Zorzi voltar.

O homem estava encostado na porta, barrando a passagem. Não havia dúvida: apesar dos protestos de Zorzi em contrário, Bravo era um prisioneiro.

# capítulo 18

**Por entre as folhas** de um bosque de salgueiros, Rule avistou os dois Guardiães que flanqueavam a porta do mosteiro como um par de esfinges. Um deles tinha uma cicatriz branca embaixo do queixo, e o outro, mais alto, os olhos cinzentos como a neblina veneziana. Pareciam implacáveis – e também meio nervosos. Bem, isso logo ia mudar, pensou Rule, saindo de entre as árvores e marchando decidido para eles.

Assim que o viram, soube que alguma coisa estava errada. Embora sorrissem e lhe fizessem uma muda saudação, ele viu os pés levemente separados, as pernas dobradas, os ombros arredondados com os músculos tensos. Será que tinham sido informados de alguma coisa por um dos Guardiães que abordaram o barco? Parecia a única possibilidade. Rule imaginou um deles pegando o celular antes de morrer.

Arruinado o elemento surpresa, correu direto para eles. O negócio era colocá-los em movimento. Os dois vieram para cima dele, desafiando-o, como sabia que fariam. Dando-lhes as costas, Rule disparou de volta para o bosque. Podiam ter armas de fogo, mas, como o Guardião no barco, evitariam usá-la, com medo de alertar os monges franciscanos do outro lado da ilha.

No bosque, enfrentou-os, usando a lâmina da bengala-espada como arma ofensiva, movimentando-se para a frente e para trás e usando as árvores como escudo contra as curtas facas de combate bizantinas. Conhecia bem essas armas – podiam ser atiradas ou enfiadas. A lâmina curva tinha um objetivo – abria uma larga faixa de carne mesmo num corte em parte desviado. Não havia espaço para erro, exatamente como ele gostava. Em primeiro lugar, viver à beira do abismo era o motivo por que estava na Voire Dei. Melhor que andar no arame esticado, mais embriagante que escalar montanhas, mais viciante que praticar *skydiving*.

Avançando sobre uma perna dobrada, expôs-se deliberadamente ao Guardião da cicatriz. Com um sorriso feroz, o homem girou a faca de combate com um perverso assobio. Rule abaixou-se, sentiu a lâmina zumbir acima da cabeça e cravar-se no tronco da árvore. Ergueu-se, o ombro esquerdo para a frente, o cotovelo dobrado. Mas o homem da cicatriz se antecipara, soltara a faca bizantina e lhe dera um soco do lado da cabeça.

Rule cambaleou para trás e sentiu, mais que viu, a aproximação do Guardião de olhos cinzentos. Agarrou-o pela roupa e o fez girar. A essa altura, o adversário com a cicatriz branca já arrancara a faca da árvore e investia num arco rápido e baixo contra ele. A lâmina em crescente enterrou-se em cheio no peito do homem de olhos cinzentos e imediatamente Rule se livrou dele e caiu sobre o outro num ataque direto.

O Guardião com cicatriz branca abriu os olhos com o choque de haver ferido o companheiro. Era todo o tempo de que Rule precisava. Deu uma estocada, enterrando a lâmina da bengala-espada de um ângulo extremamente baixo. O oponente tossiu uma vez e uma golfada de sangue saiu borbulhante de sua boca. Ele baixou os olhos espantado e caiu de joelhos, as mãos protegendo o abdômen. Esquecera Rule, que aproveitou a oportunidade para lhe dar um forte chute nas costas. O homem emborcou para a frente, inconsciente.

Sem olhar para trás, Rule deixou-os e entrou na escuridão do mosteiro sem ser visto nem ouvido, como um fantasma.

• • •

– Ele está vindo – disse Alvise.

– Bem – disse Zorzi –, agora os acontecimentos estão tomando uma forma inteiramente nova, não estão?

– Três mortos, dois feridos.

– Ele vai pagar por esses crimes – rosnou Zorzi. – Além do resto.

Os dois homens desciam o corredor, vindo do refeitório. Alvise, Guardião de mão firme e pernas fortes, penava para manter o mesmo passo largo do chefe.

– É essencial que mantenhamos Braverman Shaw isolado no refeitório – disse Zorzi. – Mais que nunca.

Alvise assentiu e falou brevemente no celular.

– Feito – disse.

– Agora temos de nos preparar para a chegada do *signore* Rule.

– Será um prazer – disse Alvise, mas logo se calou, quando Zorzi o pegou pelo braço e o fez girar.

– Se você subestimar esse homem, mesmo por um instante, ele o matará.

Alvise, o rosto franzido e sério, disse:

– Vou matá-lo antes que tenha chance.

Paolo Zorzi abriu a boca num riso silencioso.

• • •

Alguma coisa acontecera nos últimos 30 segundos, disso Bravo tinha certeza. Anzolo recebera um chamado no celular e seus olhos o traíram. Encararam Bravo e depois, rapidamente, desviaram-se, e ele deu as costas ao refeitório. Bravo sabia que a ligação o deixara preocupado, que Anzolo recebera instruções – talvez do próprio Zorzi. Parecia claro que este não pretendia voltar com os textos sobre cifras – ou talvez nem sequer voltar. Durante a refeição, ele apresentara seu apressado lance a Bravo, tentando o caminho suave para insinuar-se no processo de decifração, a fim de saber aonde Dexter pretendia mandá-lo em seguida. Como esse estratagema falhou, obviamente decidiu passar para o caminho mais difícil. Bravo só podia imaginar que horrores isso implicaria. Dissera a Camille que aquilo não era um jogo, que os Cavaleiros queriam sangue – o sangue dele.

Assim que Bravo se levantou, Anzolo voltou-se, um rígido sorriso no rosto.

– Sente-se, por favor.

– Eu gostaria de falar com o *signore* Zorzi.

– Sinto muito, o *signore* Zorzi tem outro compromisso.

Como Bravo não se mexeu, Anzolo deu um passo para dentro da sala.

– Sente-se, por favor. – O rosto endureceu. – Seu *espresso* está esfriando.

– Já tomei meu *espresso*.

Bravo teve o cuidado de manter a voz calma. Ainda assim, Anzolo deu outro passo para dentro do refeitório.

– Eu realmente devo insistir.

– Tudo bem. – Bravo deu um sorriso tranqüilo e sentou-se, reclinando-se um pouco para a frente.

Anzolo mudou o tom de voz:

– Gostaria de outra xícara?

– Não, obrigado.

Mas a tensão desaparecera de seu corpo, o que era o objetivo de Bravo. Ele girou a cadeira do lado, apoiando-se nela com os antebraços. Parecia mais escuro na sala agora, os discos dourados lançados pelo castiçal de algum modo se tornaram menores e mais mortiços. Então uma vela estalou e se apagou, escurecendo ainda mais o ambiente.

– Anzolo... não se ouve muito esse nome.

– Ah, em Veneza ouve-se, sim, *signore*. É nosso dialeto.

– É mesmo? Qual é o equivalente italiano?

Anzolo enrugou a testa, pensando, depois o rosto se iluminou.

– Angelo.

Bravo atirou a cadeira para o lado tão rápido e com tanta força que Anzolo foi completamente apanhado de surpresa. Atingido no rosto, desabou meio zonzo. O sangue espalhou-se nas ripas das costas da cadeira.

Bravo pulou em cima dele, mas Anzolo já tinha se recuperado e, ao se sentir agarrado, ergueu o torso e mandou o joelho direto no plexo solar de Bravo, que ficou totalmente sem ar.

Anzolo enfiou o punho em seu flanco.

– Não lute comigo – disse.

Ignorando-o, Bravo continuou, colando-se em sua caixa torácica, mas não tinha ponto de apoio, e Anzolo fez valer o seu peso.

– Eu o avisei.

Forçou o antebraço contra a garganta de Bravo.

. . .

Meio agachado em atitude defensiva, Anthony Rule percorreu os corredores do mosteiro. Não encontrou ninguém nem nada, o que era ao mesmo tempo intrigante e meio assustador. Esperava encontrar pelo menos dois Guardiães.

Viu à frente uma porta à esquerda parcialmente aberta. Aproximando-se com cuidado, deu um jeito de olhar para dentro. Um homem curvava-se sobre uma mesa sobre a qual havia vários livros abertos. Folheava um. Então se voltou para examinar outra pilha de volumes, e Rule teve um vislumbre do lado do rosto. Era Paolo Zorzi, cujos músculos das largas costas se juntavam e ondulavam quando ele se esticava e torcia o tórax, como um leão ou uma pantera. Rule pensou na profunda e duradoura antipatia de Zorzi por ele e sabia que isso se devia a sua amizade com Dexter. Era da natureza do ciúme, pensou, parecer uma cobra, deslizando para um lado e outro em meio a um emaranhado de outras emoções. Mas coloria tudo, mesmo as intenções das pessoas mais lúcidas.

Rule sorriu; os lábios, uma linha fina e cruel. Era tudo fácil demais – não havia guardas, e agora Zorzi se apresentava por uma porta semi-aberta, de costas, um alvo perfeito. Rule sentiu o cheiro de armadilha mesmo à distância, e por isso avançou, dispensando a isca deixada para tentá-lo. Queria-a, claro, mas viera buscar Bravo e não ia sair sem ele. Não tinha ilusões sobre como era perigoso o rapaz estar com Zorzi. Desconfiava de que fora ele quem tentara solapar seu relacionamento com Dexter Shaw e, agora que tinha Bravo, imaginava que a mesma coisa aconteceria de novo – tentaria envenenar Bravo contra ele.

A sala onde Zorzi estava não tinha janelas, era um lugar perfeito para manter um prisioneiro. Rule também viu que os textos eram sobre códigos e métodos de decodificação. Bravo deveria estar trabalhando na cifra que o pai lhe deixara em Veneza. As chances, portanto, eram de que estivesse dentro da sala, em algum ponto onde Rule não podia vê-lo. De qualquer modo, não podia se dar ao luxo de ignorar a possibilidade. Isso significava que precisava descobrir um meio de entrar na sala evitando a convidativa porta aberta.

Esgueirou-se para a frente e chegou a uma ramificação à esquerda que, calculou, o levaria à parede esquerda da sala. Arriscando uma espiada além da quina, viu um Guardião de pé ao lado de uma porta fechada.

Puxando o capuz do hábito que tomara do guarda, passou com a bengala-espada oculta às costas e a cabeça baixa, diretamente rumo ao Guardião. O homem, um jovem e esbelto veneziano com feições ainda em amadurecimento, disse:

– Chegou 10 minutos antes, mas eu preciso dessa folga.

Rule deu-lhe um soco no plexo solar e depois, quando o Guardião se curvou, aplicou-lhe um golpe na nuca com o lado da mão. Pegou-o quando ele desabava inconsciente e arrastou-o para um canto mais adiante no corredor, onde o deixou nas sombras.

Retornando à porta fechada, encostou a orelha. Ouviu uma voz que reconheceu como a de Zorzi e outra pessoa respondendo, mas a segunda voz estava longe demais para ele ter certeza de que era Bravo.

Inspirou fundo e devagar, os dedos cerrados no cabo da bengala-espada. A outra mão segurou a maçaneta e girou-a devagar para a esquerda. Ia abrindo a porta lenta e silenciosamente quando sentiu uma minúscula pontada de dor no lado do pescoço. Assustou-se e voltou-se por instinto, os sentidos já nadando como se estivesse bêbado, e viu uma face zombeteira como uma máscara de *Carnevale.*

Lutando em meio ao nevoeiro químico da droga, compreendeu o que acontecera e puxou o minúsculo dardo que se enterrara no pescoço.

– Tarde demais. – A voz riu com escárnio.

Um instante depois, o mundo desapareceu e Rule emborcou.

. . .

Bravo tinha os olhos saltados e sentia uma queimação nos pulmões. Sabia que, se não conseguisse oxigênio logo, perderia o que lhe restava de força. E no mesmo instante estaria impotente. Não podia deixar que isso acontecesse.

Na sua mente viu o pai treinando-o. Ele tinha 11 anos e estava aprendendo a usar o corpo, a esticá-lo além dos limites naturais.

*"Relaxe, Bravo"*, dizia o pai. *"Quando você se esforça demais, seu corpo resiste. A mente e o corpo precisam trabalhar juntos, como uma equipe."*

Em vez de continuar a resistir a Anzolo, Bravo deixou pender os membros. Suas pálpebras se agitaram, a respiração se tornou errática. A recompensa veio no sorriso na cara de Anzolo quando se curvou para aplicar mais pressão. Foi quando Bravo, com a testa, acertou-lhe a parte superior do nariz. O sangue jorrou e Anzolo recuou.

Bravo torceu os quadris e o outro perdeu o equilíbrio. Bravo se levantou e, com toda a força dos punhos, golpeou as orelhas do adversário. Anzolo caiu.

– Onde está Zorzi? – perguntou Bravo, batendo a nuca de Anzolo no chão de pedra. – Diga-me aonde ele foi.

Anzolo disse.

Bravo soltou-o e lhe deu as costas. Em desespero, o Guardião agarrou-o e tentou vazar seu olho, mas Bravo empregou o próprio impulso de Anzolo contra ele e, girando o corpo, colocou toda a sua força no braço dobrado. Sentiu a clavícula do Guardião partir-se e o homem desabou no piso do refeitório.

Num instante, Bravo já estava de pé e saía correndo pela porta.

• • •

– A neurotoxina só durará dois ou três minutos – disse Alvise.

– Será o suficiente – respondeu Paolo Zorzi, examinando o rosto flácido de Anthony Rule, que o encarava com o estranho olhar arregalado dos recém-paralisados.

Ele e Alvise o haviam carregado para dentro da sala e o puseram numa cadeira em cujas pernas o amarraram, as mãos atadas às costas.

Alvise já sacara a faca, a ponta reluzente apertada na garganta de Rule.

– Que tal isso, Rule? – perguntou. – Como acha que vai se sentir quando eu enfiar a lâmina bem devagar?

– Cuidado – disse Zorzi em voz baixa, como quem não falava sério.

– Quero que ele pague pelos pecados que cometeu.

– Receio que isso tomaria toda uma vida. – Zorzi agarrou um punhado de cabelos de Rule. – Não tomaria, Anthony?

– Fizeram-lhe uma pergunta. – Alvise enterrou a ponta da lâmina, virando-a de modo que uma gota de sangue vermelho-escuro ficasse presa na ponta de aço inoxidável forjado. – É falta de educação não responder.

– Seu tempo se esgotou. – Zorzi curvou-se sobre ele, encarando os olhos ferozes e meio vidrados. – Não tem mais Dexter Shaw para protegê-lo. Está sozinho e nu diante de seu juiz. – Deu-lhe um puxão nos cabelos. – Vou agora pronunciar a sentença e Alvise atuará como carrasco, um manto que ele está demasiado ávido para vestir em sua honra.

Arreganhou os lábios, expondo os dentes.

– Você é culpado, Rule, culpado de todas as acusações. E agora tenho a satisfação de lhe informar que a sentença de morte será executada.

Percebeu um leve borrão em movimento, e Alvise já desabava, o sangue se espalhando ao seu redor como chuva. Empertigou-se e olhou para Bravo, que lhe apontava a Sig-Sauer.

– O que acha que está fazendo?

– Desamarre-o – disse Bravo, apontando para Rule.

– Isso seria muitíssimo insensato. Você não tem idéia do que está fazendo, o grave erro que...

– Cale a boca e obedeça! – disse Bravo.

Estava suficientemente longe de Zorzi para que este não tivesse condição de alcançá-lo.

– Não. – Zorzi deu de ombros. – Vá em frente e atire em mim enquanto pode. Não? Entendo, não tem a coragem nem a firmeza necessárias. Covarde! Qual a sua utilidade para a Ordem?

Investiu, e Bravo puxou o gatilho da Sig-Sauer. Nada aconteceu: o gatilho congelara. Zorzi já se lançara sobre ele, jogando-o de costas contra a parede. Tinha um sorriso grotesco, como um perverso ogro saído de um conto de fadas de Grimm.

– A arma é inútil, não dispara, e, agora, o que você vai fazer?

Bravo golpeou Zorzi com a coronha num ponto atrás da orelha. Ele caiu, exatamente como Alvise, e ficou estendido no chão.

Rapidamente, Bravo desamarrou Rule.

– Tio Tony, está me ouvindo?

Rule moveu ligeiramente os lábios, mas não saiu som algum. Tinha os olhos mais claros e mais focalizados.

– O que eles fizeram com você?

– Neurotoxina. – A voz de Rule era fina e rachada, como se não a usasse há algum tempo. – Aplicada com um dardo.

– Pode se levantar? Vamos, eu o ajudo.

Bravo passou o braço em torno dos ombros de Rule e ergueu-o. O rapaz grunhiu ao arrastar o peso morto, todas as feridas e contusões que sofrera no combate com Anzolo ardendo como tatuagens.

Então Rule começou a adquirir mais controle e se apoiou mais nas pernas e nos quadris.

– Como me encontrou? – perguntou.

– Vim atrás de Zorzi.

Rule balançou a cabeça. Voltou-se para Zorzi.

– Mate-o, Bravo. É o momento perfeito.

– Tio Tony, precisamos sair daqui agora mesmo.

Rule ainda resistiu.

– Mate-o, Bravo.

– Não, tio Tony, a sangue-frio, não.

– Vai se arrepender. O filho-da-puta irá atrás de você.

– Eu não sou assassino.

– Isso não é assassinato, é execução. – Rule estendeu a mão. – Dê-me a arma.

– Tio Tony, não.

Mas Rule já agarrara a Sig-Sauer e, apontando-a para Zorzi, puxou o gatilho. Nada aconteceu. Aproveitando a situação, Bravo arrancou a arma da mão dele. Os dois ficaram se olhando por um momento, paralisados.

No instante seguinte ouviram um barulho no corredor, bem diante da porta. Rule levou o indicador aos lábios, foi em silêncio até a porta e, sem hesitar, escancarou-a.

Um Guardião ainda com a mão na maçaneta entrou tropeçando e Rule deu-lhe uma joelhada na barriga com tal ferocidade que lhe partiu várias costelas.

– Vamos! – sussurrou Bravo, aproveitando a oportunidade para tirá-lo da sala e levá-lo para longe de Zorzi.

Por mais que odiasse o traidor, não seria cúmplice de um assassinato a sangue-frio. Isso fazia dele um fraco, um covarde? Ficou imaginando se seu pai teria feito uma escolha diferente. Aquilo era a Voire Dei, afinal – ele estava distante das leis civis e penais que governavam os outros. Mas tinha o direito de ignorá-las só porque fazia parte da Voire Dei? Mesmo que isso fosse verdade, ele podia escolher o que queria fazer e, para o bem ou para o mal, já tomara sua decisão.

O corredor estava silencioso e deserto. Rule mostrou-lhe o caminho e os dois refizeram os passos até a porta lateral. Quando a cruzaram, já readquirira grande parte de sua força e toda a sua astúcia animal.

– Temos que ficar atentos. Os Guardiães que ainda restam devem estar varrendo a ilha à nossa procura – disse.

E tinha razão, pois, ao se aproximarem da praia de seixos onde aportara o *topo*, viram dois homens vigiando o barco.

– Como vamos sair da ilha? – sussurrou Bravo.

– Eu tenho um plano – disse Rule.

Tio Tony sempre tinha um plano. Até onde Bravo lembrava, ele tinha um plano para qualquer contingência. Se fosse preciso ir de um ponto A a um ponto B, sabia a rota mais rápida, a mais remota, a mais tortuosa, bem como a mais sensata.

Afastaram-se, Rule na frente. O longo crepúsculo de verão acabara e já escurecera, mas na laguna cordões de pálidas luzes amarelas assinalavam o perímetro do canal de água profunda. Uma gaivota passou voando acima deles, gritando numa voz queixosa, e então mergulhou, agitando a superfície que captava minúsculas luzes fosforescentes como miçangas brilhantes no duplo bracelete do canal.

Ao passarem pelas silhuetas negras dos pinheiros, Bravo viu mais luzes provenientes de uma parte do mosteiro franciscano. O ar cheirava a resina, e depois chegou até eles uma aragem da laguna – pedra descorada e ostras, algas salgadas que se entrelaçavam nas profundezas.

Quando se aproximaram, ouviram o barulho de muitas vozes.

– Os franciscanos transformaram a ilha num destino turístico – disse Rule. – Uma vez por semana, promovem uma excursão noturna. Podemos nos misturar com a multidão.

Mas quando chegaram às sombras que envolviam os contornos do cais viram que a travessia na balsa seria impossível. Três Guardiães patrulhavam a área, naturalmente após contarem aos franciscanos uma história plausível que justificasse estarem ali.

Esgueiraram-se para a esquerda numa espécie de semicírculo e viram um *motoscafo* amarrado no outro lado da grande balsa. Passando de sombra em sombra, chegaram até lá. Um monge franciscano desembarcava o resto de uma pilha de pequenos barris do convés de popa do *motoscafo*. As pessoas continuavam a subir na balsa, que apitou duas vezes, como sinal da partida iminente.

Apareceu mais um monge para ajudar o outro a carregar os barris até o mosteiro. Quando desapareceram, Bravo e Rule correram para o *motoscafo* e saltaram a bordo. Os dois monges voltaram e pegaram mais dois barris. Os últimos turistas já haviam embarcado na balsa, que agora dava mais um longo silvo, e as máquinas se punham a trabalhar.

Rule subiu atrás da roda do leme e ligou a ignição. Bravo soltou os cabos que prendiam o *motoscafo* ao cais. Os monges acabavam de desaparecer dentro do mosteiro, e Rule aproveitou o momento para arrancar com o barco. A oportunidade foi breve, os monges ressurgiriam a qualquer momento, mas ele resistiu à vontade de disparar em frente e, em vez disso, emparelhou-se com a balsa. Avançavam juntos, o *motoscafo* oculto dos Guardiães pelo volume da embarcação maior. Uma garça noturna cruzou o caminho, silenciosa como a morte, e enquanto a terra desaparecia na água negra e revolta eles sentiram uma última e revigorante aragem dos pinheiros de San Francesco del Deserto.

Então as luzes amarelas já pairavam em cima deles – estavam no canal, livres.

. . .

Após muitas horas, a celebração dos novos Cavaleiros – Cavaleiros de Muhlmann, como Jordan no íntimo pensava – ainda seguia a pleno vapor. Consumira-se um jantar de 12 pratos servido pela Osteria dell'Orso, um dos melhores restaurantes de Roma, junto com cinco caixas de Brunello de Montalcino de boa safra. Confortavelmente instalados, os convivas agora apreciavam Montecristo Coronas cubanos, taças de conhaque e trufas de chocolate amargo, cada uma com a miniatura do escudo de Muhlmann impressa, todas trazidas de avião da Bélgica naquele dia.

Jordan, de barriga cheia, a cabeça leve com a vitória, acabava de liquidar a segunda taça do exuberante Hine 1960 quando Osman Spagna bateu discretamente no seu ombro. Uma olhada à sua expressão o fez levantar-se e seguir o baixinho até a sala onde assinara o contrato de venda da mansão. Spagna fechou as portas duplas atrás deles. Jordan viu à frente quatro dos mais influentes e ricos Cavaleiros: um negociante do cartel de diamantes da Holanda, um membro do Parlamento britânico, um administrador financeiro americano e o presidente de um conglomerado sul-africano-australiano de metais.

– Senhores – disse Jordan, aproximando-se –, o que temos aqui? – Riu. – Uma reunião de grandes cabeças?

– Ardentemente esperamos que sim, Grão-Mestre.

Deixaram a palavra com o membro do Parlamento, o que foi uma espécie de surpresa. Jordan esperava que o porta-voz fosse o americano. Mas eles haviam optado por tomar o caminho suave, a ação cavalheiresca.

– Nós gostaríamos de uma palavrinha – disse o parlamentar inglês num tom mais brando e adocicado. – Em teoria, não temos nada contra a ação que o senhor empreendeu...

– O *golpe* – disse o americano, curvando-se para a frente.

– Alguma coisa aqui cheira mal. – Jordan encarou firmemente o americano. – É um motim que eu farejo?

O parlamentar tentou desfazer o mal-estar provocado pela inoportuna observação do americano.

– Nada disso, eu lhe garanto. Todos o reconhecemos como Grão-Mestre, todos acreditamos que é o homem para o cargo.

Jordan, esperando a conclusão, nada falou. Era bom em espera, melhor que os quatro juntos, apostava.

O parlamentar, magro como um trilho e de cara pastosa, pigarreou.

– Na verdade, prevemos um possível problema.

– E dos *grandes* – interveio o americano.

Era um homem corpulento, com um sotaque do Meio-Oeste e a atitude demasiado agressiva de um valentão do futebol americano.

Ninguém se dispunha a contê-lo, percebeu Jordan, o que significava ser ele o cão de ataque designado. Jogada esperta da parte deles.

– E qual seria? – perguntou.

– Sua mãe – disse o inglês com voz sedosa. – Não é segredo que ela quis assumir o controle dos Cavaleiros. Nós toleramos as maquinações dela por respeito ao senhor, mas agora... agora ela resolveu ir a campo com Damon Cornadoro... e nos perguntamos se ela estaria desempenhando um papel tão ativo nessa crucial empreitada se não fosse sua mãe.

Um silêncio sufocante pairou sobre os seis homens. O parlamentar tornou a pigarrear e alguém – o holandês, talvez – tossiu nervosamente.

– Era meu plano – disse Jordan sem alterar a voz. – Estão questionando agora?

– De modo algum – apressou-se a dizer o parlamentar. – Contudo, recebemos informações das atividades dela e achamos que é preciso fazer alguma coisa para freá-la.

– Vocês não conhecem minha mãe – disse Jordan.

– Pelo contrário, achamos que a conhecemos muito bem – disse o sul-africano, adiantando-se e pondo na mesa um grosso dossiê.

Ficou olhando Jordan levantar a capa. Dentro havia uma série de fotos tiradas em investigações, com flagrantes de Camille e Cornadoro atracados em abraços amorosos.

Após um instante, o parlamentar disse:

– É um coquetel perigoso, Grão-Mestre. Certamente o senhor entende nossas preocupações.

Na verdade entendia, muito mais que qualquer um deles. Maldita! De forma mecânica, folheou o bolo de fotos, cada uma mais explícita que a outra. Com o cuidado de manter uma expressão neutra, disse:

– Agradeço o esforço dos senhores, cavalheiros, mas já sei da indiscrição de minha mãe.

Era mentira, mas uma mentira necessária. Aqueles homens jamais deveriam imaginar que sabiam mais sobre sua família do que ele próprio.

– Certamente o senhor vê que é mais que uma indiscrição – disse o inglês.

O americano adiantou-se.

– Acho que o que o senhor farejou, Grão-Mestre, foi uma conspiração entre os dois.

– Eu tenho a situação sob controle – disse Jordan. – Eu lhes garanto.

– Excelente – disse o inglês. Estava radiante agora. – Era tudo o que precisávamos saber, Grão-Mestre. Vamos deixar o resto com o senhor. – Indicou o dossiê. – Fique tranqüilo, as cópias foram destruídas.

Spagna abriu as portas duplas, o murmúrio e a fumaça aromática da sala maior entraram e os quatro, encerrada a questão, dirigiram-se apressados para lá. O último do grupo foi o americano. Quando os outros saíam, ele se voltou como se tivesse pensado melhor e, aproximando-se de Jordan, sussurrou de modo que só ele o ouvisse:

– Sabe o que tem de fazer, não sabe? Como é que dizem os ingleses? – Deu um sorriso. – Ah, sim. "Cortem-lhe a cabeça."

# capítulo 19

**– Então, como vão** as coisas com você, filho? – perguntou Dexter Shaw.

Bravo baixou o olhar, depois o desviou.

– Ah, você sabe. Na mesma.

– Não nos vemos há mais de seis meses. Você esteve em Stanford e eu, fora.

Pai e filho estavam num restaurante birmanês ao ar livre perto da rua M. Era verão, e Georgetown fervia. Bravo viera vê-lo, e Dexter tirara a tarde para isso. Nessa noite deviam ouvir a Filarmônica de Washington sentados no camarote presidencial.

– De qualquer modo – prosseguiu o pai –, eu me referia às garotas. – Procurou os olhos do filho. – Você tem uma... uma especial, quero dizer?

– Não sei.

– Não sabe? – Dexter inclinou a cabeça. – Certamente não é isso que você quer dizer. – E, após uma longa pausa: – Ah, entendo. Não quer me contar. Tudo bem, Bravo, se não quer se abrir comigo...

– Me abrir? Por que deveria fazer isso? – disse Bravo. – Quando foi que você algum dia partilhou alguma coisa comigo?

Dexter piscou os olhos.

– Eu me lembro de muitas vezes...

– Alguma coisa importante, pai? – Bravo não conseguiu afastar a exasperação da voz. – E, por falar nisso, quando foi que você se dispôs a ir a Stanford?

– Vai fazer um ano em outubro, eu acho.

– Claro, você estava a caminho de... onde era mesmo?

– Bangcoc.

– Certo, Bangcoc. Fomos almoçar e depois iríamos ao teatro. Eu comprei as entradas e aí...

– Meu horário mudou. Eu lhe disse, Bravo. Sinto muito, mas não podia fazer nada.

– Podia ter ficado.

– Não, não podia – respondeu Dexter. – Não tenho esse tipo de emprego, nunca tive.

Chegou o almoço, e os dois se calaram, agradecidos pela distração. Uma fumaça cheirosa que subia do fogão a lenha atravessava o jardim cheio de lanternas penduradas. Risos e murmúrios de outras vozes, o tilintar dos talheres nos pratos, garçonetes em trajes tradicionais indo e vindo em silêncio.

Finalmente, Dexter largou o garfo e disse:

– Francamente, eu me interessaria em saber de alguém especial em sua vida.

Bravo ergueu o olhar e o pai lhe sorriu, uma expressão que o levou de volta à infância, aos melhores dias de seu relacionamento. Ainda assim, obstinado, não disse nada. Sentia agudamente o ressentimento que a atenção liga-desliga do pai lhe causava, a decepção com suas longas ausências, a recusa em falar delas.

– Tudo bem – disse Dexter. – Então eu lhe falo do meu primeiro amor. – Tomou um gole de cerveja, a expressão mais pensativa. – Era inteligente e muito bonita, mas o principal era que saía com um amigo meu. Eu a conhecera numa festa, numa bebedeira daquelas, e começamos a conversar enquanto meu amigo estava arriado, a cabeça no colo de outra garota também inconsciente. Seja como for, combinamos um com o outro. Mas estávamos tão constrangidos que não sabíamos exatamente o que fazer. Depois, durante dias, vivemos numa névoa agradável mas dolorosa... você sabe do que estou falando, nenhum dos dois conseguia dormir nem comer. Tudo o que pensávamos era, bem...

Dexter olhou para Bravo antes de prosseguir:

– Finalmente, não agüentamos mais e nos encontramos às escondidas. Depois, tentei entender se foi isso que envenenou o relacionamento. Foi uma coisa bem selvagem. Não durou muito, mas pareceu uma eternidade.

Pôs as mãos, que pareciam de ferro, sobre a mesa.

– Alguém poderia pensar que o logro necessário para manter a relação havia me desgastado, mas na verdade não era esse o problema para mim. Na juventude, eu era solitário como só um jovem pode ser. Eu tinha temporariamente... e um tanto impensadamente... cortado o relacionamento com meus pais. Jamais fui muito sociável, e assim fiquei sozinho. Essa moça, eu a via como um meio de estabelecer uma ligação, sair da solidão, por assim dizer. – Deu uma risada. – Os seres humanos às vezes são tão estúpidos que acham que o sexo alivia a solidão. Na verdade, o sexo apenas reforça a realidade, é um vívido lembrete de como estamos realmente sós. Entenda, Bravo, não se trata de estar sozinho ou não, mas do que se faz com a própria solidão. – Tornou a inclinar a cabeça. – Entregamo-nos ao mau humor e ao desespero ou começamos a aprender sobre nós mesmos? Sem esse conhecimento, como podemos estabelecer uma ligação com alguém?

– É outra lição? – perguntou Bravo, mal-humorado. – Não tenho mais 10 anos.

– Não pretendi dar ou sugerir lições, Bravo. Estava apenas tentando lhe dizer... fazer o que você queria... partilhar.

Bravo desviou o olhar, mordendo o lábio.

– O que eu queria dizer, Bravo, é que você e eu... somos diferentes das outras pessoas. Nós somos, bem... acho que poderiam nos chamar de "marginais". É muito mais difícil para nós encontrarmos a nós mesmos. Às vezes eu me pergunto o que tenho de fazer para ser salvo.

– Salvo? – Bravo girou a cabeça para encontrar os olhos do pai. – Salvo de quê?

– Do mal – disse Dexter. – Não me refiro ao tipo de mal que se encontra nas Cruzadas, em Auschwitz e Buchenwald, Hiroxima, Angola e Bósnia. Não me refiro à espantosa maldade da humanidade. O mal gruda-se na mente e não vai embora. É uma náusea da alma quando achamos que nada pode nos salvar. "Que estou fazendo aqui?", pensamos. "Qual é meu objetivo?" – Ergueu o copo de cerveja como se fosse uma haste de trigo. – Você e eu, Bravo, não somos o que supúnhamos ser. Creio que seria natural perguntar: por quê? A resposta é: porque há um poder dentro de nós. Somos super-homens? Não. Mas talvez sejamos como os artistas; não somos homens ocos, como tão bem os qualificou Eliot, embora essa possa ser nossa primeira reação. Como todos os artistas, de todos os tipos, nosso desejo é escapar: escapar do horror do mundo, nos tornar pessoas melhores, conduzir outros pelo caminho... para, de certa forma, salvá-los de si mesmos.

Bravo estava fascinado. Entendia as palavras ditas pelo pai com cada fibra do seu ser, até à própria alma.

Dexter deu de ombros.

– Se você não entender isso agora, espero que um dia consiga.

*Mas eu entendo*, pensou Bravo, e ia dizer isso quando Dexter olhou o relógio.

*Nossa, pai, não. Não faça isso.*

– Desculpe, Bravo, mas tenho de ir para o aeroporto. Receio que vou partir de novo. – Empurrou duas entradas e um passe ricamente bordado com o selo presidencial. – Leve sua garota... a tal sobre a qual não quer me falar... à Filarmônica. Confie em mim, ela vai adorar sentar-se no camarote presidencial.

*Foda-se o camarote presidencial, não me deixe de novo.*

. . .

Os reflexos na água pareciam segui-los na esteira revolta do barco. Mar e céu pintados do mesmo tom de roxo e branco. As ilhas baixas da laguna enfileiravam-se como uma gigantesca cifra. Parecia a Bravo agora, de pé ao lado de tio Tony, com o motor do *motoscafo* batucando sob as solas dos sapatos enquanto varavam a escuridão e a neblina, que Veneza pertencia a seu pai. Luzes de origem desconhecida brincavam na água, refratadas e refletidas na forma de fria chama que iluminava as rasas ondas escuras, lisas como vidro.

Ele pegou a Sig-Sauer. Tentou não pensar em tio Tony arrancando-a de sua mão, atirando em Zorzi à queima-roupa. Talvez na Voire Dei fosse o certo a fazer, não sabia.

– Eu não compreendo – disse, tentando evitar os maus pensamentos.

– Eu a conferi depois que Zorzi me devolveu.

Rule olhou-o.

– Mas você não a disparou, disparou? O gatilho não vai até o fim. Zorzi o sabotou antes de devolvê-la a você.

Bravo tinha certeza de que a pistola funcionava perfeitamente, mas então ouvira o estalido seco e trêmulo de gelo se partindo e estremecera. A última coisa que precisava agora era de devaneios ou ecos do passado. Pensando no trabalho imediato, sentou-se no banco de mogno envernizado do convés e separou com cuidado cada peça da arma que ia desmontando. Quando chegou ao mecanismo do gatilho, descobriu uma coisa que escapara à sua primeira inspeção pró-forma – alguma coisa presa emperrando o funcionamento.

– Está vendo? – perguntou Rule.

Bravo desenrolou o objeto e examinou-o cuidadosamente.

– Isso não é obra de Zorzi. Meu pai a deixou para que eu a encontrasse. Ele me ensinou a desmontar uma arma antes de usá-la, era a regra número um. Simplesmente nunca tive tempo.

Rule olhou-a.

– Estou vendo apenas uma bola de pano velho.

– Não é um pano qualquer. – Bravo desenrolou-o. – Lã. Uma mistura de lã e algodão de qualidade muito inferior, que foi usada, segundo dizem, na fabricação do véu de Maria e do manto de Lázaro.

Lembrava-se da mensagem que o pai lhe deixara na bolsa do mendigo. *Lembre-se de onde estava quando nasceu.* O Hospital Santa Maria de Nazaré. Mas talvez houvesse mais alguma coisa...

– Existe alguma ilha na laguna que faça referência a Maria ou a Lázaro?

Rule pensou um pouco.

– Há a ilha de Lazzareto Vecchio, que antes se chamava Santa Maria de Nazaré. Ela era usada como etapa intermediária para os peregrinos na viagem à Terra Santa. Fica ao sul, logo abaixo do Lido. – Ele virou o barco nessa direção. – Nazaré se tornou Nazaretum e conseqüentemente, como acontece com todas as línguas, distorceram o nome para Lazzaretto. No século XIV foi usada para quarentena das vítimas da peste durante a primeira grande epidemia da cidade. Também havia uma antiga igreja lá, agora em ruínas. – Saindo da laguna para o canal, acelerou. – Ainda é muito bonita, mas hoje é apenas um centro de cães perdidos.

*Lembre-se do seu terceiro bichinho de estimação.*

Bravo deu uma forte gargalhada.

. . .

Em companhia do emissário de Paolo Zorzi, Jenny chegou a San Francesco del Deserto e encontrou seu mentor com a cabeça enfaixada e de mau humor. Estava nervosa e perturbada, mas a emoção dominante era, de longe, a culpa.

Sentaram-se no refeitório, que ela achou opressivo e sombrio. Velas pingavam em toda volta e a fuligem pairava no ar. Para sua surpresa, havia mais quatro Guardiães na sala. Esperou que Zorzi falasse, mas ele fingiu não notar de modo algum a sua presença. Em vez disso, fitava uma mensagem que aparentemente acabara de receber. Jenny daria qualquer coisa para saber o que continha. Ao encará-lo, notou os olhos vermelhos. Parecia que não dormira nos últimos dois ou três dias.

Finalmente, ele disse:

– Padre Mosto foi assassinado.

– E Bravo desapareceu – ela acrescentou – há mais de quatro horas, e o senhor me deixou esperando esse tempo todo. De que outra forma vai me castigar?

Ele a fulminou com seus olhos implacáveis.

– Por falar em Braverman Shaw – disse em voz baixa –, você não transmitiu a mensagem que eu lhe ordenei, não é?

– De que Anthony Rule é o traidor? Não.

– Por quê?

Ela conhecia aquela voz aveludada e estremeceu ao pensar no pulso de ferro que havia por trás.

– Porque não acredito.

– Não cabe a você decidir esses assuntos.

Jenny ficou sobressaltada com a violência da voz.

– Eu tinha razão quando aconselhei Dexter Shaw a não designá-la como Guardiã do filho.

– Mas foi você quem me treinou.

Jenny não podia mais ocultar seu ressentimento.

– Exatamente o que quero dizer.

– Você foi mais duro comigo do que com seus pupilos homens, teve um cuidado dos diabos com isso.

Zorzi ignorou sua explosão.

– Eu jamais devia ter dado ouvidos a Dexter. Todos os instintos me diziam que ele estava cometendo um erro.

Encarou-a com o olhar que reservava aos que o decepcionavam. Ela sentia que ele já se afastara de sua esfera, que qualquer coisa que lhe contasse, qualquer desculpa que apresentasse, cairia no vazio. Ele a havia dispensado.

Absorvendo tudo isso, foi tomada pelo desespero. Levantou-se, a cabeça enfiada nos ombros ligeiramente encolhidos, como se precisasse se proteger do ataque verbal dele. Sempre achara que Zorzi acreditava nela; agora sabia que, se não fosse pela a intervenção de Dexter, ele a teria rejeitado, como os outros da Ordem queriam. Sua crença era em Dexter, não nela.

Ainda assim, não estava disposta a desistir.

– Por que estamos sentados aqui, quando devíamos estar procurando Bravo?

– Prefiro falar de você – disse Zorzi. – Conte-me o que aconteceu.

– Eu estava guardando o presbitério enquanto Bravo e Padre Mosto conversavam. Fui atacada por trás e dominada. Quando acordei, estava numa despensa. Ao sair para o corredor, encontrei o Padre Mosto com a garganta cortada e meu canivete ao lado, numa poça de sangue.

– Seu canivete.

– É.

– Como acha que foi parar lá?

– Isso é óbvio. Quem me atacou o pegou.

– Como sabiam que você o tinha?

O coração de Jenny saltou. Ela olhou os outros quatro Guardiães em volta, que esperavam sua resposta. Pela primeira vez, viu sua situação sob outra ótica.

– Isto é um interrogatório? Acha que eu matei o Padre Mosto?

Zorzi levantou-se e pôs-se a andar de um lado para outro à sua frente.

– Como a senhora sabe, há um traidor em nosso meio. Ultimamente, como a taxa de mortes aumentou, me ocorreu que talvez haja mais de um. – Parou e baixou o olhar para ela. – Entende o que eu quero dizer?

– Entendo apenas que tenho de ir atrás de Bravo – ela disse, obstinada. – Eu estraguei tudo; é minha responsabilidade...

– Receio não poder permitir isso.

– Acha que eu sou uma traidora – disse Jenny, a voz estrangulada.

E viu de novo aquele olhar, reafirmando a distância que ele punha entre os dois. Quando Zorzi falou, o tom era frio e implacável.

– Você não protegeu nosso recurso mais importante; isso é imperdoável. Como se não bastasse, veja a situação do ponto de vista de Bravo. Ele encontra o corpo, a garganta cortada, seu canivete ensangüentado ao lado, e você desaparece. O que *você* pensaria se fosse ele? – Zorzi embolou a mensagem na mão com uma espécie de fúria impassível que a aterrorizou. – A posição dele é a mesma que a minha, não podemos nos dar ao luxo de confiar em você.

Ela se levantou.

– O senhor não pode simplesmente... – Parou, voltando-se para os quatro Guardiães que se aproximavam. – Isso não está direito – disse numa voz fraca, e logo se sentiu tola, porque se estivesse no lugar de Zorzi sabia que faria a mesma coisa.

– Agora tenho de sair – ele disse – para tentar limpar a bagunça que você fez. – Deu-lhe as costas. – Reze por mim, para que eu encontre Braverman Shaw antes que seja tarde demais.

Com essa acusação, saiu acompanhado por dois Guardiães. A pesada porta de madeira e ferro do refeitório bateu atrás deles.

Ela foi tomada por outra onda de desespero, alimentada pela sensação de indignação e desamparo. Perdera a confiança de seu mentor e estava sendo detida por sua própria gente, tudo porque fora acusada de desatenção, pela paixonite de colegial, por sua própria estupidez. Por que não seguira a lição de Anthony Rule e se mantivera livre de envolvimentos emocionais?

Os dois Guardiães restantes a olhavam com um misto de piedade e hostilidade. Ela deu-lhes as costas. Com a hostilidade podia lidar – sempre lidara. A piedade é que a deprimia. Para agravar a situação, ela avançou na direção deles. Um desferiu-lhe uma bofetada e o outro se afastou, para cobri-la de um ângulo diferente. Ela recuou cambaleando e o Guardião a empurrou para uma poltrona e mandou que ficasse ali.

Ela fuzilou com os olhos a cara zombeteira.

– É como sempre achei que ia acabar. – O homem a olhava como se fosse uma barata que ele ia esmagar sob a bota. – Você é um fracasso; pior, uma vergonha.

Cuspiu no chão entre os joelhos dela antes de se afastar pisando forte.

Jenny girou para trás e apoiou os braços na mesa. Sua vida de repente ficara de cabeça para baixo. Pensou em Ronnie Kavanaugh e em Dexter Shaw. Lembrou-se do outro caminho que poderia ter seguido, o caminho que lhe fora tomado, em cujo terrível desfecho Dex aparecera para salvá-la. Mas salvara mesmo?, pensou com amargura. Para quê? Para aquilo?

Apoiou a cabeça no antebraço. Por último, lembrou-se de Bravo. Não queria pensar nele, mas agora, em sua tristeza, não conseguia se controlar. Ele é que poderia tê-la salvado, real e finalmente, uma vez que no fim Dexter não pudera fazê-lo. Achou que agora entendia por que Dex quisera que ela guardasse seu filho. Com aquela misteriosa presciência, ele sabia – tinha de ter sabido, ela estava certa disso.

De repente, ouviu a risada baixa de desprezo dos Guardiães – seus ex-companheiros – e o som cortou-a como uma lâmina. Sentiu-se envergonhada; eles viam por si mesmos a fraqueza que, como sempre haviam desconfiado, um dia a derrubaria.

Então apareceu em sua mente a imagem de Arcangela – e com ela a lembrança da vida que a freira levava, as quase insuportáveis privações que sofria para que suas protegidas pudessem executar seu trabalho. *Sacrifício* era pouco para descrever o caminho que ela escolhera. De uma forma ou de outra, porém, a coragem da Anacoreta parecia percorrer as veias de Jenny impedindo-a de se entregar. E agora ela percebia que Arcangela lhe dera uma coisa mais preciosa até mesmo que o conselho e o apoio recebidos de Dex – uma chance de recuperar sua vida.

Pela lente do fantástico olho da Anacoreta, ela via como repetira com Bravo os erros que cometera com Ronnie e, em certa medida, com Dex. Sucumbira ao fascínio deles. Por quê? Por sentir que, em algum nível, iam salvá-la. Mas não aparecera ninguém para resgatar Arcangela, que tinha força interior para salvar a si mesma.

Enquanto estivera com a Anacoreta, ficara intimidada e, até certo ponto, acovardada tanto por suas péssimas condições de vida quanto pela profundidade de sua força interior. Agora compreendia que ela própria possuía a mesma coragem. Só restava reivindicá-la.

Era mais fácil dizer do que fazer, porque ali estava prisioneira, com Paolo Zorzi sem dúvida indo atrás de Bravo, e ela com as mãos na cabeça, chorando. Não se admirava de que os dois Guardiães rissem dela. Já ia levantando a cabeça, para desafiá-los mais uma vez, quando lhe pareceu sentir o toque de Arcangela no ombro derrotado, firmando-a.

*Espere*, sussurrou-lhe uma voz dentro da cabeça, *há uma forma melhor*.

Ela permaneceu onde estava, a cabeça no antebraço, e continuou a chorar. O tempo todo a mente trabalhava em quinta marcha. Se a achavam fraca, que achassem mais ainda, que a visão que tinham dela atuasse em seu favor. Era o que a Anacoreta faria, tinha certeza. Arcangela usava os meios impostos a ela, os meios que ninguém mais queria, para atingir fins extraordinários.

Começou a soluçar, os ombros encolhidos e tremendo visivelmente.

– Olhe só para ela. – Um dos Guardiães riu. – Melhor lhe dar um lenço.

– Uma toalha será mais útil.

Ela ouviu o arrastar das solas das botas no gasto piso de pedra e o ranger da madeira velha quando um deles se curvou sobre sua cadeira. Sentia o cheiro dele e sabia o exato grau de proximidade.

– Aqui, pegue – ele disse apenas –, antes que traga a *acqua alta*, ha, ha...

Ela lançou um cotovelo, pondo toda a sua indignação física no ato. O cotovelo bateu direto no olho direito dele, que soltou um grito, abafado pelas mãos dela grudadas no seu rosto. O segundo Guardião veio correndo, mas ela tinha o primeiro pela garganta, tirara-lhe a faca e a brandia.

O outro se deteve apenas uma fração de segundo. Depois deu um sorriso.

– Não me faça usar isto – advertiu Jenny.

O Guardião ergueu a lâmina da cimitarra curva, que brilhou à luz das velas.

– Eu pareço preocupado? – perguntou com um risinho. E veio para cima dela, balançando a arma. – Você não tem coragem.

Jenny atirou a faca com o cabo para a frente. Com a precisão de um perito, a arma alojou-se bem acima do nariz. Quando ele caiu inconsciente, ela esmagou a cara do outro com o joelho e também ele desabou.

. . .

Jenny correu na escuridão. Assim que transpôs o quebra-mar, ouviu a água da laguna batendo na praia de seixos. Acima, o céu clareara. As estrelas, brilhantes como lâmpadas bizantinas, ardiam em esplendor em meio aos últimos fiapos de nevoeiro. A brisa forte tirava fios de cabelo de seu rosto, fazendo-os flutuar. O coração começou a disparar, mas ela estava leve como há muito tempo não se sentia. Tinha sua missão e, pela primeira vez, parecia ter também certeza de quem era.

Correu para a luz que jorrava da cabana, para o forte odor de fumaça de óleo diesel que invadia a noite. O *motoscafo* continuava ali. Ela viu Zorzi e vários outros nos últimos preparativos para a partida. Por algum motivo, haviam transformado o *motoscafo* numa embarcação policial, até com os decalques e bandeiras que flutuavam na popa. Quando ela entrou na água negra, os cabos foram soltos e o tom do borbulhar das máquinas aprofundou-se.

Ela nadou vigorosamente, estendendo os braços para a frente, as pernas uma tesoura, e emparelhou com o *motoscafo* no exato momento em que as máquinas produziram um rouco rugido. O barco ergueu-se e ela agarrou um dos pára-choques do lado quando ele partiu. Sentiu o súbito puxão nas juntas dos ombros e compensou, relaxando. Devia estar sem fôlego, mas não estava. Assumira o controle de sua vida, como Arcangela pretendera que fizesse, e estava eufórica.

# capítulo 20

**Bravo e Rule atracaram** na ilha de Lazzaretto Vecchio. A noite era muito escura, mas viam-se algumas estrelas, e a oeste a lua iluminava uma nuvem por detrás, de forma teatral. A nuvem parecia musculosa como um antigo deus que desperta de um sono de eras.

– O traidor manteve-se discreto por algum tempo – disse Rule –, canalizando lenta mas seguramente informações para os Cavaleiros de São Clemente. Agora, porém, com você à caça do Testamento, ele tinha de mostrar seu jogo.

– Você se refere a Zorzi.

Rule assentiu.

– Receio que sim. – Ligou uma lanterna que encontrara na cabine do barco. – Ele era um dos mais íntimos auxiliares de seu pai. Sabia quase tanto sobre Dex quanto eu. Agora está atrás de você. É astuto, perverso e extremamente perigoso. Na verdade, há provas crescentes de que voltou todos os seus Guardiães contra a Ordem. Eles o obedecem, e só a ele. Receio não poder confiar em nenhum deles.

Abriu uma lona usada para proteger a comida que os franciscanos transportavam no *motoscafo*.

– Tivemos sorte no caminho para cá – continuou. – Os monges sem dúvida devem ter comunicado o roubo deste barco à polícia. Vamos ter de ficar atentos quando partirmos.

Deixaram o *motoscafo* suficientemente oculto da rápida inspeção de um barco patrulha de passagem, mas sem dúvida passível de ser descoberto numa busca mais minuciosa. Teriam de estar muito longe dali antes que isso acontecesse, o que significava que havia muito pouco tempo para encontrar a próxima mensagem do seu pai.

– Vamos até as ruínas da antiga igreja – disse Bravo, quando partiram para o interior, emendando logo a seguir uma pergunta: – Tio Tony, como você soube onde eu estava?

– Segui minhas suspeitas. Já estava de olho em Paolo Zorzi há algum tempo.

– Agora estamos juntos como nos velhos tempos.

Rule sorriu, os olhos tocando Bravo por um instante de maneira familiar.

As árvores eram densas naquela área, e o ar cheirava a umidade.

– Quero lhe agradecer – disse Bravo.

– Eu é que devo lhe agradecer por salvar minha pele de Zorzi.

– Você encontraria uma saída – disse Bravo –, mas não estava falando disso.

Rule lançou-lhe um olhar intrigado.

– No inverno em que Junior morreu, eu fiquei realmente puto com você.

– Pelo que me lembro, não fez segredo disso.

– Sinto muito.

– Isso é passado.

– Não, não é. Eu estava furioso com você por levar meu pai embora.

– Hã, bem...

– Escute, tio Tony, preciso dizer isso. Eu era garoto naquela época, só pensava em mim mesmo, no meu próprio sofrimento. Nem me passava pela cabeça que meu pai estava arrasado. – Seguiu-se um breve silêncio. Ele desejava que tio Tony dissesse alguma coisa, acrescentasse uma afirmação. – Você sabia que ele tinha de se afastar, não sabia? Sabia que ele entraria em colapso se não fizesse isso.

– Dexter parecia tão mal quando me ligou que eu sabia que não podia deixar você vê-lo naquele estado. Uma criança não deve ver o pai sofrendo tanto, seria duro demais para você.

– Aonde vocês foram?

– À Noruega. Fomos caçar, alce e gamo vermelho, sobretudo. Seu pai era um craque no tiro. Um dia... estava nevando, eu me lembro... encontramos algumas pegadas que eu desconhecia. Muito frescas, de outro modo a neve as teria coberto. Seja como for, Dex ficou excitado. Fez-nos seguir aquela maldita coisa até a neve ficar azul quando o sol se aproximava do horizonte. Tudo por uma única visão que tivemos do bicho, um carcaju. Mesmo naquele tempo, já eram bastante raros.

– Atiraram nele?

– Está brincando? Dexter ficou admirado, guardou a arma e ficou sentado na neve como um menininho, apenas olhando. E, sabe, eu acho que o animal sabia da presença da gente... ou pelo menos de Dexter, porque olhou para o nosso lado uma vez e se encolheu. Mas não mostrou as presas nem fugiu. – Achavam-se agora num bosque de pinheiros finos batidos pelo vento, e Rule afastou um galho flexível. – Aquela foi uma viagem memorável. Vi seu pai afundar nas profundezas e depois saltar de volta. Lá naquela brancura, em comunhão com o carcaju, ele reencontrou o prazer de viver.

Bravo sentiu mais uma vez o terrível peso da morte do pai. *Acho que pode-*

*riam nos chamar de "marginais". É muito mais difícil para nós encontrarmos a nós mesmos. Às vezes eu me pergunto o que tenho de fazer para ser salvo.* Revelava-se a ele agora um novo sentido para o que o pai lhe dissera naquela tarde de verão em Georgetown – a difícil verdade que ele próprio aprendera sobre a ligação entre os homens e o mundo dos marginais.

– Você sempre foi um bom amigo do meu pai e meu – disse Bravo, a garganta e o coração apertados.

Rule lhe deu um tapa afetuoso.

– Às vezes você me lembra tanto Dex que é fantástico. – Fez uma pausa e continuou, mais sóbrio: – Eu sei como a morte do Junior afetou todos vocês, sobretudo você. Bravo, você fez tudo o que podia. Não foi sua culpa.

Bravo sentiu um arrepio. Parecia um eco do que Jenny dissera. Por um instante, teve uma visão dela em Veneza – o quarto do hotel, o chuveiro, a cama. Ouviu de novo as vozes dos carregadores subindo do canal como os vapores da manhã. Sentiu suas carícias, ouviu-a sussurrando-lhe no ouvido. Depois tornou a ouvir o perverso estalo do gelo sob os pés. Ela acariciara seu pai, sussurrara em seu ouvido como fizera com ele. Sentiu um certo horror, um calafrio na espinha, mas seguiu em frente.

• • •

Chegaram às ruínas da igreja sem ver vivalma. Parte da construção fora transformada recentemente num canil. Uma das paredes da igreja erguia-se, negra e brilhante, tão cheia de rachaduras quanto o rosto de um velho soldado. Fora quebrada em duas.

– E agora? Não resta muita coisa aqui – disse Rule, examinando a cena.

Bravo olhou a parede. *Lembre-se de onde você estava no dia em que nasceu.* A lembrança do Hospital Santa Maria de Nazaré o levara até ali. Onde era o hospital em Chicago? Esforçou-se por lembrar. E então lembrou: rua Divisão Oeste, 2.233.

Foi até a fenda na parede – a divisão – e andou 10 passos para o oeste, a soma dos quatro números do endereço do hospital. Ajoelhou-se no chão coberto de mato na base da parede. Rule reuniu-se a ele e juntos começaram a cavar com as mãos. Três palmos abaixo encontraram um pacote embrulhado em oleado.

Na água, ao longe, as luzes tremulantes do Lido apontavam como um dedo torto para eles. Uma gaivota grasnou várias vezes, o barulho queixoso reduzindo-se a um súbito sopro de ar.

Preocupados com a busca policial que sem dúvida já começara, retornaram ao *motoscafo* em passo acelerado. Bravo desembrulhou o pacote. Dentro havia uma pequena cruz grega. Em torno dela, como uma colméia ou um ninho de vespas, uma meada de fios vermelhos.

– O que você deduz disso? – perguntou Rule, olhando por cima do seu ombro.

Bravo balançou a cabeça.

Chegaram ao barco sem incidentes. A lona continuava na mesma posição em que a tinham deixado. Rapidamente, eles a guardaram e partiram. Rule entregou a lanterna a Bravo. Enquanto tio Tony manobrava o *motoscafo* para longe da ilha, o rapaz ligou-a e, expondo a cruz grega à luz, desenrolou os curtos pedaços de fio vermelho. Eram 24. No corpo da cruz havia três palavras gravadas. Bravo sabia que se tratava de um sistema de fracionamento de cifra com duas chaves. Uma das mais famosas cifras de campo fora empregada pelo exército alemão durante a Segunda Guerra Mundial. As duas primeiras palavras eram as chaves; a terceira, um texto codificado. Ele abriu a caderneta do pai numa página em branco e pôs-se a trabalhar.

O sistema de cifra baseava-se no código ADFGVX, que usava a matriz 6 x 6 para substituir e codificar as 26 letras do alfabeto e 10 dígitos em pares dos símbolos A, D, F, G, V e X. A cifra de duas letras resultante não passava de uma intermediária, porém. Era então escrita numa matriz retangular e transposta, produzindo a mensagem final.

O que ele encontrou foi uma única palavra: *sarcófago*.

– Para onde vamos agora? – perguntou por fim Rule. – Você sabe?

– Voltar a Veneza – disse Bravo, guardando no bolso a caderneta e a cruz.

Largou os fios vermelhos na água escura e encrespada como se fossem o último vestígio do pai, que estivera ali, e com esse gesto se fazia novamente presente.

. . .

A madrugada estendia seus longos dedos perolados pela vastidão da laguna. Por alguns instantes, eles ficaram sozinhos sobre a água. A luz enviesada transformava a superfície em um lençol de metal que o barco cortava como uma faca afiada. Pássaros gritavam e circulavam, despertados do sono pela madrugada e a fome na barriga. Mergulhavam e grasnavam uns para os outros na caçada, submergindo um momento para pegar os peixes entre os bicos curvos.

Havia outros caçadores na laguna. Quando o *motoscafo* contornou a ponta do Lido, viram a lancha da polícia e imediatamente Rule reduziu a velocidade.

Bravo veio postar-se a seu lado.

– O que está fazendo?

– Você vai ver.

Não mudara de curso. Na verdade, ele apontava a proa do barco direto para a lancha da polícia. E então, embora Bravo soubesse que a planura da laguna sob certa luz podia até criar miragens como no deserto, teve certeza de que a lancha da polícia, após avistá-los, ganhara velocidade. Viu a proa erguer-se e a nova descarga de espuma jorrar atrás.

– Tio Tony...

– Tenha fé, Bravo. Tenha fé.

A lancha da polícia disparou atrás deles, a velocidade e o barulho espantando o que restava dos pássaros. Bravo podia ver os homens a bordo, embora ainda não distinguisse os rostos ou os uniformes.

Ouviu então um barulho, como o do vento quando pega o cordame de um barco e estica todas as velas. Mas claro que não havia cordames nem velas, e ele compreendeu que era o tio Tony, que cantarolava feliz consigo mesmo. Estava em seu elemento, no comando de um barco rápido, quase emparelhando, por assim dizer, com os adversários. *É para isso que ele vive*, pensou Bravo. *Por isso a Voire Dei o atraiu como uma chama.*

A lancha da polícia aproximava-se no que Bravo julgava ser uma velocidade assustadora.

Rule parou de cantarolar o tempo suficiente para dizer pelo canto da boca:

– Segure-se.

Bravo agarrou a borda do parapeito com as mãos e o tio empurrou a alavanca do acelerador para a frente, fazendo o *motoscafo* dar um salto. O rapaz teve um vislumbre do assombro nos olhos dos policiais a bordo da outra embarcação quando Rule de repente partiu para cima deles. Logo depois, Bravo sentiu um choque percorrê-lo. Então o tio girou a roda do leme para estibordo. Manobrou com mão de especialista, e o *motoscafo* se desviou com uma velocidade de tirar o fôlego, o lado de bombordo erguido ao cortar a água, criando uma onda que varreu a lancha da polícia como um navio cheio de piratas.

Então se afastaram, rumando para nordeste, na direção de Veneza, ou, mais especificamente, de outra ilhota, cujo flanco norte aparecia a estibordo. Olhando para trás, Bravo viu a inundada lancha da polícia dar meia-volta e, com um rugido, pôr toda a velocidade para persegui-los.

– Aquele barco tem alguma coisa – disse Rule. – É maior e mais baixo que as lanchas usadas pela polícia veneziana.

– Você tem razão. Eu reconheci um Guardião. Aquilo não é lancha da polícia coisa nenhuma.

Rule assentiu.

– Zorzi achou a nossa pista.

A ilhota aproximava-se rápido à direita. Era deserta, cheia de caniços e pássaros e do adocicado cheiro de decomposição. Tinham de ter cuidado agora, porque a água era bastante rasa em alguns pontos e o barco poderia encalhar. Longos bancos de areia erguiam-se das profundezas da laguna e ofereciam terreno de alimentação aos pássaros, além de plataformas naturais para as ostras.

O sol já ultrapassara inteiramente o horizonte, rubro e inchado como se tivesse febre. A claridade, mais forte, disparava pela água em linhas ondulantes, fazendo a ilhota parecer mais distante do que estava. O ar aquecia-se rápido, criando um ciclo de perspectivas e miragens desnorteadoras.

– Não pode deixar que nos parem – disse Bravo, encostando-se para que Rule pudesse ouvi-lo mesmo com todo o barulho do motor. – Tem de me levar a Veneza.

Rule girou o volante.

– Não se preocupe – disse com ar sombrio. – Eu pretendo tirar Zorzi de cena de uma vez por todas.

. . .

Se fosse qualquer outro tipo de homem, Paolo Zorzi já teria tido um enfarte a essa altura, mas não subira aos altos escalões dos Observantes Gnósticos sendo impaciente e impetuoso. "Tudo no seu tempo certo" era seu lema tácito, e mesmo naquele momento caótico, quando seu futuro estava na balança, permanecia calmo. Não maldisse a si mesmo nem a tripulação por não haverem respondido adequadamente à tática camicase de Anthony Rule, mas decidiu não mais pegá-los de surpresa.

Agora, quando mais uma vez corriam atrás de Rule, ele próprio tomou o leme. Em vez de seguir direto na esteira dele, desviou-se para bombordo, imprensando-o eficazmente na passagem rasa entre o *motoscafo* e o canto mais ao norte da ilhota à frente. Sorria ao se aproximar. A cada segundo as opções de Rule se tornavam mais limitadas. Logo se esgotariam por completo.

. . .

– Você percebe o que ele está tentando fazer – disse Bravo. – Imprensar-nos para nos fazer encalhar nos bancos de areia perto da ilhota.

– Nisso, como em tudo o mais, vai sair frustrado.

A voz de Rule era baixa e feroz. O vento entrara em seus lábios abertos, repuxando as faces e exibindo os dentes arreganhados.

– Mas você está indo direto para os baixios – disse Bravo.

– Zorzi vai ficar muito satisfeito pelo mesmo motivo – disse Rule.

À luz enganosa, não dava para fazer as distinções na cor da laguna para se orientar entre os canais de água profunda e os bancos de areia que podiam fazê-los naufragar. Os mapas serviam bem em outras partes, mas a combinação de luz mutante e das traiçoeiras marés muitas vezes os tornavam inúteis, a não ser para as poucas grandes passagens de água profunda.

Bravo via à frente a ilhota aproximando-se rápido – os campos marinhos de caniços ondulantes, o brilho das poças deixadas pela maré, uma onda escura, o sobe-e-desce dos pássaros nos ninhos e, um pouco adiante, como uma série de cristas de ondas, duas *barene*, salinas planas que na verdade eram bancos de areia, pálidas como a garganta de uma mulher, a menor mais próxima. Na mais distante, uma dúzia de homens curvados, os pés e tornozelos ocultos sob a água, fazia o trabalho matinal, catando ostras que seriam consumidas naquela tarde e à noite nos restaurantes de Veneza.

Rule continuava olhando por cima do ombro esquerdo, como se temesse que a lancha da polícia avançasse pelo lado de bombordo. Chegava cada vez mais próximo da ilhota. A lancha dos perseguidores estava se aproximando deles. Aparentemente, era o que ele queria, pois não fez esforço algum para empurrar mais a alavanca de aceleração para a frente, o que se esperaria de um capitão preocupado com o perigo de encalhar seu barco.

A lancha da polícia já se achava – pela avaliação evidentemente imprecisa de Bravo – a apenas três comprimentos do barco deles. Como antes, era tudo uma questão de timing.

– Tio Tony – ele gritou –, estão sacando as armas!

Rule virou abruptamente para estibordo, parecendo estar no meio dos baixios. Bravo tornou a gritar, agora de apreensão. Mas, em vez de encalhar, o *motoscafo* disparou direto quando Rule lhe imprimiu velocidade.

– Há um canal de águas profundas ali – ele disse. – Não está sinalizado por ser muito estreito. Também quase desaparece nas marés baixas.

Ao ouvir isso, Bravo virou o corpo perpendicularmente ao tio, para olhar à frente e atrás com a mesma facilidade. A lancha da polícia, com pouco tempo para ajustar o curso, raspara a borda do baixio e agora se dirigia para o lado errado. Contudo, a uma ordem gritada por Zorzi, deu a volta num arco fechado e dirigiu-se para o canal. Ganhou velocidade total ao atravessá-lo até a onda aberta atrás do *motoscafo*.

Devia ter um motor mais possante, porque reduziu a distância entre eles com apavorante velocidade.

– Estão bem em cima da gente – gritou Bravo quando os primeiros tiros de advertência foram disparados contra a proa.

. . .

Assim que a lancha de Zorzi acelerou na primeira vez, Jenny encolheu as pernas na água corrente – tarefa nada fácil –, enroscando o corpo numa bola e enfiando os pés na rede de cabos que prendiam o pára-choque ao lado do barco. Talvez achasse um milagre não haver sido descoberta, só que todos a bordo da lancha – Zorzi incluído – se empenhavam tanto em encontrar a presa que não tinham olhos para mais nada.

Ela ouvia as vozes acima do barulho do motor. De vez em quando até distinguia uma frase ou duas, embora lutasse para entender o que captava. Zorzi continuava referindo-se a Anthony Rule como "o traidor", o que, apesar da obstinação dele, parecia a ela coerente com o que ele acreditava. As respostas dos Guardiães é que achava intrigantes. Falavam-lhe como se ele, e ele só, fosse o chefe dos Observantes Gnósticos.

. . .

Rule manteve firme o curso noroeste, mesmo com a lancha alcançando-os. Dispararam mais tiros, e então Bravo sacou a Sig-Sauer e devolveu o fogo.

– Esqueça isso – disse Rule – e agüente.

Um instante depois, virou o volante de vez para estibordo. Ao mesmo tempo, empurrou a alavanca do acelerador toda à frente, exigindo e conseguindo cada milímetro de velocidade que o motor podia gerar. A proa e depois toda a parte da frente do *motoscafo* ergueram-se da água.

Bravo virava-se para um lado e outro, e via que iam direto para a primeira das duas *barene*. Os catadores de ostras, após perceberem a caçada, agora se erguiam, parecendo paralisados enquanto os barcos se precipitavam sobre eles. Ninguém – Bravo incluído – acreditava que Rule fosse deixar o *motoscafo* encalhar. Sem dúvida, raciocinavam, ia desviar-se, como fizera quando se lançara pela primeira vez contra a lancha da polícia.

Mas esse momento chegou e passou, sentiu Bravo, firmando-se na madeira envernizada. Três segundos depois, a quilha do barco raspou a elevação do banco de areia. Em vez de encalhar, Rule usara a elevação como plataforma de lançamento do barco. O *motoscafo* decolou no ar, elevando-se num gracioso arco que os levou por cima dos dois bancos.

– Oba! – gritou Rule, quando caíram na laguna além das duas *barene*.

As hélices duplas morderam a água, e com uma enorme explosão o barco arrancou, seguindo direto para Veneza.

Bravo, olhando para trás, viu que a lancha de Zorzi parara e ondulava em ponto morto atrás das *barene*.

Rule tateou seus bolsos.

– Onde está a porra do maço de cigarros quando eu preciso deles?

Riu meio estonteado com o espetacular sucesso dos dois.

. . .

– *Você tem um cigarro?* – Seguiu-se uma pequena pausa. – *Então para onde dirijo este troço? Você deve saber a esta altura aonde precisamos ir.*

Num liso *motoscafo* preto-e-branco no Grande Canal, Camille mantinha o celular no ouvido e esperava, o sangue martelando nos tímpanos. Reconhecia uma leve sensação de ansiedade, que reprimia por intuição. O chamado de Anthony Rule viera exatamente como ele prometera, tudo se encaixava perfeitamente.

– *Castello* – disse a voz de Bravo em seu ouvido. – A *igreja de San Giorgio dei Greci.*

– *Tudo bem.* – A voz de Rule agora. – *Vamos sair do lado da laguna pelos canais até a Fondamenta della Pietà. Calculo que estarei lá em 15 minutos. Está bem para você?*

Após ouvir o suficiente, Camille guardou o celular e deu ordens ao capitão para que a levasse a toda a velocidade à Fondamenta della Pietà, em Castello. Depois se afastou para onde estava Damon Cornadoro, que exibia um olhar zangado no belo rosto.

– Meu caro Damon, você parece decididamente emburrado – disse sorrindo. – Por favor, não me diga que sucumbiu ao ciúme.

– Você pode me culpar? Rule foi seu amante.

Ela pegou um cigarro e acendeu-o.

– E daí?

– O caso durou anos. Ocorreu-me mais de uma vez que você ainda sente alguma coisa por ele.

– Se sinto, não é da sua conta.

– Mas seu filho...

– O que é que tem meu filho? – ela perguntou, a voz afiada.

– Eu sempre imaginei... – Deixou a idéia no ar, os olhos cravados nela, vendo a respiração de Camille suspensa, uma pequena vitória, claro, mas uma vitória, ainda assim. – Eu sempre me pergunto se Rule é o pai de Jordan.

Ela deu-lhe as costas, os olhos escuros, insondáveis.

A questão do pai de seu filho era tabu, ele sabia, por isso foi atrás dela, quase como um suplicante.

– Eu sou seu amante agora, Camille. Acha que dividiria você?

Ela soprou a fumaça pelos lábios entreabertos, contemplando os magníficos *palazzi* que passavam no outro lado do Grande Canal.

– Camille?

Ela não queria pensar no pai de Jordan, não queria. Assim, para se acalmar, voltou a mente para outros assuntos. Fascinava-a e deprimia-a o fato de os homens só pensarem em termos de posse. *Eu não tenho isso, e quero. Agora que tenho, jamais vou deixar*. Claro que o que os tornava previsíveis também os tornava suscetíveis a ela. Então, o que diria ao amante? Certamente não falaria sobre o motivo que a fizera tomar Rule como amante, certamente não diria que ainda o amava, como amava qualquer objeto valioso para ela. Na verdade, jamais se sentia tão solitária como quando estava com um homem. Eles se satisfaziam muito facilmente, por isso logo se saciavam e, depois, o que acontecia? Voltavam a atenção para outra parte, você podia mandá-los se ferrar que eles nem ouviam.

Como era inevitável, porém, alguns homens se apresentavam como uma espécie de desafio. Anthony Rule, por exemplo. Desviá-lo da Ordem dos Observantes Gnósticos fora um caminho longo, lento, árduo e muitas vezes perigoso. Fora uma campanha militar profundamente pensada e meticulosamente planejada. Por todos esses motivos – e, claro, outros –, tratava-se sem dúvida de um feito que coroava sua vida, um estonteante sucesso que vinha nos calcanhares de uma decepção devastadora. Com o passar dos anos, as informações que ele fornecera lhe foram inestimáveis, a ela e a Jordan. E o aspecto mais satisfatório era que fora ele quem passara informações ultra-secretas.

– Não tem nada com que se preocupar, meu amor – dizia agora. – Anthony Rule é meu passado. Você é meu presente.

Mesmo com o barulho do motor, ouviu Cornadoro soltar a respiração. Quase riu ao ver como ele respondia logo ao afago. Dessa vez, era como uma espécie de reação pavloviana. Ele queria – não, precisava – acreditar nela. Os homens, obcecados por provarem uns aos outros como eram fortes, em essência eram fracos. Ela provara essa máxima repetidas vezes em casos difíceis como Rule e Cornadoro. Então veio Dexter Shaw – mas tinha de haver um, disse a si mesma numa rápida análise do passado. Consolava-se com a idéia de que os homens tinham um conceito mesquinho de coerção. Mas o que eles sabiam de coerção? Afinal, se sentiam mais confortáveis com um porrete na mão. A bofetada com luva de pelica era execrada por eles. Embora reagissem tão tranqüilamente a isso, até mesmo de forma comovedora, continuavam a negar sua existência. Tanto melhor para mim, pensou Camille. Era esse o motivo, em toda a história, de sempre terem existido mulheres de sucesso, espertas e habilidosas, que usavam sua forçada servidão como um manto de anonimato por trás do qual brandiam sua própria forma de bofetada com luva de pelica com efeito devastador.

Camille não tinha simpatia pelas mulheres que apanhavam de seus homens, física ou emocionalmente. Isso não surpreendia, pois sentia o mais profundo desprezo por qualquer tipo de fraqueza. Considerava que a fraqueza as punha nessa situação abusiva e as acorrentava ali. Não havia situação da qual a mente humana não pudesse se livrar. Acreditava nisso com o decidido fervor de um fanático religioso. Na verdade, para ela era uma forma de religião, de tal forma aderira ao princípio. Era a única idéia que aceitava como evangelho.

Aproximaram-se da Fondamenta della Pietà e Cornadoro saltou em terra antes que o capitão ao menos amarrasse o barco.

– Eu voltarei logo para você – ela murmurou para ele, como se ele fosse um bebê ansioso por sugar seu seio. – Enquanto isso, vá para a igreja. E, pelo amor de Deus, fique de guarda em relação a Zorzi e seus Guardiães. Não tenho dúvida de que ele o matará à primeira vista se você lhe der oportunidade, assim como dará cabo de Anthony Rule.

# capítulo 21

**Dirigindo-se da Fondamenta** della Pietà para o sul, Bravo e Rule encontraram a igreja de San Giorgio dei Greci sem dificuldade. Haviam parado ou feito pequenos desvios três vezes para se assegurar de que ninguém os seguia. Mesmo cedo, o dia já estava quente e pegajoso. Nuvens brancas pairavam imóveis no céu, como se pregadas nele.

A igreja apresentava uma fachada elegante para a rua pela qual andavam, algo de uma simplicidade admirável, pelo menos em termos da arquitetura veneziana excessivamente trabalhada. Era a única igreja ortodoxa grega da cidade, construída em 1539, quando havia uma próspera comunidade grega ali. Durante séculos, muitos dos seus integrantes haviam viajado com os navegantes venezianos para o Levante, instalando importantes comunidades mercantis na costa sul do mar Negro, onde sua religião se tornou a forma dominante de culto até os muçulmanos otomanos expulsá-los de Trebizonda no século XV. Agora havia menos de 100 ortodoxos gregos em toda a Veneza.

O interior da igreja, com seu alto teto abaulado, parecia vazio e sombrio. Poucas pessoas em volta – uma velha ajoelhada com as mãos cruzadas, de frente para a enorme cruz dourada, um homem gordo de cabelos desgrenhados conversando fervorosamente com um padre alto e cadavérico que tinha uma corcunda sob o longo hábito negro.

A ausência de pessoas parecia endêmica, como se alguma coisa vital houvesse esvaziado o interior, mantendo intactas a magnífica arquitetura e as esculturas, mas deixando para trás, como após o recuo de uma geleira, a peculiar esterilidade de um amontoado de fragmentos de rochas – uma paisagem despida de plantas e da terra em que brotariam.

Como todas as igrejas ortodoxas gregas e russas, San Giorgio dei Greci tinha uma notável iconóstase, uma parede de ícones de origem bizantina. Historicamente, servira como uma espécie de divisória, um símbolo de separação entre o santuário e a nave, entre Céu e Terra, divino e mortal, mas no correr dos anos evoluíra para uma parede na qual se punham ícones individuais.

Assim que o padre alto os notou, interrompeu a conversa com o homem mais atarracado que já tinham visto e se aproximou de onde eles estavam.

– Eu me chamo Padre Damaskinos – disse, soando como se tivesse a boca cheia de cascalho.

O italiano não era sua língua materna, pensou Bravo. Por isso respondeu em grego, dando seus nomes.

O padre arregalou ligeiramente os olhos de surpresa e prazer.

– O senhor fala grego muito bem. Que outras línguas conhece?

– Grego trebizondino – respondeu Bravo.

Padre Damaskinos riu baixinho. Tinha ombros que pareciam um cabide e a cabeça, de orelhas pequenas e dentes grandes, de um leopardo. A corcunda era pequena, de alguns ângulos nem se notava, de modo que ele parecia, como muitos outros de sua altura, apenas encurvado.

Respondeu na forma antiga de seu idioma.

– Então vem à igreja de San Giorgio dei Greci por um motivo especial.

– Vim ver a cripta – respondeu Bravo.

– Cripta? – Padre Damaskinos franziu bem a testa. – Está mal informado. Não temos nenhuma cripta aqui.

Bravo virou-se para Rule.

– Tio Tony, você conhece esse homem?

Rule balançou a cabeça.

– Não é um dos nossos.

Os olhos do Padre Damaskinos pareceram iluminar por dentro o crânio de leopardo.

– Um dos nossos? Que significa isso?

– Bravo, não temos tempo para isso – disse Rule.

Assentindo, o rapaz pegou a cruz grega e estendeu-a na palma da mão. Por um momento, Padre Damaskinos nada disse. Depois pegou-a com cuidado, como se fosse um escorpião. Examinou cada centímetro, sobretudo a inscrição.

Finalmente devolveu-a à palma da mão de Bravo.

– Onde estão os fios vermelhos?

– Foram-se – disse Bravo.

– O senhor os contou?

– Vinte e quatro.

Esse estranho diálogo tinha o ritmo compacto, em staccato, de um código de reconhecimento entre espiões.

– Vinte e quatro – disse o Padre Damaskinos. – Tem certeza? Nem mais nem menos?

– Certo. Vinte e quatro, exatamente.

– Venha comigo.

Padre Damaskinos girou rápido nos calcanhares e conduziu-os pelo piso em xadrez até uma porta no lado extremo esquerdo da iconóstase. Dentro havia um minúsculo espaço, ao que parecia escavado nos blocos de pedra da igreja. Pegou uma tocha num anel de ferro fundido incrustado na parede e acendeu-a.

– Por motivos óbvios – disse –, não há eletricidade na cripta.

Desceram uma escada em espiral, os degraus de mármore tão gastos que afundavam no centro. Como aquilo era Veneza, a cripta não ficava tão embaixo quanto em outras cidades construídas em terra seca. Era úmida e fria como uma geladeira. A água alagava o piso de pedra, e aqui e ali minúsculas criaturas marchavam, com suas múltiplas patas, de um lado para o outro pelas paredes pegajosas.

– Nossa cripta é um lugar secreto cuja existência é zelosamente guardada.

Era maior do que Bravo esperava. Duas filas de sarcófagos de pedra estendiam-se à frente, separadas por um estreito corredor. Na tampa de cada sarcófago via-se uma imagem esculpida dos sepultados ali. Alguns seguravam cruzes, outros agarravam espadas junto ao peito.

Padre Damaskinos voltou-se para Bravo.

– O senhor é filho de Dexter, não é?

– Sou. Como conheceu meu pai?

– Nós tínhamos uma amizade baseada na confiança mútua, acreditávamos na mesma coisa: o abrangente poder da história. Seu pai era um grande estudioso, o senhor sabe. De vez em quando eu traduzia alguns documentos antigos que nem ele conseguia decifrar. Em troca, embora eu jamais pedisse, a igreja recebia um estipêndio mensal que ele instituiu para esse fim. – O padre dirigiu-se a Rule: – O senhor parece surpreso por ele recorrer a alguém fora da Ordem, mas pense: durante séculos houve uma aliança entre ela e a Igreja Ortodoxa Grega; os ortodoxos forneciam informações e até documentos secretos nos primeiros dias em que membros da Ordem viajavam para o Levante... Samsun, Erzurum, Trebizonda. Era uma aliança natural, nascida tanto da necessidade quanto da autodefesa, uma vez que a Igreja Ortodoxa Grega e a Ordem eram inimigas do papa.

Atravessaram a água, descendo o corredor. Era curioso que, embora aquele fosse o lugar de repouso dos mortos, Bravo sentisse mais vida ali embaixo do que na igreja acima. Como seu pai, tinha um aguçado senso histórico. Para ele, a história era uma coisa viva, com um interminável depósito de acontecimentos e de lições aplicáveis ao presente de nossas vidas. Lembrava-se das inúmeras vezes em que estudara com o pai – seus textos favoritos eram os que continham as palavras daqueles que viveram a história, sem a intervenção e a censura dos historiadores, que acabavam filtrando tudo com suas próprias perspectivas. O perigo no estudo da história, dissera-lhe Dexter, estava em não ir à fonte.

– Então o senhor entrou para a Voire Dei – disse o Padre Damaskinos – e agora nada é o que parece.

– Eu senti isso assim que meu pai morreu.

– Eu também – disse sobriamente o padre. – Seu pai era um indivíduo único. Imagino se o senhor herdou algum dom dele.

– Está falando da capacidade de prever o futuro?

Padre Damaskinos fez que sim com a cabeça.

– Seu pai viu a batalha que iria se iniciar na Voire Dei e se espalhar pelo mundo externo de um ponto de vista mais amplo que o dos outros. Viu que a batalha havia começado em termos políticos e se mantido nessa esfera durante séculos. No século XVI poderia ter a aparência de um conflito religioso, mas os motivos subjacentes eram estritamente políticos. Séculos depois, aqueles que, como os comunistas, se recusaram a reconhecer as mudanças em andamento, que não viram que a batalha mudara para termos econômicos, foram condenados. O desejo de supremacia econômica é o motor que tem impelido a Voire Dei, assim como o mundo todo, há mais de 20 anos. E se entrincheirou no pensamento de seus participantes de tal modo que eles se tornaram tão cegos quanto os comunistas para as mudanças em marcha. Mas seu pai percebeu que o imperativo de superioridade econômica estava sendo lentamente corroído pelo aumento da questão religiosa. Os chamados motivos econômicos por trás dos conflitos, como a corrida do petróleo, por exemplo, eram mais uma vez aparência. Vê a importância da história? Por trás das falsas aparências está a religião.

O padre se virou para Bravo:

– Fundamentalistas, entende? Os cristãos de um lado, os islâmicos de outro. Não são apenas os árabes que Israel tem de temer, mas os Estados Unidos, com seu eleitorado cristão cada vez mais poderoso. É o conflito que vai além do escopo tradicional da Voire Dei, como a temos conhecido, e a põe em destaque por causa daquilo que seu pai viu se aproximando como a era de uma Nova Cruzada. Não se engane, é o futuro, e os que ignorarem sua crescente importância estão condenados a ser esmagados por esse poderoso tacão.

Vendo o sorriso irônico no rosto de Rule, Padre Damaskinos interrompeu seu discurso:

– Não concorda, Sr. Rule?

– Não, não concordo. A Ordem hoje é puramente secular, ninguém sabia disso melhor do que Dex. A idéia de que ele passou a se interessar pela luta interna religiosa é absurda.

– E no entanto o papa ainda manda seus melhores capangas atrás de vocês, agora com um fervor ainda maior.

– O papa nada sabe a respeito disso – disse Rule sucintamente. – Se tem gente ao seu redor como o Cardeal Canesi, tanto pior para Roma. Ainda assim, Canesi não tem interesse religioso. O que tem em mente é a política do poder. O senhor acha de fato que ele dá alguma importância ao Testamento de Cristo? Não, o Testamento é inimigo dele. Nega a base mesma de poder que ele ergueu para si. É a Quinta-essência que ele quer, meu amigo. Só a Quinta-essência salvará a miserável pele dele.

– Ele jamais terá a Quinta-essência. O bom cardeal está condenado.

– Pode muito bem estar – disse Rule. – Mas, restando ao papa apenas alguns dias de vida, pode ter toda a certeza de que ele vai fazer o melhor para destruir a Ordem primeiro.

– Como o senhor é contra Deus!

– No correr dos anos, padre, eu aprendi a grande arte do ateísmo.

– É uma pena – disse o Padre Damaskinos.

– Que comentário mais surpreendente. – Rule não se preocupou em ocultar o seu desdém. – Estou cheio de conversas sobre religião e condenação. Vamos com isso.

. . .

Jenny estava finalmente em terra firme. Tinha os braços dormentes, e as pernas tremiam como um bezerro recém-nascido tentando se manter em pé. Uma forte dor na base da nuca se misturava à violenta dor de cabeça que lhe dava a sensação de ter um prego cravado entre os olhos.

Agachou-se nas sombras, não longe de Paolo Zorzi, que reunira seus Guardiães assim que haviam saltado da lancha na *fondamenta* em Castello. Zorzi tinha o celular no ouvido. A posição de Jenny era tal que a acústica da rua lhe trazia cada palavra que ele dizia.

– Onde eles estão agora?

Ela deduziu que ele reunira todos os recursos de que dispunha, colocando seus homens em pontos fixos, como se fossem vigias costeiros em alerta contra navios corsários.

– A igreja – dizia. – Sim, claro que conheço.

Zorzi virou-se, a expressão fixa, impaciente, aborrecida e, esperava Jenny, possivelmente magoada. Durante a travessia da laguna, ela descobrira que fora ele quem capturara Bravo, mas o rapaz, graças a Deus, escapara, junto com Rule.

Eram os dois que ele vinha caçando. Ela não percebera isso antes, pois estava no lado oposto da lancha. Mas agora Zorzi e seus Guardiães traidores haviam achado a pista de novo e, pelo tom da conversa, talvez logo os cercassem.

Ela só precisava pensar numa forma de detê-los. Quase chorou com a frivolidade disso – que podia fazer uma mulher sozinha e desarmada contra aquele grupo bem treinado e disciplinado?

– Não tenho boas notícias hoje, a não ser por uma coisa – dizia Zorzi. – A crise gerada por Braverman Shaw atraiu nosso inimigo para fora da toca. Anthony Rule é o traidor, esta informação é indiscutível.

Com quem falava? Não era outro de seus quadros como ela pensara primeiro. *Você está mentindo!*, queria gritar. *O traidor é você!*

Queria abordar cada um dos Guardiães e lhes contar o terrível erro que estavam cometendo. Em vez disso, tinha de ficar ali de cócoras, tremendo, e ver seu mundo ir para o inferno. Não podia deixar que isso acontecesse, de jeito nenhum...

– É uma operação delicada – continuou ele. – Não devemos ferir Bravo de forma alguma. O trauma da morte do pai... é, embora eu estivesse a quase 10 mil quilômetros de distância, assumo plena responsabilidade. Sim, senhor. Mas deve entender a extrema delicadeza dessa operação. Não apenas temos de resgatar Braverman Shaw em segurança, mas fazer isso sem matar Rule... Claro, tenho certeza. O que nos adiantaria matá-lo agora? – Afastou-se um pouco do grupo de Guardiães e se aproximou, por acaso, de onde ela se acocorava, num escuro vão de porta. – É a nossa chance de virar o jogo contra os Cavaleiros. Imagine as informações sobre eles que Rule deve ter na cabeça. – Passou o celular para a outra mão, abrindo e fechando a mão que antes o segurava. – Não, senhor, não vou cuidar pessoalmente do interrogatório. O senhor conhece minha história com Rule: jamais nos entendemos. O que pareceria se eu conduzisse o interrogatório? Não, isso eu deixo com o senhor.

De repente, Jenny percebeu que tremia toda. Qual era o problema naquele quadro? Paolo Zorzi devia estar defendendo a morte de Anthony Rule – quando nada, para se proteger. Não apenas defendia a captura dele como se recusava a conduzir o interrogatório. O que não fazia sentido para ela. Depois, com um frio na barriga, compreendeu que, se Zorzi não era o traidor – se, de fato, falava a verdade, e em vez disso Rule fosse o traidor –, a conversa fazia perfeito sentido.

Ela encostou a cabeça na porta e fechou os olhos para o mundo que girava em volta. Sentia náuseas. Rule era o traidor – logo ele, tão próximo de Dex que Bravo o chamava de tio Tony. Perfeito, tão perfeito que ela tinha náuseas. Muitas anormalidades inexplicadas corriam-lhe pela cabeça. Não admirava que a Ordem viesse perdendo terreno para os Cavaleiros, não admirava que tantos homens-chave tivessem sido eliminados – incluindo Dex. Fora tudo obra de Rule.

Sem que ela se desse conta, enroscara os dedos, as mãos transformadas em punhos que planejava furiosamente empregar na primeira oportunidade.

. . .

Bravo sentiu os olhos penetrantes do Padre Damaskinos.

– Quando se tratava da Ordem, seu pai tinha um interesse particular, Bravo. Eu me pergunto se lhe contou isso.

O padre falava num tom tão descontraído que ninguém diria que aquilo era um teste. Bravo sorriu, porque gostava dele, sobretudo da sua cautela nesse tempo de terrível perigo para os membros da Ordem e também para os que eram amigos deles.

– Ele muitas vezes me falou de Frei Leoni.

– É, de fato Frei Leoni foi o último *Magister Regens* da Ordem. Depois, a chamada Haute Cour, a comissão formada originalmente para assessorá-lo e verificar que seus éditos fossem cumpridos de forma correta, evoluiu para um corpo de governo igualitário. – Padre Damaskinos olhou para Rule como a desafiá-lo, mas ele ficou calado. – Parecia que pouco havia a respeito do venerado líder da Ordem que Dexter não soubesse. Também sabia que a única forma de a Ordem evoluir, tornar-se uma força importante no mundo moderno, era eleger um novo *Magister Regens*.

– Algum desses sarcófagos contém os restos de Frei Leoni?

O interesse de Rule fora despertado de repente.

– Ora, isso seria uma grande coisa, de fato – disse o padre. – Contudo, o senhor deve saber que o paradeiro da cripta foi guardado tão zelosamente no correr dos séculos que agora se tornou mais ou menos uma lenda. Na verdade, ninguém sabe se realmente existe.

– Meu pai acreditava que sim.

– Certo – disse o Padre Damaskinos –, mas eu creio que nem ele tinha uma idéia clara de onde poderia estar.

– O senhor sabe os nomes dos que foram enterrados aqui? – perguntou Bravo.

– Claro – respondeu o padre. – São todos venezianos que nos ajudaram em segredo nos séculos passados. Tenho os nomes gravados na memória, único lugar, na verdade, onde existem.

Bravo pediu-lhe que os recitasse. Quando o padre acabou, ele disse:

– Por favor, leve-me ao sarcófago de Lorenzo Fornarini.

– Claro.

Padre Damaskinos levou-os até dois terços do caminho de descida da cripta e apontou um sarcófago à esquerda.

Os Fornarini, como os Zorzi, eram uma das *Case Vecchie*, as chamadas casas antigas, as famílias de elite que haviam fundado Veneza: eram 24. Era esse o sentido dos 24 fios de barbante vermelho enrolados na cruz grega. A mensagem que seu pai lhe deixara dizia: na igreja de San Giorgio dei Greci está o corpo de um membro das 24.

– Como seu pai sabia muito bem, Lorenzo Fornarini viveu no fim do século XV e era Cavaleiro Templário – disse o Padre Damaskinos. – Estava em Trebizonda quando a cidade caiu nas mãos do Sultão Mehmed II. Em Trebizonda, porém, renunciou em segredo à aliança com Veneza e se tornou membro da Igreja Ortodoxa Grega, motivo pelo qual o trouxeram sigilosamente para cá. Membros do clero em Trebizonda o declararam herói. Mas ele foi denunciado a Andrea Cornadoro, outro membro das *Case Vecchie* e cavaleiro de reputação demasiado má. Ele e Lorenzo lutaram um contra o outro por três anos antes que Cornadoro finalmente matasse Fornarini. Os padres preservaram seu corpo, envolveram-no como uma múmia e o trouxeram de volta para ser enterrado aqui. Como Frei Leoni, Lorenzo Fornarini era um herói para Dexter.

– Me ajude aqui – disse Rule a Bravo.

Juntos, afastaram a tampa de pedra apenas o suficiente para Bravo dar uma olhada dentro. Ele ficou olhando um longo tempo o esqueleto de Lorenzo Fornarini.

À luz trêmula da tocha todo o tempo e espaço pareceram apagar-se, e ele tornou a ver o cavaleiro que lutara bravamente contra a horda otomana.

O encanto se desfez e, curvando-se, ele estendeu a mão para dentro. Entre as costelas do esqueleto, encontrou um palmtop, que estava em cima de uma coisa comprida e estreita. Tirou os dois objetos. Com o palmtop veio a adaga de Lorenzo Fornarini, magnificamente preservada numa bainha de aço lavrado.

Bravo examinou-a e ligou o palmtop. Surgiu uma longa série de letras e números. Seu pai deixara uma mensagem no palmtop usando um algoritmo de criptografia do tipo *one-time pad*, derivado do Código de Vernam. Gilbert Vernam era um criptógrafo americano. Em 1917, quando trabalhava na AT&T, inventou um sistema de codificação que depois de alguns aperfeiçoamentos foi considerado inquebrável. A série de caracteres do Código de Vernam era do mesmo tamanho do texto da mensagem e consistia em uma seqüência aleatória, daí sua invulnerabilidade mesmo para os modernos supercomputadores.

Voltaram para a igreja, viram que os bancos das mulheres acima da entrada continuavam vazios e se sentaram.

O problema que Bravo precisava resolver era onde seu pai escondera a chave para decodificar a cifra. A primeira idéia era que se achava em algum lugar na caderneta de Dexter, mas após uma rápida olhada compreendeu que não poderia ser nada tão óbvio. Olhou a bandeira americana no alfinete de lapela esmaltado inutilmente. Então pegou o maço de cigarros que encontrara com os outros objetos. O fundo da embalagem trazia a data de validade e o número do lote. Contudo, essa seqüência continha símbolos além de letras e números. Com crescente excitação, contou o número de caracteres – essa série era do mesmo tamanho da outra no palmtop.

Teclou o número do lote no palmtop e apertou a tecla de cálculo. A cifra decodificada resultante era um enigma em grego antigo.

– "O que é que corre mas não anda? Tem boca mas nunca fala? Tem cabeça mas nunca chora? Tem leito mas nunca dorme?" – leu Rule por cima de seu ombro.

– Um rio. – Bravo deu uma risada. – Quando eu era criança, adorava que meu pai recitasse um certo poema épico. Começava assim: "Junto às águas do Degirmen o Rei Davi perdeu a vida/Depois de ser traído e o Conquistador tomar-lhe tudo o que era seu..." Davi foi o último dos Comneni, a histórica família que durante séculos governou Trebizonda, a mais rica das cidades mercantis do mar Negro. Degirmen é o nome do rio que corta Trabzon, como é hoje conhecida.

Padre Damaskinos balançava a cabeça.

– Os Comneni eram ortodoxos gregos. Davi, o último da linhagem, foi traído por um de seus ministros, e Trebizonda, há muito julgada inexpugnável, caiu em 1461 nas mãos do exército de Mehmed II, sultão do Império Otomano, conhecido como o Conquistador.

Bravo olhou para Rule.

– O Testamento não está em Veneza, como eu pensava. Tenho de ir à Turquia, a Trabzon.

– Então a viagem continua – disse Rule com um obscuro tipo de cansaço.

Bravo mal o escutou. Pela primeira vez, fora atingido com toda a força pelo sentido da vida inacabada de seu pai, o que tocou num ponto sensível dentro de si, tão íntimo e dolorido que jamais suspeitara de sua existência.

. . .

A igreja de San Giorgio dei Greci erguia-se na intensa claridade e bolorento calor da manhã veneziana. Paolo Zorzi e seus Guardiães haviam se reunido nas sombras azuis lentamente corroídas pela forte luz do sol. Alguém nas proximidades cantava uma ária com uma voz linda e não treinada. As notas flutuavam para o outro lado do canal como bolhas de sabão, fazendo o ar reluzir.

Os Guardiães arregalavam os olhos, os lábios entreabertos com a força da respiração. Jenny via na feição deles a mistura de ansiedade, tensão e curiosidade de quem se prepara para a guerra.

Ela ansiava por falar ao mentor e oferecer-lhe seus serviços, mas sabia que não devia. A armação funcionara muito bem: ele não confiava mais nela, e, independentemente do que ele dissesse, Jenny tinha a prova diante dos seus olhos para lembrar-lhe que tampouco podia continuar confiando nele. Ele mentira a respeito de Bravo, e as mentiras, uma vez que começavam, tornavam-se uma torrente.

Compreendeu que agora estava sozinha, isolada da Ordem que a traíra. Jamais fora um recurso valioso para eles, apenas uma conveniência. Em seu estado atual, podia até sentir ódio de Dex, por interferir, por tratá-la como uma coisa, em vez de um ser humano. Vendera-a para a escravidão quase da mesma forma como os pais de Arcangela a tinham vendido. A Ordem ou o convento, que importava? Ela e Arcangela estavam ambas aprisionadas em jaulas cuidadosa e engenhosamente fabricadas por homens. A diferença entre elas era que a Anacoreta havia bolado um jeito de escapar.

Estremeceu. Zorzi e seus Guardiães se moviam, aproximavam-se da igreja numa onda controlada, todas as entradas e saídas cobertas, bloqueadas e, finalmente, usadas. Ela esperou até o último momento possível, até faltar apenas um dos Guardiães entrar pela porta da frente, e então foi atrás dele, deu-lhe um forte soco no rim e, quando ele reagiu, bateu sua cabeça contra a fachada de pedra da igreja. Enfiou-se no hábito do homem, pegou sua arma e deslizou para dentro.

. . .

Bravo viu um movimento pelo canto do olho, e Rule, com o mecanismo de defesa de um animal atento, sentiu o perigo iminente.

– Ele está aqui – disse Rule. – Zorzi.

Bravo empurrou Padre Damaskinos para baixo e atrás da madeira escura dos bancos femininos e disse baixo mas firme em grego trebizondino:

– Não se mexa, entendeu?

O padre fez que sim com a cabeça e então, quando eles iam dar as costas, viu a Sig-Sauer na mão de Bravo. Enfiou a mão por baixo da batina negra, puxou uma arma e entregou-a a Rule com o cabo para a frente.

– Mesmo aqui, às vezes a gente precisa de proteção – sussurrou.

Rule balançou rápido a cabeça, um gesto que lembrou a Bravo uma saudação militar, um código de reconhecimento de um soldado para outro.

– Vão com Deus – disse o Padre Damaskinos.

Rule brandiu a arma.

– Deus não tem nada a ver com isso.

Esgueiraram-se para a parte de trás da divisória dos bancos. Dali, viam os inimigos rastejando como vermes – Paolo Zorzi e quatro Guardiães. Mas sabiam que havia outros – tinha de haver – em outras partes da igreja invisíveis para eles.

– Não vão machucar você, ou pelo menos vão tentar não machucar – disse Rule com ar sinistro. – Quanto a mim, estarei morto num piscar de olhos se deixá-los mirar bem.

– Então temos de dar um jeito para que não mirem – disse Bravo.

Rule riu breve e silenciosamente. Assanhou os cabelos de Bravo, como fazia quando eram mais jovens.

– É isso que eu admiro em você, Bravo. Sua absoluta lealdade é uma mudança revigorante para mim.

– Você disse que não há lugar para lealdade na Voire Dei.

– Eu jamais diria isso a você – falou Rule, sério. – Jamais.

. . .

– *Jamais* – dissera-lhe Camille. – *Você não deve interferir.*

Damon Cornadoro era uma sentinela nos restos de sombra que ainda se demoravam em torno da igreja dos gregos, semi-arruinada e sem valor para ele ou qualquer outro. Não fora talhado para observador; seus talentos o ajudavam mais na promoção da ação. E, vendo os Guardiães fecharem o cerco pelos fundos e pelas laterais da igreja, decidiu ignorar a ordem expressa de Camille.

Sabia que começara o jogo decisivo e não ia ficar de fora de jeito nenhum. Entrou em ação, se é que chegou a pensar nisso, porque lhe agradava; o derramamento de sangue tinha uma atração irresistível. Mas havia outro motivo oculto, além do seu entendimento. Aquela deliberada desobediência era motivada pelo do brilho nos olhos de Camille quando recebera o telefonema de Anthony Rule. Ele sentira a ligação dos dois. Vira o tremor na mão que segurava o celular, o rubor sexual que lhe subira às faces. Pior que tudo era a visão do próprio Rule nos olhos dela. Olhava para ele – Cornadoro –, mas era Rule que ela via.

E assim se mexeu, a raiva e o despeito impulsionando cada movimento, cada decisão. Não fez barulho algum na penumbra da igreja, e caiu sobre cada Guardião sem levantar suspeita ou ser abordado. Não viu os rostos, não se interessou; tinha os olhos tomados por outro alguém, o olhar vidrado de uma máquina de matar, e nada podia detê-lo.

Quer dizer, até sentir o conhecido toque no braço e, virando-se, encontrar os olhos dela.

. . .

– A escada é a chave – disse Rule. – Para nós, é a única entrada ou saída.

Bravo assentiu com a cabeça. A escada em espiral que subia para a ala das mulheres era estreita. Um rangido de um dos degraus de madeira ocultos por trás de uma parede curva os fez parar.

Rule arregalou os olhos e apontou o indicador para baixo um momento antes de enrolar-se numa bola e despencar pela escada abaixo. Entendendo o plano, Bravo seguiu-o, a Sig-Sauer pronta. Ouviu o grunhido de surpresa quando o companheiro bateu em outro corpo, saltou de trás da parede, viu o Guardião resistindo e acertou a coronha da arma em sua têmpora. O homem desabou sobre Rule, que imediatamente o jogou para o lado e ficou de pé.

– Bela jogada – sussurrou.

– Vi quatro, mais Zorzi – disse Bravo.

– Agora três, mais um. Mas é com Zorzi que temos de nos preocupar. – Pararam atrás de uma parede para recuperar o fôlego. – Eu sempre acreditei que a melhor estratégia é a última em que o inimigo pensa. Zorzi tem superioridade numérica e acha que também tem a vantagem da surpresa. Só pode acreditar que nos colocou na defensiva. Logo, partimos para a ofensiva. Vamos tocaiá-lo, e só a ele, como ele nos tocaiou.

O que Bravo poderia dizer? Rule era mais velho, com muita experiência de campo, tendo conseguido escapar das mais cabeludas situações. Além disso, o que propunha fazia sentido. Bravo jamais gostara de bater em retirada.

– Vamos lá.

Rule assentiu com a cabeça.

– Vamos a toda parte juntos. Somos uma equipe, está bem? Nada de passar de repente a agir por conta própria, nada de heroísmo individual, isso ferra com tudo.

Saíram de onde estavam, curvados e rápidos como escaravelhos, até chegarem atrás de um enorme coluna. Nesse ínterim, Bravo viu que as poucas pessoas na igreja haviam sido evacuadas. Limpara-se o campo para a batalha.

Viu outro Guardião aparecer por trás de uma coluna a 20 palmos de distância. Olhava direto para a frente, não na direção deles. Rule agarrou o ombro de Bravo, que se preparava para atacar.

– Um excelente meio de reduzir ainda mais as probabilidades é o que você está pensando, não é? – sussurrou-lhe no ouvido. – Mas é exatamente o que Zorzi quer que a gente pense. O homem é uma isca, um meio de nos atrair. – Indicou a direção oposta. – Lembre-se, queremos Zorzi. Ele é a chave. Assim que o pegarmos, a batalha está ganha.

Como ele ditara, avançaram um atrás do outro, rápida e cautelosamente. O sol já ia alto o suficiente para a luz despejar-se pelas janelas, criando manchas de fortes cores no chão e nas paredes. Só se viam as janelas como clarões brancos. Conseqüentemente, as sombras no interior eram profundas como se fosse meia-noite.

– Vamos procurar duas pessoas – disse Rule, quando atravessavam a circunferência do interior. – Nessas situações, Zorzi sempre tem um Guardião cuidando da retaguarda.

– Bem pensado.

– Não, não é – disse Rule. – É previsível, e portanto um risco para a segurança. – Apontou para a frente. – Mas nos dá uma vantagem.

Bravo viu dois vultos, e uma onda de ódio o percorreu. Quem sabia quanta informação Zorzi passara para os Cavaleiros, quantas mortes tinha nas mãos, incluindo o assassinato de seu pai? Sentiu os dentes rangerem de raiva.

Achava-se num tal estado de tensão que, quando Rule disse: "Você fica com o Guardião, e eu com Zorzi", quase respondeu: "Não, quero Zorzi para mim."

Mas então conseguiu se controlar. Agora que estavam tão perto de vencer, não queria estragar tudo.

Contornaram até ficarem do lado esquerdo de Zorzi e seu guarda-costas. Viam-no falando urgentemente ao celular, sem dúvida para redistribuir os homens aquartelados no interior da igreja. Por certo já haviam encontrado o Guardião que Bravo deixara inconsciente, e seu nervos, já tensos, começavam a vibrar.

Havia menos de 10 palmos entre eles e os inimigos, e com Zorzi atento ao movimento de sua tropa não haveria uma chance melhor. Bravo e Rule saltaram sobre os dois. Bravo acertou o punho no peito do seu oponente e pôs a coronha da Sig-Sauer em ação. O Guardião girou, forçando-o a virar com ele. O homem meteu o joelho em seu plexo solar e agarrou seus cabelos, puxando sua cabeça para cima e sacudindo-o.

Tudo aconteceu muito rápido depois. Bravo viu pelo canto do olho dois Guardiães correndo para ele. Um lhe apontava a arma e, inacreditavelmente, parecia que o outro a derrubava de sua mão e jogava o atirador no chão. Seus olhos, lacrimejantes por causa do golpe na barriga, talvez houvessem falhado por um instante, ou também poderia ter visto uma desejada miragem, como aquelas produzidas às vezes pela laguna.

E então já se achava novamente empenhado na luta com o seu Guardião, que o tinha de joelhos. Ergueu a mão e puxou-o para baixo, usando o próprio impulso do homem contra ele quando lhe mandou um soco direto na cabeça. O Guardião, surpreso, desabou para trás e Bravo agarrou as orelhas dele e bateu sua cabeça no chão. Arquejando, levantou-se e viu Rule com o antebraço passado pela garganta de Zorzi. Pegara-o, a batalha estava ganha. Parecia que Zorzi de algum modo desistira, pois vira Bravo. Começou a mexer a boca, as palavras precipitadas e ininteligíveis. Apesar do cuidado, Bravo começou a se aproximar mais para ouvir o que o traidor tinha a dizer no momento da derrota.

Mas Rule sacara o revólver dado pelo Padre Damaskinos e, diante de Bravo, deu três tiros no peito de Zorzi, que arregalou os olhos e recuou o corpo violentamente. Ainda assim, tinha os olhos em Bravo e continuava a falar, mas, com a boca cheia de sangue, não lhe restavam mais palavras.

Rule, com um brilho de triunfo nos olhos, desviava o último olhar para Zorzi quando soou outro tiro. Ele rodopiou. Voou um súbito respingo de sangue quando recebeu o segundo tiro e ele caiu nos braços de Bravo como um Ícaro que ousara demais e agora despencava do céu.

Por trás dele surgiu o Guardião que Bravo vira antes pelo canto do olho. Era menor que os outros, e, quando ele jogou o capuz do hábito para trás, Bravo viu o rosto de Jenny. Ela estava com a arma na mão e atirara em tio Tony.

Bravo sentia o corpo de Rule contra o seu estremecendo, lutando para respirar, o que era curioso, pois parecia tão quente, quente e úmido, jamais tão vivo como nesse momento, em convulsões.

– Bravo, me escute – ela começou.

O cheiro adocicado de cobre do sangue fresco entupia as narinas de Bravo. Segurava tio Tony nos braços, arquejando, cuspindo sangue, morrendo, e uma névoa rubra obscureceu-lhe o pensamento e a razão. Ergueu a Sig-Sauer.

– Não quero escutar suas mentiras.

– Estou lhe pedindo que escute a verdade...

– A verdade é que você matou tio Tony. Também foi responsável pela bomba que matou meu pai?

– Bravo, você sabe que não.

– Sei? Eu acho que não sei nada... sobre você, a Ordem, a Voire Dei.

– Eu derrubei um para proteger você. – Ela apontou o Guardião caído.

Bravo apontou-lhe a Sig-Sauer.

– Eu não acredito em você.

– Deus, como posso convencê-lo?

– Mentirosa. Nem tente.

Ela mordeu o lábio, porque era mentirosa mesmo. Mentira-lhe desde o momento em que ele chegara à sua porta e não parara mais, e agora a verdade se tornara tão incendiária que sabia que perdera a chance com ele.

Sentindo o peso de seu fracasso, soltou a arma.

– Você não atirará em mim assim, isso eu sei. – Estendeu a mão. – Deixe-me pelo menos ajudá-lo a colocar Rule no chão.

– Não chegue mais perto! – ele gritou. – Se você se mexer, eu atiro.

Era como se as palavras lhe fossem arrancadas à força como gotas de sangue. Tinha o rosto pálido e ressentido.

– Tudo bem, Bravo. Tudo bem. Mas você precisa saber que eu não matei o Padre Mosto. Foi uma armação.

– Com seu canivete?

Jenny espremeu os olhos por um instante. *De que outro modo?*, queria dizer, mas a explicação, a situação nesse momento parecia demais para ela. E na verdade não tinha qualquer prova, para não falar na crucial resposta sobre quem matara o padre. Sua hesitação foi um erro.

– Para trás!

O tom bruto na voz dele a fez saltar. Ela arregalou os olhos. Tinha tanta coisa a dizer, mas a expressão de ódio no rosto dele a estrangulava, transformava em pedras as palavras em sua boca.

– Eu devia matá-la pelo que você fez.

– Era ele o traidor, Bravo. Eu sei que você não quer escutar isso, mas Rule era...

– Cale a boca!

Se não fosse por estar segurando o tio nos braços, ele tinha certeza de que a teria esbofeteado com toda a força que pudesse reunir. Queria vê-la de joelhos, oscilando, tonta com o soco, o peso de seu ódio. Queria vê-la pagar por sua indescritível traição, mas não era da sua natureza matá-la desse jeito.

Devagar, de olho nela, colocou Rule na pedra fria. A angústia que sentia por deixá-lo ali quase o liquidava, mas, por mais terrível que fosse a situação, estava decidido a permanecer forte. Fazia isso pelo pai e porque no íntimo ainda conseguia distinguir o bem do mal, mesmo no inferno da Voire Dei.

– Eu vou embora – disse num tom monocórdico frio e distante, a única voz que ousava usar. – Se você tentar me seguir, se a vir de novo, mato você. Entendeu?

– Bravo...

– Entendeu?

A fúria em sua voz atravessou-a, roubando-lhe o pensamento coerente.

– Entendi.

Diria qualquer coisa para não ouvir de novo aquele tom de voz.

Com uma força de vontade sobre-humana, Jenny conteve as lágrimas até Bravo fundir-se nas sombras que pareciam estender longos tendões para envolvê-lo. Então sua visão ficou turva e, varrida por uma solidão quase insuportável, ela caiu de joelhos, sentindo-se cega para os restos mortais de Paolo Zorzi.

# PARTE TRÊS

Dias atuais
Veneza
Roma
Trabzon

# capítulo 22

**Na desolação do fim** da batalha, Padre Damaskinos saiu de seu refúgio atrás dos bancos da ala feminina. Curvando-se sobre o corrimão da sacada, viu a carnificina e caiu de joelhos, a cabeça curvada em prece pelos mortos e agonizantes. Não pensava na polícia nem nas leis do mundo lá fora. O ar em sua igreja – a casa de Deus sob sua administração – estava negro da fuligem dos pecados mortais. Pensava apenas na necessidade da purificação espiritual quando mergulhou em prece, primeiro em busca de perdão para si mesmo e por seu papel naquela loucura lá embaixo.

Mas, no meio desse santo trabalho, empinou a cabeça, abriu os olhos e lentamente seu olhar caiu numa figura esguia que atravessava o piso. O coração deu um doloroso salto contra as costelas e ele levou a mão esquerda em garra ao peito.

Era o demônio, o demônio em sua igreja. Todos os planos de perdão fugiram como uma revoada de pássaros diante da tempestade. Sua casa não precisava de perdão, e sim de exorcismo. Com essa aterradora revelação, Padre Damaskinos virou-se e fugiu.

. . .

Jenny sentia-se dormente e em estado de choque. Mas aos poucos tomou consciência de que uma sombra caíra sobre ela. Alguém se aproximava. Ergueu a cabeça e, virando-se, preparou-se para o inevitável ataque do Guardião. Em vez disso, porém, reconheceu Camille Muhlmann. Deu um suspiro de alívio, as comportas se abriram e ela começou a chorar. Camille ajoelhou-se a seu lado e tomou-a nos braços, balançando-a para a frente e para trás.

De repente, Jenny fora tomada por uma enorme sensação de abandono e por todas as dores do passado. Tudo começara com Ronnie Kavanaugh. Os dois se conheceram em Londres – o que era bem adequado –, num cassino subterrâneo onde grandes boêmios, entre eles Kavanaugh, passavam a noite cercados de mulheres cobertas de jóias. Ele estava numa missão, jogando roleta e bacará, e ela de folga, após se machucar ao atropelar um Cavaleiro no Tâmisa com uma lancha.

Espantara-se quando ele se aproximara e sentira-se lisonjeada por ele dizer que a notara assim que ela entrara. Kavanaugh havia perguntado se ela era jogadora, e, quando Jenny respondera que não entendia o impulso por trás do jogo, ele rira. Seus olhos brilharam com uma espécie de luz feroz que ela mais sentira do que vira. Usava uma camisa de listras grossas e um smoking de corte elegante. Sapatos lustrosos envolviam-lhe os pés. Tinha um cheiro agradável de sândalo e suor. Um fraco halo de fumaça de charuto pairava acima dos cabelos cacheados.

O caso começara naquela noite, embora Jenny não tivesse ido para a cama com ele. Queria-o – sua elegância, sofisticação e charme, para não falar da beleza feroz do rosto, com aquele sedutor toque de crueldade, tudo a atraía como uma mariposa para a chama. Mas também tivera um pouco de medo dele, de que sua energia simplesmente a absorvesse e que, deitada a seu lado, deixasse de existir. Apesar desses temores – ou talvez por causa deles –, um dia depois do encontro já sucumbira.

O caso deles, tórrido e de tirar o fôlego, durara pouco mais de três meses – um recorde para ele. Durante esse tempo ela se dera inteiramente, entregara-se a seu próprio desejo, talvez pela primeira vez na vida, e chegara um momento – tão rápido que a arrepiava – em que soube que faria qualquer coisa por ele.

Qualquer coisa, sim. Mas tudo?

No dia do rompimento, já estava com a menstruação atrasada uma semana. Passou três dias chorando. Ainda assim, o sangue não descia. Finalmente se arrastara até uma farmácia e, na desolação do quarto de hotel, fizera o teste. Depois saíra, comprara outro e fizera de novo. Não acreditava – estava grávida.

Em total desespero, fora procurá-lo – como poderia pensar com clareza? – e lhe contara o que tinha acontecido, esperando contra toda probabilidade que ele exultasse, que a aceitasse de volta, que propusesse um futuro juntos. Em vez disso, ele lhe dera uma bofetada cruel e a mandara abortar.

– Que besteira você fez – dissera, numa voz que não tinha sequer uma gota de desprezo; isso indicaria alguma emoção. Muito pior, era fria e distante. – Nunca ouviu falar de pílula? É jovem demais, idiota demais, eu devia ter desconfiado – dissera visivelmente nauseado pelos seus soluços histéricos. Curvara-se para ela e a pusera de pé. – Conheço um lugar. Vou levar você lá. – A mão agarrara-lhe o queixo, fizera-a olhá-lo. – Você tem sorte, sabia? Se qualquer outra pessoa na Ordem soubesse disso, você estaria no olho da rua, não se toleram desculpas. Mas não se preocupe. Eu cuido disso e será como se jamais houvesse acontecido. Vamos, nem pense, não seja idiota de novo.

E ela fizera exatamente isso. Só voltara a pensar no assunto muito, muito tempo depois que acabara e não havia mais nada dentro dela além de um vazio que, tinha certeza, jamais seria preenchido. Só quase seis meses depois, na ilha de Rodes, despertada ao alvorecer por um perigo iminente, compreendera o que Ronnie Kavanaugh fizera. Claro que ele queria que ela não dissesse nada, desse um jeito no "problema" e vivessem felizes para sempre. Não era com a carreira dela que ele se preocupava, mas com a sua. Se acaso se espalhasse que ele engravidara uma Guardiã, adeus Kavanaugh, e ele não queria isso.

Por que ela não procurara o pai, por que não buscara a sua ajuda? Porque ele já a vinha ajudando a vida toda: era adulta agora e, se tinha se metido em encrenca, devia batalhar para superá-la.

Ela tentara, tentara, mas...

. . .

Camille, sentindo o coração de Jenny saltar contra o seu, apertou-a mais forte, murmurando-lhe no ouvido. Sentia o desconhecido ardor das lágrimas, mas não por si mesma nem por Jenny. Via o corpo estatelado de Anthony Rule com uma expressão vazia inteiramente estranha, como se ele fosse um boneco de cera do Museu de Madame Tussaud, um simulacro tomado por Rule.

Invocou o espectro do seu próprio sofrimento e, com algum esforço, as lágrimas lhe vieram aos olhos e rolaram lentas pelas faces. Uma encenação para ganhar a confiança de Jenny. Não era possível que sentisse um mínimo de empatia com a dor e abandono dela? Afinal, a própria Camille fora jogada fora como um trapo velho, após anos de dedicação aos Cavaleiros de São Clemente. Ela, Camille, guiara-os pelos bastidores, usando os seios e as coxas, os lábios e os dedos, ativa conversa de alcova que se traduzia em conhecimento político. Mas, assim que estendera as mãos para o próprio poder e tentara sair das sombras, fora repelida pelos mesmos homens que haviam absorvido suas idéias na calada da noite, aplicando-as quando o sol subia no céu. Ela os fizera mais fortes, mais poderosos, levando-os ao coração dos Observantes Gnósticos – um lugar que eles próprios não haviam conseguido alcançar. Ainda assim haviam rejeitado sua proposta para liderá-los sem sequer, tinha certeza, debater a questão. E assim ela rastejara de volta às sombras, lambendo as feridas, e se preparara para manipulá-los de modo a elevar seu filho à posição a ela destinada. Outra vitória de Pirro que lhe deixara um sabor agridoce na boca.

Mas não, isso não era nada em comparação com o que sentira quando Dexter a deixara. Sua queda do Éden, a destruição dos sonhos, o fim de tudo. Quanto a Anthony, fora-se de sua cama, do meio de suas cálidas coxas, de sua teia, mas tinha de admitir que a emoção que ele lhe trazia na cama se devia não aos seus talentos, mas ao quente jorro de vingança que ela desfrutava não apenas contra a Ordem, mas contra Dexter, toda vez que ele a penetrava e gozava. Anthony era a ameaça que ela brandia contra os Observantes Gnósticos. Anthony pertencera-lhe, só a ela. Mesmo Jordan, que sabia da existência dele, não conhecia sua identidade. Como ela ludibriara bem Anthony – ludibriara a todos, incluindo seu próprio filho. Mas, afinal, vivia para ludibriar...

De repente, sentiu os braços de Jenny à sua volta, a forte vibração dos nervos. Infelicidade e dor, o alimento de Camille, o estado espiritual no qual ela se banqueteava. Sim, Anthony se fora, mas ela não estava sozinha. Tinha Jenny para ludibriar e manipular.

– Está tudo bem, tudo bem – sussurrou. – Estou aqui agora. – Ergueu-se, segurando Jenny. – O que foi que houve?

Com gestos vigorosos, tirou-a da igreja de San Giorgio dei Greci para o clarão de um confuso fim de tarde e a frenética fanfarra das sirenes que se aproximavam. As lanchas da polícia começavam a chegar. As duas precisavam desaparecer antes que as autoridades tomassem o local.

– Michael Berio ligou para mim, frenético, quando vocês o despistaram no hotel – disse Camille, tomando cuidado para não usar o nome verdadeiro de Damon Cornadoro. – E foi bom. Se ele ligasse para Jordan, meu filho o teria despedido sem mais uma palavra.

Correu com Jenny para um café, onde pediu expressos duplos e doces cobertos de chocolate, para dar-lhes um rápido reforço de energia.

Quando Jenny voltou do toalete, onde se lavara, Camille tomou as mãos dela, frias como gelo.

– Agora me conte – disse em voz baixa. – Sei que hoje foi um dia difícil, uma terrível provação. Faça o melhor que puder.

Jenny contou-lhe o que acontecera: a armação para acusarem-na pelo assassinato do Padre Mosto, a captura de Bravo, a absoluta convicção que ele tinha de que ela era a traidora, em conluio com seu mentor Paolo Zorzi – e, por fim, a descoberta de Jenny sobre o verdadeiro traidor, Anthony Rule.

Ao chegar à parte em que Bravo não acreditava em nada disso, Camille disse:

– Claro que não. Rule era como um tio para ele. Foi quem o criou, em parte.

Os expressos e os doces chegaram, e por algum tempo as duas se calaram. As xícaras eram de porcelana pintada; os pratos, de prata lavrada. Dentro, anjos de bochechas rosadas brincavam em regaços de nuvens róseas. Gente entrava e saía, vozes elevavam-se em risadas ou breves discussões. Do outro lado do canal, viam o piscar das lanchas da polícia e os vultos negros dos uniformes bloqueando o sol que aos poucos afundava no céu ocidental. Tinham movimentos eficientes, como se cada um fosse uma engrenagem numa máquina. A idéia deixou o coração de Camille leve. Vivia à margem da sociedade havia anos, mas era sempre agradável ter uma decisão reafirmada.

Ao ver Jenny empurrar o doce intocado, disse:

– O que é que há, não gosta de doce?

– Está tudo bem. Apenas não estou com fome.

– Mas você tem de comer. – Camille tomou o garfo de Jenny e entregou-o a ela. – Deve se fortalecer, temos uma longa estrada pela frente.

Jenny ergueu a cabeça.

– O que quer dizer?

– Quero dizer que nós duas iremos atrás de Bravo.

A expressão de Jenny ficou sombria.

– Ele disse que me mataria se me visse de novo.

– Deixe que eu cuido de Bravo, querida.

Jenny sacudiu a cabeça.

– Camille, estou tão agradecida por sua ajuda. Esta viagem se tornou um pesadelo.

– Entendo, o seu amigo...

– Não, você não entende. Fui designada para proteger Bravo, mas fracassei.

– Designada? Por quem?

Jenny mordeu o lábio. Todo o seu treinamento advertia-a de que mantivesse a boca fechada. Mas, naquelas circunstâncias, isolada de tudo e de todos que haviam sido seu sistema de apoio, via Camille como sua única chance de se redimir, ter sucesso na missão vital que Dexter lhe designara, ficar perto o suficiente de Bravo para mantê-lo a salvo dos que desejavam matá-lo. Em frases hesitantes, deu a Camille uma explicação básica da Ordem e de seus inimigos naturais, os Cavaleiros de São Clemente.

– Eu sabia que havia mais coisas do que Bravo se dispunha a me contar. – Camille agarrou por um breve instante a mão de Jenny. – Estou grata por você ter confiado em mim, querida. Agora tenho uma idéia melhor de como agir.

Como a enganara bem, pensou, assim como enganara Dexter – pelo menos tão bem quanto enganara Anthony Rule. Simplesmente Dexter se revelara mais duro de enrolar – duro demais para ela. Derretera-se, mas só por um tempo. Tinha esperanças – esperanças concretas – de que o plano que concebera desse certo, que convenceria Dexter a deixar o leito marital e a Ordem, que ele se divorciaria dos dois, Stefana e os Observantes Gnósticos, se casaria com ela e entregaria o esconderijo dos segredos. Só que a morte fora de hora do filho caçula, Junior, o fizera voltar à esposa e aos dois filhos restantes. Não fosse pela quebra do gelo, Dexter teria sido seu.

– Eu vejo o que fiz – ele lhe dissera três meses após a morte de Junior.

Estavam num banco do Parc Monceau, em meio à cara paisagem que logo se tornaria exuberante. Ele lhe comprara chocolates, como se fossem jovens namorados, conforme ela se sentia. A primavera estava chegando, lembrou, as flores de cerejeira no primeiro rubor róseo. Mas não por muito tempo; em questão de dias, como Dexter, iriam embora.

– Anthony me levou para caçar na Noruega – dissera Dexter. Lembrava-se que a voz dele tinha um tom estranho, como se estivesse tenso. – Um dia demos com a pista de um carcaju... uma criatura raríssima. Nós o seguimos o dia todo na neve, eu não podia perdê-lo, estava meio doido com a necessidade de encontrá-lo. Mas ia matá-lo? Não. Avistei-o, e na mesma hora ele também me viu. Nós nos reconhecemos. Foi como se alguém me mostrasse um espelho; eu soube que existia uma íntima ligação entre nós. Soube que éramos perigosos, capazes de rasgar carne humana, infligir enorme dor e que isso era o que aconteceria se continuássemos agora, Camille.

– E eu? – gritara ela. Soubera então, intuíra pelo tom tenso na voz dele, mas não quisera reconhecer. Não quisera alimentar a idéia de fracasso. – E os planos que fizemos juntos? A vida... e Jordan?

– Era um risco, Camille. Você e eu sabíamos disso.

Quando lhe pedira para pensar melhor, ele lhe desferira o golpe mais doloroso:

– Você é perigosa para mim, como veneno. Fique longe de mim, Camille. Estou falando sério.

Revendo o passado, reconhecia a frieza estudada, a cada palavra dita a intimidade se esvaindo dele como areia numa ampulheta. Ao fazer aquela confidência, já se distanciava dela. Era um velho truque que ela própria usara muitas vezes; por isso, depois, Camille se maldissera por se deixar cegar, por se dispor a abrir mão de tudo por ele – os Cavaleiros, a ambição, tudo o que a sustentava. Por ele, e só por ele, teria se desviado de seu plano meticulosamente projetado. *Só por você, Dexter...*

Contara a Jordan, assim que ele tivera idade para entender, como Dexter a abandonara cruelmente. Treinara-o, às vezes com mão de ferro, e juntos haviam conspirado. Isso não surpreendia, pois ele era um menino esperto – muito mais que qualquer dos colegas de classe. Brilhava mais que eles, como o Sol brilha mais que a Lua.

Depois que Dexter partiu, Anthony Rule se tornou objeto de sua raiva. Se ao menos ele não houvesse levado Dexter para caçar, se Dexter não tivesse visto o carcaju... Tudo o que ela queria era retornar no tempo, voltar ao momento antes de o gelo romper-se, antes de Junior cair e jamais reaparecer.

E assim, determinada, fez de Anthony Rule seu próximo alvo, e que bela recompensa ele revelou ser! Ela teve de ir devagar – tão devagar que mais de uma vez Jordan perdera a paciência. Mas ele também sempre fora muito impaciente mesmo. De onde vinha aquele traço?, perguntava-se. Com certeza, não dela nem tampouco do pai.

Camille mais uma vez voltou sua formidável atenção para Jenny.

– Não se preocupe agora. Seremos como anjos – disse –, cuidando dele e protegendo-o do mal.

Do outro lado do canal, as lanchas da polícia começaram a se afastar, os investigadores haviam cumprido suas obrigações. O minúsculo café ficara mais lotado. Fazia muito calor. O crepúsculo chegara a Veneza.

. . .

Não foi por acaso que Bravo encontrou Padre Damaskinos; viu-o fugir da igreja como se tivesse visto um fantasma. Não podia culpá-lo. Houvera um banho de sangue na casa de Deus. E fora o padre quem dera a arma a Anthony Rule.

Bravo tocaiou-o como se ele fosse um pequeno criminoso – um batedor de carteiras ou larápio. Com a mente abalada pelo choque e pela dor, era só o que podia pensar em fazer. Como um animal ferido, corria por puro instinto. Suas funções mais elevadas, despedaçadas pelo que ele presenciara – a inimaginável traição de Jenny, a vida escapando do tio Tony, a luz apagando-se nos seus olhos, o poder e o consolo que ele representava reduzidos a cinzas –, agora cediam o controle de seus movimentos e pensamentos. Terror, descrença, raiva, vingança, tudo se curvava diante da necessidade de sobrevivência.

Sem perder de vista a apressada figura do Padre Damaskinos, atravessou cambaleando uma pequena praça onde um grupo de velhos se encostava na antiga fonte de pedra no centro, um monstruoso olho ciclópico nublado pela fumaça dos cigarros; passou sobre uma ponte extremamente arqueada e viu reflexos movendo-se em minúsculas ondas mais ou menos sinistras sobre a superfície do canal; seguir por um beco estreito e torto, onde flutuavam vozes invisíveis, um breve trecho de ária, uma risada rouca e abrupta, os deuses venezianos comentando a situação dele.

Enquanto avançava, agarrou a adaga de Lorenzo Fornarini num aperto mortal. Sentia-se encalhado num oceano do qual não se via terra em direção alguma. Cego na Voire Dei, tinha apenas aquela adaga e a última mensagem codificada de seu pai para guiá-lo, tudo o mais eram logros e mentiras, perguntas que não podia responder.

Precisava deixar Veneza o mais rápido possível, era um imperativo que se grudava em sua mente como uma declaração de guerra. E levar consigo a adaga de Lorenzo Fornarini. Tinha uma idéia, mas precisava dos serviços do padre.

O esconderijo que Padre Damaskinos escolheu era a Scuola San Nicolò. Fundada no fim do século XV para proteger os direitos da comunidade grega em Veneza, tornara-se recentemente um museu. Bravo seguiu o padre no interior da escola e viu-se imediatamente cercado por centenas de ícones religiosos, expostos nas paredes em prateleiras e caixas de vidro.

O padre estava parado diante da vitrine do ícone de um santo do século XII. O halo folheado a ouro brilhava acima de um rosto comprido e protegido por uma barba cerrada. Padre Damaskinos ergueu as mãos, colocou-as no peito e mexeu os lábios exangues numa prece silenciosa, de modo que, a não ser pelo halo, poucas eram as diferenças entre padre e santo.

Bravo aproximou-se dele em silêncio. Àquela hora não havia praticamente ninguém no museu. Uma luz aguada filtrava-se pelas janelas no alto das paredes, despertando os ícones de seu longo sono.

Embora Bravo chamasse o nome do padre em voz baixa, ele se assustou como se houvesse levado uma alfinetada. Virou-se, os olhos mostrando o branco em toda a volta. Estava visivelmente aterrorizado.

– Bravo – disse. – Você está vivo, louvado seja Deus! Eu fiquei com tanto medo... Eu não vi...

– Foi um completo desastre, padre. O tio Tony acabou assassinado, morto a tiros por... – Balançou a cabeça. O peito doía-lhe como se houvesse sido ele, e não o tio, o baleado. Queria gritar até a garganta sangrar. – Traidores. Eu tenho de fugir dos traidores.

– Sim, eu entendo.

Mas Padre Damaskinos parecia preocupado e olhou furtivamente em volta, como se esperasse a qualquer momento que alguma coisa entrasse pelas portas do museu. Tinha a aparência pálida e acossada.

– Tenho de levar a adaga de Lorenzo Fornarini comigo – Bravo prosseguiu apressado. Tinha de lidar com seus próprios terrores. – Padre, eu posso fazer isso se o senhor escrever uma carta afirmando que se trata de uma antiguidade religiosa repatriada para a Turquia.

– É para lá que você vai?

– É, para Trabzon.

O padre assentiu, mas de uma forma vaga e preocupada que fez Bravo tornar a dizer seu nome.

Ele estremeceu e fitou-o como se fosse uma aparição.

– Padre, o que foi?

Padre Damaskinos focalizou os olhos.

– Sim, sim, vou fazer o que você pede, claro. Mas...

Bravo olhou-o com um ar de interrogação.

– Sim, padre?

Por um instante, uma coisa escura pareceu passar pelos olhos do sacerdote e depois, como uma nuvem, desapareceu.

– Nada.

– Padre, o senhor agiu certo.

– Como?

Essa única palavra escapou-lhe dos lábios como um arquejo. Parecia que seu terror o sufocava.

– A arma, padre. Ao dar a arma ao tio Tony.

– Não sei. Deus me perdoará, mas não sei... – O padre pôs a mão no ombro de Bravo e, com um esforço, se recompôs. – Tenha cuidado, meu filho. Muito cuidado. Está enfrentando... o mais perigoso oponente.

Bravo franziu a testa e balançou a cabeça.

Padre Damaskinos enxugou dos lábios a saliva que se acumulara ali.

– É o demônio, você entende? – disse com uma suave exalação de hálito azedo. – O demônio entrou no campo de batalha.

# capítulo 23

**No aeroporto de Trabzon,** onde esperava a mala na qual guardava a adaga, Bravo recebia uma desconcertante saraivada de turco e árabe nos ouvidos, como suaves batidas de martelo, ou alguém picando repolho, ou os 10 milhões de grãos de uma tempestade de areia. Escutava conversas próximas, sintonizando a audição para a música áspera e rápida do Oriente. Fazia tempo que não ouvia turco e, enquanto pensava em respostas para as perguntas feitas pelos homens, mulheres e crianças que se amontoavam à sua volta na esteira de bagagens, falava-lhes baixinho em turco e árabe.

Pegou a mala e levou-a a um reservado no banheiro masculino. Depois de assegurar-se de que ninguém mexera na adaga, lavou o rosto e as mãos. Olhando-se no espelho manchado, perguntou-se quem o olhava de volta. Parecia uma caveira, com o ar apavorado do Padre Damaskinos na Scuola San Nicolò. Deu as costas, meio assustado com o que lhe acontecera, o que estava se tornando.

De volta ao terminal lotado e cheio de ecos, deu uma olhada demorada, com o que julgava ser uma ponta inteiramente justificada de paranóia. Ninguém parecia lhe dar a menor atenção. Agarrando a mala com uma das mãos, saiu para a noite úmida.

Entrou num táxi caquético e barulhento e rumou para a cidade, construída numa aba inclinada de rocha que se erguia do porto em forma de cimitarra, de frente para os sopés das montanhas ocre enevoadas de azul, que durante séculos haviam funcionado como barreira natural contra uma invasão terrestre. Trebizonda, como se chamava então, fora seguramente aninhada atrás de grossas muralhas, erguidas segundo o modelo das que protegiam Constantinopla.

Olhando para o coração das montanhas iluminado por lâmpadas, Bravo sentia a forma e o peso da história de Trabzon. Quando Constantinopla caiu diante dos exércitos europeus em 1204, em conseqüência da Quarta Cruzada, surgiram das ruínas três impérios gregos menores: Nicéia, Épiro e Trebizonda. Alexius I, neto do imperador bizantino Andrônico I Comneno, fez de Trebizonda a sede do mais grandioso e rico dos três. O que os imperadores Comneni perceberam assim que desembarcaram em Trebizonda com seus exércitos foi a mágica localização da cidade. Situada no começo da estrada que liga a costa sul do mar Negro ao Irã, assim como na entrada para o desfiladeiro de Zigana, por Erzurum, e daí para o interior da Anatólia, sua importância estratégica não podia ser maior. Assim, os Comneni se tornaram os artífices do projeto que fez da cidade a grande conexão comercial Oriente-Ocidente, onde o cristianismo encontrava – e durante os séculos XIV e XV, como é sabido, se chocou com – o Islã. Trebizonda era cobiçadíssima pelos gregos, que criaram a "Cidade Afortunada", os latinos, que comerciavam por meio dela, e os otomanos, que a consideravam roubada debaixo de seus narizes.

Pela fenda nas montanhas escuras, imaginou o longo e sacolejante comboio de camelos cinza-fulvo a serpentear rumo à cidade pelo estreito e bem defendido vale de Pyxitis, trazendo indizíveis riquezas para os ansiosos mercadores e empresários de Veneza, Florença e Gênova, além do Vaticano, pois em seus grandes dias Trebizonda foi lar de muitos padres guerreiros.

O ruidoso táxi deixou-o no Hotel Porto de Zorlu, onde ele reservara um quarto que dava para o plácido mar Negro. Nuvens baixas, em um céu sem estrelas, tingiam a noite sem lua. Os gritos invisíveis em turco e árabe misturavam-se ao desesperado latido dos magros cães noturnos. Diante da janela, barcos deslizavam como num palco de teatro. Ele destrancou a porta de vidro, saiu para a sacada e exalou os exóticos odores de sumagre e mirra, cúrcuma e hortelã, e absorveu a estranha cacofonia da cidade. A porta aberta de uma boate do porto deixava entreouvir a vibração da música turca e o dedilhar das cordas do *oud* e do *bouzouki*. O som grave dos motores diesel, a arejada percussão das lambretas. Depois vieram as vozes contralto e tenor. Por fim, ouviu o que poderia ser um chamado à prece e ergueu a cabeça. O negro leviatã – um navio-tanque de petróleo – mourejava rumo ao oeste. Do outro lado do mar ficava a Ucrânia, país ainda mais estranho que aquele.

Bravo comeu um *dorade* grelhado em azeite doce e hortelã salpicado com orégano. Virou a carne branca pelo avesso, afastando-a da translúcida infraestrutura do esqueleto, uma grade de engenhosidade matemática.

Dormiu então, embora não pretendesse, esparramado em diagonal sobre a colcha que forrava a cama, ainda com as roupas amarfanhadas, os restos do jantar amontoados no carrinho coberto de linho branco.

Sonhou, e no sonho seu pai lhe aparecia mais uma vez. Dexter no banho, a água correndo, o vapor subindo, a cabeça jogada para trás, os cabelos molhados afastados da testa larga. À vontade, mas não vulnerável, jamais vulnerável.

Ele se barbeava enquanto o pai tomava banho.

– Creio que leu as últimas notícias da Somália – dissera Dexter, no seu tom objetivo.

– Li.

Sabia que o pai se referia aos detalhes sobre a morte dos fuzileiros americanos e o suposto massacre posterior de civis somalis que tanto ofendera certos membros das Nações Unidas e que o governo americano negara com veemência.

– É de lá que acabo de voltar, Bravo. Quer saber a verdade?

– O *New York Times* não está contando a verdade?

– Conta *uma* verdade – dissera Dexter. – Como a revista *Time*, a CNN, a Reuters e todos os outros.

Bravo largara o barbeador.

– Quantas verdades pode haver?

– Se alguém acredita numa história, ela se torna verdade para ele. Por isso a história é uma cama-de-gato: é difícil determinar o que aconteceu, em oposição ao que as pessoas *julgaram* que aconteceu, *queriam* que acontecesse, acharam que *devia* ter acontecido. O ponto de vista é tudo, Bravo. Lembre-se disso.

Bravo ficara olhando a água descer rodopiando pelo cano.

– O que aconteceu na Somália, pai?

– Levamos um chute na bunda, foi isso que aconteceu. Os generais cometeram um terrível erro de cálculo. Arrogância, Bravo. Aconteceu aos romanos e a nós. Nós nos julgávamos imbatíveis e considerávamos os soldados somalis inferiores. Então eles nos botaram para correr e o secretário de Defesa ficou uma fera. Por isso, a gente foi lá e massacrou milhares indiscriminadamente. O crime deles era serem somalis, e nós providenciamos para que morressem por esse crime.

– Então o embaixador Perry mentiu quando negou...

– Perry estava agindo como leal porta-voz do governo. Contou a verdade como os idiotas responsáveis pela política do presidente escreveram para ele.

Ele virara-se para o pai.

– Tem certeza disso?

Dexter gesticulara com o braço ensaboado.

– Veja por si mesmo.

Ele vira uma pasta preta sobre a tampa fechada da privada e, secando as mãos, abrira-a. Dentro havia seis fotos – instantâneos feitos de aviões – de corpos, montes de cadáveres. Cadáveres somalis, não apenas soldados, mas civis. Havia alguma coisa de nauseante naquela visão que parecia divina, distanciada da catástrofe. Descobriu-se com as mãos tremendo.

– Você é a última pessoa a ver isso – dissera Dexter. – Em 10 minutos vou reduzi-las a cinzas.

Ele erguera o olhar para o do pai.

– Por que me mostrou?

Dexter sentara-se, a água escorrendo dos ombros e do peito.

– Porque quero que você saiba a verdade, porque vivemos na terra dos cegos e não o quero cego. Quero que veja o que está à sua volta, Bravo, mesmo que seja doloroso, mesmo que não seja o que você quer ver. Porque fazer o que é direito não é a meta, fazer o *melhor* é o que você deve tentar. Se eu puder lhe ensinar pelo menos isso, já basta...

Bravo acordou, arquejante. O suor escorria-lhe pelo rosto. Amanhecera. A luz do sol jorrava pelas janelas voltadas para o norte. Ele tirou as roupas e ficou sob a água gelada até a pele arrepiar-se, até tremer de frio. Foi quando se enxugava com a toalha que as palavras do pai lhe correram pela cabeça outra vez, como um teletipo eletrônico. Enrolando-se na toalha, voltou ao quarto e, sentando-se de pernas cruzadas na cama, tomou a adaga nas mãos como uma lâmina de sacrifício. Tirou-a da bainha. Quantos corações sarracenos aquela lâmina havia varado, quantas barrigas otomanas abrira, quantas costelas de Cavaleiros de São Clemente quebrara?

A luz da lâmpada refletiu-se na lâmina quando ele a moveu, mas também revelou outra coisa. Com todo o cuidado, pôs a adaga sobre a colcha e pegou a bainha. Esta era forrada de veludo cor de sangue, que não costumava ser usado pelos fabricantes de espadas porque a abrasão da arma ao ser sacada da bainha logo destruiria o tecido. E, mesmo que fosse usado naquela peça, o veludo jamais sobreviveria a séculos intacto.

Examinando o interior da bainha, viu uma pequena borda ligeiramente erguida do aço. Ao puxá-la, descobriu que o forro de veludo saía com muita facilidade, revelando o couro por baixo, gasto e reluzente, escuro de óleo e, talvez, sangue. No outro lado do veludo encontrou escrito na letra do pai um nome: Adem Khalif, junto com um número de telefone. Logo abaixo apareciam duas palavras, uma acima da outra:

VICE
PURPURE

• • •

Havia um *altane*, um terraço diante do apartamento do Padre Damaskinos. Agora costumava-se usar o *altane* para secar roupas, mas no passado as mulheres sentavam-se ali com chapéus de abas largas. Embora a aba protegesse a pele juvenil e pálida, o chapéu não tinha copa e expunha os cabelos ao sol, cabelos que haviam sido encharcados numa solução própria para permitir ao sol branqueá-los, deixando-os louros.

O apartamento era um porto seguro para o padre, um lugar alto – um terceiro andar era alto em Veneza –, longe do constante consumismo da cidade. Padre Damaskinos sentia-se especialmente aliviado por estar em casa após esse dia de pesadelo. Nada comera desde o meio-dia, mas descobriu que não tinha apetite por comida ou bebida – trazia na boca o gosto de cobre do sangue humano, imaginário, claro, mas nem por isso menos aterrorizante.

Era no *altane* que pensava nessa noite quente e úmida, e assim que entrou no apartamento cruzou o tapete bizantino e abriu a porta além da qual o terraço o convidava. Ao fazê-lo, notou um vulto, grande e forte. Esticou o pescoço para ver o que seria e a sombra se mexeu, assustando-o. De repente definiu-se como uma forma humana, um homem grande que o agarrou com punhos poderosos e sacudiu-o até ele ranger os dentes.

Ele via um par de olhos da cor da laguna à noite, um rosto distinto, parte de uma longa linhagem para os estudiosos de história veneziana.

– Cornadoro – sussurrou –, que está fazendo aqui?

– Vamos entrar em sua sala, padre.

Com um enorme feixe de músculos, Damon Cornadoro jogou-o pela porta aberta. Com um passo leve que negava seu tamanho, pisou no tapete bizantino e arrastou o Padre Damaskinos, colocando-o de pé.

– Respostas, padre – disse. – Eu exijo respostas.

– A quê? – O padre balançou a cabeça. – O que posso lhe dizer?

– O paradeiro de Braverman Shaw.

Os olhos do Padre Damaskinos mostraram o branco total e as narinas adejaram, como se farejasse a aproximação de sua própria morte. Ainda assim, disse:

– Eu não tenho idéia...

A última palavra foi-lhe arrancada da garganta, terminando num barulho alto não muito diferente do que faz um porco sangrado.

– O senhor grita igual a uma menina, sabia, padre? – Cornadoro tinha a respiração densa de bile e bebida. Agarrou-o de repente. – Você não é fêmea debaixo dessas roupas, é, padre? Oh, sim. Já ouvi todas as histórias. – Franziu a testa, como se decepcionado. – Mas não, não há necessidade de procurar mais, há, padre?

– Com um violento puxão, ergueu Padre Damaskinos. – Agora, onde está Braverman Shaw? – Os olhos, poços de escuridão, pareciam implacáveis.

– Eu... eu não sei.

Cornadoro deu um beijo na bochecha peluda do padre.

– Ah, padre, agora o senhor me fez feliz. – Empurrou-o para uma cadeira, pegou uma vela no console da lareira e acendeu-a. Aproximou a chama do rosto do padre. – Vou lhe contar uma coisa a meu respeito, padre. Sou um homem antiquado. Não gosto das formas modernas de tortura. Prefiro o que já foi testado e aprovado. – Com isso, agarrou os cabelos do padre, prendendo à cadeira e puxando a cabeça para trás. – Dentro de cinco segundos eu vou atear fogo à sua barba. O senhor não tem nem mais um instante. – Deu um puxão nos cabelos cacheados, fazendo os olhos do padre lacrimejarem. – Não me leve a mal, padre. O senhor não terá uma segunda chance, eu vou queimá-lo vivo.

– Não – gaguejou Padre Damaskinos.

– Cinco, quatro...

– Você não faria...

– Três, dois...

– Isso não pode estar acontecendo. Eu me recuso a acreditar...

– Um, zero.

Cornadoro pôs a ponta da chama da vela em contato com a borda da barba. Os pêlos pegaram fogo imediatamente e, gritando, o padre se arqueou para fora da cadeira. Cornadoro deu-lhe uma joelhada no plexo solar. O ar ficou com cheiro de queimado.

– Pare! Tudo bem! Pare! – conseguiu dizer o padre. – Ele foi para Trabzon! Trabzon, Turquia!

– Tarde demais. – A perversa lâmina de uma *push-dagger* projetou-se entre o segundo e o terceiro dedos do punho direito de Cornadoro. – Eu lhe disse que não teria uma segunda chance.

E com aterrorizante eficiência cortou a garganta do padre de uma orelha à outra.

• • •

Jordan Muhlmann ligou para Osman Spagna assim que embarcou no *motoscafo* que estava à sua espera. Deixara o jato Gulfstream G500 da Lusignan et Cie. na pista do Aeroporto Marco Polo. Não dissera à mãe que iria a Veneza e, claro, Cornadoro tampouco sabia do seu paradeiro. Tinha gente ali mantendo os dois sob vigilância, pessoas que deveria ter usado há muito tempo. Não importava. Ia cuidar de tudo, como prometera aos Quatro Cavaleiros, como os chamava desde a intervenção deles na noite de sua ascensão em Roma.

– Creio que quer fazer alguma coisa em relação ao americano – disse Spagna. Acostumado a conversas em celulares, ele jamais citava nomes.

– De fato, quero.

Com um sinistro borbulhar do motor potente, o *motoscafo* partiu, dirigindo-se para a laguna.

– Eu cuido disso.

– Assim, não. – Jordan sabia o que Spagna queria dizer; era um sujeito sanguinário. – Neste caso, é preciso uma coisa melhor, uma lição indelével a ser aprendida. Quero o americano obediente, não morto, de outro modo simplesmente vou ter de preencher um buraco que não posso me permitir agora.

– É compreensível – disse Spagna.

O pegajoso ar noturno grudava-se em Jordan como um sudário, deixando-o nervoso, e ele passou para o lado do *motoscafo*. Aproximavam-se do desembarcadouro do hotel, onde dois dos seus Cavaleiros o esperavam.

– Deixe-me ver, ele adora carros.

– Que americano não adora?

Jordan riu.

– Ferraris, não é?

– Uma verdadeira paixão – disse Spagna. – Ele tem 12.

– Não por muito tempo. – Jordan franziu o nariz ao pisar no cais. *Este cheiro é decididamente medieval*, pensou. Veneza era como a morte, um cadáver em decomposição que alguém esquecera de enterrar. Apertou a mão dos Cavaleiros, mas não podia esperar para seguir em frente. – Pessoalmente, eu não gosto de Ferraris, são muito vistosas. Arranje alguma outra coisa, Osman.

– Imediatamente. – Spagna não pôde ocultar a alegria na voz. – Ele tem dois carros de colecionador que jamais poderá substituir.

– Ainda assim, se sou bom juiz de caráter, a perda só vai chamar a atenção dele. Como todo americano, esse aí precisa levar repetidos socos na cabeça para aprender a ter educação. – A mente disparando à frente, Jordan acrescentou: – Pelo que me lembro, ele tem um filho.

– Uma filha, 19 anos – confirmou Spagna. – E muito bonita, a julgar pela foto que tenho aqui. É... como é que os americanos dizem? Ah, sim, a menina dos olhos dele.

– Os Estados Unidos são um país perigoso, pelo que dizem, as cidades cheias de crimes violentos: estupros e espancamentos, e assim por diante. – Jordan afastou-se de seus Cavaleiros até o fim do cais e baixou a voz. – Isso é delicado, Osman. Não quero uma investigação. Um simples assalto, um encontro numa rua escura, uma surra, seguidos por uma ambulância, corações na boca, pais em lágrimas – no fim, a recuperação, você sabe o que é preciso.

– De fato, sei, senhor.

Jordan guardou o telefone e foi juntar-se aos Cavaleiros. Estava inexplicavelmente ávido de se pôr a par do que a mãe e Cornadoro conspiravam às suas costas. A primeira palavra sussurrada em seu ouvido o deixara de ânimo bastante elevado.

– Eu sei onde fica Trabzon – disse.

Pensava no ataque dos Cavaleiros ao quartel-general da Ordem tantos séculos atrás, em como a história na verdade faz um círculo completo.

. . .

O céu estava baixo, arenoso como os olhos de um soldado cansado, acinzentado por nuvens agressivas, quando Bravo deixou o hotel em suas roupas usadas e malcheirosas. Já era de tarde – dormira 12 horas direto. Foi primeiro à Ataturk Alani, a enorme praça central da cidade, e dali rumou para oeste por uma rua ladeada de boates e lojas de roupas. Era um lugar muito feio, com prédios caindo aos pedaços. Podia-se dizer que Trabzon era uma cidade de contrastes, mas de certa forma aquilo arrasava suas exuberantes vistas de história local. O antigo e o moderno roçavam ombros em miserável esplendor, mas, ao contrário de Veneza, o presente relegava o passado esplêndido e encharcado de sangue à enferrujada lata de lixo do beco.

Entrando numa loja cuja vitrine exibia a última moda para os homens, ele comprou roupas novas, que vestiu antes de sair. Jogou as velhas numa lata de lixo em frente. Logo depois, dirigiu-se a Ortahisar, a Fortaleza do Meio, a parte velha de Trabzon. Por duas vezes, quando atravessava com dificuldade o bazar, julgou estar sendo seguido, mas um dos candidatos a perseguidor acabou revelando-se um mercador russo ávido por lhe vender um conjunto de bonecas russas pintadas à mão, e o outro era um menino numa bicicleta que não pensava em outra coisa senão pedalar de um lado para o outro no tempo mais curto possível. Ainda assim, ele não pôde deixar de se lembrar do ataque diante das muralhas de Saint-Malo, do qual ele e Jenny foram salvos pelo tio Tony. À lembrança do tio Tony, seus olhos começaram a arder e ele enxugou as lágrimas de dor e saudade.

Após falar com Adem Khalif pelo telefone, o contato do pai disse que estava fora da cidade. Sugerira encontrarem-se para tomar um drinque e jantar num bar nas montanhas. Bravo atravessou uma das duas pontes que ligavam a parte velha da cidade à nova, de concreto. As pontes cruzavam duas ravinas, escavadas no leito de rocha muito tempo atrás pelos rios de águas furiosas – um dos quais, o Degirmen, era a última pista que Dexter lhe deixara em Veneza.

O bar, empoleirado num morro, era tão velho e esbodegado quanto os vizinhos de madeira. Adem Khalif ocupava uma mesa na frente, e, ao avistar Bravo, levantou-se e ergueu o braço numa saudação. Era um homem de costas largas e ombros e antebraços enormes. Seu rosto não era bonito, mas forte. Vestia-se com elegância, com calças esporte e camisa pólo. Evidentemente não era sacerdote.

Seus companheiros eram pescadores corpulentos e executivos de empresas de petróleo de olhos enviesados que fumavam fortes cigarros turcos e olhavam um trio de exaustas "Natachas" – prostitutas da ex-União Soviética que eram só sorrisos rançosos e seios altos e pontudos – abastecendo-se para as tarefas noturnas com café forte, pão *ekmek*, manteiga local e as famosas azeitonas pretas conhecidas como *zeytin*.

– Então você é Braverman Shaw, seu pai falava constantemente de você.

Adem Khalif falava um inglês perfeito, com um leve sotaque britânico. Quando Bravo disse que preferia falar em turco, ele ficou exultante. Tinha um sorriso torto e largo, realçado pelo brilho dos dentes de ouro.

Sentavam-se a uma pequena mesa redonda de mosaico grosseiro, perto de um corrimão de ferro fundido. A chuva, anunciada pelas nuvens furiosas, chegou como um hóspede indesejado, encharcando a beira da sacada além da proteção do toldo desbotado. Era, se é que fosse possível, mais opressiva ali do que em Veneza.

– Tempo ruim – disse Bravo, sentando-se diante de Khalif.

– Isto é o verão no mar Negro. – Khalif deu de ombros. – A gente se acostuma com tudo.

Serviu *raki* de uma garrafa e bateram os copos. Khalif observava Bravo enquanto ele tomava a bebida ardente.

– Não está saindo fumaça de sua boca – disse ao tornar a encher o copo de Bravo. Tinha uma presença enorme, que parecia encher o bar de luz, de vida. – Sabe, para mim é sempre de grande interesse conhecer americanos. Os Estados Unidos reduzem os outros países a um estado de transparência. Vocês exportam cores: Britney Spears, Bruce Willis, anorexia, Fords maiores que Cadillacs, Hummers maiores que Fords. Os Estados Unidos se tornaram um país de extremos, e assim provocam reações extremas. O resto do mundo ou quer correr para debaixo das saias dos Estados Unidos ou cortar sua cabeça.

– Em que campo você está? – perguntou Bravo.

Adem Khalif riu.

– Se importa se eu fumar?

– De jeito nenhum.

– Bem, já é um alívio. – Khalif levou alguns instantes acendendo um Silk Cut. – Essas marcas britânicas são muito difíceis de encontrar. Meu vício me dá muito trabalho. – Encolheu os ombros. – Mas, também, quem não tem um, não é? – Apareceu outra garrafa de raki. Quando tornaram a ficar a sós, ele se inclinou para a frente, a voz mais baixa e um tanto conspiratória. – Eu não sou membro da Ordem. Fui um canal para Dexter Shaw, um recurso para conhecimento prático e espionagem de aviões. Numa palavra, era os olhos e ouvidos de Dexter nesta parte do mundo. – Tirou um fiapo de tabaco do lábio inferior com as pontas do polegar e do mindinho. – É uma resposta à sua pergunta sobre o campo em que estou, entende? – Bravo disse que sim. – Mas agora me permita perguntar-lhe se você acha sensato os Estados Unidos suscitarem reações tão extremas.

– Não, sobretudo porque, apesar do seu poder, os extremistas nos Estados Unidos são uma minúscula minoria.

– Mas, como todos os extremistas em toda parte, que barulho podem causar, não é?

– Claro. – Bravo tomou mais raki. – Que interesses meu pai tinha aqui?

Khalif sorriu.

– O atual estado de espírito dos fundamentalistas muçulmanos, os extremistas, além de seus movimentos. Eu os acompanhava para ele.

– Sabe por quê? – perguntou Bravo.

– Nunca perguntei – disse Khalif. – Não é coisa que alguém do meu ramo faça.

– Você arriscaria um palpite?

– Está chegando a hora do jantar, vamos pedir?

Bravo sugeriu que ele escolhesse, o que o deixou mais feliz ainda.

– Você vai adorar a comida daqui – disse. – Tudo do mar, fresquíssimo.

Depois que o garçom se foi, ele encheu os copos. Os dentes de ouro brilhavam. Só faltava a perna de pau e a faca entre os dentes.

– Os palpites são perigosos. Dito isso, contarei o que acredito que era a preocupação de seu pai. Tinha a ver com os Estados Unidos e com o Islã... com os fundamentalistas religiosos diametralmente opostos uns aos outros, que não querem nada menos que ver seus adversários varridos da face da Terra. – Olhou em volta de repente. – Este lugar, Trabzon, não parece muita coisa hoje, mas sua importância outrora para o Oriente e o Ocidente, cristãos e muçulmanos, era incalculável. Era o centro do comércio, e o comércio gera riqueza, gera guerra, exatamente como a religião. Aqui, ainda, nesta favela, Oriente e Ocidente se misturam, tentando levar a melhor um sobre o outro. Creio que seu pai viu a chegada da nova guerra religiosa, a última Cruzada, se preferir, e queria muito fazer tudo o que estivesse ao seu alcance para evitá-la.

– Então era por isso que queria ser *Magister Regens*.

– Pelo poder da Ordem, o uso judicioso de seus segredos, ah, sim, eu sei da existência do tesouro, embora receie pouco saber sobre o conteúdo. Há ali um grande poder e influência, até aí eu sei. Mas seria preciso um homem especial de fato para assumir o controle da Haute Cour, para ser eleito *Magister Regens*.

– Havia também a questão do traidor oculto na Haute Cour. Imagino que ele teria trabalhado muito para frustrar os planos de meu pai.

– Eu diria que tornou as circunstâncias mais difíceis para Dexter, sim.

– Eu o descobri – disse Bravo. – Em Veneza. Paolo Zorzi.

– Zorzi! Mas essa é uma notícia incrível. – Khalif balançou a cabeça tristemente. – Eu conheço Zorzi e gostava dele, como seu pai. Achava-o profundamente leal.

– Então ele trabalhou bem.

– Trabalhou?

– Está morto. O tio Tony... Anthony Rule... o matou antes de ser morto por uma segunda traidora, uma Guardiã de Zorzi chamada Jenny Logan.

– Meu Deus, uma tragédia dobrada e redobrada. – Khalif esfregou o queixo. – Sinceras condolências, meu caro Bravo, que terrível série de choques para você. – Ergueu o copo. – Bebo aos amigos que partiram.

Bateram os copos e beberam um longo trago do forte e áspero raki.

– E o inferno para nossos inimigos, hem? – gritou Khalif.

Bateram os copos de novo e desta vez os esvaziaram.

Então a comida chegou, um verdadeiro banquete, sete pratos ou mais, e caíram sobre ela. A chuva constante transformou-se num fino chuvisco que manteve o concreto e as telhas escuros e brilhantes. Haviam acendido as luzes, que fumegavam na umidade. A iluminação, crua como o tabaco local, punha em destaque os trabalhadores de costas curvadas que atravessavam com esforço as pontes sobre as ravinas. As Natachas haviam desaparecido e supostamente se achavam agora dando duro na sedução dos poucos turistas que vagavam, meio estupefatos, dentro do seu território. Um chiado fantasmagórico elevava-se da calçada, como se o chuvisco fosse de minúsculas bolas de gelo. O céu baixo tinha a cor de uma ferida profunda e dolorosa.

Bravo perdera-se em pensamentos. Finalmente, disse:

– Eu nunca percebi como era difícil a vida do meu pai. Ele combatia os Cavaleiros e os membros de sua própria Ordem.

Adem Khalif assentiu.

– Seu pai tinha visão, isso é inegável. Nisso me lembrava Frei Leoni, o último *Magister Regens* da Ordem, mas lhe faltava um certo... como direi?... uma certa crueldade. Não falo para ofender, eu amava Dexter como a um irmão, mas sua especialização era em outras áreas. Tinha gênio para planejar o futuro. Não era o guerreiro que se espera de um *Magister Regens*. O que era preciso era cavar fundo nos escalões inferiores da Ordem, daí é que viria o apoio. – Os olhos de Khalif faiscaram. – É uma lição que o sucessor dele precisa aprender.

Bravo largou o copo.

– Quer dizer, eu.

Khalif abriu as mãos.

– Quem mais? Você é filho de Dexter, ele o escolheu desde pequeno para seguir os seus passos.

– Já ouvi essa história antes.

– Claro que a esta altura já ouviu, mas algum dia se perguntou por que ele o escolheu? Não foi porque é filho dele, Dexter não era disso. A Ordem era importante demais para ele. Ele escolheu você porque *sabia*. Viu seu futuro, do mesmo modo como creio firmemente que viu a própria morte. É a passagem das coisas, de pai para filho, a construção de um legado, entende? Eu sei disso. – Bateu no peito com o punho. – Sinto aqui dentro.

– Se meu pai tinha essa chamada segunda visão, por que não descobriu a identidade do traidor dentro da Ordem?

Khalif inclinou a cabeça para o lado.

– Eu ouço seu ceticismo, Bravo, e lamento sua falta de fé. Acha que a segunda visão é como uma lanterna que a gente pode acender e apagar à vontade? Essa idéia adolescente é das revistas em quadrinhos. Seu pai não era um super-herói. Tinha o dom de uma coisa desconhecida e incognoscível, que não se pode questionar ou analisar. Quanto mais você tenta entender, mais enigmática e improvável parece. – Deu de ombros. – Mas não posso mandar você ter fé, deve encontrá-la sozinho.

Fez-se um silêncio entre eles por algum tempo. Khalif voltou a enfiar o polvo grelhado na boca. Bravo, já sem apetite, desviou o olhar. A luz lançada pelos prédios de cada lado iluminava as ravinas como uma cicatriz viva, mas embaixo era absoluta a escuridão do abismo, como se as ravinas não tivessem fundo, uma fenda que chegava até o núcleo da Terra. Nas pontes, o desfile de pessoas continuava o mesmo. Ele via agora um punhado de mulheres, jovens, bonitas, talvez mais Natachas numa folga para o cigarro. Um velho caminhava ao lado de um menino, a mão grande, quadrada, nos ombros dele. O menino ergueu o olhar, e, com uma pergunta sua, o rosto do homem abriu-se num sorriso que o fez parecer 20 anos mais jovem.

– Preciso de uma resposta – disse Bravo, voltando-se. – Há em Trabzon alguma construção com uma escada em espiral?

Chupando os dentes, Khalif pensou um instante.

– Na verdade, há. A mesquita de Zigana. Por que pergunta?

Por quê? Porque *vice*, a primeira palavra que Dexter escrevera no forro de veludo da bainha, derivava da palavra francesa *vis*, vinha. Nos tempos medievais, um *vice* era uma escada em espiral, como os galhos novos contorcidos de uma vinha.

– Vamos, vamos – disse Khalif –, você parou de comer. É um pecado com essa comida excelente.

O visível tom de afeto em sua voz fez Bravo voltar-se para ele.

– Quanto à fé, desde que comecei esta viagem meu pai tem me aparecido em sonhos e em... outras ocasiões. A princípio não dei importância, atribuindo a visão a um sintoma, um choque posterior à morte violenta dele, mas agora eu não sei, me sinto como se... como se de certa forma ele ainda me acompanhasse.

Um imenso sorriso se abriu no rosto de Khalif.

– Na questão da fé, meu Bravo, acho que você está a caminho de encontrar a sua.

. . .

– Segredos – disse Camille. – Todos temos segredos, Deus sabe que tenho um punhado deles.

Ela e Jenny rodavam num táxi do aeroporto para Trabzon, após haverem pegado o último vôo noturno que partia de Veneza, via Istambul. Muito acima, o céu ainda era azul, mas embaixo a escura corrente inferior da noite já dominava, perfurada aqui e ali pelas luzes que irradiavam um amarelo bruxuleante.

– Eu tive um amante que me tratava mal, muito mal. – Camille balançou a cabeça com um sorriso triste. – Que mulher não teve? Um, pelo menos um. Mas o que não entendo é *por quê*. Por que escolhemos esses homens que vão abusar de nós fisicamente, mentalmente, emocionalmente? É porque sentimos que devemos ser punidas, Jenny, ou é uma coisa cultural, passada de mulher oprimida para mulher oprimida? Será verdade que não podemos deixar de nos sentir do mesmo jeito que nossas mães e avós?

Jenny balançou a cabeça.

– Acho que isso não tem importância. O que importa é que podemos mudar, que tomamos decisões diferentes, *mais corajosas*.

Camille ergueu as sobrancelhas.

– É mesmo? E como fazemos isso quando os homens ficam no nosso caminho, não importa para que lado nos voltemos?

– Talvez nos afastando deles, de tudo o que eles construíram, tudo o que defendem. – Jenny olhou para fora da janela por um instante, vendo o rápido avanço do concreto espalhar-se sobre a região verde como uma perniciosa doença de pele. – De qualquer modo, era o que eu pensava.

Sim, era o que pensava depois do desastroso rompimento com Ronnie Kavanaugh. Na verdade, tivera certeza. Depois conhecera Dexter Shaw e tudo em sua vida mudara. Ou não? Não era Dexter outra de suas muletas masculinas? Arcangela, sem dúvida, sentiria pena de qualquer mulher com tal necessidade psicológica.

– Mas agora, obviamente, não pensa. – Camille pegou um maço de cigarros e, enquanto acendia um, disse: – Eu gostaria muito de saber o que aconteceu. Por que não me conta?

Jenny pegou o cigarro entre os lábios dela, deu uma longa tragada, soltou devagar a fumaça e devolveu-o.

– Eu descobri que o jeito de fazer tudo mudar é fazer tudo o que os homens fazem, só que melhor.

– Vencê-los no jogo deles.

– De certa forma – disse Jenny. – Mas só de certa forma. O jogo deles é o único jogo, isso é que é difícil meter na cabeça, porque simplesmente não é como a gente quer. Então temos de aprender a fazer as coisas de outro jeito.

Camille estendeu-lhe o cigarro e ela deu outra tragada.

– Eu não quero nunca mais ficar com um homem que me maltrate.

– Que tipo de agressão você sofreu? – perguntou Jenny, de forma tão casual quanto pôde, com o coração martelando no peito.

– Psicológica – respondeu Camille após um instante. – E eu fiz direitinho tudo o que ele queria. *Mon Dieu*, que garota obediente era eu!

*Eu também*, pensou Jenny.

– É humilhante pensar nas armadilhas em que caímos, não é? – disse Camile. – Principalmente porque caímos tão voluntariamente e porque é tão difícil sair delas.

– E nem a dor basta para nos libertar.

– É. Muitas vezes, não. – Jenny voltou-se para ela. – Uma vez eu quis entrar para um convento. Você imagina uma coisa dessas? Durante oito meses me preparei para receber o hábito. Era muito jovem, não entendia, não tinha amigos, tinha medo dos homens.

– Mas, minha cara, é claro, pelo que diz, que você não tinha vocação.

– Foi o que a madre superiora falou quando me chamou ao seu gabinete.

– Sorte sua ela ter tanto discernimento. – Camille arrepiou-se. – Que lugar para alguém acabar!

– Eu fiquei arrasada – disse Jenny. – Encarei isso como mais um fracasso.

Camille sorriu.

– A dificuldade de entender Deus é o sinal da lucidez de um pragmático.

Jenny riu. Ficou sentada, calada pela primeira vez, enquanto o táxi seguia chacoalhando e o rádio explodia com uma música cheia de estática que parecia um bando de pessoas batendo tampas de latas de lixo e gritando a plenos pulmões.

– No fundo, somos todas garotinhas obedientes – disse, virando-se para Camille, e as duas sorriram.

. . .

*Que perfeita idiota é você*, pensou Camille com um sorriso. *E temos de agradecer a nosso adorável Dexter por isso, não é? Foi ele que pegou você na sarjeta e a fez se reerguer após o aborto – mas para quê, querida? Para você ser meu brinquedinho, para ajudar na última fase da destruição dele: a morte do filho. E ainda havia quem – como Anthony Rule – acreditasse que Dexter tinha o dom da segunda visão, que via o futuro.* O sorriso alargou-se e uma risadinha escapou-lhe.

– Qual é a graça? – perguntou Jenny.

– Eu estava pensando que também somos meninas más, que queremos o que queremos, que devíamos ter o que nos é devido.

– É, Camille, de fato, devíamos.

Camille tornou a se calar, fumando o cigarro até o fim. O táxi não tinha limpadores de pára-brisa, mas o motorista, encostado à vontade no banco, parecia não notar isso ao olhar pelo vidro pontilhado de gotas de chuva. Camille pensou por um breve instante em Damon Cornadoro, que se sentara na última fila atrás delas no vôo para Trabzon. Jenny o vira, claro, a caminho do banheiro, e dissera a Camille na volta que se sentia muito mais segura contra as forças dos Cavaleiros de São Clemente que a perseguiam. Mal sabia ela que fora Cornadoro quem obtivera a informação sobre o destino seguinte de Bravo com o falecido e não pranteado Padre Damaskinos.

Agora dirigia-se para um território desconhecido. Os Cavaleiros não tinham ninguém em Trabzon – não fazia parte do seu território. Foi então que ela telefonou para Jordan.

– *Está tudo bem* – ele lhe garantira. – *O Cardeal Canesi e seus conspiradores estão usando todo o peso de sua influência em seu favor. Isso quer dizer que todos os padres na cidade e nos arredores serão seus olhos e ouvidos. Vou baixar uma lista dos nomes e números de contato deles para o seu telefone quando acabarmos.*

Esmagando a ponta do cigarro sob o calcanhar, ela se voltou para Jenny:

– Eu sei que você tem segredos, como todo mundo. *Alors*, seu conhecimento e muito possivelmente seus contatos nos possibilitarão encontrar Bravo e segui-lo agora – mentiu. – Eu usei todos os recursos da Lusignan et Cie., mas aqui estou francamente cega. – Tomou as mãos de Jenny nas suas. – Nesta crise, temos apenas uma à outra, devemos confiar uma na outra, senão falharemos com Bravo, e não podemos deixar que isso aconteça, *n'est-ce pas?*

Jenny curvou-se para a frente e deu instruções ao motorista. Um momento depois, o táxi virou à esquerda. Passaram a toda pela depenada carcaça de um carro e aceleraram em outra direção.

. . .

Khalif e Bravo andavam pelas ruas estreitas e tortuosas do Avrupali Pazari – Mercado Europeu, em turco –, na verdade movimentado por emigrantes das ex-repúblicas soviéticas. Falava-se russo e georgiano, quase nada de turco. Lâmpadas nuas, atadas por pedaços de fio, iluminavam os produtos coloridos. Não se viam camisetas nem bonés de beisebol, nenhum dos suvenires comerciais que se encontravam aos montes em Florença ou Istambul, destino de um número maior de turistas. Ali os produtos tendiam para artesanatos nativos, tapetes de toda a Turquia, das montanhas do Afeganistão, até de Tabriz, utensílios de cobre feitos à mão, bonecas russas. Negociantes de vodca importada, antiquários locais e vendedores de haxixe apregoavam seus artigos.

– Como estudioso de religiões medievais, você sem dúvida está decepcionado por ver o que se tornou a fabulosa Trebizonda, hem? – perguntou Adem Khalif. – Tomada por cidadãos da antiga União Soviética que se consideram empresários; todos atrás de capital. Certamente tem seu lado divertido.

– Vejo por que você se deu tão bem com meu pai – disse Bravo. – Ele sempre teve um fraco por filósofos.

Khalif deu uma risadinha.

– Filósofos de rua, talvez.

– Acho curioso que ele não o tenha usado para seguir os movimentos dos Cavaleiros de São Clemente.

– Não disse isso exatamente, mas Dexter estava ávido por ter um ouvido colado no chão o tempo todo, porque sabia que não são apenas os elefantes que nos atropelam.

– O que quer dizer com isso?

– A Ordem é interessante e, em muitos aspectos, importante, útil, mas, falando como alguém de fora, me parece que os membros se preocupam muito com os Cavaleiros de São Clemente e nada mais. Seu pai não era assim, sempre tinha em mente o panorama geral. As constantes mudanças do mundo, seja na política, na economia ou na religião, eram o prato dele. Tinha uma visão mais ampla que qualquer um dos outros.

Começara a chover forte de novo, em reluzentes linhas, pontos e traços de prata. Eles passavam de rua em rua num esquema que Bravo tentava entender, mas os labirínticos desvios e curvas do mercado derrotavam todos os seus esforços.

– Quase no fim, ele me forneceu uma enorme quantidade de equipamentos – prosseguiu Khalif. – Olhos e ouvidos eletrônicos do tipo mais sensível e sofisticado para que eu registrasse todos os sinais codificados que dia e noite cruzam o espaço.

– *Todos?*

Khalif fez que sim com a cabeça.

– *Grandes quantidades*, você nem imagina. Mas ele aparecia e classificava tudo. Sabia o que procurava, disso você pode ter certeza.

– Não era assunto oficial da Ordem?

– Só dele. – Khalif ergueu um indicador. – Vou lhe apresentar uma autoridade da Ordem agora; portanto, nem uma palavra. Se houver qualquer novidade que você deva saber antes de continuar, ele a terá.

Haviam atravessado uma loja de tapetes. Uma jovem georgiana de não mais que 17 anos anunciava os artigos, parada do lado de fora. Tinha o corpo esguio e olhos negros. Os cabelos finos eram puxados para trás num rabo-de-cavalo.

– Irema.

Ela beijou-o nas duas faces enquanto ele apresentava Bravo.

– Meu pai está lá dentro – disse em turco.

– Ocupado? – perguntou Khalif.

– Como sempre – respondeu ela dando de ombros.

Passaram pela porta estreita e entraram num ambiente meio escuro e poeirento, que pulsava com música árabe dançante. Tapetes cobriam as paredes e também se amontoavam em pilhas ordenadas num desenho em xadrez pelo chão, de modo que era preciso fazer um caminho sinuoso até o fundo da loja.

Khalif deu um sorriso, fazendo lampejar os reluzentes dentes de ouro.

– Ele se chama Mikhail Kartli. Você vai gostar dele assim que se acostumar. – Pôs a mão em advertência no braço de Bravo. – É um homem que, independentemente dos modos, merece nosso respeito. Ainda combate os terroristas do Azerbaijão e da Chechênia. O governo do Azerbaijão quer que áreas inteiras sejam rebatizadas, passando dos topônimos da Geórgia para os seus, e o mesmo se aplica aos sobrenomes das pessoas. Quanto aos terroristas, continuam tentando mudar suas bases para a Geórgia. Ele passou seis anos desarmando bombas chechenas. Você vai ver quando apertarem as mãos.

Não era fácil chegar perto de Mikhail Kartli. Telefone celular num ouvido, estava cercado de um grupo de mercadores que gesticulavam como operadores da Bolsa e falavam baixo ao telefone mas com urgência, sob a música que servia para mascarar seus negócios dos estranhos e dos transeuntes. Quando se aproximaram, Bravo reconheceu não apenas georgiano, mas russo, turco, italiano, árabe. Não demorou muito para compreender que não se tratava de mercadores de tapetes, e sim negociantes de petróleo, gás natural, moedas, metais preciosos, diamantes, além de armas e todo tipo de material bélico.

O estonteante cheiro do dinheiro pairava no ar, uma confluência de suor, ganância, sujeira, sangue, poder e trapaça. Ali pulsava o coração da moderna Trabzon, que, apesar das aparências em contrário, ainda era um potente ponto de conexão entre o Oriente e o Ocidente, o dinheiro e as mercadorias fluindo pelos quatro cantos do mundo, o capital bombeado com a velocidade do som, independentemente de raça, religião ou filiação política.

Enquanto esperavam, Bravo deu uma longa olhada no georgiano. Era pontudo como a ponta de um lápis e durão como um rolo de arame farpado. Tinha a postura de pernas abertas de um lutador de rua e mantinha a cabeça em formato de bola de futebol americano abaixada, protegida pelos ombros, como se fosse resultado de longos anos de defesa pessoal, da família e de seu país. Os cabelos eram cheios, negros e revoltos, e cobriam selvagemente a testa baixa. Em conseqüência, a palidez dos olhos, cercados por longos cílios, era espantosa.

No meio da confusão, ele avistou Adem Khalif e inclinou a cabeça por um breve instante. Depois deslizou os olhos para Bravo e abriu-os tão pouco que qualquer outro além do próprio Bravo não notaria essa reação.

A música acabou por ser mudada, e a multidão dispersou-se o suficiente para Khalif levar Bravo até Kartli e apresentá-los. O homem estendeu a mão direita, que consistia apenas no polegar e no indicador. Bravo agarrou-a, sentiu a pressão dos tocos dos dedos e pensou no georgiano desativando bombas chechenas, uma delas explodindo e levando consigo parte da mão.

– Seu pai foi um bom homem – disse laconicamente Mikhail Kartli em perfeito turco e, estalando os dedos, pediu bebida.

Apoderou-se da garrafa e serviu um líquido claro em três copos. Bravo não viu o que era. Parecia fogo líquido ao descer, mas depois da ardência sentiu um gosto agradável, de anis e alcaravia.

Kartli desculpou-se e encerrou o que restava dos negócios. Depois passou o celular para uma versão mais jovem de si mesmo – sem dúvida, o filho mais velho – e retiraram-se por uma porta escura no fundo.

Um corredor estreito e amontoado desembocava de repente num terraço de concreto. Um toldo drapejava acima. A chuva desmoronava sobre a cidade. Kartli postou-se ali de pernas abertas, um galo de briga olhando de cima o local de muitas vitórias. Os pequenos comerciantes, com suas bonecas pintadas, seus peixes assados na brasa e suas incipientes coleções de DVDs piratas de filmes populares americanos, olhavam-no lá de baixo mais ou menos como os pequenos traficantes de armas se ajoelham diante do negociante de armas nucleares.

Ele descruzou os braços e acendeu um fino cigarro negro com um isqueiro de ouro.

– Este não é um lugar civilizado – disse, aparentemente a ninguém em particular. – Acreditar nisso tem sido o erro fatal de muitos no correr dos séculos, em especial os gregos, que chegaram primeiro aqui para domar Trebizonda. Os venezianos também, embora fossem mais espertos que os gregos, por serem menos confiantes. Mas, no fim, Trebizonda acabou nas mãos do Império Otomano, e os otomanos não eram civilizados, de modo algum. Veja o que se tornaram agora. Turcos! E depois, mais recentemente, chegaram os gananciosos russos, vindo do outro lado do mar Negro tão rápido quanto seus barcos podiam transportá-los.

Balançou tristemente a cabeça, livrando-se da peculiar eletricidade da moeda corrente, como se mesmo agora a estivesse fabricando em algum ponto dentro do corpo.

– Obrigado por me dedicar o seu tempo – começou Bravo.

– O papa está morrendo – disse ele por cima das últimas palavras do americano. – Dificilmente resta algum tempo.

– Por isso eu vim procurá-lo. Minha situação está ficando cada vez mais desesperadora.

Kartli voltou-se para ele, o desagradável cigarro negro entre os lábios rubros.

– Você vê, esse é o tipo de situação da qual a Ordem decidiu proteger-se muito tempo atrás. Acha que Canesi quer salvar a vida do papa por razões humanitárias? Claro que não. É pelo poder, e só pelo poder. Ele quer salvar a própria pele. Um novo papa, astuto e na flor da idade, certamente não toleraria o poder de Canesi e seu grupo, iria varrê-los para o lado como gravetos.

– Até onde você está atualizado sobre a saúde do papa?

– Por quem você me toma? Uma hora atrás, nem um momento mais. – Os olhos claros de Kartli vararam os de Bravo. – Você corre mais perigo do que imagina, meu amigo. Despertaram novos elementos, novos informantes, os olhos e ouvidos do Vaticano... que eu não identifico nem controlo. – Avistou de repente a bainha lavrada e o cabo da adaga enfiada na cintura de Bravo e estreitou os olhos. – O que é isso? Na certa não pode ser a adaga de Lorenzo Fornarini.

– É. – Bravo tirou-a para lhe mostrar. – Estive no sarcófago dele em Veneza.

– Meu Deus, a adaga de Fornarini! – Kartli deu outra tragada no cigarro. – Por meio dos padres de Trebizonda, Fornarini foi introduzido na Ordem, convertido à sua causa e jurou aliança para protegê-la, o que fez com coragem e disciplina, impressionando muitíssimo os padres, como você bem imagina. Alguns anos depois, quando foram atacados pelos Cavaleiros de São Clemente, ele estava do lado de fora do mosteiro de Sumela e interveio no último instante para salvar Frei Leoni de Frei Kent, um traidor da Haute Cour. Nessa época Frei Leoni era o Guardião-mor, antes de se tornar *Magister Regens.*

Bravo correu os dedos pela adaga.

– Frei Leoni foi ferido durante a luta com Frei Kent. Quando chegou ao esconderijo dos segredos, a ferida infeccionara, não havia dúvida de que ele estava morrendo. Por um acordo anterior, Frei Prospero, o *Magister Regens,* o esperava no local. Naquele tempo, o Guardião-mor e o *Magister Regens* possuíam as chaves do cofre onde o tesouro ficava guardado. Juntos, tomaram uma decisão monumental: valeram-se do segredo do Testamento de Cristo. Seguindo as instruções dadas por Jesus, o *Magister Regens* ungiu Frei Leoni com a Quinta-essência, o óleo sagrado que Cristo usou para ressuscitar Lázaro e, segundo o Testamento, outros. Frei Leoni não apenas se curou, mas viveu mais 300 anos, e acabou por ascender a *Magister Regens* e guiar a Ordem por tempos negros e difíceis. Alguns acreditam que morreu finalmente em 1918, durante a epidemia mundial de gripe espanhola, mas claro que não há registros e portanto não se pode saber ao certo.

Nesse momento soou uma melodia eletrônica e o georgiano pegou outro celular e o abriu. Escutou um instante e disse:

– Faça isso. Já. – Fechando o telefone, disse a Bravo: – Alguém que você conhece está se aproximando. Um dos meus avistou Jennifer Logan, a traidora... Ah, sim, as notícias se espalham rápido dentro da Ordem. Ordenei que a executassem. Tenho alguém por perto que a matará a tiros.

# capítulo 24

**– Não – disse Bravo.**

Mikhail Kartli deu um tênue sorriso.

– Você está em minha casa agora.

– Mas, se a matarem, jamais irão descobrir se ela e Paolo Zorzi são os únicos infiltrados na Ordem. E se houver outros? Ela é nossa melhor chance de descobrir.

O georgiano reconhecia um bom argumento. Abrindo o celular, apertou a tecla rápida e disse no bocal:

– Detenha e traga a moça. – Deu um sorriso feroz. – Espero que sua coragem esteja à altura de suas convicções. E que você tenha estômago para um interrogatório explícito. Seu pai certamente não tinha.

– Há outros meios – disse Bravo.

– Diga um.

O georgiano disse isso sem ameaça; simplesmente queria saber.

– A mulher está desesperada para me fazer acreditar que outra pessoa é o traidor. Queria que eu acreditasse que alguém fez uma armação para ela no assassinato do Padre Mosto em Veneza, e eu quase acreditei, até ela matar Anthony Rule a tiros. – Não falou de seu ódio muito pessoal contra ela por seduzir o pai e ele próprio. – Eu falo com ela, posso lidar com ela. Ela vai me escutar.

– Nesse caso, eu teria muitíssimo cuidado. Já pensou em como ela o seguiu até aqui?

Bravo ficou encarando o georgiano.

– Você disse ao Padre Damaskinos que vinha para Trabzon?

O padre perguntara aonde ele ia em seguida, e ele lhe contara.

– Sim, claro que disse – falou Kartli, respondendo à sua própria pergunta. – Deve ter sido ela quem o interrogou e assassinou.

– Padre Damaskinos está morto?

– Um dos meus o encontrou em seu apartamento ontem à noite e entrou imediatamente em contato comigo. – O georgiano tornou a cuspir, mais forte dessa vez, como se fosse uma praga rogada. – Tinha a cara queimada, e depois a garganta foi cortada de uma forma muito particular.

– O que quer dizer?

– O corte foi feito com uma *push-dagger*. Como eu sei? Esse tipo de adaga é feito para perfurar, não para cortar. Por isso, quando usada para cortar, deixa um ferimento bem característico. – Kartli fez uma ligeira pausa. – Conheço alguém que mata assim, é um assassino dos Cavaleiros de São Clemente. Deve ter treinado a moça. Ela anda com uma arma dessas?

– Eu nunca vi – disse Bravo. – Mas esse tempo todo a cadela tem se mostrado cheia de surpresas.

. . .

– Você acha sensato – perguntou Damon Cornadoro ao ver Jenny passando pelas estreitas ruas do Mercado Europeu – deixá-la ir se encontrar com Bravo sozinha?

Camille examinou o rosto bonito dele, admirando-o como se fosse uma estátua esculpida por Michelangelo. Pôs o indicador fino e quente na carne fria dos seus lábios.

– O que é que há, meu amor? Acha que ela vai convencê-lo da verdade, em lugar da mentira cada vez mais plausível que eu lhe contei?

– Argumentos racionais nada têm a ver com isso. Há uma química entre eles, eu senti isso na noite que chegaram a Veneza. Quando a ergui para bordo do *motoscafo*, quando pus as mãos na cintura dela e a puxei para mim, achei que ele ia me matar.

Camille deu uma risada.

– *Mon dieu*, que imaginação você tem, querido! Eles trepam e é você quem vê fogos de artifício.

Cornadoro encolheu os enormes ombros.

– Agora que ele está isolado, quero assegurar que continue assim.

– Oh, e de quem foi a idéia, Damon, minha ou sua? Não se preocupe; quando se trata de isolamento, eu conheço de trás para a frente. Ele a odeia agora, ela matou seu querido "tio Tony", exatamente como eu planejei.

Sentia o calor dele, o breve tremor quando o corpo respondeu à proximidade do seu. A pretexto de ficar de olho em Jenny, deu um jeito de encostar-se muito de leve nele, para que as pontas dos seios, a barriga e as fortes colunas das coxas se imprimissem por um instante em seus músculos.

– Nem todos os homens são como você.

– As mulheres raramente conseguem o que querem, Camille, embora eu não entenda isso. – Deu o sorriso proibido, que revelava sua fraqueza a qualquer pessoa que, como ela, fosse esperta o suficiente para notá-lo. Conhecia bem a fraqueza dele, que a fazia sentir saudade dos estonteantes dias com Dexter, um homem muito mais difícil de ser manipulado. – Mas você... você é diferente... você conhece os homens melhor que qualquer outra mulher.

– Melhor que eles mesmos – disse ela casualmente. – É essa a questão, não é?

– Como é que você faz? É o que eu gostaria de saber.

Ela correu a unha pelos tocos de barba do rosto dele, como se acompanhasse uma cicatriz.

– Pobre bebê. Se precisa perguntar, jamais vai entender.

Ele ficou furioso então, como ela queria, os olhos faiscando, os reflexos animais aguçados. Quando tentou agarrá-la, ela se afastou numa espécie de dança flexível. Mas não riu dele. Sabia onde traçar o limite com cada um de seus homens e jamais o transgredia. Era o seu segredo. Falhara apenas uma vez, com Dexter Shaw. Não que Cornadoro fosse descobrir algum dia.

– *Alors*, você tem o Husqvarna – disse ela, referindo-se ao fuzil de mira telescópica. – É hora de ir para o telhado.

• • •

Estavam um diante do outro: Bravo e Jenny, no meio da rua agitada, anônima e ruidosa. Ninguém, à primeira vista, prestava a mínima atenção neles, mas outros, ocultos, tinham enorme interesse no que eles faziam e diziam.

– Eu disse que, se tornasse a ver você, a mataria – disse Bravo.

Ela abriu as mãos.

– Aqui estou.

Teve de morder o lábio para não gritar. Como diabos ia fazê-lo entender?

– Está armada?

Ela riu, um som amargo.

– Você imagina que eu atiraria em você?

– Atirou no tio Tony...

– Porque ele era o *infiltrado*, o *traidor*...

– Você cortou a garganta do Padre Damaskinos depois de atear fogo ao rosto dele.

– *Como?* – Ela arregalou os olhos.

Ele se aproximou, odiando-a e ao mesmo tempo maravilhando-se com a naturalidade de sua atuação.

– Onde está a arma?

– Se o Padre Damaskinos está morto, pode ter certeza de que eu não tive nada a ver com isso – disse ela, bastante assustada.

– Eu não tenho mais certeza de nada. – Fartara-se da fingida inocência dela. – A *push-dagger*... onde está?

– De que diabos você está falando?

– Eu a quero!

– Você está é maluco! Eu não sei...

Agarrando o pulso dela, ele puxou-a da poeira e cascalho para a sombra de um toldo esbodegado. Pareciam um casal no meio de uma briguinha, só isso.

– Me solte – ela disse em voz baixa, ameaçadora.

Apesar de seus esforços, a raiva contra o que via como obtusidade dele levava a melhor. O que adiantava tentar explicar o que lhe acontecera? Bastava olhar o rosto pétreo e fechado dele para saber que jamais ia acreditar nela. Não queria. E foi essa última compreensão que a mergulhou no desespero.

– Escute – disse Bravo. – Mikhail Kartli... certamente você sabe quem é... a quer morta. Mandou um de seus homens atirar em você por ser a traidora da Ordem...

– Eu não sou traidora...

– Cale a boca!

Ele sacudiu-a e ela quase tropeçou num turco gordo que negociava animado a compra de uma chaleira de cobre. Bravo ignorou o espanto do homem e também as profundas olheiras de Jenny, a estranha palidez das faces, como se alguma coisa a devastasse por dentro. O que era difícil, porque isso significava ignorar a dolorosa pontada que a visão dela lhe dava no coração – apesar das mentiras, da trapaça, da traição... Que Deus o ajudasse. Mais uma vez sentiu o coração contrair-se e imaginou se seria capaz de se perdoar por ainda amá-la.

– O único motivo de você ainda estar viva é que eu disse a Kartli que ia falar com você... que eu arrancaria de você se ainda há outros espiões dentro da Ordem.

– Não tenho idéia. Você teria de perguntar a Anthony...

O nome de Rule tornou-se um grito quando ele a arrastou de volta à rua. Percebeu, com um choque que literalmente o deixou nauseado, que seu amor mantinha aquela raiva tão elevada. Não era um ódio profissional – ignorava a advertência do tio Tony para que não se envolvesse pessoalmente, mantivesse a cabeça bem acima da maré de lama tóxica da Voire Dei. Amava-a, e ela era má. Como aquilo fora lhe acontecer?

– Então vai ser da maneira mais difícil – disse com um exagerado ar sinistro. – Vou levá-la a Kartli. Ele tem em mente eficazes técnicas de interrogatório para fazê-la falar. – Os olhos dela encontraram os dele, e a parte dele que ainda a amava se esquivou do desafio, livrando-se no último instante, de modo que foi um estranho quem falou por sua boca: – Em outras palavras, tortura.

Jenny foi atingida, derrubada como por um raio.

– Como você pode? Deus do céu, como você pode sequer pensar numa coisa monstruosa dessas? Eu lutarei com unhas e dentes aqui mesmo, você sabe disso.

Alguma coisa passou zumbindo pelo rosto dela, fazendo-a arquejar e dar um involuntário passo atrás. Pouco além do seu alcance, o avantajado turco perdera o controle da chaleira e abrira os braços, lançando-se para dentro da loja de cobre, quando a bala o pegou entre as omoplatas.

Na mesma hora, o mercado irrompeu num tsunami de gritos, gestos e batidas de pés. As pessoas corriam para todos os lados. A confusão separou Bravo e Jenny, e ela aproveitou a oportunidade para fugir por entre a multidão. Não adiantava segui-la, pois logo se perdeu de vista, e Bravo foi levado na crescente maré de pânico.

• • •

– Você me disse...

– Eu sou um homem de palavra – respondeu com firmeza Mikhail Kartli.

– Mas um de seus homens tentou matá-la.

O georgiano levantou-se de braços cruzados. Bravo viu a tatuagem de uma águia de asas abertas na parte de dentro de um dos pulsos, uma controlada explosão de cores na carne morena.

– Correção. *Não* foi um dos meus homens.

– Então quem foi? – perguntou Bravo.

– Está duvidando de mim?

– Só estou perguntando.

As sobrancelhas de Kartli se juntaram dando-lhe um ar sombrio. Sua voz ganhou uma aspereza até então desconhecida.

– Não, você está me acusando.

– Essa é a sua interpretação.

Adem Khalif tentou tirar Bravo da situação de perigo crescente. Mas ele não se intimidou.

Os três homens formavam um triângulo à entrada da loja do georgiano. Em volta deles viam-se os filhos de Mikhail Kartli – quatro adultos, com a compleição do pai e não menos musculosos – e a filha com quem Khalif havia falado anteriormente. Havia um clima de tensão diferente do que Bravo observara antes. Os clientes de Kartli haviam partido, os que ainda tinham negócios a fazer foram convidados a se retirar, momentos antes, pelo filho mais velho.

– Irema, seu lugar é em casa com sua mãe – disse Kartli à filha.

– Mas, pai...

O protesto foi cortado quando um dos irmãos lhe deu um tapa no lado da cabeça. Ela não emitiu um som, mas mordeu o lábio até sangrar.

Kartli não repreendeu o filho. Em vez disso, disse a Irema:

– Vá embora agora mesmo. Vai ser castigada, mas não com tanta severidade quanto se me obrigar a mandar seu irmão como acompanhante.

Irema fuzilou com os olhos o irmão que lhe batera e, sem disfarçar a curiosidade, fitou Bravo por um instante. Um momento depois, evitando o olhar assassino do pai, fugiu pelo labirinto do bazar.

Uma poeira vermelha pairava sobre a rua. Cobria os sapatos e os fundos das calças deles. Entranhava-se nas fendas das palmas das mãos, como sangue seco. Uma espécie de cheiro animal subia com a poeira e a tensão, o cheiro de dois bodes monteses prontos para se enfrentar. No fim, só um deles ficaria de pé, e os dois sabiam disso. Era esse fim que Adem Khalif se esforçava para evitar.

– É óbvio que houve uma falha de comunicação – disse Khalif em georgiano. – Não é hora de brigar por coisas tão triviais, e, de qualquer modo, Mikhail, não seria mais sensato continuar a discussão lá dentro?

Ninguém lhe deu atenção.

– Eu poderia fazê-la falar – disse Bravo. – Em vez disso, houve um atentado contra a vida dela, e agora ela está perdida para nós, a oportunidade perdida. Eu não acho isso trivial.

– Isso aconteceu por conta da sua inexperiência – disse Kartli imperiosamente. – Era você que estava com ela em campo.

Bravo atacou-o. O georgiano recebeu o soco no ombro, agarrou o punho do adversário e tentou quebrá-lo.

Bravo assentou-lhe o punho na barriga, provocando arquejos nas pessoas ao redor. Libertado, deu um desaconselhável passo à frente e foi atingido por um soco de baixo para cima que o derrubou de bunda no chão. Kartli foi para cima dele meio agachado, com pose de valentão. Tonto, Bravo esperou até onde ousou, recuperando o fôlego, e sacou a adaga de Lorenzo Fornarini.

Kartli parou no meio da passada, mas os quatro filhos adiantaram-se, até que ele ergueu a mão. Tinha os olhos em chamas sobre Bravo, não neles.

– Cuidado – disse com estranha intensidade. – Eu lhe avisei que tivesse toda a certeza sobre quando usá-la.

Bravo apertou mais o cabo da adaga e Khalif tornou a intervir.

– Escutem, vocês dois, se a Ordem se dividir contra si mesma, aí estará tudo perdido.

Kartli deu um risinho de desdém.

– Esse americano vem aqui, de mão estendida, pedindo ajuda. Depois, sem parar para respirar, me dá ordens como se eu fosse um cachorro e depois me acusa. Ele me bate e espera que eu me humilhe feliz da vida diante dele. – Deu uma forte cusparada. – Uma coisa assim deveria me surpreender? Chega o dia em que a fera sai desembestada e ataca até o mais prudente dos espectadores. Os americanos são assim no mundo todo, não é?

– Isso é a Voire Dei, Kartli, nós dois somos...

O georgiano praguejou.

– O que vou dizer a alguém cujo governo se aliou aos criminosos de Moscou que continuam a perseguir sem piedade o meu povo?

– Pelo amor de Deus...

– Outra coisa que deve ficar clara, americano: que Deus você invoca, o meu ou o seu?

– Somos seres humanos, os dois.

– Mas não somos iguais, não é? Você deseja me usar, exatamente como seu governo usa os russos para seus próprios fins.

Adem Khalif disse em voz baixa, mas urgente:

– Mikhail, Bravo é o Guardião-mor, é seu dever protegê-lo e ajudá-lo.

– Quanta arrogância para alguém que precisa de ajuda. E agora você fica do lado dele.

Kartli pigarreou e cuspiu no chão.

A dor e a frustração mais uma vez explodindo em raiva, Bravo começou a avançar contra ele, mas Khalif o segurou com um aperto que parecia de ferro.

– Não faça isso – sussurrou em seu ouvido. – Eu o avisei, esse homem é muito perigoso, e qualquer coisa o provoca. – E virando-se para o georgiano: – Desde quando você me viu tomar partido? Eu, que dividi o pão com você, que troquei as fraldas de seus filhos, que o aconselhei. Nós somos amigos, Mikhail. Amigos.

– Então se afaste do americano.

– Para ver você matá-lo – disse Adem Khalif com ar triste.

– Ele sacou uma arma em minha casa. Me fez uma ofensa mortal.

– Você era amigo do pai dele.

– Dexter Shaw está morto – disse o georgiano. – Minha obrigação morreu com ele.

– Mas a Ordem, os votos...

– Já me enchi dessa gente. – Baixou a mão. – Acabou.

– Pelo menos permita que ele vá embora – disse Adem Khalif. – A morte do filho de Dexter Shaw será um grande peso na sua consciência.

– Que ele vá e você recue – disse simplesmente Kartli.

Khalif obedeceu, mas não antes de sussurrar no ouvido de Bravo:

– Embainhe a adaga e espere... Espere.

E então Bravo se levantou, a adaga embainhada, sozinho, à espera. Um silêncio terrível estrangulava-os, a furiosa agitação da rua desaparecera como se jamais houvesse existido. E o georgiano não tirou os olhos de cima de Bravo o tempo todo. Parecia haver uma curiosa disputa de vontades, silenciosa, letal.

Muito devagar, Bravo puxou a bainha da adaga e estendeu-a, oferecendo-a a Mikhail Kartli ou, talvez, ao deus dele.

– Você tenta me comprar – disse o georgiano. – Que coisa mais americana.

– Esta adaga não tem preço – disse Bravo. – É sua.

Kartli balançou a cabeça, como se estivesse diante de uma coisa infinitamente triste.

– Não, Guardião-mor, aonde você for, vai precisar dela.

Bravo baixou a adaga.

– Agora vá – disse Mikhail Kartli.

Bravo virou-se, viu que Khalif não fazia nenhum movimento para acompanhá-lo. O círculo dos filhos do georgiano se abriu quando ele se aproximou.

Pouco antes de Bravo sair para as ruas de Trabzon, deixando para sempre a égide do georgiano, Mikhail Kartli disse:

– Reze ao deus que o protege, porque sem ele estará realmente perdido.

# capítulo 25

**Bravo sentara-se no** mesmo bar, no bairro de Ortahisar, onde se encontrara pela primeira vez com Adem Khalif, esperando que, se aguardasse tempo suficiente, o turco apareceria. O local cheirava a cigarro e urina de gato, mas tinha um café encorpado e forte. Da minúscula mesa, ele tinha uma visão excelente das principais artérias da Cidade Velha, das ravinas que absorviam toda a luz. Percebeu que não suportava estar em qualquer parte da cidade nova que brotara em volta da jóia que fora Trebizonda. Queria recapturar a fabulosa cidade, caminhar por suas ruas, ouvir o verdadeiro som do grego trebizondino, ver os majestosos navios que chegavam de Florença ou Veneza, Cádiz ou Bruges, prontos para levar as exóticas cargas à espera nos abarrotados armazéns do cais do porto. E no horizonte o sinistro talho das velas negras, a ameaça dos piratas seljuques.

Pegou o celular. Quando discava para o número de Jordan, parou. Jordan era o seu amigo mais íntimo no momento. Bravo já lhe pedira ajuda e ele generosamente o atendera. Mas agora parecia demasiado perigoso envolvê-lo mais. Sabia que não queria expor mais ninguém ao perigo, sobretudo o amigo.

Apoiou a cabeça nas mãos. Queria outra vida, ou pelo menos fazer o relógio voltar no tempo. Imaginou-se parado na esquina da Sexta Avenida em Nova York, vendo o pai se afastar. Se ao menos tivesse ido atrás. Mas, na verdade, de que adiantaria tê-lo feito? Atrasaria o que já se pusera em movimento, só isso. Era desanimador pensar como se vira impotente, preso como uma engrenagem numa máquina imensa, a girar para a frente com inexorável precisão.

– É hora de ver seu avô, Bravo.

Ergueu o olhar e viu o rosto curtido do pai. Estavam em casa, em Greenwich Village, e ele tinha nove anos.

– Sei que você não quer ir.

– Como é que sabe? – perguntou o menino.

– Porque você acabou de perguntar a sua mãe se podia ajudá-la a secar a louça do café da manhã.

Bravo largou o pano de prato. Sabia que o pai fizera uma brincadeira, mas no momento não pareceu tão engraçado assim.

Dexter pôs a mão no seu ombro.

– Seu avô quer ver você, perguntou especialmente por você hoje de manhã.

– Ele não quer ver o Junior? – perguntou Bravo, pensando que a infelicidade adora companhia. Emma era jovem demais para ser levada a um asilo de velhos.

– Junior não está se sentindo bem – disse Dexter.

Não era verdade de jeito nenhum, e Bravo sabia. Escutara os pais falando a respeito disso várias semanas atrás. Julgavam Junior jovem demais para ir, uma decisão que só aumentava o seu ressentimento.

A viagem até o asilo não era curta, mas para ele pareceu levar três minutos. Frotas de carros com semi-reboque passavam roncando, fábricas arrotavam fumaça, e ele teve de fechar a janela para não ser dominado pelo cheiro dos dejetos químicos.

O asilo, em algum lugar do insondável interior de Nova Jersey, era um grande prédio georgiano de tijolos vermelhos que parecia uma daquelas instituições londrinas inteiramente desagradáveis que Dickens descrevera com tanto brilhantismo. Bravo sentava-se no carro escutando o motor quente tiquetaquear como um coração humano, à espera de que reduzisse a marcha e finalmente parasse. Olhava sempre para a frente, mesmo depois que o pai saltou, uma sensação de náusea na boca do estômago.

– Bravo? – Dexter abriu a porta do carona e estendeu a mão.

À sua maneira resignada, ele pegou-a e juntos subiram a calçada de cimento até a porta da frente. Pouco antes de abri-la, o pai disse:

– Você ama seu avô, não ama?

Ele fez que sim com a cabeça.

– É só no que tem de pensar, tudo bem?

Ele tornou a balançar a cabeça, não confiando em si mesmo para responder.

O cheiro dentro do asilo era indescritível. Bravo tentou prender a respiração, como sempre fazia, mas não adiantou. Inalava e sentia-se engasgando antes de poder acomodar o organismo.

Encontraram Conrad Shaw no solário, em meio a um forte sol e uma umidade artificial que envolvia flores e vasos de estufa. Como sempre, pedira que colocassem a cadeira de rodas o mais longe possível dos outros pacientes. Estava calvo, embora até 10 anos atrás tivesse uma juba branca da qual se sentia muitíssimo orgulhoso. A pele fina, salpicada de manchas e caroços da velhice, fora desgastada pela idade e pela doença até tão perto do crânio que tomara a cor do osso que cobria. Fora outrora um homem grande, robusto e inquieto, elegante e dono de uma risada rouca que distribuía com grande generosidade.

Pena que todos esses dons lhe haviam sido retirados de uma vez. O derrame que o derrubara fora sério. Agora tinha o coração avariado e usava um marca-passo, as pernas inúteis, assim como o lado direito do corpo. As feições caídas de uma forma horrível.

Não se ajustara direito à mudança de suas circunstâncias. Era como se houvessem espremido toda a sua alegria para fora. Se tinha prazer em ver o neto, não havia como Bravo saber. O avô o encarava com o único olho bom, agarrava-o com o braço bom, num gesto que o menino veio a julgar como um abraço mortal, ao olhar depois a marca roxa.

– Como vai, vovô? – perguntou.

– Cadê meu cachimbo, menino? O que você fez com meu cachimbo?

– Eu não vi seu cachimbo, vô. – Bravo limpou o ponto de saliva do canto escamado da boca do velho.

– Não faça isso. – Conrad bateu com o dorso da mão boa. – Pare, entendeu? – Deu-lhe um forte beliscão no braço, os dedos parecendo pinças de aço. – Desobediência deliberada, para quem conhece você.

– Pai, Bravo não pegou o seu cachimbo. O senhor o perdeu no ano passado – disse Dexter, livrando delicadamente o filho.

– Perdi o cacete! – bufou Conrad. – Eu sei quando me roubam alguma coisa.

Dexter fechou os olhos um instante, e Bravo quase o ouvia contar até 10 em silêncio.

– Esqueça o cachimbo, pai, você sabe que não pode mais fumar. – O filho afixou um sorriso no rosto e, usando a sua voz mais diplomática, disse: – Sei que está feliz por ver Bravo, perguntou por ele hoje de manhã.

– Eu pedi café com leite hoje de manhã – disse o velho irritado. – Se você acha que me deram, não sabe porra nenhuma deste inferno. É um toalete fantasiado de hotel.

Toda vez que via o filho, Conrad pedia-lhe que acabasse com sua vida. Por isso Dexter passara a levar Bravo consigo. O velho jamais pensaria em fazer esse pedido enquanto o neto estivesse por perto.

Bravo não reagia tanto à decrepitude assustadoramente rápida que se abatera sobre o avô quanto ao terror, não expresso mas sentido como só uma criança pode sentir, do desejo de morrer do velho. Odiava ser arrastado até ali contra a vontade, ter de ver o desgaste que a doença infligia mesmo aos homens mais fortes e capazes, ser posto em íntima proximidade com a morte quando nem a entendia.

– Eu não quero voltar lá nunca mais – disse no caminho para casa.

– É o que você diz todas as vezes. – A voz de Dexter saiu deliberadamente leve, como se discutissem uma questão de que gostavam.

– Desta vez eu falo sério – disse Bravo, com tanta força quanto possível.

– Seu avô não acredita em nada dessas coisas que diz, Bravo. Você sabe que por dentro ele fica feliz em vê-lo.

Bravo desviou o olhar.

– O que foi?

Silêncio de novo.

– Ora, vamos – insistiu Dexter. – Pode falar qualquer coisa comigo, sabe disso.

– Eu não quero morrer.

Dexter lançou-lhe um rápido olhar de preocupação paternal.

– Você não vai morrer, Bravo. Não ainda. Terá muito, muito tempo.

– Mas o vovô vai.

– Mais um motivo para você ir vê-lo com a maior freqüência possível. Quero que lembre...

Com uma raiva súbita, alimentada pela dor e frustração, Bravo gritou:

– Lembrar o quê? Um esqueleto ambulante, uma coisa saída de um pesadelo?

Dexter ligou a seta e foi para o acostamento, onde parou o carro. Virando-se para o filho, disse:

– Não importa a aparência de seu avô agora, ele é o mesmo por dentro, um homem que realizou grandes coisas. Merece sua atenção e seu respeito.

Com a clareza com que uma criança enxerga a verdade, Bravo disse:

– Eu não acho que ele seja o mesmo por dentro.

Isso fez Dexter deter-se. Virou a cabeça, deixou cair um dos braços sobre o volante e olhou as filas de carros e caminhões que passavam zunindo. O carro balançava na borda estriada de sua faixa.

– Tem razão – Dexter Shaw deu um suspiro. – Venho lutando contra isso, mas meu pai não é o mesmo por dentro, foi derrotado.

Foi a primeira vez que Bravo o viu chorar. Não seria a última. Ele pôs a mão no ombro do pai.

– Está tudo bem, pai.

– Não, não está. Eu não devia levá-lo toda semana. É egoísmo.

– Ora, pai...

– Meu pai era tudo para mim. Vê-lo agora desse jeito... – Dexter balançou a cabeça. – Mas são as conseqüências da vida, Bravo. A gente tem que dar espaço para elas, aceitá-las como um homem.

– Então aceitaremos – disse Bravo, fazendo com que Dexter olhasse para ele. – Quer dizer, estamos juntos. – O menino de nove anos deu um sorriso corajoso. – Somos homens, certo?

. . .

Como um bafo frio na face, Bravo sentiu a partida do pai e abriu os olhos. A luz diminuíra, as longas sombras tinham cor de lápis-lazúli. Ainda nenhum sinal de Adem Khalif, e agora sabia que ele não viria. O café esfriara e ele pediu outro, junto com alguma coisa para comer.

– Qualquer coisa, menos *pulpo* – disse ao garçom.

Estava farto de polvo.

Fora um erro comprar briga com Mikhail Kartli. A imprudência o chocava mesmo agora. Mas às vezes o controle sai pela janela, e então é preciso tirar o melhor partido de uma má situação. Aceitar as conseqüências como um homem.

O café chegou, ele tomou um pouco, queimando a ponta da língua. Com um barulho, baixou a xícara e ligou para Emma. Estava oito horas à frente de Nova York. Tudo indicava que a acordara, mas ela atendeu logo e não tinha vestígios de sono na voz.

– Deus do céu, Bravo, por onde você andou? Venho tentando encontrá-lo a maior parte do dia.

– Fora do alcance do celular, é óbvio. Escute, descobri o traidor.

– Descobriu? Quem é?

– Paolo Zorzi. Está morto.

– Zorzi? – Seguiu-se um breve silêncio, e depois ela disse: – Eu não sei.

– O que quer dizer? Ele era um dos nomes na lista de papai. Padre Mosto me mostrou em Veneza.

– Ah, Bravo. Aquela lista era uma das armadilhas de papai, não passava de desinformação para o caso de cair de algum modo nas mãos de um Cavaleiro.

Ele se empertigou.

– Você está brincando, certo?

– Pense um minuto. Estamos falando de papai. Você acha mesmo que ele deixaria uma lista de suspeitos por aí, sobretudo sem estar cifrada?

Bravo sentiu a cabeça começar a martelar.

– Mas Zorzi mandou que me espancassem, me capturassem... Está me dizendo que ele *não era* o traidor?

– Não. O que estou dizendo é que não podemos ter certeza. A única lista que papai formulou estava na cabeça dele.

– Mas você fazia pesquisa para ele. Conhece os suspeitos. Zorzi era um deles?

– A certa altura, sim.

Bravo sentiu um frio na espinha.

– Como assim?

– Cerca de um mês antes de ser assassinado, papai me fez parar com toda a informação que eu estava desencavando.

– Por quê?

– Foi o que perguntei a ele. Ele disse apenas que conseguira uma pista, que tinha de fazer o resto sozinho. Pedi que me deixasse ajudá-lo, mas ele foi inflexível. Você sabe como ele era cabeça-dura.

Sem dúvida que sabia.

– Mas por que ele resolveu tirá-la da jogada tão de repente?

– Eu tentei uma dúzia de teorias. Nenhuma delas faz sentido.

– E se a pista envolvesse um novo suspeito muito próximo dele? – perguntou.

– Mas por que ele iria...

– Alguém que ele não queria que você soubesse... sobretudo uma mulher...

– *Mulher?*

– Jenny Logan, a Guardiã. Não admira que Zorzi fosse um suspeito anterior. Ela na certa deixou pistas que levavam a ele. Mas não deu certo, ou pelo menos não por muito tempo. Acho que ele a nomeou minha Guardiã na esperança de que Jenny desse um passo em falso e eu a desmascarasse. E foi exatamente o que aconteceu.

– Eu não sei, não, Bravo, isso seria expor você demais ao perigo.

– Não mais do que aquele para o qual vinha me treinando.

– Ainda assim, seria uma aposta monumental da parte dele, você não acha?

– As apostas são altas, Emma. Não preciso lhe dizer isso. – Pensou um instante. – O que estava fazendo para papai depois que ele a tirou das pesquisas de bastidor?

– Nada tão importante assim. Analisando os registros de áudio da Ordem dos agentes baseados em Londres. Francamente, não sei por que ele queria que os conferisse.

– Nem eu tampouco – disse ele. – Mas você conhecia papai; em algum ponto haveria um motivo. Você consegue...?

– Cega, você quer dizer? Venho tentando lhe dizer desde que você ligou, mas você não pára de lançar granadas em cima de mim. Recuperei um pouco da visão.

Ele soltou um grito de prazer.

– Emma, isso é fantástico!

– É apenas um olho por enquanto, e minha visão não está tão sensacional assim, sobretudo de longe. Talvez jamais fique, foi o que os médicos me disseram. Mas posso ver a tela do computador bastante bem, em especial com a grande lente de aumento que fiz.

– Então você pode continuar conferindo a informação em áudio de Londres.

– Mas é tão chato... – gemeu Emma com sua voz mais teatral.

– Escute, descobri recentemente que papai estudava movimentos fundamentalistas no Oriente Médio e seu entorno. Há uma longa lista de fundamentalistas que treinam e atuam em Londres, como você sabe, e assim, embora o que ele lhe pediu para fazer possa *parecer* chato, talvez tenha implicações muito sérias.

– Tudo bem, tudo bem, você me convenceu, mas prometa fazer contato com mais freqüência. Onde está, a propósito?

– Melhor não lhe dizer.

Ela riu.

– Agora você fala exatamente como papai.

– Providencie essa informação de Londres.

– Certo. Cuide-se.

– Emma, eu te amo.

• • •

A luz estava desaparecendo. Ao longo da costa curvilínea de Trabzon o mar parecia listrado como uma pele de zebra. Barcos ancorados em suas docas balançavam levemente como se fossem crianças pequenas caindo no sono. Damon Cornadoro dobrou uma esquina no coração da Cidade Velha e seguiu pelo quarteirão em direção à loja de tapetes de Mikhail Kartli. Ele tinha ordens a cumprir e, como todos os soldados leais, ele usaria toda a sua experiência para executá-las, e teria êxito. Com todas as desorientadoras variáveis deste mundo, Cornadoro era agradecido por suas habilidades. Era absolutamente seguro de si. Não sentia medo, ao contrário dos outros. Essa sensação era desconhecida para ele – desde quando, em um desafio, colocou os braços em uma fogueira nas ruas de Veneza. Ele tinha 16 anos na época, mas parecia ter bem mais, graças à sabedoria adquirida nas ruas. Embora fosse descendente de uma das *Case Vecchie*, preferia misturar-se com as classes inferiores. Quando foi desafiado, sabia o que fazer. Voltou-se e enrolou as mangas, esfregando as mãos como se estivesse se preparando para um sacrifício. Na verdade, era exatamente isso que estava fazendo, embora não da forma que as testemunhas compreendiam. Ele estava protegendo os braços com uma camada de graxa usada em dobradiças.

Enquanto isso, ficou se vangloriando e desafiou as pessoas a apostarem mais contra ele. Um truque clássico para desviar a atenção dos outros, de forma que não percebessem que estava protegendo seu braço. Então, enfiou o braço direito até o cotovelo no fogo e o manteve ali por 30 segundos antes de retirá-lo. Segurando o braço, riu diante dos olhares atônitos e jovialmente recolheu seus ganhos.

Agora, à medida que Cornadoro se aproximava da loja do georgiano, ele não sentia nenhum medo, apenas um simples desejo de cumprir sua tarefa. Camille o alertara de que não subestimasse Kartli; Cornadoro tinha aprendido a levar em consideração seus conselhos.

A jovem Irema, filha do georgiano, não havia feito o que seu querido pai tinha mandado. Diante da fúria dele, misturou-se à multidão e andou pelos cantos, indo daqui para ali. Cornadoro percebeu isso e não esqueceria. Passou por ela no momento em que Irema decidia que era hora de voltar para casa.

Um dos seus irmãos estava dobrando pequenos tapetes, retirando-os dos frágeis estandes expostos do lado de fora da loja, preparando-os para levá-los para dentro à noite.

– Estamos fechados – disse ele sem olhar ou parar seu trabalho. – Por favor, volte amanhã.

– Preciso ver Mikhail Kartli – falou Cornadoro. – Vim de longe para vê-lo. Lá de Rodes.

Diante dessa última palavra, o jovem parou de dobrar os tapetes. Algo atravessou seu olhar – mas o que era? Medo, consternação, talvez um pouco de cada. Rodes era o lar dos Cavaleiros de São Clemente. Cornadoro estava satisfeito.

O rapaz largou o tapete.

– Por favor, espere aqui – disse ele se virando e desaparecendo dentro da loja. Luzes amareladas como dentes de cão vinham de todas as partes da cidade. Novos reflexos tranformavam as vitrines em pontos cegos.

Mikhail Kartli apareceu na porta e passou um momento examinando o visitante. Por fim, saiu à rua.

– O que posso fazer por você? – perguntou.

– Na verdade, acho que eu é que posso fazer algo por você – respondeu.

Cornadoro adiantou-se bruscamente, mas foi contido quando o georgiano levantou a mão.

– Primeiro sua arma preferida, a *push-dagger*, por favor – disse ele.

Cornadoro riu de modo bem natural.

– Georgiano, elogio sua excelente percepção.

Ele exibiu a adaga que usara para cortar a garganta do Padre Damaskinos, tirando-a para fora, o cabo primeiro. Kartli assentiu, e seu filho a pegou.

– Como medida de segurança – disse Kartli. – Será devolvida quando você partir.

Cornadoro inclinou a parte de cima do tórax em uma careta meio irônica. Então mostrou uma caixa de lata, que entregou ao georgiano.

– O que é isso?

– Um presente... de um *connoisseur* para outro – disse ele.

– Abra, por favor – ordenou Kartli.

– Certamente – respondeu Cornadoro.

De repente um cheiro delicado perfumou o ar. Kartli arregalou os olhos.

– Bai Ji Guan – exclamou ele.

Cornadoro balançou a cabeça.

– Crista do Galo Branco, um chá de primeira linha, como você sabe, um dos quatro *oolongs* das montanhas Wu Yi.

– Muito raro, muito caro – disse Kartli, conduzindo-o à passagem para o interior da loja. Lamparinas foram acesas, poças de luz morna iluminaram a magnífica arte da tapeçaria exposta. O filho trouxe café – nada de chá ou algo para comer. Esse tipo de ritual mostrou a Cornadoro que seria um encontro preliminar, com as intenções de seu anfitrião neutras até esse ponto.

Ele sentou-se em uma pilha de tapetes Tabriz e aceitou o café sem açúcar. Após beberem metade do café, colocou a xícara de lado. O filho ficou recostado ao fundo, passando mensagens em seu celular.

– Você me conhece – disse ele.

Kartli assentiu.

– Damon Cornadoro, Cavaleiro de São Clemente.

– Nem tanto, eu nunca prestei o juramento.

– Estou enganado? Você não está trabalhando para os Cavaleiros? – perguntou ele.

– Neste momento, sim – Cornadoro explicou. – Sou um operador independente.

– Então somos o mesmo, você e eu. Pois hoje eu rompi meus laços com a Ordem.

Esse comentário aguçou o interesse de Cornadoro. Se ele não tivesse observado com os próprios olhos o que acontecera entre Kartli e Braverman Shaw, estaria desconfiado de uma mudança tão radical.

– Uma avenida fecha – disse o georgiano –, outras abrem para tomar o seu lugar. Dizem que Cherry Bateman treinou você.

Cornadoro inclinou a cabeça.

– Bateman é a avenida que escolhi... ou talvez seja mais exato dizer que ele me escolheu – disse ele

– Bateman é americano.

– Eu sou veneziano e você é georgiano. E daí?

– Em todo o mundo – disse Mikhail Kartli – o nacionalismo está em marcha. É uma fonte de força que nada mais pode deter. – Ele olhou Cornadoro cuidadosamente. – Você sabe disso.

– Cherry Bateman apenas nasceu na América. Ele é cidadão italiano, renunciou aos Estados Unidos. Ele renunciou a seu filho Donovan, que permaneceu na América.

– Isso faz diferença – falou Kartli.

– Claro que é mais importante ver as coisas como elas são do que como aparentam ser. – Cornadoro abriu as mãos. – Você e Bateman. Posso estar errado, claro. – Ele permitiu-se um sorriso. – Não seria a primeira vez. Mas, no caso de estar certo, eu estaria preparado para arranjar uma apresentação. Você acharia seu tempo no Vêneto extremamente construtivo, assim como potencialmente útil à causa georgiana – disse ele.

– E em troca você ia querer... o quê?

– Informação. – Cornadoro sorriu abertamente, até relaxar internamente. Ele sentiu a inconfundível beliscada no anzol. – Informação sobre Braverman Shaw.

# capítulo 26

**Quando um islâmico** disse: "A geometria é Deus manifesto", falou em termos bastante literais. Al-Biruni, matemático do século I, codificou a geometria, chamou-a de geodésia e a classificou como uma filosofia ao mesmo tempo natural e religiosa que se ocupa da forma e das dimensões da Terra, combinadas com tempo e espaço.

O interior da mesquita de Zigana, uma espécie de cúpula geodésica composta de arcos pontiagudos de pedra cor de mel, baseara-se na geometria sagrada de al-Biruni, parecendo uma colméia. Havia, na verdade, uma escadaria em espiral num dos lados que levava ao *minbar*, o púlpito sagrado, acima. Construída de madeira preta, certamente ébano, era muitíssimo polida, brilhante como vidro.

Bravo contemplou-a por algum tempo. A peculiar geodésia do interior tornava audível um sussurro do outro lado da mesquita. Ele tinha todos em seu campo visual. Não parecia haver ameaça alguma. Aos poucos, como se nadasse em cristalina água azul-celeste, sentiu uma profunda calma.

Havia poucas pessoas em volta. De algum lugar chegava-lhe o melódico ulular de uma prece, indistinta pelos próprios ecos. A porta abriu-se atrás e ele se contraiu ligeiramente. Tarde demais compreendeu que devia ter logo se virado para ficar de olho em quem entrasse e saísse. Dois homens solenes, magros, morenos e barbudos passaram tão perto que ele sentiu o cheiro de especiaria que exalavam. Com os ombros se tocando, atravessaram a nave e se afastaram. Nenhuma ameaça.

Inspirando fundo, Bravo transpôs, atravessando três arcos pontiagudos idênticos, a soturna mesquita. Junto à elegante escadaria de ébano em forma de saca-rolha, parou imóvel como uma estátua, a cabeça curvada, como se estivesse se preparando para a *salat*, uma das sessões de preces realizadas cinco vezes por dia. Na verdade, refletia sobre a segunda palavra que o pai escrevera na faixa de veludo. *PURPURE* era inglês medieval, o termo heráldico para púrpura. Nem sempre se podia usar a cor, por isso nos desenhos em preto-e-branco ela era indicada pelas linhas traçadas da esquerda superior para a direita inferior ou, em termos heráldicos, da *sinistra principal* para a *base destra*.

A próxima mensagem cifrada estava na base da espiral.

• • •

Jordan mantinha a mãe sob vigilância. Era uma experiência interessante, fazia-o se perguntar se ela alguma vez o espionara também. Naquele momento, apostaria que sim. Através de um possante telescópio binocular, viu-a atravessar a rua em frente ao hotel. Impecavelmente vestida, como sempre – blusa sob medida de listras finíssimas, saia de linho amarela que exibia as longas e belas pernas –, entrou numa esbodegada caminhonete panorâmica. Atrás do volante sentava-se Damon Cornadoro, seu amante e co-conspirador.

Jordan sentiu uma vontade assassina de tirar a arma de um de seus homens. Imaginou-se saltando do furgão com as janelas revestidas por filtros totalmente negros e avançando a passos largos pela rua. Bateria de leve na janela da caminhonete e, quando Cornadoro a baixasse, o mataria com um disparo na cabeça. Sangue e miolos por todo o elegante conjunto de saia e blusa da mãe, a maquiagem arruinada. Perguntou-se se ela teria qualquer outra reação além...

O telefone celular tocou.

– O americano quer ver você – zumbiu a voz de Spagna no seu ouvido.

– Imagino que queira.

– Ele está extremamente aborrecido.

– Eu não o culpo. – Jordan não tirara os olhos do binóculo. Ao lado, um de seus Cavaleiros sentava-se diante de um gravador de rolo, os fones de ouvido grudados na cabeça. – Diga-lhe que o verei no devido tempo. Enquanto isso, fale que quero uma prova de sua fidelidade.

– Alguma coisa importante para o americano – disse Spagna, todo ouvidos.

– A filha dele. – Jordan fez um gesto para o Cavaleiro sentado ao lado. – Diga a ele que vou cuidar da reabilitação dela, o melhor de tudo, todas as despesas pagas.

– Com certeza ele vai perguntar por quanto tempo.

– Diga que ela ficará comigo pelo tempo que eu quiser.

Spagna riu.

– Ele vai espernear.

– Tenho absoluta certeza de que isso o deixará ainda mais infeliz do que está agora.

Encerrou a ligação. Em resposta ao seu sinal, o Cavaleiro passara-lhe o conjunto de fones de ouvido. Encaixando-os, ouviu cada palavra incriminatória que a mãe e Cornadoro diziam. E mais, sem o saber, eles o atualizavam sobre o andamento do trabalho de campo. O microfone parabólico apontado pela janela por um dos Cavaleiros funcionava à perfeição.

. . .

Bravo mantinha um olho na porta, pois de vez em quando alguém entrava na mesquita ou saía. Todas as vezes sentia o coração disparar. Não apenas receava os Cavaleiros, mas os que eram leais a Mikhail Kartli. Ofendera o georgiano e, embora Kartli o houvesse deixado ir embora ileso, não tinha como saber se ele mudara de idéia, se dera a ordem de encontrá-lo e liquidá-lo. Não havia a menor dúvida de que Kartli tinha o poder e a vontade de fazer isso. E não faltariam interessados em cumprir suas ordens; para seus filhos, para qualquer um a seu serviço, seria uma questão de honra.

Ao se ajoelhar diante da espiral de ébano, percebeu que nunca tivera tanta consciência de estar sozinho num ambiente hostil. Julgava haver adquirido uma espécie de sexto sentido quando se tratava dos Cavaleiros, mas, quanto aos homens de Kartli, qualquer um que passasse muito devagar, o olhasse por um tempo longo demais, andasse quando ele andasse ou desviasse o olhar quando ele tentasse olhá-lo era suspeito. Sob o pesado fardo das circunstâncias, a única coisa a fazer era continuar deslocando-se. Se permanecesse muito tempo num único lugar, sem dúvida seria um homem morto.

Sentia as ruínas romanas sob os pés, como se fossem raízes de árvore penetrando a rocha viva. Ouvia o canto dos padres em grego trebizondino, via a entrada do imperador em seda branca e águias imperiais douradas, coroado com a mitra imperial incrustada de jóias e ladeado por seus Kabasitai, os guerreiros imperiais, espadas cerimoniais erguidas para homenageá-lo.

Um movimento no canto à direita chamou a sua atenção. Sem virar a cabeça nem o corpo, viu os dois homens barbudos, com uma aparência ainda mais solene agora, que se ajoelhavam em pequenos tapetes de preces estendidos no piso de mosaico. Achavam-se no outro lado da mesquita, pouco atrás de onde ele se encontrava. Apoiavam a testa nos tapetes, que brilhavam intensamente na luz, as cores fortes reluzindo como metal polido. Alguma coisa estava errada, alguma coisa ao mesmo tempo visível e oculta que lhe escapava. O que era?

Sentia agora um leve ardor na nuca que descia pela espinha abaixo como uma serpente venenosa. De repente, teve a sensação de uma armadilha, as mandíbulas fechando-se sobre ele, mas, ao olhar em volta, não encontrou nenhuma ameaça iminente.

Ainda assim, resolveu encontrar a próxima mensagem cifrada do pai e sair dali o mais rápido possível. Olhou para baixo e examinou o desenho do piso de mosaico na base da espiral. A princípio parecia o mesmo das outras partes, mas, quando se ajoelhou, viu várias diferenças. Por exemplo, aqui um azulejo verde era azul, acolá oito vermelhos onde havia quatro em outros lugares, e em vários intervalos os que eram laranja em outras áreas do piso ali eram brancos. Acompanhando essas pequenas irregularidades até o exterior, constatou que terminavam em linhas retas, que além disso correspondiam exatamente à largura e ao comprimento da pintura "Cabeça dourada", um *moiré* da Virgem Maria revestido de ouro.

Examinou as mudanças de cor – vermelho, branco, azul – e retirou o alfinete de lapela esmaltado, um dos objetos que o pai lhe deixara no barco em Washington. Já o examinara, e concluíra que a bandeira americana tinha o número errado de estrelas e listras.

Ergueu os olhos e viu que um sacerdote de hábito com capuz e uma larga e firme faixa na cinta – um imã, talvez? – surgira e agora conversava com os dois barbudos, interrompendo suas preces. Os três eram sinistros como carregadores de caixão. Ele percebeu alguma coisa familiar no sacerdote, na fisionomia ou na maneira como ficava em pé, possivelmente as duas coisas. Arriscou um rápido olhar direto, mas o sacerdote virara-se de costas e, com o capuz erguido, ele não identificou qualquer traço marcante. Talvez, afinal, estivesse enganado.

Mais uma vez retornou ao trabalho, achando que a sensação de inquietação aumentara exponencialmente. Após identificar a área da parte de cor alterada do mosaico, localizou então o azulejo exatamente no centro. Desse ponto, avançou cinco azulejos adiante, o número de estrelas que faltavam no alfinete da bandeira, depois três à direita, o das listras ausentes. Encontrou um azulejo ocre. Nada ali. Então inverteu a direção, avançou cinco azulejos, três à esquerda, e encontrou um azulejo verde. Nada. Em seguida, cinco abaixo, três à direita. Isso o levou a um azulejo preto. Cinco abaixo, três à esquerda: um azulejo marrom. Nenhum azulejo vermelho, branco ou azul, como vinha esperando. E agora? Deslocou-se, a sombra acompanhando-o. Uma luz oblíqua brincava sobre o mosaico, atraindo o olhar dele de volta ao preto. Correndo a ponta do dedo, descobriu que era ligeiramente mais abaulado que os outros azulejos.

Com a testa quase tocando o chão, numa posição bem parecida com a dos barbudos que oravam nos tapetes, inspecionou o azulejo preto com mais atenção. Parecia feito de um material diferente dos outros em volta.

Enfiando a unha no espaço entre os azulejos, conseguiu erguê-lo com surpreendente facilidade. A pedra era brilhante, preta como a meia-noite. Esfregou a base do polegar na superfície durante vários segundos, depois a aproximou do piso e viu que ela atraíra, por eletricidade estática, uma fina camada de pó.

O teste serviu para provar sua suspeita de que não era outro azulejo do mosaico, mas em vez disso um pedacinho de azeviche – mais especificamente *oltu tasi*, uma pedra usada em joalheria, trabalhada pelos monges do mosteiro de Sumela nas montanhas logo acima de Trabzon. Da cavidade onde se encaixara a pedra tirou um pedaço de papel dobrado.

Foi nesse momento que percebeu o movimento distante à direita. O sacerdote deixara os barbudos e encaminhava-se deliberadamente para ele. O homem ergueu a mão direita e puxou o capuz da batina para trás. Bravo sentiu que o interior da mesquita fora tomado por uma espécie de silêncio anormal; a não ser por ele e os três outros homens, estava estranhamente deserta.

O sacerdote passou por um feixe diagonal de luz, e Bravo reconheceu Adem Khalif. Por que estivera conversando com os dois barbudos? De que lado estava – do de Mikhail Kartli? Parecia que Trabzon pertencia a Kartli, embora fosse Khalif o nativo dali.

Como que para confirmar essa hipótese, viu os dois barbudos enrolando os tapetes de oração. Mais uma vez a luz brincava nas felpas dos tapetes, revelando todo o seu brilho e ricas colorações. E então, com uma única inspiração, ele compreendeu o que o perturbara, o que a um só tempo era visível e oculto: os tapetes eram de seda – extremamente valiosos para serem usados nas preces diárias. Os barbudos não haviam entrado na mesquita para orar, eram emissários de Mikhail Kartli, o negociante de tapetes. Adem Khalif, fazendo a única opção prática que podia, aliara-se ao georgiano. Como ele temera, aliado e inimigo estavam em seu encalço.

Bravo virou-se e correu. Ouviu a voz de Khalif elevar-se atrás, mas o ruído logo foi interrompido quando ele contornou desabalado um agrupamento de colunas e precipitou-se em direção à porta. Os dois barbudos também corriam, tentando interceptá-lo antes que chegasse à fachada da mesquita.

Ele desviou-se para um lado, depois para outro, na tentativa de despistá-los, mas eles continuaram vindo. Arriscando um olhar para trás, descobriu por quê: Khalif, vestido de imã, aproximava-se do outro lado. Mais uma vez, ele gritou, mas Bravo recusou-se a ouvir, não se deixaria distrair. Tinha de se concentrar na sobrevivência, e no momento isso significava conseguir fugir daquela armadilha.

Aproximou-se rápido demais de um banco de madeira e o transpôs de um salto, batendo com o bico do sapato esquerdo assim que passou por cima. Girou em pleno ar, tropeçou feio ao descer e perdeu vários passos vitais. Um dos barbudos, aproveitando-se dessa vacilação, lançou-se no ar como um míssil humano. Atingiu Bravo na base das costas, derrubando-o sobre os joelhos. O homem agarrou-o, tentando terminar logo o embate, e Bravo bateu com o cotovelo na ponta do nariz dele. O sangue jorrou, o aperto do homem se desfez e Bravo se levantou, retomando a corrida.

Adem Khalif caía em cima dele a essa altura, e, quando começou a gritar, Bravo acertou-lhe um murro no plexo solar. Khalif gemeu e dobrou-se em dois. Saltando por cima dele, Bravo correu até a porta, passando entre as colunas gêmeas que ladeavam a entrada, depois desceu os degraus e afastou-se.

Ziguezagueando pelo entardecer cinza-escuro, misturou-se à multidão e quase imediatamente perdeu o senso de direção. Deixou que o fluxo o transportasse. No momento não lhe importava aonde ia, desde que se distanciasse dos inimigos. Levado pela maré humana, absorvia flashes de cor, aromas de especiaria, café forte, ansiedade e pressentimento. O dia terminava e, com ele, todas as confusas bênçãos e pequenos contratempos vividos pelas pessoas com quem cruzava. Os ritmos de línguas e gírias de rua caíam-lhe nos ouvidos como batidas de tambores de prece.

Esses preciosos momentos de feliz anonimato, porém, escoaram pelos seus dedos como areia. Não muito depois, localizou um dos barbudos e logo atrás o outro, que tentava estancar o fluxo de sangue do nariz quebrado na manga manchada da camisa.

Já o teriam visto? Ele não tinha certeza, sabia apenas que vinham em sua direção. Sem titubear, desviou-se para a direita e saiu do fluxo da multidão. Sim, ia expor-se por um momento, mas achou que valia o risco para ganhar um abrigo seguro.

Tomou uma rua lateral, tentando não desatar a correr e manter o passo mais ou menos igual ao das pessoas em volta. Mas a forte batida do coração, as descargas de adrenalina que se precipitavam pelo seu organismo tornavam isso difícil. E então, com um ansioso olhar para trás, viu os dois homens se precipitarem como tubarões pela rua principal e rumarem para a rua lateral que ele tomara.

Mergulhou nas sombras de um beco estreito, que fedia a lixo, creolina e miúdos. Cachorros latiam, denunciando sua presença, e a cabeça triangular de um deles espreitou-o antes de desaparecer numa segunda explosão de latidos.

Bravo seguiu em frente, forçando-se a continuar, perguntando-se se cometera algum engano. Não surgiam lojas nem entradas nas quais pudesse buscar refúgio. Seu medo, ardendo em fogo brando, explodiu em chamas quando deu uma olhada para trás e viu outros vultos entrando no beco. Seriam os barbudos? Ouviu o ritmo acelerado dos passos. Quem mais além dos barbudos?

Tropeçou, retomou o passo e contornou às pressas outra esquina, onde o beco se curvava como as costas de uma velha. Mas, poucos metros depois, foi interrompido de chofre. Ali, parado diante dele, estava Adem Khalif.

• • •

– Entenda que esse tiro pode sair pela culatra – disse Jenny quando se aproximavam da entrada da casa de Mikhail Kartli. – É provável que Kartli já tenha ouvido rumores de que eu assassinei o Padre Mosto.

– Nesse caso, você vai incriminar o padre – disse Camille, a voz normal – para se absolver.

– Você quer que eu difame o Padre Mosto?

– Quero que você nos ajude a encontrar Bravo – respondeu Camille, muito calma. – Se isso significa mentir para seu contato sobre a integridade de outra pessoa, não vejo opção para você. – Sua atitude era ao mesmo tempo franca e firme. Transmitia uma vontade férrea, uma forte determinação que fez Jenny lembrar-se de Arcangela. – Que importância isso tem para o Padre Mosto, de qualquer modo – acrescentou –, agora que está morto?

– Kartli talvez não acredite em mim.

– Acreditará, porque você será convincente. – Camille ergueu a mão, correu os dedos pelos cabelos dela. – Tenho fé em você, Jenny. – Sorriu. – Não se preocupe, eu sustentarei qualquer história que você contar.

Jenny virou-se e bateu na porta da frente num padrão singular, semelhante ao código Morse. Camille observou com uma parte do cérebro, mas com a outra pensava como era divertido fabricar sentimentos para uma pessoa a quem se estava manipulando. Artificiais, escorregadios como óleo, não podiam afundar as farpas curvas na pele da gente, nem nos ferir de modo algum.

A porta se abriu e revelou o rosto enrugado e sóbrio de Mikhail Kartli.

Ele as conduziu para uma sala de estar meio escura, revestida de pesadas cortinas. Lâmpadas ardiam, iluminando com fortes raios o teto baixo. Os pequenos tapetes de seda, requintadamente tecidos à mão, pendiam da parede, dispostos como quadros numa sofisticada galeria de arte. Camille olhou em volta quando se sentou numa pesada poltrona estofada. Ele serviu-lhes chá, escuro, aromático e fumegante, em um serviço antigo e bastante usado numa magnífica bandeja de cobre trabalhada à mão. Ofereceu uma seleção de biscoitos europeus, dos quais elas escolheram um cada, mais por cortesia que por fome.

Camille sentara-se perpendicularmente a Mikhail Kartli de propósito, para vigiá-lo sem parecer que o fazia. O georgiano era de grande interesse para ela, pois fora um dos esteios principais da Ordem em Trabzon, uma cidade que passara muitos anos despercebida pelos Cavaleiros. Ele dissera a Cornadoro que recentemente se tornara um franco-atirador, um mercenário. Ela tomou um gole de chá e recostou-se para avaliá-lo enquanto Jenny conversava.

Kartli falava de assuntos mundanos: a umidade, locais a serem visitados, a comida – recomendou vários restaurantes. Não ia, claro, perguntar-lhes por que tinham vindo nem como poderia ajudá-las. Não era assim, sabia Camille, que essas pessoas se comportavam. Agiam com cautela, e era necessário convencê-las com afagos a saírem de suas tocas. E também precisavam medir-nos.

Com crescente interesse notou que, apesar de seus declarados receios, Jenny era hábil ao falar com asiáticos. Camille descobrira que, em geral, os americanos não sabiam como tratar europeus nem asiáticos. Aqueles no mundo que não defendiam valores e costumes americanos não tinham interesse para eles. A atitude de Jenny não era comum nem automática. Camille elevou sua opinião sobre os talentos dela.

Kartli examinava Jenny por baixo de olhos encobertos. Não se mexera durante as apresentações. Na verdade, era difícil ver a subida e descida de seu abdômen para averiguar se continuava respirando.

– Vou-lhe contar a verdade – dizia agora Jenny. – Em Veneza, fizeram uma armação para me incriminar na morte do Padre Mosto. Meu pecado foi não estar prevenida o bastante para impedir o ataque que sofri pouco antes de assassinarem o padre.

Kartli ergueu a mão com a qual até então apoiava o queixo.

– Você diz que está me falando a verdade. – Abanou a mão para a frente e para trás, duvidoso. – Mas não me conhece. O que eu fiz para merecer essa honra notável?

– Você é o homem da Ordem em Trabzon – respondeu Jenny.

– Então, sou digno de confiança. Mas parece que atualmente não se deve confiar em ninguém, dentro ou fora da Ordem.

Jenny disse:

– Não tenho mais lugar algum aonde ir nem me restou nada a perder.

Fez uma ligeira pausa.

– E esse tal Padre Mosto...? – perguntou Kartli.

– Eu não vou fingir que sei muito a respeito dele. Não é importante.

– A morte de um homem...

– O que é vital que entenda – insistiu ela – é que Anthony Rule era o espião dos Cavaleiros de São Clemente dentro da Ordem... e não eu nem Paolo Zorzi.

Kartli não desviava os penetrantes olhos do rosto dela.

– Paolo Zorzi foi seu mentor. – Não era uma pergunta. – Seria difícil acreditar que houvesse se virado contra você, não é?

– Na verdade, não seria nada difícil – disse Jenny. – Ele estava perfeitamente posicionado.

– Sim, estava.

– Mas Rule teria sido a escolha mais inteligente – continuou ela. – Era o mais íntimo confidente de Dexter Shaw.

Kartli não fez mais nenhum comentário, nada em sua expressão dava a Jenny a menor pista sobre o que ele pensava. Sem qualquer indicação, não lhe restou outra opção além de seguir em frente.

– A questão essencial é que temos de achar Bravo antes dos agentes dos Cavaleiros e mantê-lo em segurança.

– Não vejo como posso ajudá-la.

– Você deve ter se encontrado com ele, nós imaginamos – disse Jenny. – Como eu, ele não tinha mais para onde ir em Trabzon.

– E mais uma vez eu lhe digo: não vejo como posso ajudá-la. Eu não trabalho mais para a Ordem.

Jenny inspirou fundo. Sentou-se curvada para a frente, o tronco enviesado diante de Kartli. Uma nova tensão, sem precedentes, se apoderara dos músculos do corpo dela, e uma expressão da mais profunda concentração inundou o seu rosto. Não parecia intimidada pelo que Kartli dissera.

– Quero lhe falar sobre Braverman Shaw – ela começou, e muito estranhamente o georgiano, embora talvez houvesse desejado, resistiu à vontade de detê-la.

Jenny falou sobre Bravo de maneira bastante comovida, e Camille notou uma coisa que lhe chamou a atenção. Como uma mosca presa numa teia, Kartli, assim como a própria Camille, havia se enredado na demonstração de emoção genuína enquanto ela evocava Braverman Shaw para ele.

Isso interessava muitíssimo Camille. Jenny era o ponto vulnerável, o eixo que equilibraria a balança e traria Bravo correndo para ela, e então, pela primeira vez, começou a entender a profundidade dos sentimentos da moça por Bravo. Onde antes imaginara uma paixonite de colegial, uma paixão romântica provocada pelo íntimo contato que unia os que se viam em guerra – ela mesma tivera sua parcela de casos amorosos violentos, mas de curta duração –, agora ouvia a verdade da boca da própria Jenny. Para sua grande surpresa e consternação, Cornadoro tinha razão, afinal. A Guardiã comprometera-se com Bravo, verdadeira, profunda e inabalavelmente.

Camille inspirou fundo e expirou devagar. Essa informação mudava tudo.

Talvez Mikhail Kartli se sentisse do mesmo modo, pois disse:

– Eu não sei onde está Braverman Shaw.

Alguma coisa cruzou a expressão de Jenny. Embora não mais que uma oscilação, foi captada pelo olhar perspicaz de Camille. Amigo ou inimigo, era assim que Jenny passava a julgar todos com quem se encontrava. Se não pudessem – ou não quisessem – ajudá-la, tornavam-se seus inimigos. Para ela, o meio-termo desaparecera, tornara-se sem sentido pelas traições que sofrera nessa missão. Seria sensato ter em mente a nova forma de ela ver a Voire Dei, seu rápido ciclo de aprendizagem, decidiu Camille.

– Nesse caso – dizia agora Jenny –, eu gostaria mesmo de uma arma.

– Luger ou Witness?

– A Witness é da Tanfoglio? – perguntou Jenny. – Gosto do jeito como os italianos fabricam essa arma.

Kartli sorriu, como se ela houvesse passado por um teste.

– A Tanfoglio Witness vai lhe custar mais.

– E munição extra – disse Jenny. – Pretendo empregar bem o meu dinheiro.

. . .

Quando Bravo se pôs na defensiva, Adem Khalif levantou as palmas das mãos estendidas num inconfundível gesto de trégua.

– Não quero lhe fazer mal algum, Bravo, de verdade.

– E aqueles dois atrás de mim?

– Também não querem lhe fazer mal algum.

– Mentira. São homens de Mikhail Kartli.

– É a pura verdade – admitiu Khalif –, mas Kartli é tão seu inimigo quanto eu.

– Agora eu sei que você pirou de vez. – Era enlouquecedor tentar manter a atenção em Khalif e nos dois barbudos ao mesmo tempo, sem dúvida a intenção deles. – Não preciso lhe lembrar que ofendi Kartli. Mortalmente. Ele está querendo beber o meu sangue.

Adem Khalif curvou ligeiramente a cabeça.

– Assim pareceria a qualquer um que observasse o incidente.

Fez-se uma breve pausa, durante a qual Bravo digeriu as implicações do comentário. O cachorro feroz reapareceu, sem dúvida atraído pela perspectiva de carne fresca. Um dos barbudos ergueu uma garrafa de cerveja vazia num arco baixo por cima da cabeça de Bravo, atingindo o animal no lado. O bicho ganiu de dor e desapareceu.

– Alguém nos observava? – perguntou Bravo.

– Sim, foi por isso que Mikhail ignorou meu conselho de manter a discussão dentro da loja. – Khalif arriscou o esboço de um sorriso. – Eu imaginei isso na hora. É tolice alguém falar de seus problemas em público, e Mikhail Kartli é tudo, menos tolo.

– É a pura verdade – assentiu Bravo com a cabeça.

– Tenho mais coisas a lhe dizer – continuou Khalif –, mas, por favor, em um lugar mais agradável, sim?

– E esses Gêmeos Sombrios aí?

Khalif desviou o olhar para os dois barbudos atrás de Bravo.

– Guarda-costas para você. Ordens expressas de Kartli. Eu não as desobedeceria – deu de ombros –, embora imagine que a opção é sua.

Bravo esperou um instante, pensando.

– Posso dispensá-los quando quiser?

– Claro.

Khalif encarou Bravo com os olhos castanhos sem nenhum sinal de falsidade.

– Tudo bem – disse Bravo. – Vá na frente.

• • •

Uma caminhada de 20 minutos pelo labirinto do bazar levou-os a uma porta não identificada num prédio caindo aos pedaços, numa rua abafada com cheiro de cerveja. Aqui e ali, ociosas Natachas extravagantemente pintadas recostavam-se e lançavam olhares altamente maliciosos.

A porta, a superfície verde de pintura descascada tristemente apagada, abriu-se à primeira batida de Khalif, e eles entraram. O interior parecia a idéia hollywoodiana de um antro de ópio oriental por volta de 1950 – papel de parede vermelho, rouxinóis amarelos em gaiolas de bambu, imensos narguilés de latão atrás de sofás felpudos, mulheres de vestidos de xantungue de seda longos, lustrosos e com uma abertura até em cima nas coxas. Numa parede, a pintura de uma lasciva mulher nua, eroticamente espreguiçada num divã, que sorria com malícia enigmática.

Os quatro homens foram completamente ignorados pelas mulheres, cujos lânguidos movimentos pelos aposentos lembravam a Bravo peixes exóticos num aquário. Khalif acenou com a cabeça para uma das mais velhas, com uma grossa camada de base no rosto, que os encaminhou para um aposento privado e depois fechou a porta atrás deles com firmeza.

Na mesa central havia um frasco de áraque, oito garrafas da cerveja, uma garrafa de cristal com uísque de malte puro e um punhado de copos. Bravo e Khalif sentaram-se. Os Gêmeos Sombrios permaneceram do lado de fora, presumivelmente flanqueando a porta.

Khalif fez um gesto para o uísque, mas Bravo abanou a cabeça.

– Mikhail desconfiou que você estava sendo seguido – disse Khalif. – Além disso, achou que só havia um meio seguro e rápido de descobrir. Deu aquela impressão de briga séria. Eu desempenhei meu próprio papel, na verdade sem saber, de tentar ser o mediador entre dois cabeças-duras. O ardil funcionou. Menos de uma hora depois que você deixou a loja, chegou um homem. A essa altura eu também já tinha partido, embora em companhia de um dos filhos de Mikhail, talvez para me impedir de entrar em contato com você, ou assim achei.

Pegou o telefone celular e virou-o para que Bravo visse a foto colorida na tela.

– Tirada por um dos filhos de Mikhail. Parece conhecido?

– Sim. – Bravo franziu o cenho. – É um homem chamado Michael Berio. Foi nos esperar em Veneza, contratado por um amigo meu.

– Receio que seu amigo tenha sido enganado, e você também – disse Khalif. – O nome verdadeiro dele é Damon Cornadoro. É membro de uma das *Case Vecchie* em Veneza.

– Uma das 24 famílias fundadoras de Veneza. – Bravo assentiu com a cabeça. – Como Paolo Zorzi.

– O mais importante para você e para mim – continuou Khalif – é que ele trabalha para os Cavaleiros. De fato, é um dos assassinos de elite deles.

– Meu Deus, e está aqui.

– Aqui, e fazendo perguntas sobre o seu paradeiro. Foi o que Mikhail me contou depois que o filho mandou me chamar de volta à loja. – Khalif abriu uma das cervejas, tomou um longo gole e largou a garrafa. – Bravo, preciso lhe dizer que o fato de os Cavaleiros terem enviado esse homem atrás de você é a pior notícia possível. Ele é poderoso, determinado, inteligente e muito, mas muito sórdido mesmo. Esses traços se reproduziram em seus ossos, no próprio sangue.

– E agora ele caiu nas boas graças do meu melhor amigo – disse Bravo, abanando a cabeça e pegando o celular.

Sem titubear, Khalif o deteve.

– O que está fazendo?

– Ligando para o meu amigo Jordan. Quero avisá-lo...

– Assim que fizer isso, vai alertar Cornadoro de que você está atrás dele. Pense, Bravo. É isso o que quer?

– Se tiver a metade da sordidez que você lhe atribuiu, pode apostar que sim.

– E depois, já pensou no que vai acontecer?

Bravo lutava para afastar a ansiedade por causa da segurança de Jordan. Lutava para voltar ao aqui e agora.

– Você tem razão. Os Cavaleiros vão mandar outra pessoa, alguém sobre quem não temos nenhuma informação nem esperança alguma de controlar.

Khalif parecia chocado.

– Mikhail e eu andamos falando em matar Cornadoro. Controlá-lo é...

– Assustador, sim, concordo. Mas matá-lo agora terá o mesmo efeito do meu telefonema para Jordan. Os Cavaleiros querem o que meu pai guardava, o que vem me orientando para encontrar. Não vão parar com a morte de Cornadoro.

– É óbvio que você tem alguma coisa em mente. – Khalif abriu a garrafa de cristal com uísque e encheu dois copos longos. – Diga-me, por favor. Estamos nisso juntos.

• • •

Damon Cornadoro encontrou Irema, a filha do georgiano, no Trabzonspor Club, na Ortahisar. Batizado com o nome de um dos mais famosos times de futebol da Turquia, a decoração exibia suas cores em flâmulas e fotos assinadas por astros de times do passado e do presente. Todas as moças que serviam usavam camisas de malha do time que batiam na altura das coxas nuas. Música tecno turca saía dos quatro grandes alto-falantes pretos instalados nos cantos da sala pintada de preto. Telas de televisão mostravam os melhores momentos de jogos antigos. O cheiro de cerveja e maconha caía como uma mortalha.

Cornadoro sentou-se diante do balcão e pediu uma cerveja. Irema estava com várias amigas a uma mesa redonda no canto à extrema esquerda. Bebiam e riam. Uma delas, moça corpulenta e atarracada de rosto chato, levantou-se e começou a dançar, enquanto as outras riam e batiam palmas, e depois comprou uma cerveja e se sentou, a tez afogueada. Era tudo muito inocente, o que despertava imensa atração em Cornadoro.

Uma hora e três cervejas depois, ele se levantou, foi até Irema e convidou-a muito educadamente para dançar. Ela ergueu os grandes e escuros olhos de corça, talvez para ver se ele não ia lhe pregar uma peça – talvez tivesse ido tirá-la num desafio feito pelos companheiros, talvez rolasse dinheiro de aposta sobre a sua resposta. Mas viu apenas sinceridade em seu rosto – um belo rosto, ao mesmo tempo sensual e sexual, o que a estimulou. Ouviu as risadas, o malicioso encorajamento das amigas alcoolizadas. Meio embriagada também, quando ele lhe estendeu a mão num gesto curiosamente formal, deixou-o puxá-la delicadamente para a minúscula pista de dança da boate.

Pensava dançar com ele apenas uma música, mas essa uma se transformou em três, as três fundiram-se em seis, e assim continuou sem parar, ela dançando e sentindo os quadris baterem, as barrigas fundirem-se, as pelves roçarem quando se juntava ainda mais a ele.

– Meu nome é Michael – disse ele, falando com ela em georgiano.

Ela arregalou os olhos, estupefata.

– Igual a meu pai.

– Eu não sou seu pai – retrucou ele, virando-a.

Ela riu.

– Oh, meu Deus, não, não é. – Estava ofegante e afogueada.

Ela disse como se chamava e ele achou lindo, dizendo-lhe que ela era tão flexível e graciosa quanto a corça da qual recebera o nome.

Ela riu mais uma vez e grudou-se nele enquanto rodopiavam, enlaçando-lhe o pescoço com os braços e tremendo ligeiramente com o fluxo precipitado de suas emoções. Com as delicadas feições da mãe e a pele jovem de porcelana, tinha um frescor irresistível, os cabelos pretos longos puxados para trás e presos num rabo-de-cavalo que sacudia de um lado para o outro quando ela se virava.

Quanto a Cornadoro, era fácil fazê-la acreditar que gostava dela – de fato *gostava*, como acontecia com quase todas as mulheres: seu odor animal fazia seu sangue ferver. Havia nele uma certa insaciabilidade. Queria o que havia entre as pernas da mulher, muito simples. E, por mais fantástica que fosse Camille Muhlmann, o que ela exigia dele era impossível: monogamia. Nunca concordara, não de verdade. A princípio tentara, mas logo fracassara – com quem fora: a adolescente americana nas férias ou a sinuosa taiwanesa cinco anos mais moça do que imaginara? Talvez mais alguém também, nunca tinha muita certeza de que não se sentiria tentado mais uma vez. Em vez disso, aperfeiçoara as mentiras – feito nada fácil com Camille, que era como um detetor de mentiras humano – para poder continuar em sua cama. Não queria perder essa posição avançada por muitas razões, carnais e políticas.

Camille era brilhante, sem dúvida, mas seu problema básico era ser velha. Seu desejo mais irresistível era de carne fresca, jovem, orvalhada e deliciosa na inocência. Como Irema. Além disso, ele não gostava do pai de Irema, o que dava ao ato de seduzi-la um *frisson* que o fazia lamber os beiços de ansiedade.

À medida que a dança prosseguia, ela foi cedendo a seu encanto. Era uma sensação que se espalhava pelo corpo todo; como o sexo, como a morte. Da negritude do abismo extraía sua energia sexual, o que o tornava tão feroz, tão irresistível.

Dançava com ela e, ao fazê-lo, sentia aquela sensação curiosa e conhecida eriçar sua pele. Amava Irema e fazia-a sentir isso, embora a origem daquela emoção permanecesse desconhecida para ela. Ele a amava pela informação que ela lhe forneceria.

• • •

Não havia luzes acesas quando a levou para seu quarto de hotel. O brilho trêmulo da cidade que entrava pela persiana em claras listras horizontais iluminava-a como uma placa de néon. Ele mandou-a se despir e ela o fez, devagar, diante de seus olhos cobiçosos e reluzentes. Depois lhe disse o que mais fazer.

Ela não pareceu importar-se; na verdade, até gostou. Habituada a receber ordens, havia um alto grau de conforto no conhecido; mas ele desconfiou só de olhá-la que não era o que ela queria, não exatamente. E nessa noite decidiu dar-lhe o que realmente queria.

Nua, ela parecia mais uma menina, peitos pequenos, quadris esbeltos, cintura fina. Mas as pernas eram longas e belamente arredondadas, e as ancas... Ele a fez continuar em pé, de costas para ele, os braços dos lados. Irema estava inteiramente à vontade em sua nudez, sem receio do que ele poderia fazer com ela. Ele ganhara sua confiança, e isso, mais que qualquer coisa, o inflamava.

Ele soltou os botões da camisa, arrancou-a, e já estava tão excitado que teve de lutar com a calça. Ela virou-se em reação ao seu grunhido de frustração e usou os ágeis dedos para desafivelar-lhe o cinto, abrir o zíper. Quando a calça caiu, também se abaixou até ficar ajoelhada. Ele rebentou o elástico do rabo-de-cavalo e entrelaçou os dedos nos cabelos soltos.

Quando a ergueu, ela abriu as pernas, prendendo os quadris dele com as coxas e dando um gemidinho. Ele sentiu a pele dela grudada na sua, quente e lisa como marfim, a rigidez óssea da juventude ainda palpável; o suficiente para fazer qualquer homem passar dos limites. Mas ele se segurou aumentando a tensão sexual até ela, estremecendo e gemendo, chegar ao ápice. Uma vez não lhe bastava, ele percebera isso desde o início. Coisinha quente. Como uma estrela, destinada a arder até estorricar. Esperou-a gozar, era hábil nisso; de fato, o adiamento disparava-lhe as pontas dos nervos ao pique febril que tanto desejava, que tinha de ter.

Mas precisava que ela também o sentisse. Irema não tinha as reservas dele, não entendia o que se passava, tremia descontroladamente quando ele a levava ao clímax e depois a puxava de volta, repetidas vezes. Lágrimas afloraram em seus olhos e ela o apertou desesperadamente, implorou-lhe que concluísse.

Só depois ela disse:

– Por que está esperando? É tortura, vou morrer.

Aguardou que ela desse o sinal de encerrar para os dois e deixou-a arrastar-se em cima dele, buscando uma forma de mantê-lo dentro dela enquanto ele gozava.

Depois, pediu tudo mais uma vez, tão rápido que ele quase riu. Ainda não se refizera do seu último orgasmo, continuava mole e quente como um caramelo, as pupilas tão dilatadas como se ele lhe houvesse dado ópio. Esse era o momento que vinha arquitetando a noite toda, o momento de pedir-lhe o que quisesse enquanto ela ainda não pensava com muita clareza ou sequer conseguia pensar.

– Claro que vou ajudá-lo. – Ela guiou-o de volta para dentro de si com um profundo suspiro. – Ninguém jamais me pediu ajuda antes.

– Nem seus irmãos?

– Deles eu só recebo ordens. – Entrelaçou-o com os dedos, acariciando-o. – Seria de imaginar que fossem mais esclarecidos. – Manobrou para montar nele, acavalando-se na cintura e esticando as coxas abertas até o limite. A leve dor tornava o prazer ainda maior. – Era sobre isso que a gente falava no bar quando você se aproximou.

– Todas se sentem assim, não? – perguntou ele. – Todas as suas amigas.

– Oh, sim! – Ela gemeu, mas ele não teve certeza se era uma resposta à pergunta, porque mais uma vez ela tremia da cabeça aos pés e revirava os olhos.

Ele agarrou-a enquanto ela gozava, sentindo a violenta energia juvenil como um disparo de adrenalina em seu próprio organismo.

Afinal, ela ficou esgotada, ou tão próximo disso quanto possível, mas mesmo assim quis ouvir a frase que ele repetira a noite toda:

– O que você quiser, Irema. O que você quiser.

Quando ouvira isso de um homem? Nas conversas secretas com as amigas, sentada diante de um espelho enquanto passava batom, nos sonhos à noite quando se virava de um lado para o outro, agitada. Mas, na vida real, de um homem em carne e osso, que a abraçava, beijava, acariciava, penetrava com tanta ternura, até ela gritar para ele fazer de outro modo? Esta noite, nunca antes. Apenas esta noite.

Por isso faria qualquer coisa para garantir que nunca terminasse, inclusive convencer-se de que tudo o que ele lhe dizia era verdade, *tinha* de ser verdade, pelo modo como se sentia em relação a ele, pelo que ele lhe dera livremente, e daria mais uma vez, *sempre que ela quisesse.*

– Seu pai e eu trabalhamos para uma Ordem. – Ele abraçava-a delicadamente, balançando-a, do jeito que ela gostava. – A única diferença é que ele trabalha no campo; no caso, aqui em Trabzon, enquanto eu fico preso, a maior parte do tempo, num escritório em Roma. De vez em quando, me pedem que vá ao campo inspecionar os agentes. Mas anonimamente, você sabe. Portanto seu pai jamais deve saber que estive aqui nem que perguntei sobre suas atividades. Isso me custaria o emprego, sem nenhuma oportunidade de me explicar, você entende, Irema?

Ela fez que sim com a cabeça, os olhos arregalados. O coração martelava tão forte como se ele continuasse golpeando dentro dela. Sabia vagamente que o pai era mais que um comerciante de tapetes. Primeiro, havia os homens que o procuravam – chegavam e nunca saíam com um tapete. Segundo, era muito mais rico que qualquer comerciante de tapetes que ela conhecia. E também as pessoas – georgianos, russos, turcos ou o que fossem – inclinavam a cabeça para ele quando passava na rua. Ele impunha respeito. Assim, embora nunca a deixassem entrar na loja durante o horário comercial, tinha os olhos e os ouvidos abertos e pinçava trechinhos de informação aqui e ali, muito mais, desconfiava, do que o pai sabia.

– Já estou aqui há três dias, conversando com os auxiliares dele – continuou Cornadoro –, e tudo parece em ordem, exceto uma coisa.

Irema encarou-o de olhos arregalados. A martelada do coração ficara dolorida, nada de ruim podia acontecer com o pai, não podia.

– Que coisa é essa? – perguntou numa espécie de coaxar.

O medo ressecou sua garganta.

– Hoje mais cedo seu pai teve uma... altercação com outro membro da Ordem. – Tinha uma expressão severa, assustando-a ainda mais. – Era um membro muito importante, Irema, do mais alto escalão no corpo dirigente.

– O mais alto escalão?

Ele assentiu com a cabeça.

– *Altíssimo*. Seu pai o mandou embora, se recusou a lhe dar a ajuda que ele pediu. Preciso lhe dizer que se trata de uma quebra de protocolo extremamente séria.

– Protocolo?

– Meus chefes estão furiosos.

– Oh! – Ela levou a mão à boca e desatou a rir, maravilhada.

– Irema. – Ele retirou a mão dela da boca. – Isso não tem graça nenhuma, eu lhe garanto.

– Oh, mas é isso?

Afinal, ela sentia o coração leve e uma enorme alegria no íntimo. Jamais teria acreditado, mas tinha o poder de exonerar o pai das falsas informações que o haveriam arruinado na Ordem. Ouvira o bastante a respeito, juntara suficientes pedaços para fazer uma colcha de retalhos e, embora também tivesse ouvido o pai dizer inúmeras vezes aos irmãos que nunca falassem com estranhos sobre os negócios da família, sabia que aquilo era diferente. Estava ajudando-o com as pessoas que o pagavam, que o faziam ganhar todo o dinheiro, todo o respeito que tanto trabalhara para conseguir. Como poderia ser errado? E também esse homem e o pai eram aliados. Assim, contou ao seu doce amante o que sabia:

– Aquilo foi um ardil.

– Ardil? – Ele se ergueu sobre um ombro, o rosto ensombrecido, duro e encrespado. – O que quer dizer?

– Meu pai jamais seria tão rude com outro membro da Ordem. Eu o ouvi falando ao telefone com um dos meus irmãos. Foi tudo simulado, para o caso de haver alguém vigiando.

– Tudo simulado. – O amante se deitara de costas, com a mão descansando em sua barriga macia, muito macia. – Ah, Irema, meu amor. Foi tudo simulado.

Assim que desatou a rir, não conseguiu parar.

# capítulo 27

**Bravo viu Jenny no** terraço em dois níveis do Sumela Café, a lâmina prateada do mar Negro estendida abaixo. Adem Khalif levara-o ali para um jantar tarde da noite. Embora devesse estar exausto, não se sentia assim. Lera artigos sobre o chamado pico de adrenalina que os soldados sentiam no calor da batalha, mas até então não tivera nenhuma experiência direta com o fenômeno.

Vendo-a de perfil, banhada pelo desolado luar, lembrou-se da expressão dilacerada em seu rosto durante o breve encontro deles no bazar. Depois ela se virou e expôs-lhe a longa curva da nuca, branca à luz da lua. Por um momento toda a sua raiva e desejo de vingança se desfizeram, deixando-o nu e tão vulnerável quanto ela parecia estar, com todas as emoções reprimidas expostas.

Khalif, parado ombro a ombro a seu lado, também parecia perturbado:

– Bravo, o que está acontecendo? Você conhece aquela mulher? – Sacou uma arma. – É uma de suas inimigas.

A uma mesa não muito distante, os barbudos Gêmeos Sombrios, ainda com eles, ergueram as cabeças, cães de caça prontos para o ataque. Levantaram-se ligeiramente das cadeiras, os troncos curvados para a frente, como se fossem os primeiros corredores numa linha de largada.

– Guarde isso – disse Bravo sem olhar para Khalif, porque Jenny se mexera um pouco e agora ele via que ela estava com outra mulher: Camille, sua Camille. Que diabos estava acontecendo?

Começou a encaminhar-se para a mesa onde as duas se sentavam, conversando como se fossem amigas – não, alguma coisa na atitude delas o convenceu de que a ligação se tornara mais íntima.

– Bravo, acha que isso é sensato? – perguntou Khalif.

– Fique de guarda aqui – respondeu ele. – Mantenha a mão na arma, se precisar, mas não tente me deter.

Khalif não tentou e, apesar dos sérios pressentimentos, acenou com a mão para que os homens de Mikhail voltassem a se sentar. Ouvira aquele tom de voz uma vez antes, de Dexter Shaw, e sabia que não devia tentar interferir.

. . .

Camille parou no meio da frase, e Jenny viu seus olhos se desviarem para um ponto atrás e logo à direita. Virou-se. À visão de Bravo, seu coração bateu mais forte, e a súbita precipitação do fluxo de sangue para a cabeça deixou-a tonta. Teve vontade de se levantar e bater nele, o que sem dúvida teria feito no mercado se a bala da arma do assassino não houvesse atingido o comerciante atrás dela. Sentiu gosto de sangue na boca e percebeu que mordera o lábio.

– Quero falar com você – disse ele quando se aproximou. – Já.

Ela fechou as mãos em punhos, mas então percebeu que era para Camille que ele olhava. Não a olhara nem reconhecera sua presença, como se ela fosse um fantasma.

Camille levantou-se e disse:

– Claro, meu amor.

E deixou-a, sem olhar para trás.

• • •

Bravo ficou com Camille na borda do terraço. Nuvens baixas obscureciam o horizonte norte. Muito acima, um anel de fraca luminosidade circundava a lua. Do outro lado do terraço iluminado por fios de luz, viu Adem Khalif tomando devagar um copo de áraque enquanto os vigiava, transpirando preocupação como almíscar. Quanto aos Gêmeos Sombrios, sua imagem nadava nos olhos ávidos e escuros deles; coçavam-se para ser necessários.

– Que diabo está fazendo aqui? – perguntou ele a Camille numa voz estrangulada.

– O que você acha? Vigiando você, tentando mantê-lo a salvo.

– É com você que eu me preocupo – disse ele, furioso. – Não devia estar em nenhum lugar perto daqui. E certamente não com *ela*.

– Quem? Jenny?

– Sim, Jenny. Ela assassinou três pessoas, dois padres e tio Tony. Você pirou?

– Escute, meu amor, você tem de parar de me ver como uma mulher desamparada. – Deu uma pancadinha no maço para tirar um cigarro, acendeu-o e encarou-o por trás do véu de fumaça aromática. – Eu não estaria aqui se não fosse mais que capaz de cuidar de mim mesma. – Expeliu uma espiral de fumaça. – Quanto a Jenny, você sabe o que escreveu Sun Tzu: "Mantenha os amigos perto, os inimigos ainda mais perto."

Olhou para Jenny, dando-lhe um sorriso pleno antes de virar-se de novo.

– Sun Tzu disse mais uma coisa sobre a arte da guerra – disse Bravo. – "Toda batalha é perdida ou ganha antes de começar."

– O que significa?

– Se você não sabe, este com certeza não é o seu lugar.

– Ah, Bravo. – ela riu. – Sempre me testando.

Uma brisa elevou-se da água, levando mechas de cabelo a roçarem-lhe a face. A música, circulando animada e com um toque de romantismo, insinuou-se no terraço, lembrando-lhes como estavam afastados do resto do mundo.

– Eu me preparei para isso assim que deixei Paris. – Ela o examinava com um ar especulativo. – Acha que não?

– Acho muito estranho você estar aqui.

– Desconfia de mim agora? Ou o quê? – Ela largou o cigarro e esmagou-o sob o salto. – Droga, Bravo, se eu não gostasse tanto de você, dava-lhe umas palmadas. É como um filho para mim. Quero protegê-lo, coisa que Jenny apenas fingia fazer.

Bravo coçou o lado da cabeça. Estava exausto, física e emocionalmente. A cabeça martelava com um milhão de problemas diferentes, caminhos possíveis que poderia tomar, tinha de tomar. Os espectros do que estava no fim desses caminhos obcecavam-no dia e noite.

– Escute, somos amigas agora, Jenny e eu – disse Camille num tom mais suave. – Íntimas, e ficando cada vez mais. Sei como ganhar a confiança dela, de mulher para mulher. Ela me conta coisas.

– Sem a menor dúvida. Como se fosse inocente.

– Claro, mas quem presta atenção?

– Ela é culpada como o pecado, e perigosa.

– Eu a deixo achar que acredito nela, ela baixa a guarda. Talvez amanhã eu saiba parte de seu plano.

– Jenny nunca vai lhe dizer o que está planejando, Camille. Ela sabe como somos íntimos.

– Todas as suas fontes de informação habituais foram cortadas, por isso aos poucos tem passado a depender de meus conselhos. Por que não deveria? Vou ficar com ela, me infiltrar no campo inimigo. – Pôs a mão no braço dele, apertou-o. – Me deixe fazer isso por você, Bravo. – Sorriu e beijou-lhe a face. – *Alors*, não fique tão preocupado. Ela não vai me fazer mal.

– Ela não é a única com quem você tem de tomar cuidado – disse ele, baixando a voz. – Aquele homem, Michael Berio, que Jordan contratou, o nome verdadeiro dele é Damon Cornadoro. É um assassino profissional.

– *Mon dieu, non!* – Que deliciosa emoção a percorria ao mentir para ele agora; uma carga elétrica quase tão profunda quanto fora mentir para Dexter.

– Tem certeza?

– Absoluta. Ele foi enviado por inimigos do meu pai para me seguir até eu encontrar o que meu pai queria que encontrasse. Depois pretende me matar e roubá-lo.

– Mas o que é isso, meu amor? O que é que poderia ser tão terrivelmente valioso?

– Não importa. O que importa é você ficar o mais longe possível de Cornadoro.

– Eu prometo.

– Camille, pelo amor de Deus, não seja louca. Já tenho muitos problemas na mente. Não quero me preocupar com você.

– Então não se preocupe – falou ela, firme. – Já lhe disse. Sei cuidar de mim. – Riu, afetuosa, pondo a mão na face dele. – Garanto a você que não vou me tornar sua donzela angustiada.

Ele encarou-a e viu que ela tomara sua decisão; nada que dissesse a influenciaria. Balançou a cabeça, assentindo, e pegou o telefone celular. – Então me prometa que manterá contato, certo?

Ela pegou seu próprio telefone celular e fez que sim com a cabeça.

– Prometo. – Quando ele ia se afastar, ela perguntou, com grande preocupação na voz: – Bravo, já tem alguma idéia do lugar para onde vai em seguida?

– Não – ele mentiu.

Não se importou com o que ela disse, não ia deixá-la meter-se mais em encrencas.

• • •

Meia-noite. Irema estava em casa, segura, enfiada na cama, agradáveis hematomas nos lábios e seios, drogada de sexo e amor, sonhando profundamente com Michael. Mas seu pai não estava em casa, e sim longe da cama aquecida pelo corpo sensual da mulher. Percorria as ruas de Trabzon como um fantasma. A música que lhe chegava aos ouvidos atentos não o comovia, casais embriagados passavam vacilantes sem vê-lo. Um ciclista solitário cruzou seu caminho como um gato preto. Fumando intensamente, ele passou por duas igrejas que há muito tempo se haviam transformado em mesquitas. Magníficas fachadas bizantinas escuras como fuligem, desbotadas agora, como quase tudo na cidade. Rachaduras e ruínas revelavam-se em toda parte. Se escutasse com intensa atenção, ouviria os prédios gemerem como veteranos de guerra mutilados muito tempo atrás.

O telefone celular tocou e ele atendeu. A voz de Adem Khalif surgiu-lhe no ouvido como um djim, falando de uma idéia para encurralar Damon Cornadoro. Pareceu-lhe que o plano de Braverman Shaw, visto objetivamente, tinha certo mérito. Sua mente rodopiava em várias direções de uma só vez, mas ouviu até o fim e depois concordou.

– Que itinerário planeja usar?... Tudo bem, meu pessoal será despachado antes do amanhecer.

Desligou, telefonou para o filho mais velho e disse-lhe o que era exigido. Então, como se aproximava de seu destino, guardou o celular.

A meio caminho de uma ruazinha lateral desordenada ficava um prédio antigo mas de estrutura firme, que comprara muitos anos atrás. Não parecia em nada diferente dos vizinhos de laterais inclinadas; sem plaqueta na fachada descascada, sem dúvida quase todo mundo o confundia com uma residência privada. Dentro, porém, alojava a Igreja das Nove Crianças Martirizadas.

Kartli tirara o nome desse pequeno posto avançado de sua religião ortodoxa georgiana em homenagem às pequenas crianças pagãs de Kola, que, de livre e espontânea vontade, haviam abraçado Jesus Cristo. Batizadas pelo padre local, abandonaram as famílias para ser criadas por famílias cristãs, segundo a doutrina do Salvador. Os pais foram atrás e levaram-nas de volta ao lar, mas quando os filhos se recusaram a ingerir comida e bebidas pagãs e, em vez disso, falaram as palavras de Jesus Cristo, ficaram tão enfurecidos que espancaram cruelmente o padre da aldeia e o expulsaram de Kola. Pediram uma última vez aos filhos e filhas, vários com não mais de sete anos, que retornassem aos hábitos pagãos. Quando as crianças se recusaram, eles as apedrejaram até à morte, como uma lição para as outras crianças de Kola.

Mikhail Kartli parou para absorver o ambiente sagrado. Tinha imenso orgulho daquela igreja, alegrava-o o nome que escolhera, por ser um lembrete de como o mundo funcionava de fato, dos terríveis preconceitos que atravessavam como veneno a essência da humanidade. Não que precisasse de tal lembrete mesmo ali em Trabzon, tão distante de casa, mas todos os demais – incluindo seus filhos, sobretudo a indomável Irema – precisavam.

Nada aparecia como à luz do dia. As sombras distorciam todas as formas. A iluminação vinha de duas fontes: o lampião bizantino de querosene e uma lâmpada nua. Como tudo na cidade, a luz era uma desconfortável justaposição de antigo e novo – elementos que deviam ser aliados pareciam inimigos. O interior escassamente mobiliado, vazio como convinha, a não ser pelo grande retrato da Virgem Maria, a iconóstase, o púlpito, um punhado de bancos de madeira arranhados e, claro, o confessionário. Era a essa estrutura de madeira escura que Mikhail Kartli ia de bom grado duas vezes por semana fazer sua confissão. Como os padres da Igreja das Nove Crianças Martirizadas viviam às custas de Kartli, sentiam muito prazer em satisfazer-lhe esse hábito, sobretudo porque expressava com tanta eloqüência a sua devoção.

Aos sete minutos após a meia-noite, ele abriu a porta do confessionário e instalou-se na cadeira estreita. Pela treliça do painel de madeira esculpida, via o perfil do padre. Kartli reconheceu o Padre Shota, um de seus preferidos, o que lhe agradou. Os dois haviam passado muitas horas conversando sobre a história de sua religião.

O apóstolo André, irmão de São Pedro, fora à Geórgia pregar o Evangelho, trazendo consigo o Ícone Não Criado da Santa Mãe – não criado pela mão humana, um ícone de origem divina. Dessa época em diante, Maria se tornara a padroeira da Geórgia. Ao longo dos séculos intermediários, a religião ortodoxa georgiana fora intensamente influenciada pela praticada pelos cristãos do Império Bizantino, portanto convinha a Mikhail Kartli, ardente estudioso de história, levá-la de volta para a pátria, completando o círculo: o fim retornava ao início.

– Perdoe-me, padre, porque pequei – começou.

E Padre Shota respondeu:

– Meu filho, o Cristo, invisível aqui, recebe sua confissão. Não se envergonhe e não tema, e não omita nada de mim; mas me diga o que fez e receba o perdão de Nosso Senhor Jesus Cristo. Olhe, a santa imagem está diante de nós...

Sem aviso, a tela de treliça despedaçou-se por dentro. Kartli, atingido no rosto por fragmentos de madeira, levantou as mãos para defender-se e assim recebeu o padre nos braços, quando ele tombou pela abertura.

– Padre Shota! – gritou.

Com as pestanas adejando em espasmos, o padre tentou responder, mas bolhas rosa-escuro espumaram-lhe na boca aberta. Kartli sentiu o lento fluxo de sangue morno e viscoso, o nauseante odor adocicado de cobre. Embalando a cabeça e os ombros do padre, em busca de sinais vitais, estava despreparado quando a porta do seu lado do confessionário se abriu.

Quase sem chance de virar a cabeça, teve a impressão momentânea, indistinta e imprecisa, de um rosto sorridente. Com um golpe rápido e maligno, sua mutilada mão direita foi espetada no centro da palma por um espigão no fundo do confessionário. Alheio à dor, ele tentou usar a mão esquerda contra o agressor, mas, sobrecarregado com o peso do Padre Shota, estava completamente impotente.

Damon Cornadoro empunhou a *push-dagger* e agarrou um punhado dos cabelos do Padre Shota.

– Não! – gritou Kartli. – Pelo amor de Deus, poupe-o!

– Poupar? Por quê? Foi a pessoa que o traiu. Disse onde você estaria esta noite.

Com a repugnante precisão de um cirurgião, Cornadoro correu a lâmina da faca na garganta do padre. Pondo o joelho na base das costas do cadáver, usou-o para prender firme o georgiano, imobilizando-o. A cabeça do padre caiu num ângulo anormal, com uma expressão de terrível espanto.

– Como a mentira tem pernas curtas, georgiano. – Cornadoro curvou-se. – Achou que eu não ia descobrir?

Kartli encarou-o, endurecido, em total silêncio. O choque inicial passara, o barbarismo não o afetava – vira coisa pior em sua época –, mas sabia que a perda o acompanharia por muito tempo.

– Não quer saber como eu descobri?

Kartli cuspiu no rosto odioso. Sabia como lidar com os amantes da morte, Deus era testemunha que tivera bastante experiência. Se demonstrar medo, eles acabam com você. Cornadoro torceu a boca numa paródia de sorriso, de onde se desprendia uma coisa distintamente desagradável. Com um choque, Kartli reconheceu uma mancha de lascívia.

– Foi Irema. Sim, sim. Sua linda filha, sua jóia. – Cornadoro tinha a cabeça a centímetros do rosto dele, o tom íntimo enfatizado como se nada mais pudesse conter o horror total das palavras. – Aqueles seios pequenos empinados, os mamilos escuros...

Kartli convulsionou-se, lutando com a pressão exercida contra ele.

– Seu mentiroso de merda...

– A marca de nascença oval logo acima do osso do quadril, como uma tatuagem, até *melhor*, muito sensual, se entende o que digo.

Olhos esbugalhados, o rosto exangue, Kartli estava totalmente descontrolado.

– Eu vou matá-lo.

– E o melhor, georgiano, é como ela *fode*. – Cornadoro fez tudo, menos lamber os beiços. Zonzo, Kartli sentia a luxúria do outro, a inequívoca afirmação, o letal poder de suas palavras. – Como um animal, enroscando as pernas em mim, implorando por mais repetidas vezes. Juro que ela esgotaria um cavalo de guerra.

Kartli gritou como seus antigos antepassados sem dúvida haviam gritado nos sangrentos campos de batalha. Com a mão esquerda, agarrou a ponta do espigão projetado da palma e despregou-a. O sangue jorrou, mas ele não mais sentia, não sentia mais nada. Transformado num animal, foi tomado por uma ira cega. Em algum lugar no fundo da mente uma voz de advertência, de prudência, soou como um eco de outras eras, mas logo foi abafada pelo rufar de tambor marcial do sangue.

– Muito bem – cantarolou Cornadoro em contraponto à ameaça do espigão. – Muito bem, venha.

A ponta do espigão perfurou-lhe o músculo do ombro. O georgiano era vigoroso, mais forte do que ele esperara, e tentou girar o espigão, enterrá-lo mais fundo, para abrir a carne do ombro. Cornadoro assentou-lhe o punho fechado na orelha com tanta força que a cabeça saltou. Mesmo nas compleições mais fortes, um golpe tão contundente detinha na hora o pensamento e a ação. Cornadoro tentou arrancar o espigão, enquanto Kartli revirava os olhos e lutava para continuar consciente.

Movido por instinto, pela necessidade de sobrevivência, o georgiano ergueu o joelho por entre as pernas do cadáver e enterrou-o nos testículos de Cornadoro.

Enterrou mais o espigão. Recebendo o ímpeto no bíceps, Cornadoro golpeou com a pesada borda da mão calejada o lado do pescoço de Kartli, na carótida. Fez uma pressão que corria dos pés para cima e arrancou o espigão, virou-o ao contrário e enfiou-o no peito do georgiano, pouco abaixo do esterno. Kartli arregalou os olhos. Não emitiu nenhum som, embora Cornadoro soubesse que devia estar sofrendo uma dor excruciante. Sua vontade de viver era extraordinária. Cabia uma última dádiva, a revelação de um mistério.

– Sei o que está pensando, georgiano – disse. – Mas não é religião, nem política, nem nacionalismo que me motivam.

– Você não é nada, menos que nada, porque não tem crença, fé, alma. – A voz de Mikhail Kartli era um sussurro rouco. – Com você, tudo é apenas comércio.

Cornadoro riu, de repente deliciado.

– Ao contrário, como eu lhe disse quando nos encontramos pela primeira vez, é a informação. Segredos, o desconhecido revelado; todo mundo fica vulnerável.

Kartli espremeu os dedos no pescoço dele, a última, desesperada e terminal luta pela sobrevivência, e, com um esforço quase sobre-humano, por pouco não o levou à inconsciência. Mas a pressão na carótida o enfraquecera e interrompera o fluxo de sangue e oxigênio para o cérebro por tempo mais que suficiente para prejudicar a coordenação e o momento de reação. Com um grunhido, Cornadoro recuperou o controle, um controle que, para Mikhail Kartli, jamais cessaria.

– Eu o tornei vulnerável, georgiano. – Grudou a mão em sua nuca. – Desonrei sua filha. Você morreu duas horas atrás.

Com sua habitual precisão de cirurgião, correu a faca num arco raso que abriu a garganta do georgiano.

Examinou o rosto de Kartli, como se de algum modo pudesse absorver a centelha de vida que se esvaía dos olhos. Depois limpou a faca na calça dele e virou-se para sair. Quando se retirou do confessionário, já esquecera suas duas vítimas.

# capítulo 28

**Enquanto se ouvia a** respiração curta do papa no santificado leito de morte, enquanto o Cardeal Canesi andava de um lado para o outro no corredor do hospital do Vaticano esgotando todas as ondas aéreas do celular com ameaças e falsas promessas a todo padre turco que conseguia contatar, Bravo e Adem Khalif partiam para o mosteiro de Sumela. O amanhecer, antes de um rosa promissor e explosivo no horizonte do leste, fora tragado por nuvens do mar Negro, que pairavam como uma cortina úmida obscurecendo os topos das montanhas. Uma brisa relutante agitava o ar, pesado como gordura. O mar, à medida que eles subiam, parecia cada vez menos real, amarrotado, sólido, como uma chapa corrugada de alumínio.

Em outros tempos, teriam subido o desfiladeiro de Zigana em lombo de cavalos de passos firmes ou robustos burros carregados de mercadorias destinadas ao interior da Anatólia ou, se fossem muito empreendedores, mais além, seguindo a longa e traiçoeira rota de camelos até Tabriz, no norte da Pérsia. No caso deles, o calhambeque de Khalif teria de dar conta, cuspindo partículas de dióxido de carbono toda vez que ele mudava de marcha. O carro ia lotado: no banco de trás, os Gêmeos Sombrios, munidos de armas pesadas, consultavam os celulares como se fossem o Oráculo de Delfos. Os telefones sem fio, ligados via satélite ao Sistema de Posicionamento Global, davam-lhes uma visão divina da viagem. Mantinham contato com seus irmãos, o pessoal de Kartli, distribuídos em posições estratégicas, controlando o tráfego ao longo da rodovia com poderosos binóculos.

O celular de Bravo soltou um zumbido entrecortado, mas, quando ele o atendeu, o sinal desapareceu, sem nenhum registro de quem ligara. Ele pensou, então, em Emma, conferindo os registros londrinos que Dexter lhe atribuíra. Constatou que desejava muito falar com ela, como se ouvir a sua voz restaurasse uma aparência de equilíbrio que perdera a cada traição, a cada morte.

Segurava a tira de papel que o pai enterrara embaixo do azulejo de *oltu tasi* na mesquita de Zigana, junto com a caderneta dele. Era uma longa mensagem codificada, um verdadeiro enigma, e ele vinha tendo grande dificuldade para decifrá-la. Parte do problema era que a cifra parecia incompleta, mas sabia que não podia estar.

A seu lado, Khalif mantinha um fluxo constante de histórias do passado da Ordem, a maioria sobre o Frei Leoni.

– Frei Leoni foi ao mesmo tempo um gênio e um santo, e eis por quê. Já ouviu falar de Leon Alberti?

Bravo olhou-o brevemente.

– Claro. Foi o pai do Código de Vigenère, a maior inovação criptológica em mais de mil anos. Também foi filósofo, pintor, compositor, poeta e arquiteto. Projetou a primeira Fontana di Trevi em Roma, e seu livro foi o primeiro publicado sobre arquitetura, o que desencadeou a transição do estilo gótico para o Renascimento.

– E quem imagina que garantiu a publicação desse livro? – perguntou Khalif.

– Não tenho a menor idéia.

Parte de sua mente continuava trabalhando na confusa mensagem cifrada.

– Seu bom e confidente amigo, o homem com quem aprendeu a filosofia da criptografia na qual o Código de Vigenère foi baseado: Frei Leoni.

O interesse de Bravo foi despertado.

– Então Frei Leoni é o padrinho do Código?

– Exatamente – assentiu Khalif com a cabeça. – Logo depois de assumir o cargo de *Magister Regens*, Frei Leoni descobriu que muitas das mensagens secretas da Ordem haviam sido interceptadas e decodificadas pelos Cavaleiros. Sabia que era essencial inventar um sistema de cifra inviolável, e ele tinha a base de uma idéia. Em vez de uma cifra de substituição, optou por trabalhar na idéia de usar dois alfabetos de cifras simultaneamente: a primeira letra da mensagem seria codificada empregando o primeiro alfabeto, a segunda com o segundo alfabeto, a terceira com o primeiro, e assim por diante. Raciocinou, com grande precisão, que o emprego de dois alfabetos em vez do único tradicional confundiria completamente qualquer pessoa que tentasse desvendar a cifra. Com essa finalidade, recrutou Alberti para ajudá-lo na pesquisa. Isso foi por volta de 1425, mas Alberti morreu antes de haver concluído um método inteiramente formado por criptografia. Com o passar dos anos, Frei Leoni recorreu a outros na Ordem: um abade alemão, um cientista italiano e, por fim, um diplomata francês, Blaise de Vigenère, que conseguiu que fosse nomeado para Roma. Isso foi em 1529. Frei Leoni mostrou-lhe o tratado original de Alberti, junto com as anotações dos outros membros da Ordem. Vigenère e Frei Leoni levaram mais 10 anos aperfeiçoando a cifra.

– E durante 300 anos ou mais ela continuou indecifrável, portanto deve ter servido bem à Ordem – disse Bravo. – O criptógrafo britânico Charles Babbage decodificou o Código de Vigenère em 1854.

– Ah, mas a descoberta nunca foi publicada enquanto ele viveu. – Khalif saiu da estrada brevemente para contornar um rebanho de cabras que os olharam com rasgados olhos de demônio. – Só na década de 1970...

– Espere um minuto – pediu Bravo. – Você não está dizendo que a Ordem teve alguma coisa a ver com o encobrimento da descoberta de Babbage.

– Charles Babbage era membro da Ordem.

– Como? Explique isso.

– De jeito nenhum. – Numa manobra em que desafiava a morte, Khalif entrou na contramão, para ultrapassar um caminhão cujo motor a diesel parecia à beira de dar o soluço final. – Nisso eu tenho de defender o seu pai. Você já tem informação suficiente para encontrar a solução sozinho.

O espelho retrovisor revelou que os Gêmeos Sombrios estavam mergulhados até os joelhos em excitadas conversas. Tudo ia bem, então. Bravo tentou não ficar exageradamente satisfeito, mas não pôde evitar. Afinal, tudo seguia seu caminho. A não ser aquela maldita cifra que o pai lhe deixara, cuja chave ainda o enganava.

Retornando os pensamentos ao problema que Khalif propusera, disse:

– Se eu fosse Frei Leoni e tivesse gasto tanto tempo e energia mental na criação dessa cifra polialfabética, e dependesse dela para uma comunicação secreta da Ordem, ia querer ter o máximo de certeza de que não podia ser violada.

– Como faria isso?

– Usaria o mesmo método que tinha usado para criá-la e reuniria uma equipe para trabalhar na decodificação.

O brilho nos olhos de Adem Khalif animou-o; estava na pista certa.

– E assim que a decodificassem?

– Ia querer ter certeza absoluta de que ninguém soubesse disso enquanto não criasse outra, ainda mais segura. O que a Ordem deve ter feito em 1970.

– Certíssimo.

Bravo balançou a cabeça, receoso.

– E logo depois se divulgou a descoberta de Babbage.

– Isso foi obra de seu pai. – Khalif deu-lhe uma breve olhada. – Você sabe que foi seu pai quem inventou a nova cifra, a Série do Anjo. Como Frei Leoni tinha morrido algumas décadas antes, foi seu pai quem aceitou carregar sua tocha. Parece que tinha uma ligação quase mística com Frei Leoni. – Encolheu os ombros. – Talvez... eu não tenho certeza disso... seu pai tenha dado um jeito de se encontrar com Frei Leoni. Não me olhe assim, é inteiramente possível, você sabe. Quando seu pai punha uma coisa na cabeça, quase sempre conseguia.

A Série do Anjo foi criação de Dexter, Bravo devia ter sabido disso, porque o pai conversara com ele sobre a violação do Código Vigenère: fora concebido um método para determinar o comprimento da palavra-chave. Depois a cifra havia sido decodificada em partes que correspondiam ao número de letras. Esses pedaços manejáveis foram então analisados pela freqüência da letra. Toda a idéia da cifra do nível seguinte, dissera-lhe o pai, era eliminar a palavra-chave. Entretanto, o criptógrafo se veria atolado num pântano de alfabetos múltiplos, sem saber por onde começar a criptografia.

Então alguma coisa estalou em sua mente. Pegou o isqueiro que o pai lhe deixara, abriu-o, retirou a foto da infância. Estranho que ele houvesse escolhido um instantâneo em preto-e-branco pintado à mão: vermelho, azul, verde... De fato, agora que o olhava com mais atenção, via que o rosto era amarelo, não da cor da pele.

Virando para uma página vazia da caderneta de anotações do pai, escreveu rapidamente as cores do espectro visível. Começou com vermelho e terminou com púrpura. Atribuindo um número a cada cor, chegou a 1.543. Logo, devia usar o primeiro, o quinto, o quarto e o terceiro alfabetos nessa ordem. Recorrendo à grade de Vigenère que empregara antes, começou a decifração.

Atrás, a conversa dos Gêmeos Sombrios tornara-se mais intensa. Ele a ignorou enquanto pôde, até a excitada tagarelice dos dois tomar o interior do carro. A essa altura, chegara a meio caminho de transformar a cifra em texto corrente e já se sentia profundamente perturbado pelo que lera.

Abandonando o trabalho, virou-se no banco.

– Avistaram algo? – perguntou.

– Nós estamos aqui – disse um deles, cujo nome era Bebur, apontando uma tela brilhante como um reator atômico.

– E aqui está Damon Cornadoro – disse Djura, o outro. Sob as ataduras, tinha o nariz escuro e inchado onde Bravo o atingira na mesquita de Zigana. – A caminhonete dele está meio quilômetro atrás de nós.

– Excelente. O plano está funcionando.

– Não exatamente – disse Bebur. – Mikhail deu ordens de atirar nele à primeira vista. De algum modo, ele conseguiu escapar das emboscadas. Continua atrás de nós.

. . .

– O que foi que ele disse?

– Eu lhe contei ontem à noite – respondeu Camille, enquanto dirigia o carro alugado no tráfego pesado.

– Fiquei pensando nisso a noite toda, na verdade – disse Jenny. – Não acredito em você.

Camille olhou-a cuidadosamente, tentando medir a raiva que vinha se acumulando dentro de Jenny. A idéia era direcionar todo esse rancor para Bravo, não deixar que se voltasse contra ela.

– Por que diabos eu ia mentir para você?

Camille buzinou ao contornar dois automóveis antigos cujos motoristas gritavam um com o outro.

– Você mesma disse que Bravo é como um filho para você. Sacrificaria a mim para protegê-lo. – Jenny virou-se para Camille. – O que não parece entender é que eu também quero protegê-lo.

– Mesmo depois do que ele fez com você? Acusou-a de assassinato, de ser uma traidora. Mesmo depois de ameaçar matá-la ele mesmo?

– Eu o amo, Camille.

– Ele desistiu de você – disse Camille. – Disse isso ontem à noite.

– Não faz mal.

Camille balançou a cabeça. Estava realmente perplexa.

– Eu não a entendo.

– Não é isso que é o amor? Um sentimento que transcende dificuldades, desentendimentos, decepções, aparentes traições?

Pela primeira vez na vida, Camille sentiu-se embatucada, não encontrava palavras. A confusão resultava de lembranças de Dexter. A raiva que sentira dele, de sua traição, fora monumental, mortificante. Abalara-a até a essência. Agora, diante da imutável emoção de Jenny, era obrigada a enfrentar a volubilidade da sua. Amara Dexter, sim. Fora dominada por uma febre que ameaçara virá-la pelo avesso, desviá-la de seu propósito declarado. Assustara-a, na verdade, tão completamente que ela reprimira o sentimento, rangera os dentes e seguira adiante com o trabalho de voltá-lo contra aqueles a quem ele mais amava. Só que não funcionara. Fracassara, o que fora bastante ruim. Mas, muito pior, chegou o momento em que reconheceu que ela própria poderia voltar-se contra aqueles a quem *ela* mais amava. Por ele. Por ele.

Socou o volante com os punhos fechados.

– O que é isso?

– Nada – respondeu ela, a voz rouca. – Nada mesmo.

Mentiras. Mentiras, mentiras e mais mentiras. Ela tinha amado Dexter, apenas Dexter. E Jordan? Tivera sua chance de amá-lo, mas em vez disso o nutrira de bile e ódio com seu leite. Criara-o com um único objetivo: ser seu instrumento de vingança contra os Cavaleiros e a Ordem. Queria derrubá-los a todos.

Agora era tarde demais. Ele se afastara muito dela, tanto quanto a Lua da Terra. Quando se tratava de Jordan, ela não conseguia sentir absolutamente nada.

– Eu não acredito em você – repetiu Jenny, examinando o rosto dela.

Mais uma vez, o murmúrio da voz de Arcangela ressoou na sua mente, ecos de coragem, vigilância, ousadia, perseverança. Essas eram, compreendia agora, as qualidades que Paolo Zorzi tentara incutir-lhe com cada golpe que lhe desferira. No mesmo instante, sentiu fluir para dentro de si uma força renovada, de uma fonte que nunca soubera que existia em seu íntimo. Também via Ronnie Kavanaugh e Dexter, em seus devidos lugares. Junto com Paolo Zorzi e seu pai, haviam sido parte de seu rito de passagem, elementos do cadinho no qual se forjara a pessoa que se tornou – em dor e infelicidade, que apenas a tornaram mais forte no final. Agora sabia disso, com uma certeza que a penetrava profundamente.

– Por que não quer me dizer?

Alerta como um cão de caça, Camille olhou-a. Outro raio atingiu-a. Alguma coisa acontecera enquanto não olhava. Jenny não era mais a mulher perdida, vulnerável, traída que aparentava ser pouco tempo atrás. Camille sentiu a proximidade do perigo e um arrepio percorreu sua nuca. Jenny não ia mais simplesmente aceitar suas mentiras. Ela teria de fazer alguma coisa que era inteiramente contra a sua natureza: dizer-lhe a verdade.

– Eu a invejo pelo que sente em relação a Bravo – disse, combatendo uma certa náusea. Dizer a verdade sempre lhe embrulhava o estômago. – Porque não posso sentir nada disso. Estou morta por dentro, Jenny. Morta.

– Camille, o que está dizendo? Sei que você ama Bravo... e deve sentir o mesmo pelo seu filho.

Camille olhava fixamente o tráfego e subia serpenteando a colina cada vez mais íngreme. Sentia-se perdida e solitária. E daí? Tinha seu propósito – seu plano de décadas de vida – para confortá-la. A vingança era um aconchego quente e confortável. Melhor que tudo, não traía a gente.

– Escute, sobre o que Bravo e eu falamos ontem à noite, eu me ofereci para ficar de olho em você, informá-lo a seu respeito.

– Você não me defendeu, não lhe disse a verdade?

– Ele não estava no clima para ouvir, confie em mim.

– Mas por que jogar com a ilusão dele?

– Foi a única maneira de conseguir que ele me dissesse aonde ia em seguida.

A mentira tinha um sabor especial, como manteiga derretida na língua. Na verdade, era a Cornadoro que seguia, mas, claro, não tinha a menor intenção de dizer isso a Jenny. Dizer a verdade a serviço de seu vício podia tolerar. Fora disso, nunca. Nunca mais.

. . .

Damon Cornadoro não iria embora, pensou Bravo, até que o rechaçassem. Essa linha de raciocínio tinha um evidente e inconfundível apelo. "*Não adianta tentar me livrar dele nem me esconder dele. Já tentei isso e funcionou contra mim*", dissera a Khalif na noite anterior.

Quando Khalif sugerira um carro-chamariz, Bravo negara com a cabeça. "*Estamos seguindo a linha de raciocínio errada. O que precisamos é fazer a extraordinária expertise dele trabalhar para nós.*"

Então propusera seu plano e Khalif o transmitira a Mikhail Kartli, que o aprovara. Ou assim ele acreditara. Parece que Kartli tinha suas próprias idéias. Seu pessoal armara uma emboscada para Cornadoro prematuramente e fracassara. Pior, Cornadoro agora sabia que estavam no seu encalço. Ir atrás dele nesse momento seria como pôr a cabeça num ninho da vespas.

Como se não bastasse, os Gêmeos Sombrios no banco de trás estavam agitados, a ansiedade crescente palpável.

– É essencial que nos atenhamos ao plano original. – Ostensivamente, Bravo falava com Khalif, mas todo mundo no carro sabia que se dirigia aos gêmeos. – Planejamos como pegá-lo na mesquita, e é isso o que temos de fazer.

– Temos uma idéia melhor – disseram os Gêmeos Sombrios em quase perfeito uníssono.

Djura abriu um comprido saco de lona, que estendeu diante dos pés, e retirou um par de fuzis McMillan Tac-50, equipados com mira telescópica de elite Leupold 16x. Essas armas usavam a poderosa munição 12.7, que, mesmo com um tiro de raspão, despedaçava um ser humano. Com uma ânsia de náusea, Bravo pensou na ordem de Mikhail Kartli para que matassem Jenny com um tiro, no mercado.

– Deixe a gente saltar alguns metros adiante – disseram, a intenção perfeitamente clara.

– Seu pessoal fracassou nisso antes. O que os faz acharem...

Antes que pudesse continuar, seu telefone vibrou junto ao quadril e ele o agarrou.

– Emma.

– Graças a Deus que consegui completar a ligação. – Ela parecia ofegante e assustada.

– O que foi?

– Você tinha razão ao me mandar continuar com a tarefa que papai me deu. Verificar a informação de Londres não era um trabalho bobo e sem importância, como eu tinha imaginado.

Ela engolia em seco com tanta força que Bravo não conseguia ouvi-la.

– Descobri que ele queria que eu o ajudasse a desenterrar o traidor, afinal.

– Espere. – Bravo mandou Khalif encostar. – Não deixe que eles façam alguma estupidez – acrescentou quando saiu do carro. Com um ligeiro tremor, afastou-se um pouco e deu-lhe as costas. Viu o rastejar espectral do sol atrás de um bloco de nuvens nubladas. – Pronto, continue.

– Imagino que você saiba que por vários anos, ultimamente, tio Tony trabalhou em Londres.

– Claro – disse ele, irritado. – Emma, o que foi que você descobriu?

– Tudo parecia certo, até eu entrar no relatório semanal de informação do tio Tony, o material mais chato, de rotina.

– Aqueles que ninguém olharia duas vezes.

– Certo. Só papai. – O ruído de sua respiração vinha junto com o sinal. Embora tão distante, ela parecia estar ali, com Khalif e os Gêmeos Sombrios. – Parece que há uma mensagem cifrada oculta *dentro* do resumo semanal codificado de informações que tio Tony vinha enviando para Washington. Não é um dos nossos códigos, disso tenho certeza. Acho que papai tinha descoberto e estava decifrando quando foi assassinado.

Bravo, com a respiração presa, cambaleou dois passos antes de encostar-se numa árvore. Mais uma vez ouviu o terrível ruído do gelo se partindo e sentiu no íntimo a dor de outra perda: tio Tony era o traidor. Alguém tão próximo que o mundo de Dexter deve ter virado de cabeça para baixo quando desvendou sua identidade. Exatamente como Bravo se sentia. Mais uma vez sua realidade também fora virada do avesso, seu senso do bem e do mal posto à prova. O amor que tio Tony lhe demonstrara, os jogos que haviam feito, os conselhos oferecidos – era tudo encenação. Ele se infiltrara no coração de Bravo, usara-o como um disfarce para plantar-se cada vez mais fundo no núcleo da Ordem. Era impossível acreditar, e no entanto tinha de acreditar, porque era verdade.

E então foi atingido por outra verdade.

– Bravo? – perguntou Emma em seu ouvido. – Ainda está aí?

Ele levou a mão à testa. Sentia-se como se estivesse prestes a enlouquecer.

– Emma, eu tinha tanta certeza de que Paolo Zorzi e Jenny eram os traidores. – Maltratara Jenny, acusara-a e a ameaçara. Recusara-se a ouvir sua versão dos fatos, não reconhecera a verdade quando ela lhe contara. Sentiu nojo de si mesmo. – Como posso ter sido tão injusto e errado? Jenny é inocente.

– Zorzi ainda poderia ser culpado.

– Acho que não. Foi tio Tony quem inventou a acusação contra Jenny. Me enganou deliberadamente. Quis me fazer acreditar que Jenny era a traidora para não correr o risco de ser descoberto. – Veio-lhe à mente o espectro da sangrenta cena na igreja de San Giorgio dei Greci. – Oh, meu Deus, agora eu entendo tudo. Quando tio Tony atirou em Zorzi, Jenny deve ter compreendido que tio Tony era o traidor.

Lembrou-se de Jenny no restaurante do terraço em Trabzon, a elegante curva do pescoço exposta, clareada pelo luar até a cor de alabastro. Sentiu uma pontada de culpa por tê-la esnobado deliberadamente para advertir Camille sobre ela e Damon Cornadoro. Acima de tudo, ouvia no eco de sua mente sua própria e vergonhosa ameaça: "*Se você tentar me seguir, se eu a vir de novo, vou matá-la.*"

– Claro que ela atirou em tio Tony – dizia agora. – Sabendo que ele era o traidor, vendo-o matar meu mentor, eu teria feito a mesma coisa.

*Mas e quanto aos padres Mosto e Damaskinos?*, perguntou a si mesmo. *Será que ela os matou ou armaram contra ela?*

– Papai descobriu que tio Tony era o traidor, essa era a descoberta que tinha feito. – Emma ordenava as idéias enquanto falava. – Só lhe faltava uma prova concreta, sólida, e foi aí que eu entrei.

– O plano de Tony era brilhante, você não concorda? Sem necessidade de mudanças súbitas nem viagens inexplicáveis, nem qualquer desvio dos padrões normais. – Ele pensou por um momento. – Você descobriu para onde ia a cifra quando era tirada das transmissões eletrônicas?

– Preciso ter as cópias das transmissões – respondeu Emma. – Tudo o que consegui, após toneladas de leituras muito tediosas, foi comparar as transmissões no ponto de origem e no ponto de destino. E foi assim que encontrei a discrepância.

– Pode enviar a cifra para meu telefone celular?

– Posso.

– Junto com a freqüência que tio Tony usava para enviar as transmissões.

– Variavam de semana para semana, mas posso lhe enviar uma lista.

– Ótimo – disse Bravo. – Faça isso, então.

– Você tem uma idéia, não tem?

Khalif saiu do carro, um olhar ansioso no rosto. Gesticulava para a traseira do automóvel, os Gêmeos Sombrios, sem a menor dúvida, doidos para disparar os Tac-50.

– Acho que sim.

– Está falando igual ao papai.

Por que todo mundo lhe dizia isso?

– Emma, eu preciso ir.

– Espere, Bravo. Descobri mais uma coisa que você deve saber. Papai estava envolvido com Jenny.

Bravo fechou os olhos. Não queria ouvir a confirmação das suspeitas do Padre Mosto, e no entanto se ouviu perguntando:

– Envolvido como?

– Eu... eu não sei exatamente como. Mas a verdade é que alugou um apartamento para ela em Londres.

– Por quanto tempo a manteve?

– Bravo, por favor, se acalme. Não há prova concreta alguma de que ele teve um caso com ela.

Ele apertou o dedo polegar e o indicador nas pálpebras para tentar deter a maligna enxaqueca que rompera atrás dos olhos.

– Por quanto tempo, Emma?

– Onze meses.

– Nossa. Ele *sustentava* ela.

Silêncio. Então ele lançou o desafio:

– Me dê outra explicação, Emma.

Outro silêncio. Khalif vinha andando em sua direção.

– Eu realmente preciso ir.

– Eu sei. Cuide-se, Bravo.

– Você também.

– Me mantenha informada. – A risada dela tinha um afiado tom irônico. – Não gosto de ficar no escuro.

– Nem eu. – Eram lágrimas nos olhos dele? – Obrigado pelo trabalho, por mim e pelo papai.

Bravo dirigiu-se de volta ao carro, encontrando Adem Khalif no meio do caminho.

– Você me disse que meu pai gostava de manter o ouvido no chão, que você era seus olhos e ouvidos no Oriente Médio. – Após consultar a mensagem de texto que surgira na tela do celular, mostrou a Khalif a lista de números. – Você controlou e registrou tráfego em algumas destas freqüências?

Khalif franziu os olhos para a pequena tela.

– Há coisas demais aí. Vamos ter de ir ao meu escritório para conferir.

– Apesar do que aqueles dois estão pensando – disse Bravo com absoluta segurança –, precisamos ir até lá já.

– Bravo, tenho de repetir o que você mesmo disse: não é uma boa idéia nos desviarmos do plano original.

– Tarde demais para isso – falou Bravo, implacável. – Seu amigo Kartli já explodiu o plano do futuro reino.

. . .

O escritório de Khalif ficava a dois terços da subida íngreme da encosta trebizondina, um apartamento num moderno arranha-céu, uma das cinco torres idênticas com sacadas, conhecida como Sinope Bloco A. Uma sinuosa estradinha para carros levava à entrada principal. De cada lado do asfalto enfileiravam-se ciprestes tosquiados como milicianos soviéticos batendo continência. Pés de açafrão com flores violáceas, escassamente plantados como que em reconsideração ou relutante protesto, acenavam em pálida saudação. Enquanto Bravo e Khalif continuavam no carro, os Gêmeos Sombrios reconheciam a propriedade, entrando e saindo das sombras das árvores farfalhantes. Os homens da manutenção em andaimes corrediços bem no alto, que disparavam jatos de areia na lateral do prédio, eram de particular interesse para eles.

– Não sei como alguém mora aqui – comentou Khalif. – Uma construção no estilo soviético, tão pobre que vivem tendo de substituir partes das fachadas ou refazer filas inteiras de sacadas. – Tirou um cigarro com uma batida no maço e acendeu-o. Soltando a fumaça, disse: – Não se preocupe com aqueles dois, pode confiar sua vida a eles.

– Mesmo o de nariz quebrado?

– Está pensando como um americano. – Khalif pinçou com os dedos um floco de tabaco preso na ponta da língua. – Você surpreendeu Djura. Antes de atacá-lo, ele tinha certeza de que você era covarde. A dor não significa nada para ele, mas a sua capacidade de decisão, sim.

Bebur apareceu, um telefone celular numa das mãos, uma Mauser na outra. Tinha o rosto pálido.

– Encontrou alguém? – perguntou Khalif. – O que foi que houve?

– É Mikhail – disse Bebur, num monótono tom misterioso. – Foi morto, assassinado tarde da noite de ontem em nossa igreja, junto com um dos padres. – Tinha a expressão fixa e concentrada, as costas eretas como uma vara, os pés afastados, os membros ligeiramente dobrados, as mãos abertas e prontas para atacar. Em suma, um soldado promovido em campanha. – A mulher dele acordou e descobriu que ele não voltara para casa. Isso em si não era alarmante, mas, quando ele não apareceu na loja, não atendeu ao celular, os filhos ligaram para todo mundo e foram até a igreja. Compreensivelmente, estão enfurecidos.

Bravo saiu do carro.

– Quem fez isso? – Parado, encarando Bebur, olhou-o como pela primeira vez, de soldado para soldado. – Quem matou Kartli?

– Damon Cornadoro.

Khalif jogou fora o cigarro pela janela, saiu de trás do volante e postou-se ao lado de Bravo.

– Sabe disso como um fato concreto? – perguntou.

Bebur assentiu com a cabeça.

– Os dois foram liquidados com uma *push-dagger*. Marca registrada de Cornadoro.

Virou-se ao ver Djura aproximar-se numa corridinha.

– Tudo limpo – disse Djura. – Até agora.

Bravo sobressaltou-se.

– Você disse uma *push-dagger?*

Bebur fez que sim com a cabeça.

– Sim, a gente sabe que...

– Eu sei, a faca feita para apunhalar, que faz um corte típico.

Kartli dissera-lhe, quando transmitira a notícia do assassinato do Padre Damaskinos: "*A garganta foi cortada de uma forma muito particular. O corte foi feito com uma* push-dagger. *Conheço alguém que mata assim, é um assassino dos Cavaleiros de São Clemente.*"

A última peça do enlouquecedor quebra-cabeça encaixava-se.

– Damon Cornadoro – disse Bravo.

Os três fitaram-no atentamente.

– Como? – perguntou Khalif.

– Não foi Jenny quem matou o Padre Damaskinos em Veneza, foi Cornadoro.

Agora tinha a prova, ela vinha dizendo a verdade desde o princípio. Lembrou-se de sua expressão consternada quando lhe disse que o Padre Damaskinos estava morto. Ele se enfurecera tanto que automaticamente julgara que ela andara encenando um papel. Agora sabia que a reação dela era sincera. A lógica levou-o de volta ao Padre Mosto. Jenny afirmara que fora incriminada falsamente pelo assassinato dele. Cornadoro era mais que capaz de um esquema desses e achava-se em Veneza por ocasião da morte do Padre Mosto.

Bebur disse então:

– Os filhos de Mikhail exigem vingança imediata.

– Querem que a gente volte à loja para receber instruções. – Djura olhou nos olhos de Bravo. – Agora faremos o que temos de fazer, sem interferência de vocês.

– Cornadoro é inteligente, muito inteligente, vocês sabem – disse Bravo. – Matá-lo nunca seria fácil, mas, agora que ele sabe da nossa intenção, vocês seriam tolos se o enfrentassem diretamente.

Djura saltou sobre Bravo, as mãos erguidas, prontas para agarrá-lo, mas Bebur se adiantou e interpôs-se entre eles.

– Vamos ser inimigos de verdade agora? – gritou Khalif, levantando as mãos.

– Nós não somos inimigos. – Empurrando Djura para trás, Bebur encarou-os. – Mas não confundam nossas lealdades. Não vamos seguir suas ordens.

– Mesmo que façam sentido?

– Não vamos esperar chegar à mesquita. – Djura apontou o arranha-céu de sacadas. – Lá em cima teremos um perfeito ponto de observação.

Khalif concordou com a cabeça, e Bravo sabia que não devia protestar. A decisão fora tomada; para o bem ou para o mal, os dados haviam sido lançados.

Vendo-os pegar os fuzis no banco traseiro do carro, Khalif cuspiu no concreto.

– Não os subestime.

– Não gosto disso, é uma decisão sentimental.

– Não, meu amigo, é uma decisão profissional – retrucou Khalif. – Ao matar Mikhail, Cornadoro transpôs uma fronteira imperdoável. Os filhos não têm outra opção. Para se protegerem, a eles e a seus interesses, a vingança deve ser rápida e impiedosa. Do contrário, ao sentirem cheiro de fraqueza, os abutres vão segui-los e finalmente os filhos perderão tudo que Mikhail tanto trabalhou para construir.

• • •

Em cima, no 11º andar, Bebur insistiu em destrancar a porta da frente. Djura roçou em Bravo sem qualquer sinal de má vontade ou animosidade; sua reação hostil fora apenas momentânea. Assim que se certificaram de que o apartamento era seguro, deixaram Khalif e Bravo entrar. Bravo observou-os pisar cuidadosamente na sacada, que dava para a entrada de carros diante da fachada e, muito além, a imensidão azul do mar. Apesar da bravata dos gêmeos, o senso de responsabilidade dos dois em relação à sua segurança era comovente.

Após conferenciarem entre si, Djura saiu pela porta da frente do apartamento, presumivelmente para cobrir a entrada de serviço nos fundos do prédio, enquanto Bebur se acocorava, examinando pela mira telescópica do fuzil, à espera da caminhonete de Cornadoro.

Bravo gritou e, quando Djura se virou, atravessou a sala de estar.

– Sou grato por tudo o que vocês têm feito. – Estendeu a mão. – Fico satisfeito por tê-los na retaguarda.

Djura encarou-o no fundo dos olhos e, sem mudar um único traço na expressão, tomou-lhe o antebraço num forte aperto. Bravo fez o mesmo. Saudavam-se como os antigos romanos no que logo se tornaria um campo de batalha sangrento em Erzurum ou Tabriz.

. . .

Khalif levou Bravo para a cozinha.

– Quer uma cerveja? – perguntou, a mão na maçaneta da porta da geladeira.

– Você só pode estar de gozação.

Khalif riu. Apertando uma alavanca oculta, puxou a porta e o refrigerador se abriu, revelando um aposento escondido. Quando entraram, Bravo viu que as dobradiças giravam em dois conjuntos de eixos ocultos.

O espaço de trabalho de Khalif era frio como o interior do refrigerador por onde haviam entrado. Vedado, com filtro de ar e inteiramente auto-suficiente. Pesadas cortinas com blecaute tapavam tão completamente as janelas que não passava sequer uma nesga da luz do dia. Bancadas de equipamento eletrônico, grande parte do qual incompreensível para Bravo, cobriam duas paredes inteiras do piso ao teto. Era como uma biblioteca do século XXI: desprovida de livros, aliás de qualquer material impresso, mas transbordando de informação que continuava a chegar invisível.

Khalif sentou-se no centro dessa metrópole de inteligência. Bravo, ao lado, conferia a lista de freqüências que Emma enviara. Na verdade, Khalif tinha cópias eletrônicas de todas. Isso não o surpreendia, em vista do que Bravo ficara sabendo havia pouco sobre a metodologia do pai na procura da identidade do traidor dentro da Ordem.

O passo seguinte era isolar a cifra do tio Tony, o parasita no fundo dos intestinos do relatório principal. De nada adiantava agora tentar decifrar os códigos – isso ficaria para mais tarde. O que ele queria averiguar era quem recebera a mensagem codificada na rota de Londres para Washington.

Isso acabou por se revelar mais simples do que imaginara, pois Khalif logo descobriu um arquivo eletrônico – de autoria de Dexter Shaw – de todas as cifras piratas recuperadas. Era visível que Dexter vinha trabalhando na decodificação delas. Não se tinha registro algum de até onde fora bem-sucedido, embora Khalif procurasse em todo o banco de dados.

Impaciente, Bravo pediu:

– Me deixe dar uma olhada.

Khalif saiu da frente e ele, os dedos dançando no teclado da estação de trabalho, retornou aos relatórios originais de mensagens, como se achavam quando haviam deixado a locação londrina do tio Tony. Primeiro ligou o analisador de espectro de áudio, para demarcar o momento em que a cifra pirata fora extraída do texto principal, mas, como isso não funcionou, foi obrigado a pensar um pouco mais a fundo.

Seguramente o pai teria seguido essa linha de raciocínio. Teria usado o analisador de espectro e quaisquer dos outros recursos eletrônicos na tentativa de encontrar o momento preciso em que a mensagem cifrada do traidor foi recebida. E fracassara. Bravo recostou-se, contemplando em silêncio a parede de engenhocas, tão sofisticada quanto o painel de controle de uma nave espacial, que cintilava e piscava para ele como um animal mudo. O que precisava era retornar ao início, encontrar outra linha de raciocínio não tão óbvia – *que não houvesse ocorrido ao pai*. Precisava fazer o animal mugir.

Havia outra maneira, sempre havia outra maneira. Ficou ali sentado como uma estátua, imerso em furiosa contemplação. *Esqueça essa coisa de encontrar o momento preciso da aquisição, isso se revelou um beco sem saída*. Ocorreu-lhe então que não havia a menor necessidade de continuar na freqüência da Ordem, que isso fora o começo do beco sem saída. Se pretendia de fato retornar ao início, precisava ouvir *fora* da freqüência.

Pediu a Khalif que analisasse as freqüências que circundavam o início do relatório de tio Tony. Khalif atendeu o pedido; porém, mais uma vez, as leituras mostraram apenas a norma. O maldito animal continuava se recusando a mugir.

. . .

Djura, abrindo com cuidado um tortuoso caminho pelo prédio de pré-moldados Sinope Bloco A, o Tac-50 graciosamente equilibrado na mão, sentia-se bem. Fora-lhe retirado dos ombros um peso indesejável. Ficar preso ao americano atormentara-o, irritara-lhe a pele como um carrapato que não conseguia alcançar. Guerreiro, talvez o americano fosse, mas não era da família, do sangue, podia traí-los a qualquer momento, como todos os americanos tinham fama de fazer quando lhes acenavam com dinheiro, poder ou hegemonia cultural. A corrupção deles era completa, desde a carne até a alma. A visível cobiça, a imensurável avareza acabariam, no fim, por ser a sua destruição, disso não tinha a menor dúvida. Mas até chegarem de repente a esse fim, com a rapidez de um trovão apocalíptico, sua voracidade era contagiante – a ser evitada a todo custo.

O fato de Mikhail e seus filhos serem capitalistas não o incomodava em nada. Ganhavam dinheiro, sim, montes de dinheiro, mas, como ele, tinham fé, o que os levava a empregar a riqueza para ajudar seu povo na Geórgia, em vez de gastar com mulheres, em vez de comprar a joalheria Tiffany's ou a revendedora mais próxima da Rolls-Royce.

Vira a corrupção sem remorso que resultara da disseminação do estilo de vida americano. Como poderia deixar de ver? Estava em toda a sua volta, como se o mar em que nadava estivesse infestado de iPods com música americana, DVDs de filmes americanos, programas de TV americanos, tudo em louvor à celebridade e ao consumismo. Não que ele não gostasse de dar uma espiada na internet para ver Paris Hilton ou Pamela Anderson incrivelmente expostas em várias posições eróticas. A natureza ilícita das imagens detonava como bombas em suas retinas, proporcionando uma excitação que não sabia sequer definir, muito menos entender. Mas era só isso; após absorver esses bites da rançosa cultura americana, tinha certeza de que saciara o apetite. Ao contrário de seu irmão Gigo, que engolira tudo isso e agora importava drogas e "esposas russas" no seu tríplex de cinco quartos sob o eterno sol de Miami Beach.

Gigo também adquirira um vício de cocaína do tamanho de um Lincoln Navigator. Djura, passando por uma fileira de latas de lixo que ficavam perto da entrada dos fundos, sacudiu-se. Odiava o fato de saber o que era um Lincoln Navigator, um conhecimento indesejável, mas que lhe penetrava no cérebro. A prova contra a idealizada pureza de sua vida.

O que o trouxe de volta a Damon Cornadoro, corruptor em grande escala. Djura teria o maior prazer em pegar o americano em vez dele, embora na certa acabasse fuzilando os dois. Eram infiéis. Sob a superfície brilhante, quanta diferença poderia haver entre eles?

Certificando-se de que o Tac-50 estava destravado, abriu devagar a porta de metal que dava para fora. A manhã era quente e pegajosa. Pássaros cantavam, insetos gemiam, o silvo de tráfego acima e abaixo da encosta estendia-se além das torres de concreto. Um carro parou, deixando uma mulher e o filho. A mulher pareceu-lhe muçulmana, embora usasse roupas ocidentais. Tinha as mãos cheias de sacolas de compras. O filho – um menininho – ocupava-se em lamber um sorvete. O carro afastou-se e a mulher e o filho dirigiram-se para a entrada principal do Sinope Bloco A. Surgiu um homem de tez escura, de meia-idade, fumando um cigarro e falando num telefone celular. Desceu para a curva da entrada de carros e ficou numa faixa de luz do sol. Um momento depois, um carro apareceu no campo visual e ele entrou. O carro afastou-se e o barulho do cano de descarga ecoou na caixa de ressonância que era o arranha-céu.

O calor diminuiu um pouco. Uma brisa marinha vinda direto de Sebastopol, que ainda recendia a submarinos atômicos russos, agitou as copas dos ciprestes tosquiados como o turbante de um imã ao curvar-se. E, por falar em imãs, ali vinha um, de barba longa e turva, avançando apressado em direção a ele. Atrás, uma desajeitada mulher coberta, como convinha, da cabeça aos pés com a *abaya* e o tradicional lenço de cabeça muçulmano. Não seria nenhuma surpresa se Cornadoro profanasse o estado sagrado, disfarçando-se de imã, pensou Djura. De fato, seria bem típico dele.

Franzindo os olhos contra a luminosidade do sol, Djura tentou dar uma olhada mais atenta no homem que se aproximava. Mas a tarefa era dificultada pelo lenço de cabeça da mulher, que ondulava com o vento, as pontas obscurecendo muitas vezes o rosto do imã, a parte que interessava a Djura.

Com as suspeitas à flor da pele, firmou-se no vão da porta e ergueu o Tac-50 na posição de tiro. O imã era grande – do tamanho de Cornadoro. E tinha mais ou menos a mesma constituição física. Esse, decidiu Djura, era seu alvo, mas só ia disparar quando tivesse certeza. Matar um imã muçulmano era inconcebível, uma tragédia que causaria mais danos aos filhos de Mikhail do que eles eram capazes de suportar. E assim, tenso e ansioso, esperou com o dedo indicador atentamente enroscado no gatilho. Ouvia na cabeça o ruído satisfatório, o grosso e úmido *ratatá!* das balas arrancando a carne de Cornadoro dos ossos. E o melhor era que nem teria de se aproximar dele – ao contrário de Mikhail, poderia evitar o golpe vil e mortal da faca assassina.

Agora o imã estava na mira. Disse alguma coisa agressiva para a mulher, que balançou a cabeça, subserviente, e recuou vários passos, cabisbaixa. Sorte de Djura, porque agora tinha uma clara visão do rosto do imã e soltou um sopro de ar há muito preso, relaxando o dedo no gatilho. Não era Cornadoro, afinal.

Os olhos do imã mal registraram Djura quando transpôs impavidamente a porta. Os olhos de Djura mal registraram a mulher quando ela seguiu o imã e assim não viram o movimento da sua mão direita ao surgir, por baixo da volumosa *abaya*, a lâmina da *push-dagger* despontando entre o segundo e o terceiro nós dos dedos – maiores e mais calosos que os de qualquer mão feminina.

Djura percebeu o movimento oscilante e horizontal e, tarde demais, tentou mover-se. Seus braços foram habilmente presos atrás. O enorme imã! Nesse instante, a faca penetrou no seu baixo-ventre. Ele soltou um gemido borbulhante – foi só o que teve condições de fazer –, quando a mulher vestida de *abaya* desenrolou o lenço de cabeça e ele se deparou com os olhos ardentes de Damon Cornadoro.

– Onde estão eles? – perguntou Cornadoro com uma torção do pulso que causou uma terrível dor. – Me dê a informação ou sua passagem para o paraíso não estará assegurada.

# capítulo 29

**Olhando as pequenas** curvas brancas sobre verde, Bravo esfregou as têmporas com as pontas dos dedos. Tinha total consciência do tempo passando. A essa altura ele e Khalif já deveriam estar no mosteiro de Sumela. Cometera um erro, ia terminar num outro beco sem saída? Vinha fazendo o que acusara os Gêmeos Sombrios de fazer? Tomava uma decisão emocional? Não, não podia deixar aquilo escapar. Sentia o pai ao seu lado, sua energia prendendo o filho na cadeira. *Há uma resposta. Use o que você sabe, Bravo*, sussurrou-lhe Dexter Shaw no fundo da mente.

– Passe as freqüências mais uma vez, as duas ao mesmo tempo – instruiu Khalif. – Mas desta vez desligue todos os equipamentos de leitura.

– Como?

– Eu quero ouvir, só ouvir. Entende?

Khalif passou as duas freqüências simultaneamente. Uma complexa melodia de bipes, silvos e guinchos encheu a sala. A princípio, a cacofonia pareceu a tão aguardada transmissão SETI (*Search for Extra-Terrestrial Intelligence* – Busca de Inteligência Extraterrestre) numa língua alienígena ou o equivalente auricular do rabisco incompreensível de uma criança autista. Nos dois casos havia uma mensagem, por mais fundo que estivesse enterrada.

Bravo fechou os olhos. Se o animal eletrônico permanecia mudo, cabia aos sentidos humanos resolverem o enigma. O ouvido era como um filtro – filtrar som e ruído era o que fazia dia após dia. Fora criado para detectar os mais importantes em meio à enxurrada de sons do mundo.

Para ele era apenas uma questão de tempo as camadas de ruído serem eliminadas e a melodia apresentar-se. Esse era seu campo – aquilo em que era bom. Sabia, com seus sentidos, persuadir o oculto a se revelar – em manuscritos, na fala humana, no tato de falsificações que passavam por autênticos achados arqueológicos, nos cheiros de idade e razão, desespero e dissolução.

Agora, no bunker pós-moderno de Khalif, após começar a separação do joio do trigo, reconhecia a melodia. E, depois de defini-la, escutá-la, trancá-la em seu padrão matemático, a subida e a descida da onda sinoidal, ouviu a anomalia.

– Pare – gritou. – Pare aí mesmo.

Ao abrir os olhos, fez Khalif ligar todos os equipamentos de leitura. E ali estava o que tanto procurava. O animal mudo fez "Muu".

. . .

– Por que estamos seguindo Michael Berio? – perguntou Jenny, no assento ao lado de Camille, no pequeno carro esporte vermelho. Era um veículo de fabricação soviética e, portanto, de modo algum um carro esporte, mas uma paródia russa. – Seu próprio homem.

– O nome verdadeiro dele é Damon Cornadoro. Você sabe disso, não sabe?

– Meu Deus. – A cor esvaiu-se do rosto de Jenny. – O assassino de aluguel dos Cavaleiros? Já vi mais de uma dezena de supostas fotos dele, todas de pessoas diferentes. Nossa, como eu não percebi antes?

– Não se culpe – disse Camille. – Ele também me enganou.

Claro que não era verdade, ninguém enganava Camille, mas assim que entendera a ligação entre Jenny e Bravo soubera que teria de mudar de plano. Isolar Bravo não era mais o objetivo; cooptá-lo, sim. Para isso, sabia que ia precisar da ajuda de Jenny; precisava tecer toda uma nova teia de mentiras.

Camille sacudiu a cabeça.

– Você, que é a especialista, me diga: qual é o grau de periculosidade desse Cornadoro?

Jenny lançou-lhe um olhar nervoso.

– Que tal 11 numa escala de um a 10?

– Tão ruim assim?

– Você ouviu as explosões do cano de descarga antes, o cantar de pneus? E depois, um pouco adiante...

– O acidente que nos atrasou, sim, o que é que tem?

– Eu duvido agora que tenha sido um acidente – disse Jenny, sinistra. – E duvido que aquele barulho fosse de explosões de cano de descarga.

– O que está dizendo?

– Acho que os homens de Kartli tentaram atacar Cornadoro, uma emboscada, talvez. Apostaria qualquer coisa que eram disparos de fuzis, e o cantar dos pneus era ele batendo nos carros. Eu li o dossiê de Cornadoro, é bem o estilo dele.

Uma pessoa menos disciplinada que Camille teria rido, mas ela entrara tanto no novo papel que não mais achava as respostas de Jenny ironicamente ingênuas. Confiança era tudo o que queria da Guardiã, e empatia o caminho que escolhera para obter sua confiança. Se não a sentisse, Jenny tampouco sentiria.

– Temos de supor que Bravo armou a emboscada – disse Camille. Tivera

tempo para traçar o curso de ação durante a batida de carros que levara a polícia a fervilhar como um bando de formigas em volta dos carros violentamente destroçados. Espichara o pescoço para ver se havia sangue, mas não vira nada.
– Bravo precisa saber que Cornadoro escapou e continua atrás dele. – Jogou o telefone celular para Jenny. – Ligue para ele e conte.

Jenny não mexeu um músculo.

– Eu?

– Por que não?

– Você sabe por que não. Ele ainda acha que eu assassinei tio Tony e que estou trabalhando para os Cavaleiros.

– Então agora é hora de mostrar que você está do lado dele. – Deu um pequeno sorriso. – Minha querida, escute, ele não acreditou em uma palavra que você lhe disse. Foi ele mesmo quem me falou isso. – Fez que sim com a cabeça. – Veja, lá está a caminhonete de Cornadoro, ali adiante. Não temos um minuto a perder. Coragem é o que se exige agora. Número três.

– Tudo bem.

Jenny assentiu com a cabeça e pegou o telefone celular. Com o coração martelando no peito, apertou o botão de discagem direta rápida.

– Camille...

O som da voz dele atingiu-a como um golpe físico.

– É Jenny, Bravo.

– Jenny, eu...

– Não, não desligue. – Um certo terror dominou-a ao pensar que ia estragar a única chance de provar sua inocência a ele. – Escute, escute, estou com Camille – apressou-se a dizer. – Estivemos seguindo Cornadoro...

– Vocês o quê?

Ela retraiu-se com a resposta dele aos gritos, mas insistiu, determinada. *Coragem.*

– Houve uma emboscada, com dois carros envolvidos, não sei quantos homens, embora talvez você saiba.

– Foi um fiasco total, idéia de Kartli, não minha, mas ele está morto agora, Cornadoro o assassinou exatamente como fez com Padre Mosto e Padre Damaskinos.

Uma inspiração profunda foi tudo que ela conseguiu. Sua cabeça girava.

– Eu sei que tio Tony era o traidor.

– Bravo, Bravo? – Ela curvou-se, quase doente de alívio. – Mas como...?

– Jenny, preciso desligar. Sério.

– Espere, espere! Cornadoro está atrás de você.

– Onde vocês estão agora?

– Num imenso complexo de arranha-céus.

Sinope Bloco A.

. . .

– É um número – disse Khalif. – O número de um telefone.

Bravo, o celular ainda apoiado na mão, disse:

– Cornadoro está aqui.

Khalif apontou.

– Dê uma olhada nisso enquanto vou avisar Bebur.

Quando atravessou a porta do refrigerador, Bravo deu uma olhada atenta no número. Não era de Londres, nem sequer inglês. Tinha dois prefixos: o código de uma cidade e de um país, e ele reconheceu os dois: Munique, Alemanha. Disparou uma campainha na cabeça, um entorpecimento começou a crescer por dentro, um sentimento doentio, sinal de uma nova e monstruosa realidade.

Khalif retornou, empurrando a porta oculta.

– Ele não viu nada suspeito – disse quando tornou a se sentar. – Falou que ia telefonar a Djura para avisá-lo.

Bravo mal o ouvia.

– Preciso fazer uma ligação para Munique, Alemanha – comentou.

Digitou o número e, quando ouviu a grave voz masculina na outra ponta da linha, sentiu o chão sumir sob os seus pés. O pesadelo precipitou-se sobre ele com um sorriso mórbido.

Era a voz de Karl Wassersturm que ouvia. Era para os irmãos Wassersturm que tio Tony vinha transmitindo o código pirata. Desencavou da memória parte da conversa que tivera com Camille no caminho para Saint-Malo:

– *Os Wassersturms ficaram enfurecidos quando o contrato foi cancelado* – dizia-lhe Camille em sua mente. – *Jordan receia que resolveram se vingar de você. O que o deixou tão contrariado é que passou três dias em Munique trabalhando em outro acordo com eles simplesmente para acalmá-los.*

– *Ele não devia ter feito isso; não há nenhum motivo para confiar neles.*

Camille rira.

– *Você conhece Jordan. Se conseguir impor suas condições, fará acordo até com o diabo!*

Mas o problema que se fixara na mente de Bravo, o que ele não conseguira entender era que Jordan deveria saber que não se faziam acordos com os irmãos Wassersturms, por mais vantajosos que fossem os termos oferecidos. Eles estavam envolvidos com traficantes de armas e, possivelmente, terroristas – eram maus até os ossos.

– Karl, aqui é Jordan.

Falava em alemão, imitando a entonação de Jordan, suas singularidades vocais francesas.

– Por que está ligando nesta linha? – perguntou Wassersturm no seu jeito rude, sério. – Combinamos de deixá-la apenas para transmitir a... informação.

Ali estava o motivo, a ligação entre os Wassersturm e Jordan, revelado em toda a sua horrível glória.

Melancólico, Bravo perguntou:

– Você perdeu a desse mês, não foi?

– Você sabe que a engrenagem é como a de um relógio. – A ansiedade na voz de Karl Wassersturm era palpável. – Você recebe a informação minutos depois de eu fazer a transmissão, quase sem atraso; foi assim que estabeleceu tudo. Não foi erro meu, juro. Nenhuma transmissão chegou este mês.

– Se a estiver omitindo de mim, Karl, eu juro...

– Não, Jordan, absolutamente. Jamais me passou pela cabeça essa idéia. Você me disse, não foi? É a sua cifra. Eu não a entendo, você me avisou que não podia ser desvendada, que bem me faria omiti-la?

– Nenhum – disse Bravo, com a voz mais severa de Jordan Muhlmann. – Espero que se lembre disso, Karl. Manterei contato.

Atirou o telefone no outro lado da sala. Oprimido pelo horror pessoal – a traição inimaginável – que encarava diante de si, afundou a cabeça nas mãos.

. . .

A caminhonete de Cornadoro estava vazia quando Jenny e Camille encostaram atrás e pararam. Jenny, a pistola Witness que comprara de Mikhail Kartli pronta para disparar, saltou e fez uma revista completa. Quando Camille se juntou a ela, descobrira uma coisa interessante.

Tirou a surrada caixa de metal do compartimento embaixo do banco da frente da caminhonete.

– Veja isto – disse, levantando a tampa.

Dentro havia maquiagem teatral, pedaços de pêlos de diferentes cores para as sobrancelhas, bigode, barba, pequenos estojos de plástico contendo lentes de contato coloridas.

Camille, remexendo na coleção de narizes, queixos, bochechas e orelhas protéticas, disse:

– O que significa tudo isso?

Jenny já agarrara o celular e apertava o botão de ligação rápida repetidas vezes, sem sucesso.

– Merda, com todo aquele metal nas torres, ele não responde.

Começou a correr para o arranha-céu.

Camille sabia exatamente o que significava o conteúdo da caixa – vira Damon em muitos de seus disfarces e reconhecia que era um especialista em mudar de aparência, daí o motivo de a Ordem nunca ter conseguido obter uma boa foto dele. Saindo apressada atrás de Jenny, analisou suas opções. Poderia deter Jenny já, como fizera no corredor da igreja de l'Angelo Nicolò, pouco antes de assassinar Padre Mosto. Mas isso seria o auge da loucura. Precisava de Jenny agora como chamariz para trazer Bravo até ela. Só não precisava era de Damon andando por aí matando pessoas a torto e a direito. Era bem verdade que, até então, ele fora útil, mas a situação no campo mudara drasticamente, e qualquer general incapaz de alterar o plano de batalha quando o combate assim exigia acabaria inevitavelmente derrotado.

– Meu melhor amigo é um ator. Já vi esses apetrechos antes – disse Camille, alcançando Jenny junto ao seu ombro direito. – Acho que vi o que está faltando, sei como deve estar disfarçado.

• • •

Camille tinha razão, compreendeu Bravo, embora de certo modo talvez não soubesse. Jordan fizera, na verdade, um pacto com o diabo. Não fora enganado por Damon Cornadoro; *pedira* Damon Cornadoro. Jordan, seu melhor amigo, era um Cavaleiro de São Clemente – não apenas um Cavaleiro, mas o líder, porque era o arquiteto, estava por trás de tudo: o assassinato de Dexter, o ataque organizado à Haute Cour, aos segredos da Ordem.

Bravo gemeu. Para coroar tudo isso, vinha trabalhando na Lusignan et Cie. para Jordan, labutando durante anos na empresa de fachada do inimigo. E se Jordan lhe dera tarefas que destruíram negócios de propriedade secreta de membros da Ordem? Oh, meu Deus, estivera ele mesmo fazendo o trabalho do diabo?

Não queria acreditar nisso, *não podia* acreditar inteiramente nisso, ainda não – era imenso demais, terrível demais, impensável, de fato. Entretanto, tinha a prova irrefutável. Aquilo não podia estar acontecendo, não com ele. Mas, nesse caso, a negação era letal, Bravo sabia, e sacudiu-se, exortando-se a aceitar uma verdade que jamais teria imaginado que um dia seria obrigado a enfrentar.

Como entender a natureza de um ser humano que podia ser tão falso: seu melhor amigo era seu inimigo mais implacável. Era como se o sol houvesse de repente começado a nascer no oeste, ou os oceanos virado pedra. Mas, quando analisara toda a situação, gostasse ou não, tinha de admitir o brilhantismo de Jordan Muhlmann: que melhor lugar para o adversário acampar senão no degrau da porta do inimigo? Que melhor ponto de observação para vigiar e tramar um plano de batalha?

E com essa compreensão veio o início da aceitação – uma tristeza tão profunda que lhe deixou uma dor no peito.

Ergueu a cabeça, um repentino e terrível pensamento borbulhando na superfície: e se Camille soubesse de tudo e fizesse parte do esquema de Jordan? Por que não? Eram íntimos, ela trabalhava na Lusignan et Cie., faria qualquer coisa para o filho, dissera-lhe isso. Até os negócios do diabo? Ele não sabia. A reação dela ao saber da identidade de Cornadoro pareceu bastante autêntica, mas como ele poderia saber com algum grau de certeza?

Sentiu o rápido e amargo fluxo da paranóia. Ouviu a voz do pai, como se viesse de muito longe, aproximando-se mais a cada batida de seu coração. "*A paranóia é um talento a ser desenvolvido em certas profissões*", dissera Dexter Shaw ao filho. "*O mais útil em relação à paranóia é que você não ficará abalado com o fracasso.*"

A que profissão se referia o pai?, perguntara-se o jovem Bravo. Agora sabia. Teria de ser cauteloso com Camille, avaliar as reações dela sob uma ótica diferente até, de um jeito ou de outro, ela provar sua lealdade.

Um tremendo estrondo sacudiu as paredes e chacoalhou os aparelhos eletrônicos nas prateleiras de aço. Parecia que uma bomba explodira na parte do apartamento além da porta oculta. Ele e Khalif levantaram-se de um salto. Ameaçadoramente, seguiram-se três disparos, um após outro – de pistola, o barulho inconfundível, sem a menor dúvida. Um momento depois, uma coisa pesada bateu na lateral do refrigerador.

Khalif correu para a bancada de aparelhos eletrônicos e recomeçou o martelar ritmado, apertando rápida e metodicamente uma série de botões.

– Estou apagando todos os discos rígidos – disse tanto para si quanto para Bravo. – Tenho todos os dados cruciais armazenados em outro lugar.

Depois abriu uma das cortinas de blecaute. Puxando duas alavancas de metal bruto, soltou o painel de compensado que prendera sobre a janela. Juntos, os dois retiraram o painel.

Khalif abriu a janela para uma explosão de barulhos e um minifuracão de pó de concreto expelido pelo jato de areia usado pelo pessoal da manutenção. Embaixo, via-se um peitoril inclinado de concreto, não mais que uma faixa decorativa na fachada do edifício. Era tão estreito que não havia espaço para erro. Um passo em falso o faria precipitar-se para a morte lá embaixo.

A pancada no outro lado da geladeira foi mais alta, urgentemente ameaçadora.

Bravo hesitou apenas um momento antes de sair atrás de Khalif para o peitoril. Khalif já começava a avançar devagar junto à parede à direita, em direção à quina do prédio. Para Bravo, parecia uma longa distância a percorrer, embora não pudesse ter mais de 100 metros. Para onde se encaminhava Khalif? Para uma janela em outro apartamento no andar? Isso iria apenas adiar o inevitável.

Bravo observou Khalif e, como ele, recusou-se a olhar para baixo. Concentrou-se, em vez disso, em manter uma das mãos apoiada no bloco de concreto da fachada, pondo um pé na frente do outro na linha mais reta possível. Uma súbita rajada de vento varreu a fachada inclinada do prédio, ondulando no lado direito e obrigando-o a parar e firmar-se até o vento se extinguir.

Khalif chegou à quina e desapareceu ao contorná-la. Com toda a sua coragem, Bravo seguiu-o, as mãos agarradas aos cantos, e deslizou em volta.

À frente, viu o andaime de bambu dos operários. Teve a visão distorcida pela mortalha de plástico que os trabalhadores haviam erguido no inútil esforço de manter o pó de concreto pelo menos parcialmente controlado. Bravo distinguiu dois vultos de macacão, olhos esbugalhados por trás de máscaras que mantinham os pulmões limpos. Um deles, de ombros curvados, manejava a pesada máquina ejetora de areia, trabalhando devagar e deliberadamente. O outro, logo adiante do primeiro, debruçava-se sobre a corda que servia de parapeito do andaime, na certa gritando para os operários lá embaixo. Pareciam velhos; tinham os cabelos brancos de pó.

Khalif chegara à borda do andaime. Afastou o plástico. Ao parar junto à barreira da corda, o operário mais perto se virou e acenou desajeitadamente com um braço, avisando-lhe que fosse embora. Khalif ignorou-o, e o homem largou o ejetor de areia.

Khalif tentava explicar a situação, mas o gerador que fornecia energia ao ejetor de areia continuava bombeando um barulho ensurdecedor, e ficou claro que o operário não o ouvia. A essa altura, Bravo também passara para o andaime. Ele estava agora tão perto de Khalif que não conseguia enxergar o operário atrás das costas largas do turco. Era natural então que seu olhar caísse sobre o segundo operário. O homem continuava debruçado no peitoril improvisado com a corda, mas agora, sem a interferência do lençol de plástico, Bravo viu as mãos sangrentas, a boca sangrenta, o pescoço sangrento, retalhado de um lado a outro.

Bravo saltou para a frente. O primeiro operário retirava a máscara, um gesto natural, pelo que Khalif percebia. Obviamente, o homem queria ouvir o que ele dizia. Mas Bravo percebeu que o movimento era um ardil – uma indicação enganosa –, pois, quando o olhar de Khalif foi atraído para seu rosto, o operário já retirara uma *push-dagger* de um dos bolsos do macacão.

– O operário – gritou Bravo – é Cornadoro.

Khalif recuou, mas Cornadoro já balançava a faca, o arco da lâmina varrendo o tórax do turco. Khalif rodopiou, pousando debruçado na barreira de corda, quando a lâmina rasgou o leve linho de sua camisa, expondo a carne. Mas a lâmina não parou, e o arco continuou até o alvo se tornar claro.

O aço afiado cortou a corda na qual Khalif caíra. Ele disparou os braços para cima ao perder o equilíbrio. Bravo lançou-se para a frente, estendendo a mão para Khalif. Tarde demais, pegou apenas ar. Olhando para o lado, viu Khalif, agarrado à ponta da corda, balançar para a frente e para trás sob o andaime. Onze andares abaixo, entreviu Jenny e Camille correndo para o edifício.

Bravo deu um puxão na corda com a esperança de içar Khalif, mas Cornadoro girou a faca, obrigando-o a se afastar da beira, da única posição da qual poderia salvar Khalif da queda mortal.

Dando chutes com o pé direito, Cornadoro impeliu o corpo de Bravo por baixo da barreira de corda na borda interna do andaime até a lateral do edifício. O andaime balançou e bateu na fachada de concreto, enquanto Bravo lutava para não cair pela abertura entre o andaime e o edifício.

Cornadoro golpeou-o quando ele se firmou num dos joelhos, depois o agarrou e o derrubou. Tinham os rostos bem próximos. Bravo sentia o cheiro animal do homem, o calor de sua sede de sangue, e mais alguma coisa, fria e destacada: a total ausência de medo.

– Eu quero o tesouro da Ordem. – A voz de Cornadoro parecia uma lixa na pele de Bravo. – Onde está? Eu quero. Onde está? – Atirou Bravo contra a lateral do edifício. – Dê-me a informação ou, por Deus, vou lhe cortar membro a membro. Vou emascular você, ou pior, quando eu terminar, você nem humano será, vai me implorar para matá-lo.

Desde o início, Bravo vinha tentando pegar o punhal de Lorenzo Fornarini, mas, quando batera na parede de concreto, a arma se deslocara, e agora não podia alcançá-la, por mais que tentasse. De qualquer modo, não havia mais tempo, porque Cornadoro, brandindo a faca como um ceifeiro, estava cumprindo a ameaça.

A ponta da arma avançou para Bravo, que pisou com força no dorso do pé de Cornadoro e, quando ele reagiu, foi direto para o lado interno do pulso, enterrando o polegar e o indicador no feixe de nervos e tendões. A *push-dagger* caiu no bambu entre os pés deles.

Com um grunhido animal, Cornadoro socou o rim de Bravo, depois sentou-lhe o joelho no queixo, e ele caiu de quatro. Cornadoro esmagou os punhos fechados em sua espinha. Bravo desabou sobre o ejetor de areia.

Foram as vibrações da máquina que o impediram de desmaiar. Quando Cornadoro se curvou para desferir o golpe paralisante, ele pegou o ejetor e, rolando de costas, apontou o bico para seu algoz e puxou o gatilho.

Cornadoro berrou, cambaleou para trás, e Bravo levantou-se, acelerando o ataque. Cornadoro usou os prodigiosos braços, cotovelos para a frente, para derrubar o ejetor de areia. Então passou a mão enorme no pescoço de Bravo e apertou a carótida.

Bravo golpeava o ar com os braços, ofegava para respirar, mas a escuridão do abismo fechou-se à sua volta, obliterando seus sentidos um por um.

. . .

Jenny e Camille viam o que acontecia 11 andares acima no andaime. Para Jenny, seus piores medos se concretizavam – Bravo ia morrer e ela chegaria tarde demais para salvá-lo. Também Camille sentia a desconhecida punhalada do medo. Exatamente como previra Jordan, Damon ultrapassara sua autoridade. Por que estava atacando Bravo? A menos que quisesse a localização do esconderijo dos segredos para si mesmo, a não ser que achasse que ia conseguir arrancá-la de Bravo sob tortura. Idiota.

E assim as mulheres correram, lado a lado, as duas trancadas em seus próprios medos e ansiedades. Sem dúvida foi por isso que nenhuma delas viu o homem precipitar-se das árvores onde ficara escondido. Saltou sobre Jenny porque era ela que estava armada. Derrubou-a no chão, enterrando os saltos do sapato enquanto torcia o tórax e derrubando-a com tanta força que a base da mão dela bateu na borda de concreto do passadiço e a arma resvalou para longe.

Camille ficou a menos de oito metros. Conhecia o homem – o albanês, um dos Cavaleiros de Campo escolhidos a dedo por Jordan. As implicações de sua presença ali, espionando Damon – e ela –, eram tão imediatas quanto terríveis. Jordan não confiava mais nela; pretendia pegar o tesouro com os segredos da Ordem para si mesmo. Camille sentiu um momento de indecisão, raro nela. Podia ajudar Jenny contra o albanês ou tentar salvar Bravo, não as duas coisas. Pegando a Witness, virou-se e correu.

. . .

Usando o último grama de força, Bravo deu uma joelhada nos testículos de Cornadoro. Ele tinha o ângulo perfeito – aquele em que os órgãos genitais ficavam na posição mais vulnerável, quando o grau certo de força às vezes causa o máximo de estrago.

Assim que o atingiu, o homenzarrão berrou e soltou-o. A parte primitiva do cérebro, aquela que um ser humano usa para manter-se vivo, disse-lhe que jamais sobreviveria sozinho no andaime com Damon Cornadoro, portanto agiu de outro modo. Sem vacilar, saltou pelo lado do andaime.

Caiu.

Mas não muito longe. Agarrou-se em Khalif, prendendo os braços, pesados como chumbo, em volta da cintura do turco. Juntos, balançavam em arcos perigosos, Khalif gemendo com a sobrecarga nos braços, ombros e costas. Acima deles, Cornadoro pusera-se de quatro, os olhos lacrimejando e sacudindo a cabeça de um lado para o outro como um touro ferido. Então, ignorando toda a dor, pegou a faca e começou a cortar a corda suspensa em que Bravo e Khalif se agarravam.

– Meu ombro está deslocado, não consigo chegar a ele – disse Khalif. – Mas você tem uma chance. Quando eu me soltar, agarre a corda e suba.

– Está maluco? – disse Bravo. – Não vai se sacrificar por mim.

– Por que não? É a minha vida – reagiu Khalif. – Além disso, você faria o mesmo por mim.

. . .

Camille correu até encontrar uma posição em que pudesse ver claramente o alvo através do forro de plástico no andaime do 11º andar. Ajoelhando-se, ergueu a Witness e apoiou uma das mãos na outra, formando um firme tripé. Mirou em Damon, inspirou fundo e soltou o ar. Seu indicador apertou o gatilho.

. . .

Bravo, lutando para impedir que Khalif se soltasse, subiu, agarrou a corda acima da cabeça, prendeu as pernas em volta da cintura do turco, segurando-o com força.

– Este ato heróico de nada lhe adiantará – disse Khalif, tentando se livrar do abraço de Bravo.

Mas nesse instante ouviram dois disparos que vinham de baixo. Um borrifo de sangue atingiu-os, quente e forte, e Cornadoro cambaleou para trás no andaime. Olharam para baixo e viram Camille na posição de perita em tiro ao alvo. Depois Jenny se juntou a ela e as duas correram para as hastes que controlavam o movimento vertical do andaime.

– Deus do céu! – exclamou Bravo, quando o andaime começou a descer.

– Deus é bom – murmurou Khalif.

Um momento depois, um corpo caiu passando por eles e borrifando-lhes o rosto e o peito com mais sangue – Damon Cornadoro em sua longa jornada para o inferno.

# capítulo 30

**O primeiro rosto que** Bravo viu ao abrir os olhos foi o de Jenny.

– Onde estou?

– No fundo da caminhonete de Cornadoro.

Ela segurava uma toalha molhada na testa dele.

– O que aconteceu?

– Cornadoro está morto. Camille atirou nele e ele caiu do andaime.

– Isso eu vi. – Ao mexer-se, ele sentiu uma dor profunda em cada músculo do corpo. – Onde você estava?

– Num corpo-a-corpo com alguém que Camille me disse que trabalha para Jordan, mas isso não faz sentido, faz? Ela insistiu para que a gente saísse dali antes que o filho descobrisse o que estava acontecendo, por isso roubei a caminhonete. – Deu um sorriso. – Fiz ligação direta. – Foram empurrados um contra o outro quando Camille fez uma curva em alta velocidade. – Quanto a essa história com Jordan, Camille deve estar arrasada. Não sei como vai superar. É bom você ter uma conversa com ela assim que se sentir melhor. De qualquer modo, você desmaiou quando o trazíamos para baixo. Acabamos de deixar Khalif no hospital: deslocou o ombro com certeza, mas também pode ter quebrado o antebraço direito.

– Camille está dirigindo?

Ela deu um sorrisinho.

– Não está sempre?

– Para onde?

– O mosteiro de Sumela. Khalif nos disse que era para lá que você ia, certo?

Ele fechou os olhos. Acontecia exatamente como seu pai previra na sua última cifra: não estava indo sozinho para Sumela. De repente, sentiu que o enigma que o pai lhe deixara estava vencendo-o. Teve vontade de parar de correr, dar uma folga ao cérebro. Acima de tudo, queria dormir, não acordar por uma ou duas semanas.

Combateu a lassidão e esforçou-se para clarear a mente e reunir os pensamentos. Tinha certeza de que podia confiar em Camille. Se ela estivesse trabalhando para Jordan, não teria atirado em Cornadoro. Além disso, agora parecia que Jordan mandara alguém espioná-la, a ela e a ele, o homem com quem Jenny lutara. O que significava que ele estava se tornando cada vez mais poderoso, cada vez mais disposto a correr riscos. O papa jazia no leito de morte, só a Quinta-essência poderia salvá-lo. Enquanto isso, Bravo sentia o cerco que os Cavaleiros e o Vaticano haviam lhe preparado se fechar. Aproximava-se do fim da jornada e já não tinha ilusões. Jordan faria qualquer coisa, arriscaria tudo para pôr as mãos nos segredos da Ordem e na Quinta-essência. As vinhas enroscadas da Voire Dei quase haviam se transformado num padrão reconhecível.

Fechou os olhos por um instante, deixando que os solavancos da caminhonete o embalassem.

– Bravo, Bravo – chamou Jenny com certa urgência. – Camille ligou para Khalif. Ele disse que em Macka há uma clínica moderna para o crescente número de montanhistas e alpinistas que entram nas montanhas Negras em todas as épocas do ano, mesmo no inverno. Há um centro traumatológico lá, a gente pode parar...

– Não – respondeu ele logo, abrindo os olhos. – Temos de seguir para Sumela.

Seus olhos se encontraram, e ela acabou por balançar a cabeça, mas ele viu que não gostara muito.

Queria que Khalif estivesse ali. Mas agora tinha de fazer uma coisa sozinho.

– Jenny...

Ela o deteve, pondo a mão em seu peito.

– Podemos falar disso depois.

– Não, eu preciso lhe contar. Não confiei em você, não entendi quando atirou no tio Tony e realmente acreditei quando Cornadoro a incriminou pelo assassinato do Padre Mosto. Não havia como saber que você era...

– Anthony enganou todo mundo, Bravo. Até seu pai, e até o fim.

Só agora ele notava as olheiras dela, as faces encovadas, as veias azuis nas têmporas, como se a pele houvesse se reduzido a pergaminho. Mas essas marcas de exaustão e dor emocional não comprometiam sua beleza. Ao contrário, permitiam-lhe ver a qualidade que ela adquirira enquanto estavam separados. Sabia que muito em breve teria de perguntar o que acontecera com ela, como se dera aquela mudança.

– Tem mais uma coisa.

Ela alisou os lábios dele com a ponta do dedo.

– Não pode deixar isso pra lá por enquanto?

– Já esperei muito tempo. Padre Mosto me disse que você e meu pai estavam tendo um caso. Eu fiquei tão furioso que não podia ver direito. Isso nublou meu instinto, a opinião que eu tinha sobre você...

– Mas, Bravo, eu nunca tive um caso com Dexter.

Ele sentiu um rugido na cabeça.

– Eu não entendo. O apartamento que ele montou para você em Londres...

– Ah, você sabe disso.

Ela se recostou, os olhos voltados para dentro.

Ele tomou-lhe as mãos.

– Não minta para mim sobre isso, Jenny. Diga a verdade, apenas a verdade.

Ela concentrava os olhos no passado.

– A verdade, está bem. – Balançou a cabeça, mas não pôde começar. Então inspirou fundo e soltou: – Eu tive um caso, mas não foi com seu pai.

– Com quem, então?

– Ronnie Kavanaugh. Ele me engravidou e depois me obrigou a fazer um aborto. Me ameaçou, me advertiu que seria o meu fim na Ordem. Eu era jovem, fiquei arrasada, confusa. Fiz o que ele mandou. Mas isso quase me destruiu psicologicamente. Foi seu pai quem cuidou de mim... foi tão bondoso, tão compreensivo... e lá estava eu aterrorizada com a possibilidade de ele me denunciar à Haute Cour e, como disse Ronnie, eu ser expulsa. Mas ele guardou o meu segredo. Falou comigo sobre o bebê, sobre o que significava perder um filho, mas eu nunca soube até você me falar de Junior.

– Ele jamais lhe contaria, sobretudo no estado de espírito em que você estava.

– É claro que não – disse ela. – Em vez disso, me contou histórias inspiradoras.

Jenny riu, deliciada com as boas lembranças, e Bravo podia imaginar como seu pai se afeiçoara a ela, como devia vê-la como uma filha adotiva que aliviava a dor da morte de Junior.

– E depois havia os livros que líamos juntos – continuou ela. – Romances históricos retratando dificuldades, perdas e, por fim, o triunfo. Eu sabia o que ele estava fazendo, e deu certo. Era tão solidário, tão sintonizado com minhas depressões e estados de espírito sombrios que eu devia ter sabido, ou pelo menos desconfiado, que já passara por sua própria tragédia. No ano em que ele cuidou de mim eu passei a amá-lo. Isso não surpreende tanto, eu acho. Mas o amava como a um pai, e ele jamais teve qualquer desejo por mim. Pelo contrário, foi o único homem que me fez sentir segura, até aparecer você.

– E se eu tiver desejos em relação a você? – ele perguntou.

Faces ardendo, ela baixou o olhar para ele.

– Agora estou diferente, conto com isso.

. . .

O mosteiro de Sumela, instalado no leito de rocha da encosta íngreme, erguia-se no céu de azul-cobalto como o portal fortificado de uma cidadela romana. Não tinham delicadeza nem finesse aqueles prédios dourados; guardiães da fé, pareciam construídos para a guerra.

– Guerra é o que temos agora – disse Camille.

– Não há outro jeito? – perguntou-lhe Bravo.

– É triste, mas foi meu filho quem fez a escolha – disse ela. – Com as pressões existentes, as apostas tão altas, duvido que ele pudesse mudar de idéia agora, mesmo se quisesse.

Os três estavam parados à sombra arqueada do antigo aqueduto que muito tempo atrás abastecia o mosteiro de água. Perto, a caminhonete de Cornadoro, que Camille estacionara na rua estreita e sinuosa a alguma distância da fila de ônibus de turismo que despejavam rebanhos de pessoas armadas com crachás de identificação, garrafas d'água e câmeras digitais. Ninguém parecia interessado na presença deles, mas agora, contaminados pela paranóia, eles examinavam a horda com obsessivo interesse.

Bravo voltou-se para Camille.

– Eu achava que Jordan era meu amigo. – Ele havia explicado, da maneira mais simples possível, a história dos Cavaleiros de São Clemente e o envolvimento de Jordan. – Como ele pôde me trair tão insensivelmente?

– É um ator consumado, e tenho minha parcela de culpa nisso. – Ela olhou a série de arcos que sustentavam o aqueduto rochedo acima. – Ele jamais soube quem foi o pai, e agora vejo como isso o tornou amargo. Jordan se fechou, virou-se para dentro de si mesmo. Mas, se eu tivesse contado a ele, não lhe faria bem algum; ele teria continuado numa busca inútil e decepcionante. – Mordeu o lábio inferior. – Coitado do Jordan. Não podemos recuperar o passado, por mais que desejemos.

– Não, o que está feito está feito – disse Bravo.

– As recriminações não adiantam – disse Camille com amargura. De repente, lançou-se nos braços dele. – Ah, Bravo, meu filho me traiu de forma tão imperdoável quanto a você.

– Devemos seguir o mais rápido possível – disse Jenny, enxotando-os da sombra da caminhonete.

– Sim, claro – disse Camille, voltando a si. – Diga o que devemos fazer, Bravo. Estamos aqui para ajudar você.

. . .

Jordan Muhlmann passara da caminhonete para o carro com ar-condicionado na viagem até as montanhas. Sorte dele, pois a viagem implicava três horas de solavancos à medida que a subida se tornava mais íngreme, cheia de arrepiantes retornos, e logo depois da cidadezinha de Macka, onde viraram à esquerda, a estrada se tornava uma ruína.

Estivera lá antes – ironia das ironias, com o próprio Bravo. Haviam tirado o que seriam duas semanas de férias em Ibiza, mas, após seis dias mergulhados numa infindável felicidade hedonista, decidiram largar as duas belas louras com quem tinham se divertido em pistas de dança e camas de hotel. Deixaram as duas mulheres sem uma palavra e fugiram da ilha para os confins da Terra, que para eles era Trabzon, decididamente fora de moda. Um cortiço deprimente cuja única graça redentora era o mosteiro de Sumela.

*Agora aqui estou de novo*, pensou Jordan, *de volta a Sumela com meu velho amigo, que termina sua jornada em busca do tesouro da Ordem. Nossa, estava aqui o tempo todo.* Ironia mesmo. Mas ironia dificilmente era uma palavra desconhecida para ele. Ao contrário, às vezes parecia-lhe que toda a sua vida não passava de uma grotesca ironia. Sua relação com Bravo, por exemplo – o que poderia ser mais irônico? Amigos, tinham sido amigos: segredos partilhados, intimidades, encontros íntimos com o sexo oposto em Ibiza, Paris, Estocolmo, Colônia e outras partes. E, no entanto, tudo o que partilhara com Bravo fora uma mentira – até as garotas. Jordan tinha um fraco por ficar com duas ao mesmo tempo, uma coisa que alguém quadrado como Bravo jamais compreenderia ou aprovaria. Além disso, sua ordem em relação a ele fora manter-se o mais próximo possível. Como era a frase que a mãe usara? *Você tem de entrar na pele dele para conhecê-lo, e conhecê-lo para manipulá-lo.*

A precária viagem revelara-se benéfica, embora Jordan sentisse que se movia num campo minado cercado de arame farpado. Tudo o que diziam um ao outro continha a possibilidade do desastre. Tudo tinha de ser escondido de Bravo. Tudo.

O celular tocou. Ele sabia quem era antes mesmo de olhar a identidade de quem chamava.

– Mãe – disse, com um sorriso irônico que lhe agradava poder ocultar dela.

– O que está fazendo, querido, mandou me seguir? – A voz dela era suave como manteiga. – Seu homem quase estragou tudo.

– Eu diria que era Damon Cornadoro quem detinha essa dúbia distinção. – Silêncio do outro lado da linha; ele raras vezes conseguia isso. – Admita – continuou. – Eu tinha razão sobre Cornadoro. No fim, ele não conseguiu manter a disciplina.

– Foi a Quinta-essência que o corrompeu.

Ela disse aquilo como uma advertência – não em relação a Cornadoro, mas a ele. Jordan sabia, e isso o enfurecia ainda mais.

– Você e Cornadoro... – a emoção embargou a voz dele.

– O que é que tem eu e Cornadoro? – disse a mãe, rindo.

– Eu sei que ele era seu amante. Que tipo de conversa de alcova...

– Minhas conversas de alcova são só numa direção, querido, você sabe disso. – Mas a voz se tornara de aço. – Não está começando a desconfiar de mim, está? Porque isso seria uma perda do seu precioso tempo...

– Meu homem estava vigiando porque eu desconfiava de Cornadoro – disse ele. Era meia verdade, de qualquer modo. Conseguira um firme controle das emoções; nada mais de estúpidas explosões que dessem a ela uma indicação de seu atual estado de espírito. – Você não pode me culpar por isso.

– Claro que não, querido. Pelo contrário, aplaudo a sua prudência.

– E eu aplaudo a sua lúcida capacidade de atirar em seu amante.

– Não foi lá muito difícil, jamais houve qualquer emoção no meio disso. Cornadoro serviu a um objetivo; quando a coisa chegou ao fim, ele também acabou. – Ela fez uma breve pausa. – Mas eu não gostei de ser espionada, e sobretudo por esse horrendo albanês.

Jordan olhou para o motorista.

– Esse horrendo albanês está sentado bem aqui a meu lado.

– O que está dizendo, Jordan? Você está em Trabzon?

– Não, em Sumela, Camille. – Estava com três Cavaleiros de Campo: o albanês, o alemão e o russo do serviço de inteligência, mas não ia dizer isso a ela. Então foi a voz dele que se tornou de aço: – Estou aqui para catar os cacos, para fazer as correções que você não pôde fazer.

– Idiota – ela cochichou. – Tudo saiu exatamente de acordo com o plano. Bravo confia em mim, assim como Jenny. Estarei lá quando ele abrir o tesouro da Ordem.

– Não, mãe, essa honra é minha.

Ele fez sinal a seus Cavaleiros e saltou do carro.

– Se você aparecer agora, tudo estará perdido – disse ela. – Assim que ele o vir, vai entender tudo.

Jordan fez sinal para os Cavaleiros se espalharem.

– Não se preocupe. Só aparecerei no momento certo. – Olhou os homens subindo para o mosteiro. – Táticas de choque, coisas que aprendi por minha conta.

Andou até a íngreme escada de pedra que levava aos prédios.

– Mesmo sua presença aqui... está cometendo um erro, Jordan.

– Deixe que eu me preocupe com isso – ele respondeu.

– Diabos, eu passei décadas organizando isso... – disse Camille.

– Eu papariquei Bravo nos últimos quatro anos porque você me mandou, por causa do que eu nunca tive, por causa do que você me prometeu, mãe.

– Não seja criança, querido.

Ele se sentiu como se houvesse sido atingido por uma lança e com um rosnado animal saltou escada acima.

– Eu terei minha vingança, Jordan. – O aço reapareceu, como as garras de um gato. – Não estrague tudo.

– É uma ameaça? – perguntou Jordan. – Eu sinceramente espero que não, porque tenho o ás de espadas, a informação que você tanto batalhou para esconder de Bravo. A...

O arquejo dela provocou um arrepio que percorreu todo o seu corpo.

– Portanto, chega dessa pose – concluiu. – Saia da minha frente, mãe, já.

# capítulo 31

**O mosteiro de Sumela** era antigo, remontava ao século IV. Fundado em honra à Virgem Maria por dois padres atenienses, recebera o nome de Sumela, do grego *melas*, que significa negro. Nunca se soube se os fundadores foram influenciados pelas Karadaglar – montanhas Negras – em que o construíram ou pela cor do ícone da Virgem que trouxeram.

Bravo tinha motivo para pensar nesse enigma quando, com as duas mulheres, passava pelo conjunto que abrigava a igreja da Rocha, várias capelas, cozinhas, quartos de estudantes, casa de hóspedes e biblioteca. Após as restaurações nos séculos XIII e XIX, o mosteiro fora finalmente abandonado em 1923, depois da ocupação russa de Trabzon, que durou três anos.

Agora não passava de uma atração turística. Mas Bravo soube por Khalif que a Ordem estivera ali. Durante o século XII, o Rei Alexius III e seu filho haviam contribuído para a riqueza de Sumela, usando-o como um de seus olhos no Levante.

O mistério do nome Sumela refletia o da última mensagem cifrada de seu pai: um longo conjunto de instruções nada ambíguas e ainda assim misteriosas – levantando mais questões do que respondendo-as.

A seu lado, Camille subia em silêncio, incansável. Bravo ficaria maravilhado com o condicionamento físico e a vitalidade dela, se provas disso ainda não lhe tivessem sido apresentadas antes. Depois vinha Jenny, que ficara para trás, atravessando por entre árvores e mato baixo na subida da encosta, enquanto se distanciavam cada vez mais dos grupos de turistas.

Pouco depois de um determinado trecho de rocha, ela gritou, pedindo-lhes que parassem num bosque de pinheiros.

– Vi uma coisa – disse em voz baixa. – Acho que é o homem que me atacou diante do arranha-céu russo.

Mantendo em mente a última mensagem do pai, o que precisava fazer o tempo todo agora, Bravo não ficou surpreso.

– Contorne por baixo – disse. – Veja se pode chegar a ele por trás.

– É o cara de Jordan – disse Camille. – Eu vou com você.

– Não acho boa idéia – disse Jenny.

– Por quê? Acha que não posso ajudar?

– Não é isso.

– O que é então? Não é provável que ele esteja só. Eu conheço Jordan melhor que qualquer um de vocês.

– Ela tem razão – disse Bravo, de olho em Jenny. – Preciso das duas atrás de mim agora. – Jenny assentiu com a cabeça. – Enquanto isso, eu sigo em frente – continuou. – Segundo as instruções de meu pai, a caverna onde o tesouro está enterrado fica um quilômetro a nordeste daqui. Venham o mais rápido que puderem.

• • •

O albanês tinha boa memória. Podia relembrar cada homem que o atacara, cada homem que matara ou estropiara. Mas, em todo esse tempo junto aos Cavaleiros de Campo, nunca enfrentara uma mulher, quanto mais ser vencido por ela – até atacar Jenny. Furioso, tinha sede de sangue – dela. Antes que o dia acabasse, seguraria a ensangüentada cabeça da infeliz nas mãos, isso jurava a si mesmo.

Movimentava-se pela floresta sem fazer ruído, como haviam lhe ensinado. Sentia o cheiro da seiva dos pinheiros, o mofo das folhas, o odor dos cogumelos, a doçura das samambaias e flores silvestres. Escutava, automaticamente filtrando os pequenos suspiros de sua própria respiração, o som interno do sangue bombeado atrás dos ouvidos. Farejava em busca de Jenny como um sabujo caça um corpo – vivo ou morto, não fazia diferença para o cão, mas importava muito para ele. O cheiro da sua caça não lhe deixara as narinas; continuava ali, como se zombasse da surpresa que ela lhe fizera. Tornara-se o cheiro de sua derrota.

Avistou-a primeiro, apenas um vislumbre que poderia ter sido a rápida passagem de uma ave levantando vôo do mato baixo, mas ele ia a favor do vento e o cheiro dela lhe chegou, nítido como carbonato de amônia. Com um sorriso, partiu, agachado, correndo baixo e rápido, numa rota tão direta quanto ousada. Quanto mais rápido a alcançasse, melhor. Enroscara as mãos em punhos e depois as abrira, estendendo os dedos encouraçados. Tornou a avistá-la e corrigiu o rumo, desviando-se para atacar pela esquerda. Ela vira alguma coisa ou alguém – talvez o russo, que tomara a frente – e procurava aquilo com tanta intensidade e determinação que dava a ele uma vantagem. Saltou para a frente, aproveitando a abertura. Pretendia explorar a chance ao máximo, para fazê-la pagar, derrubá-la e espancá-la até deixá-la sem sentidos. Não podia demorar muito – tinha de pensar no russo. Não queria que ele ficasse com toda a glória, queria estar presente quando encontrassem o tesouro da Ordem.

Com isso em mente, lançou-se à frente. Jenny ouviu-o no último instante e começou a virar o corpo quando ele já enterrava um punho em seu rim. Ela arregalou os olhos, sem fôlego, e caiu, rolando e arquejando.

O albanês riu e depois, não se contendo, soltou um curto latido apropriado ao cão de caça que era, desgrenhado, musculoso, amante de carne vermelha, leal. Caiu sobre ela, o braço dobrado para o golpe seguinte no osso do nariz que a deixaria tonta, mas ela se ergueu, assentando a cabeça na ponta do seu queixo. A cabeça dele foi lançada para trás, os dentes batendo. O sangue encheu-lhe a boca, pois sem querer mordera a língua.

Ele baixou o braço, mas ela desviou o pulso com um soco de força notável, e, erguendo um dos quadris, tentou deslocá-lo, reconquistar um ponto de apoio. Ele não a soltou, porém, seu volume superior a controlava. E então, ao atingi-la com uma das mãos, com a outra agarrou-lhe a garganta. Apertou-a contra o chão.

Ouviu um barulho – um revólver disparando. Baixou os olhos para o sangue que lhe escorria do peito. Mas não sentiu nada – nem dor, absolutamente nada. Era como se estivesse anestesiado. Não afrouxou a mão na garganta da Guardiã. Ela tinha o rosto congestionado pelo sangue preso, que escurecia sua pele, os olhos saltando. Ele sentiu então o sussurro de alguém que vinha por detrás e esperou, esperou, enquanto o mundo pulsava devagar no esforçado coração, nos pulmões danificados. Ainda assim, não sentia absolutamente nada, e só no último instante possível virou o torso. Então veio a dor, excruciante, uma dor ofuscante, mas ignorou-a ao bater com a mão livre, derrubando a arma da mão de Camille Muhlmann, agarrando-a e jogando-a para cima. Alargou o sorriso – dois pássaros com uma só cajadada. Tirou a mão da garganta de Jenny, enroscou os dedos numa bola, dobrou o braço. Foi quando ouviu o estalo de uma lâmina que se abria, viu a onda de luz solar correr o gume de aço inoxidável. Ela já lhe enterrara a faca na garganta e ele começava a se debater como um peixe fora d'água.

. . .

Com os olhos lacrimejando, sufocando em sua própria respiração, Jenny estava coberta com o sangue do albanês. Meio inconsciente, não soube logo o que acontecera. Até que Camille apareceu, a arma na mão. A primeira coisa que pensou foi que se sentia agradecida por não a ter pego de volta. Depois, com crescente horror, viu o que o albanês fizera, como era forte e decidido mesmo depois de baleado. Ela sentia o gosto de sua própria morte na boca. Ainda assim, quando ele tirara a mão de sua garganta, Jenny se erguera sobre um dos cotovelos. Ele se virara para atacar Camille. Ela se preparava para atingi-lo no ponto vulnerável, onde se localizava um importante feixe de nervos, quando viu Camille enterrar-lhe alguma coisa no pescoço. Viu a faca diante do rosto, viu-a e não havia como se enganar: uma exata duplicata de seu canivete, aquele usado para cortar a garganta do Padre Mosto. Nesse instante, muitas coisas se encaixaram. Entendeu a ausência de resposta de Rule quando ela dissera que os Cavaleiros deviam estar usando outro método para encontrar Bravo. E, finalmente, descobriu quem a deixara inconsciente na igreja de l'Angelo Nicolò e depois cortara a garganta do Padre Mosto.

Então viu Camille olhando-a, e pela sua expressão soube que ela entendia o que lhe passava pela mente.

– Camille...

Mas era tarde demais. Camille já se lançava sobre ela e enterrava-lhe a lâmina.

• • •

Enquanto seguia o tortuoso caminho para cima, Bravo ouvia o borbulhar do Caldeirão, a fonte tida como sagrada pelos gregos ortodoxos. Entre árvores e moitas de açafrão, divisou as ruínas de pedra e as colunas de mármore esculpidas de outra era.

Agora a terra parecia inclinada e distante, entrando num pequeno vale no meio das imponentes montanhas Negras, e abelhas pairavam sobre as flores silvestres, zumbindo em seu trabalho incessante. A longa tarde alcançara o auge do calor, mesmo naquelas alturas. O sol implacável batia sem a intermediação de nuvens ou neblina, e o céu, daquele insondável azul profundo peculiar das grandes altitudes, parecia vulnerável como uma casca de ovo.

Quando atravessava o vale, ouviu atrás o barulho de um único tiro, que ecoou nos rochedos em volta. Parou e quase voltou, mas lembrou as explícitas instruções do pai, lembrou sua missão, que ele jurara proteger a todo custo, e, com esforço e o coração pesado, afastou Jenny e Camille da mente e cruzou depressa o que restava do terreno plano.

Via à frente a boca da caverna, entre várias outras, guardada de cada lado, como escrevera seu pai, por dois ciprestes pontudos como lápis. Assim que entrou na sombra, voltou-se e, agachando-se, olhou o pequeno vale verdejante embaixo. A princípio viam-se apenas os pássaros e insetos, mas a tarde morria, e foi nas longas sombras que primeiro avistou um movimento. Um braço, depois um ombro do tamanho da anca de um gamo surgiu por trás de um tronco de árvore. O lado de uma cabeça em forma de bola de futebol americano, um olho negro, uma cara que ele identificou como russa pela expressão triste e a maneira como absorvia o vale em vetores rápidos e precisos. Bravo moveu-se então, levantando-se, e o russo concentrou o olhar na boca da caverna. Vira um movimento, uma ligeira diferença na profundidade do interior em sombras. Bravo recuou e o russo veio em silêncio, expondo-se apenas por um instante, até encontrar outro obstáculo natural atrás do qual se agachou.

Estava vindo, e Bravo nada podia fazer para impedir.

. . .

Jenny abriu os olhos e viu a luz filtrando-se através de uma camada de folhas. Uma andorinha passou voando, e o grito agudo deixou-a inteiramente alerta. Uma breve amnésia apoderou-se dela e Jenny foi tomada por uma arrepiante onda de pânico, mas depois se ajeitou, sentindo uma pontada de dor no lado. Tudo retornou numa enxurrada: a luta com o albanês, o tiro de Camille, a facada – o canivete com cabo de madrepérola igual ao seu que Camille usou para atacá-la depois. Levando a mão à cintura, sentiu o calor pegajoso que vazava dali. A lâmina fora em parte desviada por uma costela; ela sabia que o corte não era profundo, fatal. Rasgando a parte de baixo da blusa, enrolou-a em torno da caixa torácica para cobrir o ferimento e amarrou com a força que conseguiu suportar.

Onde andava Camille? Olhou em volta e viu-se sozinha na floresta, tendo apenas um cadáver como companhia.

– Nossa!

Levantou-se, apoiando-se num tronco de árvore. A cabeça rodava, e o que quer que tivesse no estômago ameaçava jorrar para fora. O pulso latejava, e ela se obrigou a inspirar fundo várias vezes.

Afastando-se da árvore, iniciou a busca da pistola Witness, mas não encontrou a arma em parte alguma. Má notícia – isso queria dizer que Camille a encontrara e continuava armada. Jenny desejou ter seu celular para avisar Bravo da traição da amiga dele.

Ainda assim, havia armas – Jenny via o cano de um revólver na cintura do agressor; só precisava rolar o cadáver. Ela sentiu um cheiro terrível, quase insuportável, quando se ajoelhou ao lado dele. Pairou com as mãos acima do torso, reunindo forças para virá-lo.

– Muito bem – disse uma voz em inglês com sotaque alemão. – Para trás.

Num reflexo, ela olhou para trás e viu Kreist, um dos Cavaleiros de Campo, cujo rosto e dossiê ela conhecia.

– Estou ferida – disse, indicando o torniquete improvisado, pelo qual o sangue já começava a vazar. – Não posso me mexer.

– Você não está me escutando – ladrou Kreist. – Eu mandei ir para trás. Já!

Jenny fingiu fazer um grande esforço para respirar.

– Me dê um minuto, por favor? – A mão mais próxima agarrou o cabo da arma. – Estou tonta.

Kreist adiantou-se um passo, ameaçador.

– Não vou pedir de novo.

Com uma prece muda, ela disse:

– Tudo bem, tudo bem, já vou me levantar, está bem?

Kreist cuspiu.

– Sua vaca, o que você está fazendo aqui?

Jenny começou a se levantar, mostrando-lhe, ao fazê-lo, um sedutor pedaço da barriga. Viu seu olhar se desviar. Ao mesmo tempo, usando toda a sua força, arrancou o revólver do cadáver, agarrou o cabo com a outra mão e, voltando-se, puxou o gatilho. Sem entender, Kreist recuou cambaleando, e ela, lembrando com muita nitidez o que acontecera com o primeiro agressor, continuou atirando até enfiar quatro balas no alemão e deixá-lo caído de cara para cima, os olhos fixos.

Ela se virou e correu sem olhar para trás, ignorando até onde podia agüentar a dilacerante dor do lado e o sangue que vazava do ferimento. Caiu uma vez, sem fôlego, exausta, a cabeça rodando, mas ouvia a voz de Bravo na cabeça e obrigou-se primeiro a ficar de joelhos, depois a se levantar e caminhar, cada vez mais rápido.

"*A caverna fica um quilômetro a nordeste*", ele dissera.

. . .

O esconderijo dos segredos ficava embaixo de um altar semicircular dedicado à deusa grega Afrodite. A pedra do altar não tinha qualquer tipo de enfeite depois que o templo foi saqueado décadas atrás. Na verdade, se o pai não lhe houvesse dado instruções precisas sobre como encontrá-la, jamais haveria conhecido o seu uso original. Tinha uma lanterna, mas ali não era necessária. Aquela parte da caverna apresentava uma colméia de pequenas grutas, corredores e chaminés, algumas das quais se elevavam até a superfície da encosta. Por isso a luz do sol, colorida pelos minérios esverdeados na rocha, fornecia uma iluminação fantástica. Junto com a luz vinha o som, o vento gemendo em lamentosa melodia, como se saísse de uma gigantesca flauta de Pã.

Ele se colocou diante do escuro altar de pedra no qual, supunha-se, os gregos pagãos haviam matado animais antes que a Virgem Maria chegasse àquela região, talvez mesmo depois, pois a deusa do amor tinha um lugar especial no coração dos gregos. Não tinham todos necessidade de sua ajuda?

Ouviu um barulho, não mais alto que o vento que entrava pelas chaminés, e os cabelos da sua nuca se arrepiaram. Não estava só nas cavernas – o russo, e atrás dele, sem dúvida, Jordan. O que acontecera a Jenny e Camille? Quem disparara o tiro? Estariam bem?

Tornou a ouvir o barulho, mais próximo agora, e pôs o plano em andamento, saltando para a direita, braços estendidos à frente ao se lançar por um dos buracos na caverna.

Piscou com o barulho ensurdecedor de uma arma disparada, o eco rugindo no corredor onde estava. Ao se voltar, viu o russo de quatro, vindo para cima dele. O homem parou e ergueu a Makarov. Pouco antes de ele apertar o gatilho, Bravo saltou para uma chaminé acima. Aproveitando o barulho, correu para a primeira passagem que vislumbrou. Agachou-se ali, à espera, preparando-se para o que precisava ser feito.

Assim que viu a cabeça do russo, Bravo atacou, assentando a base da mão em sua orelha. Lançando-se para a frente, chutou e deslocou a arma da mão do outro. Isso foi essencial – desarmou o adversário e igualou o campo de jogo –, mas também deu ao russo o tempo de que precisava para se recuperar da pancada na cabeça.

O homem partiu para cima de Bravo, atacando, com a cabeça, o esterno do adversário. Quando Bravo caiu para trás, o outro saiu da chaminé. No corredor horizontal havia pouquíssimo espaço para manobra. Após três golpes, Bravo pôde avaliar o russo. Era ex-militar do serviço de inteligência ou talvez das *Spetsnaz*, as forças especiais. Como nas batalhas modernas, esses soldados pouco precisavam do combate corpo a corpo – eles eram treinados apenas para o que se conhecia como "curto e definitivo", o golpe mortal desferido nos primeiros 30 segundos de luta.

Após absorver três golpes do russo sobre osso e músculo, Bravo penetrou nas defesas do adversário, quebrou-lhe o nariz com a quina da mão e as maçãs do rosto com os nós dos dedos da outra.

Mas se enganava bastante se achava que isso liquidaria o russo. Só fez atiçar a fera. Ele o atacou, forçando-o contra a parede. Dominando-o com seu peso superior, o russo iniciou uma série de golpes rapidíssimos contra o corpo e a cabeça de Bravo, visando deixar dormentes os feixes de músculos da parte de cima do corpo. Sem eles, Bravo não podia se defender, muito menos reagir. Dentro de instantes estaria impotente.

Já estava entrando em choque, a vista era um borrão. Tentou pegar a adaga de Lorenzo Fornarini, mas estava imprensado contra a parede. Só restava uma esperança. Enfiou a mão livre no bolso e, ligando a lanterna, dirigiu-a para os olhos do russo.

Cego, o homem cambaleou para trás e bateu na parede. Bravo enfiou-se por baixo dos braços abertos do outro e enterrou-lhe o joelho nos testículos. Quando o russo se dobrou, Bravo meteu o mesmo joelho no queixo dele. A cabeça saltou para cima, lágrimas escorrendo pelo rosto, mas ele ainda deu um jeito de agarrar Bravo e sacudi-lo até os dentes chacoalharem. O homem abriu a boca tentando morder, arrancar-lhe um naco de carne, mas Bravo bateu com a lanterna no rosto dele repetidas vezes, o sangue correndo, a pele arrancada, até por fim o russo cair de costas.

O sangue espalhava-se por toda parte. Bravo desabou onde estava. Levou as mãos à cabeça, mas elas tremiam tanto que ele logo as abaixou. O russo não respirava mais; fora-se.

Com o corpo dolorido, Bravo rastejou até a borda da chaminé e desceu, comprimindo os joelhos de cada lado do buraco, até por fim cair no chão da caverna. Viu a pistola que chutara da mão do russo e, curvando-se, estendeu a mão para pegá-la.

Nesse momento, a dor explodiu em sua nuca, e ele tombou para a frente, inconsciente.

# capítulo 32

**– Tive de dar a mão** à palmatória: você e seu pai disputaram uma senhora corrida. – Jordan contornou e entrou na linha de visão de Bravo. – Mas, no fim, toda a sua trama, todas as suas maquinações não tiveram importância, pois aqui estamos nós e... – Segurava uma coisa brilhante entre o primeiro e o segundo dedos da mão esquerda. – Aqui está ela, a chave do tesouro da Ordem, a chave da imortalidade. – Agachou-se ao lado de Bravo, que jazia no chão da caverna, mãos para trás, pulsos e tornozelos firmemente amarrados. – Vá em frente então, tente se libertar. Não vai adiantar nada.

– Por que está fazendo isso, Jordan? O que foi que houve com você?

Jordan riu.

– Você fala como se eu tivesse levado uma pancada na cabeça. Pobre Bravo, eu nunca fui o sujeito prestativo, direto, que fingia ser. Fiz um bom papel de mentiroso com você, não acha? Não, não se dê ao trabalho de responder. Não me interessa mais o que você pensa. – Bateu no topo da cabeça de Bravo, como se ele fosse um animalzinho de estimação que triste mas inevitavelmente chegara ao fim da vida. – Felizmente, essa fase acabou, junto com o fingimento de que dava ouvidos à minha mãe. Enquanto ela estava lá, de olho em você, eu dei uma espécie de golpe de Estado. Os Cavaleiros ligados a essa conspiração do Vaticano, aqueles que minha mãe se desesperava para conquistar, os Cavaleiros de São Clemente, não existem mais. Agora são meus, os Cavaleiros de Muhlmann.

– Já basta.

Jordan virou rápido a cabeça e Bravo se esforçou para dar uma olhada, embora reconhecesse suficientemente a voz.

Camille estava ali, a Witness apontada para o filho.

– Desamarre-o.

Jordan riu.

– Mãe, você não pode estar falando sério.

– Estou, sim, querido. E muito.

– Ainda está fingindo ser amiga dele? Eu já disse a ele que você não é. É cem por cento inimiga.

– Felizmente, eu não sou como você, Jordan. Matei o albanês e, a propósito, a julgar pela quantidade de sangue que caiu por aquele poço, eu diria que Bravo liquidou o seu russo; como é o nome dele?, ah, sim, já lembrei: Oberov.

– Também dormiu com ele, mãe? – perguntou Jordan com amargura. – Dormiu com todos os Cavaleiros de Campo?

– Não está com ciúmes, está, querido? – Ela balançou a ponta da arma. – Agora faça o que eu mando. Desamarre-o.

– Realmente, mãe, é desnecessário, porque, você entende, eu já...

– Já, sua criança idiota. E nem mais uma palavra.

O sangue subiu ao rosto de Jordan na proporção direta em que fugia do coração. E, enquanto desfazia mecanicamente os nós que dera com cuidado, parecia-lhe que o coração parara de bater. Ainda respirava, ainda se mexia, ainda pensava, mas, em outro nível, o que lhe restara de coração desaparecera sob uma carapaça tão dura quanto a rocha daquela montanha. Enredado na organização dos Cavaleiros, sempre se sentira isolado, separado do resto da comunidade – e grato por isso também. Mas agora, pela primeira vez, sentia o frio do espaço que ocupava, como se seu distanciamento houvesse adquirido outra qualidade inteiramente diferente, como se houvesse interpretado mal tudo aquilo o tempo todo, sem entender naquele instante que na verdade se tratava de um vácuo absorvendo em sua ganância luz, relações e emoção.

– Pronto. – Ele recuou. – Feito. – Voltou-se para a mãe, para a mulher a quem mais desprezava no mundo. – Mas pra quê? – Estendeu a chave para ela ver. – Já a tomei dele. Fiz o que você sonhava fazer.

– Não, Jordan. Eu sou sua mãe, você vai me obedecer.

– Meu tempo de servidão a você acabou. E sabe por quê? Não estou mais disposto a ficar amarrado pelo seu segredo.

Uma expressão de horror desfigurou o belo rosto de Camille.

– Jordan, não! Você não pode!

– Posso, sim, mãe, e vou fazer. – Voltou-se para Bravo. – Eis em resumo, meu amigo, meu mui grande e fiel amigo, a curtíssima história da mentira que tem sido toda a sua vida. Minha mãe era amante de seu pai. É verdade, ele ficou com ela durante anos, enquanto você e seus irmãos cresciam e, no caso, um morria. Sua mãe jamais desconfiou, e você era jovem demais. De qualquer modo, ele era bom para guardar segredos, não era? E então, quando você mal passou do quinto aniversário, ela ficou grávida dele.

– Espere – disse Bravo.

Jordan deu uma risada rouca.

– Oh, veja só a expressão dele, mãe, não era essa expressão que você temia? Sim, sim, acho que era! Eu também sou filho de seu pai, o que nos torna irmãos, não? Bem, meios-irmãos, para ser mais exato. Não se preocupe, tudo é relativo.

Tornou a rir.

– Espere – repetiu Bravo. – Sua cabeça latejava tanto que sentia como se o cérebro fosse explodir a qualquer minuto. Voltou-se para Camille. – Isso é verdade?

Jordan continuou, implacável:

– Ele traiu sua mãe e o teria traído também, é o que acredita Camille. Ela diz que ele concordou em deixar a família para viver com ela, conosco. Mas aí seu irmão Junior morreu e ele não pôde concluir o rompimento.

Bravo fitava o rosto de Camille, e pela primeira vez viu emoção nua. Era tão crua, tão devastadora, que teve vontade de virar a cara, como se diante de um terrível ferimento. E assim a verdade explodiu em cima dele com a força de uma granada.

Jordan deu de ombros.

– Se isso o faz se sentir melhor, não acredito nesse conto de fadas. Seu pai jamais deixaria a família. Não queria minha mãe, nem a mim tampouco. Provou isso repetidas vezes quando tentei entrar em contato com ele.

Camille girou a cabeça, os olhos arregalados.

– Você fez o quê? Eu o proibi expressamente de entrar em contato com ele.

– Achou mesmo que eu ia lhe dar ouvidos? Ora, ele era meu pai. É claro que tentei. Mas ele não quis me ver, não quis nem falar comigo. Como vê, mãe, se ele jamais quis saber de mim, por que iria deixar a família por você? – Deu uma risada. – Dexter Shaw jogou com você, da mesma forma como você jogou com ele.

– Você é louco. Dexter nunca soube de nada.

– Tem razão, mãe, eu não tenho prova, a não ser o que antes tinha no coração e que agora jamais alcançarei. *C'est la guerre.* – Deu de ombros. – Isso não tem importância agora, tem? Nós planejamos a morte de Dexter Shaw e ele está morto. O que importa é que conseguimos. Depois de torturarmos inutilmente Molko, sabíamos que Dexter não ia falar, independentemente do que fizéssemos a ele, e assim tínhamos de encontrar outro meio de chegar ao tesouro. Sabíamos por nosso homem dentro da Ordem que Dexter treinara o filho para ser seu sucessor. Compreendemos o que precisávamos fazer para tirá-lo da toca. Difícil, quase improvável, mas, no fim, conseguimos. – Apontou para Bravo. – Apostamos em você para nos levar ao esconderijo dos segredos, sabíamos que podíamos controlá-lo, tínhamos muita experiência nisso. E estávamos cobertos de razão. Você solucionou cada enigma que seu pai deixou. Como ele o treinara, você o conhecia melhor que ninguém. Tinha o conhecimento que ele lhe dera trancado dentro de si. Está vendo, Bravo, você nunca parou de trabalhar para mim. Não acha isso irônico?

Bravo queria enroscar-se e morrer, precisava sair dali, partir para o ataque. Um impulso de berrar lhe tomou a mente de tal modo que ele não conseguia falar nem pensar com clareza. Não podia escutar o horror que se despejava daquelas bocas: a mentira de sua miserável existência.

Jordan mexeu-se de leve.

– Agora, finalmente, chegou a hora de abrir o tesouro; tudo dentro será meu.

– *Alors*, foi isso o que você sempre desejou, não? – Camille praticamente cuspiu as palavras. Sua mente ainda girava com a possibilidade de Dexter ter descoberto suas mentiras. Ninguém jamais chegara perto disso, como ele poderia desmascará-la? – Você não ligava para a minha vingança, a destruição da Ordem. Queria os segredos para si mesmo.

– Oh, sim. Sobretudo a Quinta-essência. Com ela, eu posso governar o mundo.

– Não. – Jenny entrou num dos círculos de luz do sol, a arma do albanês apontada para eles. – Você jamais terá a chance agora.

Tudo aconteceu ao mesmo tempo, num piscar de olhos. Camille voltou-se, apontando a Witness para ela. Jordan agarrou Bravo, que conseguira ficar de joelhos. Jenny disparou dois tiros que atingiram o peito de Camille, derrubando-a.

Ela deslizou pelo chão, indo bater na parede de rocha do outro lado. Não que sentisse o impacto, já estava morta. Mas, quando Jenny voltou a pistola do albanês para Jordan, ele estava parado atrás de Bravo, a adaga de Lorenzo Fornarini encostada em sua garganta.

– Você tem a vida dele em suas mãos, Guardiã – disse Jordan. – Pense no que vai fazer.

Bravo gritou para Jenny, mas ela já largara a arma.

– Boa menina. – Jordan jogou-lhe a chave. -- Pegue. – Quando ela o fez, ele apontou o altar atrás de Bravo onde ele começara a cavar. – Ali. Vá em frente. Você sabe o que fazer. – Jenny começou a atravessar o altar. – Não tão perto. Não estou disposto a lhe dar essa chance.

Obediente, ela alterou o rumo. Ao vê-la mudar de posição, Jordan girou, mantendo o corpo de Bravo entre ele e ela. Jenny se abaixou e pôs-se a cavar com as mãos. Em 10 minutos alcançou uma superfície dura. Afastou a terra e revelou a tampa de uma caixa.

– Continue – disse Jordan aproximando-se mais, com Bravo na frente. – Mais rápido.

A caixa, quando ela a limpou, tinha uns 45 centímetros de comprimento por metade dessa medida em largura e profundidade.

– Suspenda.

– Mas eu...

– Suspenda!

Cerrando os dentes por causa da dor, ela enfiou a mão no buraco que cavara e, com um grunhido, ergueu a caixa. O esforço custou-lhe muito em energia e sangue. Sabia que teria de procurar um médico rápido, pois a ferida poderia revelar-se fatal. No mínimo, corria o risco de desmaiar por falta de sangue.

– Agora use a chave – disse Jordan, a voz ávida como os olhos. – Abra!

Jenny obedeceu, enfiando a chave na fechadura antiga. Virou-a para a esquerda e ouviu o mecanismo estalar. De repente, invadiu-a uma onda do mais negro desespero. *Isto não pode estar acontecendo,* pensou. *Eu devia proteger o tesouro, e não ajudar os Cavaleiros a roubá-lo.*

Com as mãos dormentes, abriu a tampa. Olhou para dentro, ciente de que Jordan se curvava para dar a primeira olhada naquilo por que ansiara durante quase toda a sua vida.

Mas não havia nada dentro, absolutamente nada.

Ela começou a rir, Jordan gritou de raiva e consternação, e então Bravo torceu o tórax e deu uma perversa cotovelada nos rins dele. Com ele ainda desequilibrado, jogou-o com força contra a parede de rocha. O outro golpeava às cegas com a adaga, e Bravo o abateu com a quina da mão. Jordan ficou tonto e largou a arma.

Mas, golpeando com a outra mão, lançou-se sobre Bravo. Tornaram a bater na parede, e depois, ao se engalfinharem, caíram para trás numa abertura. Bravo socou Jordan, mas sem usar toda a força. Continuava tentando entender a nova realidade: Jordan era seu irmão e no entanto não se continha. Batia em Bravo, que recuava pelo corredor na direção de um poço de luz do sol.

Jordan continuava em cima dele, aplicando-lhe repetidos golpes na cabeça e no torso. Bravo deu-lhe um empurrão e os dois se agacharam, olhando-se arquejantes, e de repente ficaram imóveis.

– Por que está fazendo isso? – perguntou Bravo, sem fôlego. – Porque meu pai o rejeitou, é disso que se trata? Devia ter me procurado.

Jordan arreganhou os dentes, como um animal que farejava a caça.

– E depois? Você teria me odiado, como seu pai. Teria tomado o partido dele.

– Dele?

– Eu fui um erro dele, uma mancha indelével em sua reputação estelar. Era a lembrança do que ele tinha feito, de sua traição. Por qual outro motivo você acha que ele não queria nada comigo?

– Eu não sei – disse Bravo, falando a verdade. – Mas, se você me procurasse, se me dissesse a verdade, podíamos ter dado um jeito. Éramos amigos, éramos irmãos, afinal.

– Eu não sou seu amigo, não sou seu irmão – disse Jordan. – Sou seu inimigo.

– Não tem de ser assim.

– Tem, sim. Não há outro caminho para nós senão acabar um com o outro.

– Por quê? Você mesmo disse: os Cavaleiros renasceram. A velha inimizade entre eles e a Ordem talvez seja coisa do passado. Pense no que poderíamos fazer se unissemos nossas forças, o bem que poderíamos alcançar.

– Ah, sim, claro. Por que eu não iria adorar ser seu braço direito?

– Nossa, Jordan, não foi nada disso que eu quis dizer.

– Ah, mas é isso, sim. Você é igual a seu pai: arrogante, julgador, se acha mais esperto, melhor que qualquer outro. Não, obrigado, eu tenho minha base de poder, passei anos de sacrifício e concessões, fazendo mesuras à cobra que era minha mãe, tudo para consolidá-lo. Dane-se, não vou dividi-lo com você nem com mais ninguém.

Bravo tentou não pensar em como agira exatamente assim com Jenny – achava que sabia mais, condenara-a e descobrira que estava errado. Teria feito o mesmo com Jordan?

– Escute – disse em desespero crescente –, você está cometendo um erro...

Jordan deu um sorrisinho de desdém.

– É tão típico de você pensar assim, não é? Vê como estou certo a seu respeito?

Bravo tentou ignorar o que ele dizia, ignorar as acusações que haviam enfiado farpas bem fundo em sua psique. Seria fácil descartar Jordan como um iludido, um maníaco, mas a verdade era que Jordan o conhecia muito bem, conhecia suas falhas, exatamente como Bravo conhecia as dele. Ainda assim, alguma forma de bondade o levava ao que agora sabia ser um caminho infrutífero.

– Apesar do que você pensa, ainda temos uma chance, se ao menos...

– Dar ouvidos a você? Eu preferiria cortar os pulsos.

– Estou lhe oferecendo uma família, Jordan. Por que não vê isso?

– Por que não vejo que você está querendo dar uma de grão-senhor para cima de mim de novo? De novo, não, Bravo, nunca mais, isso eu lhe prometo. É você que tem passado, história, família. Me oferecer uma família? Não, acabará tendo pena de mim, se já não tem. Na verdade, o processo já começou. Lamento que o tenha motivado a me fazer essa oferta. "Pobre Jordan", está pensando, "eu posso ajudá-lo." Mas não pode, Bravo, você só quer assumir, tomar decisões por mim, me dizer o que é certo e o que é errado. Sempre achou que sabia a diferença entre o bem e o mal, mas acabou por mostrar que não sabe nada. Você tem o que eu não tenho, o que nunca terei. Pode me dar isso? Daria, se tivesse a chance? Seu desgraçado...

Saltou na garganta de Bravo e bateu às cegas, com o coração cheio de raiva e a intenção de destruir o que mais odiava. Bravo defendeu-se como pôde, mas muito rapidamente era esmagado pela ferocidade da ira de Jordan. Recuava para o corredor, cada vez mais em direção ao feixe de luz solar, até que por fim Jordan o fez cair pela metade na chaminé e, com uma perna pendurada no espaço, descobriu que a chaminé não apenas subia como também descia.

Aparando o golpe seguinte de Jordan, tentou virar-se e sair da beirada, mas o outro o bloqueava com o corpo, forçando-o a voltar para a beira do piso de rocha. Ele sentia a coluna de ar nas costas. Escorregou um pé na beirada. Qual seria a profundidade da chaminé?

Aproveitando a momentânea perda de concentração dele, Jordan entrou no seu perímetro de defesa e desfechou-lhe um soco nas costelas. Bravo caiu de joelhos e o outro o atacou com o pé, mas ele o pegou antes que o atingisse e derrubou Jordan. Lutou até ficar em cima dele, assentando-lhe o punho fechado na cara. Ao fazer isso, os dois se afastaram da borda.

Bravo tornou a bater, mas dessa vez o outro estava preparado e bloqueou o golpe, como ele bloqueara seu chute. Torcendo-lhe o braço, inverteu as posições. Agora era Jordan por cima. Muito rápido, Bravo percebeu a intenção dele. Jordan o empurrava, tentando fazê-lo cair pela borda, forçá-lo a recuar para dentro da chaminé, livrar-se dele para sempre.

Bravo já estava com a cabeça e os ombros dentro da chaminé. Num instante já haveria passado demais da beirada para se salvar. Era agora ou nunca. Sabia que tinha de pôr de lado a vontade de proteger Jordan de si mesmo ou forjar por conta própria uma nova família ampliada, que de algum modo expandiria o gosto amargo da traição de seu pai. Como dissera Jordan, era pura arrogância. Não ia conseguir; ia fracassar e, se insistisse, certamente morreria tentando.

Olhou a cara do inimigo acima, absorveu o perverso soco, mirou o ponto vulnerável e, quando Jordan recuou o braço para repetir o golpe, usou as pontas dos dedos enrijecidos para atingi-lo no ponto entre o esterno e o diafragma. Bateu forte e com vontade, desfazendo o importante feixe de nervos.

Jordan recuou e Bravo se levantou, empurrando-o com força e fazendo-o bater a cabeça na parede de rocha. Jordan tombou, caiu para a frente e passou por cima de Bravo, indo direto para a chaminé.

. . .

Jenny agarrou-o quando ele saiu rastejando da passagem de rocha.

– E Jordan? – perguntou.

Ele balançou a cabeça. Sentia-se tonto, as mãos frias e exangues. Estendeu a mão para ela, como um afogado tentando alcançar o salva-vidas. Ela piscou os olhos, mordeu o lábio para não gritar e, em meio à sua dor e infelicidade, ele percebeu que também estava ferida.

– Jenny, o que aconteceu? – Então viu o torniquete que ela amarrara no abdômen. – Está ferida?

– Só na carne. Nada preocupante.

Mas a blusa encharcada dizia-lhe outra coisa.

– Temos de ir a um hospital, ou no mínimo a um médico.

Ela concordou.

– Mas primeiro eu quero lhe mostrar uma coisa.

Conduzindo-o para onde jazia Camille, abaixou-se com cuidado até quase ficar agachada e então revistou as roupas da outra até encontrar o que procurava e exibir na palma da mão.

Bravo ajoelhou-se a seu lado.

– Sua faca.

– Não exatamente. – Jenny pegou seu próprio canivete.

– São idênticas. – Ele olhou-a. – Ela mandou fazer uma duplicata. Isso quer dizer...

– Ela encontrou a minha.

– No hotel do monte Saint-Michel, quando você desmaiou. Fui ao banheiro e a deixei a sós com você. Eu não queria deixá-la, mas ela me garantiu que estava tudo bem.

– Claro que estava, ela queria espionar minhas coisas.

Ele baixou os olhos para o rosto de Camille, pálido, uma beleza de porcelana mesmo na morte.

– Foi *ela* quem cortou a garganta do Padre Mosto, não Cornadoro. Me atacou no corredor diante do gabinete dele. Imagino o prazer que sentiu – disse Jenny, amargurada.

– Jenny...

– Deve ter adorado nos separar.

Bravo balançou a cabeça, triste.

– Era o plano dela o tempo todo, vejo agora.

Com um gemido baixo, Jenny levantou-se.

– Que filha-da-puta.

Uma cobra, como a chamara Jordan. Também nisso ele não se enganara, pensou Bravo. Mas Camille fora ainda mais que isso. Ele se levantou por fim e ficou de pé abraçando Jenny, olhando para o rosto do demônio visto e reconhecido pelo Padre Damaskinos.

# capítulo 33

**O crepúsculo envolvia-os** como um sudário em seu frio abraço. O céu pegava fogo em camadas sobre camadas de nuvens róseas. Era um alívio deixar para trás a caverna e os horrores que haviam vivido lá dentro.

– O tesouro – disse Jenny. – O que aconteceu, Bravo? Seu pai o perdeu?

– Pelo contrário – ele disse. – Eu nunca li para você ou Camille esta última cifra, porque ele me aconselhou a não fazê-lo.

– O que quer dizer? – No suave redemoinho de sombras do pequeno prado, ela se voltou. – Espere, ele sabia que você não ia estar sozinho, não é?

– Bem, era uma suposição, que faz muito sentido quando se pensa – disse Bravo. – Você sabe, assim que começou o ataque dos Cavaleiros, ele tomou a precaução de tirar o tesouro do receptáulo original e movê-lo para outro lugar. Mas foi inflexível ao decidir que, se eu estivesse com alguém, qualquer um, eu fosse ao esconderijo original. Assim, poderia atrair quem estivesse contra mim. No correr dos séculos, o poder da Quinta-essência teve a capacidade de corromper mesmo aqueles que se julgavam confiáveis. Disseram a meu pai que isso era a origem de todos os traidores dentro da Ordem.

Jenny olhou-o com o sol nos olhos.

– Disseram? Quem?

– Frei Leoni.

Um prematuro vento vespertino levantara-se. Ao redor as flores silvestres ondulavam, curvando as cabeças em obediência.

– Ele continua vivo? – A voz de Jenny saiu como um amedrontado sussurro.

– Contra toda lógica, parece que sim.

– A lógica nada tem a ver com isso – disse Jenny. – Trata-se de fé.

Ele assentiu.

– Agora entendo isso.

– É aqui – disse ele, ajoelhando-se ao lado do Caldeirão, a fonte sagrada da Igreja Ortodoxa Grega.

Da terra avermelhada à sua frente erguia-se o pedestal rachado de uma coluna antiga. Jenny encostou-se no ombro dele ao se abaixar a seu lado. Besouros e centopéias correram em busca de segurança. O cheiro da decomposição que alimentava vidas novas subiu até eles com o aroma de uma manhã fria.

– Você está bem? – perguntou ele.

Ela sorriu, e toda a dor se apagou de seu rosto.

– Eu consigo, tenho de conseguir.

Cavaram juntos, tirando punhados de terra e empilhando-os cada vez mais alto, até aparecer, embaixo do pedestal de pedra esculpido, uma pequena arca de madeira. Pintada com barcos, peixes e pássaros de cores básicas, era inteiramente diferente do receptáculo original que ela desenterrara na caverna.

Bravo sentou-se nos calcanhares e riu.

– Era minha arca de brinquedos quando menino.

– Oh, Bravo. – Jenny pôs a mão no ombro dele.

Em silêncio, reverentes, voltaram ao trabalho, afastando o resto de terra na tampa e cavando dos lados. Finalmente, a arca revelou-se toda, e eles a ergueram.

Enquanto Bravo tentava abri-la, Jenny disse:

– Eu acho que não...

Revirou os olhos e desabou. Ele apressou-se a deitá-la, tentou escutar a respiração, tomou o pulso. Estava viva, mas ele tirou a mão coberta de sangue. Rápido agora, tirou a própria camisa e rasgou-a em tiras. Com uma percepção crescente da urgência, desamarrou o torniquete que ela fizera. Ficou horrorizado ao ver a ferida. Enxugou o resto de sangue que vazava do corte. Não havia dúvida, o ferimento era muito mais sério do que ela dissera. Tornou a enfaixá-la, usando duas das tiras que fizera de sua camisa, dispôs uma dupla camada e amarrou-as mais forte, num esforço de estancar o sangue. Olhou em volta. Claro que não se via vivalma. Estavam, na melhor das hipóteses, a um quilômetro do mosteiro de Sumela, e de lá teriam de percorrer uns 20 quilômetros até a clínica de Macka. Tornou a tomar o pulso dela e ficou assustado ao descobri-lo mais lento que antes. Se começasse a oscilar... Ainda assim, poderia levá-la de volta à civilização a tempo.

Enxugou o suor do rosto dela e voltou-se para a arca de brinquedos. Sabia o que havia dentro. Com a mão trêmula, abriu-a. Ali estavam os segredos que a Ordem vinha acumulando durante séculos – documentos, tratados secretos, histórias clandestinas, memórias suprimidas, registros econômicos comprometedores. E ali, no meio de tudo isso, o Testamento de Jesus Cristo. Tocou-o, mas não o pegou. Engraçado, agora que o encontrara não tinha tempo de lê-lo. Voltara a atenção para outra coisa: o pequeno vaso de barro com a tampa de pedra.

A Quinta-essência.

Só precisava abri-lo e aplicar a mais minúscula quantidade na ferida de Jenny. Ela seria curada, sua vida seria salva. Como poderia não fazer isso? Pegou-o, colocou-o na palma da mão. Quase não pesava, pois o conteúdo era mais leve que o ar, como asas de anjos.

*Abra-o, aplique uma pequena quantidade na ferida.* Ela viveria – não havia dúvida alguma, em absoluto. Se não o fizesse, teria de contar apenas com a fé, a esperança de que conseguiria levá-la à clínica, que podia salvá-la.

Enroscou os dedos na tampa.

E depois? O que aconteceria a ela depois? Viveria até os 150 anos? Duzentos? Quatrocentos, como Frei Leoni? Será que ela ia querer isso? Ele tinha o direito de mudar a ordem natural das coisas? Sem dúvida seu pai tivera de tomar a mesma decisão quando Steffi caíra gravemente doente...

E então o pai apareceu na sua frente.

– Pai, o que devo fazer?

– *Agora a decisão é sua, Bravo.*

– Eu a amo, não quero que ela morra.

– *Eu amava Steffi, não queria que ela morresse.*

– Mas você a traiu, dormindo com Camille.

– *Eu sou humano, Bravo, como todos os demais.*

– Mas você não é como todos os demais, pai.

Dexter deu um sorriso.

– *Quando você era criança, era bom que me visse desse jeito, dava-lhe conforto e segurança, assim é o mundo. Mas, agora que está adulto, tem de me aceitar como eu realmente era, tem de cuidar de seu próprio conforto e segurança...*

Piscando os olhos para reter as lágrimas, Bravo viu-se mais uma vez sozinho ao lado do borbulhante Caldeirão, Jenny a seu lado. Ouvia a difícil respiração dela e tornou a baixar os olhos para o vaso que continha a Quinta-essência.

Fé. Seria a sua fé suficientemente forte?

Repôs a Quinta-essência com cuidado na arca. Mas era como se o vaso estivesse vivo, tal a dificuldade de soltá-lo, puxar a mão para fora. Com extremo esforço, soltou-o, fechou a tampa e baixou a arca de brinquedos de volta ao buraco que seu pai fizera para ela.

A Quinta-essência enterrada ainda assim batia, como um coração dá seu sinal, quando ele a tampou, socou a terra e refez o leito de agulhas de pinheiro e detritos da floresta. Depois, com uma ardente prece à Virgem Maria e Jenny nos braços, começou a caminhada de volta a Sumela.

. . .

Oito horas depois, no meio da noite, Jenny acordou com dores terríveis.

Gritou. Então Bravo pegou sua mão e curvou-se sobre ela. Ela via o rosto dele à suave luz da lâmpada.

– Onde estou?

– Macka – disse ele. – Aqui ao lado fica a cirurgia da clínica.

– O tesouro?

– No lugar onde meu pai o enterrou – disse ele. – Respire à vontade, Jenny, não há risco.

– Eu quero sair daqui.

Tentou erguer-se, gemeu. Com um chacoalhar dos tubos que entravam em seu corpo, levando sangue e soro, enterrou-se de volta nos travesseiros ásperos.

– Amanhã ou depois de amanhã – disse Bravo –, quando a febre desaparecer por completo, nós a transferiremos para Trabzon.

– Nós?

– Eu chamei Khalif. Ele deixou o hospital e terá prazer em vir buscar-nos numa ambulância. Eu não colocaria você em um carro para tirá-la das montanhas nessa viagem de três horas. – Deu-lhe um pouco de água e esperou um instante, enquanto ela bebia. – Volte a dormir agora, você precisa descansar.

– E você, não?

Ele tentou rir, mas só conseguiu dar um sorriso. No momento, já bastava.

– Bravo, o que vai acontecer agora?

– Agora que eu tenho o controle do tesouro, você quer dizer?

Olhou os olhos dela, grandes e sérios. Viu que passara o momento das brincadeiras. Ela precisava de respostas, não menos que ele, e por esse motivo ele não pregara o olho desde que a trouxera à clínica em Macka. Andara muito ocupado pensando e depois dando uma série de telefonemas.

– Eu falei com minha irmã, Emma – disse. – Ela é a operadora da rede, em contato com todos os membros da Ordem, em todos os níveis. Eles votaram. Eu já sou o *Magister Regens*.

Ela arregalou os olhos.

– E a Haute Cour?

– Vai me aconselhar, como aconselhava o *Magister Regens* séculos atrás. Teremos de nomear novos membros. O primeiro que nomearei é você.

– Eu? – Tornou a rir, baixinho. – Então também deve nomear uma freira veneziana chamada Arcangela.

– A Anacoreta, sim, eu sei a respeito dela. – Assentiu com a cabeça. – Já está na hora de as mulheres valiosas da Ordem serem reconhecidas. Temos que aproveitar suas idéias, seus planos e intuições.

– E aonde iremos a partir daí?

– Durma agora, Jenny. O amanhã logo vai chegar...

– Para mim, não. Não vou dormir enquanto você não me contar.

Ele ficou ali na semi-escuridão, pensando na pergunta dela. Uma boa pergunta, a única que contava, e pensou muito sobre o que era preciso fazer.

– Primeiro, eu e você vamos transferir o tesouro para um lugar mais seguro. Vou precisar de tempo para avaliar o conteúdo, determinar qual é de fato o nosso poder. A Ordem precisa continuar o trabalho de meu pai. Enquanto conversamos aqui, o mundo está mudando, e receio que não seja para melhor. Vem vindo uma nova guerra, Jenny. Na verdade, já começou. Meu pai sabia disso, e agora eu sei. Uma guerra religiosa, que abalará todos os países, a não ser que se possa evitá-la. Os fundamentalistas de cada lado, cristãos e islâmicos, estão decididos a exterminar uns aos outros, e nenhum dos dois se importará com quem estiver na frente. Não podemos deixar que isso aconteça, podemos?

– Não – disse ela. – Não podemos.

– Então você vai me ajudar. – A excitação saía dele como faíscas de um motor. – A primeira ordem de serviço é entrar em contato com todos os elementos da antiga rede religiosa da Ordem que meu pai manteve viva e funcionando.

Jenny sorriu. Era o que mais queria ouvir. Mas já escorregava para o sono e respondeu-lhe apenas nos sonhos.

. . .

Khalif não veio só. Junto com a ambulância, vinham dois paramédicos, que imediatamente saltaram com uma padiola e foram buscar Jenny. Quando acabou de orientá-los, Bravo saiu para a rua estreita e saudou o amigo. Khalif tinha o ombro enfaixado e o braço engessado; mesmo assim, parecia admiravelmente em forma.

– Seu chamado foi um maná do céu. É bom estar de volta à batalha.

Abraçaram-se como se fossem irmãos há muito perdidos.

O rosto do turco ficou sóbrio.

– Como ela está?

– Vai ficar boa, é durona.

Só então Bravo notou outra figura parada nas sombras do outro lado da rua. A princípio, pareceu desconhecida. Depois ele o reconheceu como o velho padre a quem primeiro dera a moeda na igreja de l'Angelo Nicolò, em Veneza. Lembrou-se que Jenny lhe perguntara se podia confiar no velho. De algum modo, ele soubera que podia.

Os olhos azuis elétricos vigiavam-no como haviam feito na igreja, com uma mistura de curiosidade e diversão. Mas agora havia também outra coisa: ele não mais se sentia uma criança aos olhos do velho padre.

Os paramédicos apareceram com Jenny na padiola. Pararam o tempo suficiente para Bravo se curvar e encostar os lábios nos dela.

– Vou estar com você durante toda a viagem de volta – disse.

Os paramédicos puseram-na na parte de trás, e Khalif embarcou em seguida. O chofer, atrás do volante, limpava as unhas. Um cachorro latiu em alguma parte da rua ensolarada; fora isso, tudo era silêncio. Ninguém à vista.

O velho padre cruzou a rua.

– Você não usou a Quinta-essência, usou?

Bravo sentiu o peso do solene olhar do padre, que falara em grego trebizondino. Mas desconfiava de que bem podia ser latim, ou grego, ou qualquer outra de várias línguas antigas.

– Não – respondeu na mesma língua.

– Por que não? – perguntou o velho padre. – Você tinha motivo.

– Não era um motivo justo.

O hábito do velho padre era preto, e os longos cabelos desgrenhados, brancos. Ele trazia no pescoço uma pequena corrente com uma chave – gêmea, Bravo via agora, da que seu pai lhe deixara, que abria a arca original onde durante séculos ficara o tesouro da Ordem. Era a chave guardada por Jon Molko, o substituto de Dexter Shaw. Seu pai devia tê-la dado ao velho padre para que a guardasse.

O velho inclinou imperiosamente a cabeça.

– Esperei muito tempo por este momento.

Bravo inspirou fundo. Sabia que via a história viva.

– E se eu tivesse aberto a Quinta-essência?

O padre sorriu.

– Está lacrada com cera, mas no correr dos séculos a cera rachou, e quando seu pai tirou a tampa descobriu que o conteúdo se evaporara.

Bravo esperou, estonteado. O coração era um martelo mecânico batendo no peito.

– Ele tentou salvar minha mãe.

– Embora eu fosse contra. – O velho padre trançou os dedos. – Ele queria ser *Magister Regens*. A idéia era correta, mas não era para ser ele. Agora você sabe por quê.

Bravo curvou a cabeça por um instante, tentando se recompor. Depois disse:

– O que será feito do Testamento?

O velho manteve o olhar de aço. Não piscara uma só vez, nem mesmo naquele sol inclemente.

– Cabe a você decidir.

– Não só a mim. Estou pedindo seu conselho.

O velho padre alisou a barba por um momento.

– Você já entendeu o extremo perigo da Quinta-essência, já sentiu por si mesmo. O Testamento de Cristo é igualmente perigoso. O que contém, as palavras de Jesus, tem o poder de virar o cristianismo de cabeça para baixo. É isso que você quer?

– Mas é a verdade.

– Ah, sim, a verdade. – O velho padre deu um passo em sua direção. – Durante sua longa história, a Ordem lutou sempre com a verdade. Como o debate se propagou de um lado para outro dentro da Haute Cour! Agora eu devo perguntar a você o que perguntamos a nós mesmos: o que será melhor para promover a ordem natural das coisas, a verdade ou a maneira como a vemos? Quando houver respondido a essa pergunta, Bravo, saberá o que fazer com o Testamento.

Começou a subir a rua, na direção de Sumela.

– Espere – disse Bravo. – Vou tornar a vê-lo?

O velho padre parou.

– Oh, sim.

– Como o chamarei então? Certamente não Frei...

– Esse nome é antigo, viveu mais que seu tempo – respondeu de pronto o velho padre. – Em vez disso, me chame pelo meu nome de batismo, o nome que meu pai e minha mãe me deram quando eu nasci. Chame-me de Braventino.

## NOTA DO AUTOR
### A HISTÓRIA POR TRÁS DA FICÇÃO

***O Testamento* é baseado em** alguns fatos reais. Os Observantes Franciscanos estão registrados na história, como também os Cavaleiros de São João de Jerusalém, que inspiraram os meus Cavaleiros de São Clemente do Sangue Sagrado.

Parece compreensível que os Observantes e os Cavaleiros se atirassem uns contra os outros. Já no início do século XIV houve uma profunda cisão entre os franciscanos sobre o severo voto de pobreza exigido por São Francisco na fundação da Ordem, no início do século XIII. Os Observantes (também chamados de Observantistas) acreditavam no voto; os Conventuais, não. A disputa chegou ao auge em 1322, quando o Papa João XXII tomou o partido dos Conventuais e seus aliados, a mais estabelecida Ordem dos Dominicanos.

A bula papal *Cum inter nonmullos*, que dizia, entre outras, ser a regra da pobreza "errônea e herética", provavelmente foi um subterfúgio. Parece muito mais plausível que o papa quisesse esmagar a facção dos franciscanos decidida a correr o mundo espalhando seu Evangelho, seu poder de influência, em vez de se manter nos mosteiros, como os Conventuais iriam fazer. Esse foi o verdadeiro motivo por que decidiu contra os Observantes.

Contudo, a decisão dificilmente significou o fim dos Observantes. Muito pelo contrário, na verdade. No final do século XV e nas primeiras décadas do XVI, um grande número dos que haviam aceitado a bula papal estava no Oriente Médio, sobretudo em Trebizonda, atuando ostensivamente como emissários e proselitistas. Parece provável que também continuassem os negócios dos Observantes. É ali, no lugar onde Oriente e Ocidente se encontram, que imaginei meus Observantes Gnósticos descobrindo muitos de seus segredos, entre eles o fragmento do Testamento de Jesus e a Quinta-essência, também registrada na história como o fabuloso Quinto Elemento, procurado por todo alquimista da Terra.

Para ser o mais fiel possível à história, situei a fundação oficial dos Observantes Gnósticos mais ou menos nessa data, embora sem dúvida já houvesse alguma atividade deles na década anterior a 1322.

O gnosticismo é em si um anátema para o Vaticano e suas fanáticas ordens tradicionalistas. O nome deriva da palavra grega para "conhecimento". Os gnósticos, em resumo, acreditam que o mundo físico é corrupto, mau, e que o caminho da salvação está na adesão ao caminho espiritual para a bondade. Alguns chegam a afirmar que Jesus era um ser puramente espiritual, e assim apenas pareceu morrer na cruz. Alguns gnósticos também fazem estudos dos chamados "mistérios esotéricos", que a Igreja considerou mágicos e, portanto, heréticos.

Os Cavaleiros, defensores de Cristo e do papa, naturalmente se predisporiam a desprezar e temer a Ordem, que levava muito a sério o édito de São Francisco para que percorressem o mundo espalhando o Evangelho. É inteiramente lógico que os Cavaleiros ficassem muito felizes em cumprir a determinação do papa para desmantelar o poder da Ordem.

O Evangelho Secreto de Marcos também está registrado na história. Partes dele são citadas numa carta a Teodoro atribuída ao Padre Clemente de Alexandria, no século II. Ele afirma que, após a morte de Pedro, Marcos levou seu Evangelho original para Alexandria e escreveu um "mais espiritual". A carta foi descoberta pelo acadêmico de estudos bíblicos Morton Smith, em 1958, no mosteiro de Mar Saba, um pouco ao sul de Jerusalém. Não surpreende que sua autenticidade seja contestada por muitos especialistas em estudos bíblicos, que não acreditam que o Jesus histórico fosse um milagreiro.

Contudo, é exatamente assim que o Evangelho Secreto de Marcos o retrata no seguinte trecho: "E chegaram a Betânia. E uma certa mulher cujo irmão morrera estava lá. E, aproximando-se, ela prostrou-se diante de Jesus e disse-lhe: 'Filho de Davi, tende piedade de mim.' Mas os discípulos a censuraram. E Jesus, enfurecendo-se, saiu com ela para o jardim onde ficava o túmulo e, imediatamente, indo até onde jazia o jovem, estendeu a mão para a frente e ergueu-o."

O estudo posterior dos evangelhos feito por Smith levou-o à seguinte afirmação: Jesus "podia admitir seus seguidores no reino de Deus, e de uma forma especial, para que não estivessem lá apenas por antecipação, nem em virtude da crença e obediência, nem por alguma outra figura de retórica".

Seja como for, independentemente das crenças de qualquer um, as possibilidades que Smith – e, na verdade, a própria história – revelou continuam sendo fascinantes, matéria de interminável especulação, base de ficção que continua a nos seduzir a todos.

# CONHEÇA OUTROS TÍTULOS DA EDITORA SEXTANTE

## O Código Da Vinci

Dan Brown

Um assassinato dentro do Museu do Louvre, em Paris, traz à tona uma sinistra conspiração para revelar um segredo que foi protegido por uma sociedade secreta desde os tempos de Jesus Cristo. A vítima é o respeitado curador do museu, Jacques Saunière, um dos líderes dessa antiga fraternidade, o Priorado de Sião, que já teve como membros Leonardo da Vinci, Victor Hugo e Isaac Newton.

Momentos antes de morrer, Saunière deixa uma mensagem cifrada que apenas a criptógrafa Sophie Neveu e Robert Langdon, um simbologista, podem desvendar. Eles viram suspeitos e detetives enquanto tentam decifrar um intricado quebra-cabeças que pode lhes revelar um segredo milenar que envolve a Igreja Católica.

Apenas alguns passos à frente das autoridades e do perigoso assassino, Sophie e Robert vão à procura de pistas ocultas nas obras de Da Vinci e se debruçam sobre alguns dos maiores mistérios da cultura ocidental – da natureza do sorriso da *Mona Lisa* ao significado do Santo Graal. Mesclando os ingredientes de um envolvente suspense com informações sobre obras de arte, documentos e rituais secretos, Dan Brown consagrou-se como um dos autores mais brilhantes da atualidade.

## Anjos e demônios

Dan Brown

Às vésperas do conclave que vai eleger o novo Papa, Langdon é chamado às pressas para analisar um misterioso símbolo marcado a fogo no peito de um físico assassinado em um grande centro de pesquisas na Suíça.

Ele descobre indícios de algo inimaginável: a assinatura macabra no corpo da vítima é dos Illuminati, uma poderosa fraternidade que ressurgiu disposta a levar a cabo a lendária vingança contra a Igreja Católica. De posse de uma nova arma devastadora, roubada do centro de pesquisas, ela ameaça explodir a Cidade do Vaticano e matar os quatro cardeais mais cotados para a sucessão papal.

Correndo contra o tempo, Langdon voa para Roma junto com Vittoria Vetra, uma bela cientista italiana. Numa caçada frenética por criptas, igrejas e catedrais, os dois desvendam enigmas e seguem uma trilha que pode levar ao covil dos Illuminati – um refúgio secreto onde está a única esperança de salvação da Igreja nesta guerra entre ciência e religião.

## Fortaleza digital

Dan Brown

Em *Fortaleza digital,* Dan Brown mergulha no intrigante universo dos serviços de informação e ambienta sua história na ultra-secreta e multibilionária NSA, a Agência de Segurança Nacional americana, mais poderosa do que a CIA ou qualquer outra organização de inteligência do mundo.

Quando o supercomputador da NSA, até então considerado uma arma invencível para decodificar mensagens terroristas transmitidas pela internet, se depara com um novo código que não pode ser quebrado, a agência recorre à sua mais brilhante criptógrafa, a bela matemática Susan Fletcher.

Presa numa teia de segredos e mentiras, sem saber em quem confiar, Susan precisa encontrar a chave do engenhoso código para evitar o maior desastre da história da inteligência americana e para salvar a sua vida e a do homem que ama.

## Ponto de impacto

Dan Brown

Quando um novo satélite da NASA encontra um estranho objeto escondido nas profundezas da camada de gelo do Ártico, a agência espacial, em meio a sérias dificuldades econômicas, se aproveita da situação para sair vitoriosa. Essa atitude trará sérias implicações não só para a política espacial norte-americana como também para a iminente eleição presidencial.

Com o equilíbrio do poder em jogo, Rachel Sexton, analista de Inteligência da Casa Branca, é enviada para a geleira de Milne, com o objetivo de verificar a autenticidade da descoberta. Acompanhada por uma equipe de especialistas, incluindo o oceanógrafo Michael Tolland, Rachel se depara com o inimaginável: indícios de uma manipulação científica que ameaça mergulhar o planeta em uma profunda controvérsia.

Antes que Rachel possa contatar o presidente dos Estados Unidos, ela e Michael são atacados por assassinos profissionais, controlados por uma pessoa misteriosa e poderosa, que é capaz de tudo para encobrir a verdade. Em uma fuga desesperada para salvar as próprias vidas em um ambiente desolado e mortífero, a única chance de sobrevivência para Rachel e Michael é desvendar a identidade de quem se esconde por trás dessa trama magistral.

## A conspiração franciscana

John Sack

Pouco antes de morrer, frei Leo, um grande companheiro de São Francisco, escreve uma carta de despedida para seu amigo Conrad e esconde nos ornamentos do pergaminho uma mensagem que faz referência a acontecimentos misteriosos da vida do santo.

Preocupado com as possíveis implicações políticas e religiosas da carta, Conrad abandona seu isolamento nas montanhas e atravessa a Itália para encontrar explicações. Que motivação estaria por trás da atitude de frei Leo? E por que mandara uma mensagem cifrada?

Ao buscar respostas, Conrad descobre uma armação de altos membros do clero para proteger um segredo que poderia destruir a Ordem e abalar os alicerces da Igreja Católica, colocando em risco sua vida, seus votos e sua própria fé.

## A estrada da noite

Joe Hill

Uma lenda do rock pesado, Judas Coyne coleciona objetos macabros e não pensa duas vezes antes de fazer uma oferta num estranho leilão na internet. Por 1.000 dólares, ele se torna o feliz proprietário de um paletó supostamente assombrado pelo espírito do antigo dono. Sempre às voltas com seus próprios fantasmas – o pai violento, as mulheres que usou e descartou, os colegas de banda que traiu –, Jude não tem medo de encarar mais um.

Mas tudo muda quando o paletó finalmente é entregue na sua casa. Dessa vez, não se trata de uma curiosidade inofensiva nem de um fantasma imaginário. Sua presença é real e ameaçadora, e o roqueiro logo descobre que o fantasma não entrou na sua vida por acaso e só sairá dela depois de se vingar.

Numa corrida desesperada para se salvar, Jude faz as malas e cai na estrada com sua namorada gótica. As verdadeiras motivações de vivos e mortos vão se revelando pouco a pouco e nada é exatamente o que parece.

## O guardião de memórias

Kim Edwards

Inverno de 1964. Uma tempestade de neve obriga o Dr. David Henry a fazer o parto de seus filhos gêmeos. O menino é perfeitamente saudável, mas o médico logo reconhece na menina sinais da síndrome de Down.

Guiado por um impulso irrefreável e por dolorosas lembranças do passado, Dr. Henry toma uma decisão que mudará para sempre a vida de todos e o assombrará até a morte: ele pede que sua enfermeira, Caroline, entregue a criança para adoção e diz à esposa que a menina não sobreviveu.

Caroline decide criar Phoebe como sua própria filha. Norah, a mãe, jamais consegue se recuperar do vazio causado pela ausência da menina. A partir daí, uma intrincada trama de segredos, mentiras e traições se desenrola, abrindo feridas que nem mesmo o tempo será capaz de curar.

## Água para elefantes

Sara Gruen

Desde que perdeu sua esposa, Jacob Jankowski vive numa casa de repouso, cercado por senhoras simpáticas, enfermeiras solícitas e fantasmas do passado. Por 70 anos Jacob guardou um segredo. Ele nunca falou a ninguém sobre os anos de sua juventude em que trabalhou no circo. Até agora.

Aos 23 anos, Jacob era um estudante de veterinária. Mas sua sorte muda quando seus pais morrem num acidente de carro. Órfão, sem dinheiro e sem ter para onde ir, ele deixa a faculdade antes de prestar os exames finais e acaba pulando em um trem em movimento – o Esquadrão Voador do circo Irmãos Benzini.

Admitido para cuidar dos animais, Jacob sofrerá nas mãos do Tio Al, o empresário tirano, e de August, o encantador e intratável chefe do setor dos animais. É também sob as lonas que Jacob vai se apaixonar duas vezes: primeiro por Marlena, a bela estrela do número dos cavalos, e depois por Rosie, a elefanta aparentemente estúpida que deveria ser a salvação do circo.

## Os mercadores da noite

Ivan Sant'Anna

Com a experiência de quem atuou na área por mais de 30 anos, Ivan Sant'Anna criou um thriller surpreendente e emocionante, que tem o ritmo nervoso dos pregões das grandes bolsas de valores.

Julius Clarence é um operador financeiro extremamente bem-sucedido, que deixou a Bolsa de Mercadorias de Chicago para conquistar Wall Street e várias empresas. Mas, num mercado tão competitivo, tamanho sucesso vai lhe render, além de uma grande fortuna, um grande inimigo: Clive Maugh.

Após muitos anos de disputa entre esses dois gigantes do mercado de capitais, Julius cria um plano para destruir o rival e provocar um colapso na economia mundial, mesmo que para isso seja necessário sacrificar sua própria empresa.

Julius está prestes a dar a cartada final em um jogo eletrizante, repleto de traições e chantagens, onde o mais importante não é ganhar, mas sim quem vai perder.

## O futuro da humanidade

Augusto Cury

Primeiro romance do psiquiatra Augusto Cury, *O futuro da humanidade* oferece uma rara oportunidade de repensar a sociedade e o rumo de nossas vidas. Com mais de 2,5 milhões de livros vendidos no Brasil, Cury nos presenteia com uma saborosa ficção que ilustra os ensinamentos presentes em seus livros e se apóia na sua vasta experiência profissional.

O livro conta a trajetória de Marco Polo, um jovem estudante de medicina que fica indignado ao ver a frieza com que os pacientes são tratados. Acreditando na força do diálogo e da psicologia, ele acaba causando uma verdadeira revolução nas mentes e nos corações das pessoas com quem convive.

## CONHEÇA OS 50 CLÁSSICOS DA EDITORA SEXTANTE

### Espiritualidade/Inspiração

*Muitas vidas, muitos mestres*, de Brian Weiss
*Muitas vidas, uma só alma*, de Brian Weiss
*Jesus, o maior psicólogo que já existiu*, de Mark W. Baker
*Conversando com os espíritos*, de James Van Praagh
*A última grande lição*, de Mitch Albom
*Uma ética para o novo milênio*, de Sua Santidade, o Dalai-Lama
*A arte da meditação*, de Daniel Goleman
*O Mestre dos Mestres (Coleção Análise da Inteligência de Cristo)*, de Augusto Cury
*Espiritualidade, um caminho de transformação*, de Leonardo Boff
*Autobiografia de um iogue*, de Paramahansa Yogananda
*O Poder do Agora*, de Eckhart Tolle

### Negócios

*O monge e o executivo*, de James C. Hunter
*Como se tornar um líder servidor*, de James C. Hunter
*Jesus, o maior líder que já existiu*, de Laurie Beth Jones
*Faça o que tem de ser feito*, de Bob Nelson
*Seu balde está cheio?*, de Tom Rath e Donald O. Clifton
*A hora da verdade*, de Jan Carlzon
*A Boa Sorte*, de Álex Rovira Celma e Fernando Trías de Bes
*Você é mais capaz do que pensa*, de John G. Miller
*Seis fundamentos do sucesso profissional*, de Stuart R. Levine

### Ficção

*O Código Da Vinci*, de Dan Brown
*Ponto de Impacto*, de Dan Brown
*Anjos e Demônios*, de Dan Brown
*Fortaleza Digital*, de Dan Brown
*As cinco pessoas que você encontra no céu*, de Mitch Albom

## Livros de bolso

*Dez leis para ser feliz,* de Augusto Cury
*Seja líder de si mesmo,* de Augusto Cury
*Você é insubstituível,* de Augusto Cury
*Palavras de sabedoria,* de Sua Santidade, o Dalai-Lama
*A vida é bela,* de Dominique Glocheux
*Filtro solar,* de Mary Schmich
*Posso conseguir o que desejo,* de Iyanla Vanzant
*Quem acredita sempre alcança,* de Peter McWilliams

## Auto-ajuda

*O método fácil de parar de fumar,* de Allen Carr
*Por que os homens fazem sexo e as mulheres fazem amor?,* de Allan e Barbara Pease
*Desvendando os segredos da linguagem corporal,* de Allan e Barbara Pease
*Por que os homens mentem e as mulheres choram,* de Allan e Barbara Pease
*O poder que vem do seu nome,* de Aparecida Liberato e Beto Junqueyra
*Nunca desista de seus sonhos,* de Augusto Cury
*Pais brilhantes, professores fascinantes,* de Augusto Cury
*100 segredos dos bons relacionamentos,* de David Niven
*Não leve a vida tão a sério,* de Hugh Prather
*Mantenha o seu cérebro vivo,* de Laurence Katz e Manning Rubin
*100 segredos das pessoas felizes,* de David Niven
*Enquanto o amor não vem,* de Iyanla Vanzant
*A Dieta do Abdômen,* de David Zinczenko e Ted Spiker
*A Dieta de South Beach,* de Arthur Agatston
*O poder da paciência,* de M. J. Ryan

## Referência

*1.000 lugares para conhecer antes de morrer,* de Patricia Schultz
*O ócio criativo,* de Domenico De Masi

# INFORMAÇÕES SOBRE OS PRÓXIMOS LANÇAMENTOS

Para receber informações sobre os lançamentos da EDITORA SEXTANTE, basta cadastrar-se diretamente no site www.sextante.com.br

Para saber mais sobre nossos títulos e autores, e enviar seus comentários sobre este livro, visite o nosso site www.sextante.com.br ou mande um e-mail para atendimento@esextante.com.br

EDITORA SEXTANTE
Rua Voluntários da Pátria, 45 / 1.404 – Botafogo
Rio de Janeiro – RJ – 22270-000 – Brasil
Telefone (21) 2286-9944 – Fax (21) 2286-9244
E-mail: atendimento@esextante.com.br